KB193391

아제아제 바라아제

아제아제 바라아제
한 승 원 장편소설

문이당

'하나'를 위하여

　나는 지금도 이 소설의 주인공들과 함께 살고 있다. 나와 그들이 살아온 시간과 공간은 이승의 삶과 죽음 저쪽 어디에 있을지도 모르는 또 하나의 삶이 걸림 없이 넘나드는 자유와 사랑의 공화국이다.

　이 세상에서 가장 완벽한 힘을 가지고 있는 것은 시간이다. 그 시간은 존재하는 모든 것을 건설하기도 하고 파괴시키기도 한다. 그 시간 앞에서는 살아간다는 것과 죽어 간다는 것이 하나이고, 배부르게 먹고 마시고 이성을 사랑하는 몸뚱이와 늘 비워 보려고 하지만 뜻대로 되지 않는 마음이 하나이고, 나와 우주가 하나이고, 선과 악이 하나이고, 신과 악마가 하나이고, 부처와 예수가 하나이고, 부처와 중생이 하나이고, 여호와 하나님과 배추벌레가 하나이고, 즐거움과 괴로움이 하나이고, 흙과 돌과 금덩이가 하나이고, 기쁨과 언짢음이 하나이고, 물과 산이 하나이고, 문득 깨달음과 점진적으로 닦아 가는 것이 하나이다.

　우리들이 살아가는 것은 그렇게 더욱 오롯한 '하나'로 되어 가기인 것이다.

　이 소설을 재출간해 준 문이당 여러분에게 진심으로 고맙다.

2003년 4월
해산토굴에서
한 승 원

참사람의 길을 위하여

한때 〈비구니〉라는 영화를 만든다느니 만들지 못한다느니 하여 나라 안이 떠들썩했었다.

그 영화 〈비구니〉를 만들겠다고 나선 사람들 가운데 나도 끼여 있었다. 그 영화의 기획 단계에서였다. 내가 여승들의 출가와 방황과 고뇌와 깨달음을 열어 가는 과정을 소설로 쓰려 하고 있다는 말을 듣고, 〈만다라〉와 내 소설을 원작으로 한 동명 영화 〈불의 딸〉을 연출한 바 있는 임권택 감독이 그 소설을 원작으로 제공해 달라고 했었다. 기왕에 쓰는 걸음이니 그렇게 하기로 합의가 되었다. 얼마쯤 뒤에 나는 지금 이 책 속에 들어 있는 이야기의 줄거리 일부분을 제공했다. 거기에 '비구니'라는 제명을 붙여서.

그 시나리오를 써가는 과정에서 임 감독과 나는 여승들의 출가와 방황과 고뇌와 깨달음을 열어 가는 과정을 바라보는 시각이 서로 다름을 확인했고, 나는 나의 생각대로 소설 『비구니』를 쓰고, 임 감독은 임 감독의 생각대로 다르게 영화 〈비구니〉를 만들기로 했다. 제명은 같을지라도 작품들은 각기 전혀 다른 모양새로 장차 세상에 나타나게 될 터이었다.

불행하게도 임 감독의 영화 〈비구니〉는 촬영 도중에 불같은 말썽과 저항을 만났고, 드디어는 제작을 중단하기에 이르렀다. 내가 참여하지 않았다 할지라도 그것은 임 감독과 나를 포함한 모든 창작하는 사람들한테 큰 불행이었고, 1천만 불자들한테도 또한 마찬가지 일이었다.

그 불행한 일이 진행되고 있는 사이에 나는 내가 구상했던 그 소설을 『아제아제 바라아제』라는 제명으로 월간 《불교사상》의 창간호에서부터 1년 반 동안 연재했다. 내가 애초에 사용하기로 마음먹었던 제명 『비구니』를 『아제아제 바라아제』로 바꾼 것은 그 영화 제작에 참여한 사람들의 강권에 가까운 청 때문이었다.

어쨌든, 이 책을 내면서 걱정스러운 것은, 청정의 상징인 '비구니'를 영화의 제명으로 하자고 함으로써 지은 업장 위에, 이 책으로 말미암은 또 하나의 업장을 짓고 있지나 않은가 하는 것이다. 이 소설 속에는 핏빛 생명력을 주체하지 못하고, 애욕과 환혹과 스스로의 미망 속을 방황하는 인물들의 몸부림과 고뇌하는 모습을 심도 있게 묘사한 대목들이 많기 때문이다.

미욱한 자에게는 꿈 이야기를 하지 말라는 말이 있다. 이야기하는 사람은 진리를 전달하기 위한 하나의 방편으로 말하는 것인데, 미욱한 자는 그것이 진리인 줄로 착각하기 때문이다. 이 책 속의 이야기는 사람을 죽게 하는 맹독일 수도 있다. 독사의 독은 잘 쓰면 약이 되지만 잘못 쓰면 사람을 죽게 만든다.

이 소설에서는 두 여주인공이 중점적으로 그려진다. 신비스러움의 세계와 이상을 좇는 진성이라는 인물이 그 하나다. 진성은 청정함을 앞세우고 깨달음의 바탕을 다져 간다.

그와 상대적인 인물로서 파계를 하고 떠도는 순녀라는 인물(법명:청화)을 내세웠다. 이 인물을 그리면서 나는 참된 이타행利他行이나 보살행이란 과연 무엇인가 하는 것을 늘 생각했다. 연蓮의 줄기와 뿌리는 시궁창 같은 진흙 속에 깊이 뿌리를 내려야만 아름답고 깨끗한 꽃을 피울 수 있게 되는 것이다. 결벽증에 가까운 청정함만을 고집하고 혼자만의 깨달음을 귀하게 간직하고 깊은 곳에 박혀 고고하게 사는 것은 깨달음의 길도 잃고 제도해야 할 중생도 잃는 결과를 가져올 수 있으리라.

순녀라는 인물을 그리며 애욕의 허무함에 대하여 많이 생각했다. 연재되는 동안 그 부분을 읽으면서 거부 반응을 일으켰던 독자들이 많았다는 사실을 잘 알고 있다. 그러한 독자들은 순녀의 자기 구제 과정을 읽으면서 내 의도를 짐작하고 그 인물의 미망迷妄과 방황과 허무의 극복 과정에 공감할 수 있었으리라고 생각한다. 순녀의 미망과 방황과 허무 극복 문제는 곧 나와 당신, 그리고 이 세상 사람들 모두의 문제일 것이다.

깨달음의 길을 열어 가는 것은 참다운 자유인이 되어 가는 것이다. 참다운 자유인은 해탈을 한 사람, 말하자면 선禪의 십우도十牛圖에서 자기의 근원으로 돌아간 다음 세상에 나온 도인쯤 될 것이다. 원효元曉, 경허鏡虛, 만공滿空, 만해萬海 같은 인물들이 그러한 참된 자유인이었으리라. 나는 내 작중 인물들이 그러한 자유인이 되어 가기를 희망한다.

나는 앞으로 이 소설을 더 이어 쓸 참이다. 지금까지의 이야기가 출가와 방황을 그린 것이라면, 앞으로 이어 쓰게 될 이야기는 그 인물들이 깨달음을 어떻게 얻어 가는가 하는 것이 될 것이다. 이 소설이 연재되는 동안에 전화로, 편지로, 혹은 직접 찾아와서 공박하고 격려하고 가르쳐 주고 자료를 대준 스님, 신도, 그리고 독자 여러분에게 깊은 고마움의 악수를 보낸다. 이 책을 새로이 속속들이 읽은 당신의 꾸중을 기다리고 있겠다.

1985년 5월
한 승 원

차 례 | 아제아제 바라아제

서장
무간지옥타령

나는 모든 것을 삼켜 버리는 죽음이요 또 모든 것을 태어나
게 하는 근원이다. 나는 여성에 있어서 아름다움이요 언어요
기억이요 지성이요 순정이요 참고 견딤이다.

— 바가바드기타

속인은 속인 이야기를 해야 한다. 감히 불자들의 이야기를 하겠다고
덤비는 것은 주제넘는 일일 터이다. 이 글을 읽는 당신은 내 글에 속지
않기를 바란다. 나는 부처에 대해서도 잘 모르고 불자佛子들의 생활에
대해서도 잘 모른다. 잘 모르는 사람의 이야기를 들어 보아야 이로울 것
은 조금도 없다.

장님을 따라가다가는 개천에 빠지기 일쑤이다. 나의 글은 경도 아니
고, 진언도 아니고, 공안도 아니다. '출가한 사람이 외전을 공부하는 것
은 마치 칼로 흙을 베는 것과 같아서 흙은 아무 소용도 없는데 칼만 망
가지게 된다.' 이 말은 언제 되새겨 보아도 참이 넘쳐흐른다.

나의 글이 법문이기를 바라거나 포교사의 말이기를 바라거나 오직
불교를 위한 소설이기를 바란다면, 당신은 아예 처음부터 읽지 말기
바란다.

나는 중노릇을 해오지 않았으므로 절 사정을 잘 모를 뿐만 아니라, 도 닦음의 어려움을 모른다. 절 안의 여러 사정들을 속속들이 그릴 수 없으며, 도 닦는 자의 마음을 들여다볼 수도 없다. 때문에 나는 이 소설을 쓰기가 무섭고 겁나고 두렵다.

오래전부터 늘 아끼고 사랑하던 사람이 있었다. 그 사람은 어디론가 자취를 감추었고, 10년쯤 지난 다음에 만났을 때는 머리를 깎고, 먹물든 옷을 입고 있었다. 나는 그 사람의 이야기를 해볼 생각이다.

우리는 무척 어려운 때를 살아가고 있다. 도리를 벗어난 일들이 난무하고, 여기저기에서 별 까닭도 없이 떼죽음을 시킨다. 분단의 땅에서 늘 아파하면서 살아가고 있다.

이때에 이 소설은 무엇일까. 그렇다. 이 소설은 이 겨울에 배고픈 자를 위한 뜨끈뜨끈한 호빵 한 조각도 되지 못하고, 헐벗은 자를 위한 털 외투 한 자락도 되지 못하고, 억울한 자의 칼이나 총도 되지 못한다. 또한, 피나게 도 닦는 자에게 비치는 부처님의 지혜와 용기 같은 한 줄기의 빛일 수도 없고, 번뇌에 물들어 허우적거리는 자에게 들리는 부처님의 자비 같은 원종성遠鐘聲일 수도 없다.

여의봉을 가진 손오공도 결국은 부처님의 손바닥 위에서 재주를 부렸다. 나는 손오공을 뺨칠 재주도 없고, 그에 버금가는 재주도 없다. 그러므로 승려에겐 외전일 수밖에 없고, 어디까지나 소설일 수밖에 없는 이 글이 어떻게 부처님의 경이나 법을 당할 수 있을 것이라고, 나는 감히 생각지 않는다.

그러나 부처님이 설한 법의 몫과 소설가의 소설이 차지할 몫은 분명히 다르면서도 끝내는 한 골목에 이를 것이라고 나는 감히 생각한다.

거짓말을 하면 무간지옥에 떨어지게 된다고 한다. 소설이라는 것이 원래 거짓말로 시작되는 것이므로 이 세상의 소설가들이란 소설가들은 극락왕생을 애초에 바랄 수도 없을 것이다. 그러나 아니다. 소설가들이라도, 그 거짓말을 통해 보다 큰 진실과 지혜를 말함으로써 그것을 읽는 자들을 제도한 사람은 거기에서 제외될 것이다. 그 무리들 가운데서 나 혼자만, 이때까지 쓴 모든 소설들이 거짓 진실을 말한 것들이어서 죽은 다음 무간지옥을 내내 헤매게 될지 모른다.

이 글을 읽고 있는 당신, 내가 이 소설을 쓰겠다고 덤비는 이유가 바로 여기에 있다. 나는 이 소설을 쓰면서 새로운 희망을 가진다. 나의 이 소설이 팔만대장경이 아니고, 고승 대덕의 지순지고한 법문이 아닐지라도, 혹시 불경을 몇천 번 읽고 기독교 성경이나 이슬람의 코란을 몇 번이고 읽고도 미처 깨닫지 못한 부분이 있는데, 이 소설을 읽고 깨달음의 어귀에 들어설 수 있다고 하는 중생이 한 사람이라도 생긴다면 나도 어떻게 무간지옥을 면할 수도 있지 않겠는가 하는, 참으로 더럽고 가엾은 희망이다.

이 땅에 존재하는 모든 것들이 각기 존재하는 이유가 있듯이 분명 이 소설이 쓰인 이유 또한 있어야 한다. 그 이유는 이 글을 쓰는 나와 당신이 이 세상을 살아가는 이유일 수도 있어야 하는데, 과연 그게 가능하도록 이 소설이 쓰일 수 있을까, 하는 데 나의 고민이 있다.

그대의 꿈에 비치던 그 달은

진성眞成은 빨래를 하다 말고 고개를 들었다. 옆에서 빨래를 하고 있던 이李 행자가 어디에 갔는지 보이지 않았다. 진성은 빨래에 칠하던 비누를 놓고 몸을 일으켰다. 산골짜기에는 묽은 연기 같은 이내가 끼어 있었다. 하늘에는 구름 한 점 없었고, 바야흐로 우거진 신록 위에 찬란한 햇살이 유릿가루처럼 쏟아졌다. 암자 옆의 계곡물은 숲 사이로 날아든 햇살을 받아 번쩍거리며 흘렀다.

계곡 건너편 떡갈나무 숲 사이에 움직거리는 게 있었다. 연한 갈색의 스웨터 자락이었다.

이 행자는 숲을 헤치고 햇살이 눈부시게 쏟아지는 풀밭으로 돌아들더니 윗몸을 굽히고 앉았다. 한 손을 뻗쳐 마른 풀 속에서 무엇인가를 꺾었다. 꽃인 듯했다. 무슨 꽃일까. 오랑캐꽃인지도 모른다고 진성은 생각했다. 진성은 다시 앉아 빨래를 계속했다. 진성은 이 행자가 중노릇을 견디어 내지 못할 것이라고 생각했다.

이 행자는 스스로를 주체하지 못했다. '여인의 몸은 타락신'이라는 말을 실감나게 하는 아이였다. 새하얗고 보얀 얼굴 살갗에는 탐스럽게 잘 익은 복숭아 볼에 돋은 털처럼 은빛 나는 미세한 잔털들이 보송보송했다. 눈이 조금 거슴츠레하고, 입술이 얄따랗고, 볼우물이 깊게 패곤 하는 볼에 옅은 복사꽃빛이 퍼져 있었다. 몸은 암팡졌고, 얼굴에는 그늘이 있었다. 해가 아직 서산 너머로 떨어지지 않았는데 산골짜기에 내린 음음한 자줏빛 그늘 같은 것.

이 행자가 아무런 까닭도 없이 흐느껴 우는 것을 본 적이 있었다. 고목 나무 밑의 옹달샘 앞에서였다. 며칠 전이었다. 진성이 노스님의 죽을 쑤느라고 쌀을 일고 있는데, 이 행자가 표주박을 들고 샘 앞으로 가서 물을 뜨는 듯싶더니, 문득 흑, 하고 느껴 울었다. 진성은 바가지를 놓고 이 행자에게 달려갔다. 이 행자는 표주박을 샘 안에 내던지고 계곡 쪽으로 달려가 버렸다. 진성은 한동안 이 행자의 뒷모습을 멍히 보고만 있었다.

등성이 저쪽의 큰 절에서는 아련하게 목탁 소리가 들려왔다. 울림의 여운이 유달리 긴 목탁 소리를 들을 때마다 가슴이 울렁거렸다. 근기가 부족한 때문인지 모른다. 늙은 느티나무의 가지에는 샛노란 잎사귀들이 피어나고 있었고, 그 잎사귀들이 햇살을 받아 금빛으로 반짝거렸다. 옹달샘 안에는 검푸른 이끼가 돋아나고 있었고, 물속에 창백한 사미니의 앳된 얼굴이 들어 있었다. 갸름한 얼굴에 쌍꺼풀진 눈과 그린 듯한 코와 입이 예쁘다고 생각했다. 자기의 얼굴을 예쁘다고 여기는 스스로가 덜 떨어진 생각을 가졌다고 여겼다. 옹달샘의 천장에서 떨어진 물방울 하나가 물결을 일으켰고, 물속의 얼굴이 일그러졌다. 그 얼굴처럼 마음 한 구석이 일그러지고 있었다. 이 행자가 물속에 비친 자기 얼굴을 보고 그렇게 울었는지 모른다. 절에 들어와 살기로 작정한 사람이 운다는 것은 예삿일이 아니다. 이 행자를 비난하면서도 진성은 자신도 문득 울어 버리고 싶은 충동을 느꼈다. 혀를 아프게 깨물어 스스로를 꾸짖었다.

골짜기 건너의 풀밭에는 이 행자의 모습이 보이지 않았다. 숲속으로 들어간 모양이었다. 저렇게 들어가면 한낮이 훨씬 기울어야 돌아올 것이다.

이 행자 때문에 공양간 주변에서 말이 많다고 원주 스님이 말했다. 시키는 일을 하는 둥 마는 둥 할 뿐만 아니라, 도무지 말이 없고, 걸핏하면 은선 스님의 암자로 가버리곤 한다는 것이었다. 알 수 없는, 그야말로 중도 속도 아니었다. 모두들 이 행자가 못마땅하여 내쫓고 싶은 눈치였지만, 차마 은선 스님 때문에 그 말을 꺼내지 못하는 것 같았다.

은선 스님은 이 행자에 대하여 입을 열지 않았다. 불러다 앉혀 놓고 타이르거나 꾸짖지도 않았다. 대중들이 있는 곳으로 가거나, 대중들 속에서 견디지 못하고 은선 스님 암자로 오거나 아랑곳하지 않았다. 이 행자도 대중들한테 가면서 간다는 인사 한마디 하지 않았고, 고개를 깊이 떨어뜨리고 암자로 내려와서도 왔다는 말 한마디 하지 않았다.

대중들 사이에는 알 수 없는 말이 나돈다고 했다. 이 행자는 은선 스님이 마실에서 낳아 놓고 온 딸일지도 모른다 하기도 하고, 은선 스님 오빠의 딸이라 하기도 했다. 또 어떤 스님은 이 행자가 은선 스님의 친구 딸이라 하기도 하고, 친동생이라 하기도 했다. 은선 스님이 속세에서 사귀던 한 남자의 딸이라고도 했다.

한번은 재무 스님이 은선 스님을 붙잡고, 이 행자가 절 안의 법도를 다 흐려 놓고 있다고, 앞으로는 조심하도록 단단히 꾸짖어 놓든지 밖으로 내보내든지 하자고 한 모양이었다. 그때 서로 도반 관계인 은선 스님과 재무 스님이 무슨 말을 어떻게 주고받고 어떤 의논을 하였는지, 재무 스님이나 은선 스님 쪽에서 이 행자에게 무슨 제재를 하는 것 같지도 않았고, 이 행자의 행실이 고쳐지는 것 같지도 않았다. 이 행자는 반년 가까이 그렇게 살고 있었다. 진성은 이 행자가 자기와는 근본적으로 다른 데가 있는 사람이라고 생각했다. 이 행자는 분명 무슨 사연인가가 있어서 절을 찾아든 것일 거라고 그녀는 생각했다. 그렇다면 절은 수도의 장소가 아니고 도피처인 것이었다.

진성의 속명은 강수남이었다.

수남의 집 뒷산에 비구니들만 수도하는 절이 있었다. 모든 풀들이 푸르러지는 봄이나 상수리나무, 밤나무, 떡갈나무의 숲이 우거지고 뙤약볕의 열기가 숨 막히게 하는 여름이나, 온 산에 벌겋게 단풍이 드는 가을이나, 잎이 다 떨어지고 눈이 하얗게 덮인 겨울이나 그녀는 할머니를 따라 절에 가곤 하였다. 그때 할머니는 풀내가 나는 하얀 저고리에 치마를 받쳐 입곤 했다.

병풍처럼 둘러친 절벽 밑을 지나면서 할머니는 말했었다.

"저기 부채같이 생긴 바위 위에서 큰 호랑이 한 마리가 앉아 내려다보고 있더라. 내가 새각시였을 때였제. 눈앞이 아찔하고 온몸에 힘이 탁 풀리더라. 나는 발을 멈춘 채 눈을 감고 계속해서 '나무아미타불 관세음보살'을 외었제. 얼마쯤 지나서 눈을 떴더니, 호랑이가 어디로 갔는지 보이지 않더라."

나중에 생각해 보니, 그 호랑이가 산길을 혼자 가는 새각시를 지켜 주는 관음보살의 화신이 분명했노라고 할머니는 덧붙였다.

절에 가면 얼굴이 박꽃같이 하얗고 손이 삘기같이 고운 비구니들이 그녀를 다투어 안아 주고, 재를 지낸 다음에는 울긋불긋한 과자를 쥐여주었다. 과자와 엿의 달콤한 맛 때문이었는지, 그녀를 안아 주고 업어주는 밝은 웃음 때문이었는지, 그녀는 목탁 소리가 그렇게 정겨울 수 없었고, 대웅전 안에 들어찬 자줏빛 그늘이 그렇듯 포근하게 느껴질 수가 없었다. 그 암자 서북쪽 등성이 너머에서 들려오는 쇠북 소리는 가슴을 온통 들뜨게 만들었다.

나도 커서 스님이 되어야지, 하고 그녀는 늘 이 생각을 했었다. 국민학교 때였다. 생활 기록부를 작성하던 담임 선생이 부르더니 눈을 허옇게 뜨고 말했다.

"앞으로 중이 되겠다니, 이게 무슨 소리냐? 너같이 공부 잘하고 예쁜 아이가? 너 중이 뭣 하는 사람인 줄 알기나 하고 이러냐?"

그녀가 고개를 떨어뜨린 채 대답을 하지 않자, 담임 선생이 그녀의 머리를 쓰다듬으면서 말을 이었다.

"너는 의사나 간호사나 교사 같은 것이 되는 게 좋을 것 같아. 성격도 차분하고, 친구들 사이에 신임도 두텁고⋯⋯."

담임 선생은 가정 방문을 와서 기어이 아버지와 어머니한테 그 말을 하였다. 담임 선생이 돌아간 뒤, 아버지와 어머니는 그녀를 불러 앉혀 놓고 말했다.

"아니, 어떤 사람들이 좋은 집, 사랑하는 에미 애비, 형제들을 다 버리고 중노릇하러 산으로 들어가는 줄 아냐? 다들 그럴 만한 사정들이 있어서 그런단다. 의탁할 사람이 없거나, 희망이라고는 싹 끊어져 버렸거나⋯⋯."

아버지의 말에 어머니가 맞장구를 쳤다.

"겉으로 보기에는 그럴듯하지만, 막상 절 안에 들어가 보면 고생바가지고, 외롭고 불쌍하고⋯⋯ 말로 다 할 수 없이 불행한 사람들이 그 사람들이다. 그런 데를 네가 뭣이 부족해서 들어간단 말이냐? 중학교, 고등학교, 대학교 다 보내 줄 것이고, 그러면 좋은 신랑감 나타날 것이고⋯⋯ 너는 적어도 느그 아부지 어머니가 사는 것보다는 훨씬 잘 살아갈 것이다. 이런 좁은 읍 같은 데서 사는 것이 아니고, 광주나 서울이나 부산 같은 도회지에서 손톱 밑에 때 안 들이고 살 것이다."

아버지는 그 항구 안에서 큰 부자였다. 근처의 섬에서 항구 쪽으로 사람들을 실어 나르는 여객선 한 척과 주조장을 가지고 있었다. 조합장을 지낸 경력도 있었고, 밭도 50여 마지기나 있었다.

아버지와 어머니는 혹시 그녀가 밑으로 줄을 이은 동생들 때문에 소외당하고 그런 엉뚱한 생각을 하였을지도 모른다고 생각한 듯 전과 달리 신경을 썼다. 아버지는 술을 마시고 늦게 들어와서는 반드시 그녀의 방을 들여다보고 머리를 쓰다듬어 주곤 했고, 어머니는 가끔 시장에 데리고 나가서 새 옷을 사주었다. 생일에는 떡을 하고 약밥을 하고, 바구니 가득 과일을 사다 놓고, 친구들을 불러다 함께 놀게 하였다.

중학교에 가서도, 고등학교에 가서도 마찬가지였다. 수남은 그렇게 즐거운 때면 늘 나란히 걸린 할아버지와 할머니의 사진을 보곤 했다. 할머니는 그녀의 속셈을 알고 있는 듯 웃고 있었다. 그녀는 할머니의 사진을 쳐다보면서 장차 스님이 되겠다는 생각을 더 단단히 다지곤 했다.

중학교 3학년 때 수학여행을 갔다가 오면서 그녀는 목탁과 염주를 사가지고 왔다. 그걸 책상 서랍에 넣어 놓고 몰래 만지거나 두드려 보곤 했다.

고등학교 2학년 때에 또 수학여행을 갔다. 중학교 때와 마찬가지로 큰절 한 곳에 들렀고, 그 절 아래에 있는 여관에서 하룻밤을 잤다. 그날 밤 그녀는 스님들이 저녁 예불 드리는 것을 넋을 잃은 채 보고 있었다. 부처님의 얼굴이 그렇게 온후하고 다정다감하게 느껴질 수가 없었다. 부처님 앞에 타고 있는 촛불이 신령스러운 빛을 발하고, 목탁 소리가 가슴을 절절히 파고들었다. 염불하는 소리에 몸이 촛농처럼 녹아내리는 것 같았다. 저녁 예불이 끝나는 순간에야 그녀는 정신이 깨어나 허겁지겁 여관으로 돌아왔다. 여관에서는 담임 선생과 간부급 학생들이 그녀를 찾으러 나가고 없었다.

근처의 숲속을 샅샅이 뒤지다가 열두시가 가까워서 여관으로 돌아온 담임 선생은 후유우 하고 한숨부터 내쉬었다. 무슨 말로 어떻게 꾸짖을 힘도 없다는 듯 담임 선생은 맥 풀린 소리로 말했다.

"야야, 다행이다, 다행이여. 나는 혹시 불량배들한테 납치되어 가 무슨 큰일을 당하고 죽기라도 했는 줄 알았는데……."

그녀가 출가를 꿈꾼 것은 그 수학여행을 다녀온 이튿날부터였다.

학교에서 돌아오는 길에 그녀는 탁발하러 다니는 늙은 스님 한 분을 만났다. 그녀는 퍼뜩 꾀 하나를 생각했다. 그 스님의 힘을 빌리고 싶었다. 참고서와 공책을 사고, 외국어 학원 등록금 낼 돈이 호주머니에 들어 있었다. 그걸 먼저 시주하고, 청 한 가지를 들어 달라고 말할 참이었다. 한데, 그 스님이 한 집을 들어갔다가 나오면, 그때마다 지나가는 사람이 있곤 했다. 그녀는 책가방을 든 채 그 스님의 뒤를 따라다녔다. 스님은 그녀네 집과는 정반대 방향으로 가고 있었다.

골목이 바다 쪽으로 열리고, 골목길을 나가자 공터가 나왔다. 지나가는 사람도 드물었다. 그녀는 걸음을 빨리했다. 그녀가 가까이 따라갔을 때, 스님 쪽에서 먼저 발을 멈추었다. 오래전부터 그녀가 자기의 뒤를 따라다니고 있다는 것을 눈치채고 있었던 것이다. 스님이 몸을 돌려 그녀를 보았다. 그녀는 재빠르게 합장하고 고개를 숙였다. 스님이 답례를 했다. 그녀의 가슴은 두방망이질을 했다. 얼굴이 화끈 달았다. 마침 지나가는 사람이 없었다. 스님이 벌써 자기의 속셈을 모두 알아채고 있는 것 같았다. 그녀는 떨리는 손으로 호주머니에서 지폐를 꺼냈다. 스님이 한 걸음 뒤로 물러서며 고개를 저어 사양했다.

"학생의 지극한 정성은 고맙지만, 그렇게 많은 돈을 다 받을 수 없습니다."

그녀는 눈앞이 아찔했고 푸른 어둠이 맴돌았다. 가슴은 더욱 세찬 기세로 뛰었다. 눈물이 핑 돌고, 목이 메었다. 입이 굳어져서 말이 나오지 않았다.

'한 가지 청이 있습니다. 제 집을 가르쳐 드릴 테니까, 거기에 가서 꼭 이 말씀을 좀 해주십시오. 이 집안의 운세를 보니까 댁의 큰 따님의 명이 매우 짧겠습니다. 그 딸의 명을 길게 하고자 하면, 그 딸을 출가시켜 불제자가 되게 하십시오.'

머릿속에는 이 말이 만들어져 있었지만, 그녀의 목구멍에서는 뜨거운 울음이 넘어오고 있을 뿐이었다.

"그 돈은 학생의 학비로나 쓰십시오. 나무아미타불 관세음보살."

늙은 스님은 그녀의 머리를 쓰다듬어 주더니 합장하면서 몸을 돌렸다.

이듬해 봄에 그녀는 시외버스 정류장에 서 있는 얼굴이 매우 앳되고 예쁜 비구니를 만났다. 지난가을에 노스님 앞에서 울음만 터뜨리고 만 것을 늘 후회하곤 했던 그녀는 용기를 내어 비구니 앞으로 다가갔다. 합장하고 예의를 표한 다음 조심스럽게 입을 열었다.

"스님께 청이 있습니다."

그녀의 목소리는 떨렸고 울음이 섞였다. 비구니가 빙그레 미소를 지으면서 귀를 기울여 주었다. 지난겨울에 노스님에게 하지 못한 말을 했다.

"한 가지 청이 있습니다. 우리 집을 가르쳐 드릴 테니까……."

비구니가 눈을 치켜뜨면서 그녀의 얼굴을 한동안 바라보다가 고개를 저었다.

"스님들은 그런 거짓말 하는 사람이 아니랍니다."

비구니의 얼굴에 수줍은 미소가 번지고 있었다.

이때부터 그녀는 신선들이 살고 있는 듯한 곳을 늘 꿈에 보곤 했다.

거기에 살고 있는 사람들은 모두 흰옷을 입고 있었다. 신선도에서 볼 수 있는 것처럼 머리털이 허연 노인들이 대부분이었다. 그들은 바둑을 두거나 술을 마시고 있었다. 물가에서 낚싯대를 드리우고 있는 사람들도 있었다. 옆에는 얼굴이 앳되고 예쁜 동자가 시중을 들었다. 산은 드높고 우뻣쭈뻣하였고, 물은 잉크를 풀어놓은 듯했으며, 강굽이에는 병풍을 둘러친 듯한 기암절벽들이 솟아 있고, 산마루와 산허리에는 안개가 목도리같이 둘려 있었다. 사슴뿔처럼 쭈뼛거리는 지팡이를 들고 안개 너머의 산봉우리를 바라보고 있던 노인 한 사람이 그녀에게 밝고 부드러운 미소를 지었다. 깨달을 것을 다 깨달은 성자 같은 노인이었다.

그 노인의 웃음을 대하자 그녀는 몸이 새처럼 가벼워지는 것 같았다. 바위틈에서 은빛 물이 솟았다. 그걸 두 손바닥으로 움켜 마셨다. 그녀의 몸이 온통 금물을 들여놓은 것처럼 누렇게 변했다. 물속에 비친 얼굴이 어디선가 많이 본 듯했다. 법당 안의 금부처의 얼굴, 그것이었다. 그러고 보니, 이때껏 그녀가 만난 모든 흰옷 입은 사람들이 금부처 같았다.

그 꿈을 꾸고 난 이튿날은 하루 내내 즐거웠다. 먹지 않아도 배가 고프지 않고, 온몸에 살이 보송보송 오르는 듯싶었다. 늘 가슴이 설레었다. 숲 사이로 쏟아지는 햇살이며 보리밭에 푸른 물결을 일으키며 달려가는 바람이며 우짖는 까치나 참새들이며 산허리를 휘감는 젖빛 안개며 출렁거리는 바다며 서산 너머에 타는 노을이며 섬 저쪽의 먼바다에서 피어오르는 구름이며 모두가 그녀를 축복해 주는 것 같았다.

그 꿈을 꾸곤 하던 때에 편지 한 통을 받았다. 사연이 얼굴을 후끈 달게 했다. 거기에는 사랑이라는 말들이 가득 차 있었다. 그 편지를 보내 온 주인공은 자신의 삶이 모두 그녀 때문에 비로소 의미를 가지게 되었다고 말하고 있었다. 편지를 써서 보낸 주인공은 얼마 전부터 늘 죽음을 생각해 오고 있었는데, 그녀를 자기 마음속에 품으면서부터 달라지기 시작했다는 것이었다.

이젠 저도 살고 싶어졌습니다. 아침놀이 피어나도 살고 싶고, 바람이 불어도 살고 싶고, 냇물이 소리쳐 흐르거나 파도가 밀려와 모래톱을 때리는 것을 보고도 살고 싶고, 골목길을 가다가 피아노 소리를 들어도 살고 싶고, 구름이 피어오르는 것을 보고도 살고 싶고, 제 그림자가 제 발에 밟히는 것을 보고도 살고 싶고, 친구들이 서로 때리고 쫓고 쫓기고 웃으며 떠드는 것을 보고도 살고 싶고, 여객선이 고동을 불면서 떠나는 것을 보고도 살고 싶어집니다. 정말 미치게 살고 싶어지는 것입니다. 전에는 그것들이 모두 저에게 어서 죽으라고 재촉하며 비웃던 것들이었습니다. 그것들이 왜 이렇게 살고 싶어 미치도록 만드는 것일까. 저는 감히 수남이를 사랑한다는 말을 입밖에 뱉을 수도 없습니다. 다만 살려 달라고 구걸할 뿐입니다.

큰 공책 종이 열 장 양쪽에 깨알 같은 글씨들이 가득 쓰인 편지였다. 그녀는 그 편지를 보내온 주인공을 잘 알고 있었다. 이웃집에 하숙을 하는 학생이었다. 그녀보다 한 학년 아래였지만 나이는 두어 살 위였다. 건강 때문에 한 해 쉬고, 또 한 해 쉬고 그러다 보니 그렇게 되었다고 했다. 완도군의 한 섬에서 면장을 하는 사람의 큰아들이라고 했다. 가끔 골목길에서 마주치곤 했다. 그는 그때마다 얼굴을 들어 그녀를 정면으로 보지 못하고 땅만 보면서 비켜 갔다. 얼굴은 창백했다. 어떤 때는 약간 부은 듯 눌눌하기도 했다. 입술은 잉크 빛이었고, 추위를 잘 타는 듯 날씨가 조금만 쌀쌀해도 두툼한 오버코트를 입었다. 지나칠 때면 그가 가쁘게 숨 쉬는 소리를 얼핏 들을 수 있었다. 그녀네 집 툇마루에서 보면 그의 하숙집 마당과 그가 쓰는 방문이 한눈에 보이는데, 그녀는 한 번도 그가 마당에 나와서 힘차게 뛰거나 줄달음치는 걸 보지 못했다.

"우리 집 학생은 밤낮 공부밖엔 몰라. 그런 데다가 말수 없고, 착하고……."

어느 날 저녁 무렵에 그녀는 이웃집 아주머니가 와서 어머니에게 자랑하는 말을 들었다.

그 편지를 받고 그녀는 답장을 하지 않았다. 무슨 말을 어떻게 써 보낼지 알 수 없었다. 이틀 뒤에 또 비슷한 내용의 긴 편지를 받았다. 그날 밤 그녀는 흰 종이 한 장에다가 도라지꽃 한 송이를 조그마하게 그렸다. 그것을 봉투에 넣지도 않고 꼬깃꼬깃 접어서 편지를 가지고 온 그 집 아이의 손에 들려 보냈다. 언제부터인가 그녀는 도라지꽃을 좋아했다. 자줏빛이 나는 것보다는 흰색이 더 좋았다. 그것을 한 송이 꺾어다가 책이나 공책 갈피에 끼워 두기도 하고, 그걸 그리기도 했다. 흔히 사람들이 행운을 가져다준다고 믿으며 간직하거나, 끔찍하게 위하는 상징물의 뜻을 지닌 것이었다. 어쩌면 그 이상의 의미를 가지고 그녀의 마음을 평온하게 해주는 것이었다. 그것은 적어도 비구니를 생각나게 하는 것이었다. 나비같이 흰 고깔을 쓰고 장삼 자락을 휘날리면서 춤을 추는 모습일 수도 있었고, 부처님 앞에 다소곳이 앉아 목탁을 두드리며 염불하는 모습일 수도 있었고, 중생들의 더럽고 어지럽게 헝클어진 마음을 청정하게 해주는 온후한 얼굴빛일 수도 있었고, 앳되고 가냘파서 자꾸 애달파지는 모습일 수도 있었다.

그 무렵 학생들은 '메모리'라는 종이쪽지를 서로에게 돌려서, 학창시절의 추억을 간직하려고 했다. 파랗고 빨갛고 노란 종이에 주소와 성명을 적고, 추억이 될 만한 그림, 만화, 프로필, 글씨, 익살스러운 말, 금언, 별명 따위를 그리거나 적은 다음 사진을 붙여 서로 바꾸는 것이었다.

그녀는 주변의 친구들한테서 50여 장의 메모리를 받았다. 그녀는 친구에게 들려주고 싶은 말을 쓰는 난에다 '나무아미타불 관세음보살'이라는 말을 쓰고, '10년 뒤의 내 모습' 난에는 도라지꽃 한 송이를 그려 넣었다.

졸업 사진을 찍고, 졸업 시험을 치르고, 대학 입학 원서를 쓸 무렵에 그녀는 보낸 사람의 이름과 주소가 적혀 있지 않은 편지 한 통을 받았다. 그녀가 아버지와 어머니에게 대학 진학을 하지 않겠다는 말을 하고, 친구들에게는 절로 들어가 머리를 깎을 것이라는 말을 자신 있게 한 뒤의 일이었다.

"이유가 뭣이냐?"

"아니, 너 왜 이러냐!"

아버지와 어머니는 밤이고 낮이고 그녀를 붙들고 따지기도 하고 타이르기도 했다.

"너 혹시 엉뚱한 생각을 하고 있는 것 아니냐?"

어머니는 그녀가 국민학교 시절에 장차 희망이 여승 되는 것이라고 한 것을 떠올리며 추궁했다. 담임 선생은 담임 선생대로 그녀를 꾸짖다가 어르다가 했다.

"뭣이 그렇게 바쁘냐? 대학 졸업을 하고 나서도 얼마든지 중이 될 수 있다. 지금은 어떤 울적한 생각이나 일시적인 감상에서 그렇지만, 머지않아 후회하게 된다. 내 말대로 무조건 진학을 하도록 해라."

그녀는 고개를 떨어뜨린 채 대답을 하지 않았다. 누가 무어라고 하든지 자기는 졸업장을 받아 드는 날 절에 찾아가겠다고 생각했다.

"너, 내가 죽는 꼴을 보려고 이러는 모양이로구나."

어머니는 식음을 전폐하고 몸져누웠다. 그녀는 어머니의 머리맡에 무릎을 꿇고 앉아 말했다.

"저 하나 낳지 않았던 것으로 생각하셔요. 저는 이미 마음으로 결정 했어요. 돌아가신 할머니가 그러시데요. 이 세상에서 가장 복이 많은 사 람은 절에서 머리 깎고 사는 사람이라고."

어머니는 기가 막혀 후유 소리를 내면서 온몸의 힘을 풀었다. 그녀가 몸을 일으켜 밖으로 나왔을 때, 어머니의 애끓는 소리가 들려왔다.

"이년아, 나 죽이고 나서 절로 들어가든지 화냥질을 하러 가든지 해 라. 안 그러면은 한 걸음도 문밖에 못 나갈 것이다."

그 소리를 들으면서 그녀는 댓돌 위에 우두커니 서 있었다. 흰 햇살 이 마당에 쏟아지고 있었다. 우체부가 편지 한 통을 던져 주고 갔고, 그 것이 그녀의 눈을 향해 눈부신 빛살을 쏘아 날렸다. 가슴을 섬뜩하게 쑤 셨다. 등줄기에 찬물이 흘렀고 머리끝이 곤두섰다. 국민학교 6학년에 다니는 동생이 그걸 그녀의 손에 쥐여 주었다. 방으로 가지고 가서 겉봉 을 찢었다. 그것은 유서였다.

이 편지가 수남의 손에 들어갈 무렵, 나는 이미 이승 사람이 아닐 것 이오. 나는 짚불이 사그라지듯이 죽어갈 것이라는 것을 알고 있소. 나 를 응시하는 사람들의 눈빛이 그걸 말해 주고 있소. 대문을 삐꺼덕거리 며 들어선 바람이 문풍지를 울리면서 그걸 말해 주고, 내가 누워 있는 방 안에 스며든 그을음 같은 그늘과 어둠이 그걸 말해 주고, 밤새워 마 당에서 나락을 까먹기도 하고 찍찍거리고 내달리기도 하는 쥐들이 나를 비웃으며 빈정거리듯이 그걸 말해 주었소. 내가 앓고 있는 병은 심장 판 막증이라는 것이오. 판막이라는 것은, 심장이 허파와 온몸의 동맥으로 펌프질해 보내는 피를 심장으로 되흘러오지 못하도록 막아 주는 것이랍 니다. 그게 상했기 때문에, 내 심장은 피를 온몸으로 펌프질하느라고 지 쳤소. 지금까지 내가 이를 악물고 살아온 것은 수남이 덕이오. 나는 수남이가 앞으로 중이 될 것이라는 말을 들었소. 나도 한때는 절로 들어가 중이 되어야겠다는 생각을 하곤 했었소. 그렇지만, 내 건강이 어떠한 일도 버티어 낼 수 없다는 것을 나는 잘 알았소. 이 병든 몸은 그동안 혐오와 저주와 울분으로 가득 차 있었소. 나는 나를 이렇게 병들게 만든 사람들과 세상을 저주하고 혐오하고 분해했었소. 나는 분명히 지옥에 갈 것이오. 수남이, 부디 나를 무간지옥에서 구해 주시오. 다시 태어난다면 나는 건장한 소나 말이 될 것이오. 그래서 뼈가 으스러지도록 밭이나 논을 갈고, 이 세상 방방곡곡을 비지땀을 흘리며 뛰어다닐 것이오. 수남이, 정말 나는 죽기 싫소. 어째서 나만 먼저 죽어 가야 합니까? 어째서 내 심장의 판막만 병이 들었습니까? 그 병은 내가 홍역을 앓은 뒤에 나타났답니다. 홍역을 앓은 뒤에는 안정을 하고 찬바람을 쐬지 않아야만 하는데, 그러지를 못한 것이랍니다. 그해, 여순 반란 사건에 가담했다가 도망쳐 온 반란군들의 무리가 마을을 점거하고, 당시 면장을 하던 아버지를 죽이려고 밀어닥쳤답니다. 아버지는 담을 넘어 도망을 쳤고, 어머니는 나를 안고 뒤란의 대밭으로 기어들어 갔답니다. 어머니는 대밭 모퉁이에서 홍역 열로 벌겋게 달아오른 나를 끌어안은 채 밤을 새웠답니다. 어찌 내 병이 반드시 그날 밤 찬 바람을 쐰 탓만이겠습니까만, 나는 자꾸 당시의 세태를 원망하고 증오하고 저주하곤 하여 왔습니다.

이튿날 학교에 가서 그녀는 이웃집에서 하숙하던 학생이 죽었다는 소문을 들었다. 조문하러 온 학생들을, 그의 어머니가 붙들어 안고 통곡하는 바람에 집안이 온통 울음바다가 되었다는 말을 들었다. 공부 시간에 내내 그 학생의 창백한 얼굴과 잉크빛 나는 입술과 고개를 깊이 떨어뜨린 모습이 눈앞에 어려 견딜 수 없었다. 잠들듯이, 짚불이 사그라지듯이 죽어 가는 그 학생의 모습도 보였다.

점심시간에 그녀는 앞뜰의 해당화 밑에 앉아 줄곧 바다만 바라보고 있었다. 문득 물에 빠져 허우적거리는 그 학생의 모습이 보이는 듯싶었다. 그 학생은 누구에겐가 끌려가고 있었다. 검은 옷을 입고 검은 모자를 쓰고 검은 신을 신은 저승사자에게.

그녀는 몸서리치며 교사 앞뜰을 헤매고 다녔다. 동산을 맴돌았다. 그녀는 마음속으로 학교 건물에 하직하고, 학교 앞의 바다에 고별하고 해당화에 작별의 눈인사를 했다. 담임 선생을 찾아가서 한동안 물끄러미 바라보다가 나왔다.

"할 이야기가 있나?"

담임 선생은 출석부 정리를 하다 말고 그녀를 따라 나오며 말했다.

오후의 수업이 시작되었을 때, 그녀는 교실 안의 얼굴들 하나 하나에게 말 없는 영원한 이별의 눈인사를 했다.

집에 돌아와서도 그녀는 아버지와 어머니의 얼굴을 유심히 들여다보았다.

고등학교 1학년에 다니는 남동생과 중학교 2학년에 다니는 여동생, 국민학교 6학년에 다니는 남동생의 얼굴도 오래오래 들여다보았다. 뒤란의 우물, 툇마루에 서면 보이는 앞산, 헛간과 대문간, 마당귀의 감나무와 석류나무도 보아 두고, 처마 끝 저쪽으로 보이는 하늘도 보아 두었다. 뒤란 언덕 위로 올라가서, 어머니를 따라가 빨래를 하곤 했던 냇물도 보아 두고, 냇둑에 무성한 아카시아들도 보아 두었다. 5월이면 아카시아꽃을 따서 코에 대고 냄새를 맡곤 했던 언덕 위로는 곰솔밭이었다. 곰솔밭 저쪽의 서산 너머에서 주황빛 놀이 타오르고, 곰솔밭 속에서 땅거미가 기어 나왔다. 산과 마을과 들이 어둠 속에 묻히는 것도 자세히 보아 두었다. 너희들도 나를 잘 봐두어라. 오늘의 대면, 이것이 마지막이다.

저녁밥을 먹은 다음 그녀는 집에서 입는 작업복 바지와 미색 스웨터를 입은 채 대문간을 나섰다. 호주머니에는 졸업 기념품대와 앨범대로 낼 지폐가 들어 있었다. 대문간을 나서면서부터 그녀는 도둑질하고 도망가는 사람처럼 뜀박질을 하였다.

역이 점차 가까워졌을 때, 문득 어떤 기적이 일어났으면 좋겠다는 생각을 했다. 이날부터 막차가 해 질 무렵에 떠나도록 시간이 바뀌어 이미 떠나 버리고 없다든지, 이날의 막차는 어떤 사정이 있어서 떠나지 않기로 되었다든지 하여 자기가 탈 수 없게 된다면 좋겠다고 그녀는 생각했다.

수남은 무서워 겁내고 불안스러워하고 있었다. 자기가 저지르고 내디디는 발걸음이 한없는 어둠 속의 낭떠러지를 향하고 있는 것만 같았다. 그러한 자기의 발걸음을 어떤 알 수 없는 힘이 막아 주었으면 좋겠다는 생각을 하고 있었다. 다시금 따스한 어머니와 아버지와 형제들의 온기가 서려 있는 집으로 어쩔 수 없이 되돌아간다면 좋겠다는 생각을 하고 있었다.

알 수 없는 일이었다. 그러한 생각을 하면서도 그녀는 누군가가 혹시 뒤따라와서 붙잡을세라 뒤를 흘끔거렸다. 불 환한 큰길을 버리고 어두컴컴한 골목길을 밟아 갔다. 부두 쪽에서 뱃고동이 울었다. 떠나가는 배일까, 들어오는 배일까. 흑청색 밤하늘에 망초꽃 같은 별들이 수런거렸다. 그녀가 늘 자기의 것이라고 점찍어 둔 별을 찾았다. 눈에 띄지 않았다. 그렇다. 그 별도 나처럼 어디론가 떠나고 있을 것이다. 다다른 어떤 곳에서 다시 만나게 될 것이다. 골목길은 동굴처럼 뚫렸고, 그 길은 역 모퉁이로 뻗어 있었다. 광장으로 나서자 그녀는 걸음을 빨리했다. 대합실로 스며들면서, 스스로가 그림자처럼 흔적 없이 재빠르게 달려왔을 것이라고 안도했다. 서둘러 차표를 샀다. 부용산 덕암사德岩寺를 찾아갈 참이었다. 거길 가려면, 이 기차를 타고 가다가 송정리에서 내려 광주로 가야 하고, 광주에서 다시 백 리 가까이 산중으로 들어가야 하는 것이었다. 그녀는 이때껏 지도를 보면서 그 절 찾아갈 궁리를 하여 왔다. 그 절에는 은선 스님이 있었다. 중학교 3학년 되던 해에 그 스님에 대한 이야기를 한 잡지에서 읽었다. 그 스님이 쓴 글도 읽었다. 그때 그녀는 자신이 길을 뜨면 반드시 은선 스님을 찾아가리라고 마음을 정했었다.

그녀는 역 구내매점 맞은편의 사람들 많은 곳으로 가서 웅크리고 앉았다. 대합실 출입문으로 아버지나 어머니가 들어설 것 같아 조마조마했다. 제발 그녀가 출구를 빠져나가기 전에 어머니나 아버지가 불쑥 들어와 주었으면 좋겠다는 생각이 어이없게 조마조마한 가슴속을 수실 꿴 바늘같이 한 땀 한 땀 뜨고 있었다. 그녀는 눈을 감았다. 수학여행을 간다고, 동무들이랑 떠들어 대며 기차를 타던 일이 떠올랐다. 방학 때면, 동생들을 데리고 흥양 외가에 가던 일도 눈앞에 삼삼했다. 이젠 이 역에서 기차 타는 것도 마지막이다. 그녀는 스스로의 마음을 정리했다. 여기는 내 고향이 아니다. 잠깐 인연을 맺은 땅이었을 뿐이다. 은선 스님의 글 한 대목이 떠올랐다. '부모와 부처님의 인연으로 모인 것은 마치 여관의 나그네들이 아침에 일어나면 이내 흩어지는 것과 같은 것이다.' 하얗게 소복을 한 할머니의 모습이 보였다. 잘한다고 칭찬하는 듯이 고개를 끄덕거리며 웃고 있었다. 자기는 그 할머니와 함께 가고 있다고 생각했다.

갑자기 주변이 수선스러워졌다. 눈을 떴다. 개찰이 시작되었다. 문득 울고 싶었다. 스웨터 주머니에 두 손을 찌르고 몸을 웅크렸다. 사람들을 뒤따라 개찰구로 갔다. 역원이 그녀의 차표를 집게로 집어 구멍을 내주었다. 그녀의 가슴에 아픈 구멍이 뚫렸다. 홈으로 들어서자 그녀는 고개를 떨어뜨리고 종종걸음을 쳤다.

찬바람이 그녀의 몸을 휩쌌다. 아버지와 어머니가 원망스러웠다. 나한테 그렇듯 관심이 없었구나. 내가 집 안에서 없어진 줄도 모르고 있구나. 차에 오르면서 그녀는 자기가 지나쳐 온 개찰구를 흘끗 보았다. 눈앞이 아찔했다. 개찰을 하는 역원과 승강이질을 하고 있는 남자가 있었다. 아버지였다. 그녀는 가슴에서 솟구쳐 오르는 뜨거운 덩어리를 주체할 수 없었다. 불처럼 뜨거운 물이 눈시울을 적셨다. 동시에 푸른 어둠이 앞을 가렸다. 그녀는 떨면서 허우적거리듯이 차를 탔다. 맨 앞칸의 의자 뒤에 몸을 숨겼지만, 뒤쫓아 온 아버지가 팔을 낚아채서 끌어내렸다.

기차가 기적을 울리면서 천천히 움직이기 시작했고, 아버지는 그녀의 손목을 움켜쥔 채 후유 하고 한숨을 쉬었다. 역사 저쪽의 철조망에 장막 같은 어둠이 출렁거렸다. 기차가 꽁무니의 불을 까물거리면서 아득하게 멀어져 갔다. 그녀는 멍히 사라지는 기차를 바라보았다. 아버지에게 팔을 붙잡힌 것은 그녀의 껍데기이고, 그녀의 알맹이는 그 기차를 타고 가는 듯싶었다.

아버지는 별 총총한 하늘을 쳐다보면서 허허허허 하고 웃었다. 웃음소리가 기차가 떠나고 없는 텅 빈 플랫폼을 울렸다. 껍데기뿐인 듯한 그녀의 몸속을 아프게 울렸다. 그녀의 가슴에는 목탁 속처럼 구멍이 뚫렸고, 한쪽이 찢겨 있었다. 조금 전에 차에 실려 간 알맹이를 따라가야 하는 것을……. 그녀는 아버지를 따라 실성한 사람같이 웃었다.

역 앞 광장 모퉁이를 돌아가는데 어머니가 달려와 그녀를 얼싸안고 울음을 터뜨렸다.

"어따, 이 독하고 모진 년, 에미 애비 다 버리고 어디를 가겠다고 나서냐. 그래, 혼자서 어디로 훌쩍 떠나가서 다 잊고 잘 살 것 같으냐?"

어머니는 집에 들어가서도 그녀의 머리를 쓰다듬으면서 울먹거렸다. 그러다가 아주 이부자리와 베개를 가지고 그녀의 방으로 왔다.

"내가 잘못 생각했다. 아들자식만 자식인 줄 알고 그것들만 거두고 가꾸고 그러느라고 너한테 너무 소홀했는 모양이다. 인제 나도 알 것 다 알았다."

어머니는 밤을 하얗게 밝히면서 어르고 타일렀다. 그녀가 대학을 졸업하고 적당한 남자를 만나서 시집을 가면, 아버지가 집을 한 채 사주겠다고 했다는 것, 만일에 약학 대학을 나와서 약사가 되면 곧바로 약국을 차려 줄 수도 있다는 것, 그러면 오죽 좋은 남자들이 결혼 상대로 나타나겠느냐는 것, 그렇게 해서 아들딸 낳고 잘 살아가는 것이 세상살이의 가장 큰 보람이 아니겠느냐는 것, 그렇게 살면서 절에 다니고 부처님을 받들어도 넉넉히 정성을 다해 받들 수 있고 그 결과로 말미암은 복을 받으며 살아갈 수 있다는 것을 줄줄이 늘어놓았다.

수남은 빈 껍데기같이 눈을 감은 채 누워 있었다. 산사山寺를 찾아 산굽잇길을 돌고, 등성이를 넘고, 오솔길을 걸어가고 있는 자기의 모습이 떠올랐다. 산사의 어느 방에 혼자 누워 있는 모습도 그려졌다. 그게 자기의 알맹이라고 그녀는 생각했다. 이튿날 그녀는 어머니와 함께 학교에 갔다. 수남은 흡사 넋 나간 사람처럼 멍히 앉아 있었다. 선생이 칠판에 글씨를 쓰고 무어라고 말을 했지만, 귀에 들어오는 것은 아무것도 없었다.

첫째 수업 시간이 끝나서 변소에 가느라고 나가면, 서편 복도 끝의 출입문 앞에 어머니의 검정 치맛자락이 보였다. 둘째 시간, 셋째 시간, 넷째 시간이 끝나고 나와도 어머니는 한결같이 그 자리에 서 있었다. 다섯째 시간이 시작될 무렵에 담임 선생에게 불려 갔다. 싫더라도 제발 어머니를 보아 진학을 하라고 통사정하듯이 말했다. 그녀는 고개를 끄덕거렸다. 진실로 그래야 할 것 같았다.

"아이고, 정말 잘 생각했다. 어허허허, 고맙다. 우선 내가 살 것 같다."

담임 선생은 너털거리면서 동광주대학의 국문과를 권했다. 그녀는 고개를 끄덕거렸다.

"네 어머니는 약대를 보내고 싶다고 하더라만, 내 말대로 하거라."

담임 선생은 담배 한 개비를 꺼내 물고 만년필을 집어 들면서, 복도 끝에 계신 어머니를 모셔 오라고 했다. 몸을 일으켜 교무실을 나왔다. 허공을 걸어가는 것만 같았다. 그녀는 자기와 아무런 상관도 없는 일을 전혀 타의에 의해서 하고 있었다.

교무실로 온 어머니는 그녀가 진학할 의사를 표명했다는 담임 선생의 말을 듣고 흐느껴 울었다. 그녀는 창밖에 대롱거리는 종을 보고 있었다. 자기는 껍데기라고 생각했다. 자기의 알맹이는 지금 산사에 가 있다고 생각했다. 목탁 소리가 들려왔다. 텅 빈 그녀의 가슴에 그 소리가 울리고 있었다.

"여보, 나 오늘 잃어버린 딸 다시 주워 왔소."

그녀의 손을 잡고 집에 돌아온 어머니는 아버지에게 입학 원서 쓴 이야기를 하고 나서 이렇게 말했다.

"당신, 양주 좀 내와."

아버지는 잔치라도 벌이고 싶은 모양이었다. 어머니는 어린아이처럼 보채는 아버지에게 잠깐 기다리라는 듯한 손짓을 하고 바쁘게 밖으로 나갔다. 부엌 일하는 아주머니에게 밥 차려 들이지 말고 기다리라고 하면서 대문간을 나섰다. 수남과 부엌 일하는 아주머니가 좋아하는 떡, 동생들이 좋아하는 케이크, 빵, 아버지의 술안주 할 고기를 사들고 왔다.

집 안에는 거들먹한 잔치가 벌어졌다. 술이 거나해지자 아버지는 자청해서, 여느 때 취하면 곧잘 흥얼거리곤 하는 '한 많은 대동강아'를 불렀다. 고등학교 1학년에 다니는 아들, 중학교 2학년에 다니는 딸, 국민학교 6학년에 다니는 막내아들에게 차례로 노래를 시켰다. 다음에 어머니에게 시키고, 맨 나중에는 수남에게 시켰다. 아버지는 마치 희극 배우처럼 덜렁거리기도 하고, 어릿광대처럼 괴상한 표정을 짓기도 했다. 어머니도 덩달아 웃었고, 동생들은 마냥 좋아서 깔깔거렸다. 수남은 목이 메었다. 그녀는 아버지와 어머니가 왜 저러는지 잘 알고 있었다. 그러한 아버지와 어머니를 그녀는 배반하지 않으면 안 되었다. 그녀가 배반할 음모를 곰곰이 꾸미고 있는 줄도 모르고, 그녀를 즐겁게 해주려고 갖은 노력을 다 기울이는 아버지와 어머니가 안타깝고 안쓰러웠다.

그녀는 잔인한 여자였다. 보다 더 철저하게 배반하기 위해서, 스스로를 자제하고 시키는 대로 노래를 불렀다.

그대의 꿈에 비치던 그 달은
아침 해 비치면 어디로 갈까.
검은 구름 위로 이리저리 퍼질까.
장미 동산 안으로 숨어 버릴까.

여기까지 노래를 하다가 목이 잠겼다. 아버지와 어머니가 이어 불렀다.

친구 내 친구 어이 이별할거나.
친구 내 친구 잊지 마시오.

그날 밤 그녀는 눈빛 도포를 입은 채 사슴뿔처럼 쭈뼛거리는 지팡이를 들고 있는 노인을 만났다. 머리칼과 수염이 허연 성자였다. 노인 옆에는 얼굴이 앳되고 예쁜 동자가 서 있었다. 얼굴은 창백하고 입술은 푸르렀다. 어디서 많이 본 듯한 얼굴이다 싶었다. 이웃집에서 하숙을 하던 학생이었다. 그녀는 가슴이 두방망이질을 하고 얼굴이 불처럼 뜨거워졌다. 노인이 다가와서 그녀의 머리를 쓰다듬어 주었다. 뒤에 선 동자가 허옇게 이를 드러내면서 웃었다. 한데, 이건 어찌 된 일일까. 그 동자의 얼굴이 어느 사이엔지 거울 속이나 사진에서 많이 본 그녀 자신의 얼굴이었다.

"너는 네 껍데기고, 이 동자는 네 알맹이다. 너희들은 서로 합쳐서 하나가 되어야 하는데, 그러려면 오장 육부가 찢어지는 혹독한 아픔이 있어야만 한다. 자, 눈을 감아라."

노인이 머리에 손을 얹은 채 말했고, 그녀는 눈을 감았다. 순간, 목과 앞가슴과 배가 쪼개지는 듯 아팠다. 그녀는 우욱 소리를 내면서 눈을 떴다.

그로부터 열흘 뒤에 그녀는 어머니를 사람들이 와글거리는 광주의 시외버스 정류장에 버리고 총총 사라졌다. 화장실에 좀 다녀올 테니 잠깐 기다리라고 하고는 줄곧 사람의 물결 속에 묻혀 흘러갔다. 대학 입학시험을 보러 왔고, 어머니는 동생네 집에 방을 하나 달라고 하겠다면서 그녀를 따라왔다. 광주에 오기 하루 전날, 어머니는 해안통의 도매 시장을 내내 헤매다가 들어왔다. 영광 굴비를 사고, 마른 멸치, 마른 새우, 돌미역, 햇김…… 당신의 동생이 좋아하는 것들을 한 보따리나 사왔다. 어머니는 앞으로 자기 딸이 대학을 다 마칠 때까지 동생네한테 아주 맡기려는 생각을 하고 있었다. 선물 보따리를 앞에 놓고 발을 동동 구르고 있을 어머니의 모습이 눈앞에 삼삼했다. 그녀는 혀끝을 아프게 물었다. 언제 어떻게 헤어지든지 헤어져야 할 어머니와 딸이라고 그녀는 생각했다. 빈 택시를 잡아탔다.

"저기, 부용까지 가는 시외버스를 타려고 해요. 여기 합동 정류장 말고, 시내를 조금 벗어나서 그리로 가는 버스를 탈 수 있도록 좀 태워다 주세요."

젊은 운전사가 이마 위의 거울에 비친 그녀를 흘끔 훔쳐보았다. 그녀는 아랑곳하지 않고 차창 밖으로 눈길을 던졌다.

산과 들에는 이틀 전에 내린 눈이 덜 녹고 남아 있었다. 그늘진 곳에는 눈이 허옇게 쌓여 있었다. 빈 들판 한가운데에 허수아비가 누워 있었다. 몇 걸음 떨어져서 그 허수아비의 것이었음이 틀림없는 흙물 든 밀짚 모자가 구겨져 있었다. 냇둑의 키 큰 미루나무 가지 중간쯤에 까치집 하나가 을씨년스럽게 겨울의 허공을 지켰다. 그녀를 태운 버스는 포장 안 된 길을 말처럼 껑충껑충 뛰면서 달렸다. 어머니는 선물 보따리를 차에 싣고 이모네 집으로 갔을 것이다. 이모의 손을 잡고, 두 발을 뻗은 채 울어 댈 것이다.

"에끼, 이 몹쓸 년아, 이 에미 버리고 가서 가슴 편히 잘 먹고 잘 살 것이다."

울분을 참지 못하고 저주의 말을 늘어놓을 것이다.

그녀는 어깨를 들어 올리며 심호흡을 했다. 어쩌랴. 어머니와 나는 애초부터 이렇게 헤어지도록 인연했을 터이다. 할머니의 말을 생각했다.

"억겁 속에 사람으로 태어나기 어렵고, 그 가운데서도 남자로 태어나기 어렵고, 불자로 태어나기는 더욱 어려운 법이다. 하늘과 땅을 덮고도 남는 복이 있어야만 스님이 될 수 있단다."

희끗희끗하게 눈 덜 녹은 겨울 산골짜기에는 옅은 보랏빛 이내가 끼어 있었다. 문득 이웃집에서 하숙하던 학생을 생각했다. 바다의 푸른 물굽이가 눈에 어렸다. 며칠 전 어머니 아버지 앞에서 불렀던 노래 한 구절이 생각났다.

'그대의 꿈에 비치던 그 달은 아침 해 비치면 어디로 갈까. 검은 구름 위로 이리저리 퍼질까. 장미 동산 안으로 숨어 버릴까. 친구 내 친구 어이 이별할거나.'

차가 광장 한복판에 섰다. 광장 주변에는 여관, 다방, 음식점, 술집, 기념품 가게들이 줄을 이어 있었다. 산언덕 저쪽으로 난 길 한가운데에 '제차 통행 금지' 라는 입 간판이 서 있었다. 차에서 내리다가 산머리에 걸린 쪽빛 하늘을 보았다. 해는 산 너머로 떨어졌다. 아아, 어디서 무엇이 되어 다시 만나랴. 그녀는 고개를 떨어뜨리고 기념품 가게 앞에 머뭇거리다가 산언덕 쪽의 길로 들어섰다. 길옆에 파출소가 있고, 우체국이 있었다. 길 양쪽으로 소나무 숲이 하늘을 가렸다. 길 아래에서 냇물이 소리치며 흘렀다. 그녀를 뒤따라온 바람이 길 가장자리의 억새 숲을 쓸면서 앞장서서 달렸다. 신혼부부인 듯한 남녀 한 쌍이 내려왔다. 그녀는 잉크빛 운동화의 콧등을 내려다보며 걸었다.

나지막한 언덕이 앞을 막았다. 길이 두 갈래로 갈렸다. 오른쪽은 덕암사로 가는 길이고, 왼쪽은 청정암으로 가는 길이라는 푯말이 서 있었다. 오른쪽 길을 택했다. 거기서부터 경사는 더욱 가팔라졌다. 돌계단이 시작되고, 그 계단이 휘움하게 굽이돌았다. 잎을 잃고 앙상해진 노거수들 저쪽에 일주문이 나타났다. 한 번도 와본 적이 없는 곳이었다. 한데, 돌계단이며 일주문이며 조금 전에 지나쳐 온 길이며 길 아래서 소리치며 흐르는 냇물이며 모든 것이 눈에 익었다. 그녀는 오버코트 호주머니 속에 손을 깊이 찌르면서 고개를 끄덕거렸다. 자기의 알맹이는 오래 전에 이 길을 걸어갔을 것이라고 그녀는 생각했다. 일주문을 들어서자, 텅 빈 절 마당에 낙엽이 뒹굴었다. 대웅전의 문은 활짝 열려 있고, 스님은 한 사람도 보이지 않았다. 탑 앞을 돌아 별채 쪽으로 걸어갔다. 별채의 굴뚝에서 검은 연기가 피어났고, 동굴처럼 검은 그늘이 담긴 문 안에서 체구 큰 젊은 비구 한 사람이 양동이를 들고 나와 하수 도랑에 물을 버렸다. 그녀는 그 비구를 향해 달려갔다. 비구가 양동이를 놓고 그녀를 향해 합장했다.

"은선 스님을 좀 만나 뵈러 왔는데요."

그녀의 말에 체구가 건장한 젊은 비구는 산언덕 아래를 손가락질했다.

"되돌아 나가서 저쪽 청정암으로 가십시오. 여기는 남자 스님들만 사는 곳입니다."

그녀는 도망치듯 절 마당을 빠져나왔다.

갈림길에서 한참 더 걸어서야 청정암은 모습을 드러냈다. 허름한 큰 기와집 한 채가 숲속에 엎드려 있었다. 마당 가장자리에서 머뭇거리고 있는데, 마침 어디에 나갔다가 들어오던 비구니 한 사람이 발을 멈추고 그녀를 보았다.

"어떻게 오셨어요?"

그녀는 호주머니에 찌른 손부터 빼고 그 스님 앞에 고개를 떨어뜨렸다.

"저, 은선 스님을 좀 뵈러 왔는데요."

"어디서 오셨어요?"

"구림포鳩林浦에서 왔습니다."

누비옷을 입은 그 스님은 몸집이 조금 뚱뚱했지만, 나이를 헤아릴 수 없도록 얼굴이 고왔다. 스님은 따라오라고 하면서 앞장서서 걷다가 기와집의 마당 한가운데 서서 말했다.

"자영아, 여기 손님 모셔라."

스님은 뒤도 돌아보지 않고 몸을 돌렸다. 방문 하나가 열리면서 얼굴이 갸름하고 앳된 스님이 나왔다. 그사이에 그녀를 안내해 준 스님은 마당을 건너서 기와집 모퉁이를 돌아가고 있었다. 그 스님은 이 암자에 사는 스님이 아닌 모양이라고 그녀는 생각했다.

갸름하고 앳된 스님은 그녀를 요사채의 맨 가장자리에 있는 객실로 데리고 들어갔다. 그녀를 아랫목에 앉히고, 어떻게 오셨느냐고 물었다. 그녀는 망설였다. 은선 스님을 만나러 왔다고 그럴까. 아주 머리 깎고 중이 되려고 왔다고 그럴까. 그녀가 고개를 떨어뜨렸다.

"부모님에게 꾸중을 들으셨어요?"

얼굴 갸름한 스님의 잔잔한 목소리에 놀라 고개를 드니, 까만 눈동자가 쏘는 빛이 그녀의 눈알 속으로 깊이 파고들었다. 스님의 손은 염주 알을 하나씩 하나씩 헤아렸다. 그녀는 고개를 저었다.

"어머니가 계모인가요?"

갸름한 스님은 방바닥으로 눈길을 떨어뜨리며 물었다. 그녀는 모기 소리만 하게 아니라고 대답했다.

"중노릇을 해볼 생각이세요?"

갸름한 스님이 거듭 물었다. 그녀가 그렇다고 대답했다. 갸름한 스님이 한동안 눈을 감고 염주 알만 헤아렸다. 밖에서는 바람이 낙엽을 굴리고 있었다. 잠시 숨 막힐 것 같은 답답한 공기가 그녀의 가슴을 억눌렀다. 밭은 침을 우려 삼키고, 주눅 든 사람같이 떠듬거리는 소리로, 은선 스님을 한번 만나고 싶다고 말했다. 갸름한 스님이 그녀의 말을 듣지 못한 듯 말했다.

"보니까 고등학교 이삼 학년쯤 된 것 같은데……."

그녀는 며칠 후에 졸업식만 하면 학교와의 관계가 끝난다고 대답했다.

"뭐가 그렇게도 급했어요? 왜 그 며칠을 참아 내지 못했습니까? 진학은 또 왜 않기로 했어요?"

이렇게 거듭 묻는 갸름한 스님의 눈이 반짝거렸다. 그녀는 다시 고개를 숙였다. 갸름한 스님이 잠시 뜸을 들였다가 말을 이었다.

"다른 여자한테 사랑하는 사람을 빼앗겼어요? 아니면 말하기 곤란한 무슨 일인가를 어떤 남자한테 당했어요? 솔직하게 털어놓으셔요. 그렇지 않으면 학생을 받아들일 수 없습니다."

얼굴 갸름한 스님의 말은 냉담했다. 수남의 가슴에 뜨거운 덩어리 하나가 뭉쳐졌다. 이를 물었다. 숨을 멈추었다. 그 숨을 풀어놓기만 하면 가슴속의 뜨거운 덩어리가 순식간에 울음으로 변하여 터뜨려질 것 같았다. 갸름한 스님이 말을 이었다.

"절은 수도하는 곳입니다. 부모님한테 꾸중 듣고 도망쳐 온 학생이나, 실연한 여자들이나, 시어머니한테 구박받고 뛰쳐나온 며느리나, 돈을 떼어먹고 도망쳐 나온 사람의 은신처가 아닙니다."

수남의 머릿속에 그녀의 옆집에서 하숙하던 학생이 떠올랐다. 그녀는 눈시울이 뜨거워졌다. 눈물이 앞을 가렸다. 그 학생이 죽었다고 해서 머리를 깎겠다고 작정한 것은 아니라고 생각했다. 자기는 어머니의 뱃속에 들면서부터 중노릇을 하기로 작정이 되었을 거라고 생각했다. 그 말을 갸름한 스님에게 하고 싶었다. 거칠어진 숨결이 울음으로 변하고 있었다.

"울지 마셔요. 사람들은 대개 무슨 사연인가가 있어서 절에 찾아와선 은선 스님을 만나 뵙고 싶다고 말하곤 합니다. 만나 뵙고는 한결같이 머리를 깎고 중노릇하고 싶다고 떼를 씁니다. 그러나 그런 사람들 대부분은 끝까지 중노릇을 하지 못하고, 자기가 그렇게 하고 들어온 것을 후회하고는 어느 날 갑자기 도망치듯이 산을 내려갑니다."

수남은 흐느껴 울었다. 혀끝을 아프게 물고, 울어야 할 이유가 무엇이냐고 스스로를 꾸짖어도, 울음은 아랑곳없이 터져 나왔다. 얼굴 갸름한 스님은 담담하게 말을 이었다.

"머리를 깎으려면 부모님의 허락이 있어야 합니다. 만일에, 학생이 진정으로 중노릇을 하고 싶다면, 오늘 밤 여기서 자고 집에 돌아가 허락을 얻어 가지고 오셔요. 한 달 걸려서 허락을 얻든지, 일 년이 지나서 허락을 얻든지, 삼 년이 지난 다음에 얻든지…… 그때 그렇게 하고 와도 결코, 늦지 않습니다."

부모님의 허락을 어떻게 얻을 수 있단 말인가. 허락을 얻기 위해 집에 들어가면, 아예 방 안에 가두고 밖에서 문을 잠글지도 모른다. 어머니는 아주 자기를 죽이고 가라고 할 것이다. 그걸 어떻게 떨치고 집을 나올 수 있단 말인가. 어머니와 아버지의 눈치를 보면서 하루를 보내고 이틀을 보내고, 그러다가 결국 한평생을 내내 눈물과 한숨만으로 보내게 될지도 모른다. 아니, 어떤 남자한테 억지로 시집을 가고, 자식을 낳고, 그것들을 키우고 가르치기 위해 애면글면 허둥대다가 죽어 가게 될지도 모른다. 싫다. 한 발도 이 절 밖으로 걸어 나가지 않으리라. 끝까지 이 절에서 받아 주지 않는다면 차라리 죽으리라.

수남은 울면서 말했다.

"스님, 저 정말 꾸중 듣고 집을 나온 것도 아니고, 좋아하는 남자를 다른 여자한테 빼앗기고 온 것도 아니고, 도둑질하고 온 것도 아닙니다. 저는 어려서부터 여승 되는 것이 소원이었습니다."

갸름한 스님은 웃으면서 대꾸했다.

"학생같이 그렇게 울며불며 통사정을 한 여자들이 대부분 두어 달쯤 있다가 도망가 버리곤 했어요."

수남은 기가 막혔다. 자기 속에 든 진실을 꺼내 보이거나 열어 보일 수만 있다면, 가슴을 찢고 머리를 쪼개서라도 보이고 싶었다. 그녀는 고개를 힘껏 저으면서, 자기는 그런 사람들하고 다를 테니 두고 보라고 말했다. 갸름한 스님은 미소를 지으면서 고개를 몇 번 끄덕거리더니 말했다.

"날이 저물었으니까 오늘 밤은 여기서 자도록 하셔요."

스님이 밖으로 나간 뒤 그녀는 천장에 매달린 전등알을 쳐다보면서 우두커니 앉아 있었다. 얼마쯤 뒤에 키가 작달막하고 앳된 얼굴의 스님이 개다리소반에 밥을 차려 들고 왔다. 어디선지 아스라하게 목탁 두드리는 소리가 들려왔다. 여자의 목소리 여럿이 경을 외는 듯한 소리도 함께 들려왔다. 쌀과 보리가 반반씩 섞인 밥 한 공기에, 미역국과 콩나물과 김치와 고사리나물이 차려진 밥상을 끌어당기고 앉았다. 입이 껄껄했다. 많이 울어서인 듯했다. 밥을 겨우 세 숟가락 떠먹고 상을 물렸다. 숭늉을 떠가지고 왔다가 밥상을 내간 키 작달막하고 앳된 얼굴의 스님이 다시 와서 벽장 문을 열더니 풀기 없고 꾀죄죄한 요와 이불을 내려 아랫목에 펴주고 갔다. 그녀는 아랫목의 이불 속에 두 발을 묻은 채 우두커니 앉아 있었다.

목탁 소리도 독경 소리도 멎었다. 바람이 달려갔고 가랑잎이 굴렀다. 버스 정류장에서 사람을 헤치고 다니며 그녀의 이름을 불러 대는 어머니의 모습이 보이고 주저앉아 땅을 치고 우는 모습도 보였다. 일어서서 전등 스위치를 돌렸다. 방 안에 칠흑 같은 어둠이 들어찼다. 옷을 입은 채 이불 속으로 기어들었다. 바람 소리에 섞여 시냇물 흐르는 소리가 들려왔다. 부엉이가 늙은 남자의 목소리 같은 음험한 소리로 울었다.

양식 없다 부엉
걱정 마라 부엉
꾸어다 먹지 부엉
가을에 갚게 부엉

부엉이가 이렇게 운다고 할머니가 말했었다. 하얗게 소복을 한 할머니가 웃고 있었다. 천장의 검은 어둠이 맴돌았다. 그 어둠 속에 이웃집에서 하숙하던 학생의 얼굴이 떠올랐다. 이불을 머리 위로 끌어올렸다. 곰팡내 같기도 하고, 사람의 땀내 같기도 하고, 목욕하지 않은 여자의 구리텁텁한 몸내 같기도 한 냄새가 구역질 나게 했다. 몸을 뒤치면서 코를 이불 밖으로 내놓았다. 콧속이 방 안의 찬바람에 섬뜩해지고, 의식이 찬란한 햇살을 받아 금빛 고기비늘같이 퍼덕거리는 아침 바다처럼 맑아졌다.

코끝이 시큰해지며 눈물이 핑 돌았다. 스스로의 맹목적인 치달음을 이 끝에 놓고 씹었다. 나는 무엇인가. 이렇게 머리를 깎고 중이 되겠다고 하는 것은 나를 위해서 과연 옳은 일인가. 몸이 허공으로 붕 뜨는 듯싶었다. 새처럼 구름처럼 둥둥 떠 날아갔다. 낮에 그녀가 걸어온 길을 되짚어갔다. 버스를 타고 달려온 들판 길과 산모퉁이 길도 가보고, 어머니를 두고 도망쳐 온 광주의 버스 정류장에도 가보았다. 맥 풀려 걸어가는 한 여학생의 모습을 보고, 자기의 딸을 찾아 헤매다가 땅을 치고 통곡하는 어머니의 모습을 보았다. 그녀는 혀를 깨물면서 몸을 뒤채었다. 나는 한 마리 새인데, 지금 사람의 꿈을 꾸고 있을까. 사람인데 한 마리의 새가 되는 꿈을 꾸고 있을까. 나는 얼굴 갸름한 스님의 말마따나 중노릇을 참아 내지 못하고 두어 달쯤 뒤에 도망치듯 산을 내려가게 될까.

할머니가 기침을 했다. 간신히 숨을 돌리는 듯했다가 다시 숨이 까무룩 넘어가도록 기침을 했다. 으윽 소리를 내며 간신히 기침을 참아 낸 할머니는 요강 속에 고통에 젖은 얼굴을 묻다시피 하고 신음했다. 그녀의 손을 잡은 채, 전생에 무슨 죄를 지어서 이러는가 모르겠다고 가르랑거리는 소리로 말했다. 요강을 놓고 쓰러지듯이 누웠다. 눈을 감았다. 사람들이 몰려왔다. 아버지와 어머니가 할머니를 흔들어 대면서 소리쳤다. 마당 가에 울긋불긋한 꽃상여가 놓여 있었고, 그 옆에서 목수 두 사람이 널을 만들었다. 이 방 저 방에 사람들이 가득 찼고, 일꾼들이 마당에 차일을 쳤다. 사람들이 바쁘게 왔다 갔다 했다. 그녀는 제사떡을 먹으면서 학교에 갔다. 오전반이므로 한낮쯤에 집으로 돌아왔다. 마을 앞 들판에 상여가 나갔다. 명정과 만장의 행렬이 늘어서고, 유소보장流蘇寶帳을 휘감고 앙장仰帳을 펄럭거리며 상여는 가고 있었다. 흰 바지저고리에 두건을 쓴 상여꾼들의 상엿소리가 산과 들에 메아리쳤다. 상여 기둥에 늘어뜨린 흰 종이 수술이 떨어져 바람에 날아갔다. 하늘 높이 날아가던 그것이 개울물 속에 떨어지기도 하고, 나뭇가지에 걸리기도 했다. 할머니의 귀신이 그 나뭇가지에 걸려 있다고 아이들이 말했다. 그 흰 수술이 바람에 팔랑거렸다. 할머니의 치맛자락이 걸려 하늘거리고 있었다. 할머니가 그 나뭇가지에 걸려 울고 있었다. 울다가 기침을 하고, 기침을 하다가 까무러쳤다. 할머니가 까무러치는 것을 보자 그녀도 숨이 막혔다. 가슴이 답답했다. 무엇인가가 그녀의 목을 누르고 있었다. 시꺼먼 어둠 같은 그림자였다. 으악 하고 소리를 지르면서 눈을 떴다. 어디선가 늙은 여자의 해수 기침 소리가 들려오고 있었다. 그녀의 목에는 꾀죄죄한 이불자락이 감기어 있었다. 이불을 들치고 천장에서 술렁거리는 어둠을 보았다. 자지러지던 기침 소리가 멎었다. 잠시 바람 휘돌아 달려가는 소리만 들려왔다. 다시 기침 소리가 이어졌다. 할머니의 넋이 이 절 어딘가에 붙어 살고 있는지도 모른다 싶었다. 아니, 할머니의 넋이 그녀를 따라와, 휘돌아 달리는 바람을 따라 절집을 맴돌며 살았을 적에 다 하지 못한 기침을 다시 하고 있는지도 모른다 싶었다. 그녀는 기침 소리, 바람 소리, 가랑잎 구르는 소리, 시냇물 흐르는 소리에 휘감기어 어둠 속을 맴돌면서 밤을 숫제 하얗게 밝혔다.

아침 공양을 물리고 우두커니 앉아 있는데, 얼굴 갸름한 스님이 들어왔다. 그 스님의 얼굴은 전날보다 더 창백해 보였다. 수남은 일어서서 스님을 맞았다. 스님이 아랫목에 먼저 앉으면서 빙그레 웃고 방바닥을 두들겨 주며 앉으라고 했다. 그녀가 마주 앉자, 스님이 물었다.

"많이 생각해 보셨지요?"

그녀가 고개를 떨어뜨렸다. 스님은 손에 쥐고 있는 염주 알만 헤아렸다. 그녀는 혀끝에서 뱅뱅 도는 말 한마디를 머금고 있었다.

'스님, 정말이지, 저는 할머니 치맛자락을 잡고 절에 다니던 시절부터 줄곧 여승이 되겠다는 생각을 해왔습니다. 제발 저를 여기 있게 해주십시오.'

그 말을 얼른 뱉어 내지 못했다. 이윽고 얼굴 갸름한 스님이 먼저 입을 열었다.

"생각해 보셨으면, 일찌감치 길을 뜨시지요."

말을 마치자 스님은 몸을 일으키고 나갔다. 수남은 아득했다. 이날, 수남은 변소에 갔다 오는 경우만 제외하고 해가 저물 때까지 내내 그 방 안에 죽치고 앉아 있었다. 키가 작달막하고 얼굴이 앳된 스님은 한결같이 점심과 저녁 공양 상을 가져다주었다. 전날과 마찬가지로 자리를 펴주고 갔다. 자리에 들면서 그녀는 이를 물었다. 돌려세우고 등을 떠밀어도 가지 않겠다고, 해볼 테면 해보라고 독심을 먹었다.

전날 밤과 마찬가지로, 기침 소리를 듣고 바람 소리, 가랑잎 구르는 소리, 시냇물 흐르는 소리, 부엉이 우는 소리를 들었다. 하얗게 소복을 한 할머니의 치맛자락을 잡고 절에 갔다. 주지 스님 방으로 들어가자, 할머니가 머리를 깎고 소복을 한 채 가부좌를 틀고 있었다. 그녀를 향해 허옇게 웃었다. 소복을 한 상좌들이 그녀에게 다가와서 머리를 잘랐다. 삭둑삭둑하는 금속성 소리를 들으며 눈을 떴다. 옆방에서 기침 소리가 자지러지고 있었다.

다음 날 아침 공양을 물리고 나니, 얼굴 갸름한 스님이 문밖에서 그녀를 불러냈다. 달려나가 댓돌로 내려서자, 그 스님이 말없이 앞장서서 갔다. 스님을 뒤따라가면서 그녀는 어디선가 번져 오는 한약 달이는 냄새를 맡았다. 그녀는 밤에 기침을 심하게 하던 사람이 그 약을 먹는 모양이라고 생각했다.

얼굴 갸름한 스님이 양옥의 응접실 같은 마루를 지나쳤다. 그 마루에는 금빛 불상이 놓여 있고, 그 주변의 바람벽에 울긋불긋한 불화들이 걸려 있었다. 불상 앞에는 향이 타고 있었고, 청동 화병에 종이 연꽃이 꽂혀 있었다. 마룻바닥에 방석 셋이 나란히 놓여 있고, 단청이 되어 있는 천장에는 이내 같은 그늘이 어려 있었다. 얼굴 갸름한 스님은 그녀를 그 마루 옆에 붙어 있는 방으로 데리고 들어갔다.

방이 후끈하게 더웠다. 창문 쪽 바람벽 옆에 빨랫줄을 치고, 물수건과 기저귀 같은 것들을 걸어 두었다. 그 바람벽의 맞은편 아랫목에 얼굴 기름한 늙은 스님 한 분이 반가부좌를 하고 있었다. 눈을 반쯤 감았고, 한 손에 염주를 들고 있었다. 그 늙은 스님의 등 뒤에는 반닫이와 문갑이 나란히 앉아 있었다. 얼굴 갸름한 스님이 그녀에게 인사를 드리라고 말했다. 그녀는 어려서 할머니한테 배운 큰절을 했다. 아랫목에 앉은 늙은 스님이 무릎을 꿇고 앉은 그녀의 얼굴을 잠시 건너다보았다. 그녀는 늙은 스님의 눈길에서 아픔을 느꼈다. 늙은 스님의 눈이 창문에서 날아온 빛살을 되쏘아 날렸다. 그 빛살이 그녀의 얼굴 살갗 속으로 바늘 끝같이 날아들었다. 가슴속으로도 스며들고, 머릿속으로도 비집고 들었다. 그 늙은 스님의 들이쉬는 숨결 소리에 가래 끓는 소리가 섞였다. 그녀는 소름을 쳤다. 그 스님의 형형한 눈빛에 귀기鬼氣가 어려 있다고 그녀는 생각했다. 그녀는 어지러움을 느꼈다. 앞에 앉은 늙은 스님과 등 뒤쪽에 있는 문갑과 반닫이가 기우뚱하면서 맴을 돌았다.

이윽고 수남의 얼굴을 한동안 응시하던 늙은 스님이 입을 힘주어 다문 채 고개를 두어 번 끄덕거리더니, 그녀의 등 뒤에 무릎을 꿇고 앉아 있는 얼굴 갸름한 스님을 건너다보았다. 가보라는 듯 턱짓을 한 번 해주었다. 얼굴 갸름한 스님이 말없이 앞장서서 걸었다. 암자 모퉁이를 돌아선 길이 등성이를 타고 올랐다. 수남은 자기가 암자에 들어섰을 때, 등 뒤에 나타나 그녀를 암자의 객실로 안내해 준 몸집 뚱뚱한 스님이 아마 이 길을 걸어갔을 것이라고 생각했다.

가파른 등성이 둘을 넘어갔을 때, 길쭉한 기와집 세 채가 숲속에서 나타났다. 자영은 그녀를 서남쪽의 허름한 기와집으로 데리고 갔다. 공양간 앞에서 청년처럼 키가 크고 얼굴이 타원형인 스님에게 그녀를 넘겨주었다. 얼굴이 타원형인 스님은 얼굴 갸름한 스님에게 고개를 한두 번 끄덕거렸고, 그 스님은 수남한테 눈길 한 번 보내지 않고 몸을 돌려 총총히 가버렸다.

얼굴이 타원형인 스님을 원주 스님이라고 불렀다. 그 스님은 수남의 위아래를 훑어보았다. 공양간 안에서 먹물들인 일복을 입은 앳된 얼굴의 스님 둘, 검정 바지에 잿빛 스웨터를 입은 채 머리를 기른 젊은 여자, 청바지에 황갈색 점퍼 모양의 윗옷을 입은 파마머리의 얼굴 갸름한 여자가 나오더니 수남의 모습을 이리저리 뜯어보았다.

"신 행자, 대전 행자가 입던 스웨터하고 바지 입혀서 데리고 와."

원주 스님이 말했다. 등 뒤에 있던 신 행자가 앞으로 나섰다. 신 행자의 얼굴은 이마가 훤한 대신에 턱이 조금 앞으로 나왔고, 깎은 머리가 번들거리면서 푸른빛이 돌았다. 몸에 잘 맞지 않는 헐렁헐렁한 먹물 든 옷을 입고 있었다. 신 행자는 그녀 앞에 극히 형식적인 합장을 하고 몸을 돌려 걸었다. 수남이 뒤따라갔다.

"얼떨떨할 거예요. 그렇지만 며칠만 있으면 곧 괜찮아져요."

공양간 뒤쪽에 있는 별채로 가면서 신 행자가 나지막한 소리로 말했다. 그 목소리가 퍽 다정다감했다. 언젠가 그녀의 집에 온 막내 이모처럼 어른스러웠다.

처마가 낮아 어두컴컴한 뒤란을 한참 걸어가다가 방문 하나를 열었다. 방 안이 어둑어둑했다. 신 행자가 들어가며 물었다.

"이리 들어와요. 나도 학생만 한 동생이 있어요. 이름이 뭐죠?"

말씨가 빠르고 조금 수다스러웠다.

"강수남요."

그녀가 문턱을 넘으며 대답했다. 신 행자가 다시 고향을 물었다.

그녀의 대답이 떨어지기도 전에, 신 행자는 말했다.

"여기서는 이름이 필요 없어요. 아마 스님들이 강 행자라고 하거나 구림포 행자라고 할 거예요. 이거 몸에 맞을지 모르겠네요."

신 행자는 벽에 걸린 바지와 스웨터를 내려 주었다. 수남이 오버코트와 감색 교복을 벗고, 스웨터와 바지를 입는 동안 신 행자는 말을 이었다.

"내 이름은 영숙이고, 고향은 서울이에요. 뭐가 어째서 이 노릇을 하자고 들어왔는지 모르겠지만 고생이 말도 못 하게 많을 거예요."

그러고서 스웨터와 바지를 꿰입은 수남의 앞뒤를 훑어보았다.

"아주 잘 맞네요. 세세한 이야기는 천천히 하기로 하고 얼른 가보자고요."

그러면서 신 행자는 문을 열고 나갔다.

이날 원주 스님이 수남에게 시킨 첫번째 일은 정랑(변소) 청소였다. 원주 스님의 얼굴에는 웃음이 없었다. 원주 스님은 수남의 눈을 빤히 들여다보면서 말했다.

"절대로 물을 쓰면 안 돼. 만일 그 물이 얼어서 빙판이 되는 날에는 이 도량 스님들 다리나 뒤통수가 하나도 온전하지 못할 거다."

신 행자가 그녀를 정랑으로 안내했다. 앞장서 가면서 신 행자는 말했다.

"청소를 할 것도 말 것도 없이 깨끗해요. 막 들어온 행자한테 정랑 청소를 하게 하는 것은 먼저 구린내를 맡아도 구역질을 하지 않도록 훈련시키는 것이라고 해요."

멋없이 드넓고 길쭉한 기와집 앞을 지나갔다. 신 행자가 그녀의 귀에 대고 말했다.

"이 앞 지나다닐 때는 발소리나 기침 소리도 내지 말아야 해요."

현관문 앞에는 한자로 '묵언'이라고 쓰인 입 간판이 서 있었고, 줄지어 달린 유리창 밖에는 비닐종이가 덧대어져 있었다. 그 건물 앞을 지나쳐 갈 무렵에, 잣대로 손바닥을 힘껏 치는 듯한 딱, 소리가 들려왔다. 스님들은 무슨 공부를 어떻게 하기에 저렇듯 조용할까. 또 잣대로 치는 듯한 그 소리는 무엇으로 어디를 어떻게 때리는 소리일까. 비닐종이를 덧댄 유리창 안에는 음험한 음모가 도사리고 있을 것 같았다.

"아까 조 행자하고 박 행자가 다 청소했어요. 잠시 하는 체하다가 오면 돼요."

신 행자는 그녀를 정랑 뒤쪽의 청소 용구함 앞까지 데려다주고 돌아섰다. 정랑은 그녀가 다니던 학교의 변소만 했다. 안의 구조만 달랐다. 두껍고 긴 널빤지를 깔고 직사각형의 구멍을 뻥 뚫어 놓았고, 구멍과 구멍 사이를 젖가슴쯤까지 차오르게 판자로 막아 두었다. 그녀는 빗자루를 든 채 정랑 안을 기웃거렸다. 티끌이나 종이 부스러기는 물론 잘못 흘린 오물 한 점 없었다. 칸막이 판자 옆에 놓인 휴지 바구니와 아스라하게 보이는 밑바닥의 똥오줌을 훔쳐보며 나오다가 역한 생각이 들었다. 입안 가득히 침이 괴어 있었다. 그걸 우려 정랑 구멍을 향해 퉤

뱉었다.

"어디다가 함부로 침을 뱉어?"

정랑 입구에서 앙칼진 소리가 들렸다. 노스님이 들어오다가 그녀를 노려보고 서 있었다. 수남은 얼굴이 뜨거워졌다.

"네년 속에는 이 정랑 속에 들어 있는 것보다 더 구리고 흉측한 것이 들어 있다는 것을 알아야 해."

그 목소리가 그렇게 독하고 모질게 느껴질 수가 없었다. 노스님이 말을 이었다.

"이 정랑 속에는 너보다 더 깨끗한 중생이 살고 있어."

그날 밤, 그녀는 행자 네 사람과 함께 잤다. 맨 안쪽에 자리를 편 신 행자가 바람벽 쪽에다 그녀를 눕혔다.

"대학이나 일단 다녀 놓고 보지 그랬어요?"

신 행자가 그녀에게 돌아누우면서 말했다. 그녀는 대답하지 않았다. 천장에서 맴도는 어둠을 보기만 했다. 바람 달리는 소리가 들리고 어디선가 문짝 하나가 덜커덩거렸다. 가랑잎이 뒹굴었다. 문풍지가 부우 하고 울었다. 신 행자가 몸을 새우처럼 웅크리고 짜증스럽게 말했다.

"오늘 밤에는 웬 문풍지까지 저렇게 청승을 떠나?"

다른 행자들은 잠이 들었는지 잠잠했다. 출입문 옆에 누운 행자는 코를 골았다. 처마 끝의 풍경 소리가 뎅그렁거렸다. 눈을 감았다. 그녀는 아득하게 드넓은 들판 길을 가고 있었다. 감색 오버코트의 호주머니에 두 손을 깊이 찌르고 고개를 떨어뜨린 채. 활등처럼 굽은 강둑길을 걸었다.

"뭐니 뭐니 해도 은사 스님을 잘 만나야 고생 덜하고 크기도 빨리 커요."

신 행자가 깊이 잠긴 소리로 말했다.

"은사 스님 잘 만나면 친어머니보다 더 예뻐하고 잘 보살펴 주기도 하고요."

신 행자는 한숨을 쉬었다.

수남은 고개를 저었다. 은사 잘 만나고 잘 못 만남이 무슨 소용 있으랴. 승려는 혼자서 제 몸 닦는 사람이라는 것을 책에서 읽었다.

다시 풍경 소리가 들리고 문풍지가 울었다.

"내일은 쥐도 새도 모르게 저놈의 풍경을 작대기로 쳐서 망가뜨려야 되겠어."

신 행자가 신경질적으로 말했다. 담요 자락을 머리 위로 끌어올리더니 배를 깔고 엎드렸다. 잠시 벌레처럼 아랫몸과 윗몸을 이리저리 틀었다. 그것은 참고 견디기 힘들어하는 사람의 슬픈 몸부림이었다.

어슴푸레하게 잠이 들었다 싶었는데, 손 하나가 그녀의 손을 쥐었다. 손목을 만지더니 팔뚝으로 기어올랐다. 다시 손목을 거쳐서 손끝으로 가더니, 그걸 잡아다가 자기의 가슴에 품었다. 품으면서 두 손으로 힘껏 감쌌다. 터져 나오려는 울음을 억지로 깨물어 삼키고 있었다. 그것은 신 행자였다. 이 여자가 왜 이럴까. 절에 들어오기 전에 있었던 어떤 일 때문일까. 은사 스님을 잘 못 만나 고생하는 설움 때문일까. 그때 느닷없는 목탁 소리가 조용한 밤공기를 찢어발겼다. 그것은 도량 안의 여기저기에 부딪혀 메아리가 되면서 쇳소리를 지녔다. 목탁 소리와 함께 한 스님의 굵고 걸걸한 남성의 목소리 같은 독경 소리가 들렸다. 큰절의 쇠북 소리가 아득하게 들려왔다. 신 행자가 수남의 손을 놓고 몸을 웅크렸다. 신 행자는 귀를 막고 있었다. 신 행자 옆의 남원 행자가 몸을 일으켰다. 우두커니 앉아 있었다. 그 옆의 두 행자도 부스럭거리며 일어났다. 누군가가 전등 스위치를 젖혔다. 천장에 매달린 형광등이 켜졌다. 수남도 일어나 앉았다. 남원 행자가 신 행자의 어깨를 흔들었다. 신 행자는 꼼짝

하지 않았다. 그들은 신 행자를 그대로 두고 밖으로 나갔다.

그로부터 닷새째 되는 날이었다. 봄날처럼 따뜻했다. 그녀를 빨래터로 데리고 간 신 행자는 속옷에 비누질을 신경질적으로 하면서 말했다.

"나는 틀렸어요. 은사 스님 눈 밖에 난 지 오래예요. 닷새만 있으면 꼭 열 달째인데 계戒 받게 해줄 생각을 안 해요."

수남은 주무른 빨래를 헹구다 말고, 하얗게 포말을 일으키며 흘러내리는 물을 물끄러미 보았다. 그녀는 그 물을 따라 내려갔다. 계곡을 지나고, 기슭을 휘돌고, 들판을 달려 바다로 갔다. 파도가 되어 달려가고, 거품이 되어 날아갔다. 구림포의 모래톱을 뛰어올라서 고향 집으로 내달렸다.

헹군 빨래를 짜다가 인기척을 느끼고 고개를 드니 몸집 뚱뚱한 스님이 앞에 서 있었다. 처음 은선 스님의 암자에 들어선 그녀를 얼굴 갸름한 스님한테 데려다준 그 스님이었다. 신 행자도 빨래하던 손을 멈추고 멍청히 그 스님을 쳐다보았다. 그 스님의 볼에는 힘살이 서 있고, 눈꼬리가 꼿꼿하게 치켜 올라가 있었다.

"이 멍청이 같은 것들아, 속옷 빨아 입을 생각만 하지 말고, 네년들 몸속에 밴 더러운 생각들부터 주물러 짜내."

그 스님은 이 말을 퉁명스럽게 내뱉고 화난 듯한 걸음걸이로 가버렸다. 신 행자는 고개를 떨어뜨리고, 돌덩이 같은 비누로 팬티 하나를 짓이기듯이 때려 대다가 숲길 저쪽으로 사라지는 스님의 뒷모습을 노려보며 투덜거렸다.

"나도 계속 여기 엎드려 있으면, 한 삼십 년쯤 뒤에 저렇게 될까? 빌어먹을, 신경질만 남아 가지고……."

저녁 공양 짓는 솥에 불을 지피는데, 남원 행자가 다가와서 수남의 귀에 대고 속삭였다.

"서울 행자 가까이하지 말아요. 저 행자님 중노릇하기 벌써 틀렸어요. 어떤 관계인지는 모르지만, 남자가 가끔 찾아온답니다. 저 밑 여관에 들어 있으면서, 여기 드나드는 보살을 통해 저 서울 행자하고 편지질하다가 노스님한테 들켰답니다."

남원 행자의 말이 결국 들어맞았다. 소쩍새 울음소리가 도량을 맴돌던 이른 봄밤이었다. 그날 낮에 남원 행자는 큰 절에서 계를 받고 와서 대중들이 거처하는 방으로 옮겨갔고, 행자들은 뼈가 오그라지게 채소밭을 일구었다. 신 행자는 잠을 이루지 못하고 엎치락뒤치락했다.

출입문 쪽에 누운 두 행자는 눕자마자 잠이 들었다. 수남도 몸이 구들장 밑으로 녹아 들어가는 것 같았다. 까무룩 잠이 들었는가 싶었는데, 도량석을 도는 목탁 소리가 들려왔다. 눈을 뜨자 그녀는 반사적으로 신 행자의 자리를 더듬어 보았다. 비어 있었다.

수남의 가슴속에는 공양간 구석구석에 스민 것보다 더 진한 어둠이 들어차 술렁거렸다. 그 어둠 속에는 일주문을 빠져나가는 길이 열리고, 그 길을 달려가는 신 행자의 모습이 그려지고, 버스가 어둠을 갈랐다. 나도, 신 행자처럼 도망칠까. 지금 가도 광주 쪽으로 나가는 차는 얼마든지 있을 것이다. 부산 행자가 쿡쿡 웃었다. 수남은 콩나물을 찌꺼기 그릇에 버리고, 찌꺼기를 콩나물 바구니에 담고 있었다.

아궁이에 불을 지폈다. 불이 활활 타올랐다. 수남의 어지러운 생각이 그 불처럼 타오르고 있었다. 그 불 속에 아버지와 어머니의 얼굴이 보이고, 동생들의 얼굴이 보이고, 신 행자의 얼굴이 보이고, 그녀네 이웃집에서 하숙하던 학생의 얼굴이 보였다. 나도 부지깽이를 던지고 돌아가 버릴까. 그녀는 고개를 저었다. 나는 신 행자하고 다른 사람이다. 어머니의 몸을 빌려서 태어났을 뿐, 원래부터 불제자가 되도록 마련되어 있었다.

아침 공양 설거지를 다 하고 났을 때, 원주 스님이 행자들을 한데 모이게 했다. 별채에 있는 한 스님의 방으로 데리고 들어갔다. 거기에 몸집 뚱뚱한 스님이 앉아 있었다. 나중에 알고 보니, 그 스님은 정선正善 스님이었고, 은선 스님의 도반이었으며, 청정암의 모든 살림살이를 맡아 하는 재무 스님이었다.

"너희들도 신 행자같이 마을로 돌아가고 싶지? 가고 싶은 사람들은 돌아가겠다고 말을 하고 가거라. 그래야 옷도 주고 차비도 주어 보내지."

정선 스님은 여느 때와 달리 부드럽고 포근한 말씨로 나지막하게 말했다.

"나는 신 행자가 언젠가 마을로 돌아갈 것이라는 걸 알고 있었다. 얼굴에 그렇게 씌어 있었고, 그런 냄새를 스스로 풍기고 있었어. 집에서 몸만 빠져나왔다고 출가한 건 아니다. 몸 출가보다 마음 출가가 중요한 거야. 그게 진정한 출가지. 탐욕, 분노, 어리석음 같은 번뇌 망상의 불집(火宅)에서 뛰어나와야 한단 말이야. 여기 들어와서 머리 깎고, 계를 받고, 먹물 옷을 입고 살아도, 마을(俗世) 일에 집착하고 있다면, 그 사람은 아직 출가하지 못하고 있는 셈이야."

정선 스님은 말을 끊고 있다가 다시 이었다.

"여기는 중노릇하기 싫다는 사람을 억지로 붙잡아 두는 곳이 아니니까 가고 싶으면 언제든지 이야기해라. 도둑고양이같이 빠져나가지 말고, 알았지?"

골짜기에 불이 붙는 것처럼 빨갛게 어우러졌던 진달래가 지고 철쭉꽃이 피었다. 맨 나중에 움이 트는 것은 상수리나무였다. 그 나뭇가지에 뿔처럼 뾰조롬해 있던 움이 잎사귀로 파랗게 벌어졌을 때는 이 산 저 산에서 뻐꾹새가 향 맑은소리로 울었다. 부산 행자, 완도 행자를 따라 나물을 캐러 가다가 수남은 포행하는 스님들을 바라보았다. 선방에서 좌선하다가 나와서 몸을 푸느라 저렇게 절 마당을 줄지어 걸어다니는 것이라고 원주 스님이 말했었다.

산을 올라 가면서 수남은 자기도 얼른 머리를 깎았으면 좋겠다고 생각했다. 절집에서 머리를 기르고 있는 사람은 기형 동물같이 보였다. 제대로 진화하지 못한 사람이기라도 한 듯한 열등감이 느껴졌다. 가뜩이나 그 머리카락들은 밥이나 국이나 반찬 속에 흉측스러운 벌레의 시체처럼 끼어들어 있다가 행자들을 무안하게 할 뿐이었다. 그걸 무명초無明草라고 불렀다. 인간의 본성을 어둠에 잠겨 있게 하는 풀 같은 것이라는 말.

"이것들아, 그런 정성으로 어떻게 중노릇을 하려고 그래?"

한번은 노스님이 밥알 묻은 긴 머리카락을 들고 공양간에서 불호령을 한 적이 있었다.

부산 행자, 완도 행자와 떨어져서 나물을 찾아다니다가 산 중턱의 너덜겅 밑에 이르렀다. 어린 엉겅퀴를 캐고, 그 옆에 있는 수리취 한 포기를 뜯다가 그녀는 재빠르게 바위 뒤에 몸을 숨겼다. 멀지 않은 숲 사이에 사람의 모습이 어른거렸다. 혼자가 아니고 둘이었다. 그들은 자루 한 개씩을 들고 있었다. 머리를 깎았고, 먹물 들인 일복을 입고 있었다. 큰 절인 덕암사의 비구 스님들인 모양이었다. 그녀는 가슴이 콩콩 뛰고, 얼굴이 화끈거렸다. 부산 행자, 완도 행자는 어느 쪽으로 갔을까. 비구 스님들이 수남을 발견하고 가까이 왔다.

"청정암에서 왔소, 행자님?"

키 크고 눈이 부리부리한 스님이 그녀를 향해 물었다. 그녀는 빨개진 얼굴을 숙이고 돌아섰다. 나도 언제 머리를 깎을까. 숲속에서 비구를 만났기 때문에 두렵고 부끄럽다기보다는 아직 머리를 깎지 못하고 있다는 열등감이 그녀를 움츠러들게 했다.

"우리도 아직 행자요. 잠깐 이야기 좀 합시다."

땅딸막한 쪽이 말했다. 바람이 불어왔고, 흘러내린 머리칼이 콧등을 간지럽혔다. 너덜겅 가장자리에 있는 산죽山竹 숲이 쇳소리를 내며 몸을 흔들었다.

"들어온 지 얼마나 됐소?"

"어디서 왔소?"

두 행자가 한마디씩 물었다. 수남은 그 말을 듣지 못한 체하고 골짜기 쪽으로 내려갔다.

"참답게 도를 닦는 자에게는 이성 문제 같은 것쯤 초월하여 허물없이 이야기를 나누는 너그러움이 있어야 하는 것인데……."

키 큰 쪽이 아쉬움과 빈정거림을 얼버무려 말했다.

"그놈의 현학衒學 좀 덮어 둬요. 이 문 안에 들어오려면 알음알이 두지 말라는 말 잊었어요?"

땅딸막한 쪽이 퉁명스럽게 말했다.

수남은 뒤도 돌아보지 않고 산을 내려갔다.

나물 자루를 풀어놓고 공양을 하고 나자, 얼굴 갸름한 스님이 그녀를 데리러 왔다. 수남은 잠시 멍해졌다. 누가 찾아온 것이 아닐까. 가슴이 쿵쾅거리고 얼굴이 뜨거워졌다. 아버지의 모습이 눈앞에 보이는 듯했다. 아버지가 데리러 왔으면 어찌할까. 얼굴 갸름한 스님은 수남을 앞장서서 총총 걸어갔다. 그 스님의 자세는 꼿꼿했다. 어쩌면 자신에 차 있었고 의젓했다. 거만스러웠다. 수남은 어깨를 늘어뜨린 채 발소리를 죽이며 걸었다.

얼굴 갸름한 스님은 청정암으로 수남을 데리고 갔다. 스님이 댓돌에 신을 벗어 놓고 툇마루로 올라섰다. 방문을 열고 그녀를 먼저 들여보내고 스님이 나중에 들어섰다. 늙은 스님이 아랫목 방석 위에 반가부좌를 하고 있었다. 은선 스님이었다. 수남은 그 스님한테 큰절을 했다. 은선 스님의 형형한 눈이 그녀의 얼굴을 비추고 있었다. 그녀는 그 스님의 두루뭉술한 머리와 두 겹의 턱과 힘주어 다문 입술을 보았을 뿐이었다.

"힘들지?"

은선 스님이 말했다. 수남은 고개를 저었다. 은선 스님이 잔잔한 웃음을 얼굴에 띠었다. 얼굴 갸름한 스님을 향해 턱을 한 번 내밀어 보였다. 얼굴 갸름한 스님이 줄자를 들고 수남을 일으켜 세웠다. 그녀의 몸 여기저기를 재기 시작했다. 그녀의 눈앞이 어질어질했다. 승복을 지어 주려는 것이라고 직감했다. 은선 스님이 나를 상좌로 삼으려 하는 것이 틀림없다. 머지않아 머리도 깎아 줄 터이다.

그로부터 닷새 뒤, 수남은 대중들이 거처하는 큰방으로 들어갔다. 여러 어른 스님들이 빙 둘러앉아 있었다. 은선 스님, 정선 스님도 끼어 있었다. 그녀를 의자에 앉히고 윗몸에 흰 가운을 둘렀다. 그녀의 발부리에 물 담긴 세숫대야가 놓여 있었다. 그녀는 눈을 감았다. 손 하나가 머리 한 가닥을 잡는가 싶더니, 이내 사각 하고 가위가 그 머리를 잘랐다. 사각 소리가 계속되었다. 그녀는 끈을 생각했다. 자기의 몸을 붙들어 매고 있는 끈들이 잘려지고 있다고 생각했다. 아버지 어머니와 그녀 사이에 연결되어 있는 끈, 동생들과 맺었던 끈, 이웃집 하숙생과의 사이에 뻗치려 했던 끈, 친구들이나 선생님이나 그녀가 알고 있는 모든 얼굴들과의 사이에 뻗치었던 줄들을 모두 잘라내고 있다고 생각했다. 이젠 혼자다. 내게는 부처님이 있을 뿐이다. 부처님께 더욱 가까이 다가서도록 이끌어 주는 은사 스님이 있을 뿐이다.

"이 머리칼 하나는 일부러 남겨 두는 것이다. 큰 절에 가서 자를 테니 그대로 둬라."

가위질하는 스님이 귀엣말을 했다.

"아이고, 두상이 썩 잘생겼다. 부디 성불하도록 해라."

노스님 한 분이 말했다. 가위질이 끝나고 삭도질이 시작되었다. 따갑고 소름 쳐지는 지겨움이 칼끝에서 느껴졌다. 살며시 눈을 떠보니, 잘린 부분에 물을 묻힌 머리칼들이 줄지어 놓여 있었다. 창문 쪽에서 날아든 빛살이 눈을 부시게 했다.

잿빛 한복 바지저고리에 두루마기를 입고 별채에 기거하는 노스님들을 찾아다니며 인사를 드리고 큰 절로 갔다. 그녀보다 훨씬 먼저 입산했으면서도 아직 사미니계를 받지 못한 행자들과 함께 갔다. 반개한 부처님의 눈길 앞에서 그들은 합장을 했다. 계를 내리는 큰스님은 건장한 체구였고, 얼굴에 주름살이 가득했다.

"고향을 향해서 너를 낳아 키워 주신 부모님께 마지막으로 큰절을 올리거라."

큰스님의 말에 따라 계를 받기 위해 늘어선 행자들은 각자의 고향을 향해 세 번 절을 했다.

"낳아 길러 주시고 가르쳐 주신 부모님의 은혜에 진심으로 감사를 올려야 하느니라."

그녀는 큰스님의 이 말에 코끝이 시큰해졌다. 눈시울도 뜨거워졌다.

"이번에는 부처님께 출가 신고를 하는 것이다. 마찬가지로 세 번 절을 하여라."

행자들이 부처님께 세 번 절을 하는 동안에 큰스님이 나지막하지만 무겁고 근엄한 목소리로 말했다.

"나는 이제 세상의 온갖 애욕 다 끊고, 부처님의 제자가 되었사옵나이다. 이르신 가르침 다 배우고, 이르신 계戒를 반드시 지키고, 끊임없이 도를 닦아 반드시 성불하겠나이다."

절을 마치자 큰스님은 행자들의 머리에 감로수를 뿌려 주고, 가위를 들고 삭발할 때 남겨 두었던 머리칼 한 오라기를 잘라낸 다음 삭도를 들고 정수리와 뒤통수에 댔다.

"옴 살바 못자 모지 사다야 사바하."

행자들이 소리를 맞추어 참회 진언을 외어 댔고, 스님들이 팔목에 심지를 박고 불을 붙여 주었다. 심지 끝에 붙은 불이 점차 살갗 가까이로 타 들어갔다. 쏘고 쑤시는 듯한 아픈 뜨거움이 온몸을 휘감았다. 동시에 눈이 훤뜻 밝아지는 것 같았다. 그녀는 이를 문 채 눈을 감았다. 팔뚝의 아픈 뜨거움이 아리고 쓰리는 화끈거림으로 변했다.

전계하는 큰스님이 사미니 십계를 내리기 시작했다.

"첫째, 생명 있는 중생을 죽이지 말라. 이 계를 몸과 마음이 다할 때까지 지키겠느냐, 말겠느냐?"

큰스님이 세 번 물었고, 행자들은 대답했다.

"예, 받들어 지키겠습니다."

이어서 나머지 계들이 내려졌다. 둘째, 남이 주지 않는 물건을 훔치지 말라. 셋째, 음행을 하지 말라. 넷째, 거짓말을 하지 말라. 다섯째, 술을 마시지 말라. 여섯째, 꽃다발을 가지거나 몸에 향수를 바르지 말라. 일곱째, 노래하고 춤추고 풍류잡이를 하지 말고, 그런 것을 하는 데 가까이 가서 보고 듣고 하지 말라. 여덟째, 높고 넓은 큰 평상에 앉거나, 명주나 비단 이불을 사용하지 말라. 아홉째, 끼니때 아닌 때는 먹지 말라. 열째, 돈과 금은 보물을 품에 지니지 말라.

이어 행자들에게 법명法名이 내려졌다. 수남은 진성眞成이라는 법명을 받았다. 이제는 강수남이 아니었다. 강수남은 죽고 진성이라는 한 사미니가 새로 태어났다. 그녀의 몸에는 새로 지은 법의法衣가 입혀졌고, 머리는 파르라니 깎였다. 그녀는 자꾸 어지러웠다. 부처님 양옆과

등 뒤에 서린 보랏빛 그늘이 그녀의 들숨을 타고 가슴속으로 스며들고 있었다.

"아주 의젓하다."

수계를 마치고 돌아가자 공양간 앞에 서 있던 원주 스님이 반기면서 말했다.

"이젠 진성 스님이 됐지? 진성은 복이 무척 많아. 은선 스님이 끔찍이 생각해 주신 거야. 진성이 같이 석 달 만에 행자 생활을 면한 경우는 아직 우리 절 생긴 이래로는 없었을 거다."

원주 스님의 말이 옳았다. 계를 받고 나자, 은선 스님은 그녀를 자기의 옆방에서 얼굴 갸름한 스님과 함께 기거하도록 하고, 경 공부를 시켰다. 얼굴 갸름한 스님의 법명은 자영이었다.

자영과 한 열흘쯤 기거했을 때, 자영이 속삭이듯이 말했다.

"우리 스님이 진성 스님한테 반한 모양이에요. 여기 들어온 뒤로 스님께서 하루도 진성 스님 이야기 안 하신 날이 없었어요. 진성 스님은 못 느꼈을지 모르지만, 내가 몰래 대중들 사는 데 올라가서 진성 스님이 어떻게 생활하고 있는지 살피고 와서 스님한테 일러 드리곤 했어요. 까닭이 있지요. 진성 스님이 이 암자에 들어오기 전날 밤에, 우리 스님께서 꿈을 꾸었는데, 번쩍번쩍 빛이 나는 금부처가 일주문 안으로 걸어 들어오더라는 거예요."

자영 스님의 숨결이 잦아드는 듯싶더니 고르게 새근거렸다. 골짜기의 시냇물 흐르는 소리가 고요를 깼다. 아득한 곳에서 소쩍새가 울었다. 그 소리가 점차 가까워졌다. 진성은 비로소 집 생각을 했다. 아버지와 어머니에게 편지를 써야겠다고 생각했다. 와 있는 곳을 알리고, 이미 머리를 깎고 수도를 시작했다는 것도 말씀드리고, 자기가 도를 잘 닦을 수 있도록 빌어 달라고 할 생각이었다. 그 생각 때문인지 잠자리가 뒤숭숭했다. 지평선이 아득하게 보이는 들판 길을 걸어갔고, 입술이 잉크빛인 이웃집 학생을 만났고, 아버지와 어머니와 동생들을 만났고, 친구들을 만났고, 담임 선생님을 만났다. 그들은 몰려들어 잿빛 승복을 입은 그녀의 손목, 옷자락, 팔, 어깨, 허리를 붙잡아 끌고 갔다. 발버둥을 치다가 눈을 떴다. 시냇물 소리만 암자 마당에서 맴을 돌았다.

아침 공양을 하고, 대중들이 입선하는 시간에 맞추어 경 공부를 시작하려는데, 들어온 지 한 달밖에 되지 않은 전주 행자가 와서 말했다.

"진성 스님, 좀 나가 보셔요."

온몸에 소름이 일듯 스치는 예감이 있었다. 누군가가 나를 찾아온 것이다. 멍히 툇마루 끝에 서 있는 전주 행자의 얼굴을 보다가 옆에 앉은 자영 스님을 보았다. 혹시 전주 행자가 나를 잘못 짚었는지도 모른다. 그 생각을 하면서 진저리를 쳤다.

"무슨 일이에요?"

진성은 얼굴이 빨갛게 달아올랐다. 간밤 꿈속에서 만난 얼굴들이 줄을 지어 나타났다. 전주 행자가 툇마루 위의 자영을 보면서 흰자위 많은 눈을 깜빡거리고만 있었다. 자영이 말없이 방문을 닫고 댓돌로 내려섰다.

아버지가 나를 데리러 온 모양이다. 진성은 울음이 솟구쳐 올라왔다. 문을 열고 달려나가 보고 싶은 것을 참았다. 읽던 경으로 눈길을 떨어뜨렸지만, 눈앞에는 검은 활자들이 개미처럼 기어갈 뿐이었다. 귀는 밖으로 가 있었다. 멀어져 갔던 발소리가 가까워지더니 은선 스님의 방문을 열고 들어갔다. 자영이 무어라고 말을 했다. 은선 스님의 목소리는 들리지 않았다. 한참 만에 다시 문을 여닫는 소리가 들리고, 자영이 그녀가 있는 방으로 왔다.

"아버님하고 어머님이 오셨다는데……."

그녀의 가슴에서 뜨거운 덩어리가 뭉쳐졌다. 그들은 어떻게 내가 여기 있다는 것을 알았을까? 눈앞에 푸른 어둠이 맴을 돌았다. 온몸에 힘이 풀렸다. 이 일을 어찌하면 좋을까. 만나면 그들이 나를 억지로 끌고 가려 할 것이다. 그렇다고 만나지 않겠다고 할 수도 없었다. 그녀는 두 손바닥으로 얼굴을 감싸고 책상 위에 엎드렸다.

"주차장 옆 다방에 계신다니까 얼른 가봐요. 스님께서도 허락하셨어요."

진성은 밖으로 나갔다. 투명한 햇살이 푸른 숲의 잎사귀들 위에서 번쩍거렸다. 하늘엔 구름 한 점 없었다. 시냇물이 여느 때와 달리 숨 가쁘게 소리치며 달렸다. 진성은 뛰어가고 싶었다. 그러나 어떤 결전을 앞둔 사람처럼 쪽빛 하늘을 보면서 천천히 걸어갔다. 바쁘게 뛰어야 할 이유가 없었다. 반가워하고 슬퍼해야 할 이유가 없었다. 그녀는 강수남이 아니었다. 강수남의 탈을 벗었고, 진성이라는 사미니가 되어 있었다.

"그렇지, 그렇게 강단진 데가 있어야 하는 거야."

그녀가 머리를 깎을 때 눈물을 흘리지 않자, 원주 스님이 그녀의 귀에다 대고 말했었다. 왜 운단 말인가. 그녀는 내내 가슴이 울렁거렸었다. 머리를 깎음으로 말미암아 비로소 다른 대중들에 대한 열등감에서 해방될 수 있었다. 슬픔이 아닌, 달아오르는 환희심에 눈물이 날 지경이었다. 성실한 불제자가 되어야지.

진성은 시냇물을 따라 걸으면서 가슴을 펴고 심호흡을 했다. 부모님에게도 반절을 해야 한다. 이제는 부모님마저도 제도해야 하는 스님이 된 것이다. 내가 일주문에 들어서던 날 밤에, 은선 스님의 꿈에 금부처가 들어왔다고 하지 않던가. 그것은 내가 크게 득도할 재목임을 말해 주는 것이라고, 은선 스님이 그랬다지 않던가.

다방 문을 열고 들어섰다. 소매 긴 흰 블라우스 위에 까만 그물 모양의 조끼를 입은 어머니가 달려와서 강수남 아닌 진성을 끌어안았다. 그녀의 볼과 목에 눈물 번질거리는 얼굴을 묻고 흐느꼈다.

"에에끼, 무정한 년아, 무슨 삼시랑이 점지한 것이기에 그렇게도 독하고 무정하냐? 에에라, 이 독사보다 모진 년아."

안쪽 구석으로 그녀를 얼싸안고 가면서 어머니가 말했다.

구석에 앉은 아버지는 담배 연기만 거듭 빨아 뿜었다. 재떨이를 들여다보면서 재도 붙지 않은 담배 끝을 재떨이 가장자리에다 잇달아 떨고 있었다.

그녀가 다가가서 합장하고 고개를 숙이자 아버지가 얼굴을 돌렸다. 수척해진 얼굴이었고, 눈에는 핏발이 섰다. 아버지는 눈을 자꾸 껌벅거렸다. 아버지의 눈길은 그녀의 파르라니 깎인 머리와 얼굴과 잿빛 승복 차림새를 더듬었다. 아버지의 눈시울이 창문에서 날아온 빛살을 되쏘았다. 아버지가 담배 끝을 입으로 가져가면서 다시 얼굴을 숙였다.

"이년아, 너를 찾으려고 얼마나 헤맸는지 아느냐? 여승들 산다는 절이란 절은 다 더듬었다. 우리는 이렇게 애가 타서 안달을 하는데 어쩌면 그렇게도 칼로 자르듯이 싹둑 자르고는 편지 한 장도 없이 이럴 수가 있단 말이냐? 이년 어디 한번 당해 봐라. 여기 오면서 느그 아버지가 얼마나 벼른지 아냐? 만일, 아직 철들지 않은 아이를 보호자 허락도 없이 머리를 깎아 놓기만 했으면, 동원할 수 있는 데까지 힘을 모두 동원해서 절을 숫제 쑥대밭으로 만들어 놓을 참이라고 하셨다. 에미 애비 배반하고 어디 중노릇 네 맘대로 하는가 두고 봐라."

어머니는 눈물을 흘리면서 악에 받친 소리를 했다. 아버지는 계속해서 담배 연기만 빨아 뿜었다.

이상한 일이었다. 그들이 그렇게 들썽거리자, 그녀의 가슴은 더욱 차갑게 가라앉았다. 그녀는 고개를 떨어뜨린 채 어머니와 아버지의 마음이 가라앉기를 기다렸다.

어머니는 등 뒤쪽 의자 위에 놓아두었던 가방을 가져다가 무릎 위에 놓았다. 지퍼를 열더니 옷을 꺼냈다.

"그 옷 벗고 이 옷으로 갈아입어라. 가자. 니가 뭣이 부족해서 중노릇을 한단 말이냐? 얼굴이 밉상이냐, 시집가서 소박을 맞았냐? 도둑때를 입었냐, 비늘때를 입었냐? 어느 놈하고 연애를 하다가 걷어차이기를 했냐? 에미가 계모여서 눈칫밥을 먹고, 남모르게 꼬집혀서 온몸에 푸른 멍 없어질 새 없이 살아오기를 했냐? 애비 에미 없는 고아냐? 대관절 뭣이 부족해 이 산중에서 그 고독을 밥으로 알고 살아간단 말이냐? 안 된다. 가자. 얼른 갈아입어라."

그러고서 어머니는 계산대 앞에서 자기네 앉은 구석 쪽을 보고 있는 종업원을 향해 말했다.

"아가씨, 우리 애기 옷 갈아입게 잠깐 방 좀 씁시다."

종업원이 어색하게 웃으며 대답했다.

"방이야 빌려 드리지요."

"어머니 말대로 해라. 집에 들어가기만 하면 니가 원하는 대로 다 해주마."

아버지가 진성을 건너다보며 말했다. 그녀는 탁자 위에 놓인 찻잔을 내려다보기만 했다. 어머니가 다시 그녀에게 옷을 갈아입으라고 했다. 그녀가 고개를 들었다. 눈물 어린 어머니의 얼굴을 돌아보았다. 담배 연기에 감싸인 아버지의 얼굴로 눈길을 옮겼다.

"그냥 돌아가십시오. 저는 이미 부처님께 몸을 바치기로 작정했습니다. 태어나기를 그렇게 태어났고, 자라기를 또 그렇게 자랐어요. 저 하나 낳지 않은 것으로 생각하십시오."

그녀의 말은 그녀 스스로가 생각해도 차갑게 가라앉아 있었다. 아버지가 충혈된 눈으로 그녀를 빤히 건너다보면서 통사정하듯이 말했다.

"아니, 이유가 무엇이냐? 무슨 충격을 어떻게 받았기에 이렇게 머리를 깎고 산속에 묻힌단 말이냐? 어디 속 시원하게 말을 좀 해봐라."

"아무런 이유도 없어요. 저는 다만 이렇게 수도 생활을 해보고 싶을 뿐이에요. 저는 태어나기 전부터 이승에 와서는 이렇게 살도록 마련되었을 거예요."

"듣기 싫다, 이년아. 이 산속에 묻혀 사는 니 한 몸뚱이는 편할지 모르지만, 평생을 외짝으로 살아가는 딸년 둔 이 에미 애비는 자나 깨나 그 딸년 생각만 하다가 명대로 살지도 못할 것이다. 에에라, 이 독하고 모진 년!"

손수건으로 눈물을 찍어 내던 어머니가 울부짖듯이 말했다. 원망스러움이 가득 담겨 있긴 했지만, 그 말속에는 포기할 수도 있다는 뜻이 담겨 있다고 그녀는 생각했다. 그녀의 가슴속에 뜨거운 불덩어리가 불끈 일어섰다. 어깨를 들어 올리면서 심호흡을 했다.

"하기는 죽어 버린 것보다는 낫다. 니가 우리 옆에 있지는 않아도 이 땅 어딘가에 숨 쉬고 있다는 생각을 하면 그래도 마음이 놓이기는 하지야. 그렇지만, 느그 어무니하고 나하고는 갈수록 꽃같이 환해지는 너 가르쳐 시집보낼 생각에 늘 취해 있곤 했더니라. 원망스럽고 무정한 생각을 털어놓자면 한이 없다마는, 그것이 자칫 철없는 너를 저주하는 말이 될 것 같은께 그만 둘란다. 죽은 사람 소원도 들어주는 법인디, 시퍼렇게 살아 있는 니 소원 못 풀어 주겠냐? 부디 닦겠다는 도나 잘 닦도록 하여라."

드디어 아버지는 푸념하듯이 이렇게 말했다. 어머니는 수건 든 손으로 얼굴을 감싼 채 흐느껴 울었다. 아버지는 안주머니에서 지폐 한 다발을 꺼냈다.

"이것 가지고 가거라. 어디서 들은께 중질도 돈이 있어야 괄시를 덜 받는다고 하더라."

그녀는 고개를 저었다. 이때껏 동전 귀 떨어진 것 하나 없었지만, 그 때문에 괄시받아 본 바 없었고, 곤란을 느껴 본 바도 없었다. 내의나 필기구 같은 것은 은선 스님이 자영 스님을 통해 다 사주곤 했었다. 그녀는 몸을 일으켰다. 아버지가 그녀를 쳐다보면서 말했다.

"우리 집 대문은 언제든지 활짝 열어 놓고 있겠다. 맘이 돌아서기만 하면 체면치레 말고 언제 어느 때든지, 밤이고 낮이고 새벽이고 저녁이고 상관하지 말고 돌아오너라."

출입문을 향해 걸어가는데 어머니가 달려와서 손에 지폐 다발을 잡혀 주었다. 그녀는 그것을 뿌리치고 도망치듯이 밖으로 나갔다. 돌아보지 않고 암자를 향해 뛰었다. 큰절과 청정암으로 갈리는 세 갈래 길에서 숲 속으로 뛰어들었다. 숲에 몸을 숨기고 주차장 옆 다방 주변을 살폈다.

아버지와 어머니가 절을 향해 올라왔다. 무얼 어쩌자고 오는 것일까. 딸을 잘 돌보아 달라고 부탁하려는 것일까. 자기네 딸을 데리고 가게 해 달라고 은선 스님한테 억지를 쓰려는 것일까. 그녀는 숲을 헤치면서 토끼처럼 뛰었다.

방으로 들어가자 자영 스님이 물었다.

"가셨어요, 부모님들?"

그녀는 상 위에 펼쳐 놓은 책 앞에 앉았다. 책 속에 눈길을 묻었다. 혀 끝을 문 채 가쁜 숨을 몰아쉬었다. 글자들이 눈에 들어올 리 없었다. 암자를 향해 걸어오고 있을 어머니와 아버지의 얼굴이 눈앞에 아른거렸다.

"너무 가슴 아파하지 말아요. 어떤 부모 자식 사이든지 그런 아픔은 다 있게 마련인 거예요."

은선 스님의 방에선 아무 소리도 들려오지 않았다. 큰 절에서 목탁 소리가 아련히 들려오고, 시냇물 소리도 문밖에 와서 맴을 돌았다. 아득한 곳에서 뻐꾹새가 울었다. 가까운 곳에서 그 소리에 화답하는 다른 뻐꾹새의 소리가 어우러졌다.

"실례합니다."

이윽고 아버지의 목소리가 일주문 쪽에서 들려왔다. 자영이 문을 열고 나갔다. 자영이 어인 일로 오셨느냐고 물었다.

"수남이 애비 되는 사람입니다. 잠시 여기 어르신 되는 스님을 좀 뵐까 하고 왔습니다."

자영은 은선 스님의 방으로 들어가 그 사실을 말했고, 은선 스님은 기꺼이 진성의 속가 아버지와 어머니를 맞아들였다. 그녀를 불러서 어머니 옆에 앉혔다. 진성은 아버지와 어머니의 입에서 제발 그녀를 데리고 가게 해달라는 말이 나오지 않기를 바랐다.

어머니는 손수건으로 자꾸 눈물을 찍어 냈고, 아버지는 다방에서 그녀의 손에 잡혀 주려고 했던 지폐를 꺼내어 은선 스님 무릎 앞의 샛노란 장판 바닥에 놓으며 말했다.

"많지는 않습니다만 받아 주십시오. 원체 어리고 철이 없는 앱니다. 잘 좀 가르치고 스님의 친자식이라 여기시고 돌보아 주십시오, 스님."

"스님만 믿습니다."

어머니가 울음을 삼키며 말했다. 은선 스님은 환히 웃었다.

"절 식구들은 서로를 제 살 위하듯이 하고 살아갑니다. 가르치고 배우는 것이란 원래 따로 없는 법이고, 그저 자기 도道를 자기가 닦아 가는 것입니다. 우리 진성이는 장차 크게 득도할 재목이라고 여기고들 있습니다."

은선 스님은 방바닥의 지폐를 아버지 앞으로 밀어 주었다.

"이거 이렇게 내놓지 않으셔도 진성이 아무 불편 없이 살아갈 수 있습니다. 가실 때 노비도 드리지 못할 텐데 넣어 갖고 가십시오.”

아버지가 그 지폐를 집어 들면서 부처님 앞에 시주하고 가겠다고 말했다.

아버지와 어머니는 법당에 들어가서 시주를 하고, 부처님 앞에 수없이 많은 절을 하고 돌아갔다. 진성의 물기 어린 속눈썹에 비껴서 그런지, 일주문 앞에 노끈처럼 굵은 찬란한 햇살 가닥들이 쏟아지고 있었다. 은선 스님과 자영 스님과 그녀가 배웅을 하고, 아버지와 어머니는 주차장을 향해 걸어갔다. 어머니는 계속해서 손수건으로 눈물을 훔쳤다. 아버지가 어머니의 팔을 부축하면서 갔다. 자영 스님이 그녀의 한쪽 손을 끌어가더니 아프다고 느껴질 정도로 힘껏 쥐어 주었다. 그녀는 목이 부은 듯 뻣뻣해졌다. 가슴에서 뜨거운 덩어리가 올라왔다. 자영 스님의 손을 뿌리치고 아버지와 어머니를 따라가고 싶었다. 그녀는 혀끝을 깨물었다. 떨리는 다리에 힘을 주었다. 뻐꾹새가 숨 가쁘게 울어 댔다. 어머니가 비틀했고, 아버지가 어머니의 옆구리에 한팔을 끼어 일으켰다. 진성은 눈을 감았다. 자영 스님이 그녀의 손을 이끌었다.

진성은 청정암에 몸을 담고 있는 동안에 그녀의 맨살을 스치며 흘러간 선홍빛의 슬픈 시간 가닥 같은 푸른 계곡의 물여울에 빨래들을 헹구고 또 헹구었다. 빨래를 다 하고 나서 진성은 이 행자가 들어간 숲을 보았다. 숲속의 푸른 그늘에 그녀의 시간들이 앙금져 있을 듯싶었다. 이행자가 그 시간의 앙금들을 꾹꾹 눌러 디디며 헤매어 다니고 있을 듯싶었다. 대중들이 선방에 들어갈 시간이 가까웠다. 입선 목탁 소리가 들리면, 그 소리를 따라 경 공부를 해야 하는 것이었다.

이 행자를 기다리고 있을 수 없었다. 그러나 이 행자의 빨래를 그냥두고 가서는 안 될 것 같았다.

진성은 서둘러 이 행자의 빨래를 하기 시작했다. 팬티 석 장, 내의 한 벌, 양말 두 켤레, 청바지 한 벌, 스웨터 하나……. 북데기가 작은 것부터 비누질을 하여 주물렀다. 바지의 오른쪽 엉덩이 부분에 껌 같기도 하고 푸른 유성 페인트 같기도 한 점이 붙어 있었다. 빨아지지 않을 듯싶다고 생각하면서도 비누질을 진하게 한 다음 그것을 벗겨 내보려고 했다. 빨아지지 않았다. 칠칠치 못하게, 어디서 주저앉았기에 이런 것이 여기에 묻었을까. 이 행자가 속세에서 묻혀 가지고 온 시간들을 거기에서 읽었다.

시냇물은 콸콸 소리쳐 흘렀고, 여울진 물살에서 일어난 흰 거품은 햇살을 받아 번쩍거렸다.

선방 쪽에서 입선 목탁 소리가 들려왔다. 진성은 주무르던 스웨터를 헹구었다. 헹군 것을 돌 위에 놓고 짜는데, 빨랫돌 앞에 검정 고무신을 신은 발이 불쑥 나타났다. 놀라 위를 쳐다보니 이 행자였다. 콧등에는 땀이 송송했고, 볼은 붉게 상기되었다.

'왜 남의 빨래를 해요?'

이 행자의 내리깐 눈이 이렇게 말하는 듯싶었다. 고집이 센 이 행자였다. 이 행자는 입을 꼭 다문 채 진성이 다 해놓은 빨래를 다시 비누질하여 주물렀다.

"제가 다 주물러 헹구었는데요."

진성이 웃으면서 말해도 이 행자는 못 들은 체했다. 진성은 손에 묻은 물을 털고 서서 이 행자가 빨래를 다 할 때까지 기다렸다. 이 행자는 비누질을 하는 둥 마는 둥 하고, 또 그것을 주물러서 헹구는 둥 마는 둥 해가지고 비틀어 짰다. 진성은 이 행자의 실팍한 가슴과 둥근 어깨를 내려다보았다. 팽팽하게 부풀어 있는 엉덩이를 보았다. 그 엉덩이를 감쌌을 바지 거죽에 묻어 있던 것을 떠올렸다. 이 행자는 이때껏 숲속에서 무얼 했을까. 이 행자가 가끔 큰절 근처를 얼씬거리곤 한다는 말을 자영 스님한테 들은 적이 있었다. 행자 시절에 나물을 캐러 가서 만난 큰절의 남자 두 사람을 생각했다.

'우리도 아직 행자요. 잠깐 이야기 좀 합시다.'

'참답게 도를 닦는 자에게는 이성 문제 같은 것쯤 초월하여 허물없이 이야기를 나누는 너그러움이 있어야 하는 것인데…….'

그들이 접근해 오며 하던 말이 떠올랐다. 이 행자가 혹시 그들을 만나러 가곤 하는 것은 아닐까. 진성은 고개를 저었다.

이 행자가 세숫대야에 빨래를 담아 옆구리에 끼고 앞장섰다. 진성은 말없이 뒤를 따랐다. 은선 스님의 암자 모퉁이에서 이 행자가 발을 멈추었다.

"잠깐 들어갔다 가지요."

진성이 말했다. 이 행자는 고개를 떨어뜨리고 선원으로 가는 골짜기 길로 들어섰다. 진성은 이 행자의 뒷모습이 등성이의 숲 저쪽으로 사라질 때까지 서 있었다. 햇살 쏟아지는 빈 길만 남았다. 진성은 암자를 향해 몸을 돌리면서 '연인의 몸은 타락신'이라고 하던 말을 생각했다. 보련향寶蓮香 비구니의 이야기를 생각했다.

보련향 비구니는 좋은 집안에서 부모 형제들의 귀염을 독차지하고 자랐고, 얌전하기 이를 데 없었다. 어떤 동기에서 출가를 하였는지 모르지만, 그녀는 말뚝 신심을 내보이려고 무던히 애썼다. 그러나 터득할 것을 오롯하게 터득하지 못한 채 수렁 하나를 만났다. 간지럽고 달콤한 수렁이었다. 아편 같은 그 간지러우면서도 달콤하고 어질어질한 수렁은 그녀를 헤어나지 못하게 했다. 그녀는 혼자 있거나 잠자리에 들 때면 그 수렁 속으로 곰곰이 빠져들어 가곤 했다. 자신의 깊은 속꽃살 부분을 스스로 애무함으로써 빠지곤 하는 수렁은 한없이 뜨겁고 깊고 어둡고 질척거렸다. 그녀는 자기의 도반들에게 은밀하게 말하곤 했다.

"젊음은 잠깐입니다. 가끔은 육체적인 즐거움을 맛보는 것이 수도 생활에 크게 도움이 되는 것이라고 나는 생각합니다."

그녀의 이러한 말은 고약한 냄새가 되어 교단 안을 흉흉하게 만들었다. 그녀의 스승이 그를 불렀다.

"너는 우리 교단에서 가장 금기로 여기는 일을 하고 있을 뿐만 아니라, 도반들에게도 그걸 권하고 있다면서?"

스승이 그녀를 힐책하듯이 물었다. 그녀가 서슴지 않고 대답했다.

"음행은 훔치는 것이 아닐 뿐만 아니라, 살생을 하는 것도 아닙니다. 또한, 그것은 아무리 써도 모자라지 않습니다. 마음이 괴롭고 답답할 때마다 그걸 쓰면 후련해집니다. 도반들에게 권한 까닭이 바로 그것입니다."

스승이 타일렀다.

"이 사람아, 애욕에 한번 빠져들면 영원히 그 수렁에서 벗어날 수 없고, 지옥 같은 죽음의 고통에서 헤어나지 못한다."

그녀는 스승의 말대로 다시는 그 수렁에 빠져들지 않겠다고 다짐했다. 뒷물하되 손가락 한 매듭 이상 들어가지 않도록 주의하라고 한 부처님의 말씀을 따르겠다고 맹세했다. 그러나 그녀는 그걸 지키지 못했다. 그녀는 은밀하게 스스로의 음욕을 채우기 위해 발버둥 치고 몸부림치다가 자기의 여근女根에서 일어난 불에 타 죽었다.

여인의 깊은 속꽃살에서 어떻게 불이 났으랴. 그 일로 인하여 큰 병을 얻었거나, 상사병(心火) 때문에 죽었다는 말일 것이다. 뒤란 빨랫줄에 빨래를 털어 널고 방으로 들어가자, 자영 스님이 은선 스님 방으로 가보라고 말했다.

은선 스님은 책상 앞에 앉아 무슨 글인가를 쓰다가 그녀에게 돌아앉으며 말했다.

"너 가서 공부 좀 하고 오너라."

진성은 멍해졌다.

"대학 쪽하고는 벌써 이야기가 다 되었으니까 내일 떠날 수 있도록 준비해라."

은선 스님은 다시 책상 앞으로 돌아앉더니 만년필을 집어 들었다.

'은선 스님 품을 떠나 살다니…….'

진성은 눈앞이 아득해졌다. 어머니처럼 보살펴 주는 은선 스님을 시봉하면서 경 공부를 하며 살아가는 것이 승려 생활의 전부일 것이라고 그녀는 생각해 오고 있었다.

"스님, 저는 스님 밑에서 이렇게 조용히 공부하며 살아가는 것 이외에 다른 어떤 것을 바란 적이 없습니다. 그냥 스님 시봉이나 하며 공부를 하게 하여 주십시오. 저는 대학 공부 싫습니다."

진성은 은선 스님 앞에 무릎을 꿇고 울음 섞인 소리로 말했다. 은선 스님은 눈물 홍건하게 괸 그녀의 눈을 그윽하게 바라보면서 웃었다. 그 웃는 얼굴에서 따스한 바람이 건너오고 있었다.

"이제는 스님들도 외전外典을 공부해야 한다. 수도는 산에서만 하는 게 아니야. 서둘러 떠날 준비를 하도록 해라."

진성이 떠나는 날 아침에 은선 스님은 그녀 앞에 편지 한 통을 내놓았다. 자운慈雲 스님에게 보내는 것이었다.

"이리로 찾아가면 먹이고 재우고 용돈 주고 그럴 것이다. 손님처럼 배돌지 말고, 나 시봉하듯이 하도록 해라. 먹고 자고 용돈 타 쓰려면은 일찍 일어나 청소도 하고 차도 끓여 드리고 공양간 일도 하고 그래야 한다."

진성이 자운 스님에게 가는 편지를 바랑 속에 간직하고 하직 인사를 한 뒤 몸을 일으키려 하자 은선 스님이 잠깐 기다리라고 했다. 자기 등 쪽의 바람벽을 턱으로 가리키며 말했다.

"저 달마 스님의 얼굴을 자세히 봐라."

진성은 볼과 턱에 새까만 수염이 수북하게 돋아 있는 달마 스님의 얼굴을 건너다보았다. 이때껏 그냥 범상하게 보아 온 족자 속의 얼굴이었다. 그 얼굴이 이날 따라 날카로운 눈길로 그녀를 보고 있었다. 은선 스님이 무뚝뚝한 어조로 말했다.

"잘 봐라. 저 달마 스님의 얼굴에는 왜 수염이 한 오라기도 없느냐?"

진성은 깜짝 놀랐다. 은선 스님이 지금 무슨 소리를 하고 있는 것일까. 한 은사가 자기의 상좌를 떠나보내는 마당에 이 무슨 허튼 장난의 말을 하고 있는 것인가. 저 텁석부리의 얼굴을 향해 '왜 수염이 한 오라기도 없느냐'고 묻다니, 이 무슨 말도 안 되는 망발이란 말인가. 진성은 은선 스님의 얼굴을 혼란과 의혹이 가득 담긴 눈길로 흘긋 건너다보았다. 은선 스님의 얼굴에는 장난기라곤 손톱만큼도 없었다. 여느 때 온후하고 자비스럽던 표정과 달리 딱딱하게 굳어 있었다. 가까이 접근할 수 없게 근엄했다. 그녀의 얼굴을 응시하는 눈에서는 푸른 인광이 번쩍이는 것 같았다. 진성은 얼떨떨하여 은선 스님과 달마 스님의 얼굴을 번갈아 보기만 했다. 은선 스님이 다시 같은 말을 뱉어 냈다. 먼저 했던 말보다 더 힘이 있었다.

"똑똑히 봐라. 달마 스님 얼굴에는 왜 수염이 없느냐?"

한동안 방 안에 침묵이 맴돌았다. 은선 스님이 말을 이었다.

"이것은 숙제다. 네가 네 평생을 두고 풀어야 할 숙제……."

무슨 숙제가 이렇게 어이없는 것일까. 진성은 미처 대답도 하지 못한 채 몸을 일으켰다. 뻔히 텁석부리라는 것을 알면서도 '왜 수염이 없느냐'고 묻다니, 이 무슨 해괴한 숙제인가. 그걸 어떻게 풀어야 할까.

여승과 도화살

시꺼먼 구름덩이처럼 덩치가 큰 괴물 하나가 온몸을 덮치면서 목을 졸랐다. 털 돋은 원시의 거대한 동물 같은 어둠이었다. 그것이 사지를 꼼짝 못 하게 억누르고 살갗을 한 가닥씩 두 가닥씩 아프게 벗겨 냈다. 사타구니 안쪽의 깊은 살을 쑤시면서 도려내는 듯한 아픔이 온몸을 전율 치게 하였다. 으악, 소리를 지르면서 발버둥쳤다. 목이 비틀린 채 털이 뜯기어 피투성이가 된 암탉의 비명 같은 소리가 이 행자의 입에서 터져 나왔다. 그 소리가 엄습한 어둠 가득 찬 방 안의 천장과 바람벽과 방바닥 여기저기에 부딪히며 푸드덕거리고 있었다.

겨우 두 평 반쯤의 넓이인 방에는 책보자기만 한 채광 유리를 위쪽에 붙인 판자문이 하나 있을 뿐이었다. 그것도 뒤란 쪽으로 나 있었다. 뒤란 앞으로는 산언덕이 거대한 엉덩이를 숨 막힐 만큼 버겁게 드러내 놓고 있으므로 방 안의 채광이 좋지 않았다. 방 안에서 책을 읽으려면 한낮에도 불을 켜야 할 정도였다. 크렁크렁하고 목탁을 치는 듯한 새의 울음소리가 메아리쳤다.

이 행자는 안쪽 바람벽 옆에 누워 있었다. 그녀의 몸은 땀에 젖었다. 며칠 새 계속해서 그 꿈을 꾸었다. 조 행자, 한 행자, 고 행자는 곤히 잠들어 있었다. 이를 갈면서 잠꼬대를 곧잘 하곤 하던 고 행자도 피곤한지 몸 한 번 뒤척거리지 않고 잤다. 이 행자는 가슴이 답답했다. 어깨를 젖히고 심호흡을 했다.

방 안에 들어찬 어둠이 그녀의 가슴속에 앙금같이 깔리고 있었다.

중노릇하기가 이렇게 어려울까. 이 절에서는 그녀의 머리를 깎아 주지 않을 것 같았다. 내 행실이 어쩌기에 모두들 이상한 눈으로 나를 보곤 할까. 내일부터는 보다 더 고분고분하게 공양간 일을 돕자고 그녀는 생각했다. 은선 스님의 암자에도 이젠 내려가지 말자고 다짐했다. 제자로 삼을 테면 삼고 말 테면 말라지. 보챈다고 더 빨리 머리를 깎아 주고 계를 받게 해주지 않을 것이다.

그녀는 어이가 없었다. 어떻게 해서 그런 소문이 났을까. 이날 빨래를 해가지고 오자, 원주 스님이 그녀를 방으로 데리고 가서 꾸짖기 시작했다.

"이 행자는 중노릇을 하려고 그러는 거야, 그렁저렁하다가 마실로 되돌아가 버리려고 그러는 거야?"

지금 대중들 사이에 무슨 이야기가 나돌고 있는 줄 아느냐고 다그쳤다.

"이 행자를 두고, 은선 스님이 마실에서 낳아 놓고 온 딸이라는 둥, 은선 스님 오빠의 딸이라는 둥, 은선 스님 친구의 딸일 거라는 둥…… 별의별 말이 다 있는데, 이게 어찌 된 것이야? 사실 그런 거야, 아니면 이 행자가 만들어 퍼뜨린 거야?"

이 행자는 일어나 바람벽을 향해 앉았다. 그녀는 이때껏 공양간에서 원주 스님이 시킨 일이든지 먼저 들어온 행자들이 시킨 일이든지 가리지 않고 잘 해낸다고 해냈다. 그런 다음 틈을 보아서 은선 스님의 암자에 내려가곤 했을 뿐이었다. 그녀는 원래 이 절을 은선 스님 때문에 찾아왔다. 수도 생활을 해도 은선 스님 밑에서 하고 싶었다.

좀 더 가까이서 목탁 새의 울음소리가 들렸다. 그녀는 조심스럽게 몸을 일으켰다. 밖으로 나갔다. 대중들이 사는 큰방 문 앞의 석등과 정랑 안에 어슴푸레한 불이 켜져 있었다. 선방과 별채, 요사채 주변에는 짙은 어둠이 소용돌이치고 있었다. 숲은 새까맣게 물이 들었다. 숲 위로 흑청색 하늘이 열렸고, 오뉴월 산야에 어우러진 개망초 꽃망울 같은 별들이 눈들을 끔벅거렸다.

그녀는 마당 바깥쪽의 소나무 숲으로 갔다. 별로 울창하지 않은 소나무 숲 남쪽으로는 깊이 꺼져 내린 골짜기였다. 그 숲 머리에 거룻배만 한 바위가 있었다. 그 바위 엉서리 앞으로 가서 섰다. 바위 아래 숲은 보얀 밤안개 속에 잠들어 있었다.

숨 가쁘게 달려온 열차가 멎기 전부터 승객들은 옷을 걸쳐 입기도 하고, 짐을 선반에서 내리기도 했다. 번들거리는 까까머리에 얼굴빛이 창백하고 광대뼈가 나온 스님은 차가 완전히 멎은 다음, 승객들이 모두 출구를 빠져나간 뒤에야 말없이 몸을 일으키더니 선반에 올려놓았던 바랑을 짊어졌다. 그 스님은 어딘가가 많이 아픈 듯했다. 뱃속이나 가슴이나 옆구리가 아픈 모양이었다. 열차를 타고 오면서 가끔 통증이 심하게 일어나는 듯 숨을 멈추고 얼굴을 일그러뜨리곤 했었다. 두루마기나 바랑 빛깔의 털수건을 목에 감은 채 몸을 움츠린 스님의 눈은 거슴츠레했다. 그 눈이 길고 검은 속눈썹을 들치고 순녀를 향해 반짝 빛났다. 순녀가 앞장섰다. 거무스레한 꼭두새벽 빛이 포장도로 위를 강물처럼 흘렀다. 그녀는 아직 잠이 덜 깨어 있었다.

홈에 나오자 찬바람이 옷 속으로 파고들었다. 순녀는 소름을 치면서 몸을 웅크렸다. 계단을 오를 때부터는 볼과 귀가 시리고, 출구를 빠져나오면서부터는 가방 든 손끝이 장갑 속에서 아렸다. 역사의 지붕 모서리 저쪽 하늘에 별들이 먼지 알처럼 묻어 있었다. 광장 서북쪽에서 고추처럼 매운 찬바람이 몰려왔다. 먼지와 종이 부스러기가 날렸다. 순녀는 눈을 감으면서 바람을 등졌다가 몸을 한 바퀴 돌려 바람을 맞받으며 걸었다. 그사이에 스님이 두어 걸음 앞장서 있었다. 순녀는 종종걸음을 쳐서 스님을 뒤따랐다. 스님은 그녀를 돌아보지도 않고 지하도로 들어갔다.

지하도를 나와 인도로 나서면서 순녀는 스님과 자기 사이를 갈라놓는 매서운 바람을 보았다. 바람은 굽이쳐 흐르는 흙탕물같이 스님과 그녀 사이를 갈라놓고 있었다. 이 스님이 누구일까. 자기와는 아무런 관계도 없는 남자, 아무런 감각도 없는 목석같은 사람으로 느껴졌다. 아직 묽어질 줄 모르는 새벽의 푸르스름한 어둠을 헤드라이트로 헤치며 자동차들이 바쁘게 오갔다. 보도의 사람들은 어디론가 도망쳐 가는 것처럼 종종걸음들을 쳤다. 이 스님은 어디로 가고 있을까. 나는 이 스님을 왜, 무엇 하러 따라가고 있는 것일까. 주변의 건물들은 아득하게 높아갔고, 앞에 가고 있는 스님의 키는 거인처럼 커 보였고, 뒤따르는 그녀는 점점 작아지고 있었다. 개만 해졌다가 강아지만 해졌다가 참새만 해졌다. 파리의 애벌레만 해졌다.

스님이 한 음식점의 문을 열고 들어갔다. 그녀가 스님의 꼬리처럼 달려 들어갔다. 새벽차를 타고 온 사람들 여남은 명이 탁자에 앉아 콧물을 훔쳐 가며 뜨거운 국물을 마시고 있었다. 식당 부엌의 국솥에서는 짚불 연기 같은 김이 뭉게뭉게 솟았다. 스님은 안쪽의 구석자리로 가서 앉았다. 그녀가 마주 앉았다. 점퍼 차림의 중년 남자가 컵 둘을 탁자 위에 가져다 놓고, 주전자를 가지고 와서 물을 따랐다.

"이 아이한테는 설렁탕 주고, 저는 그냥 밥 한 그릇만 주십시오."

스님은 주전자를 든 남자에게 말하고 나서 물컵을 들어 마셨다.

순녀는 스님의 눈길을 피했다. 고개를 떨어뜨리고 물컵을 들어 마른 입술을 축이기만 했다. 보리차 물을 들여다보면서, 그동안 여러 차례 훔쳐보아 온 스님의 얼굴을 머릿속에 그렸다. 쌍꺼풀진 눈자위에 푸른빛이 돌고, 코의 운두가 조금 낮고, 얼굴이 갸름한 스님이었다. 얼핏 오빠의 얼굴 윤곽을 연상하게 하고, 거울 속에서 늘 보는 그녀의 눈이나 코나 입을 닮았다 싶은 얼굴이었다.

스님이 집에 나타난 것은 이틀 전이었다.

방학 중에 소집일이어서 학교에 갔다가 해 질 녘에 돌아오니 허름한 털고무신 한 켤레가 댓돌 위에 놓여 있었다. 그 신은 집 안에다가 데퉁맞고 케케묵은 고풍스러움과 괴짜스러움과 꾀죄죄한 가난의 냄새를 풍겨 주고 있었다. 순녀는 데퉁맞고 괴짜스러운 재수생들이 들끓는다는 오빠의 독서실을 떠올렸다. 오빠가 독서실에서 누군가의 털고무신을 끌고 온 모양이다. 아니다. 순철 오빠가 지금 독서실에 가지 않고 집에 있을 리 없다. 어머니하고 함께 사업하는 대머리 아저씨가 저걸 신고 온 모양이다. 털고무신은 바닥이 많이 닳아 있고 밤빛의 털이 갈색으로 바래어 있었다. 순녀는 아, 하고 속으로 부르짖었다. 그 신에서 음울한 산 그늘의 냄새를 맡았다.

순녀가 들어서자, 어머니가 나들이할 때나 입곤 하는 옥색 치마저고리를 입은 채 윗목에 앉아 있었고, 아랫목에는 까까머리에 잿빛 승복을 입은 스님이 앉아 있었다. 깡마른 데다 살빛이 검누르렀다.

어머니의 볼과 콧등은 번들거렸고, 눈 가장자리는 젖어 있었다. 스님은 입을 꾹 다문 채 순녀를 건너다보면서 고개를 몇 차례 끄덕거렸다. 그 얼굴에 슬픈 웃음이 담겨 있었다.

"인사 올려라. 너희 할머니 때부터 자주 다니던 절 스님이시다."

이렇게 말하는 어머니의 목소리에는 울음이 섞여 있었다. 어머니가 가르쳐 준 대로 스님에게 큰절을 하는 순녀의 머릿속에 거미줄같이 얽히는 생각들이 있었다. 이 스님하고 어머니하고는 어떤 관계일까. 어머니가 언제부터 이 스님하고 이렇듯 친히 사귀어 왔으며, 이때껏 무슨 이야기들을 하느라고 눈물 바람까지 한 것일까.

"저 방으로 건너가 있거라."

아직 그 스님의 얼굴을 뜯어보지도 않았는데, 어머니가 깊이 가라앉은 목소리로 말했다. 스님은 눈을 내리깔고 있었다. 부엌 건너에 있는 오빠의 방으로 갔다. 그녀는 문 앞에 선 채 어머니의 방 쪽으로 귀를 기울였다.

한동안 어머니 방에서는 아무런 소리도 들려오지 않았다. 바깥에서 아이들의 떠드는 소리가 자동차들의 엔진 소리, 경적 소리와 함께 아스라이 밀려들었다.

이윽고 어머니의 말소리가 들려왔다. 알아들을 수 없었다. 순녀가 듣지 못하도록 일부러 목소리를 낮추어 말하는 모양이었다. 말투를 짐작할 수 있을 뿐이었다. 따지거나 추궁을 하거나 다짐을 받는 투였다. 잠시 뒤에 다시 말이 없어졌다. 스님에게 생각할 틈을 주는 모양이었다. 저 스님이 누굴까. 그 사람인지도 모른다. 어머니로 하여금 오빠와 나를 낳도록 하여 준 그 사람. 순녀는 가슴이 두근거렸다. 어머니는 아버지에 대하여 꼭 한 번 이렇게 말하고는 푸욱 한숨을 쉬었다.

"돌아가셨다. 어디서 어떻게 돌아가셨는지 나도 잘 모른다."

그 까닭을 이제 알 것 같았다. 한데, 어머니는 왜 저 스님이 아버지임을 가르쳐 주지 않고, 그냥 거짓으로 소개하고 인사를 드리라고만 한 것일까.

스님이 낮고 굵은 목소리로 한동안 말을 했고, 그 말에 대하여 어머니가 날카로운 소리로 대꾸했다. 다시 잠잠해졌다. 한참 뒤에 어머니의 날카롭고 퉁명스러운 말이 들려오고 문이 열리더니, 무엇인가를 툇마루로 내던지는 소리가 들렸다. 누군가가 툇마루로 나오고 있었다.

순녀는 문을 방긋이 열고 내다보았다. 댓돌로 내려선 어머니가 스님의 잿빛 바랑을 들고 부엌으로 들어갔다. 스님이 바랑을 지고 나서려는 것을 어머니가 빼앗아 들고 나온 모양이었다. 순녀는 방문을 닫고 문지방 가장자리에 발린 벽종이의 당초무늬를 물끄러미 보고 서 있었다. 부엌문 여닫는 소리가 들리고, 발소리가 방문 앞으로 왔다.

"순녀야, 저 스님한테 탄불 위에 올려놓은 세숫물 떠다 드리고, 장롱 안에서 새 수건 꺼내 드려라."

순녀가 문을 열고 나가자, 어머니는 손을 쳐서 가까이 오게 한 다음, 귀엣말을 했다.

"바랑을 부엌 찬장 맨 밑에 넣어 놨으께, 혹시 스님이 나와서 찾아 가지고 가버리는가 봐라. 가면은 못 가게 붙잡아라. 나 얼른 시장에 갔다가 올게."

어머니는 순녀의 대답을 들으려고도 하지 않고 몸을 돌려 사립을 나갔다.

사립문 옆에 선 앙상한 감나무와 목련 나무가 바람에 치켜든 가지들을 흔들었다. 도회의 잡다한 건물들 저쪽으로 떨어져 버린 해가 연붉은 햇살을 그 앙상한 가지들이 머리에 인 허공에 흩뿌렸다. 순녀는 어머니가 사라진 사립문 저쪽의 그늘진 골목길을 멍히 바라보고 서 있다가 부엌으로 들어갔다.

세숫대야에 따스한 물을 담아다가 수돗가에 놓아두고 안방의 댓돌 앞으로 갔다. 무어라고 말을 할까 하고 한참 망설였다. 노란 양은 세숫대야에 담긴 물에서는 김이 피어났다. 바람이 자꾸 불어와서 그 김을 날렸다. 물이 식어 가고 있었다. 겨우 용기를 내서 기어들어 가는 목소리로 말했다.

"스님, 세숫물 떠다 놓았습니다."

스님이 문을 열고 나왔다. 순녀는 눈을 내리깐 채 스님이 열고 나온 문을 통해 안으로 들어갔다. 스님의 누비 두루마기가 아랫목 구석에 놓여 있었다. 방 안에는 스님의 체취가 남아 있었다. 어쩌면 먹물 향 같고, 산난초의 냄새 같고, 산골의 숲 그늘 냄새 같고, 이끼 냄새 같았다. 대웅전의 부처님 등 뒤나 단청 요란한 천장 구석에 서린 그늘이 방 안의 이 구석 저 구석에 퍼져 있는 것 같았다. 그러고 보니, 아까 막 보았을 때, 스님의 얼굴에 그런 그늘이 서려 있는 듯싶었다.

장롱 속에서 샛노란 세수수건을 꺼내 드는데, 스님이 벌써 손발과 얼굴을 씻고 들어왔다. 수건을 건네주고 문을 열고 나오려다가 돌아서서 윗목 구석에 있는 그녀의 책상 앞으로 갔다. 책꽂이에 꽂혀 있는 책을 이것저것 빼고, 공책들과 연습장을 서랍에서 꺼냈다. 당장에 해야 하는 공부와 숙제가 있는 것은 아니었지만, 그녀는 그 책과 공책들을 부엌 건넌방으로 가지고 가려 하고 있었다. 스님이 들어 있는 방 안에 좀 더 오래 머물러 있을 시간을 벌자는 수작이었다.

"벌써 고등학생이구나……. 몇 학년이냐?"

스님이 물었다. 탁한 듯하면서도 향 맑은 데가 있고 나지막하고 굵은 목소리였다. 순녀는 가슴이 철렁하더니 심하게 울렁거렸다. 눈앞의 책상과 바람벽이 빙그르르 돌았다.

"일학년요."

순녀는 모깃소리로 말했다. 스님은 다시 말을 잇지 않았다. 그녀는 책 두 권과 공책, 볼펜 따위를 찾아 놓고도 계속해서 서랍을 뒤적거렸다. 찾을 것은 아무것도 없었다. 그녀는 그렇게 꾸물거리면서 스님이 퍼뜨려 놓은 체취와 그늘들을 모공과 코의 들숨으로 빨아들이고 있었다. 그녀는 자기의 몸속에 스며들고 있는 스님의 음음한 분위기가 가슴 저릿저릿할 만큼 시큼하고 달콤했다.

사립 쪽에서 어머니의 발소리가 들렸을 때 순녀는 골라 놓은 책과 공책을 들고 방문 고리를 잡았다. 스님은 반가부좌를 하고 윗목 구석 방바닥의 어느 한 점을 내려다보고 있었다. 그 얼굴은 굳어 있었다. 툇마루로 나오면서 그녀는 어머니에 대한 배반을 생각했다. 그 스님을 따라가야겠다는 생각. 부엌 건넌방으로 가서 아랫목에 깔린 담요 속에 다리를 묻으며 계획을 짰다.

어머니는 그녀와 오빠를 숫제 공붓벌레로 만들려 하고 있었다. 자나 깨나, 앉으나 서나 공부만 하라고 들볶았다.

"너 혹시 시험 치르지 않았냐? 치렀으면 시험 답안지 이리 내놔."

한 주일이면 두세 차례쯤은 반드시 이렇게 다그치곤 했다. 답안지를 내놓으면 틀린 문제들을 일일이 가리고 따졌다.

"왜 이렇게 쉬운 것을 못 풀었어? 시간 중에 무슨 딴 궁리를 하다가 놓쳤어?"

교과서와 참고서 이외의 책은 손에 들지 못하게 했다. 그런 것들은 공부가 아니고, 공부를 방해하는 쓸데없는 짓들이라고 몰아붙였다. 그녀는 공부가 지긋지긋했다. 친구들한테서 동화책이나 소설책이나 만화책이나 잡지를 빌려 오면, 그걸 책상 위의 교과서나 공책 밑에 놓고 보았다. 그러다가 어머니가 들어오면 얼른 책과 공책으로 그것들을 덮어 버리곤 했다.

어머니는 그녀의 오빠 순철에게 자꾸 대한민국 일등인 대학의 법학과에 가라고 했고, 그래서 검사나 판사가 되라고 했다. 그녀에게는 의사가 되라고 했다.

"느그들이 공부만 잘하면은 에미가 화냥질을 해서라도 기어이 대학에 보내 줄 텐게 돈 걱정은 말고 좌우간 팔뚝을 물어뜯어."

어머니는 아들딸들이 저지르는 잘못을 너그럽게 용서해 주는 법이 없었다. 종아리에 피가 맺히도록 회초리질을 하곤 했다. 울면서 때리고 또 때렸다. 끝내는 회초리를 버리고, 때리던 자식을 얼싸안고 엉엉 통곡하곤 했다. 순녀는 국민학교 5학년 봄에 한 번, 중학교 1학년 초가을에 한 번 집을 나갔었다. 5학년 봄에는 서울까지 잘 가긴 갔는데, 거리를 헤매다가 지나가는 방범대원한테 붙들려 파출소로 끌려갔고, 중학교 1학년 초가을에는 합동 버스 정류장에서 뒤쫓아 온 담임 선생한테 붙잡히고 말았었다.

그녀는 어머니가 싫었다. 어머니하고 살고 싶지 않았다.

어머니한테서는 찬바람이 날아올 뿐이었다. 어머니는 돈놀이를 했다. 시장의 소규모 가게, 골목의 구멍가게, 빵가게, 조잡한 술집, 밥집을 하는 사람들한테 돈을 주고 날마다 수금을 다니는 게 일이었다. 서른 몇 개의 칸 쳐진 카드가 적어도 50여 장은 되었다. 그녀는 돈놀이하고 사는 어머니가 만드는 차가운 분위기에서 도망쳐 가곤 했다. 늘상 동화 속이나 소설 속이나 만화 속에서 살고 있었다.

마당 가장자리의 수돗가에서는 물 쏟아지는 소리, 쌀 이는 소리가 들렸다. 솥 씻는 소리, 물 퍼 쓰는 소리, 바쁘게 수돗가와 부엌 사이를 왔다 갔다 하는 발소리들이 이어졌다. 부엌에서 도마질하는 소리가 나고, 부글부글 끓는 소리가 났다. 오빠 순철이 학원에서 곧 돌아올 것이라고 그녀는 생각했다. 방을 나왔다. 안방으로 건너갔다. 스님은 아까 그녀가 나오던 때처럼 꼿꼿이 앉아 있었다. 그녀는 스님을 아랑곳하지 않고 책상다리에 걸어 둔 보조 가방을 집어 들었다. 장롱 서랍에서 속옷과 양말을 꺼내 거기에 넣었다. 일기장을 넣고, 한 해 동안 용돈을 쪼개 모아 둔 돈을 책상 서랍에서 꺼내 넣었다. 이번에는 그 누구한테도 붙잡히지 않게 잘 도망칠 자신이 있었다. 보조 가방을 들고 밖으로 나왔다. 부엌 건넌방 앞으로 가서 잠시 망설였다. 마루 밑에 쌓아 놓은 종이 상자들 틈에 가방을 끼워 놓았다. 창문이 불그죽죽해지는 듯싶더니 이내 방 안이 어두워졌다. 불을 켜고 우두커니 앉은 채 스님 따라갈 생각을 했다. 스님이 떠날 때는 어머니가 배웅을 할 텐데 어떻게 함께 차를 탈까. 아주 어머니께 스님이 사는 데에 한번 가보고 오겠다고 말씀드릴까. 허락해주실까. 그럴지도 모른다. 허락을 해주시기만 하면 따라갔다가 돌아오지 않고 거기에서 살아 버리자. 허락을 안 해주면 어찌할까.

사립문이 삐꺼덕거리고, 발소리가 가까워졌다.

"안방으로 들어가서 인사드려라. 스님 오셨다."

어머니가 부엌에서 말했다. 순녀는 문틈으로 밖을 내다보았다. 오빠 순철은 툇마루 위에 책가방을 놓고 우뚝 서 있었다. 호리호리한 오빠였다. 순철의 얼굴에는 여느 때 그늘이 서려 있었다. 그것이 더 짙어지고 있었다. 부엌에서 나온 어머니가 순철 옆으로 다가와서 귀엣말을 했다. 순철이 멍히 어머니의 얼굴을 건너다보았다. 모자의 눈길이 잠시 허공에서 마주쳤다. 어머니가 아들의 눈길을 피하면서 안방으로 얼른 들어가라는 손짓을 했다. 순철이 고개를 떨어뜨리고 굼뜨게 부엌문 앞을 지나서 안방 쪽으로 갔다. 순철의 등은 활등같이 굽어 있었다.

어떻게 할까. 어머니에게 스님 따라갔다가 오겠다는 말을 할까 말까. 안방 문 열리는 소리를 들으면서 순녀는 두 손을 모아 깍지를 끼어 앙가슴에 대고 머리를 힘껏 끄덕거렸다. 기막힌 꾀 하나를 생각해 냈다.

부엌으로 달려갔다. 어머니는 프라이팬에 두부를 부치고 있었다. 그 앞에 우뚝 서면서 순녀는 말했다.

"엄마, 나 저 스님 한번 따라갔다 올래요."

어머니가 흰자위 많아진 눈으로 그녀를 흘긋 돌아보면서 퉁명스럽게 말했다.

"이 아이가 무슨 뚱딴지 같은 소리를 한다냐?"

그녀는 어머니가 이렇게 나오리라는 것을 미리 알고 있었다. 그것에 대한 비장의 무기를 얼른 꺼내 들었다.

"저 스님 뭔가 숨기고 있는 게 많은 것 같아요."

"이 애가 못하는 소리 없어? 저 스님이 어떤 사람인 줄 알고 그런 쓸데없는 소릴 하냐?"

어머니는 두부 조각을 뒤집으면서 무뚝뚝하게 말했다. 순녀는 대꾸를 않고 두부 조각 밑에서 튀기는 기름 방울을 보고만 있었다. 이윽고 어머니는 푸념하듯이 말했다.

"바람같이 떠도는 사람, 거처가 어딘 줄 알아서 어디까지 따라가? 말도 되지 않는 소리 하지도 마라."

그녀는 어머니가 이미 반허락을 한 셈이라고 생각했다. 몸을 돌려 부엌을 나가면서 그녀는 말했다.

"나 기어이, 어디까지든지 한번 따라가 볼 참이에요."

저녁 밥상을 물린 뒤에 스님이 이날 밤 열차를 타고 서울까지 가지 않으면 안 된다며 털고 나섰을 때, 순녀는 보조 가방 하나만을 들고 앞장섰다.

"가시내가 돼가지고, 어찌 된 판인지 이렇게 누구든지 따라서 어디로 횡 떠돌아다니고 싶어 몸살을 앓곤 한다요. 스님께서 데리고 가실 수 있는 데까지만 데리고 가시다가 그냥 차 태워서 보내 주십시오. 못 따라가게 붙잡아 두었으면 좋겠는데, 그랬다가는 이 아이 병납니다…… 방학 때고 그러니까……."

어머니는 스님을 뒤따라 마당을 걸어 나오면서 이렇게 말했다. 순녀는 어머니의 속셈을 훤히 들여다보고 있었다. 안방에 밥상을 들여 주고 건너온 어머니는 그녀의 귀에 대고 이렇게 말했었다.

"기왕 나선 김이니까, 혹시 못 따라오게 하더라도 기어이 뿌리 묻고 사는 데까지 한번 가보고 오너라. 사실은 느그 오빠가 가봐야 할 일이다 마는……."

오빠 순철은 무기력했고, 피동적이었고, 소극적이었다. 어쩌면 주눅이 들어 있었다. 어머니는 늘 순철에게 윽박지르곤 했다.

"왜 그렇게 남자가 돼가지고 대가 무르냐?"

앓아누워 있으면서, 가까운 곳에 일숫돈을 받으러 보낼 때면 순철 뒤에 순녀를 반드시 딸려 보내곤 했다.

사립문을 나서면서 순녀는 뒤를 돌아보았다. 불 환히 켜진 안방과 건넌방, 어둠에 둘러싸인 기와지붕과 마당귀의 좁다란 화단에 자석처럼 그녀의 등을 끌어당기는 게 있는 것 같았다. 가슴벽에 아픈 금이 그어지고, 등줄기가 시렸다. 이제 가면 다시 오지 않을 것이다. 어디인가 한없이 가면 만날 것이라고 늘 생각해 왔던 바로 그 사람을 지금 따라나서고 있다고 순녀는 생각했다. 어머니와 순철은 역에까지 따라 나오지 않고 한길에서 스님과 순녀를 보냈다. 그들은 택시를 타고 역으로 갔다. 역이 가까워지고, 열차의 기적 소리가 들렸을 때 그녀는 가슴이 뛰면서 울렁거렸다. 눈앞이 자꾸 어질어질했다. 눈을 감았다. 스님의 밥을 짓고, 빨래하고, 이불을 개고, 방 안 청소를 하는 한 여자아이의 모습이 머리에 그려졌다. 그녀 자신이었다.

식당에서 나왔을 때 하늘은 맑은 회색 천으로 변해 있었다. 먼지 알 같은 별들은 다 사라져 버리고 붉고 크고 또렷한 것들 몇 개만 드문드문 남아 있었다. 차들은 아직도 헤드라이트를 휘저으면서 달렸다. 스님은 택시를 불러 탔다. 스님이 운전사에게 가야 할 곳을 일러 주었고, 운전사는 대꾸도 않고 차를 몰았다. 순녀는 안쪽 뒷좌석에 앉아 묽어지고 있는 어둠 속에서 눈을 지그시 감은 채 잠들어 있는 건물들을 보기만 했다. 그것들은 살아 숨 쉬고 있는 듯싶었다. 식당에서 스님은 밥을 겨우 두어 숟갈밖에 뜨지 않았다. 그걸 먹고도 속이 거북한지 자꾸만 트림을 했었다. 순녀는 자기의 호주머니에 들어 있는 돈을 생각했다. 스님한테 약을 좀 사드릴까.

어머니한테 돈을 더 많이 타 올걸 그랬다고 그녀는 안타까워했다. 머리를 이리 틀어 달리고, 저리 틀어 내닫고, 맴을 돌듯이 휘돌아 달리곤 하던 택시가 비탈길을 힘겹게 올라갔다. 나무라고는 하나도 보이지 않고, 대머리처럼 민틋한 바위산이 은빛 하늘을 이고 눈앞에서 기우뚱거렸다. 잔등에 올라섰을 때, 스님이 택시를 세웠다.

산을 등지고 언덕 아래로 잡다한 골짜기의 집들을 내려다보는 기와집 한 채가 있었다. 서까래나 기둥에는 번들거리는 노르끄레한 칠을 했고, 벽은 흰 양회칠을 했다. 정원은 널찍했고 향나무, 측백나무, 사철나무들이 드문드문 서 있었다.

스님은 그 집의 동남쪽에 있는 검푸른 철대문 앞으로 가서 초인종의 단추를 눌렀다. 스님의 등 뒤에 선 채 순녀는 속으로, 바로 여기로구나 하고 중얼거렸다. 이 집에 살고 있는 여자 때문에 이때껏 우리 어머니는 이 스님에게서 따돌림을 받은 것이다. 어머니는 왜 진작 이 스님의 뒤를 밟아서, 스님이 바로 여기에 뿌리를 묻고 살고 있다는 것을 캐내지 못했을까.

인터폰에서 가느다란 여자의 목소리가 물었다.

"누구세요?"

"나다."

스님이 대답하자 대문이 자동으로 벌컥 열렸다. 스님이 순녀를 먼저 대문 안으로 들여보내고 뒤따라 들어왔다. 정원 한가운데 석등이 있었고 그 석등 양쪽에 장난감 같은 5층 석탑이 하나씩 있었다. 순녀는 석등 옆에서 발을 멈추고 멍해졌다. 툇마루에서 댓돌로 내려서는 앳된 여자의 뒤를 따라 잿빛 바지저고리를 입은 키 작달막한 스님이 마루로 나와 그들을 맞았다. 그 스님은 여승이었다. 깎은 머리에는 푸른빛이 돌았고, 살결은 희고 보송보송 고왔다. 그 여승의 입술과 볼에는 웃음이 담겨 있었고, 쌍꺼풀진 눈은 거슴츠레했다.

순녀를 앞질러 댓돌로 올라선 스님은 합장한 채 허리와 고개를 숙여 주는 앳된 여자를 거들떠보지도 않고 툇마루 위로 올라섰다.

"밤차 타고 오시는군요?"

방으로 들어서는 스님에게 이렇게 말하면서 여승은 석등 옆에 선 순녀를 보았다.

"아니, 이거 누구라냐?"

여승이 달려와 순녀의 두 손을 끌어모아 쥐었다. 방으로 데리고 들어가 빨갛게 단 석유 난로 앞에 앉혔다. 여승은 방에 들어와서도 순녀의 두 손을 계속 주물럭거렸다.

"보살님보고 공양 준비하시라고 그래라."

여승이 자기 등 뒤에 앉아 있는 앳된 여자에게 말했다. 아랫목의 방석 위에 꼿꼿이 앉은 스님이 고개를 저으며 말했다.

"공양하고 왔다."

여승이, 그럼 차나 내오라고 일렀다.

앳된 여자가 문을 열고 나갔다. 여승이 순녀의 숙인 얼굴을 들여다보며, 어머니와 오빠 순철에 대해서 물었다. 스님은 입을 꾹 다문 채 방 안 여기저기를 둘러보았다. 동창 앞에 난초 두 분이 있고, 윗목 구석에 책 꽂이가 있었다. 그 옆에 연꽃 자개 무늬 요란스럽게 박힌 장롱이 있고, 그 한쪽에 자그마한 반닫이가 있었다.

"서울에 오시면 좀 들렀다가 가시고 그러십시오. 광주 석송石松도 오면 제 볼일 다 보고 가면서 겨우 전화 한 통화를 하거나 말거나 해요. 서운하게 한 일도 없는데……."

여승이 가라앉은 목소리로 쓸쓸하게 말했다. 스님은 난로 앞에서 꼿꼿이 앉은 채 막 치잣빛으로 물들고 있는 문종이를 바라보았다. 순녀는 난로의 새빨간 발열판을 바라보면서, 이 여승이 큰고모인 모양이라고 생각했다.

"빌어먹을 집구석, 중 자빠져 죽은 골짜기에다가 묘를 썼는지 어쨌는지, 온 식구들이 다 절간으로만 기어 들어가고……."

어머니는 하는 일이 잘 안 풀리고 짜증이 나면 이렇게 넋두리를 늘어놓곤 하였다.

머리 길게 땋아 늘인 앳된 여자가 쟁반에 찻잔 셋을 받쳐 들고 왔다. 장 종지만 한 하늘색 잔에는 오줌 빛깔처럼 노르끄레한 물이 담겨 있었다. 스님은 한 손으로 접시를 받치고 잔을 들어 마셨다. 순녀도 스님이 하는 대로 했다. 밍근한 맹물이었다. 다만 무슨 풀 향내가 나는 듯하고 조금 떫은 듯했다. 이걸 무슨 맛으로 마시는 걸까. 스님은 그 물을 오랫동안 머금었다가 삼키곤 했다.

"전번에 오셨을 때보다 건강이 더 안 좋으신 것 같은데……."

여승이 스님의 얼굴을 근심스럽게 건너다보면서 물었다. 스님이 찻잔을 쟁반 위에 놓으면서 치잣물 든 창문을 건너다보았다. 창백한 스님의 얼굴에 치잣물이 들어 있었다. 스님은 볼과 입술로만 빙긋 웃으면서 말했다.

"지난가을보다는 많이 좋아졌다. 봄 되면 더욱 좋아질 거다."

"약은 계속 드셔요?"

여승의 물음에 스님은 눈으로만 쓸쓸히 웃으며 대답했다.

"글쎄, 코뚜레나 고삐 같은 것만 만들어 가지고 팔도를 헤매었다."

스님은 벗어서 뒤에 밀어 두었던 바랑을 끌어당기더니 짊어졌다.

"수행도 수행이지만 몸 생각도 하셔야지요."

"마음의 병을 그대로 둔 채 육신의 병만 다스리면 뭘 하겠느냐?"

순녀는 눈앞이 아찔했다. 스님이 자기를 이 여승 집에 두고 자기 갈
데로 혼자 가버릴 모양이라고 직감했다. 그녀도 윗목의 반닫이 옆에 놓
아둔 보조 가방을 재빨리 눈으로 확인했다. 스님이 방문을 열고 나서기
만 하면 그 가방을 들고 따라나설 참이었다. 스님이 대관절 어디에 뿌리
를 묻고 살아가는가를 확인해야 하는 것이었다. 그녀의 속셈을 알아차
린 듯 스님이 여승을 향해 말했다.

"이 아이 너를 참 많이 닮았다."

그러고 나서 순녀의 눈을 그윽한 눈길로 들여다보며 몸을 돌렸다.

"며칠 있다가 돌아가도록 해라."

그 눈길이 순녀를 따라나서지 못하게 했다.

여승과 머리 땋아 늘인 앳된 여자와 순녀가 스님을 보내고, 스님은
혼자서 그들을 등 뒤에 두고 비탈길을 내려갔다. 스님은 뒤 한 번 돌아
보지 않고 총총 걸어갔다. 겨울 아침의 여린 햇살이 스님의 박박 깎은
머리 위에서 깨어져 날아왔다. 스님이 내려가고 있는 골목 아래쪽에서
찬 바람이 불어왔다. 순녀는 몸을 떨었다. 그녀는 아스라한 설원雪原 한
복판에 버려진 것만 같았다. 스님이 휘어 돈 골목으로 사라졌다. 여승이
순녀의 손을 잡아끌었다.

순녀는 문득 힘주어 잡아끄는 여승의 손을 뿌리쳤다. 여승 방의 반닫

이 옆에 놓아둔 보조 가방을 집어 들었다. 그녀의 고집을 꺾을 수 없다고 생각했는지 여승이 그녀의 손에 지폐 열 장을 쥐어 주면서 말했다.

"아주 그 스님을 억지로라도 한약방으로 모시고 가서 약이나 한 재 지어 드리고 오너라."

여승은 머리를 길게 땋아 늘인 앳된 여자에게 순녀를 시외버스 합동 정류장까지 안내해 주고 오라고 시켰다.

스님과 속초행 버스를 함께 탔다. 스님은 고집스럽게 따라붙고 있는 순녀를 꾸짖어 떨쳐 버리려 하지 않았다. 허공을 향해 소리 없이 한 차례 쓸쓸하게 웃었을 뿐이었다.

버스가 희끗희끗 잔설이 남아 있는 겨울의 황막한 들판 길을 달리고 있었다. 스님은 석상처럼 아무런 표정도 짓지 않은 채 스쳐 달리는 겨울 산 쪽을 보고 있었다. 순녀는 그런 스님의 옆얼굴과 그 눈길이 훑고 있는 산하를 번갈아 보면서 어금니를 굳게 물었다. 스님이 사는 절에 가서 함께 살면서 스님의 병시중을 들겠다고 생각했다. 자기도 스님처럼 머리를 깎고 먹물 들인 옷을 입고 살리라 했다. 한데, 버스가 질펀한 강굽이를 돌아가고 있을 때 스님이 문득 순녀의 손목을 잡고 몸을 일으켰다. 운전사에게 버스를 세워 달라고 말했다.

길 가장자리의 마른 코스모스 숲 저편으로 번들거리는 철길과 검은 기와지붕의 역사가 보였다. 스님은 철길을 건너서 억새풀 무성한 언덕을 내려갔다. 언덕 밑으로는 논이 있었다. 까만 논바닥에 짐승의 발자국들 같은 벼의 그루터기들이 줄줄이 깔려 있었다. 논바닥 한가운데에 허수아비가 쓰러져 있었다. 넝마 같은 허수아비 옷이 바람에 나풀거렸다. 논둑 저편으로는 강둑이 있었고, 강둑에는 갈대숲이 허연 꽃들을 피워 올리고 있었다. 갈대숲 사이로 강이 하얀 구렁이처럼 눈을 희번덕이고 있었다. 바람이 강 쪽에서 달려왔다. 갈대숲이 쇳소리로 울부짖었다. 강물이 철퍼덕대는 강둑을 걸었다. 스님이 발을 멈추고 갈 숲이 드문 강둑에 앉았다. 강을 내려다보았다. 순녀가 옆에 가서 섰다.

"나, 느이 아버질 잘 안다."

스님이 말했다. 순녀는 어두운 그늘이 어린 스님의 얼굴을 쳐다보았다. 스님은 고개를 쳐들고 허공을 보았다. 거기 검은 구름장들이 서남쪽으로 흘러가고 있었다.

"저것이다!"

순녀는 멍해졌다. 아무렇게나 뭉쳐 놓은 흙덩이 같던 구름장이 몸을 사린 검은 구렁이처럼 움직거리고 있었다. 쪼그려 앉은 채 고개를 무릎 속에 묻은 병든 남자의 모습 같기도 했다.

스님이 말을 이었다.

"느이 아버지는 실패했다. 산중에 들어박혀 부처님을 면대하고, 자기 한 몸 잘 닦아 극락왕생하려 했던 것이 잘못되었단 말이다. 못 먹고 못 입고 박해받는 중생들하고 아픔을 함께하는 고행에서 얻어지는 그 어떤 것이 가장 값진 것이라는 것을 알아차렸을 때는 네 아버지의 육신에 이미 어떻게 치유할 수 없는 병이 들어박혀 있었지."

스님은 순녀와의 사이에 거리를 두려고 애쓰고 있었다. 순녀는 스님과 자기 사이에 놓인 강굽이 같은 것이 굽이쳐 흐름을 느꼈다. 그 스님의 가슴으로부터 거대한 강줄기가 그녀의 가슴 한복판으로 흘러들고 있었다. 그것은 온도를 감지할 수 없을 만큼 뜨거운 것이었다.

"느이 아버지한테 가면 너도 실패한다. 세상의 모든 중생들한테는 각기 다른 몫이 있다. 너한테는 네 갈 길이 있고, 느이 아버지한테는 느이 아버지가 가야 할 길이 있다."

스님은 몸을 일으키면서 순녀의 손을 잡았다. 스님의 손은 차갑게 식어 있었다. 차가운 그 손이 그녀의 몸을 으스스 춥게 만들었다. 그녀의 가슴속에는 울음이 담겨 있었다.

"느이 아버지는 살아오면서 늘 길을 잃어버리곤 했지. 그때마다 그 사람은 강이나 내(川)나 바다 앞에 서서 길을 묻곤 하는 모양이더라."

그녀의 가슴속에서 까닭을 알 수 없는 울음이 터져 올라왔다. 이를 악물기도 하고 혀끝을 아프게 씹어 보기도 했지만, 그 울음을 다잡을 수 없었다. 스님은 어헉어헉 울음을 토해 내는 순녀의 손을 차가운 손바닥으로 힘껏 쥐여 주기만 했다.

간이역의 역사 모퉁이에서 해바라기를 하면서 스님과 순녀는 내내 열차가 오기를 기다렸다. 기어이 따라가겠다고 뻗대다가 그녀는 스님의 차갑게 흐려진 눈길과 찌푸린 이맛살을 보았다. 스님은 연거푸 힘없이 고개를 젓기만 했다.

열차가 도착했을 때 그녀는 서울에서 여승이 준 돈을 스님의 바랑 속에 넣어 주었다. 차에 오른 뒤 차창 밖으로 내다보자 스님은 플랫폼에 우뚝 선 채 그녀를 보고 있었다. 뛰어나가서 다시 한번 따라가겠다고 떼를 쓰고 싶었다. 아버지! 하고 소리쳐 불러 보고 싶었다. 차가 움직이기 시작했을 때 그녀는 유리창을 쓸어안으면서 흐느껴 울기 시작했다. 그러한 순녀를 보면서 스님은 어쩌면 부처님처럼 미소를 짓고 있었다.

서울에서 내려 스님과 함께 들렀던 여승의 독살이 절을 찾아갔다. 큰고모 스님은 눈이 통통 부은 그녀를 맞아들이면서 혼잣말처럼 말했다.

"따라가긴 뭘 하러 따라갈 것이냐."

이튿날은 봄날처럼 따뜻했고, 머리 길게 땋아 늘인 앳된 소녀는 순녀를 데리고 동물원에 갔다. 나무 잎사귀들이 모두 떨어지고, 사람들의 발길이 뜸한 동물원 안은 아득하고 휑하게 넓었다. 동물들은 모두 어두컴컴한 우리 안에 드러누워 있었다. 얼어붙은 연못 바닥에서 고개를 쳐들고 있는 연꽃의 마른 줄기들을 보고, 앙상한 나뭇가지들 사이로 푸른 하늘을 보고, 멈추어 있는 은하수 차를 보고 밖으로 나왔다. 머리 길게 땋아 늘인 앳된 여자는 고등학교 2학년에 다니는 학생이었고, 큰고모가 어린 시절에 어디선가 데려다가 키워서 학교에 보내고 있었다. 자기가 그렇다는 것을 그 여자 스스로 말했다.

"내 이름은 인숙이다."

그 학생이 자기소개를 했다.

"나도 장차 스님이 될 거다."

순녀의 손을 잡고 케이블카를 타러 가면서 인숙이 말했다. 남산에서 서울 시내 여기저기를 둘러보고 내려오면서는 또 이랬다.

"네 고모, 맘씨 고운 스님이라고 소문이 났다. 친구들한테 다 물어봐도 그런 어머니는 없더라."

큰고모의 독살이 절에 오자, 큰고모는 순녀를 데리고 시장으로 갔다. 그녀의 털스웨터를 사고, 목도리를 사고, 내의를 사고, 브래지어를 사고, 순녀와 순철의 몫으로 만년필 두 자루를 사고, 어머니의 털스웨터와 내의를 사고 한복 한 감을 떴다. 그런 뒤에도 아직 섭섭한 듯 시장 안을 배회했다. 아 참, 하고 신발가게로 들어가서 어머니의 흰 고무신을 사고, 순녀의 운동화를 사고, 순철의 털모자를 샀다.

다음 날 아침 큰고모는 순녀를 데리고 역으로 갔다. 광주행 차를 태워 주면서 큰고모는 말했다.

"어머니 말씀 잘 듣고 열심히 공부해라. 이런 고모 있다는 것은 까맣게 잊어버리고, 찾아올 생각은 아예 마라."

기차가 스름스름 움직일 때, 큰고모는 홈에서 두루마기의 호주머니 속에 손을 깊이 찌르고 선 채 차창을 통해 그녀를 보고 서 있었다.

순녀는 큰고모의 파르라니 깎은 머리와 가냘프고 흰 얼굴에 서려 있는 그늘을 보았다. 그녀의 가슴에 뜨거운 덩어리가 꿈틀 일어섰다. 한 간이역에서 마지막으로 본 스님의 모습이 생각났다. 그녀는 고개를 돌렸다. 차창 밖으로 달리는 겨울의 마른 풀숲과 얼어붙은 내와 텅 빈 들판에 쓰러져 있는 허수아비를 보면서 순녀는 스님의 말을 생각했다.

'글쎄, 코뚜레나 고삐 같은 것만 만들어 가지고 팔도를 헤매었다.'

'이 아이 너를 참 많이 닮았다.'

'느이 아버지는 실패했다. 산중에 들어박혀 부처님을 면대하고, 자기 한 몸 잘 닦아 극락왕생하려 했던 것이 잘못되었단 말이다. 못 먹고 못 입고 박해받는 중생들하고 아픔을 함께하는 고행에서 얻어지는 그 어떤 것이 가장 값진 것이라는 것을 알아차렸을 때는 네 아버지의 육신에 이미 어떻게 치유할 수 없는 병이 들어박혀 있었지.'

바랑을 지고 강둑길을 걸어가는 스님의 모습이 바람에 흔들거리는 억새밭 위에 어렸다.

이른 봄날, 그 스님의 도반인 휴산 스님한테서 짤막한 편지가 왔다. 운봉雲峯 스님이 강원도 설악산의 이름도 뭣도 없는 한 토굴에서 정진하다가 열반하였다는 것, 평소에 운봉 스님이 늘 당부하던 대로 간소하게 다비茶毘를 한 다음에 이렇게 소식 전해 드림을 너그러이 용납해 달라는 것이었다.

오빠 순철은 대학 입학시험을 치렀는데, 그 실력이면 넉넉히 들어갈 수 있을 거라고 해 쌓던 법학과에서 미역국을 먹었다. 어머니는 방바닥을 치면서 통탄을 했고, 오빠는 갑자기 천치가 돼버린 것처럼 멍청해졌다.

"죽어라, 죽어. 인제 이 에미는 뭔 재미로 세상을 살아갈거나."

오빠는 후기에 마땅한 대학, 마땅한 과가 없다면서 재수를 했다. 학원에 다니기 시작했고, 어머니는 전보다 더 자주 짜증과 신경질을 내곤 했다. 감나무와 목련 나무에 새싹이 돋아나던 어느 날 어머니는 밤이 늦어서 돌아왔다. 그 뒤부터 자꾸 새 옷을 사 입곤 했으며, 화장이 짙어졌다. 목욕탕에 더욱 자주 다녔고, 밤늦게 술 냄새를 풍기며 들어오기도 했다.

"이 자식들아, 에미 즐겁게 한번 해줘라. 밥 떠먹이란 말 않고, 업고 다니라는 말 않는다. 하라는 공부만 잘해라. 일등을 해. 그렇다고, 장학생이 돼서 공짜로 학교 다니라는 말 아니다."

어머니는 술 냄새를 풍기면서 순철과 순녀를 앞에 꿇어 앉혀 놓고 들볶아 댔다. 꾸짖는 동안 오빠 순철은 한결같이 고개를 깊이 떨어뜨리고 있었다. 순녀는 다시 어디론가 뛰쳐나갈 궁리를 하기 시작했다. 서울 큰고모를 찾아갈까. 율산동의 산 밑 절에 있는 작은고모한테로 갈까. 이렇게 들볶이면서 공부를 하면 무엇 하랴. 이런 공부 하지 않은 사람은 세상을 어떻게 살아가는가. 나도 고모처럼 머리를 깎을까. 아니다. 참자. 우리들이 공부 잘하기만을 바라고 혼자 고생하며 살아가는 어머니의 아픈 심정도 이해해야 한다. 열심히 해서 어머니를 기쁘게 해드려야 한다. 꾸중을 들은 이튿날부터 순녀는 혀를 물고 공부했다.

순녀는 책 속의 검은 활자들 위에서 자꾸만 먹물들인 옷에 바랑을 짊어지고 걸어가는 스님의 모습을 만나곤 했다. 머리 박박 깎은 그 스님은 비탈진 골목길을 내려가고 있었고, 비가 주룩주룩 내리는 거리를 걸어가고 있었고, 눈보라 몰아치는 아득한 들판을 걸어가고 있었다. 서울에 가서 만난 큰고모의 파르라니 깎은 머리와 거슴츠레한 쌍꺼풀진 눈과 보송보송한 흰 살결과 웃음이 담겨 있는 듯한 입술과 볼이 그 활자들 속에서 살아나기도 했다.

　어머니의 외출은 한결같이 잦았고, 사흘이 멀다 하고 술 냄새를 풍기면서 들어오곤 했다. 순녀는 그 어머니를 아랑곳하지 않고 공부만 했다. 오빠는 독서실에서 밤을 새워 공부를 한다면서 집에 들어오지 않을 때가 많았다.

　다시 한번 대학 입학시험에 실패한 오빠가 자원 입대를 한 지 며칠 뒤에 국어 선생이 새로 부임해 왔다. 교무실 앞 화단에 진달래꽃 두 무더기가 가슴 울렁거리게 타올랐다. 교장 선생을 따라 구령대 뒤에 나타난 국어 선생을 본 순간 순녀는 눈앞이 아찔하고 가슴이 뛰었다. 감색 양복에 붉은 비눗방울 같은 무늬가 있는 넥타이를 맨 그 선생은 키가 호리호리했고, 얼굴빛이 약간 창백했다. 그 선생의 기름한 얼굴, 눈, 코, 입모습이 어디선가 본 듯했다. 앞에 선 학생의 목련 꽃잎 같은 칼라에서 햇살이 부서지고 있었다. 머릿속에, 바랑을 짊어지고 비탈진 골목길을 내려가던 스님의 모습이 그려졌다. 어쩌면 저렇게 그 스님을 닮았을까.

　교장 선생이 그 선생을 소개했다. 이름이 현종玄鐘이었다. 순녀는 눈을 뜨고 구령대 뒤에 서 있는 국어 선생의 얼굴을 보았다. 순녀로서는 처음 들어 보는 현 씨 성이고, 남들은 두 자씩인 이름을 그 선생은 외자만 가졌다는 사실이 신기했다. 다른 선생님들에 비하여 전혀 다른 새로운 맛과 냄새를 가지고 있을 것 같았다. 아니, 이름이 외자인 만큼 그 선생의 어느 부분에는 덜 차고 부족한 것이 있을 것 같기도 했다. 몇몇 아이들이 비슷한 생각을 한 듯 고개를 숙이면서 손으로 입을 가리고 킥킥 웃었다.

　잠시 후에 구령대로 올라간 현종 선생의 인사말이 특이했다.

　"저는 올해로 만 스물아홉 살입니다. 장가도 갔고, 딸도 하나 있습니다. 그렇지만 저는 지금도 자라고 있습니다. 한창 곱고 예쁘게 무럭무럭 자라나는 여러분과 함께 자라게 된 것을 기쁘게 생각합니다.”

이것이 전부였다.

이 인사말을 들으면서 순녀는 계속 그 스님만 떠올렸다. 그 선생의 목소리마저도 그녀를 서울의 큰고모한테 데려다주고 훌쩍 떠나가 버린 스님의 목소리하고 비슷하다고 생각했다. 걸걸한 듯하면서도, 클라리넷의 옥타브를 내린 저음처럼 쨍 울리는 데가 있었다.

그날 운동장 조회가 끝나고 교실로 들어가면서 본 붉은 벽돌 교사의 지붕 위에 걸친 하늘은 진한 쪽빛이었다. 날개를 가로로 펴서 내젓는 듯한 사슴 같은 구름이 한 점 떠 있었다. 그 구름과 하늘을 쳐다보면서 순녀는 어지러움을 느꼈다. 땅이 기우뚱거렸고, 그녀의 발은 허공을 디디는 것처럼 허청거렸다.

현종 선생의 첫 국어 시간이었다. 현 선생은 운동장에서 했던 인사말을 보충해서 ‘정신적인 성장과 육체적인 성장’에 대한 이야기를 했고, 앞으로 해갈 공부의 방향과 방법에 대한 것을 말했다. 순녀는 그 말들이 귀에 들어오지 않았다. 현 선생의 얼굴 위에서 내내 바랑을 짊어지고 비탈진 길을 내려가던 스님의 모습을 보고만 있었다.

집에 돌아와서 밥을 해 먹고, 텅 빈 방에 혼자 앉은 채 순녀는 멍청히 바람벽을 건너다보고만 있었다.

며칠 뒤에, 학급 안에서 소식통이 제일 빠른 촉새가 어디서 듣고 왔는지 이런 말을 했다. 현종 선생이 결혼한 것은 사실이지만 모란동에서 혼자 하숙을 하고 있다고 했다.

“사모님이 돌아가셨다 하기도 하고, 이혼을 했다 하기도 하고…… 좌우간 이제 다섯 살 먹은 딸이 하나 있는데 시골의 할머니한테 맡겨 놓았다고 하더라.”

다시 며칠 뒤에, 그 촉새가 보다 정확한 소식을 가지고 왔다. 현 선생의 사모님은 아기를 낳자마자 돌아가셨고, 지금까지 주변 사람들이 재혼을 시키려고 애써 왔는데, 현 선생 쪽에서 붙여 주는 여자를 거들떠보려 하지 않는다는 것이었다. 현 선생은 거의 날마다 술을 마시곤 하는데, 그것은 사모님이 돌아가신 지 다섯 해가 지난 지금까지도 그 사모님을 잊지 못하고 괴로워하는 것임이 틀림없다는 것이었다.

　순녀는 가끔 현 선생이 윤기 흐르는 푸른 잔디 동산 위에 서서 담배를 피우며 먼 산을 바라본다든지, 고개를 깊이 떨어뜨린 채 운동장을 어정거린다든지, 학생들이 필기를 하는 동안 창밖에 떠가는 구름을 본다든지 하는 것을 발견할 수 있었다. 그 모습을 보면서, 죽여 주는구면, 죽여 줘! 하고 진저리치는 시늉을 하는 학생들이 있었다.

　외자 이름을 가지고 있는 만큼 어딘가 덜 찬 듯한 허전함과, 홀아비라는 소문이 더해 준 슬픈 불행의 분위기와, 늘 혼자서 있곤 하는 외뿔짐승 같은 호리호리한 모습이 순녀를 견딜 수 없게 만들었다. 그녀는 자꾸만 현종 선생하고 단둘이서 만나고 싶었다. 현종 선생과 자기는 같은 운명선 위에 놓여 있는 것 같았다. 어느 날 문득 나타난 스님의 이야기와 그 스님을 따라 밤차를 타고 서울까지 간 이야기와, 그 스님이 어디론가 멀리 떠나 버린 이야기를 들려 드리고 싶었다. 그 현종 선생한테서, 멀리 떠나간 사모님의 이야기와 시골 어머니한테 맡겨 둔 어린 딸에 대한 이야기를 듣고 싶었다. 자기 이야기를 해주고 그쪽의 이야기를 들으면서 현종 선생의 가슴에 얼굴을 파묻고 실컷 울어 대고 싶었다.

　"국어 선생 늘 우리 가게 앞을 지나다닌다. 가끔 우리 가게 옆 골목에서 술이 거나해 가지고 비틀거리면서 나오는 것을 몇 번 봤다. 그 선생은 술에 취하면 얼굴이 붉어지지 않고, 더 창백해지는 모양이더라."

　옆자리에 앉은 친구가 수업 중에 순녀의 귀에다 대고 소곤거려 주었다.

순녀는 중간고사가 끝나는 날, 집으로 돌아가다가 용기를 내어 공중 전화로 갔다. 전화를 걸까 말까 하고 몇 번 망설이다가 가방을 놓고 동 전을 넣었다. 발신음이 들리기 시작한 지 한참 만에 학교 전화번호를 눌 렀다. 사환 언니의 가느다란 목소리가 들렸다.

"현 선생님 좀 바꿔 주셔요."

"지금 자리에 안 계신데요. 어디서 걸려 왔다고 전해 드릴까요?"

순녀는 수화기를 놓아 버렸다. 도둑질하다가 들키기라도 한 듯 얼굴 이 뜨거워지고 가슴이 뛰었다. 도망치듯이 공중전화 앞을 빠져나갔다. 집으로 와서 옷을 갈아입었다.

해 질 무렵부터, 친구네 가게 옆 골목을 배회하면서 현종 선생을 기 다렸다. 땅거미가 내리고, 상가의 불들이 하나둘씩 켜졌다. 어둠이 더욱 짙어지고, 먼 데 사람의 얼굴을 분간할 수 없었다. 오늘은 다른 데에 볼 일이 있어서 이 골목으로 오지 않을 모양인가. 순녀는 조급해지기 시작 했다. 지금쯤 어머니가 집에 들어오셨을지도 모른다. 어디를 싸다니느 냐고 꾸중하실 것이다. 가끔씩 택시나 자가용들이 헤드라이트를 휘저어 대며 달려갔다. 그녀는 골목 입구에 있는 술집 앞을 지나갔다. 안에서 남자들이 떠드는 소리가 들렸다. 어쩌면 현종 선생의 목소리도 들리는 것 같았다. 아니다. 현종 선생이 술을 마시면서 저렇게 떠들 리 없다. 그 선생은 늘 혼자 다닌다고 하지 않던가. 골목 안에는 그만그만한 술집 들이 잇대어져 있었다. 열어젖혀 놓은 문 안에서는 지지고 볶고 하는 기 름 냄새가 매캐한 연기와 함께 새어 나왔다. 골목 끝까지 갔다가 몸을 돌렸다. 술집 안으로 들어가 볼까. 이 골목 안의 어느 술집엔가 현종 선 생이 혼자서 고개를 깊이 떨어뜨리고 술을 마시고 있을지도 모른다. 한 집도 빼놓지 말고 모두 들어가 살피자. 생각은 그러면서도 순녀는 어느 한 집에도 들어가 보지 못했다. 그녀의 얼굴을 아는 어느 선생님인가가 불쑥 나타나서 등덜미를 훔쳐 잡을 것 같았다.

어깨를 늘어뜨리고 집에 들어섰다. 집 안에는 어둠이 가득 차 있을 뿐이었다. 어머니는 아직도 들어오지 않았다. 순녀는 불도 켜지 않고 방으로 들어갔다. 아랫목 구석에 지게 다리를 하고 앉아 무릎 위에 이마를 묻었다. 방 안에 괴어 있는 어둠 같은 검은 덩어리가 가슴속에 들어 있는 것 같았다. 속이 거북스럽고 답답했다. 숨을 깊이 들이쉬었다가 내뱉었다. 속에 들어 있는 덩어리는 풀려 나오지 않았다. 어헉 하고 울어 보려고 했다. 울음이 되어 나오지 않았다. 머릿속에 비틀거리며 걸어가는 남자의 모습이 그려졌다. 얼굴이 창백했다.

그 남자는 억새밭 무성한 비탈길을 걸어갔다. 상처 입은 외뿔 짐승처럼 걸어가던 그 남자는 발을 멈추고 어둠 저쪽의 하늘을 쳐다보았다. 그 얼굴이 머리 파랗게 깎은 스님의 얼굴로 바뀌었다. 순녀는 마당으로 나갔다. 지붕 머리에 걸친 흑청색 하늘에 오뉴월 산언덕의 하얀 개망초꽃 같은 별들이 수런거렸다.

학교에선 여름 방학 내내 특강을 했다. 겨우 8월 26일부터 말일까지 6일간만 쉬게 해주었다. 학급 아이들은 대부분 해수욕장으로 임해 훈련을 갔지만, 순녀는 서울 큰고모한테 가서 있다가 오겠다고 말하고 집을 나섰다. 처음에는 그녀도 해수욕장에 갈까 했다가 중도에 그만두었다. 촉새가 어떻게 알았는지 임해 훈련 지도 교사 가운데 현종 선생이 들어 있지 않다는 말을 퍼뜨렸던 것이다. 현종 선생을 좋아하는 몇몇 아이들도 그녀와 마찬가지로 빠졌다.

기막힌 우연이 하나 생겼다. 역 대합실에서 현종 선생을 만났다. 현종 선생은 점퍼 모양의 남방셔츠에 여행 가방 하나를 어깨에 걸치고 개찰구 앞에 서 있었다. 순녀는 얼굴이 뜨거워지면서 가슴이 펄럭거렸다. 그녀는 차표를 손에 쥔 채 광장 쪽으로 돌아섰다. 가서 인사를 할까. 그냥 모르는 체할까. 눈앞이 어질어질했다. 대합실의 흰 원통형 기둥이 모로 기울어지고 있었다. 숨이 가빠졌다. 그녀는 용기를 냈다. 현종 선생에게 인사를 하기로 했다. 선생 쪽으로 발을 옮겼다. 담배 한 개비를 입에 물고 라이터를 그어 대면서 연기를 빨아 마시던 현종 선생이 다가가는 그녀를 알아보고 눈을 크게 벌려 떴다. 인사를 하는 그녀의 눈시울이 뜨거워지기 시작했다. 가슴에서 울음이 솟구쳐 나오려고 했다. 혀끝을 아프게 깨물었다.

"아니, 이거 누구야? 어디 가냐?"

현종 선생이 물었다. 그녀가 혼자인 것을 안 현 선생은 그녀의 등을 한번 툭 치고 여행이 심심하지 않고 유쾌하게 되었다고 말했다. 그러는 동안 순녀는 눈에 어린 물기를 들키지 않으려고 몇 번이나 현종 선생을 외면하고 돌아서서 딴 데를 보는 체하곤 했다.

기차에 오른 현종 선생은 차표를 바꿔서 순녀를 자기의 옆자리에 앉혔다. 차가 떴다. 철도 연변의 푸른 들판이 달리고, 전신주들이 뒷걸음치고, 산모퉁이들이 기우뚱거리며 허리를 모로 꼬았다. 우거진 숲 위에 찬란한 햇살이 유리로 만든 창槍처럼 날아와 박히고 있었다. 열어젖힌 창문에서는 청 치맛자락 같은 바람이 뛰어들었다.

이렇게 저렇게 캐물어서, 그녀가 서울의 큰고모 집에 간다는 것을 알아낸 현종 선생은 말했다.

"나는 대전에서 내릴 거다."

그 말을 듣자, 순녀는 잃어버려선 안 될 것을 머지않아 어쩔 수 없이 빼앗기거나 잃어버리게 될 것만 같은 아깝고 짠한 속이 되고 말았다. 현종 선생이 사서 들려 준 아이스크림의 단맛을 잊어버렸다. 꼭 무슨 볼일이 있어서 가는 것도 아닌 서울이었다. 중도에서 그만두고 선생님을 따라 내려 버릴까. 안 된다. 선생님께서 비밀리에 누군가를 만나러 가는지도 모른다. 가슴속 어딘가에서 불침 같은 아픈 김이 솟아올랐다.

그녀는 태연을 가장한 채 물었다.

"대전에 누가 사는데요?"

현종 선생은 아이스크림의 껍질을 휴지에 싸서 버리고 창밖을 내다보면서 고개를 저었다.

"그냥 가보는 거야, 부여로, 공주로……."

현종 선생은 담배 한 개비를 꺼내 바람을 등지면서 불을 붙였다. 담배 연기가 그의 어깨너머로 흩어져 사라졌다. 담배 연기를 거듭 빨아 마시는 현종 선생의 옆얼굴 저쪽 들녘에서 번쩍거리는 햇살을 보며 그녀는 대전에서 현 선생을 따라 내려야겠다는 생각을 굳히고 있었다.

현종 선생이 쓸쓸하게 웃으면서 말을 이었다.

"여름 방학이나 겨울 방학을 이용해서, 한 해에 한 차례씩은 거길 다녀오곤 하지."

그들은 해 질 무렵에 부여에 도착했다.

"허허 참, 이 자식, 너 묘한 아이로구나!"

현종 선생은 순녀를 데리고 부소산을 오르면서 말했다. 대전에서부터 억지를 쓰고 따라오는 그녀를 향해 현종 선생은 몇 번이고 그 말을 했다. 현종 선생은 순녀를 낙화암 절벽 위로 데리고 갔다. 질펀하게 흐르는 백마강이 기우는 저녁 햇살 아래서 숨을 죽였다. 돛단배 두 척이 물살을 가르며 달렸다. 순녀는 철책을 짚고 아스라한 절벽 밑을 내려다보면서 거기에서 떨어져 죽었다는 궁녀들을 생각했다. 구경 온 사람들이 지나갔다. 거의가 젊은 남녀들이었다.

현종 선생은 강 하류의 굽이가 보이는 곳에 앉으면서 가방의 지퍼를 열었다. 소주병과 오징어를 꺼냈다. 마개를 따고 병나발을 불고, 오징어 다리를 씹었다. 해가 산 너머로 기울고 강이 자줏빛 그늘에 잠겼다. 강

쪽에서 서늘한 바람이 불어왔다. 현종 선생은 강심江心의 어느 한 지점을 보고 있었다. 그녀가 다가가도 현종 선생은 그녀에게 눈길을 돌리지 않았다. 그녀는 현종 선생의 눈길이 가 있음 직한 곳을 어림하여 바라보았다. 현종 선생은 병나발을 불었다. 한 병을 다 비웠다. 오징어를 넣고 씹어 대는 입질이 거칠어졌다. 그날 밤 그들은 고란사 옆에 있는 여관방 한 칸을 잡아 들었다. 남아 있는 방이 하나밖에 없었다.

"이 자식, 이건 네 죄야. 나는 여기 오면 절대로 다른 데 안 간다. 방이 구식이어서 불편하기야 하지만……. 좌우간, 우리 함께 자는 수밖에 없다. 문제는 생각이니까, 걱정 마라. 나는 나 혼자서 잔다고 생각을 하면 되고, 너는 너 혼자서 잔다고 생각을 하면 된다, 알겠지?"

이렇게 말을 하고 나서 현종 선생은 저녁밥을 시켜 놓고 강가로 멱을 감으러 갔다. 순녀는 방 한가운데 우두커니 서 있었다. 어떻게 선생님과 한방에서 잘까. 그녀는 가방에 넣고 온 책을 생각했다. 자지 않고 그걸 읽으면서 밤을 새우면 된다. 그녀는 선풍기의 스위치를 눌렀다. 바람이 일었다. 바람 앞에 얼굴을 들이밀었다.

젖은 수건을 목에 걸친 채 물비린내와 비누 향내를 풍기며 들어온 현종 선생이 순녀의 손목을 잡아끌었다.

"너 이리 나와 봐."

그녀는 이끌려 밖으로 나갔다.

"너는 오늘부터 내 딸이야. 내가 시키는 대로 해야지, 안 그러면 나한테 매를 맞는다."

현종 선생은 이렇게 말을 하면서 그녀를 강가로 끌고 갔다.

"땀 냄새 나는 사람하고 어떻게 한방에서 자냐?"

물속에 머리를 묻은 납작 바위 끝에 선 채 현종 선생이 말했다. 순녀는 얼굴이 달아올랐다. 그녀를 둘러싸고 있는 어둠이 맴을 돌았다. 현종 선생이 순녀의 손에 비누와 젖은 수건을 잡혀 주었다.

"봐라. 저쪽 언덕 끝에 가서 누가 오는지 어쩌는지 내가 지켜 줄 테니까 안심하고 멱을 감아라."

현종 선생이 몸을 돌려 걸어갔다. 그가 서 있겠다고 한 언덕에는 검은 숲이 있었다.

"빨리해. 이쪽 끝에서는 겨우 어둠이 보일 뿐이고, 물 끼얹는 소리가 들릴 뿐이야."

현종 선생은 여관 밑의 언덕으로 올라가면서 말했다. 그의 목소리가 연안의 숲을 울렸다. 어웅한 숲속에 짙게 포진된 어둠이 몸을 꿈틀거렸다. 순녀는 바위 끝의 검은 물을 내려다보면서 쪼그려 앉았다. 멱을 감을까 말까. 오늘 땀을 많이 흘린 것은 사실이다. 아직도 후텁지근하고, 살갗은 끈적거린다. 살 깊은 곳에서 쉰내와 짠 소금 냄새가 날 것이다. 멱을 감기로 하자. 한창 멱을 감고 있을 때, 그가 슬그머니 다가오면 어찌할까. 설마 그러려고. 안심해도 된다. 연안 양쪽은 드높은 절벽이 막아섰고, 유일하게 사람들이 출입할 수 있는 언덕은 그가 지키고 있다.

블라우스 단추를 풀었다. 그때, 바위 끝의 물너울에서 무슨 소리인가가 났다. 머리끝이 곤두섰다. 큰 고기가 지느러미로 물을 헤치는 소리 같기도 하고, 누군가가 물속 헤엄을 쳐와 바위 끝에서 살며시 머리를 쳐드는 것 같기도 했다. 그녀가 벌거벗고 바위 끝으로 가서 물을 한 움큼 떠다가 몸에 끼얹는 순간, 바위 밑의 물속에 몸을 숨기고 있던 사람이 그녀의 손을 낚아채 가지고 들어가 버릴 것만 같았다. 물에 빠져 죽은 총각 귀신은 밤에 물가에 나온 처녀를 홀려 물에 빠지게 한다던 말이 생각났다.

"뭘 하고 있어? 빨리하지 않고?"

언덕 위의 숲속에서 현종 선생의 목소리가 날아왔다. 순녀는 단추를 풀어낸 블라우스 옷섶을 쥐고 어둠에 묻힌 언덕 끝의 숲과 절벽 위쪽의 절을 보았다. 희미한 불빛을 받은 절의 처마 끝 단청이 까만 숲 사이로 아슴푸레하게 보였다. 바위 끝에서 수런거리는 강물과 강 건너의 아득한 어둠을 보았다. 블라우스를 벗고 치마를 벗었다. 가슴이 조마조마해지고 다리가 힘이 빠지면서 떨렸다. 속옷을 벗고 브래지어까지 떼어 냈다. 서늘한 바람이 깊이 감추고 가렸던 그녀의 사타구니와 젖꼭지와 꽃 속살을 향해 날아들었다. 어둠 속의 서늘한 바람 앞에 드러난 그 깊은 살갗들이 진저리쳐질 만큼 시리고 아리고 근질거렸다. 희끗한 물너울과 절벽 위의 숲 끝에서 가물거리는 별빛과 절의 추녀 끝에서 날아오는 희끄무레한 빛살이 바늘처럼 그녀의 깊은 속 살갗에 박히고 있었다.

순녀는 반사적으로 몸을 웅크리고 쪼그려 앉으며 두 손으로 유방을 가렸다. 송알거리는 하늘의 별들이 그녀의 벌거벗은 몸을 뚫어 보는 눈이 되고 있었다. 물속에서도 눈이 솟아오르고, 바위 속에서도 눈이 솟아오르고, 새까만 숲속에서도 부릅뜬 눈알이 달려 나오고 있었다.

"뭘 하고 있어? 빨리 멱 감지 않고?"

언덕 위의 숲속에서 현종 선생이 말했다. 순녀는 바위 끝으로 나아가 물을 한 움큼 떠다가 어깨에 끼얹었다. 등에 끼얹고 가슴에 끼얹고 다리에 끼얹었다. 세수를 하고 목을 씻었다. 자기가 낸 물소리가 숲을 울렸다. 그 울림에 몸을 움츠렸다. 물이 차가웠다. 팔짱을 끼고 다시 한번 사방을 둘러보았다. 절에서 딱 따그르르 하고 목탁 소리가 들려왔다. 남자의 쉰 듯한 굵은 목소리가 경을 읽었다. 그 소리는 숲을 울리고, 이쪽저쪽의 절벽을 건너뛰다가 그녀의 벌거벗은 몸으로 몰려왔다. 팔다리에 힘이 풀렸고, 가슴이 떨렸다.

그녀는 떨리는 손으로 비누를 들어 수건에 칠했다. 거품이 일었다. 그걸 몸에 칠했다. 소용돌이치며 흐르는 물너울이 숨을 죽였다. 그 위에 목탁 소리와 염불 소리가 떨어져 뒹굴었다. 온몸의 살갗에서 비누 거품이 일어났다. 그걸 그대로 두고 머리를 감았다.

물기도 미처 다 닦아 내지 못한 채 옷을 걸쳐 입었다. 목탁 소리처럼 가슴이 뛰었다. 새삼스럽게 현종 선생과 한방에서 밤을 새워야 한다는 생각이 그녀의 의식을 까물거리게 했다. 그는 술에 취해 있었다. 그가 그녀를 방 안에서 끌어낼 때 덥석 잡던 손목이 시려 왔다. 물기 덜 마른 그의 손이 손목을 잡았을 때, 전류같이 퍼져 가던 저릿저릿함이 생각났다. 오금이 저렸고, 온몸의 힘이 풀렸고, 그리하여 한 번 뿌리쳐 보지도 못한 채 끌려 나왔던 것이다.

이후에 현종 선생이 그보다 더한 어떤 일인가를 하려고 할지라도 그녀는 '어' 소리 한 번도 지르지 못한 채 독에 쐰 벌레같이 당할 수밖에 없으리라고 생각됐다. 순녀는 혀를 깨물었다. 설마 그러랴. 아니, 그가 그러면 또 어떠랴. 순녀는 이 강물에 몸을 묻은 채 죽어도 좋다고 생각했다. 그가 만일 자기를 어떻게 해주기만 한다면, 자기 살갗의 모든 땀구멍을 통해 이슬 같은 피를 뿜어내면서 쓰러져 죽어도 좋고, 사지가 갈가리 찢기어 죽어도 좋다고 생각했다.

현종 선생은 언덕 위의 돌계단 위에 엉덩이를 붙이고 앉아 있었다. 절에서는 목탁 소리, 염불 소리가 계속되었다. 순녀가 다가가자 현종 선생은 일어나서 앞장섰다.

"시원하지? 여름이 참 좋은 계절이다. 찬물로 멱을 감을 수 있으니까. 이런 강물에서 멱을 감으면 사람이 더 풋풋해지는 법이다. 강의 여신이 멱 감는 사람의 피 속에 생기를 불어넣어 준다."

현종 선생은 돌부리를 잘못 디디고 비틀거렸다.

저녁밥을 먹으면서 현종 선생은 소주 한 병을 더 마셨다. 밥상을 물린 다음, 그는 바람벽에 등을 기대고 담배를 피웠다. 한 개비를 다 태우

110

고 나서 다시 한 개비를 더 태웠다. 순녀는 책을 펴 들었다. 그의 숨결은 거칠어져 있었다. 방 안에는 연기가 가득 찼다. 그는 연기 자욱한 천장을 멀거니 보고 앉아 있었다.

"자자. 피곤하다."

이윽고 현종 선생이 말했다. 순녀는 대꾸를 않고 책으로 눈길을 떨어뜨리고만 있었다. 윗목에 앉은 선풍기는 이러저리 고갯짓을 하면서 미지근한 바람을 보냈다.

"책 보다가 선풍기 끄고 그쪽으로 누워 자거라. 담요로 배 잘 덮고……."

그가 바지를 벗어서 윗목으로 던지고 베개를 끌어다가 베고 요 위에 누우면서 말했다.

책 속에서는, 아버지가 불구의 어린 딸을 업고 눈보라 몰아치는 산길을 가고 있었다. 등에 업힌 딸은 머리 위에 쓰고 있는 코트 깃을 살며시 젖히고 눈발 사이로 흘러내리는 귀신의 옷자락처럼 푸르스름한 땅거미를 보고 있었다…….

오랫동안 잠을 이루지 못하고 엎치락뒤치락하던 현종 선생이 몇 차례 숨을 고르게 쉬는 듯했다. 순녀는 선풍기를 보았다. 선풍기의 바람이 신경에 거슬렸다. 선풍기를 껐다. 스위치 젖혀지는 소리가 뜻밖에 컸다.

눈뚜껑이 무거워졌다. 나도 자자. 어떻게 하고 잘까. 담요를 끌어당겼다. 불을 끈 다음, 담요로 몸을 감았다. 한 자락을 돌려 감고, 다시 한 번 더 감았다. 그래도 폭이 남았다. 한 바퀴를 더 돌려서 감았다. 베개를 끌어다가 베고 몸을 바람벽 쪽으로 돌려 웅크리고 잠을 청했다. 안방쪽에서 벽시계가 열두 점을 쳤다. 현종 선생의 숨소리만 방안을 울렸다. 그에게는 알 수 없는 구석이 있다고 그녀는 생각했다. 그는 여길 무엇하러 왔을까.

까무룩 잠이 들었는가 했는데, 어디선가 끙끙 앓아 대는 듯한 소리가 들려왔다. 별로 멀지 않은 곳에서 어떤 여자인가가 앓으면서 비명을 질러 댔다. 순녀는 소스라쳐 일어났다. 온몸이 화끈거렸다. 땀이 축축하게 젖어 있었다. 아랫목 쪽에 누워 있는 현종 선생의 자리부터 더듬어 보았다. 없었다. 변소에 갔을까. 무슨 일 때문에 저렇게 다 죽어 가는 것처럼 앓아 대며 비명을 질러 댈까. 그녀는 휘감은 담요를 벗어 냈다. 담요를 너무 두껍게 감고 있었던 것이다. 모기장을 문에 바르긴 했는데도 방 안은 후텁지근했다. 문을 열고 밖으로 나갔다.

강물에 달빛이 비치고 있었다. 강 건너 모래밭에 달 안개가 자욱했다. 달빛과 시원한 바람이 그녀의 몸속으로 파고들었다. 툇마루에 걸터앉은 채 여관 주위와 절벽 위쪽의 절을 둘러보았다. 앓는 듯한 소리는 모퉁이 방에서 들려왔다. 자세히 들으니 여자가 신음을 하면서 우는 것 같았고, 남자는 여자에게 어디가 어떻게 아프냐고 계속 캐묻는 것 같았다. 가끔 여자가 퉁명스럽게 대꾸하는 듯싶기도 했다. 아랑곳하지 말라고, 죽든지 살든지 상관 말라고 하는 것 같았다. 이어서 여자가 안간힘을 쓰면서 가느다랗게 소리를 질렀다.

"아아, 난 몰라."

순녀는 몸서리를 쳤다. 여자가 강제로 끌려왔고, 지금 억짓일을 당하고 있는 것이라고 순녀는 생각했다. 여자가 저렇게 당하고 있는 걸 사람들은 왜 그냥 두고 있을까. 순녀는 몸을 일으켰다. 그때부터 모퉁이 방에서는 아무 소리도 들려오지 않았다.

현종 선생은 어디에 갔을까. 간밤에 그녀가 몀을 감고 있는 동안 현종 선생이 앉아 있었던 돌계단으로 갔다. 그녀가 몀을 감은 납작 바위 끝이 달빛에 젖어 있었다. 그 바위 안쪽에 거무스레한 것이 앉아 있었다. 현종 선생이라고 직감했다.

현종 선생은 물너울을 내려다보고 있었다. 현종 선생 쪽에서 섬뜩한 찬바람이 날아왔다. 문득 그는 사람이 아닐지도 모른다는 생각이 들었다. 아니, 신이 들려 있는 모양이라고 생각됐다. 저 사람은 죽었다는 자기 아내의 혼백하고 함께 살아가고 있다. 이 여행도 그 아내의 혼백하고 함께 온 것이다.

여느 때 늘 혼자이던 현종 선생은 혼자가 아니었다. 허공에서 자기 아내의 얼굴을 보고, 자기 아내의 소리를 듣는 사람이다. 새소리 속에서 아내의 소리를 듣고, 바람 소리, 음악 소리, 아이들의 떠드는 소리 속에서도 자기 아내의 목소리를 듣는 사람이다. 불타는 놀에서 아내의 얼굴을 보고, 피는 꽃, 영그는 대추 알, 쪽빛 하늘을 날아가는 흰 구름에서도 아내의 얼굴을 보는 사람이다.

지금 이 절 밑의 여관도 자기 아내와 함께 와서 몇 차례 머물렀던 곳인지 모른다. 간밤에 나한테 그랬던 것처럼 자기 아내를 그렇게 떡 감게 했을 것이다. 모기 한 마리가 순녀의 귓바퀴에 와서 잉잉거렸다. 몸을 돌렸다.

모퉁이 방은 쥐 죽은 듯이 조용해졌다. 오줌이 마려웠다. 변소에는 새빨간 새끼 전등이 켜져 있었다. 변소 안이 온통 빨갰다.

동녘 하늘에 연둣빛 아침놀이 부소산 기슭과 백마강의 물굽이에 번졌을 때, 현 선생은 순녀를 데리고 고란사 안으로 들어갔다. 법당 옆문으로 들어가서 부처님 앞에 오천 원짜리 한 장을 시주하고 절을 세 번 했다. 순녀에게도 절을 하라고 했다. 그녀는 금빛 부처를 쳐다보지 않고 눈길을 떨어뜨린 채 절만 했다. 향불 냄새가 콧속을 파고들었다. 나오면서 그녀는 흘긋 뒤를 돌아보았다.

부처님의 등 뒤쪽, 탱화가 걸린 구석, 단청이 그려진 천장 여기저기에 서려 있는 어둠이 조금 전에 맡은 향불 냄새와 함께 자기의 몸속에 깊이 스몄을 것 같았다. 그 음음한 자줏빛 어둠을 그녀는 서울 큰고모의 독살이 절의 조그마한 법당 안에서도 보았었다.

현종 선생을 따라 절 모퉁이를 돌아가면서 순녀는 먹물 옷 바랑을 짊어지고 아침 햇살을 안은 채 비탈진 골목길을 내려가던 스님을 생각했다. 찬바람 몰아오는 역 광장에서 그 스님의 뒤를 따라가던 일도 생각했다. 현 선생은 절 뒷마당의 깎아지른 벼랑 밑에 웅숭깊게 팬 샘 앞으로 갔다. 물을 한 잔 떠서 그녀 앞에 내밀었다. 그도 한 잔을 떠서 마셨다. 샘 위에 '고란수'라는 표찰이 붙어 있었다. 물을 마시면서 그녀는 생각했다. 나한테 물을 한 잔 떠서 주었듯 죽은 자기 아내한테도 언젠가 그렇게 했는지 모른다. 현종 선생이 쇠자루 달린 잔을 철책에 걸어 놓고 벼랑 위를 쳐다보았다.

순녀는 법당 안에 서려 있던 음음한 자줏빛 어둠을 그 샘 속에서 보고 있었다. 샘은 금방 와그르르 허물어질 것 같은 벼랑 밑에 패어 있었다.

"저것이 고란초란다. 잎이 하나밖에 달리지 않은 저것 말이야. 고란초가 자랄 수 있는 바위 밑에서 나온 물이기 때문에 이 물은 약이 된단다. 이 물, 백제 사람들이 마시던 것이다. 이 물을 뜻깊게 마시면 백제 사람이 된다."

현종 선생은 순녀의 손을 잡고 절을 나왔다. 그들은 전날 해 질 녘에 갔던 낙화암 끝에 다시 갔다. 치잣빛 아침 햇살이 번지고 있는 물너울과 모래밭 건너의 산들을 보았다.

"여기서 삼천 궁녀들이 떨어져 죽었다고 하지. 삼천 명의 궁녀라니, 말도 안 되는 소리다. 그것은 당시 백제의 왕가가 주지육림 속에 빠져 있었음을 합리화시켜 주는 전설이야. 그때 백제의 인구가 얼마나 되었고, 왕궁의 규모가 얼마나 컸는데 궁녀를 삼천 명이나 둘 수 있었겠어? 삼천 명 정도의 여자들이 떨어져 죽었다면, 그것은 당시 이 부여 안에 살던 아낙네나 처녀들이었겠지. 나당羅唐 연합군한테 짓밟히지 않으려는 여자들이었겠지. 물론 그 가운데는 궁녀들도 얼마쯤 섞였을 것이지만……."

그날은 바람 한 점 없이 땡볕만 불처럼 내렸다. 길 가장자리의 풀들은 뜨거운 물에 데쳐 놓은 듯했고, 땅에서 솟아오르는 뜨거운 김은 숨을 막히게 했다. 가만히 서 있는데도 등허리에서는 땀이 벌레처럼 스멀거렸다. 그들은 공주로 가서 점심밥을 먹었다. 식당 밖으로 나오려는데, 날이 갑자기 일식이라도 하는 것처럼 껌껌해지더니 소나기가 쏟아지기 시작했다. 그들은 식당 처마 밑에 선 채 비를 그었다. 공산성의 푸른 숲 위에 보얀 비안개가 일어났다. 비가 안고 온 바람에 가로수가 허리를 휘면서 흔들렸다. 길을 가던 사람들은 모두 상가의 처마 밑으로 숨었고, 자동차들만 유리 대롱으로 만든 화살 같은 빗줄기와 아스팔트에서 뭉게뭉게 피어오르는 김을 뚫고 내달렸다.

먹장구름에 번한 틈이 생기고 흰 구름과 푸른 하늘이 나타나면서 소나기가 멎었다. 다시 땡볕이 내리기 시작했지만, 달아 있던 땅은 식었고, 들 쪽에서 시원한 바람이 날아왔다. 현종 선생은 택시 한 대를 불렀다. 순녀를 안쪽에 태우고, 곰나루 쪽으로 가자고 운전사에게 말했다.

검은 소나무 숲속에 택시를 기다리게 해놓고 강굽이가 한눈에 내려다보이는 언덕으로 나갔다. 현종 선생은 맞은편 언덕을 턱으로 가리켰다.

"이 연안에서 저쪽 연안까지 나룻배를 타고 건너다녔겠지. 여기가 예전의 국도였다니까. 큰 뜻을 품은 사람들은 모두 괴나리봇짐 뒤에 짚세기 몇 컬레씩을 달아 짊어지고 이 나루를 건넜겠지. 순창에서 잡힌 녹두장군도 이 길 따라 묶여 갔을 거고……."

순녀는 사람들에게 잡힌 맹수의 눈을 생각했다. 알 상투인 채 묶이어 가마를 타고 가는 전봉준의 사진을 본 적이 있었다. 전봉준의 눈빛이 그 맹수를 생각나게 했던 것이다.

강은 아스라하게 굽이굽이 흘러갔고, 상류 쪽에 거대한 철교가 서 있었다. 나룻배에서 내린 사람들이 의관을 잘 갖추어 차린 채 괴나리봇짐을 지고 타 넘곤 하였을 고개 중턱에는 포장 잘된 길이 뚫려 있었고, 그 길에는 자동차들이 총알처럼 내닫고 있었다.

다시 차를 탄 현종 선생은 무녕왕릉을 거쳐서 우금치로 갔다. 비탈진 고개를 넘을 듯이 달려가던 차가 마루턱에서 오른쪽으로 꺾어 돌았다. 공산성이 한눈에 내려다보이는 곳이었다. 거기에 탑 하나가 하늘을 찌를 듯이 서 있었다.

탑에는 '동학 혁명군 위령탑'이라는 한문 글씨가 큼직큼직하게 박혀 있었다. 차를 세워 놓고 그들은 오랫동안 탑 앞에 서 있었다.

"동학군은 결국 이 우금치를 넘지 못하고 패퇴하고 말았지. 그 한스러움을 달래 주려고, 그들이 노렸던 저 공산성이 한눈에 내려다보이는 이 자리에다가 탑을 세웠단다."

세워 놓은 택시 옆으로 가며 현종 선생은 말했다. 순녀는 찬바람을 느꼈다. 그가 어쩌면 그녀에게 말을 한다기보다 허공에다 대고 하는 것 같은 생각이 들었다. 허공 어딘가에 죽은 그의 아내가 서 있을 듯싶었다. 택시를 타고 가면서 순녀는 몇 번이고 그의 얼굴을 훔쳐보았다.

그는 눈을 감은 채 차가 흔드는 대로 몸을 내맡기고 있었다.

고속버스 편으로 전주에 도착한 것은 여름의 긴 해가 완산 마루 위에 걸려 있을 무렵이었다. 차에서 내리자마자 택시를 잡아타고 완산 꼭대기로 올라갔다. 숲에는 보랏빛 그늘이 앙금같이 앉았고, 골짜기 쪽에서는 서늘한 바람이 올라왔다. 그들은 잠시 주봉 꼭대기에 있는 정자에 올라가서 시내 여기저기를 내려다보았다.

"저기 저 산 너머로 가면 태안, 고부가 있고, 저쪽은 삼례다. 갑오년

구월에 다시 일어난 호남 동학군이 북진 태세를 갖추고 집결했던 곳이다. 저기서 충청 지방의 북접하고 전라도 지방의 남접하고, 밀고 올라가느냐 마느냐 하는 회의를 했지. 이 완산의 골짜기 골짜기, 저 밑에 흐르는 냇물, 동학군들이 무척 많이 죽었던 곳이란다. 관군들은 이 칠봉 위에다가 포를 설치해 놓고 총포를 쏘아 대고, 동학군들은 이 산을 점령하려고 몇 번이나 쳐 올라왔으니까."

현종 선생은 순녀를 앞장세우고 골짜기를 걸어 내려갔다. 찻길을 따라 내려가다가 그 길을 버리고 숲에 묻힌 소로를 따라 걸었다. 해는 산 너머로 떨어졌고, 숲 사이로 보이는 시가지의 잡다한 건물들은 비낀 해거름의 햇살 속에서 지쳐 주저앉아 있었다. 골짜기의 숲은 음습했고, 퀴퀴한 곰팡이 냄새와 고리고리하게 살 썩는 냄새가 나는 것 같았다. 무성하게 솟아오른 소나무나 전나무들은 바로 그 주검들의 썩은 물을 빨아 먹고 자랐는지도 모른다, 싶었다. 현종 선생은 고개를 깊이 떨어뜨린 채 걸었다. 그의 얼굴에 그 음습한 숲속에 서린 음음한 기운이 스며 있는 것 같았다. 아니, 죽은 아내가 그의 가슴속에 들어 있는 듯싶었다.

그날 밤 현종 선생은 소주를 더욱 많이 마셨다. 더워서 안 되겠다면서 에어컨 시설이 되어 있는 여관으로 그녀를 데리고 갔다.

"자자."

현종 선생은 간밤 부소산 고란사 밑의 여관에서와 마찬가지로 목욕을 하고 난 다음에 순녀에게 이렇게 말했다. 그녀는 간밤에 했던 것과 마찬가지로 윗목 바람벽에 등을 기대고 앉은 채 책을 읽었다.

책 속에서는 아버지가 불구의 딸을 업고 집으로 돌아가고 있었다. 남향의 산등성이에는 소담스럽게 쌓인 눈들이 아침 햇살을 받아 금빛 은빛으로 반짝거리고 있었고, 북향의 산골짜기에 쌓인 눈에는 푸른 그늘이 어려 있었다. 아버지는 정강이가 묻힐 정도로 쌓인 눈길을 비치적거리며 가고 있었다. 아버지는 자기 딸이 앉은뱅이 신세를 면할 수 없다는 것을 잘 알고 있었다. 아버지는 고개를 길게 빼어 늘인 채 피를 짜내는 듯한 소리를 어허 어흐으 하고 토해내고 있었다. 등에 업힌 딸은 머리에 쓴 아버지의 코트 깃을 젖힌 채 눈 쌓인 숲속의 푸른 그늘을 보고 있었다.

"그 사람은 먼저 간다는 말 한마디도 없이 가버렸다."

잠이 든 듯 숨을 고르게 쉬던 현종 선생이 혀가 약간 굽은 소리로 잠꼬대를 하듯이 말했다. 순녀는 놀라 내의 바람으로 반듯하게 누운 현종 선생의 몸과 평온하게 눈 감은 얼굴을 흘긋 보고 다시 책으로 눈길을 떨어뜨렸다. 이때부터 책의 내용을 읽을 수 없었다. 활자가 개미처럼 기어갔다.

현종 선생이 말을 이었다.

"광주가 페스트 창궐하는 오랑 시처럼 되어 있었을 그때…… 총구를 피해서 골목길로 골목길로 달려서 집으로 돌아왔지. 무서웠어. 개죽음을 당하고 싶지 않았지. 살고 싶었어. 그런데 집에 들어오니, 그 사람이 보이지 않았어. 나를 마중 나간 모양이다, 하고 대문간을 나가서, 우리집으로 들어서는 골목길 어귀, 거기서 한길까지 더듬어 보았지. 하수구속에 누군가가 머리를 처넣고 있어서, 달려가 일으키고 보니 그 사람이야. 임신 팔 개월째였는데……."

현 선생은 눈을 뜨고 천장을 쳐다보았다.

"그만 자자."

모로 돌아누우면서 말했다. 에어컨은 부우 소리를 내면서 돌아가고 있었다.

순녀는 최면에 걸리기라도 한 사람처럼 책을 덮고 일어나서 불을 껐다. 전날 밤처럼 얄따란 캐시밀론 이불로 아랫도리를 감고 베개를 가져

118

다가 베고 누웠다.

"악몽이다. 악몽!"

이렇게 말을 한 지 한참 만에 현종 선생은 말했다.

"그 사람을 묻어 주면서 나 그 사람한테 한 약속이 있다."

그는 그 약속이 어떤 것인가 하는 것은 말하지 않았다.

"이것 켜놓고 자면 감기 걸릴 테니까 꺼야겠다. 너도 감은 이불 풀어서 배만 조금 덮어라. 치마하고 블라우스는 구겨지니까 벗어서 고이 개놓고……."

현종 선생은 일어나서 에어컨의 스위치를 끄고 누웠다. 순녀는 그 말을 못 들은 체했다.

"빨리 그렇게 해라. 곧 더워질 거다."

현종 선생이 깊이 잠긴 소리로 말했다. 순녀는 가만있었다. 눈을 감은 그녀의 머릿속에 하얗게 소복을 한 여자의 얼굴 하나가 그려졌다. 어쩌면 현 선생의 얼굴을 닮은 여자였고, 거울에서 많이 본 그녀의 얼굴을 닮은 여자였다. 오빠와 그녀를 꿇어앉히고 잔소리를 해대는 어머니의 얼굴 같기도 했다. 그 여자가 현 선생의 머리맡에 하얀 치마를 펑퍼짐하게 펼치고 앉아 있었다. 순녀는 바람벽을 향해 모로 돌아누우면서 진저리를 쳤다. 현종 선생은 혼자서 살아가는 사람이 아니라는 생각을 다시했다. 그가 '그 사람'이라고 부르는 여자의 넋과 함께 살아가고 있는 것이다. 그가 '그 사람'을 땅에 묻어 주면서 했다는 약속도 '그 사람'의 넋하고만 평생을 함께하겠다는 것이었는지 모른다. 순녀는 가슴 쓰라린 외로움을 느꼈다. 현종 선생은 산맥처럼 누워 있었고, 소복을 한 '그 사람'은 그 산맥을 감아 안고 흐르는 강물이 되어 있었다. 그녀는 그 강물 저쪽의 아득한 들판 한구석에서 한 포기 키 작은 질경이의 먼지 알 같은 꽃이 되어 드높은 산맥을 우러러보고 있었다.

새벽녘에 눈을 뜨니, 모로 누운 그녀의 얼굴이 그의 옆구리 속에 들어 있었다. 그녀는 소스라쳐 일어났다. 그러면서 재빨리 그가 그녀의 몸 어딘가에 무슨 큰일을 내놓지 않았는지 의심하고 그에게 당한 어떤 큰일인가를 감지해 내려고 했다. 아무 일도 일어나지 않았다. 그녀가 입고 있는 옷의 단추 하나도 풀려 있지 않았다. 그는 깊이 잠들어 있었다. 그를 의심한 스스로를 꾸짖으며 다시 아까처럼 모로 누워 그의 옆구리에 얼굴을 대고 눈을 감았다. 그의 몸 냄새가 코끝에 걸렸다. 물비린내 같기도 하고, 마른 오징어의 냄새 같기도 하고, 갓 깎아 놓은 생밤 냄새 같기도 하고, 포장지를 막 뜯은 새 속옷의 냄새 같기도 했다. 그 냄새에 취한 채 그녀는 비탈진 아침 골목길을 내려가는 스님의 머리에서 반짝 빛나던 햇살을 생각했다. 그녀의 가슴은 심하게 울렁거렸다. 목구멍이 뻣뻣해졌다.

무등산 위로 금빛 햇살이 피어났을 뿐, 해는 아직 떠오르지 않았다. 감나무 잎사귀들이 바야흐로 크레파스로 노란색을 칠하기 시작하는 것처럼 눌쩡눌쩡해지고 감의 볼이 붉어졌다. 마당에는 이른 아침의 물빛 그늘이 맴돌았다. 순녀는 책가방을 툇마루 끝에 놓고 걸터앉은 채 감나무 가지들 사이로 산을 보았다. 그 산처럼 드높은 산 하나가 그녀의 가슴속에 들솟아 있었다. 현종 선생이 자기의 죽은 아내와 했다는 약속이 늘 마음에 걸렸다. 현 선생은 돌아오는 열차 속에서 말했다.

"그 사람하고 무슨 약속을 했는 줄 아냐? 그 사람 시인이었다. 패망해 없어진 백제 이야기와 우금치에서 괴멸당한 동학군 이야기를 서사시로 쓰려고 했었지. 그걸 내가 대신 써주기로 약속했다."

현종 선생은 그녀와 살게 되더라도 줄곧 죽은 아내만 생각할 것 같다. 죽고 없는 그 여자가 미워 견딜 수 없었다.

공부가 되지 않았다. 대학 진학이고 무엇이고 다 버렸다. 스님을 따라 강굽이를 걸어 다니면서 들었던 갈잎 소리를 이해하고 싶었고, 그래서 불경 해설서를 구해다 읽었다. 현종 선생과 그의 죽은 아내를 알기 위해 시집을 사다가 읽었고, 그가 수업 중에 적어도 이런 정도의 것은 읽어 두어야 한다고 말한 소설책들을 구해다가 읽었다.

졸업을 하기만 하면 누가 무어라고 하든지 현종 선생 옆으로 보다 더 가까이 다가가서 그의 텅 빈 가슴을 채워 주어야겠다고 생각했다. 그가 정식으로 결혼하여 아내로 맞아 주어도 좋고, 그냥 스승과 제자 사이로 묻어 둔 채 살아도 좋다고 생각했다. 그가 방을 하나 얻어 나가면, 그 방에 함께 살면서 부엌데기 노릇이라도 해주겠다고 마음먹었다. 그냥 여승이나 수녀처럼 살아도 좋다고 생각했다. 함께 한방 안에 들어 살면서 체온을 나누고 같은 공기를 들이마시기만 하면 된다고 생각했다. 그녀는 조급했다. 세월아, 빨리 가거라. 두 날, 세 날씩 겹쳐서 가거라.

순녀는 마당으로 내려서기가 바쁘게 대문을 빠져나갔다. 그녀의 몸에 산 위로 피어나고 있는 금빛 햇살이 가득 담기고 있었다.

열아홉, 스무 살짜리 여고 3학년 처녀들의 피부와 코는 무서우리만치 예민하게, 순녀가 뿜어내는 분위기와 남자의 냄새를 포착해 냈다. 소문은 순식간에 퍼졌다. 그녀가 가끔씩 현종 선생이 들어 있는 술집 문 앞을 얼씬거리곤 한다는 이야기며, 그의 하숙집을 귀신처럼 드나들곤 한다는 이야기며, 그녀와 그의 만남은 여름 방학 때부터 이루어졌다는 이야기가 교실 안을 한 바퀴 맴돌기 무섭게 온 학교 안으로 퍼져 나갔다. 더욱 어이없는 것은 그녀가 그의 아기를 뱄다는 소문이었다.

"의뭉한 개 담 넘는단다."

"어떤 강아지가 부뚜막에 먼저 오르는지 아나?"

"배가 더 불러지기 전에, 우리 종합 운동장에서 우리 학교 취주 악대가 팡파레를 울리는 가운데 결혼식을 올려 버리지."

"사모님, 나 국어 낙제 점수 안 되도록 잘 좀 봐줘요. 사과 광주리는 잊지 않고 들고 찾아갈 테니까요."

순녀는 그게 아니라고, 절대로 그런 일이 없었다고 변호하고, 애원했다. 끝내는 빈정거리는 소리를 듣지 않으려고 귀를 막고 몸부림치고 발버둥을 치면서 악다구니를 쓰고 욕을 퍼부었다. 그녀는 벌레처럼 버르적거리고 꿈틀거렸다. 다른 것들은 다 그만두고라도 현종 선생의 아기를 뺐다는 말만은 부인하고 싶었다. 그걸 어떻게 보여 줄까. 버선이나 양말짝처럼 속을 까뒤집어 보일 수도 없고, 가방처럼 지퍼를 열어 보일 수도 없었다.

담임 선생한테 끌려가고 상담 선생한테 불려 가고 지도 주임 선생한테 호출되어 가서 심문을 당했다. 그들은 현종 선생이 막 부임해 왔을 때부터 순녀에게 일어난 마음의 동요와 싹트기 시작한 사랑의 정에 대하여 소상하게 쓰게 하고, 그와 주고받은 몸과 마음의 정에 대하여 숨김없이 쓰도록 윽박질렀다. 쓰라는 대로 썼다. 묻는 대로 말해 주었다. 현종 선생한테는 아무런 잘못이 없고, 다만 그녀가 그를 따랐을 뿐이라고, 그렇지만 둘의 사이는 결백하다고 썼다.

지도 주임 선생은 교내 지도를 맡은 40대의 중년 여선생한테 그녀를 넘겼다. 중년의 여선생은 그녀를 숙직실로 데리고 갔다. 먼저 문을 안에서 걸어 잠그기부터 했다. 이번에야말로 자기의 진가를 발휘해 보일 때가 온 것이라고 여기는 듯싶었다.

"나도 여자고, 너도 여자다. 바른대로 대어라. 여행 중에, 타관의 여관방에서 남녀가 함께 잤는데, 아무런 일이 없었다는 것은 말이 안 된다. 세 살 먹은 아이도 곧이듣지 않을 소리야. 조용히 말로 할 때 들어."

중년 여선생은 당당하게 말했다. 순녀는 두 손바닥으로 얼굴을 가리고 울었다. 절대로 아무 일 없었다고 몸부림을 치면서 믿어 달라고 했다. 같은 여자인 선생님께서 믿어 주지 않으면 누가 믿어 줄 것이냐고 애원했다. 중년 여선생은 콧방귀를 뀌고 냉랭하게 말했다.

"너, 나를 우습게 보는구나. 나 아이를 셋이나 낳아 본 여자다. 너하고 그 남자하고의 사이에 결코 아무 일도 없지 않았다는 증거를 간단히 드러내 보일 수 있다. 남자와 여자가 몸 관계를 가지면 여자의 몸이 어떻게 달라진다는 것을 하나부터 백까지 다 알고 있다. 기분 나쁘게 옷을 꼭 벗겨 놓은 다음에야 바른말을 할 테냐?"

순녀는 가슴이 철렁했다. 처녀가 남자의 품에 몸을 묻기만 한 채 하룻밤을 새워도 그 처녀의 몸 어떤 부분인가가 여느 처녀의 그것에 비하여 확연히 달라지는 것일까.

순녀는 중년 여선생을 등지고 돌아앉은 채 몸을 웅크리고 어흑어흑 흐느껴 울었다. 그녀가 그렇게 울어 대는 것으로 보아 곧 실토할 것이라고 생각한 듯 중년 여선생이 숙인 순녀의 얼굴을 들여다보면서 다짐하듯이 물었다.

"따로 떨어져서 잔 게 아니지? 그렇지?"

순녀는 고개를 끄덕거렸다. 두번째 날 밤, 새벽녘에 깨어 보니 그가 그녀를 끌어안고 있긴 했지만, 절대로 그 이상의 어떤 일도 일어나지 않았다고, 그녀는 울음 반 말 반으로 대답했다.

중년의 여선생은 기막힌 확신에 젖어 잠시 순녀의 흐느끼는 모습만 내려다보고 있었다. 순녀는 겁이 났고, 그날 밤에 있었던 일을 털어놓은 것이 후회되었다. 그 일로 말미암아 현종 선생은 더 학교에 머무를 수 없게 될지도 모른다고 생각됐다.

"정말이에요, 선생님. 그 이상은 아무 일도 없었어요. 믿어 주셔요,

선생님. 그리고 이 말은 다른 선생님들한테 절대로 하지 말아 주셔요."

그녀가 눈물 번질거리는 얼굴을 들고 이렇게 말했을 때, 중년의 여선생이 앙칼스럽게 소리를 질렀다.

"요 앙큼한 것, 누가 그런 수작에 속아 넘어갈 줄 아냐? 세상에 어떤 미욱하고 멍청한 남자가 자기 품속에 한 번 품은 여자를 젖가슴도 안 더듬어 보고 그대로 둔단 말이냐? 바른대로 말해. 어디부터 어떻게 하기 시작했어?"

순녀가 완강하게 뻗대자 여선생은 드디어 옷을 벗으라고 명령했다. 젖꼭지를 한번 보겠다는 것이었다. 순녀는 진저리를 쳤다. 몸을 부들부들 떨었다. 옷을 벗지 않고는 어떻게 결백을 증명해 보일 수가 없었다. 혀끝을 깨물었다. 윗옷과 얇은 셔츠를 걷어 올리고 브래지어를 들추었다. 그녀의 젖꼭지가 숙직실 안의 허공에 드러났다. 바람벽에는 체육 선생의 양복과 와이셔츠와 넥타이가 걸려 데룽거렸고, 한쪽 구석에는 숙직하는 남자 선생들이 덮고 베는 이불과 베개가 놓여 있었다.

순녀는 자기의 하얀 젖무덤과 연한 커피 색깔의 젖꽃판과 꼭지 끝부분에 독침이 날아와 박히는 것같이 섬뜩했다. 앞에 앉은 여선생의 눈이 반짝 빛났다. 여선생의 손이 가까이 오더니 젖꼭지를 한번 집어 눌러 보았다. 그녀는 몸을 움츠렸다. 브래지어와 윗옷을 내리고 방바닥으로 쓰러졌다. 방바닥에 얼굴을 묻고 흐느껴 울었다.

"야아, 이 아이 엄살 부리는 것 좀 보소? 아니, 이것으로 다 끝난 줄 아냐?"

중년의 여선생은 그녀에게 치마를 걷어 올리고 팬티를 내려 보라고 말했다.

아무리 같은 여자지만 그것만은 할 수 없었다. 순녀는 몸을 모로 틀어 웅크리면서 고개를 몇 번이든지 거듭 저어 댔다. 아무 일도 없었다고, 제발 믿어 달라고 말하고 싶었지만, 터져 나오는 울음이 그 말 만들어 낼 틈을 주지 않았다.

"좋게 할 때 말 들어. 퇴학을 맞느냐 안 맞느냐 하는 것은 내 말 한마디에 달려 있어. 이 가시내야."

그 중년의 여선생이 이렇게 말하고 다시 다그쳤다.

"임신했다는 게 사실이 아니라면 빨리 일어나서 내 말대로 해봐."

그때 누군가가 숙직실 문을 두들겼다. 중년의 여선생이 출입문을 향해 거연하게 누구냐고 물었다.

"잠깐, 한 말씀만 드리겠습니다."

그것은 현 선생의 목소리였다. 중년의 여선생은 한동안 마룻바닥을 내려다보고 있다가 문을 열고 나갔다. 슬리퍼 끄는 소리가 멀어져 갔다. 현종 선생의 말이 웅얼웅얼 들려왔다.

"지금 사표를 내고 오는 길입니다. 저 아이한테 모든 것을 들어서 다 알고 계실 줄 압니다만…… 정말입니다. 우리 사이에는 아무 일도 없었습니다. 믿어 주십시오. 그리고 저 아이의 앞길을 위해 이 선에서 좀 덮어 주십시오. 모든 것은 선생님의 말 한마디에 달려 있습니다. 저 아이, 서너 달 뒤엔 졸업을 하고 진학할 거 아닙니까? 우리 흥분 먼저 하지 말고, 차가운 이성을 가지고 일을 처리합시다."

그날 밤 아홉시가 지날 때까지 순녀는 그 중년의 여선생한테 털어놓은 부분에 대한 진술서를 몇 번이나 고쳐 쓰고 상담실을 나왔다.

"내일 어머니 모시고 나와. 알겠지?"

고개를 떨어뜨리고 책가방을 집어 드는 순녀에게 중년의 여선생이 말했다. 순녀는 대답하지 않았다. 그 여선생이 기어이 모시고 나와야 한다고 다짐을 받으려고 했지만 끝내 대답하지 않았다. 운동장에는 까만 어둠이 바닷물처럼 담겨 있었다. 가장자리의 벚나무 고목 사이로 시가지의 불들이 어지럽게 반짝거렸다. 바람이 불어왔고, 벚나무의 잎사귀 몇 개가 떨어졌다. 몇 개 남지 않은 잎사귀들 사이에 먼지 알 같은 별들이 떠 있었다. 벚나무는 옆의 플라타너스나 느티나무에 비하여 잎이 빨리 떨어졌다. 며칠 전에 현종 선생이 벚나무를 쳐다보며 말했었다.

'초년에 너무 화려하게 꽃을 피워 버린 사람들은 대개 빨리 떠나가지 않더냐?'

운동장의 어둠이 물처럼 출렁거렸다. 그녀는 그 물결을 따라 흘러가고 있었다.

"어디 친구 집 같은 데로 새지 말고 곧장 집으로 들어가. 집이 어느 쪽이냐?"

바쁘게 구둣발 소리를 내면서 뒤따라온 중년의 여선생이 말했다.

교문 앞 버스 정류장까지 함께 갔다. 버스가 왔다. 그녀가 타야 할 버스가 아니었지만 탔다. 다음 정류장에서 내려서 걸었다. 친구네 가게 옆 골목으로 들어섰다. 골목 안에는 지지고 굽고 끓이는 빈대떡, 불고기, 매운탕의 냄새와 술꾼들의 지껄이는 소리가 들끓었다. 그녀는 골목 입구에서부터 술집 안을 기웃거렸다. 셋째 술집 앞에 이르렀다가 발을 돌렸다.

바쁜 걸음을 쳐서 집으로 돌아갔다. 집 안에는 어둠만 가득 들어차 있었다. 문을 열고 들어가 불을 켜고 교복을 벗어 던지고 한동안 우두커니 서 있었다. 짧은 스커트 위에 블라우스를 걸치고 밖으로 나왔다. 친구네 가게 옆 골목으로 달려갔다. 사과 궤짝들을 대어 붙여 놓은 것처럼 늘어서 있는 술집들은 기껏 서너 평 정도의 넓이일 뿐이었다. 사복 차림인데 누가 나를 학생으로 알아보랴. 포렴 자락을 들치고 들어섰다. 술집 안 사람들의 얼굴을 재빠르게 살폈다. 원색의 불을 어슴푸레하게 켠 공간 안에서 어항 속의 열대어들같이 고운 치장을 한 여자들이 손님을 끌어들이는 술집까지 모두 더듬었다.

현종 선생의 하숙집으로 갔다. 그의 하숙집은 무등산 서남쪽의 산장으로 들어가는 길옆의 들머리를 막아선 동산 모퉁이에 있었다. 동산에는 백제, 신라, 고려, 조선조…… 그 어느 때 누구 것인지 알려지지 않은 능이 하나 동그마니 있었고, 주위에는 상수리나무, 박달나무, 밤나무, 떡갈나무, 소나무 들이 고루 섞이어 있었다. 근처 마을 사람들의 쉼터로 이용되고 있었다. 순녀도 현종 선생을 따라 그 숲속을 걷고, 능이 있는 꼭대기까지 몇 차례 올라가 보았었다.

동산은 수묵화 같은 어둠 속에 잠겨 있었다. 현종 선생의 하숙집은 그 동산 굽이에 엉덩이를 들이밀고 있는 단층 기와집이었다. 그는 대문간 쪽의 방을 쓰고 있었다. 순녀는 발끝으로 서면서 고개를 빼 늘이고 블록담 너머로 그의 방문을 보았다. 불이 켜져 있지 않았다. 아직 들어오지 않은 것일까. 들어와 불을 끄고 누워 자는 것일까.

"요년이 속눈썹은 여치 수염같이 한 발만 한 데다가 쌍꺼풀이고, 또 거기다가 감길 듯이 거슴츠레하고, 눈웃음을 살살 쳐서 남자들을 잘 홀리게 생겼어. 도톰한 입술하며 외짝 보조개하며 볼그족족한 볼하며 주근깨가 여남은 개 깔려 있는 데다가…… 보통으로 섹시하게 생기지 않았어."

순녀는 그의 하숙집을 등지고 돌아서면서 교내 지도 여선생이 얄밉다는 듯이 이죽거리던 말을 생각했다. 현종 선생이 학교에 나가지 않는 한 자기도 자퇴하겠다고 생각했다. 일이 이쯤 되어 버린 다음이니, 아주 그의 딸 노릇을 하든지 여동생 노릇을 하든지 아내 노릇을 하든지 해야겠다고 생각했다.

그녀는 휑하게 팬 구덩이를 생각했다. 현종 선생의 가슴에 패어 있는 어웅한 구덩이에는 지금 동산에 서려 있는 것 같은 검은 어둠이 담겨 있을 것이다. 그의 안 깊숙한 곳으로 내가 밀고 들어서야만 구덩이에 담겨 있는 어둠이 달아날 것이다. 내가 그 구덩이를 메워 주어야 한다.

그 구덩이는 멀리 떠나간 그의 아내가 들어앉아 있던 자리일 터였다. 그 자리가 그렇게 비어 있는 동안 내내 자기의 떠나간 아내한테 지고 있는 빚을 생각지 않을 수 없을 것이었다. 그 빚을 어떻게 갚을 수 있단 말인가. 산 사람이 죽은 사람한테 진 빚은 어떤 것이고, 그걸 또 어떻게 갚는단 말인가.

순녀는 용기를 냈다. 대문 앞으로 가서 문을 두들겼다. 주인아주머니가 나왔다. 누구인데, 이 밤중에 누구를 찾아왔느냐고 물었다.

"안녕하세요? 저 지난번에 왔던 학생인데요. 현종 선생님 아직 안 들어오셨어요?"

아주머니가 쌀쌀맞게 말했다.

"아까 부산스럽게 들어와서 짐 싸 들고 나가셨어요. 학교를 그만두기로 했다면서."

순녀는 도망치듯이 골목길을 빠져나왔다. 그녀에게 말 한마디도 없이 어떻게 그럴 수가 있단 말인가. 조금 전에 그 선생의 가슴에 패어 있으리라고 생각했던 구덩이가 그녀의 가슴에 더 크고 깊게 파이고 있었다. 그 구덩이에 하숙집 뒤의 동산에 서려 있는 어둠 같은 공허와 허탈이 채워졌다. 오직 그것이 생명인 빚을 받으러 온 가난한 채권자가 도망치고 없는 채무자의 마당에서 느끼는 허탈과 절망처럼 그녀의 가슴은 무너져 내리고 있었다. 나는 그에게서 무엇을 기대했었을까. 그녀는 어둠이 질척거리는 동굴 속에서 까마득한 의식으로 내내 줄달음쳤다.

집에는 아직도 어머니가 돌아오지 않았다. 그녀는 불을 켜지도 않고 방바닥에 쓰러져 누우면서 담요를 뒤집어썼다.

검정 비닐 가방 하나를 어깨에 멘 남자가 고개를 떨어뜨린 채 상점들이 모두 문을 닫고 불을 꺼버린 거리를 걸어가고 있었다. 현종 선생이었다. 그가 승복에 바랑을 짊어진 스님의 모습으로 바뀌었다. 어머니는 어디서 무얼 하느라고 아직 들어오지 않고 있을까. 어머니에게 학교에서 있었던 일을 어떻게 말할까. 새벽녘에 일어나 큰고모한테로 가버려야겠다고 그녀는 생각했다. 다 버리고 큰고모처럼 머리를 깎고 중노릇을 하며 살아 버리자.

무슨 소린가. 현종 선생의 고향으로 쫓아가야 한다. 그의 텅 빈 구덩이를 채워 주어야 한다. 그가 그의 고향으로 가 있지 않으면, 가 있을 만한 곳을 모두 뒤져서 기어이 그의 안으로 뛰어들어야 한다.

안쪽에서 베개만 한 돌 하나로 괴어 놓은 대문 열리는 소리가 들렸다. 어머니가 이제야 들어오는가 보다 생각했다. 마당 쪽으로 귀를 기울이며 죽은 듯이 누워 있었다.

어머니가 아니라고 직감했다. 구둣발이 마당을 건너오고 있었다. 그 발소리가 안방 쪽으로 가고 있었다. 그 사람은 일부러 발소리를 크게 내고 있었다.

순녀는 문을 열고 나가면서 누구냐고 물었다.

"난데, 어머니 아직 안 들어오셨지?"

마루 끝의 유리문 앞에서 발을 멈추고 그녀를 건너다보는 남자는 키가 후리후리했다. 목소리가 독 속에서 나오는 것같이 굵고 울리는 데가 있었다. 순녀는 그 남자를 알고 있었다. 어머니의 방에 드나드는 것을 문틈으로 여러 차례 보았다. 남자는 검은 양복을 입었고, 바바리코트의 단추를 모두 풀어놓았다. 한쪽 손에 무언가를 들고 있었다. 그녀 쪽에서 어머니가 계신다든지 안 계신다든지 말해 주지도 않았는데, 남자는 불만스럽게 말했다.

"영산포에 돈 받으러 간다고 했는데, 아주 그 집에서 죽치고 드러누워 버린 모양이구나. 기어이 뿌리를 뽑으려고. 오늘 밤에 나하고 긴한 의논을 하자고 오라고 해놓고는……."

호주머니에서 열쇠를 꺼내 안방 문고리에 걸린 자물쇠를 열었다. 문을 열어 놓고 순녀에게 왔다. 들고 온 것을 그녀의 가슴에 안겨 주며 말했다.

"너 먹으라고 사왔다."

그녀는 얼떨결에 받아 들었다. 그에게서 술 냄새가 풍겨 왔다.

"요즘 시험 준비 하느라고 바쁘지?"

이 말을 던져 주고 그는 몸을 돌렸다. 의젓한 걸음걸이로 느릿느릿 걸어갔다. 안방으로 들어갔다. 스위치 젖히는 소리가 들리고, 불빛이 마당으로 흘러나왔다. 그녀의 가슴에 뜨거운 덩어리가 곤두섰다. 가슴에 안고 있는 것을 마당에 내던지고 싶었다. 참았다. 네모진 상자에 든 것은 제과점에서 산 케이크이고, 봉지에 든 것은 과일이었다. 오래전부터 그녀는 그 남자가 사 온 것을 가끔 먹곤 했었다.

가슴속에 불끈 일어섰던 뜨거운 덩어리가 속을 쓰라리게 했다. 쓰라림이 커다란 구덩이를 파고 있었다. 헛헛했다. 무엇으로든지 그 헛헛한 구덩이를 채우고 싶었다. 방으로 들어갔다. 불을 컸다. 포장지를 찢어냈다.

불 꺼진 거리를 걸어가는 남자의 모습이 눈앞에 어렸다. 바랑을 지고 가는 스님의 모습이 그 위에 포개졌다. 헛헛하고 쓰림쓰림한 속을 그녀는 부지런히 케이크와 단감으로 채웠다. 텅 비었던 속이 차올랐다. 포만감이 몸을 나른하게 했다. 불을 끄고 담요를 뒤집어쓰고 누웠다. 날이 밝는 대로 그를 찾아가자고 생각했다. 그의 어머니가 그의 딸 하나를 데리고 줄포에서 살고 있다는 것이었다.

무작정 그의 속으로 뛰어 들어가야 한다. 멀리 떠나간 아내의 환영에서 벗어나도록 해야 한다. 내가 그의 깊은 내부로 뛰어들면 그는 밝은 활력을 가지게 될 것이다. 내가 그의 내부를 채워 준다면 그는 무슨 일을 어떻게 하든지 금방 성취할 수 있게 될 것이다. 그의 빨래를 해주고, 밥 짓고, 국 끓이고, 서류 정리해 주고…… 그렇게 살아가야 하는 것이다.

달콤한 생각에 젖어 들면서 그녀는 지난 여름 방학 때 전주의 한 여관방에서 그의 옆구리에 얼굴을 묻고 자던 일을 생각했다. 내일부터 나는 그의 냄새를 맡으며 자게 될 것이다. 내 몸뚱이와 영혼은 죽어 없어지고, 그의 활력이 불같이 일어나도록 도와주는 바람과 기름과 풀무가 될 것이다.

조그마한 집을 한 채 마련하자고 해야지. 돌담 가장자리로 해바라기를 빙 둘러 심자고 해야지. 허리에 앞치마 두르고 머리에 흰 수건 쓰고, 황혼빛을 등지고 돌아오는 그를 맞이해야지. 아기를 낳아 키워야지. 그를 닮은 아기를 낳아야지……. 그 생각을 하다가 얼마쯤 잠을 잤을까.

가슴이 답답했다. 현종 선생이 입술을 그녀의 입술에 가져다 대고 가슴을 끌어안았다. 얼굴이 그의 품속에 묻혀 버렸다. 숨이 막혔지만 참았다. 어느 사이엔지 그녀의 아랫몸은 발가벗겨져 있었다. 그녀의 맨살에 그의 맨살이 밀착되었다. 잠이 든 체하고 그가 하는 대로 몸을 내맡겼다. 그녀의 몸과 그의 몸의 만남, 그 일은 사람이면 누구든지 거쳐야 하는 통과 의례처럼 언젠가는 받아들여야 할 일이라고 생각을 해오던 것이었다. 그의 숨이 거칠었다. 그는 서두르고 있었다.

순간 육식 맹수의 무섭고 사나운 몸짓이 연상되었다. 몸서리를 쳤다. 번개 같은 예감이 지나갔다. 현종 선생이 아니라는 생각에 눈을 떴다. 덮어 누르고 있는 무거운 가슴을 걷어 밀었다.

"악!"

두꺼운 손이 그녀의 입을 막았다. 그녀는 까무룩 잠들듯이 함몰되었다. 그녀를 함몰시킨 것은 시꺼멓게 털이 돋은 맹수 같은 어둠이었다.

이 행자는 소름을 쳤다. 크렁크렁하고 목탁 새가 안쪽 큰 골짜기에서 울었다. 그 울음소리에 심연같이 가라앉아 있던 골짜기의 어둠이 출렁거렸고, 흑청색의 하늘에서 별들이 수런거렸다. 저 목탁 새는 전생에 무엇이었을까. 살아서 깨달음의 경지에 이르지 못한 한 스님이었을까. 아침 햇살을 가슴에 안은 채 비탈진 골목길을 내려가던 스님의 파르라니 깎은 머리가 떠올랐다.

선방 앞마당에서 장삼 자락 스치는 소리와 가벼운 발소리가 들렸다. 목탁 소리가 딱따그르르 하고 울렸다. 그것이 절간을 울리고 별채와 요사채와 정랑 앞을 감돌아서 어웅한 산골짜기를 울리고 별 총총한 하늘로 날아갔다. 낭랑하면서도 어떤 슬픔인가가 깃들어 있는 듯한 목소리가 그 목탁 소리에 맞추어 〈천수경〉을 낭송했다. 지오 스님의 목소리였다. 가느다란 듯하면서도 옥타브를 내린 클라리넷의 저음같이 곱게 울리는 데가 있는 그 목소리는 여성적인 가냘픔이 아닌 남성적인 장중함과 우렁참을 지니고 있었다. 뱃속에 가득 담은 숨으로, 확장시킨 아랫목 윗목 아구창을 모두 떨게 하는 일종의 가성일 것이었다.

경을 암송할 때는 지오 스님처럼 굵고 우렁찬 목소리를 내 버릇해야 한다고 원주 스님이 행자들에게 말했었다.

그 목탁 소리 한 가닥 한 가닥이 이 행자의 몸 구석구석을 경련처럼 울리고 빠져나갔다. 이 행자는 마당을 건너갔다. 행자들의 방으로 갔다. 조 행자, 한 행자, 고 행자가 침구를 정리하고 나왔다. 큰방에 들어 있는 대중들도 모두 나와서, 정랑을 다녀오기도 하고 수각으로 가서 양치질, 세수를 하기도 했다. 아무도 바쁜 걸음을 치지 않았고, 누가 누구를 부르지도 않았다. 서로 무슨 말을 주고받지도 않았다. 백 명이 훨씬 넘는 대중들이 움직거리고 있었지만, 절 안은 조용했다. 이 행자도 그 대중들의 조용한 움직거림 속으로 빨려 들어갔다.

큰 절에서 쇠북 치는 소리가 들려왔다. 그 소리는 언제 들어도 자꾸 이 행자의 가슴을 저미었다. 그 소리를 들으면, 먹물들인 두루마기에 바랑을 짊어지고 비탈진 골목길을 내려가던 스님이 떠오르곤 했다. 동시에 현종 선생의 모습도 그려졌다.

쇳송이 시작되었다. 얼굴에 물을 끼얹고 씻으면서 이 행자는 얼굴을 일그러뜨렸다. 쇳송 소리가 그녀의 가슴을 아프게 했다. 일체의 지옥 중생을 구제하기 위해 친다는 그 종소리와 진언을 하는 청아한 목소리를 들으면 울고 싶어지곤 했다. 이래 가지고 어떻게 중노릇을 할 수 있느냐고 스스로를 꾸짖고 또 꾸짖어도 자꾸 가슴이 아프고 목이 메곤 하는 것을 그녀는 어찌할 수 없었다.

마야의 연꽃

"저는 아주 재미있는 스님 한 분을 알고 있습니다. 빡빡 늙은 데다가
귀까지 절벽인 스님이에요. 들으니까 어려서부터 귀가 그랬다더군요.
그분은 목탁 만드는 일만 합니다. 지고 새면 그저 나무를 자르고 속을
뚫고 깎고 다듬는 일만 하는 것입니다. 아마 젊었을 적에는 불목하니 노
릇 말고는 다른 할 일이 없었을 사람이에요. 한데, 그 스님이 어떠한 연
유로 출가하게 되었고, 몇 살 되던 해부터 어떤 까닭으로 어느 스님의
권유나 가르침에 따라 목탁 일에 손대기 시작했는지는 알려져 있지 않
습니다. 다만 그 스님이 목탁을 치면서 염불을 한다든지, 결가부좌를 한
채 참선을 한다든지 하는 것을 아무도 본 적이 없다는 것은 널리 알려
진 사실입니다. 그러니, 화두가 무엇인지도 모를 터이고, 깨달음이 무엇
인지도 모를 게 뻔하지요. 거기다가 귀가 멀어 있으니 사람들의 말을 잘
알아듣지도 못할 뿐만 아니라, 자기의 뜻을 다른 사람한테 전달하려고
하지도 않는답니다. 절 안에서 어떤 화급한 일이 있어도 그 스님은 수미
산처럼 동요하지 않고 자기 자리에 앉아 목탁 깎는 일만 하는 것이지요.

그런데, 그 목탁이 아주 신통하답니다. 이 땅에서 머리 깎고 먹물 옷을 입은 사람치고 그 스님이 손수 만든 목탁을 가지고 싶어하지 않는 사람이 없답니다. 그 목탁의 소리가 그렇게도 향 맑고 깨끗하고 아름답다는 군요. 화두가 무엇인지도 모르고, 불경이 어떻게 된 것인지도 알지 못하고, 깨달음은 물론 참선이 무엇 하는 것인지도 모르는 데다가 귀까지 절벽인 그 스님이 어떻게 그런 목탁을 만들 수 있습니까? 기막힌 것은 자기의 목탁이 그렇게 유명하다는 것을 모른다는 것이고, 그리하여 뽐낼줄도 모르고, 가령 전에는 닷새 만에 한 개씩 만들던 것을 날림으로 두세 개씩 만들어 돈을 모으려 하지도 않고, 한결같이 빠르지도 늦지도 않은 그 솜씨로 전과 똑같이 정교한 모양새의 것을 만들어 내기만 한다는 것입니다."

우종남이라는 남학생이 차창을 바라보면서 잿빛의 승복 차림인 진성을 향해 이야기했다.

진성의 머릿속은 그의 이야기를 곱게 음미할 만큼 차분하고 잔잔하지 못했다. 그녀는 어지러운 생각의 물결에 시달리고 있었다. 차창 바깥면에는 숭어의 비늘 같은 물방울들이 주렁주렁 달렸다가 흘러내리곤 했다. 보기에 따라서 그것들은 수정이나 보석처럼 보이기도 했다. 차가 달려감에 따라, 흘러내리지 않고 용케 매달려 있는 물방울들은 지나쳐 가는 시가지의 모든 것들을 담았다가 뱉어내곤 했다. 차창 밖에는 궂은비가 내리고 있었다.

진성은 의자에 붙어 있는 버스 천장의 손잡이를 잡은 채 그 차창을 향해 서 있었다. 얼굴이 창백해져 있었다. 그녀는 곤혹스러웠다. 눈을 감고, '달마 스님의 얼굴에는 왜 수염이 없느냐'는 은선 스님의 말을 생각했다. 곤혹스러워질 때면 그 말을 입속에 담아 중얼거리곤 했다. 아직그게 무슨 뜻의 말인지 알지 못하고 있었다.

그녀는 지쳐 있었고 혼란에 빠져 있었다. 현기증 날만큼 빠르고 데면데면한 이 도회의 속도감과 이기적인 각박함에 적응하지 못하고 있었다. 자꾸 불안했다. 미궁 같은 도회의 길을 헤매곤 했다. 학교에 오가거나, 자운 스님이 사 오라고 한 물품이나 책을 사기 위해 중간에서 내린 다음 목적지를 찾아가면서도 그렇고, 사가지고 돌아오면서도 그랬다. 내려야 할 곳을 지나쳐 다시 길을 건너 되돌아가는 버스를 타곤 했다. 학교 공부를 그만두고 은선 스님에게 돌아가 버리고 싶은 충동이 일었다. 그녀의 우주 전체가 흔들리고 있었다.

두 차례나 기독교 신자들의 전도 공략을 받았다. 한번은 서점에서 책을 찾고 있는데 한 여자 대학생이 다가와서 안타깝다는 듯이 말했다.

"스님, 왜 하필 우상 숭배하는 종교를 택하셨어요? 당장 옷 벗고 여호와 하나님께 귀의하세요."

대꾸하지 않고 그 대학생을 피했다. 한데, 그 학생은 집요하게 그녀를 따라다니면서 강요했다.

"석가모니에게 귀의해서는 구원을 받지 못해요. 지금이라도 늦지 않으니까 회개하시고 과감하게 개종하세요. 그 길을 제가 안내해 드릴게요."

그런 데다가 초가을에 날아온 이 행자의 편지가 진성의 감정을 아프게 휘저어 놓곤 했다. 은선 스님이 계를 받게 하고 '청화靑華'라는 법명을 주고 상좌로 삼았다고 하며 보낸 편지였는데, 여러 사연들 가운데 두 가지가 특히 그녀를 불편하게 만들었다.

자영 스님은 강원으로 가고 자신이 은선 스님을 시봉하게 되었다는 것이 그 하나였고, 다른 하나는 어이없는 문제를 논의하자고 제의한 것이었다. 어느 누구하고도 의논할 수 없어 답답하여 여쭈어 보는 것이니 진성 스님께서 지혜로운 해결 방법을 가르쳐 달라고, 응석 부리듯이 말하고 있었다. 그렇지만 그것은 오만하고 방자한 훈계였다.

얼마 전부터 저는 사형이신 진성 스님께 묻고 싶은 것이 있었습니다. 우리 여승들은 한 달에 한 차례씩 있는 그 새빨간 행사를 어떻게 받아들여야 합니까? 그것은 여성의 삶 속에서 생명의 환희 아닙니까? 여성으로서 건강하게 살아 있다는 증거이고 주어진 생산의 책무를 오롯하게 수행해 낼 수 있다는 외침 아닙니까? 그렇지만 수도하는 여승들에게 그것은 고통이고 고역입니다. 그런데 그것을 고통과 고역으로만 여겨야 합니까, 아니면 깨달음의 길을 열어 가는 데 있어서의 어떤 방편 같은 것으로 승화시켜야 하는 것입니까? 어떤 노스님 한 분은 젊은 시절에 관세음보살님한테 자기에게서 그걸 없어지게 해달라고 천일기도를 한 결과 거짓말같이 없어졌다고 하는데 우리도 그와 같은 방법을 써야 하는 것입니까? 저는 바야흐로 그 행사를 치르고 있는 중인데, 기도를 통해 없애려고 하는 것은 안 될 일이라고 생각합니다. 우리들의 실존 자체를 무시하는 것이니까요. 이 세상에 존재하는 것들은 다 그 자체로서 존재의 증후, 즉 의미를 지니는 것 아닙니까? 우리들의 그 새빨간 행사는 순리인 것이고, 그 순리대로 살아가는 것이 수도하는 사람의 본분이고, 그 본분이라는 것이 진여眞如 아닐까요? 진성 스님, 저의 당돌한 편지를 흉허물 하지 마시고, 스님께서 그 행사에 임하는 마음 자세, 그것에 대하여 매기는 의미를 가르쳐 주십시오.

진성은 오래전부터 생리 불순에 시달려 오고 있었다. 서너 달 만에 한 번씩 있거나 말거나 하였다. 한데, 그것이 나타났다가 사라져 가는 동안의 고통은 유별났다. 시작되기 직전에는 가슴이 두근거리고 슬퍼지고 헤매고 싶어지고 닥치는 대로 많이 먹어 버리고 싶고, 일단 시작되고 나면 귀찮고 짜증 나고 그냥 콱 죽어 버리고 싶어졌다. 그녀는 그것을 어떤 의학적인 묘방이나 종교적인 힘을 빌려 극복하지 않으면 안 되는 행사로 여기고 있었다. 그녀는 얼마 전부터 관세음보살의 원력으로 그걸 없앴다는 한 노스님의 방법을 쓰고 있었다. 그런데 이 행자, 아니 청화가 그 속을 알고 이러한 편지를 내게 보냈을까. 진성은 울화가 치밀었다.

깨달음의 길을 열어 가는 데 있어서의 어떤 방편 같은 것으로 승화시켜야 하는 것 아니냐고? 그 새빨간 행사는 순리인 것이고 그 순리대로 살아가는 것이 수도하는 사람의 본분이고, 그 본분이라는 것이 진여, 그것이지 않느냐고? 자기가 무언데 그따위로 아는 체를 하는 것인가. 건방지게 자기 생각을 나에게 강요하고 있지 않은가.

이틀 전부터 진성은 우울해지고 있었다. 아랫배 속의 어디인가가 곪기라도 하는 것처럼 아파 오기 시작했다. 그것은 머지않아 있게 될 그 행사의 증후였다. 그녀에게는 그 행사의 기간이 길었다. 대개 열흘쯤이었다. 그녀는 그 행사에 시달릴 마음의 준비를 하지 않으면 안 되었다.

운전기사는 차가 미어터지도록 사람을 태웠다. 사람들은 차가 기우뚱거리거나 구부러진 길을 돌아갈 때마다 한쪽으로 쏠렸다. 우종남은 그녀 옆에 버티고 선 채 사람들이 그녀 옆으로 쏠리는 것을 막아 주었다.

우종남은 학년 초부터 그녀한테 접근하여 귀찮고 성가시게 굴었다. 그와 처음 대면한 것은 황사가 안개처럼 도회를 짓누르고, 바람이 미친 듯이 불어 대던 어느 날이었다. 과 안에는 한창 미팅 바람이 일어나 있었다. 그날 저녁 무렵, 강의를 듣고 나와서 분수 옆의 거대한 부처님 입상 앞에 서 있는데, 한 남학생이 그녀 옆으로 다가왔었다.

"스님."

그녀가 그 남학생을 돌아보았다. 크지도 작지도 않은 키였고, 세모난 얼굴에 투명한 흰 테 안경을 끼었고, 얼굴빛은 창백했다.

"잠깐 어디로 가서 말씀을 나누었으면 좋겠습니다. 시간을 좀 내주십시오."

이렇게 말하고 나서 그는 그녀의 얼굴을 정면으로 건너다보지 못했다. 눈길을 자기의 발등으로 떨어뜨렸고, 입을 자꾸만 옴죽거렸다. 정서 불안 증세를 가지고 있는 듯싶었다.

그녀는 가슴이 덜그럭 내려앉는 것 같았다. 여승이 전에 한 번도 만나 본 적 없는 남자와 단둘이 어디에서 마주 앉아 무슨 이야기를 어떻게 나눈단 말인가. 더구나 정서 불안 증세를 가진 남성하고. 그녀는 그 말을 듣지 못한 것처럼 몸을 돌렸다. 도망치듯이 계단을 내려갔다.

그로부터 몇 달이 지나도록 그는 그녀 앞에 나타나지 않았다. 한데, 비가 억수로 쏟아지는 오늘 그가 나타났다. 그녀가 음산한 복도를 지나 현관으로 나가는데 그 남학생이 안경알을 반짝 빛냈다. 검정 우산을 들고 있었다. 자기 강의는 오래전에 끝났지만, 가지 않고 그녀를 기다렸던 것이다. 그녀의 가슴이 울렁거리면서 온몸의 땀구멍들이 오싹 뜨거운 김을 토해냈다. 고개를 떨어뜨리고 가방에서 우산을 꺼냈다. 그사이에 그가 말했다.

"제 이름은 우종남입니다. 군대에 갔다가 나와서 복학을 했습니다. 지금 삼학년인데 소설을 쓰고 있습니다. 오래전부터 묘한 인연으로 절집을 배회하면서 불경 공부를 조금씩 했습니다. 스님을 욕되게 하지는 않겠습니다. 잠깐만 저에게 시간을 내주십시오."

그는 전처럼 눈길을 자기 발등으로 떨어뜨리지도 않았고, 입을 자꾸 옴죽거리지도 않았고, 말투도 의젓했다. 정서 불안 증세가 치유된 듯싶었다. 그래도 그녀는 그를 피하고 싶었다.

운동장 건너편의 검푸른 숲 위에 비안개가 일어나고 있었다. 그녀는 가느다란 덤불 줄기처럼 날리는 빗발 속으로 우산을 받쳐 들면서 걸어 나갔다. 우종남은 그녀를 뒤쫓았다. 정류장까지 왔다. 그녀를 뒤따라 버스를 탔고, 우산을 접어 들고 그녀 옆에 바짝 붙어 섰다.

종점이 가까워지면서 버스 안이 휑하게 비어 갔다.

"지는 목탁 만드는 그 늙은 스님의 이야기를 듣고 생불生佛이라는 말의 뜻을 비로소 알 수 있었습니다."

우종남이 그녀만 알아들을 수 있도록 낮고 부드럽게 말했다. 차창 밖의 빗줄기가 실처럼 가늘어졌다.

종점에서 진성이 내리자 우종남도 따라 내렸다. 두어 걸음 뒤처져서 그녀를 따랐다. 그녀는 조금도 주저없이 마을 뒤쪽의 소나무 숲속에 주저앉아 있는 성불암의 대문 안으로 들어갔다. 일반 주택을 절로 개조한 독살이 암자였다. 공양간에서 늙은 공양주 보살이 달려와 우산을 받아 들면서 호들갑스럽게 말했다.

"아이고, 웬 비가 이렇게 오시는지……."

처마 밑으로 들어서서 바짓가랑이에 묻은 물과 흙모래를 털고 툇마루로 올라갔다. 자운 스님의 방문 앞으로 몸을 돌리며 대문 밖을 훔쳐보았다. 우종남의 모습이 보이지 않았다. 갔을까. 어디에 몸을 숨긴 채 암자 안의 동정을 살피고 있을까. 자운 스님 방으로 들어가서 다녀왔음을 고하고 법당 건너에 있는 그녀의 방으로 갔다. 가슴이 텅 빈 듯했다.

학교에서 버스를 타고 암자까지 오는 동안, 무엇인가 아주 소중한 것을 잃어버린 것 같았다. 원래 아무것도 가진 게 없는데 잃어버리기는 뭘 잃어버렸단 말인가. 그녀는 책상 안쪽에 놓아둔 장난감 같은 금빛 부처님상을 향해 무릎을 꿇고 앉으면서 합장했다. 눈을 감았다. 처마 끝에서는 작달작달 물방울들이 떨어졌다. 그녀의 머릿속에도 비가 내렸다. 가슴속과 살갗이 그 비에 젖어 들고 있었다. 덤불 줄기 같은 빗줄기 속을 한 남학생이 걸어가고 있었다. 우산을 접어 손에 든 채 비를 맞으면서 가고 있었다. 바보같이 그 남학생을 왜 내 방 안에까지 품고 들어왔단 말인가. '옴 살바 못자 모지 사다야 사바하' 속으로 중얼거리며 눈을 감았다. 문득 진저리를 쳤다. 심장병 때문에 죽어 간 이웃집 남학생의 얼굴이 떠올랐다. 조금 전에 그를 따라왔다가 간 남학생의 앞날이 걱정스러웠다. 자기에게는 어떤 살煞이 끼어 있어, 음심을 품고 접근하는 남자들이 모두 몹쓸 병에 걸려 죽어 가게 되는 것인지 모른다 싶었다. 그 운명이 그녀로 하여금 혹독한 생리의 고통에 시달리도록 응징하는 것인지 알 수 없었다. 그런 생각을 하는 스스로가 바보스럽고 밉살스러웠다. 아, 관세음보살님…….

그 뒤로 우종남은 다시 진성 앞에 모습을 나타내지 않았다. 그사이에 진성도 그를 깜박 잊고 지냈다.

그런데 2학기 종강을 한 날 우종남이 나타났다. 교문을 걸어 나오면서 그녀는 누군가가 그녀의 뒤를 따라오고 있음을 느꼈다. 뒤를 돌아보지 않고도 그게 우종남일 거라고 생각했다.

건물들 모서리 저쪽으로 한겨울의 추위에 움츠러든 해가 기울어졌다. 머리와 어깨를 드높이 치켜 올린 건물들과 먼지 보얗게 앉은 산에는 잿빛 이내가 끼었고, 거리에는 우중충한 냉기가 맴돌았다.

진성은 지쳐 있었다. 눈앞이 어질어질했다. 눈뚜껑이 무거웠다. 등줄기에서 소름 같은 피곤이 벌레처럼 기어 내렸다. 사람들에게 지친 모습을 보여선 안 된다. 의젓해야 한다. 생각은 그러한데, 몸은 자꾸만 땅바닥으로 처져 내렸다. 암자에 들어가는 대로 잠부터 한잠 푹 자야겠다고 생각했다. 그 생각은 스스로에게 거는 최면이었다. 누가 어떠한 유혹을 해와도 수도자답게 의연히 그것을 물리치고, 어떠한 육체적인 고통도 참아 내야 한다고, 그녀는 늘 스스로를 타일러 왔다. 암자에 들어가는 대로 잠부터 자야겠다는 생각이 속임수라는 것을 그녀는 잘 알고 있었다. 그걸 생각함으로써, 뒤따라오는 남학생에게 자기가 신경 쓰지 않고 있음을 스스로에게 증명해 보이고 있었고, 자기의 피곤을 이겨 내려 하고 있었다.

한사코 삼가고 외면하고 피하는 것이 그 남학생을 위하는 길이라고 그녀는 생각했다. 수도자인 자기와 인연함으로써 그 남학생의 신상에 일어날 비극을 미리 막자는 것이었다.

그 생각을 하자 짜증스러워졌다. 그녀는 눈살을 찌푸렸다. 수도하는 자가 짜증을 내다니……. 그녀는 짜증을 감추고 태연을 위장하고 걸었다.

걸음걸이가 흐트러질세라 땅을 디디는 발끝과 뒤꿈치에 힘을 주었다. 맥이 풀리면서 후들거리려고 하는 무릎과 허벅다리에도 힘을 주었다. 그럴수록 몸이 휘청거렸다. 푸른 어둠이 눈 앞을 가렸다.

그것이 결코 피곤 때문만은 아니었다.

그녀는 독사한테 쫓기는 암개구리가 되어 있었다. 그녀의 마음은 천방지축 도망가고 있었다. 도망가는 그녀의 마음속에 우종남이 가득 들어차 있었다. 운명을 생각했다. 어떤 힘인가가 나를 우종남과 짝지어 놓으려 하고 있는지도 모른다. 여자의 몸에서 생리가 없어지도록 할 수 있는 것은 관세음보살님의 원력이 아니고 남자의 정자인 것이다. 임신을 하면 없어진다. 우종남을 내게 보낸 것은 운명이다……. 그러한 생각 속으로 빠져드는 자기를 꾸짖기 위하여 혀를 아프게 물었다. 그 생각을 내쫓기 위해 그녀는 '달마 스님의 얼굴에는 왜 수염이 없느냐'고 중얼거리면서 마음을 한곳으로 모았다. 빌어먹을, 하고 그녀는 투덜거렸다. 달마 스님의 얼굴에 수염이 없기는 왜 없단 말인가. 차가운 먼지를 일으키며 차들이 내달렸다. 지나는 사람들의 눈길이 자꾸 그녀의 파르라니 깎은 머리와 먹물 들인 승복과 앳된 얼굴로 날아왔다. 그 눈길들이 곰파리의 입술처럼 간지럼을 먹이는 것은 예나 지금이나 한가지였다. 사람들의 눈길 속에서 천연스러워지려고 그녀는 애쓰곤 했다. 그러나 애쓴 만큼 더욱 까까머리가 따끔거리고, 얼굴이 뜨거워지고, 승복의 굽이굽이가 그 눈길에 숭숭 뚫리는 것 같고, 먹물 옷 속에 감추어 둔 젖가슴, 배꼽, 거웃, 엉덩이, 자궁이 모두 드러나는 것 같았다. '어머, 이거 누구야? 너 수남이 아니냐? 그렇지, 수남이 맞지?' 사람들 가운데서 누군가가 불쑥 나서며 이때껏 꼬리를 감추고 도망쳐 다니던 도둑을 붙잡기라도 한 것처럼 소리를 질러 댈 것 같았다. 정류장에는 버스 기다리는 사람들이 대여섯 있었다. 그 정류장을 그대로 지나쳤다. 다음 정류장에서 버스를 탈 참이었다. 우종남이 아직도 따라오고 있을까. 대관절 어디로 가서 무슨 말을 나누자는 것일까. 네거리의 건널목 앞에서 섰다. 빨간 불이 켜졌다. 누군가가 그녀 옆에 와 섰다. 곁눈으로 보았다. 안경테가 반짝했다. 우종남이었다. 파란 불이 켜졌고, 그녀는 발을 옮겼다. 우종남이 그녀 옆에 대어 붙어 걸었다. 그녀가 맞은편 인도에 올라섰을 때 우종남이 잠긴 소리로 말했다.

"스님, 어디 가서 차나 한잔 하십시다."

그녀는 우종남을 돌아보지 않았다. 어질어질해지기 시작했다. 피곤은 어디론가 자취를 감추었다. 그녀의 눈은 제과점의 간판을 찾고 있었다. 떳떳하게 만나 주자. 사람들의 이목이 미치지 않는 곳에서 은밀한 이야기를 나누자는 것도 아닌데, 뿌리쳐 버릴 게 무엇인가. 우종남은 여자의 몸으로 불자가 되어 있는 사람의 속생각을 알아보고 싶어 하는지도 모른다. 교리와 승려가 되는 절차나 승려들의 생활에 대하여 알아보고 싶어 하는지도 모른다. 그녀는 제과점 안으로 들어갔다. 문 앞에서 멈칫하고 그녀의 뒷모습을 바라보던 그가 따라 들어왔다.

제과점 안에는 따뜻한 공기가 수런거렸다. 안쪽에는 빈자리가 없었다. 계산대 옆의 유리 진열대 옆에만 빈자리가 둘 있었다. 출입문 쪽으로 둔 의자에 앉았다. 유리문에는 파르스름한 색종이가 발려 있었고, 그 색종이의 빛깔이 제과점 안의 너른 공간을 푸른 어항 속같이 가라앉히고 있었다.

우종남이 그녀 앞에 와 서면서 물었다.

"여기서 누구하고 만나기로 하신 모양이죠?"

큰 실례가 되지 않는다면 그 사람이 나타나기 전에 잠시만 이야기를 하고 가겠다고 말했다. 그녀는 탁자 한가운데를 내려다보고만 있었다.

우종남이 그녀의 맞은편에 앉았다. 종업원이 보리차를 들고 와서 뭘 들겠느냐고 물었다. 그들은 오렌지 주스를 시켰다.

"스님, 우리한테는 환영幻影이라는 게 있습니다. 그게 허위하고 오십보백보일 거라고 전 생각합니다. 우리는 그 환영이나 허위라는 것을 진실이나 진여라는 것들하고 분리해서 생각할 줄 알고, 구별할 줄도 압니다. 그러나 우리 생활 속에서는 그게 분리되지도 않고 구별되지도 않습니다. 알맹이는 놓치고 껍데기만 안고 살아가고 있습니다. 제가 스님한테 묻고 싶은 것이 이겁니다. 스님께서는 대관절 왜 머리를 깎고 보통 사람들이 입지 않는 먹물 옷을 입으셨습니까?"

우종남은 주스 한 모금으로 목을 축이고 그녀를 향해 번득이는 안경 알 속의 눈을 끔벅거렸다. 그녀는 주스 잔을 두 손바닥으로 합장하듯이 받쳐 든 채 마셨다. 답답하고 막연한 질문이었다. 왜 머리를 깎고 먹물 옷을 입었는가. 까닭을 알 수 없었다. 그냥 그러고 싶었을 뿐이었다. 그래야 할 것만 같았고, 그렇게 하도록 운명 지어진 듯싶었던 것이다.

진성은 그를 향해 억지로 웃었다. 그런 스스로가 미웠다. 그를 만나주지 말았어야 했다고 후회했다. 왜 머리를 깎고, 보통 사람들이 입지 않는 먹물 옷을 입었느냐는 말은, 그녀가 타의에 따라 대학 공부를 하러 온 이래로 계속 스스로에게 던져 보곤 한 물음이었다.

그녀는 자기의 알맹이가 어디 갔는지 없고, 껍데기만 남아 있는 것을 발견하곤 했다. 머리를 깎고 먹물 옷을 입은 사람답게 처신해야 한다는 강박 때문에 그녀는 절절매곤 했다. 그러다 보면 그녀에게는 허위만 남았다. 학교생활을 하면서 그녀는 따돌림을 받곤 했다. 특히 곤혹스러운 것은 체육 시간이었다. 침울한 승복으로 폭넓게 감싸고 다니던 젖가슴과 엉덩이를 드러내는 게 부끄러웠다. 째는 체육복을 입고 나면 그것들이 맨살로 드러나는 것보다 더 크고 탐스럽게 드러나곤 했다. 라켓을 휘두르거나 공을 주우러 달려갈 때마다 젖가슴은 출렁거렸다. 교수나 남학생들의 눈길이 그녀의 출렁거리는 젖가슴으로만 달려오는 것 같았다. 물론 그녀처럼 머리를 깎고 승복을 입은 학생이 셋이나 있었다. 한 학생은 그녀보다 다섯 살이나 위인 비구니였고, 둘은 그녀와 나이가 비슷한 사미니였다.

그들은 자주 함께 어울렸고, 어려운 일을 서로 도왔다. 그래도 언제나 그녀는 혼자이곤 했다.

교수들은 그녀를 진성이란 법명 대신 강수남으로 불렀다. 출석부에 그렇게 적혀 있었다. 수강 신청을 할 때도 강수남이라는 속명을 썼고, 등록금을 낼 때도 그 이름을 썼다. 학생증에도 강수남이라고 씌어 있었다. 학생처, 교무처, 그 어디에도 진성이라는 법명은 적혀 있지 않았다.

체육 시간이면 몸이 아프다면서 견학하게 해달라고 하고 싶은 충동을 몇 번이나 느꼈지만, 거짓말하는 것이 계를 어기는 큰 죄가 된다는 생각으로 그 충동을 억누르곤 했다.

강의 듣는 일도 싫고 지겨웠다. 강의실에 앉아 있는 것은 자기의 껍데기이고, 자기의 알맹이는 깊은 산속에 있는 절의 금빛 부처님 앞에 무릎을 꿇고 앉아 있을 것만 같았다. 자기의 눈앞에서 벌어지고 있는 일들은 자기하고 아무런 상관도 없는 일 같았다. 자기의 알맹이를 찾아가야 할 것 같았다. 그녀는 물 위의 기름처럼 과 학생들하고 어우러지지를 못했다. 산모퉁이의 들꽃 한 송이처럼 멀찌감치 떨어져 들판 건너에서 일어난 굿을 보고 있곤 했다. 강물은 도도히 흘러갔고, 그녀는 강변의 조약돌처럼 머물러 있곤 했다.

그녀 이외의 세 스님은 일반 학생들하고 잘 어울렸고, 그들과 무슨 이야기인가를 자주 하곤 했고, 함께 즐겁게 웃기도 했다. 그녀는 백치가 되어 가고 있었다. 즐겁지도 않았고, 우습지도 않았고, 슬프거나 화가 나지도 않았다. 다만 외로울 뿐이었다. 먼 이국 땅에 와 있는 것 같았고, 목숨과도 바꿀 수 없도록 소중한 어떤 것인가를 잃어버린 것만 같은 허전함이 가슴에 자꾸 도사리곤 했다. 자기의 그러한 속을 늘 편지에 옮겼다. 그것을 은선 스님에게 보내곤 했다. 은선 스님께서 그만두라고 하면 당장이라도 모두 팽개치고 스님 밑으로 돌아가고 싶다는 이야기도 썼다.

은선 스님의 답장은 간단했다. 그것도 그녀가 네댓 번 편지를 보냈을 때 겨우 원고지 한 장에 담아 쓸 수 있는 몇 줄의 글을 보내곤 했다. 외로움을 이겨 내는 것도 큰 공부라는 말을 해 보냈고, 내전內典 못지않게 외전 공부도 충실하게 해야 한다는 말과 대학 생활을 해보아야 나중에 불자로서 보다 훌륭한 소임을 다할 수 있게 된다는 말을 해 보냈다. 가능하면 남자 친구까지도 허물없이 사귀라는 말도 해 보냈다. 또 얼마 전에는, 방학하는 대로 돌아오려고 하지 말고, 여기저기 떠돌아다니면서 세상을 어렵게 살아가는 사람들을 만나 보라는 말을 해 보냈다. 필요하면 승복을 벗어 버리고 일반 대학생 차림을 하고 다녀도 좋다고 했다. 그러는 데 쓰라는 돈까지 동봉해 왔다. 또 한번은 밑도 끝도 없이 '달마스님의 얼굴에는 왜 수염이 없느냐'는 말만 쓴 편지를 보냈었다. 여름 방학을 앞두고 있을 때에도 은선 스님은 마찬가지로 그녀에게 암자로 돌아오기보다 마을의 사나운 물정 공부를 하도록 하라는 뜻을 보내왔었다. 그때 그녀는 그 말이 무얼 뜻하는지 알지 못했다. 혹시 은선 스님이 자기를 버리려 하는지도 모른다는 생각이 들기도 했었다. 외로움을 감당하지 못하여 고향의 아버지 어머니에게 돌아가 버리기를 바라는지도 모른다고 생각되었다. 그녀는 서글픈 생각이 들었고, 종강을 하자마자 은선 스님에게 달려갔었다. 그녀가 엎드려 인사드리고 나자 은선 스님은 그녀를 향해 그저 빙그레 웃기만 할 뿐이었다.

"스님, 사람은 특별한 사람보다는 보통 사람으로 사는 것이 가장 위대한 삶을 사는 것입니다. 이 세상의 어떠한 제복도, 그것을 입은 사람들을 특별하게 보이도록 만들지 않은 것이 없습니다. 특별하게 보이도록 만드는 것은 그 제복 속에 들어 있는 사람들을 구속하는 겁니다. 구속한다는 것은 노예로 부린다는 겁니다. 왜 스님께서는 노예의 길을 택하셨습니까?"

우종남의 안경알이 천장의 유리구슬 등이 쏟아 놓은 금빛 실오라기 같은 것들을 되받아 튕겼다. 그 실오라기들이 그녀의 눈 속으로 날아와서 박혔다.

'당신은 부처님께 복종하고 사는 노예들이 누리는 자유와 행복을 모르시는군요.'

진성의 머릿속에 이 말이 떠올랐지만, 그걸 입 밖으로 내놓지는 않았다.

'출가한 사람들은 먼저 자기를 낳아 준 어머니와 아버지와의 인연을 끊습니다. 동시에 모든 것을 버립니다. 버림으로써 더 크고 높고 영원한 것을 얻으려고 합니다. 그것이 무엇인지 저는 아직 모릅니다. 그걸 알 때까지 저는 이 옷을 입고 살 겁니다.'

진성은 자기도 모르는 새 주스를 다 마셨다. 빈 잔을 두 손에 받쳐 들고 있었다. 그녀의 속은 그 잔처럼 비어 있었다. 눈처럼 흰 공간이 머릿속에 가득 찼다. 언제부턴가 막연한 슬픔이 가슴속에 차오를 때면 머릿속에 그런 흰 공간이 자리 잡곤 했다.

그녀의 몸뚱이 전체가 그 빈 잔 속으로 들어가 있었다. 그녀는 산모퉁이의 들꽃이 되고 있었고, 도도한 물너울 저쪽의 조약돌이 되고 있었다.

"저는 성황신이나 용왕님을 섬기지도 않고, 부처를 떠받들지도 않고, 예수를 믿지도 않습니다. 저는 종교를 가진 사람들을 좋아하지 않습니다. 저는 석가나 예수를 그저 이 세상에 좋은 말씀을 남겨 놓고 간 한 사람 한 사람의 성인으로 생각할 뿐입니다. 그러므로 불경이나 성경을 〈사서삼경〉이나 〈노자도덕경〉 이상도 이하도 아니라고 생각합니다."

우종남은 진성의 해맑은 얼굴을 뚫을 듯이 바라보면서 말했다. 그의 머리는 헝클어져 있었고, 얼굴 살갗은 거칠었다. 검붉은 혀를 내둘러서 마른 입술에 자꾸 침을 칠했고, 반짝거리는 안경알 속의 눈을 부지런히 깜박거리곤 했다. 침방울이 가끔 그녀에게 날아왔고, 거친 숨소리가 들려왔다. 그의 두 손은 앙가슴 위쪽을 오르내리면서 여러 가지 형용을 해 보이며 그의 입에서 흘러나오는 말을 도왔다. 진성은 더러움을 생각했다. 그의 몸뚱이는 마을의 잡다한 더러움에 젖어 있을 것이라고 그녀는 생각했다. 더러움의 숲속에서 날개를 퍼덕거리며, 이 나뭇가지에서 저 나뭇가지로, 저 나뭇가지에서 다시 이 나뭇가지로 날아다니는 새였다. 자기 어두움의 심중心中을 갈팡질팡 헤매는 가엾은 미망迷妄의 새였다.

"우리는 그 성인들의 말씀을 잘 공부하고 익힐 필요가 있습니다. 그러나 그 어느 한 성인의 말씀 속에서만 평생을 산다고 하는 것은 불행입니다. 물론 세상에는 그늘을 좋아하는 생물들이 있습니다. 그러나 사람은 어떤 특정한 그늘 속에서 살아서는 안 됩니다. 가령 제가 독실한 예수교인으로서 살아갈 때, 제 몫의 삶은 없고 예수의 삶만 남게 됩니다. 스님처럼 머리를 깎고 잿빛 승복을 입고 부처님의 말씀 속에서 살자고 작정해 버리는 것도 또한 마찬가지입니다. 왜 반드시 출가를 해야만 합니까? 평범한 우바이 우바새로서 살아가는 것도 좋은 일입니다. 아니, 우바이도 우바새도 아닌, 그 어떤 종교 속에도 예속되지 않은 자유인으로 살아가는 것이 가장 좋은 일입니다. 가장 사람스럽게 살아가는 것이 가장 참답게 살아가는 겁니다. 사랑도 해보고, 미워도 해보고, 질투도 해보고, 입도 맞추어 보고, 이성의 맨살을 끌어안아도 보고, 아기도 낳아 보고, 그 아기가 퍼질러 댄 똥오줌도 주물러 보고, 그 아이를 학교에 보내면서 이런저런 속된 즐거움을 맛보기도 하고, 그러면서 자기 세계를 차근차근히 건설해 나가야 합니다. 석가나 예수나 공자나 맹자나 노자나 장자나 소크라테스나 니체나 칸트 같은 사람들한테 얽매이지 않는 자기만의 세계를 건설해 가야 하는 겁니다."

그는 다시 혀를 내둘러서 마른 입술에 침을 묻혔다. 진성은 아직도 빈 주스 잔을 들고 있었다. 그 속에 시선을 담고 있었다. 출가하여 중 되는 것이 어찌 작은 일인가. 편하고 한가함을 구하기 위해서가 아니며, 따뜻이 입고 배불리 먹으려고 하는 것도 아니며, 명예와 재물을 구하려는 것도 아니다. 나고 죽음을 면하려는 것이며, 번뇌를 끊으려는 것이며, 부처님의 지혜를 이으려는 것이며, 중생들이 살고 있는 세계 속에서 중생들을 건지기 위해서인 것이다. 그녀는 〈선가귀감禪家龜鑑〉의 한 대목을 생각했다. 그가 그녀의 거슴츠레하게 뜬 눈을 건너다보면서 말을 이었다.

"부처님께서, 어찌하여 도둑들이 내 옷을 꾸며 입고 부처를 팔아 온갖 나쁜 업을 짓고 있느냐고 통탄을 하셨다더군요. 천육백 년을 내려오는 동안 이 땅의 불교는 고목이 되었습니다. 나라가 위급한 때에 불자들이 나라를 구하러 뛰어든 경우가 없었던 것은 아니지만, 대개의 경우에는 고려 때처럼 대장경이나 만들고 나라를 위해 목탁을 치면서 독경이나 하는 투의 호국 불교로서 명맥을 유지해온 것이 사실입니다. 조선조에 불교가 어째서 척불 숭유 정책에 밀려 몸을 움츠린 채 산간으로 들어가지 않으면 안 되었는가 하는 것은 조금 전에 제가 이야기한 것과 무관하지 않습니다. 불교는 현대 사람들을 제도하기에는 너무 무기력합니다. 이때껏 차지하고 있던 자리를 가톨릭이나 기독교한테 하나씩 둘씩 내주고 있습니다. 문공부에서 조사한 자료를 보면 불교도들이 기독교도나 가톨릭 신도보다 더 많더군요. 그러나 복을 빌러 다니는 할머니나 어머니의 세대가 죽어 간 뒤, 그러니까 한 이십 년 뒤에는 먼저 신도의 수에서 기독교나 가톨릭한테 뒤처질 것이 분명합니다. 불교는 기독교나 가톨릭한테 포교의 전쟁에서 패하고 있어요. 불교가 지금의 무기력한 보수의 껍질을 벗고, 더욱 적극적이고 현대적인 포교의 책략을 쓰지 않으면 머지않아 다시 산간으로 내몰리게 될지 모릅니다. 그리고 모든 경전들은 그저 교양을 넓히고자 하는 사람들의 읽을거리로나 남게 될지도 모릅니다."

그는 말을 끊고 담배 한 개비를 꺼내 물었다. 담배 연기를 깊이 들이마시고 안경알로 천장의 금빛 실오라기들을 그녀에게 되쏘면서 말을 이었다.

"흔히 말하기를 중생을 제도한다고 그러더군요. 그런데 어떤 처지에 어떻게 떨어져 있는 중생들을 제도하고 있습니까? 오늘날 납자納子들은 열이면 아홉은 모두 그걸 외면하고들 있습니다. 기껏 자기 혼자 몸의 수행에만 급급해 있거나, 잿밥에만 눈이 어두워 있거나 합니다. 이러한 때에 무얼 어떻게 하자고 머리를 깎으셨습니까? 어차피 우리는 흙에서 와서 흙으로 돌아가는 목숨들입니다. 별스럽게 현란한 말씀들을 동원해다가 수식하고, 그 문제를 파고 또 파보아도 그것은 그것이지, 그 이상의 것이나 그 이하의 것이 아닙니다. 현대 생활에서 중요한 것은 '왜'보다 '어떻게'입니다. 물론 '왜'를 알아야 더욱 확실한 '어떻게'의 답이 나오긴 할 테지요. 어쨌든 저는 그러한 따지기와 가리기에는 자신이 없습니다. 저는 이 땅의 모든 납자들이 중생들 속으로 뛰어들어야 한다고 생각합니다. 기껏 자기 혼자만의 수행을 위해서 젊음을 허비하는 것은 낭비입니다. 진성 스님의 그러한 자기 낭비를 보고만 있을 수 없습니다."

우종남이 눈살을 찌푸리면서 마른 입술에 침을 발랐다. 진성은 아직도 빈 잔을 두 손바닥으로 감싸 들고 있었다. 눈길을 잔에 담고 있었다. 그 빈 잔 속의 공간이 넓어지고 있었다. 그녀는 한 마리의 벌레가 되어 그 넓은 공간을 기어가고 있었다.

그가 한동안 고개를 떨어뜨리고 있다가 들어 올리며 말을 이었다.

"사실대로 말씀드린다면 저는 대처승의 아들입니다. 흔히 말하기를 대처승은 중다운 중이 아니라고 합니다. 그러나 자기의 복을 비는 어리석은 자들의 눈을 뜨게 하기보다, 그 미망에 허덕이는 자들을 속여 더욱 깊고 어두운 미망 속으로 빠져들게 함으로써 더 많은 시주를 얻어 내는 자들이 어디 대처승들뿐입니까? 한용운 선사는 승려도 결혼을 해야 한다고 주장했습니다. 한데, 그게 매력 없는 주장으로 떨어지고 만 것은, 이 땅에 대처승이 생겨나기 시작한 것이 일본 사람들이 들어와 정치하기 시작한 뒤부터였기 때문입니다. 이 땅 사람들은 일본 콤플렉스가 있습니다. 속으로는 그들이 하는 일들을 모방하고, 그들이 만든 물건을 가져다가 쓰면서도, 겉으로는 절대로 그러지 않는다는 결백을 내보이려고 합니다. 우리 불교가 민중들의 삶 속으로 깊이 파고 들어가려면, 승려도 결혼 생활을 할 수 있고, 육식을 할 수 있도록 제도를 고쳐 가야 합니다.

물론 일정한 수도 과정을 겪는 동안에는 그런 것들을 금해야 하겠지요. 오늘날은 산속에 들어 사는 부처가 아닌 중생 속에 뛰어든 부처가 필요한 때입니다. 물고기나 사다가 놓아주는 방생이 아니고, 돈에 묶여 살고 비인간적인 제도에 갇혀 살고, 탐욕의 동굴에 덮여 사는 사람들을 구제하고 방생해야 합니다. 부처님의 말씀은 중생구제를 위하여 더욱 절실하고 참답게 실천되지 않았을 때, 무의미합니다. 제가 감히 진성 스님을 그 잿빛 노예의 제복 속에서 구제하려는 뜻이 여기에 있습니다. 무의미의 소용돌이 속에 빠지는 것은 살아 있으나 죽어 있음과 다를 바 없는 겁니다."

진성은 몸을 일으켰다. 우종남이 내리게 될 결론은 뻔한 것이었다. 승복을 벗으라는 것, 자기처럼 살아가는 것, 아니 파계를 하고 자기와 더불어 속세에서 맨살 마주 대고 아무렇게나 살아가자는 것일 터였다.

거리로 나섰다. 우종남이 그녀와 나란히 걸었다. 그는 자신만만했다. 여기저기서 조금씩 주워 읽어 안 좁쌀 지식과 자기의 잘 돌아가는 머리를 과신하고 있었다.

진성은 고개를 떨어뜨렸다. 세상의 학자들은 저마다 서로 다른 편견을 가지고, 자기야말로 정말로 진리에 통달한 사람이라는 것을 여러 가지로 주장한다. '이렇게 아는 사람은 진리를 알고 있다. 이것을 비난하는 사람은 아직 완전한 사람(如來)이 아니다'라고. 그들은 이렇듯 다른 편견을 가지고 논쟁하면서 '저 사람은 어리석게 진리에 이르지 못했다'고 말한다. 이런 사람들은 모두 자기야말로 진리에 이른 사람이라 생각하고 그렇게 말하지만, 과연 그들 중에 누구의 말이 진실한 것일까.

우종남은 진성 앞에 길게 가로누운 산줄기가 되어 있었고, 그녀는 그 산줄기를 피해 흘러가는 강물이 되어 있었다.

진성이 고개를 떨어뜨리는 걸 보고 자신을 얻은 우종남이 더욱 목소리를 높여서 말했다.

"지금 당장은 스님께서 저의 존재를 귀찮아하실 것입니다. 그러나 저는 한번 마음먹은 일은 기어이 해내고 마는 성미입니다. 기어이 스님을 구해 내고 말겠어요. 구해 내서 저의 가장 가까운 이웃으로 만들 겁니다. 저는 소우 자 우종남이기도 하고, 어리석을 우 자 우종남이기도 합니다. 저는 스님의 법명이 진성이라는 것도, 속명이 강수남이라는 것도 잘 알고 있습니다. 저는 진성 스님은 죽이고, 강수남이란 여자만 살려낼 겁니다. 저는 자신이 있습니다."

정류장에서 발을 멈추었다. 그가 옆에 와 섰다. 바람이 찻길 저 건너에서 먼지를 쓸면서 불어왔다. 그녀는 누비 두루마기의 호주머니 속에 손을 찔렀다.

머리칼 없는 머리가 시렸다. 몸을 움츠렸다. 눈에 티가 들어가지 않도록 게슴츠레하게 떴다. 눈앞이 어질어질했다. 그녀의 고향 집 이웃에서 하숙하던 남학생의 얼굴이 떠올랐다. 그 학생의 파랗던 입술이 눈에 보이는 듯싶었다. 헐떡거리던 숨결도 들리는 것 같았다. 심장병으로 죽어 간 그 학생의 정령이 이 우종남이라는 남자의 가슴속으로 스며든 것일까. 그 학생이 보내온 편지 한 대목이 생각났다.

'이 편지가 수남의 손에 들어갈 무렵, 나는 이미 이승 사람이 아닐 것이오. 나를 응시하는 사람들의 눈빛이 그걸 말해 주고 있소. 나는 나를 이렇게 병들게 만든 사람들과 세상을 저주하고 혐오하고 분해했었소. 나는 분명히 지옥에 갈 것이오. 수남이, 부디 나를 무간지옥에서 구해 주시오. 다시 태어난다면 나는 건장한 소나 말이 될 것이오. 그래서 뼈가 으스러지도록 밭이나 논을 갈고, 이 세상 방방곡곡을 비지땀을 흘리며 뛰어다닐 것이오. 수남이, 정말 나는 죽기 싫소. 어째서 나만 먼저 죽어 가야 합니까?'

버스가 왔다. 문이 열리고, 사람들 둘이 내렸다. 버스 안에는 사람들이 빼곡하게 들어찼다. 기다리던 사람들이 비집고 올라섰다. 그녀도 탔다. 우종남도 그녀를 따라 올랐다. 뒤에 오른 사람들이 우악스럽게 안으로 걸어 밀었다. 그녀는 사람들 사이에 조그만 틈이 생길 때마다 안쪽으로 파고 들어갔다. 그도 그녀를 따라 안으로 들어왔다. 그녀는 그를 아랑곳하지 않고 의자의 손잡이를 잡은 채 창문 쪽으로 돌아섰다. 그는 그녀의 옆으로 붙어 섰다. 차가 고궁의 돌담을 낀 채 달렸다.

"며칠 전에 진성 스님의 고향에 다녀왔습니다."

그가 그녀의 귀에 대고 나지막한 소리로 속삭이듯이 말했다. 그녀는 한동안 숨을 멈추었다. 차가 심하게 흔들렸고, 사람들이 그녀 있는 쪽으로 쏠렸다. 그가 힘껏 버틴다고 버티었지만, 그의 가슴과 배는 의자에 붙어 선 그녀의 몸을 으깰 듯이 비비댔다. 그녀는 눈을 감았다. 어린 시절에 할머니와 함께 가곤 했던 절과 산이 보이고, 아버지가 부리는 여객선과 경영하는 주조장 건물이 보이고, 금방 실신할 것처럼 비틀거리는 어머니를 부축해 가던 아버지의 모습이 보이고, 동생들의 얼굴이 보였다. 버스 안의 사람들이 이리저리 쏠리는 것처럼 그녀의 가슴이 울렁거리면서 이리저리 쏠리고 있었다.

"아버님 어머님도 만나 뵈었습니다. 참 좋으신 분들이더군요."

우종남이 말했다. 가슴속에서 주먹 같은 것이 불끈 일어섰다. 남의 고향에 무엇 하러 갔고, 남의 아버지와 어머니는 또 왜 만난단 말인가. 또 이 사람은 왜 남의 잔잔한 연못에 돌을 던져 물결을 일으키는가. 흥, 하고 그녀는 우종남을 비웃었다. 자기가 그런다고 내 마음이 흔들릴 줄 아는가. '옴 살바 못자 모지 사다야 사바하' 속으로 참회 진언을 외었다.

"언제든지 당신의 딸이 들어올 수 있도록 대문을 활짝 열어 놓고 있다고 그러시더군요. 아버님께서 말입니다. 제가 스님이 묵고 있는 절이랑, 무슨 과에서 어떤 공부를 하고 있는가 하는 것이랑 소상하게 말씀드렸으니까, 아마 편지가 오든지 한번 만나러 오든지 그러실 겁니다."

그녀는 그 말을 듣지 못한 체했다. 숨을 깊이 들이쉬었다. 나는 그저 그 두 분의 몸을 빌려서 이 세상에 나왔을 뿐이다. 그녀의 머릿속에 눈처럼 흰 공간이 퍼지고 있었다. 자동차 엔진 소리와 사람들이 서로 주고받는 말소리도 들리지 않았다. 아득한 슬픔 같은 고요와 평온이 그녀의 가슴을 떨리게 했다. 그녀는 그 고요와 평온 속으로 가고 있었다. 눈처럼 흰 공간 속으로 혼자서 가고 있었다.

버스가 섰다. 종점이었다. 유리창에 놀빛이 스며들었다. 차 안에는 운전사와 그녀와 그녀 옆에 선 우종남뿐이었다. 차 문을 나섰다. 종점의 앙상한 가로수 가지 저쪽으로 검은색으로 칠해 놓은 듯한 산이 뿔 같은 바위를 곤두세운 채 서 있었고, 그 위에 층을 이룬 먹장구름 틈에서 주황빛 놀이 번져 나오고 있었다. 문득 생각났다.

'이젠 저도 살고 싶어졌습니다. 아침놀이 피어나도 살고 싶고, 바람이 불어도 살고 싶고, 냇물이 소리쳐 흐르거나 파도가 밀려와 모래톱을 때리는 것을 보아도 살고 싶고, 골목길을 가다가 피아노 소리를 들어도 살고 싶고, 구름이 피어오르는 것을 보고도 살고 싶고, 제 그림자가 제 발에 밟히는 것을 보고도 살고 싶고, 친구들이 서로를 때리고 쫓고 쫓기고 웃으며 떠드는 것을 보고도 살고 싶고, 여객선이 고동을 불면서 떠나는 것을 보고도 살고 싶어집니다. 정말 미치게 살고 싶어지는 것입니다. 전에는 그것들이 모두 저에게 어서 죽으라고 재촉하며 비웃던 것들이었습니다. 그것들이 왜 이렇게 살고 싶어 미치도록 만드는 것일까. 저는 감히 수남이를 사랑한다는 말을 입밖에 뱉을 수도 없습니다. 다만 살려 달라고 구걸할 뿐입니다.'

성불암의 추녀 끝이 소나무 숲 사이로 바라보이는 언덕 위에 와 있었다. 앞장서서 가던 진성이 발을 멈추고 돌아섰다. 그도 발을 멈추었다. 둘의 눈길이 마주쳤다. 그녀는 얼굴을 떨어뜨렸다.

"그만 돌아가시지요."

모기만 한 소리로 이 말을 남기고 돌아섰다.

"온 김에 그분을 뵙고 가겠습니다."

우종남이 그녀를 뒤따르면서 말했다.

"그분께 드릴 말씀이 있습니다. 하루라도 빨리 진성이 강수남으로 돌아갈 수 있도록 해달라고 청을 드릴 생각입니다."

진성은 발을 멈추었다. 다리가 후들후들 떨렸다. 이 사람이 왜 이렇게 사람을 괴롭힐까. 분노의 울음이 목구멍을 막았다. 그녀는 냉정을 잃어서는 안 된다고 스스로 타일렀다. 숨을 깊이 들이쉬었다.

그의 얼굴을 정면으로 바라보았다. 그의 안경알이 산 위의 놀빛을 받아 붉은 빛살을 날려 보냈다.

"그래야 할 이유가 없습니다. 괜히 수행하며 살겠다는 사람 더 괴롭히지 말고 돌아가 주십시오."

그녀는 그에게 합장한 채 고개를 숙여 주었다. 그는 방긋 웃기만 했다. 그녀는 대문을 향해 걸었다. 그는 그녀의 뒤를 따랐다. 그녀는 대문 앞에서 다시 발을 멈추었다. 서까래의 단청이 퇴색되어 있었다. 놀이 스러졌고, 땅거미가 암자의 뜨락에 내려 괴고 있었다. 자운 스님께 미리 이 남자에 대한 이야기를 할까. 그러면 자운 스님께서 뭐라고 하실까. 그녀는 후들거리는 다리에 힘을 주면서 걸었다.

공양간 문 앞에서 발을 멈추었다. 콩나물을 다듬고 있던 공양주 보살이 몸을 일으키면서 합장했다. 그녀는 몸을 돌려 툇마루 위로 올라갔다. 자운 스님 방으로 갔다. 마당으로 나온 공양주 보살이 그녀의 등에 대고 말했다.

"스님 아직 안 들어오셨어요."

그녀는 자기 방으로 갔다. 책가방 대신 들고 다니는 바랑을 책상 위에 놓고 주저앉았다.

"어떻게 오셨소?"

공양주 보살의 목소리가 들렸다.

"잠깐 그분 좀 뵙고 가겠습니다."

우종남의 무뚝뚝한 목소리가 들렸다.

"그분이라니?"

"부처님 말입니다."

한동안 조용하더니, 공양주 보살의 고무신 끄는 소리가 스님의 방과 그녀의 방 사이에 있는 법당 쪽으로 왔다. 구둣발 소리가 그 뒤를 따라왔다. 드르륵 문이 열리는 소리, 마룻장 밟는 소리가 들렸다.

진성은 책상 안쪽에 놓아둔 장난감 같은 금빛 불상을 바라보았다. 법당 한가운데서 부처님을 향해 무릎을 꿇고 앉아 있을 우종남의 모습이 머릿속에 그려졌다. 우종남은 안경알을 빛내며 부처님의 반개한 눈을 쏘아보고 있을 것 같았다.

창문으로 들어온 푸르스름한 빛살이 방 안의 짙어진 어둠을 밝히고 있었다. 그녀의 가슴속에 몽환 같은 어둠이 침윤浸潤하고 있었다. 눈앞에 보이는 책상 모서리며 장난감 같은 불상이며 꽂힌 책들이며 두루마리 휴지며 문설주의 윤곽들이 단순해졌다. 여느 때 하던 것처럼 그녀는 도식적인 생각을 했다. 나는 무엇인가. 어디서 왔는가. 어디로 갈 것인가. 지금 무엇을 어떻게 해야 하는가. 깨달음이란 무엇인가. 무엇을 깨달을 것인가. 과연 깨달음에 이를 수나 있을까. 믿어야 한다. 그분처럼 열심히 수행하면 그럴 수 있다는 확신을 가지고 정진해야 한다. 먼저 공부를 해야 한다.

서글퍼졌다. 그 도식적인 생각이 그녀를 쓰디쓴 공허 속으로 빠져들게 했다. 다음 날 아침 일찍 청정암의 은선 스님에게 가야겠다고 생각했다. 방학을 하는 대로 돌아오려고 하지 말고 여기저기 떠돌아다니면서 어렵게 세상을 살아가는 사람들을 만나 보라고 한 은선 스님의 편지가 마음에 걸렸다. 상관없이 돌아가지. 이번에 가서는 학교를 그만 다니겠다고 분명히 말하자. 스님 곁을 떠나지 않겠다고, 청화 대신 자기가 스님을 시봉하겠다는 뜻을 말하자. 스님 밑에 있는 어떤 상좌 하나에게 대학 공부를 시키고 싶으시면 청화를 자기 대신 학교에 보내라고 하고 싶었다.

'여자는 타락신'이라는 말이 생각났다. 그녀는 몸을 떨었다. 우종남이 무서웠다. 우종남을 피하지 않고 이대로 성불암 안에 더 머물러 있다가는 예측할 수 없는 어떤 일이 일어날 것 같았다.

마룻장 밟는 소리가 났다.

"스님."

그녀 방문 앞에서 우종남의 목소리가 들렸다. 그녀는 숨을 멈추었다. 그가 다시 불렀다. 더 굵고 큰 목소리였다.

"학생, 왜 이러는 거여? 부처님이나 스님한테 불경하게 굴면 죽어서 지옥을 못 면하는 법이여. 어서 돌아가."

공양주 보살이 꾸짖었다.

"스님, 내일 아침 일찍 다시 오겠습니다. 오늘 제가 드린 말씀 잘 생각해 보십시오."

이 말을 남기고 우종남은 돌아갔다. 공양주 보살의 투덜거리는 소리가 들렸다.

"생기기는 그렇게 안 생겼구먼……."

아랫배가 아파 왔다. 그 귀찮고 고통스러운 새빨간 행사가 임박했다.

가슴이 울렁거리고 불안스러워졌고 짜증이 났다. 공양주 보살이 눈치채지 못하도록 태연스럽게 세면을 하고 예불을 드렸다. 그러는 동안 내내 그녀는 죄스러웠다. 우종남에 대한 생각이 머릿속을 점거하고 있었다. 우종남이 가로등도 없는 인도를 걸어가고 있었다. 헤드라이트를 번득이면서 자동차들이 현기증이 날 것같이 내달렸다. 그의 안경알이 헤드라이트 불빛을 되쏘아 날렸다. 진성은 목소리를 높여 염불을 하고, 목탁을 더 힘껏 쳤다. 그래도 그에 대한 생각이 떠나지 않았다. 그녀는 맥이 풀렸다. 나는 거기에 이를 수 없는 사람이다. 뒷산 숲속에서 술렁거리는 어둠 같은 절망을 안은 채 법당을 나왔다.

이튿날 꼭두새벽부터 그녀의 새빨간 행사가 시작되었다. 새벽 예불을 마치자마자 그녀는 자운 스님에게 하직 인사도 하지 않고 길을 떴다. 마을에는 푸른 어둠이 심연처럼 괴어 있었다. 차가 그 어둠을 헤치면서 달렸다. 고향의 아버지와 어머니의 품을 도망쳐 나올 때처럼 그녀의 가슴은 심하게 울렁거렸다.

'연못에 핀 연꽃을 물속에 들어가 꺾듯이, 애욕을 말끔히 끊어 버린 수행자는 이 세상 저 세상 그 어디에도 집착하지 않는다. 마치 뱀이 묵은 허물을 벗어 버리듯이. 그리고 무소의 뿔처럼 혼자서 가라.'

다리를 건넜다. 강물 위에 새벽 안개가 피어올랐다. 그 안개 속에서 우종남의 얼굴이 살아났다. '진성 스님은 죽이고, 강수남이란 여자만 살려낼 것입니다. 저는 자신이 있습니다.' 그의 목소리가 들리는 듯했다. 그가 청정암까지 쫓아오면 어찌할까.

고속버스 터미널에서 광주행 표를 사려다가 말았다. 고향 쪽으로 가는 것을 샀다. 고향에는 무얼 하러 가는가. 집에서 한 이틀만 묵었다가 가자. 뱀이 묵은 허물을 벗어 버리듯 모든 것을 떨쳐 버리고 무소뿔처럼 혼자서 의젓하게 잘 살아가는 모습을 보여 주자.

개찰구를 빠져나가면서 대합실 출입구를 돌아보았다. 우종남이 쫓아올 것 같았다. 차에 오르자 표에 지정된 자리로 가서 몸을 깊이 묻었다. 차창 너머로 개찰구를 보았다. 사람들이 바쁘게 개찰구를 빠져나와 차에 오르곤 했다.

차가 떴다. 우종남은 나타나지 않았다. 타고 온 버스나 대합실 안에다가 그녀가 꼭 가지고 가야 할 무엇인가를 놓고 온 것만 같이 가슴이 허전했다. 혀를 깨물었다. 우종남이 뒤쫓아와 주기를 은근히 바라고 있었던 또 하나의 자기를 꾸짖었다. 이 세상 모든 것이 허무하다는 것을 아는 수행자는 이 세상 저 세상 그 어디에도 집착하지 않는다. 뱀이 묵은 허물을 버리듯이. 한데, 허물은 무엇이고, 알맹이는 무엇인가. '달마 스님의 얼굴에는 왜 수염이 없는가.' 달마는 텁석부리이지 않은가. 은선 스님은 왜 그 달마의 얼굴에는 수염이 없느냐고 미욱한 질문을 하는가. 무슨 대답을 얻겠다는 것인가.

진성이 은선 스님을 뵙고 밖으로 나왔을 때 조팝나무의 흰 꽃 같은 눈 송이들이 깊이를 알 수 없는 검은 하늘에서 하나씩 둘씩 내리기 시작했다. 눈송이들이 흘러내리는 구름에다 눈길을 묻으면서 진성은 불길한 예감에 사로잡혔다. 눈송이들은 삽시간에 눈알이 어지럽도록 많아졌다.

청정암은 달라졌다. 은선 스님의 방 안에서 풍기는 냄새부터 달라져 있었다. 차가웠다. 그녀를 응시하는 눈길도 달라졌고, 스님의 얼굴이 피워 내는 웃음도 달라졌다. 따스한 기운이 없고 쌀쌀해 보였다. 얼른 청정암으로 돌아올 생각일랑 말고, 여기저기 떠돌아다니면서 어렵게 살아가는 사람들을 만나 보라는 걸 어기고 온 데 대한 섭섭함 때문일까. 그녀가 없는 사이에 청정암 안에 무슨 일인가가 일어나서 그럴까. 청화는 어디 갔을까.

낯선 행자 하나가 은선 스님을 시봉하고 있었다. 은선 스님이 청화를 강원으로 보냈을까. 청화가 스스로 머리 깎은 것을 후회하고 마을로 도망쳐 버렸을까. 청화의 거슴츠레한 눈, 얄따란 입술, 보조개 파인 볼, 암팡진 몸과 그늘진 얼굴을 생각했다. 고목 나무 밑의 옹달샘에서 물을 뜨다가 문득 흑, 하고 흐느껴 울던 그녀의 모습을 떠올렸다.

진성은 고개를 떨어뜨리고 걸었다. 눈송이들이 목덜미를 섬뜩섬뜩하게 했다. 그녀는 몸서리를 쳤다. 고향에 갔다가 두들겨 맞고 온 찬바람이 생각났다.

항구의 바람은 매웠다. 살갗에 먼지 같은 유릿가루를 비벼 놓은 것같이 아리고 따끔거렸다. 해안통 길을 걸었다. 어디로 가서 무얼 어떻게 하겠다는 작정도 없이 걸어갔다. 그저 고향 마을과 정반대되는 연안 쪽으로 걸어갔다. 바다는 뒤집혀 검푸르렀다. 파도 끝에는 하얀 누엣결이 얹히곤 했다. 날던 갈매기는 날개가 부러지기라도 한 것처럼 갑자기 파도 가까이 떨어졌다가 기운을 차려 날아오르곤 했다. 고향에 괜히 왔다고 그녀는 후회했다. 무소뿔처럼 혼자서 의젓하게 살아가는 모습을 보여 주자고 작정했던 스스로를 꾸짖었다. 집에 들어갔다가는 아버지와 어머니와 동생들이 피워 낸 다스한 공기에 형체도 없이 녹아 버릴 것 같았다. 목에 감았던 잿빛 털목도리를 풀어서 까까머리와 볼을 둘러쌌다. 수남아! 하고 누군가가 등 뒤에서 소리쳐 부를 것 같았다. 가슴이 뜨거워지고, 코가 시리고, 눈앞이 어질어질했다. 눈에 물이 괴었다. 어구상漁具商의 간판 너머로 여관 간판이 눈물방울 속에서 굴절되었다. 그 여관으로 들어가서 방을 청했다. 잡아 든 방의 창문으로 하얗게 뒤집힌 바다가 한눈에 들어왔다. 뜨거운 덩어리가 가슴속에 주먹같이 뭉쳐졌다. 그녀는 달려가고 있었다. 땅거미가 기어 나오고 있는 곰솔밭을 지나고, 아카시아나무 무성한 냇둑을 지나서, 마당에 감나무와 석류나무가 있는 집을 향해 달려가고 있었다. 그녀는 자기의 눈물 속에서 자기의 몸뚱이가 그림자처럼 녹아 없어지는 것을 보고 있었다. 혀를 깨물었다. 커튼을 내리고, 이불을 뒤집어쓰고 누웠다. 그녀는 밤새도록 이불 속에서 백야白夜를 보았다. 백야 속에서 소복 차림을 한 채 절에 가는 할머니를 만나고, 입술이 잉크빛인 이웃집 하숙생을 만나고, '진성 스님은 죽이고, 강수남이란 여자만 살려낼 것입니다. 저는 자신이 있습니다' 하고 말하던 우종남을 만나고, '우리 집 대문은 언제든지 활짝 열어 놓고 있겠다. 맘이 돌아서기만 하면 언제 어느 때든지 돌아오너라' 하고 말하던 아버지를 만나고, 숨 가쁘게 울어 대는 뻐꾹새 소리를 듣고, 수척해진 어머니를 만나고, 동생들을 만났다. 어디선가 다섯 점을 치는 시계 소리가 들려왔을 때, 그녀는 여관을 나섰다. 파도는 해안통의 텅 빈 제방에서 철썩거렸고, 바람은 매섭게 그녀의 살갗을 침질했다.

길바닥과 소나무 숲이 하얗게 단장을 하고 솜덩이 같은 꽃을 머리에 이고 있었다. 솜옷 입은 나뭇가지들 사이로 보얀 눈보라를 뒤집어쓴 선원禪院의 용마루가 드러났다. 숲에 눈 내리는 소리가 살갗의 잔털을 스치는 바람결처럼 그녀를 전율하게 했다. 선원이 몰라보게 달라졌을 것 같았다. 전에 느낄 수 없던 냉기가 날아오는 것 같았다. 그녀는 조심스럽게 선원의 마당 안으로 들어섰다. 딱, 하고 죽비 치는 소리가 들려왔다. 눈은 펑펑 내렸다.

진성은 발을 멈추고 굳게 닫힌 선원의 문과 웅크린 채 눈을 맞고 있는 회양목과 향나무와 솜옷을 입은 단풍나무, 은행나무 들을 보았다. 은행나무의 큰 가지 사이로 닫힌 법당의 사분합 완자 무늬가 비껴 보이고 모퉁이의 쪽문이 반쯤 열려 있었다. 그 안에서 어른거리는 게 있었다. 누군가가 계속해서 부처님께 절을 하고 있었다. 보얀 눈보라가 눈앞을 어지럽게 했다. 절을 하고 있는 사람이 비틀거리는 것 같았다. 요사채와 공양간과 그 앞의 널따란 채마밭을 둘러보았다. 채마밭에는 흰 눈이 수북하게 쌓였다. 절 안 어디에도 사람의 모습은 보이지 않았다.

그녀는 발소리를 죽이면서 법당으로 갔다. 쪽문을 열고 들어섰다. 순간, 뒤통수를 호되게 얻어맞은 듯 멍해졌다. 다리가 후들후들 떨렸다. 우물정 자처럼 뚫려 올라간 천장에 서린 어둠이 그녀의 머리 위로 빗줄기처럼 쏟아져 내렸다.

절을 계속해서 하고 있는 것은 청화였다. 어떻게 무슨 잘못을 저질렀는데, 저 벌을 받고 있을까. 선원 쪽에서 죽비 소리가 들려왔다. 밖에는 계속 눈이 내렸다. 새빨간 핏덩이 하나가 하얀 눈을 적시고 있었다. 청화가 보낸 편지 속의 자신만만한 논의가 진성의 가슴을 빨갛게 물들이고 있었다. 생리가 실존이라고? 진여를 찾는 한 방편이라고? 어디에서 그따위의 오만을 배워 가지고 들어왔느냐. 진성은 청화를 비웃었다.

노란 촛대 위의 불꽃이 야울거렸다. 그 불빛에 반개한 부처님의 눈길이 진성의 가슴으로 날아왔다. 그녀는 쓰러지듯이 엎드리며 절을 했다.

그녀가 절을 끝내고 일어섰을 때에도 청화는 절을 계속했다. 그녀는 잠시 눈을 내리깐 청화의 창백한 얼굴을 건너다보았다. 청화는 지쳐 있었다. 가끔씩 비틀거렸다. 덩치 큰 벌레처럼 버르적거리기도 했다. 청화 옆으로 다가가서 위로의 말을 해주고 싶은 충동을 느꼈다. 고개를 쳐들었다. 법당 안의 음울한 냉기가 그녀의 몸을 싸고돌았다. 비파를 타는 비천녀의 눈길과 탱화 속의 호법 신장들, 아난존자, 보현보살, 가섭존자의 눈길이 청화의 얼굴로 날아가고 있는 것 같았다. 아니, 전혀 관심을 두고 있지 않은 것 같았다. 차갑고 살벌한 비정이 찬바람처럼 가슴으로 파고들었다.

진성은 진저리를 쳤다. 아랫배 속 어디인가가 곪고 있기라도 하는 듯한 통증이 있었다. 새빨간 행사가 진행 중이었다. 관세음보살을 향해 절을 하면서 소원을 말했다. '저에게서 그것을 거두어 주십시오. 그 행사가 영원히 벌어지지 않도록 돌보아 주십시오.'

털신이 묻힐 만큼 눈은 쌓였다. 그녀는 간밤의 백야를 생각했다. 법당에서 벌을 받고 있는 청화가 자기의 알맹이인지도 모른다는 생각이 들었다.

요사채의 방들은 모두 비어 있었다. 노스님들이 모두 선방에 들어가 있는 모양이었다. 재무 스님만 자기 방에서 원주 스님과 마주 앉아 무슨 이야기인가 소곤거리고 있었다. 두 스님께 인사를 드리고 나왔다. 눈은 계속해서 내렸다. 뒤뜰을 건너서 공양간으로 갔다. 안에서 달그락거리는 소리가 났다. 저녁 공양 준비를 하고들 있었다.

선방에서 죽비 치는 소리가 아스라이 들렸다. 공양간 문을 열고 들어섰다. 그녀와 함께 행자 생활을 했던 도남이 낯선 행자들과 함께 콩나물을 다듬고 있다가 몸을 일으키면서 그녀를 반겼다. 여름 방학에 내려왔을 때, 도남이 스스로 공양주 노릇 하기를 청했다는 말을 들었었다.

"암만 독경을 해봐도 그것이 무슨 뜻인지 모르겠고, 그걸 모르니 선방에 들어가 봐도 쓸데없는 일일 것이고, 그런께 나는 천상 다른 스님네들 뒷바라지나 하는 것이 좋을 것 같아요."

매미 소리가 귀를 따갑게 하는 한낮에 땡볕을 머리에 이고 들어선 진성에게 도남은 콧등에 숯검정을 칠한 채 빙긋 웃으며 이렇게 말했었다.

"아이고, 서울 물이 좋기는 좋은 모양이구먼잉. 진성 스님이 들어온께 공양간이 훤해지네요. 아따, 진성 스님, 공부 많이 했는 모양이다야. 여기 있음서 보닌께 공부 많이 한 스님들의 얼굴은 뭣이 달라도 다르데. 어두운 데 있어도 빛이 난단 말이여. 정말, 정말로 그래요."

도남은 수건으로 진성의 머리와 목에 엉겨 있는 눈을 털어 주고, 아궁이의 불 옆으로 데리고 가면서 말했다. 도남은 그녀보다 나이가 네 살이나 위였다. 진성은 도남의 광대뼈 위쪽에 피어 있는 기미를 보면서 우종남이 들려준 한 노승의 이야기를 떠올렸다. 스스로 만든 수백 수천의 목탁이 세상의 모든 스님들의 손에서 향 맑은 청으로 울리고, 그 소리를 들은 모든 수행자와 중생들이 깨달음의 눈을 뜨는 걸 평생의 기쁨과 즐거움으로 알고 살아온 그 노스님은 지장 다음가는 보살일 터였다.

선방의 스님들을 위하여 내내 공양주 보살 노릇 하기를 자청한 이 도남 스님 또한 그 같은 보살이 아니고 무엇이랴.

진성은 부끄러운 생각이 들었다. 법당에 들어 있는 청화에 대하여 물으려다가 몸을 돌려 나왔다.

때마침 효정 스님이 들어왔다. 여느 때 효정 스님은 재무 스님이나 원주 스님 못지않게 대중들의 공양과 잠자리와 간병 문제에 신경을 쓰곤 했다. 인사를 드리자 효정 스님은 윗몸을 조금 구부린 채 눈살을 찌푸리고 진성의 얼굴을 찬찬히 들여다보았다. 비로소 진성을 알아본 스님이 눈을 치켜뜨고 놀라워했다. 그녀를 얼싸안고 등을 두드렸다.

도남의 은사인 효정 스님은 몸을 아끼지 않고 대중들을 돌보아 오다가 몇 해 전에 허리를 다쳤다고 했다. 신도 한 사람이 연 외과 병원에 가서 수술을 받고 나아지는 듯했으나, 한 해 전부터 다시 아프기 시작하여 이제는 아무런 소임도 맡지 않고 있었다.

진성이 행자로 있을 때, 공양간에 나타난 효정 스님은 나물을 함께 다듬어 주기도 하고, 장작불 때는 법을 가르쳐 주기도 하고, 밥을 타지 않게 하는 법을 일러 주기도 했었다.

원주 스님이, 불편하실 터인데 가서 누워 계시라고 하자, 효정 스님은 퉁명스럽게 말했었다.

"구들장 짊어진 채 오래오래 살면 뭘 하나? 이 육신 가루 될 때까지 이타행을 해서, 다음 세대에나 다시 중으로 태어나 참수행을 한번 해볼 참이다."

효정 스님은 진성의 검은 눈을 뚫어지게 들여다보면서 말했다.

"그래, 부지런히 잘해라. 앞으로 이 청정암 맡을 사람은 너다. 은선 스님하고 만나면 늘 네 이야기 한다."

진성은 얼굴이 뜨거워졌다. 그녀는 행자 시절에, 효정 스님이 그녀를 상좌로 삼고 싶어 했다는 것을 잘 알고 있었다. 여벌로 있는 내복을 주기도 하고, 자기 방으로 불러 떡이나 과일을 먹이기도 하고, 청소하고 땔나무 해오느라고 언 몸을 불러다 녹이도록 해주기도 하고, 읍내에 나가 목욕을 하고 오라면서 돈을 주기도 했다. 막상 진성이 은선의 상좌가 되고, 도남을 자기의 상좌로 삼은 뒤에는, 그 도남의 법복을 짓기 위해 불편한 몸을 이끌고 서울까지 다녀왔었다. 계를 받고 난 도남을 강원에 보내려고 했지만 도남이 싫다고 하였고, 그 일 때문에 사제 사이가 한동안 서먹서먹했다는 이야기를 여름 방학 때 와서 들었었다.

남해 금산의 한 부잣집 셋째 딸로 태어났다는 효정 스님은 깊어진 주름살에 웃음을 가득 담고 있었다.

진성이 방선放禪하고 포행하는 스님들한테 인사를 드리고 은선 스님의 암자로 내려갔을 때, 바야흐로 웬 남자 한 사람이 그 암자 마당으로 들어섰다. 진성과 그 남자는 마당 한가운데서 마주 섰다. 남자가 그녀를 향해 허리를 굽실했으므로 그녀는 합장을 하고 마주 서면서 어떻게 무슨 일로 오셨느냐고 물었다.

남자는 암자 주변을 둘러보면서 머뭇거렸다.

진성은 그 남자를 어디선가 본 듯하다고 생각했다. 키가 호리호리하고, 갸름한 얼굴빛이 창백하고, 광대뼈가 조금 나왔고, 거슴츠레한 눈은 쌍꺼풀인 데다 속눈썹이 길고, 코의 운두는 낮았다.

남자가 길고 검은 속눈썹 속에서 눈을 반짝 빛내면서 말했다.

"저, 청화 스님을 좀 만나러 왔습니다."

그 목소리는 걸걸한 듯하면서 클라리넷의 옥타브를 내린 저음같이 쨍 울리는 데가 있었다.

진성은 순간적으로, 아 그렇구나, 하고 속으로 탄성을 질렀다. 이 남자 때문에 청화가 그 벌을 받고 있구나. 진성은 다시 한번 남자의 얼굴과 옷차림을 뜯어보았다. 남자는 감색 털외투를 입고 있었다. 길고 부스스한 머리에는 흰 눈을 덮어썼고, 발에는 등산화를 신었다. 이마에는 굵은 주름살 서너 개가 지렁이처럼 곤두서 있었다.

진성은 어떻게 해야 할지 몰랐다. 남자와 그녀 사이를 눈송이들의 춤이 갈라놓고 있었다. 남자가 진성 앞으로 한 걸음 더 가까이 다가섰다. 진성이 반사적으로 뒷걸음을 쳤다. 무뢰한이로구나. 청화가 이 남자 때문에 입산했는지도 모른다고 그녀는 생각했다.

"어디 있습니까? 잠시만 만나게 해주십시오."

허리를 굽실하면서 남자가 말했다. 방문이 벌컥 열리고 원주 행자가 나왔다.

"여기 그런 스님 없어요."

원주 행자는 그 남자를 쏘아보면서 무뚝뚝하게 말했다. 이어 진성을 향해 말했다.

"스님, 어서 들어오십시오."

진성은 몸을 돌렸다. 남자가 진성보다 한발 먼저 처마 밑으로 들어섰다.

"오늘은 정말로 파출소로 연락하겠어요."

원주 행자가 단호하게 말하고 방문을 열었다. 진성에게 합장하여 먼저 들어가게 한 다음 뒤따라 들어왔다.

"약속하겠습니다. 저도 이젠 포기했습니다. 마지막으로 꼭 한 번만 얼굴을 보고 가고 싶습니다."

간절한 남자의 목소리가 방 안으로 날아들었다. 진성과 원주 행자는 문 앞에 서 있었다. 원주 행자는 출입문에 바싹 붙어서 용 자 무늬 창살에 얼굴을 대고 있었고, 진성은 북쪽 칭문을 보고 서 있었다. 은선 스님의 기침 소리가 들려왔다. 이어 문이 열리고, 은선 스님이 진성을 불렀다. 진성이 문을 열고 나갔다. 은선 스님은 벌써 댓돌 위에 서 있었다. 해수기가 있어 찬바람 쐬는 게 해로울 터인데 어디에 가려고 저러시는 것일까. 진성이 부축하려 하자 은선 스님이 근엄한 목소리로 말했다.

"저 손님 객실로 모셔라."

은선 스님은 선원 쪽으로 걸어갔다. 나오는 기침을 참으려고 으음 소리를 내면서 윗몸을 굽혔다. 원주 행자가 재빨리 은선 스님의 팔을 끼어 부축했다. 은선 스님은 두껍게 겹친 소창으로 코와 입을 싸 눌렀다. 기어이 기침이 나왔다. 기침을 하느라고 더 윗몸을 구부리면서 걸었다. 은선 스님의 모습이 눈 쌓인 언덕길 저쪽으로 사라졌을 때에야 진성은 남자에게 몸을 돌렸다.

남자의 얼굴을 한번 건너다보고 객실을 향해 앞장서서 걸어갔다. 남자가 따라왔다. 진성은 객실 앞으로 가서 문을 열었다.

"잠시 이 방에 들어가 계십시오."

그녀는 몸을 돌렸다. 눈발이 가늘어졌다. 남자는 그녀를 향해 허리를 굽실거리면서 고맙다고 말했다. 진성은 법당 앞에서 발을 멈추었다. 남자는 객실 안으로 들어갔다. 그녀는 흰 눈가루들이 수런거리는 허공을 쳐다보았다. 은선 스님은 청화의 일을 어떻게 처리하려고 저렇게 찬 바람을 쐬고 올라가는 것일까. 방으로 들어갔다.

새빨간 행사가 그녀를 괴롭게 했다. 그것의 치다꺼리를 위해서 욕실로 들어갔다. 관세음보살님, 관세음보살님, 이 괴로움과 고통으로부터 벗어나게 해주십시오. 오직 도 닦음만을 위하여 모든 힘을 기울일 수 있도록 해주십시오……. 더럽혀진 몸을 씻고 또다시 씻었다. 아랫배 속 어디인가가 아팠다. 방으로 들어온 그녀의 숨결은 가빠져 있었다. 가슴도 울렁거렸다. 우종남의 얼굴이 떠올랐다. 언젠가는 그가 찾아올 것이다. 내 이 새빨간 행사는 그와의 은밀하고 깊은 만남을 위해 있는 것이다. 수도하는 사람이 이런 천한 생각을 하다니……. 그녀는 절망했다. 그가 찾아오면 어떻게 할까. 은선 스님께 무어라고 변명할까. 주저앉았다. 두 손을 요 밑에 넣었다. 따스했다. 피곤했다. 눈을 감았다.

수런거리던 흰 눈가루 같은 어지러움이 머릿속을 가득 채웠다. 자기의 알맹이는 법당에서 부처님께 삼천 배를 하고 있고, 객실에 들어가 있는 남자는 우종남인 듯만 싶었다. 그 우종남에게는 심장병으로 죽어 간 고향 이웃집 학생의 혼령이 씌어 있는 듯싶었다.

밖에서 눈 밟는 발소리들이 들렸다. 황급히 몸을 일으켰다. 눈 덮인 산야의 지각이 와르르 무너지고 솟구치는 어떤 변동이 일어나고 있다고 진성은 생각했다. 뛰어나갔다.

은선 스님이 청화를 앞장세우고 왔다. 청화는 흡사 백치가 되기라도 한 것처럼 퀭하게 커진 눈으로 앞만 멀거니 보면서 걸어왔고, 은선 스님은 아까 선원으로 올라갈 때처럼 두껍게 겹친 소창으로 코와 입을 감싸 쥔 채 걸었다. 눈은 멎었고, 하늘은 희부옇게 엷어져 있었다.

"거기 서거라."

뒤따르던 은선 스님이 말했고, 청화가 발을 멈추었다.

"그 손님 나오시라고 해라."

진성을 향해 이렇게 말하고 나서 은선 스님은 중얼거리듯이 다시 말했다.

"자기가 베풀어 놓은 만큼 거두어들이는 법이다. 잠깐이라는데 만나 주지 않아서야 되겠느냐?"

진성이 객실 앞으로 갔다. 댓돌 앞에 이르기도 전에 남자가 문을 열고 나왔다. 진성이 돌아와 은선 스님 옆에 섰고, 뒤따라온 남자가 청화의 맞은편에 섰다. 그들의 시선 두 가닥이 허공에서 만났다. 남자의 눈동자가 조금 움직이는 듯싶더니 입술이 떨렸다. 마른 입술에 침을 발랐다.

"얼른 결정해라. 이 남자를 따라서 마실로 내려가든지, 아니면 돌아서서 부처님 앞으로 가든지. 여기 너 만류할 사람 아무도 없다."

은선 스님이 말했다. 중노릇을 하려거든 이 순간에 이 남자와의 인연을 끊으라는 것이었다. 아니, 잔인할 만큼 냉정하게 돌아섬으로써 남자가 다시 음심을 품지 않도록 하라는 것이었다. 진성이 허공에서 부딪치고 있는 두 눈길을 보고 있는 사이에 은선 스님은 벌써 툇마루 위로 올라서고 있었다.

청화의 눈길이 희부옇게 엷어진 하늘의 구름으로 가 있었다. 남자가 울상이 되면서 애원하듯이 말했다.

"저에게 용기를 주십시오."

청화가 몸을 돌렸다. 진성은 가슴이 뭉클했다. 청화가 마실로 내려가지 않을 뜻을 보여 줌에 대한 감격이었다. 그 감격의 그늘 같은 서글픈 생각이 찬바람처럼 일어났다. 통 사정을 하는 남자에게 그렇듯 주검 같은 냉혹을 끼얹어 주고 돌아설 수 있을까.

"청화 스님, 순녀!"

남자가 되쫓아 가면서 불렀다. 청화는 그를 돌아보지 않았다. 진성이 남자의 앞을 막아섰다.

"더 괴롭히지 말고 돌아가십시오."

그녀의 목소리는 깊이 잠겨 있었다. 남자는 진성을 뿌리치고 청화를 쫓아가려 하지 않았다. 어떤 생각에서인지 흐흥 하고 코웃음을 날렸다. 고개를 쳐들면서 허허허 하고 미친 사람처럼 웃어 댔다. 거기에 목울음이 섞여 있었다.

청화의 모습이 눈 뒤집어쓴 소나무 숲 저쪽으로 사라졌다. 남자는 청화가 사라진 숲길을 보고 있다가 고개를 깊이 떨어뜨리고 산을 내려갔다. 그의 어깨는 맥없이 처져 있었다. 그의 모습이 계곡의 눈 덮인 숲속으로 사라진 뒤에야 진성은 방으로 들어갔다. 원주 행자가 뒤따라 들어왔다. 은선 스님이 물었다.

"그 손님 갔냐?"

진성이 툇마루로 나가면서, 그랬노라고 대답했다.

"올라가서 청화 데리고 오너라."

이렇게 말하고 은선 스님은 기침을 했다. 찬바람 쐰 것이 많이 해로운 모양이었다. 진성은 스스로 용서를 받기라도 한 듯 가슴이 뿌듯했다. 자기의 발바닥에 눈 밟히는 소리를 들으면서 진성은 생각했다. 수레가 가지 않으면 그걸 끄는 소를 때려야지, 수레를 때리면 무얼 할 것인가. 청화가 고통받고 있는 몸뚱이 그 어디에도 불은 나 있지 않고, 그녀의 마음에 나 있다. 한데, 그 불을 끄기 위해서 어디에다 물을 끼얹고 있단 말인가.

눈이 더욱 희게 느껴졌다. 소나무 가지 위에 쌓인 눈이 솜사탕처럼 탐스럽고 꽃처럼 예뻤다. 몸속에 진행되고 있는 그 새빨간 행사를 떠올렸다. 관세음보살님, 그것이 사라지게 해주십시오. 산이 분을 칠한 듯 보송보송했다. 세상이 하얘진 만큼 그녀의 몸과 마음도 하얗게 바래고 향 맑아졌으면 좋겠다고 생각했다. 기도를 통해 자기 고통으로부터 벗어나고 싶었다.

그녀의 발바닥 밑에서 눈 밟히는 소리가 싫었다. 그녀는 죽기를 바라던 죄인에 대한 사죄 방면의 소식을 가지고 형장으로 가고 있는 전령처럼 내키지 않는 걸음을 걸어가고 있었다. 청화는 본 바탕이 중노릇을 할 수 없는 것인데, 이 용서는 헛될 터인데……. 수도하는 여승들의 그 새빨간 행사를 생명력의 환희라고 미화하는 청화의 생각은 추하다. 그 행사의 고통은 전생의 죄 때문이다. 그 죄 갚음을 위해서는 비구들보다 더 많은 공부를 하고 더 많은 기도를 해야 한다.

진성은 선원 마당의 가장자리를 타고 법당으로 갔다. 법당에는 촛불 두 개가 야울거리고 있을 뿐이었다. 우물정 자 모양의 천장에는 음울한 촛불 빛이 들어차 있었고, 비천녀는 비파를 든 채, 부처님은 눈을 반쯤 뜬 채 웃고 있었다. 촛대 밑이나 부처님 뒤쪽이나 탱화들이 걸려 있는 구석에 푸른 어둠이 몸을 웅크리고 있었다. 청화의 모습은 그 어느 구석에도 없었다. 진성은 열었던 쪽문을 닫고 돌아섰다. 정랑에 갔을까. 산으로 들어갔을까. 길을 잃어버린 암사슴처럼 눈 덮인 등성이와 계곡을 헤매고 있을 청화의 모습이 떠올랐다. 눈구덩이에 머리를 구겨 박은 청화의 모습이 그려졌다. 흰 눈밭에 피가 번지고 있었다. 나뭇가지에 목을 매단 청화의 모습도 그려졌다. 그럴 리 없다. 이렇게 스스로 타이르면서도 진성은 정랑을 들여다보고, 선원 뒷마당과 공양간 뒤란을 살펴보았다. 요사채 뒤란과 채마밭에도 가보았다. 그 어디에도 산으로 올라간 발자국은 없었다.

공양간 문 앞에서 진성은 발을 멈추고 눈 덮인 숲을 멍히 바라보았다. 진성은 선원 마당을 건너서 큰절 쪽으로 달렸다. 그녀를 앞장서 간 발자국이 있었다. 그녀는 눈앞이 어지러웠다. 온몸의 살갗에서 소름이 돋아났다. 배반감으로 인하여 목이 부어올랐다. 발자국은 큰 절로 가는 길을 피해서 내려갔다. 그것은 다시 은선 스님의 암자에서 내려온 발자국과 뒤섞이었다.

　파출소와 우체국이 길 양쪽에 마주 서 있었다. 그 한가운데 선 채 진성은 나란히 찍혀 간 두 사람의 발자국이 가게들 앞에 어지럽게 찍힌 발자국들 속으로 묻힌 것을 확인하고 몸을 돌렸다. 청화가 그 남자를 쫓아 내려온 걸 여기까지 확인하러 올 것은 또 무엇인가. 혀를 물었다. 그녀 속에 악마가 들어 있었다. 은선 스님이 청화를 데리고 내려왔을 때, 그녀는 청화가 과감히 은선 스님을 배반하고 그 남자를 따라나서기를 바랐었다.

　진성이 발자국을 따라서 내려갔다가 온 이야기를 하자 은선 스님은 말이 없었다. 진성은 한동안 스님의 방문 앞에 서 있었다. 안으로 귀를 기울였다. 은선 스님이 나오려는 기침을 참느라고 으음 소리를 내곤 했다. 이불을 뒤집어쓰고 계시는 것이 아닐까. 그녀의 말을 은선 스님께서 듣지 못한 것이 아닐까. 깊이 잠긴 목을 가다듬고 다시 같은 이야기를 반복하려다가 자기 방으로 들어와 버렸다.

　원주 행자가 다가와서 귀엣말을 했다.

　"스님께서 처음부터 청화 스님을 그 남자한테 딸려 보내려고 작정하셨던 것 같아요. 아까 청화 스님 데리러 올라가셨을 때, 재무 스님 방에서 그런 의논을 하셨을 거예요. 허리를 구부정하게 구부린 채로 자꾸 공양간에 들락거리면서 잔소리만 하는 빼빼한 효정 스님을 불러다 아주 오래도록 무슨 이야기인가를 주고받았어요."

　저녁 예불을 마치고 잠자리에 들었다. 진성은 잠이 오지 않았다. 그녀는 껍데기만 남아 있었다. 알맹이는 낮에 찾아온 우종남을 따라 마을로 내려갔다. 알맹이가 하는 짓들이 브라운관에 나타난 화면처럼 머릿속에 그려졌다. 알맹이는 정류장 옆에 있는 여관방에서 우종남과 나란히 누워 있었다. 우종남이 그녀의 알맹이를 끌어안았고, 그녀의 알맹이는 그의 품속에 얼굴을 묻었다. 그들은 알몸이었다.

진성은 모로 몸을 뒤치었다. 새우처럼 웅크리면서, '옴 살바 못자 모지 사다야 사바하', 하고 속으로 거듭 중얼거렸다. 은선 스님의 기침 소리가 들렸다. 혀끝을 깨물었다. 마음은 요술쟁이(幻師)이다. 몸은 환상의 성城이고, 세계는 환상의 옷이며, 이름과 형상은 환상의 밤이다. 깨어나자. 꿈에 병이 나서 의사를 찾던 사람은 잠이 깨면 곧 그 병에서 벗어나게 된다.

까무룩 잠이 들었는가 싶었는데, 밖에서 뽀드득 하고 눈 밟는 발소리가 들렸다. 언뜻 눈을 떴다. 청화가 돌아오고 있다고 진성은 생각했다. 문이 살며시 열리고 그림자 하나가 방으로 들어왔다. 바깥의 눈빛에 방 안은 어슴푸레했다. 그 그림자는 청화였다. 청화는 도둑처럼 문 앞에 서 있었다. 은선 스님의 기침 소리가 들려왔다.

진성은 일어나 앉으면서 옆자리에 누우라고 속삭이듯이 말했다. 청화가 앉았다. 청화의 몸에서 찬바람이 날아왔다. 남자의 냄새가 났다. 어디서 무슨 짓을 하다가 이제야 돌아온 것일까. 이제 청화한테는 어떤 벌이 더 내려질까.

"어서 자."

진성은 속삭이듯이 말하고 자리에 들었다. 청화도 자리에 들었다. 은선 스님이 다시 기침을 했다. 그녀의 머릿속에 여관방에 혼자 누워 있을 한 남자의 모습이 떠올랐다. 그게 우종남의 얼굴이 되고, 심장병으로 죽어 간 이웃집의 하숙생이 되었다. 혀를 깨물었다. 눈 덮인 들길처럼 흰 세상이 열렸다. 법복을 입은 한 여승이 가고 있었다. 법복이며 머리며 눈이며 입이며 모두가 하얗게 바래고 있었다. 그것도 내 알맹이는 아니다. 나는 그것을 모르고 있다. 농부가 땅을 모르고, 어부가 바다를 모르고, 새가 하늘을 모르고, 피라미 떼가 물을 모르듯이 나는 나를 모른다. 내 마음을 모른다. 나는 내 심중의 어두움(無明) 속을 헤매는 환상의 새일 뿐이다. 은선 스님은 왜 방학을 하여도 얼른 돌아오려고 하지 말고 떠돌면서 어렵게 사는 사람들을 만나 보라고 했을까. 만나면 무얼 하는 가. 달마 스님의 얼굴에는 왜 수염이 없느냐. 그것은 나한테 무엇인가. 그 화두가 나를 어떻게 구제해 준단 말인가. 나는 고달픔을 주체할 수 없었다. 쉬고 싶었다. 은선 스님의 품속에서 쉬고 싶었다. 학교고 무엇 이고 다 그만두고 은선 스님 밑에서 경 공부를 하고 예불을 하면서 선방 에 드나들면서 살고 싶었다. 사람들을 만나는 게 싫었다. 소망은 단 한 가지였다. 부처님의 가르침에 따라 자기 본래의 깨끗함을 깨쳐서, 한없 이 밝고 고요한 곳에 머물러 한 생각도 일어남이 없고, 온갖 주체와 대 상이 끊어진 경지에 이른 채 살아가고 싶었다. 진실로 도를 깨친다면 그 새빨간 행사도 일어나지 않게 될 것이었다. 악몽을 떨치고 일어난 사람 처럼 늘 깨어 있는 채로 살아가고 싶었다. 한데, 지금 내가 하고 있는 생 각들은 또 무엇인가. 이 욕심이야말로 얼마나 터무니없는 것인가.

그녀는 환상의 꽃을 피워 내면서 즐거워하기도 하고, 그 꽃의 스러짐 을 보면서 서글퍼하기도 했다. 청화가 한숨을 쉬었다. 수도하는 사람이 웬 한숨을 쉰단 말인가. 그녀는 청화를 꾸짖어 주고 싶었다. 그것은 스 스로를 꾸짖고 싶은 마음이었다. 그녀의 머릿속에 청화가 지난가을에 보낸 편지가 떠올랐다. 우리 여승들은 한 달에 한 차례씩 있는 그 새빨 간 행사를 어떻게 받아들여야 합니까? 그것은 여성의 삶 속에서 생명의 환희 아닙니까? 여성으로서 건강하게 살아 있다는 증거이고 주어진 생 산의 책무를 오롯하게 수행해 낼 수 있다는 외침 아닙니까? 그녀는 속 으로 〈마하반야바라밀다심경〉을 외기 시작했다.

파계破戒

청화는 산 밑 주차장에서부터 밟아 온 눈을 생각했다. 그것은 하얀 눈 위를 기어가는 뱀의 자국처럼 오불꼬불한 슬픈 시간이었다. 여관방에 누워 천장을 쳐다보고 있을 박현우를 생각했다. 헤아릴 수 없도록 깊은 어둠이 담긴 현우의 눈과 날이 새는 대로 일어나 버스를 탈 그의 어깨 늘어뜨린 모습을 떠올렸다. '이 악물고 한번 살아 봐요. 다들 살아가는데, 왜 못살아요?' 청화는 현우의 내부로 달려가 있었다. 그의 내부에서 한 방울의 피로 녹고 있었다. 그 피는 그의 가슴에서 팔뚝으로, 팔뚝에서 다리로, 다리에서 뒤통수로 뛰어다니면서 힘을 내라고 윽박지르고 있었다.

아침 예불을 한 뒤에 은선 스님한테 사실을 모두 털어놓으리라고 그녀는 생각했다. 자기는 절대로 음행을 하지도 않았고, 연정을 품은 남자와 함께 서로의 몸을 애무하지도 않았다고 당당히 말하리라. 그녀는 그가 연심을 품었다는 것을 알았고, 그 남자를 찾아 여관방으로 들어간 것이 큰 죄라는 것을 알고 있었다.

그렇지만 남자 냄새가 그리워서가 아니고 절망에 빠진 그를 구제하기 위하여 그랬을 뿐이었다. 그 때문에 그가 그녀 가까이 다가오지도 못하게 하였다. 그래도 그는 다가와 그녀의 손을 잡았고, 끌어당겨 안았다. 그녀는 그를 뿌리쳤다.

"왜 이러십니까? 저는 박현우 씨의 요구를 들어주고자 여기에 온 게 아니고, 저를 포기하고 돌아서도록 하기 위해 왔습니다."

청화의 말에 현우는 고개를 저었다. 누구의 어떠한 말로도 자기의 달아오른 가슴의 불을 끌 수 없다고 했다. 그녀는 할 말을 잃었다. 그에게 해줄 수 있는 말들은 이미 다 해준 터였다. 그녀는 그의 눈알에서 반짝 빛나는 흰 빛살을 보고 있었다. 그의 눈 속에 깊이 들어 앉은 어둠을 뚫어 보고 있었다.

어이없는 인연이었다. 그녀의 가슴속에는 낮같이 밝은 달빛 아래 가로누운 장명등의 검은 그림자처럼 음음하게 드리워지는 생각이 있었다. 현종 선생의 얼굴이었다. 이것은 마魔다. 이 마를 이겨 내야만 한다고 몇 번이고 스스로 타일렀지만 그것은 사라지지 않았다.

그날 밤에도 청화는 현종 선생의 얼굴을 머릿속에서 내쫓으려고 엎치락뒤치락했었다. 늦은 가을이었다. 뒷산에서는 부엉새가 울고 있었다. 중년 남자가 목쉰 소리로 넋두리를 하면서 어흑어흑 울어 대는 것처럼 음산한 그 소리가 그녀의 가슴을 파고들었다. 그녀의 몸은 아스라하게 넓은 겨울 들판 한가운데에 허수아비처럼 버려져 있었다. 아무래도 중노릇을 못 하게 될 모양이다. 한숨을 쉬려다가 흠칫 놀랐다.

팔짱을 끼고 모로 돌아누웠다. 두 개의 엄지손가락 마디에 젖꼭지가 스쳤다. 뭉클한 탄력이 느껴졌고, 젖꼭지에서 전율이 일어나 온몸으로 퍼졌다. 진저리를 치고 몸을 웅크렸다. 배란기인 모양이다. 여자들은 이

때 유다르게 외로워진다고 했다. 과부들이 수절하지 못하는 시기가 이 때라고 했다. 이때 여자가 외로워지는 것은 알 속에 정자를 넣어 줄 짝을 찾는 것이고, 정자를 기다리던 알이 절망하게 되면 새빨간 행사를 치르게 되는 것이다. 어찌할 수 없는 업보이다. 여승의 수도는 바로 이것을 잘 극복해야 한다. 그녀는 찬물 목욕을 생각했다. 피가 뜨거운 어머니는 베개를 끌어안고 몸부림을 치면서 누군가를 증오하고 저주했었다. 순녀를 끌어안고 진저리를 치기도 하고, 몸을 뒤치며 흐느끼고, 부엌으로 가서 몸에 찬물을 끼얹어 식히곤 했었다.

부엉이가 울었다. 음산한 남성적인 목소리였다. 산 위에서 책상다리를 한 채 쪼그리고 앉아 청승스럽게 울어 대는 한 남자의 모습이 그려졌다. 그녀와 고모를 등 뒤에 두고 비탈진 골목길을 내려가던 스님이었다. 그것이 여름 방학 때 그녀를 데리고 먼 데 여행을 했다고 학교에서 쫓겨난 현종 선생의 모습으로 바뀌었다. 그 두 사람이 산 위에 올라앉아 있었다. 청화는 안타까워지면서 가슴이 수런거리는 것을 견딜 수 없어 몸을 일으켰다. 어머니의 그 피가 내 속에서 돌고 있다. 서창의 달빛이 어슴푸레하게 방안을 밝히고 있었다.

수건을 찾아 들고 소리 나지 않게 문을 열었다. 은선 스님의 방은 조용했다. 소창을 두껍게 포개서 얼굴을 감싸고 잠이 들어 있을 터이다. 은선 스님은 가을 찬바람이 일어나면 기침이 부쩍 심해지곤 한다. 발소리를 죽이면서 은선 스님의 방문 앞을 지났다. 장명등의 검은 그림자가 가로누워 있었다. 마당을 건넜다. 개울 쪽으로 갔다. 대중들의 목욕장이 그 개울에 있었다. 목욕장이라고 해보아야 기껏 포장으로 둥그렇게 울을 막아 놓았을 뿐이었다. 숲 사이를 뚫고 내려온 달빛이 두루미 떼처럼 희었다. 계곡 아래쪽에서 바람이 달려왔다. 낙엽이 우수수 떨어졌다. 머리끝이 곤두섰다. 누군가가 그녀를 쫓아오는 것 같았다. 검은 옷을 입은 산적들이었다. 그들이 목욕장에서 발가벗은 그녀를 얼싸안아 어깨에 걸치고 뛰었다. 검은 숲속을 달렸다. 별들이 줄달음쳤다. 산적들은 바람이 되고 있었다. 그녀는 발버둥 한 번 치지 못하고 바람에 날리는 낙엽같이 산적의 어깨 위에 실려 갔다. 눈, 코, 입을 분간할 수 없는 깜깜한 동굴 안에서 그녀는 거대한 힘에 눌린 채 온몸이 멍석처럼 펴 늘어지고 있었다. 살갗에 뚫린 수천수만의 구멍에 아픈 침들이 날아와 박히고 있었다.

아, 어찌할 수 없이 그런 일을 당해 버린다면 좋겠다. 강간당하고 싶어하는 자기가 무서웠다. 청화는 자기 내부에서 생산하고 싶어하는 힘과 자기를 파괴하고 싶어하는 힘이 의좋게 공존하는 것을 지켜보며, 발을 멈추었다. 골짜기에는 늙은 소나무들이 드문드문 서 있었고, 등성이 쪽으로는 잎이 지기 시작하는 관목들이 울창했다. 그 숲 위의 달빛 저쪽에 그녀의 아픈 과거들이 걸쳐져 있었다. 검은 그림자의 이빨과 발톱에 속살이 찢기던 일과, 현종의 품에 안겨 잤던 아픈 시간들. 계곡 아래쪽에서 달려오는 바람에도 그 아픈 시간들은 실려 있었다.

목욕장 앞에 이르렀다. 바람이 포장 자락을 흔들었다. 그것을 들치고 들어서려다가 멈칫했다. 등줄기에 찬 전율이 흘렀다. 부엉새 울음소리와 비슷한 소리가 그녀의 등 뒤에서 들렸다.

그사이에 부엉새 소리는 그쳤는데 웬 소리일까. 그녀는 귀를 종그렸다. 개울물 흐르는 소리만 들렸다. 잘못 들은 소리일 것이라고 생각하며 포장 안으로 들어섰다. 우뚝 선 채 밖으로 귀를 기울였다. 사람이 끙하고 앓는 소리였다. 가슴이 두방망이질하였다. 밭은 목에 침을 넘기면서 포장 자락을 젖히고 밖으로 나왔다.

그 소리는 개울 건너편에서 들려왔다. 개울에는 검은 어둠이 깊게 가라앉아 있었다. 개울 바닥의 바위를 두 손으로 더듬어 짚으며 개울을 건넜다. 번번한 작은 분지가 열렸고, 싸리와 억새밭이 무성했다. 그 숲을 헤치고 들어섰다.

거무스레한 물체가 버르적거렸다. 간헐적으로 신음 소리를 내고 있었다. 죽어 가고 있다고 그녀는 직감했다. 윗몸을 굽히고, 죽어 가고 있는 그것이 사람인지 짐승인지부터 확인했다. 사람이었고, 남자였다. 그 남자한테서는 술 냄새와 쓰디쓴 약물 냄새가 풍겼다. 남자의 몸에 깔린 억새풀 위에 희끗한 종이 부스러기와 술병이 뒹굴었다. 남자는 두 팔을 내젓기도 하고 몸부림을 치며 뒹굴기도 했다. 그녀는 그 남자의 머리맡에 무릎을 꿇고 앉으면서 가슴을 흔들었다. 남자는 의식이 없었다. 어떻게 할까. 순간 사진기의 플래시가 터지는 것처럼 눈앞이 환해졌다. 그 남자의 얼굴이 어디선가 본 듯하다고 생각됐다. 그녀와 큰고모를 등 뒤에 두고 비탈진 아침 골목길을 내려가던 스님의 모습이 머리를 스쳤다. 술에 취한 채 비치적거리는 현종 선생의 얼굴이 떠올랐다. 그녀는 그 남자의 얼굴을 다시 살폈다. 이게 어찌 된 일일까. 그는 현종 선생이 분명했다.

현종 선생은 그해 학교에서 쫓겨난 이래 내내 술에 취한 채 어두컴컴한 거리를 헤매어 다니다가 여기 와서 이렇게 죽어 갈 작정을 한 모양이다 싶었다. 그녀는 그의 머리를 받쳐 들고 윗몸을 안아 일으키려고 해 보았다. 꿈쩍할 수 없었다. 은선 스님을 깨워 올까. 아니다. 그녀는 미친 듯이 개울을 건넜다. 일주문을 나섰다. 우체국 맞은편의 파출소로 뛰어 들어갔다. 의자에 비스듬히 기대앉아 있던 순경이 놀라 일어섰다. 그녀는 떠듬거리며 죽어 가고 있는 남자에 대한 이야기를 했다. 체구가 큰데다 구레나룻이 시꺼먼 순경은 방위병 두 사람을 데리고 그녀의 뒤를 따랐다.

키 큰 방위병이 사지를 늘어뜨린 남자를 들쳐 업고 산을 내려갔다. 그녀는 어둠에 잠긴 일주문 아래서 달그림자 속으로 그들이 사라져 가는 것을 보고 서 있었다. 저 사람들을 따라 병원까지 갈까. 그는 정말로 현종 선생일까. 내가 어둠 속이라 잘못 보았을까. 그 사람은 치료를 받으면 살아날까.

주차장에서 자동차의 엔진 소리와, 남자들이 외쳐 말하는 소리가 들려왔다. 달그림자에 잠긴 숲 사이로 주차장을 돌아 나가는 헤드라이트의 불빛이 보였다. 그녀는 그들을 따라갈 걸 그랬다고 후회했다. 그때, 등 뒤에서 발소리가 들렸다. 돌아보니 은선 스님이었다. 하얀 소창을 두껍게 뭉쳐서 코와 입을 가린 채 나지막한 소리로 물었다.

"무슨 일이 있었느냐?"

그녀는 돌아서서 합장했다. 조금 전에 자기가 해낸 일을 말하려고 했다. 가슴이 뜨거워지고, 주먹같이 뭉쳐진 덩어리가 목구멍을 타고 넘어왔다. 혀를 깨물고 숨을 크게 들이쉼으로써 울음을 멎게 하려고 했다. 어흑어흑 하고 그녀는 울음을 터뜨렸다.

"아니, 왜 이러냐?"

은선 스님은 다가와서 그녀의 머리를 쓰다듬으면서 말했다. 울음이 더욱 걷잡을 수 없도록 터져 나왔다. 그녀는 무너지듯이 무릎을 꿇고 앉으면서 합장한 손으로 입과 코를 막았다.

선원에서 딱따그르르 하고 목탁 소리가 들려왔다. 그 소리가 깊이 잠든 청정암 주변의 숲을 울렸다. 한 비구니 스님의 청아한 목소리가 거기에 섞이었다. 큰 절에서 쇠북이 울었다. 새벽의 산이 조용히 떨면서 눈을 비비고 있었다.

청화에게 음독을 한 남자에 대한 이야기를 듣고 난 은선 스님은 그녀의 머리를 쓰다듬어 주었다.

"많이 놀란 모양이구나."

스님은 웃음 섞인 목소리로 말을 하고 몸을 일으켰다. 청화는 스님을 따라 밖으로 나갔다. 도량석을 하는 스님의 목탁과 〈천수경〉 낭송하는 소리는 언제 들어도 그녀의 뼛속을 차갑게 훑곤 했다. 청화는 은선 스님을 따라 우물로 갔다.

은선 스님은 코와 입을 감싸 누르고 있던 소창을 떼어 내고 천천히 세수를 했다. 찬물이 해롭다고 따뜻한 물을 데워 드린다고 해도 은선 스님은 마다했다. 스님의 세수하는 모습은 엄숙한 데가 있었다. 손을 오래도록 주무르듯이 씻었고, 물 묻힌 손바닥으로 얼굴 전체를 덮어 누른 채 어루만지듯이 씻었다. 세숫대야 달그락거리는 소리가 나지도 않았고, 손바닥을 오그려 뜬 물이 세수 그릇의 물 위로 떨어지는 소리가 나지도 않게 했다. 푸푸 소리를 내지도 않았다. 청화도 스님을 따라 조용히 세수를 했다. 가사 장삼을 입고 은선 스님을 따라가면서 청화는 자꾸만 누군가가 뒤를 밟는 것 같은 생각이 들었다. 방위병한테 업히어 간 그 남자의 혼백이 그녀 옆에 와 있을 것 같았다. 현종 선생의 얼굴이 자꾸만 눈앞에서 거치적거렸다. 魔마다. 이래 가지고 어떻게 마음을 비울 수 있단 말인가. '나모 아다 시지남 삼먁 삼못다 구치남 옴 아자나 바바시 지리지리 훔.'

부처님께 절을 한 다음 반가부좌를 하고 수미산처럼 무겁게 앉아 있었다. 쇳송이 그녀의 몸 굽이굽이를 침질하듯이 쓸어 갔다. 눈을 감은 채 쇳송하는 스님을 따라 속으로 중얼거렸다.

'가장 높고 묘한 법 백천만겁 만날쏜가. 다행히도 내가 지금 듣고 모셔 가지오니 부처님의 참된 뜻을 밝게 깨쳐 알아지이다. 옴 아라남 아라다, 옴 아라남 아라다, 옴 아라남 아라다. 원컨대 이 종소리가 법계에 두루하여 철위산에 둘러싸인 깊고 어두운 무간지옥도 다 밝아지고, 지옥 아귀 축생의 고통을 여의고 칼산 지옥도 모두 부서져서 모든 중생이 올바로 깨닫게 되어지이다.'

어느 사이엔가 방위병에게 업히어 간 남자의 모습이 그녀의 머릿속에 그려져 있었다. 살아났을까. 그가 현종 선생이 분명할까. 내가 여기 있다는 것을 어떻게 알았을까.

대중들이 일어서서 부처님께 합장한 채로 반배를 드렸다. 오분향례가 시작되었다. 예불이 끝나는 대로 파출소에 가보리라고 그녀는 생각했다. 아니다. 이 무슨 망발이란 말인가. 모두가 부질없는 짓이다. 삼단 같은 머리를 자르면서 마을(속세)과의 모든 인연을 끊지 않았는가. 모든 것을 버리고 비우고 부처님의 참된 뜻을 밝게 깨쳐 알아야 한다.

생각은 그러면서도 머릿속에는 다시 그 남자의 모습이 들어앉아 있었다. 그 남자를 만나야겠다고 생각했다. 억지로 죽으면 세세생생 무간지옥을 면하지 못한다고, 팔뚝을 물어뜯으면서 살아 선행하라고 일러 주어야 한다고 생각했다.

'지심귀명례 삼계대도사 사생자부 시아본사 석가모니불(지심으로 삼계의 큰 도사이시고 사생의 자부이신 석가모니불께 귀명례하나이다).'

그 소리가 그녀의 가슴에 아픈 굴을 파고 있었다. 은선 스님의 기침 소리가 자지러지고 있었다. '지심귀명례 시방삼세 제망찰해 상주일체 불타야중(지심으로 시방삼세 온 누리에 언제나 계시옵는 불보님께 귀명례하나이다).' 은선 스님이 가까스로 기침을 거두었다.

가슴속에서 뜨거운 덩어리가 불끈 일어섰다. 그동안 현종 선생은 나를 얼마나 찾아 헤매었을까. 깜깜한 어둠 속을 장님처럼 두 손을 내저으며 헤매는 현종 선생의 모습이 보이는 듯했다. 그녀는 혀를 깨물었다. 지금 여기가 어디고, 내가 무엇을 하고 있는 사람인데 그따위 생각을 하고 있단 말인가. 아니, 예불이 끝나면 파출소에 가보아야 한다. 어느 병원에 입원을 시켰는지 알아 쫓아가 봐야 한다. 중노릇을 못 해도 좋다. 만일 그가 살아나기만 한다면, 다시 살아 나갈 용기를 가슴속에 불어넣어 주어야만 한다. 도량석을 한 스님이 행선 축원을 독송하였고, 대중들은 부처님께 반배를 드렸다. 신중단을 향해 돌아섰다.

'마하반야바라밀다심경 관자제보살 행심반야바라밀다시……'

청화는 팔만대장경 가운데서 가장 짧다는 〈반야심경〉을 외는 시간이
팔만대장경을 다 외기라도 하는 것처럼 지리하게 느껴졌다.

읍내로 들어가는 버스에 올랐다. 새벽의 물빛 안개를 뚫고 버스는 달
리고 있었다. 울긋불긋 단풍 든 숲이 어지럽게 흘러가는 것을 보면서 청
화는 은선 스님께 허락을 얻지 않고 나온 자신의 경솔함을 꾸짖었다. 굽
이도는 산모퉁이의 울창한 숲 위로 아침놀이 물들기 시작했다.

그가 어떻게 하여 여기까지 흘러 들어왔을까. 어찌하여 스스로의 목
숨을 끊으려고 작정하였을까. 그녀의 머릿속에는 창에 비친 그림자 같
은 그 남자의 검은 몸짓들이 어지럽게 수런거렸다. 칠흑 같은 어둠 속을
비치적거리며 걸어오고 있었고, 두 손을 팔랑개비같이 내저으면서 얼굴
에 부딪는 나뭇가지들을 헤치고 달렸다. 비탈진 계곡으로 굴러 떨어지
고 있었고, 낙엽 쌓인 바위틈에서 웅크리고 있었다. 술에 취한 채 비틀
거리고 있었고, 쪼그리고 앉아 토하고 있었고, 머리카락을 두 손으로 쥐
어뜯으며 뒹굴고 있었다. 그 검은 그림자의 머리와 어깨 위로 살기 어린
야행성 동물의 푸른 눈알 같은 별들이 우수수 떨어지고 있었다.

용기를 가지고 살아가게 해야지. 가슴이 울렁거리고, 눈앞이 어질어
질했다. 차가 기우뚱거리고, 길과 산과 들이 출렁거렸다. 현종 선생의
가슴속에 주먹 같은 뜨거운 덩어리를 넣어 주어야 한다고 그녀는 생각
했다.

병원은 허름한 왜식 건물이었다. 입원실은 안마당 건너에 있었다. 그
녀가 간호사의 안내를 받아 안마당으로 들어섰을 때는, 잎사귀들이 다
떨어진 벚나무 가지 사이로 치잣빛 아침 햇살이 뻗치고 있었다. 입원실

앞 화단에는 채송화, 달리아, 맨드라미의 붉은 꽃들이 눈을 부릅뜨고 있었다.

간호사는 쌀쌀맞았다. 청화에게 말 한마디 건네지 않았다. 마당 한가운데서 발을 멈추고 손으로 가장 가까이 있는 방 하나를 가리켜 주고 몸을 돌렸다. 간호사는 차갑게 눈을 내리깔고 있었다. 내가 무슨 무례한 짓을 했을까. 그녀는 정중하게 합장하고, 고맙다고 말했다. 간호사는 머리칼 하나도 까딱해 주지 않고 병원 본관을 향해 가버렸다.

환자의 팔뚝에는 주삿바늘이 꽂혀 있었다. 매트리스 위에 누운 환자의 얼굴은 싯누렇게 떴고, 우묵하게 꺼진 볼과 눈 사이에는 검은빛이 돌았다. 눈뚜껑은 무겁게 덮여 있었다.

청화는 문을 등진 채 환자의 얼굴을 내려다보았다. 자기도 모르는 새에 후우 하고 숨을 내쉬었다. 환자는 현종 선생이 아니었다. 얼굴 윤곽이 현종 선생과 비슷했고, 얼굴에 뚫려 있는 구멍새들도 그랬다. 현종 선생의 그것에 비하여 코의 운두가 조금 낮았고 눈썹밭이 넓었다.

환자가 뻗었던 다리를 일으켜 세우며 힘없이 눈을 떴다. 청화는 그를 향해 합장했다. 총기 없는 그의 눈동자가 창문에서 날아든 빛살을 되쏘았다. 그의 입술은 말라 있었다. 목줄의 울대가 한 번 턱 쪽으로 올라갔다가 내려왔다. 마른 입술이 달싹거리면서 쉰 듯한 목소리가 한숨처럼 흘러나왔다.

"내버려 두지 않고…… 왜 살렸어요?"

환자는 눈을 감은 채 고개를 모로 젖혔다. 청화의 눈에는 그의 옆얼굴만 보였다. 옆얼굴이 영락없는 현종의 얼굴이었다. 갈대숲을 헤치며 강둑길을 걸어가는 스님의 뒷모습이 보였다. 그 스님이 하던 말이 떠올랐다.

'느이 아버지는 실패했다. 산중에 들어박혀 부처님을 면대하고, 자기

한 몸 잘 닦아 극락왕생하려 했던 것이 잘못되었단 말이다.'

청화는 무릎을 꿇고 앉으면서 말했다.

"왜 죽습니까? 스스로의 힘으로 감당하지 못할 만큼 무거운 업을 지니고 살아가는 사람이 어찌 처사님뿐이겠습니까?"

환자는 죽은 듯이 누워만 있었다. 환자의 업과 고뇌 같은 무거운 침묵이 입원실을 땅 밑으로 깊이 가라앉히고 있었다.

"자기가 지은 업을 비우지 못하고 스스로 목숨을 끊으면, 원귀가 되어 무간지옥을 헤매게 됩니다. 살아서 착한 행업의 공덕을 쌓아야 합니다."

환자가 고개를 돌려 청화를 보았다. 그의 얼굴은 일그러져 있었고, 눈은 창문에서 날아온 빛살을 되쏘았다. 그 빛살이 섬뜩했다. 청화는 합장하고 몸을 일으켰다. 그렇다, 현종 선생이 그랬을 리 없다.

돌아오는 버스 안에서 그녀는 검은 구름 속으로 멀어져 간 날새 같은 것 하나를 떠올렸다. 그것은 현종 선생의 얼굴로 살아났다. 그 얼굴은 아득한 강 건너 저쪽 세계에서 연꽃 같은 혈색으로 영원을 산다는 부처님처럼 자비로운 미소를 머금고 있었다. 그는 아침 햇살을 가슴에 안은 채 비탈진 골목길을 걸어 내려가던 스님과 같은 차림을 한 채 저물녘의 산모퉁잇길을 걸어가고 있었고, 차들이 어지럽게 내달리고 사람들의 물결이 소용돌이치듯이 흐르는 속을 고개 깊이 떨어뜨린 채 걸어가고 있었다.

청화는 차창 밖을 내다보고 있다가 흠칫 놀라 뒷좌석을 돌아보았다. 뒷좌석에 현종 선생이 앉아 있는 것 같았다. 그의 숨결, 그의 체온이 목덜미로 번져 오는 듯싶었다. 뒷좌석에는 등산복 차림을 한 중년 남자가 스쳐 지나가는 늦은 가을의 숲에 취해 있었다.

그녀는 진저리를 쳤다. 그녀의 주변에 현종 선생의 모습과 숨결과 체온이 첩첩이 쌓여 있었다. 그는 차창 밖의 가로수가 되어 무연히 서 있었고, 노송의 그늘 아래서 황소만 한 바윗덩이가 되어 주저앉아 있었고, 그 노송의 바늘 같은 잎사귀들 위에 흰 구름 한 장이 되어 떠 있었고, 시냇물이 되어 반짝거리며 흐르고 있었다. 푸른 하늘 속에 스며 있었고, 버스 안의 의자 틈새에 처박혀 있었고, 바람이 되어 나뭇잎을 흔들고 있었고 마른 억새 풀을 눕히고 있었다. 그녀는 혼자가 아니었다. 그녀가 가는 곳이면 어디든지 그가 따라 다니고 있었다.

일주문 안으로 들어서자, 원주 행자가 달려오더니 말했다.

"스님께서 찾고 야단이었어요."

청화는 숨기지 않고 다 털어놓겠다고 생각했다. 스님의 방으로 가서 사실대로 고했다. 그래야 할 까닭이 없는데도, 그녀는 울음 반으로 말하고 있었다. 은선 스님은 반가부좌를 한 채 벽을 향해 있었다.

'이런 발칙한 년! 웃어른한테 말 한마디 하지 않고 빠져나가는 그 버릇 어디서 배워 온 것이냐?'

이렇게 호통을 쳐주었으면 좋을 것 같았다. 그러나 은선 스님은 그녀가 고한 말들을 들었는지 못 들었는지 여여부동이었다. 한동안 훌쩍거리던 그녀는 그러한 스스로가 못나고 부끄럽게 느껴졌다.

"스님, 다시는 그러지 않겠습니다. 한 번만 용서해 주십시오."

눈을 반쯤 벌려 뜨고 있던 은선 스님이 그녀를 향해 돌아앉았다. 스님은 웃고 있었다.

연못에 간 적이 있었다. 물 위에 둥둥 뜬 연잎들 사이에서 반개한 연꽃이 그렇게 웃었다고 그녀는 생각했다. 상대를 안쓰럽게 여기는 웃음이었다.

"내가 어떻게 너를 용서한단 말이냐. 너를 용서할 사람은 너밖에 없다."

그로부터 열흘 뒤였다. 개울에서 원주 행자와 함께 빨래를 하고 있는데, 남자의 검정 구두와 바짓가랑이가 청화의 눈앞을 막아섰다. 원주 행자가 소스라쳐 일어나면서, 산적처럼 나타난 무뢰한을 향해 퉁명스럽게 쏘아붙였다.

"여기가 어딘데 함부로 와서 이러는 거예요? 빨리 가요."

청화는 내의를 헹구던 손을 멈추고 남자의 얼굴을 흘긋 보았다. 눈앞이 아득해졌다. 입원실에서 본 그 남자였다. 남자는 수염을 말끔하게 깎았고, 머리를 잘 빗어 넘겼다. 청화는 가슴이 떨렸다. 흰 햇살 아래서 보아도 그 남자는 역시 현종 선생을 많이 닮았다.

남자는 그녀 앞에서 넙죽 엎드려 두 손을 짚고 큰절을 했다. 이 남자를 얼른 따돌려 보내야 한다고 생각했다. 다른 스님들의 눈에 띄면 큰일이었다. 빨래를 대충대충 헹구어 짰다. 남자가 무릎을 꿇고 앉으면서 그녀를 향해 애걸하듯이 말했다.

"스님, 고맙습니다. 저는 이제 새롭게 태어났습니다. 이 새롭게 태어남은 스님께서 저한테 주신 겁니다. 스님께서는 제 어머니나 한가지입니다. 때문에 저한테 주어진 이 삶에는 스님이 절대적으로 필요합니다. 스님께서 제 옆에 계셔 주시지 않는 한 저의 이 삶은 아무런 의미가 없어집니다."

"아이고, 이 양반, 물에 빠진 사람 건져 주니까 보따리 내놓으라고 한다더니……."

원주 행자가 이렇게 빈정거리고, 누가 볼까 싶다면서 빨리 가라고 다그쳤다. 남자는 원주 행자의 말은 들은 척도 하지 않았다. 청화의 얼굴을 향해 두 손을 비비면서 울상을 짓고 있을 뿐이었다.

"어서 가십시오. 저는 수행하는 사람입니다. 저를 더 이상 욕되게 하지 마십시오."

청화는 빨래를 세숫대야에 담아 들고 일어섰다. 남자가 청화의 앞을 막아서며 말했다.

"스님, 제 소원을 들어주지 않고 이대로 가시면 저는 다시 제 목숨을 끊을 수밖에 없습니다. 저는 반드시 원귀가 되어 세세생생 스님의 공부를 방해할 것입니다. 다행히 스님께서 공부를 성취하여 죽은 저의 원귀를 제도할 수 있으면 모르지만, 그러지 못하면 스님은 수도를 핑계하여 괜히 죄 없는 사람 하나만 죽이는 것이 됩니다. 저의 목숨은 스님의 처분에 달려 있습니다. 한 중생을 거두는 보살행을 하시겠습니까, 아니면 그대로 죽어 가게 하시겠습니까?"

앞서 가던 원주 행자가 돌아서서 그 남자에게 소리쳐 말했다.

"얼른 안 내려가면 파출소에 연락하겠어요."

청화는 남자를 피해서 암자 쪽으로 걸어갔다. 다리에 힘이 풀렸다. 그녀를 부르는 남자의 목소리가 날아온 돌멩이처럼 그녀의 뒤통수를 때렸다. 그녀가 암자 가까이 이르렀을 때, 그 남자가 뒤쫓아 오면서 외쳐 댄 말이 그녀의 피를 거꾸로 흐르게 했다.

"저는 기다릴 겁니다. 제 몸에 수분이 한 방울도 남지 않고 모두 받아질 때까지……. 서울여관 이백오호에 들어 있습니다."

그날 밤 그녀는 잠을 이루지 못했다. 정랑에 빠져 허우적거리는 파리 한 마리를 구해 주는 것도 큰 공덕이라는데…… 그 사람 따라 환속할까. 그 사람에게 자기 나름의 근기를 찾게 해주는 것도 보살행일 것 아닌가. 수행인은 일체 중생을 위해서 대자대비한 마음으로 자기를 희생해야만 보살적인 자아를 성취할 수 있다지 않던가. 부엉이 울음소리가 음산하게 깔려 들었다. 그 부엉이가 말하고 있었다.

'느이 아버지는 실패했다……. 못 먹고 못 입고 박해받는 중생들하고 아픔을 함께하는 고행에서 얻어지는 그 어떤 것이 가장 값진 것이라는

것을 알아차렸을 때는 네 아버지의 육신에 이미 어떻게 치유할 수 없는 병이 들어박혀 있었단다.'

칠흑 같은 어둠에 잠긴 총림 속이었다. 다리를 절름거리며 헤매는 짐승이 있었다. 외뿔 짐승이었다. 그 짐승은 사람의 얼굴을 하고 있었다. 그 짐승이 고개를 쳐들고 울었다. 그 짐승은 제 몸에 수분이 한 방울도 남지 않고 모두 받아질 때까지 기다리겠다고 말하던 남자의 얼굴을 하고 있었다. 그게 다시 현종 선생의 얼굴이 되었다가, 바랑을 짊어지고 비탈진 골목길을 내려가던 스님의 얼굴로 바뀌었다. 그 짐승은 숲을 벗어나서 요사채의 뒤란으로 들어섰다. 노스님들이 자는 방문 앞을 지나서 법당 앞으로 갔다. 장명등 앞에 우두커니 서 있다가 대중들이 거처하는 큰방 앞으로 갔다. 코를 실룩거리며 냄새를 맡았다. 마당을 건너서 은선 스님의 암자를 향해 걸어갔다.

청화는 그 짐승의 발소리가 들리는 것 같았다. 고개를 저어 생각을 떨어냈다. 두 손바닥으로 얼굴을 감싸 누르고 몸을 뒤치었다.

쇠북 소리가 아련히 들려오고, 도량석을 하는 목탁 소리가 들려왔다. 청화는 그 소리를 듣고도 어둠 술렁거리는 천장을 멀거니 뚫어 보면서 누워 있었다. 은선 스님 방에서 기침 소리가 들리고, 옷자락 스치는 소리가 들렸다. 은선 스님의 방문이 열렸다.

청화는 이러고 있어선 안 된다고 생각하며 몸을 일으키기가 무섭게 옷을 걸쳐 입고 세수수건을 찾아 들었다. 그때 얼핏 은선 스님이 누구와 이야기를 하는 것 같았다. 상대가 남자인 듯싶었다. 머리끝이 곤두섰다. 밤새 어둠 속을 헤매고 다니던 외뿔 짐승의 모습이 머릿속에 되살아났다. 문을 열고 나갔다. 댓돌에서 그녀는 돌부처처럼 굳어졌다. 일주문 주변을 밝히는 수은등의 불빛이 숲 사이로 날아와서 마당을 비추고 있었다. 은선 스님이 흰 수건으로 코와 입을 가린 채 서 있었고, 그 앞에 한 남자가 무릎을 꿇고 앉아 있었다.

"좋은 말로 할 때 어서 돌아가십시오."

은선 스님은 낮고 부드러우면서도 근엄하게 말하고 몸을 돌렸다. 청화는 한동안 멍청히 서 있었다. 이런 때에는 어떻게 해야 할까. 은선 스님은 그녀를 거들떠보지도 않고 수은등의 빛살 속으로 들어섰다. 은선 스님의 모습이 숲길 저쪽으로 사라졌을 때 청화는 달리기 시작했다.

해가 중천에 떠올랐을 때, 그 남자는 파출소 순경 한 사람과 방위병 두 사람한테 끌려갔다. 큰방에서는 청화를 벌주기 위한 대중 공사가 있었다. 청화가 혼자서 은선 스님의 허락 없이 산문을 벗어나 병원에 입원해 있는 남자를 만나고 온 것이 크게 문제가 되었다. 독실한 신도 한 사람이 그 사실을 장문의 편지를 통해 밀고한 것이었다. 또한 그 남자가 경내까지 청화를 찾아 들어온 것, 밤새도록 은선 스님의 암자 마당에서 꿇어앉은 채 억지를 쓴 것이 모두 청화의 경거망동으로 말미암은 것들이라는 결론이 나왔다. 석 달 동안 묵언을 하고, 열흘간 날마다 부처님께 절을 삼천 번씩 하라는 벌이 내려졌다.

절을 하러 법당 안으로 들어가면서 청화는 가슴속에 박혀 있는 거대한 뿌리를 생각했다.

물방울무늬의 유리 저쪽에 있는 것 같은 늙은 여자 얼굴 하나가 머릿속에 아물거렸다. 주름살이 가득했고, 머리가 반백이었다. 그 여자는 하얗게 소복을 하고 있었다. 반듯이 누운 그 여자는 입을 굳게 다물었다. 어머니가 입에 미음을 떠 넣으려고 해도 그 여자는 도리질을 했다. 그 늙은 여자는 아들 하나, 딸 둘 있는 걸 모두 부처님 앞에 바친 청화의 할머니였다. 청화를 데리고 절에 다니곤 하다가, 쓰러져 기동하지 못하게 되면서부터 할머니는 어머니에게 불편한 혀를 놀려 무어라고 꾸짖어 대곤 했다. 잦은 외출을 꾸짖고, 부처님한테 등한한 것을 꾸짖었다. 어머니가 미음 떠 넣는 것을 할머니가 받아먹지 않기 시작한 것은, 할머니가 혀 굽은 소리로 이렇게 말을 한 뒤부터였다.

"니년 손에 더러운 공양 안 받어묵을란다. 니년은 구렁이가 되어도 수구렁이를 열이고 스물이고 잡아묵는 암구렁이가 될 것이다."

어머니는 오래전부터 일수놀이를 하고 있었고, 그걸 빙자해 날마다 외출하곤 했다. 어머니는 화장을 요란스럽게 했고, 밤늦게 들어올 때면 술 냄새를 풍기기도 했다.

"죽으면 나는 중이 될 것이다. 그 새끼들이랑 다 같이 중이 되어야지."

그 아들딸들과 함께 수행을 잘하여 극락왕생을 하겠다고, 할머니는 어린 청화를 데리고 오솔길을 오르면서 말하곤 했었다.

할머니와 어머니는 아득하게 먼 섬에서 나고 자라, 거기에서 각기 지아비를 얻은 여자들이었다.

섬 안에는 낮이고 밤이고 할 것 없이 총소리가 끊이지 않았다. 낮에는 낮사람들(국군과 청년 단원들)이 몰려와서 밤사람들(빨치산)한테 협조한 사람들을 잡아갔고, 밤이면 밤사람들이 와서 양식을 거두어 가고, 낮사람들한테 협조한 사람들을 잡아갔다. 이쪽 사람들이 저쪽 사람들을 죽이고, 저쪽 사람들이 이쪽 사람들을 죽였다. 애매한 사람들이 낮사람들한테 죽고, 밤사람들한테도 죽어 갔다. 마을의 젊은 사람들은 이쪽이나 저쪽에 가담하거나 협조하지 않으려고 가까운 산속으로 몸을 피했다. 그랬다가 그들은 이쪽 사람들에게 발각되어 죽고, 저쪽 사람들한테 끌려가서 죽었다. 젊은 여자들은 젊은 여자들대로, 몸을 피하고 없는 아버지나 오빠나 동생 때문에 이쪽으로 불려 가고, 저쪽으로 끌려갔다. 그리하여 두들겨 맞기도 하고 몸을 망치기도 했다.

철이 들기 시작하면서부터 물질을 해온 할머니는 장가든 지 한 달도 채 못 된 아들과 열아홉 살짜리 딸, 열일곱 살짜리 딸을 어디엔가 감쪽같이 숨겨 놓았다. 할머니네 집은 마을과 나지막한 잔등 하나를 사이에 두고 있었다. 바다를 내려다보면서 나지막한 잔등을 등에 지고 있었다. 할머니는 며느리한테 소복을 입히고, 흰 댕기를 달게 했다. 낮사람들이 오면 밤사람들이 아들과 딸들을 모두 끌어다가 바다에 빠뜨려 죽였다고 하면서 통곡하고, 밤사람들이 오면 낮사람들이 자기 자식들을 그렇게 했다고 하면서 통곡했다.

할머니네 집의 툇마루와 부엌의 중간쯤에는 몇십 년 전에 파놓은 굴이 하나 있었다. 몇 해 전에 염병으로 죽어 간 시아저씨가 징용에 가지 않으려고 숨어 살던 굴이었다. 할머니의 아들딸들은 그 속에 숨어 있었다.

마을에 갔다가 온 할머니는 허둥대기 시작했다. 서른 가구가 조금 넘는 그 마을을 모두 불질러 버리고, 사람들을 읍내로 데리고 간다는 소문이 퍼져 있었다. 며느리는 멍히 맷돌 위에 주저앉아 있었다. 할머니는 마당 안을 서성거렸다. 뒤란을 몇 바퀴든지 돌았다. 끝없이 먼 하늘 끝에서부터 파도가 밀려와 검고 얼턱얼턱한 바위 엉서리에 부딪쳐 하얀 포말을 일으키곤 했다. 바위 옆에는, 오래전에 낮사람들이 바닥에 구멍을 뚫어 가라앉혀 놓은 배 여남은 척이 거멓게 고물을 드러내고 있었다. 밤사람들이 그걸 타고 도망갈까 싶어 낮사람들이 마을의 배들을 모두 그렇게 해버린 것이었다.

날이 어두워지면서 할머니는 오래전부터 꿈꾸어 오던 일을 이제 해내야 한다고 생각했다. 할머니는 물질을 나가기라도 할 것처럼 물질할 때 쓰는 장구들을 손보기 시작했다. 자신의 것 하나만 손을 본 것이 아니었다. 뒤웅박을 다섯 개나 방 안에 늘어놓았다. 무명잠수복과 물수건도 다섯 벌씩 마련했다. 빗창, 갈쿠리, 소살, 방수경 같은 것만 각각 한 개씩 구럭에 담았다. 또 다른 구럭에는 솜 한 덩이와 식구들의 옷 한 벌씩을 우겨넣었다.

흑청색 밤하늘에, 바야흐로 어우러지기 시작하는 산밭의 장다리꽃 같은 별들이 수런거렸다. 별들이 파도 끝에 떨어져 뒹굴었다. 밤이 되면서 바람이 잤다. 할머니는 툇마루 밑에 든 아들딸들을 끌어냈다. 그들에게 무명잠수복을 입혔다. 며느리에게도 입혔다. 할머니도 입었다. 죽기로 작정을 했다.

물에 잠겨 까물거리는 배를 바다 한가운데로 끌어냈다. 노 하나와 아들을 배 안에 실었다. 아들은 헤엄이 서툴렀다. 네 여자가 잠수하면서 배를 끌고 갔다. 물 퍼내는 소리가 뭍에 들리지 않을 만한 데까지 끌고 나가서야 아들에게 물을 퍼내게 했다. 할머니는 배의 바닥에 뚫어진 구멍을 찾았다. 구멍은 주먹이 들락거릴 만큼 컸다. 솜만으로는 되지 않았다. 말아 싸온 옷자락을 찢어서 함께 뭉쳐 막았다. 간신히 물이 잡혔다. 할머니도 함께 물을 퍼내기 시작했다. 물이 반나마 줄었을 때, 작은딸을 끌어올렸다. 작은딸보고는 구멍 막은 솜덩어리가 빠져나오는지 보라고 일렀다. 작은딸은 뱃바닥에 꿇어 엎드려 틀어막은 솜덩이를 누르고 있었다. 배 안의 물이 밑바닥에서 찰랑거렸을 때, 큰딸과 며느리를 끌어올렸다. 며느리보고 노를 저으라고 했다.

순간, 다섯 사람의 짐이 너무 무거웠던지, 틀어막은 솜덩이가 터졌다. 큰딸이 덤벼들어 터진 것을 다시 막고 눌렀다. 그게 오롯하게 막아지지 않고, 물은 솜덩이 사이로 솟아올랐다. 아들과 작은딸은 죽을힘을 다해서 물을 펐고, 며느리는 노를 저었다. 할머니는 큰딸 옆으로 가서 함께 솜덩이를 물구멍에다 쑤셔 넣었다. 배가 파도를 따라 한두 번 움직거리기만 하면 솜덩이는 곧 빠져나오곤 했다. 마침내 할머니가 손에다가 솜과 옷자락을 둘둘 말아 쥐고 물구멍을 틀어막았다. 그제야 물이 덜 솟았다. 아들이 노를 젓고 며느리와 큰딸과 작은딸이 물을 퍼냈다. 배 안의 물이 다시 줄었다. 할머니는 말했다.

"어쨌든 북극성을 뱃머리 위에 얹어 놓고 젖 먹던 힘까지 다 써서 저어라."

큰딸이 노에 엉겨 붙었다. 배가 기우뚱했다. 바람이 일었다. 파도가 드높아지고 있었다.

할머니는 눈을 감았다. 구멍 속에 집어넣은 손이 저리기 시작하더니 마침내는 남의 살같이 멍멍해졌다. 그 멍멍함이 팔뚝을 타고 어깨로 기어올랐다. 이를 악물었다. 이 새끼들만 살려낸다면 이 손, 이 팔뚝이 썩어 문드러진들 상관 있으랴.

먼동이 트고 밤안개가 묽어졌다. 그들이 떠나온 섬이 아득하게 바다 건너에 떠 있었다. 그들의 배가 머리를 두고 있는 쪽에는 파란 물굽이뿐이었다. 이제는 며느리가 죽은 듯이 엎드려 뱃바닥의 물구멍을 틀어막고 있었다. 아들과 큰딸이 노를 젓고, 작은딸과 할머니는 물구멍으로 새어 나와 괴는 물을 퍼냈다. 할머니는 섬을 찾았다. 무인도라도 좋다고 생각했다. 거기에 배를 대놓고 물질을 해서 아들과 딸들의 허기진 배를 채워 주어야 하는 것이었다. 동녘 바다 저쪽의 수평선이 황금빛으로 변하더니 해가 떠올랐다.

해가 중천에 떴을 때, 섬을 하나 찾아냈다. 채취선 몇 척을 합쳐 놓은 것만 한 바위섬이었다. 배를 댔다. 회백색의 갈매기똥들이 덕지덕지 쌓여 있었다.

할머니와 며느리가 물질을 했다. 전복, 소라를 따 올렸다.

이틀 밤 사흘 낮을 헤매다가 푸른 섬을 만났다. 완도였다. 거기에서 하룻밤을 묵고 해남을 거쳐서 장흥으로 들어갔다. 할머니의 사촌 동생이 장흥에 살고 있었다. 장흥성 밖의 방림소(沼) 위쪽에 신령사가 있었고, 할머니의 동생은 그 절의 주지로 있었다. 할머니는 아들딸들과 며느리를 데리고 그 절로 갔다. 절은 세 칸 겹집만 한 법당이 하나 있었고, 그 옆에 세 칸짜리 초가 두 채가 있을 뿐이었다. 동생은 대처승이었다. 중학교에 다니는 아들과 국민학교에 다니는 딸이 있었다. 초가 한 칸은 동생네 가족들이 살고, 다른 한 칸은 주지가 스무 살이 될까 말까 한 상좌와 함께 살았다. 뒤란 쪽에 사방 여덟 자쯤 될 듯한 객실이 한 칸 있었다.

주지는 할머니 가족들을 반갑게 맞아들였다. 할머니는 주지에게 큰절을 하고 나서 주지의 두 손을 끌어다가 모아 쥐었다. 절은 군집해 있는 느티나무와 보리수나무의 그늘 속에 묻혀 있었다. 산그늘이 쪽빛 방림소와 들을 먹어 들어가고 있었다.

그날부터 아들은 상좌승과 함께 기거했고, 할머니와 두 딸과 며느리는 객실에서 잤다.

그날 밤 할머니는 주지에게 아들의 머리를 깎고 승복을 입혀 달라고 말했다. 평생 동안 아주 중노릇을 하게 해달라고 청했다.

아들이 머리를 깎은 지 한 달째 되던 초여름의 어느 날 며느리의 입덧은 시작되었다. 며느리의 입덧은 유별났다. 돼지고깃국을 먹고 싶어 했고, 토장국에 톳나물이나 바지락을 넣어 먹고 싶어 했고, 소라와 전복을 구워 먹고 싶어 했다. 읍내 시장에서 구할 수 있는 것은 돼지고기, 톳, 바지락, 짜디짠 간고등어, 간갈치 뿐이었다. 할머니는 두 딸과 함께 모내기, 보리 베기, 보리타작, 여름 씨앗들이기로 품을 팔아 톳나물과 바지락을 사가지고 와서 끓이고 무쳐서 며느리에게 먹였다. 며느리는 그것들을 기껏 두어 숟가락쯤 먹었다가는 모두 토해 버렸다. 송기 막대기

196

같이 말라 갔다. 얼굴이 백지장 같아지고, 눈은 퀭하게 커졌다.

그때부터 할머니의 올케가 짜증을 내기 시작했다. 신도들이 기도하러 와도 머물렀다가 갈 방이 없다고, 절 안이 온통 고기 굽고 지지고 볶는 냄새로 들끓고 있으니, 이게 어디 시장 바닥이지 절이냐고.

그녀의 짜증이 한낱 핑계에 지나지 않는다는 것을 안 것은, 할머니가 두 딸과 며느리를 데리고 신흥리의 동구 밖에 있는 한 오막으로 옮기어 간 이튿날 밤이었다.

뒷산의 가까운 숲에서 밤 뻐꾹새가 청승스럽게 울었다. 방림소 가장 자리의 보에서 넘쳐흐르는 물소리를 뚫고 들려오는 뻐꾹새 소리는 젊은 과부가 남모르게 지아비의 무덤을 찾아가 넋두리를 하며 꺼이꺼이 울어 대는 것 같기도 하고, 상사병으로 미친 여자가 숲속을 헤매며 노래를 불러 대는 것 같기도 했다. 뻐꾹새는 한동안 소리를 죽였다가 잊어버릴 만하면 다시 울고 또다시 울고 그랬다.

하루 내내 앉은걸음을 치며 차조 모종을 한 할머니의 몸은 천 길 아래로 가라앉아 갔다. 뻐꾹새 소리가 잠잠해지고 물소리만 들려왔다. 물소리가 파도 소리로 변했다. 바닷가 모래밭에서 혼곤하게 잠이 드는 듯한 편안함이 할머니의 몸을 깊이 가라앉혔다.

퍼뜩 눈을 떴다. 반사적으로 옆자리를 더듬거렸다. 작은딸의 팔이 만져졌다. 그 너머로 멀리 거무스레한 여자의 모습이 보였다. 며느리였다. 작은딸과 며느리의 사이에 깊은 웅덩이가 거멓게 패어 있는 것 같았다. 그것은 큰딸이 누워 있던 자리였다. 할머니는 몸을 일으키기가 무섭게 밖으로 나갔다.

뻐꾹새 소리가 들려오던 뒷산 기슭을 바라보았다. 진한 먹물을 끼얹어 놓은 듯한 숲이, 물질하러 들어가서 수없이 보아 온 심연 속의 해조류처럼 어둠 속에 가라앉아 있었다. 그 숲 위로 별들이 수런거렸다. 사립을 나서서, 뒷산 검은 숲을 향해 걸었다. 밭 언덕길을 지났다. 도랑을 건너다가 인기척을 느꼈다. 할머니가 그림자를 향해 발을 옮겼다. 그림자는 말뚝처럼 서 있었다. 가까이 다가갔다. 큰딸이었다. 큰딸은 고개를 깊이 떨어뜨렸다. 할머니는 큰딸의 몸에서 남자의 냄새를 맡았다.

"네 이년, 어느 놈이냐? 어느 놈하고 만났냐?"

할머니는 큰딸의 손목을 낚아채면서 추궁했다. 큰딸은 몸을 떨었다. 할머니는 큰딸을 끌어다가 방 안에 처넣어 놓고 집을 나섰다. 눈썹이 여자의 그것처럼 까맣고 긴 데다 콧날이 오뚝하고 살빛이 창백한 얼굴이 머릿속에 그려졌다. 방림소의 검은 물 위에 별들이 떠서 일렁거리고 있었다. 물소리가 벼랑을 타고 숲길로 날아왔다. 소쩍새가 울며 날았다.

길은 개울을 따라 오르다가 두 갈래로 갈리었다. 한 갈래는 산등성이를 타고 넘었고, 다른 한 갈래는 신령사를 둘러싼 검은 숲을 향해 뻗어 있었다. 할머니는 군집해 있는 느티나무의 검은 그늘 속으로 들어서다가 발을 멈추었다. 한 여자의 말소리가 들려왔다. 그 여자는 누구인가를 닦달하고 있었다. 할머니는 몸을 낮추고 발소리를 죽이면서 느티나무의 밑동 옆으로 숨어 들어가며 엿들었다. 보리수의 그늘 속에 두 사람이 들어 있었다. 여자는 흰옷을 입었고, 여자의 맞은편에 선 사람은 검은 그늘에 묻혀 있었다. 승복을 입고 있었다. 여자가 한동안 상대의 대답을 기다리고 있었다. 상대가 대답을 하지 않자 다시 다그쳤다. 바람이 지나갔다. 잎사귀 흔들리는 소리가 다그치는 말소리를 흐려 놓았다.

다그치는 여자는 올케고, 마주 서 있는 것은 그 절의 상좌승이었다. 상좌승은 자기의 큰딸을 만나고 들어오는 길이고, 올케는 그걸 알고 목을 지키고 있다가 저렇게 붙잡아 다그치는 것일 거라고 할머니는 생각했다. 한데, 올케가 이 시각에 잠들지 않고 자기 남편의 상좌가 외출했다가 들어오는 것을 지키고 있는 까닭은 무엇일까. 그걸 알았으면 주지인 남편한테 귀띔을 해서 혼을 내주든지 어쩌든지 할 일이지 왜 손수 저렇게 윽박지르는 것일까. 할머니는 자기가 며느리와 딸들을 데리고 객실에서 살 때, 하루에도 열두 번씩 변색하던 올케를 생각했다. 할머니는 몸을 돌려 달리기 시작했다. 올케의 더러운 속을 까뒤집어 보게 된 것을 고소해하고만 있을 계제가 아니었다. 큰딸을 족쳐야 하는 것이었다. 하필이면 올 데 갈 데 없어 주워다 키워 상좌로 삼았다는 그놈하고 배가 맞을 게 무어란 말인가. 가마 타고 시집가기는 다 틀렸다.

돌부리에 걸려 넘어지기도 하고, 미끄러져 주저앉기도 하면서 할머니는 달렸다. 제발 한밤중에 숲속에서 그놈하고 만나기는 했어도, 서로 큰일만은 저지르지 않았기를 바랐다. 할머니는 오막에 이르자마자 큰딸의 머리채를 잡아 일으켜 놓고 족치기 시작했다.

"그놈하고 뭔 일을 저질렀냐, 어디 말을 해봐라."

큰딸은 고개를 떨어뜨린 채 말이 없었다.

"이년, 어디 보자."

할머니는 저고리의 고름을 뜯어 젖히고, 치마를 찢어발겼다. 며느리가 뛰어들어 말렸고, 큰딸은 구석으로 피해 가서 몸을 웅크린 채 두 손바닥으로 얼굴을 가리고 흐느꼈다.

할머니는 큰딸 때문에 어디론가 멀리 떠나가야 한다고 생각했다. 어디로 갈까. 가자니 아들이 못 미더웠다. 또 배가 불러 가고 있는 며느리는 어디에 둘 것인가. 며느리를 절 안으로 들여보내고 두 딸만 데리고 멀리 떠날까.

이튿날 할머니는 일을 나가지 않고 하루 내내 방 아랫목에 누워 있었다. 저물녘에 밖으로 나갔다. 방림소를 내려다보면서 궁리를 했다. 소는 푸르렀고, 봇둑 아래로 떨어지는 물은 잘 바래 놓은 빨랫줄처럼 희었다. 할머니는 이 난리가 잠잠하게 가라앉을 때까지는 꼼짝하지 않고 이곳에 머물러야 한다고 생각했다. 큰딸을 다리뼈를 꺾어서라도 밖에 못 나다니게 하면 된다고 생각했다.

그로부터 사흘째 되는 날 새벽녘이었다. 문을 조심스럽게 여닫는 기척에 할머니는 눈을 떴다. 큰딸이 보이지 않았다. 할머니는 튕기듯이 밖으로 나갔다. 사립문 앞에 큰딸과 상좌승이 마주 서 있었다. 할머니가 마당으로 내려서자 상좌승이 할머니 앞으로 왔다. 상좌승은 합장을 하고, 자기는 신령사를 나왔다고 말했다. 다시 어느 절로 가게 될지, 아니면 아주 마을 사람이 되어 버릴 것인지, 자기도 알 수 없다고 했다. 얼마 동안 헤매어 다녀 보다가 결정하겠노라고 했다.

"그동안 심려를 끼쳐 드려 송구스럽습니다."

상좌승은 합장을 하고 큰딸에게 갔다. 큰딸은 고개를 떨어뜨리고 있었다.

상좌승은 큰딸에게 무슨 말인가 하려다가 하늘을 한번 쳐다보더니 몸을 돌렸다. 사립을 나서서, 방림소를 왼쪽에 낀 벼랑길을 총총히 걸어갔다. 새벽의 물빛 어둠이 해맑아지고 있었다. 큰딸이 고개를 들어 그 상좌승의 뒷모습을 멀거니 보았다. 며느리는 댓돌에 내려서 있었고, 작은딸은 문을 반쯤 열어 잡은 채 고개를 내밀고 있었다.

상좌승이 어디론가 가버린 뒤부터 할머니는 하루도 빠짐없이 며느리와 두 딸을 데리고 절에 다녔다. 큰딸은 부처님 앞에 절을 하는 둥 마는 둥 하고 나와 멍히 보리수 잎사귀들에 걸린 구름을 바라보고 서 있곤 했다. 작은딸은 달랐다. 한 시간이고 두 시간이고 꿇어앉아 있곤 했다. 수백 번씩 절을 계속하기도 했다.

'칙칙한 숲속을 가다가 바위틈에 말갛게 괴어 있는 샘물을 보았다. 손바닥을 오그려서 그걸 품어 냈다. 물은 품어 내기가 바쁘게 솟았다. 그것은 깔때기같이 만든 토란 잎사귀에 담은 물같이 은빛이었다. 목이 밭았다. 그걸 마셨다. 순간, 눈앞이 어지러운 것 같더니 온몸이 가렵기 시작하고 살갗이 벗겨지기 시작했다. 한 꺼풀 벗겨지고, 또 한 꺼풀이 벗겨졌다. 온몸이 모두 금빛으로 변했다. 몸이 새처럼 가벼워졌다. 허공으로 떠올랐다. 구름같이 둥둥 떠갔다. 강을 건너고, 들을 건너고, 도회의 시가지로 나갔다. 사람들이 모두들 그녀를 쳐다보았다. 그녀는 샛노란 부처가 되어 있었다…….'

작은딸은 할머니에게 이런 꿈 이야기를 하기도 했다. 할머니는 작은딸의 꿈 이야기를 동생인 주지한테 해주었다. 주지는 한동안 입을 굳게 다물고 눈을 내리깐 채 고개를 끄덕거리더니 말했다.

"출가를 시키시지요."

할머니는 한편 즐겁기도 하고 다른 한편으로는 허전하고 서글퍼지기도 했다. 작은딸이 스님이 되어 득도를 한다면 얼마나 좋을 것인가. 할머니는 고개를 저었다. 한세상 나왔다가 꽃같이 좋은 때에 좋은 사람 만나 좋은 꿈 한 번 꾸어 보지 못하고 머리를 깎다니 그게 어디 될 말인가. 할머니는 주지가 한 말을 작은딸한테 전해 주지 않았다. 한데, 그 꿈 이야기를 한 이후부터 작은딸은 시름시름 아프기 시작했다. 밥숟가락을 잡는 둥 마는 둥 하고 맥없이 누워 있곤 했다. 잠을 자는 것도 아니고, 꿈을 꾸는 것도 아니고, 그렇다고 깨어 있는 것 같지도 않은데, 한결같이 눈을 감고만 있었다. 어쩌면, 할머니한테 이야기해 준 그 꿈을 계속해서 꾸고 있는 듯싶었다.

그런 어느 날 아들이 절에서 없어졌다. 자기 아내한테는 물론, 절 안의 어느 누구에게도 무슨 일을 보러 어디를 다녀오겠다는 말 한마디 하지 않고 가버렸다. 며느리의 몸은 무거워졌다. 그새 찬바람이 일었고, 방림소 언덕길 가장자리에 늘어선 벚나무들은 주황빛으로 물들고 있었다. 큰딸은 집에 붙어 있는 날이 없었다. 방림소를 내려다보고 앉아 있

곤 했다. 치맛자락을 허벅다리까지 걷어붙이고, 하얀 빨랫줄 같은 물줄
기를 디디면서 봇둑을 건너다니기도 하고, 신령사 주변의 숲을 헤매기
도 하고, 읍내를 한 바퀴 돌고 오기도 했다.

할머니는 더 견딜 수가 없었다. 신령사 주지한테 비구니들만 사는 절
을 물어서 작은딸을 데리고 나섰다. 광주 계림사에 맡기고 돌아서는네
작은딸은 얼굴색 하나 변하지 않았다. 저년이 저렇게 표독스러울 수가
있을까. 할머니는 이때껏 어디선가 주워다가 키운 아이를 임자한테 되
돌려 주고 오는 것만 같았다. 작은딸은 이제 자기의 본어머니가 사는
집에 들어왔으므로 몸과 마음이 비로소 편안해진다는 듯한 얼굴이었
다. 어무니, 가끔 오셔요. 저 가끔 갈게요. 딸이 이런 인사말이라도 해
주었으면 얼마나 좋을 것인가. 일주문 밖의 비탈진 길을 내려가면서 할
머니는 자꾸만 눈앞이 어질어질하고, 다리에 맥이 풀려 썩은 나무토막
처럼 거꾸러져 버릴 것 같은 것을 이를 물고 버티었다. 어찌하랴. 이미
오래전부터 이렇게 되기로 작정이 되어 있던 것이었는지도 모르는 것
을……. 이 세상을 모두 덮고도 남을 복이 있어야 중으로 태어날 수 있
다지 않더냐. 그래, 먼저 도 닦고 있거라. 나도 죽어서 다시 태어날 때
는 중으로 태어나마.

할머니는 큰딸이 가슴에 구름을 담은 듯 허둥대거나 헤매는 것은 크
게 괘념하지 않았다. 큰딸에게는 세월이 약일 것이라고 생각했다. 아들
이 떠나간 것이나, 그 아들한테서 소식이 없는 것도 걱정하지 않았다.
며느리가 달덩이 같은 사내아이만 하나 낳아 주면 된다고 생각했다. 만
일 계집아이를 낳는다면, 그때 가서 아들을 찾아 다시 한번 더 며느리의
안에 씨를 담아 주도록 할 생각이었다.

할머니는 전보다 더 부지런히 며느리와 큰딸을 데리고 절에 다니면
서, 아들과 작은딸이 부디 착한 행업의 공덕을 쌓고 성불할 수 있도록

보살펴 달라고 부처님께 빌었다. 정월 대보름을 하루 앞둔 날, 두꺼운 구름이 끄느름하게 끼어 있던 하늘에서 솜덩이 같은 눈이 펑펑 쏟아졌다. 천지는 삽시간에 소창 끼우지 않은 솜이불 같은 눈덩이를 뒤집어썼고, 며느리는 몸을 풀었다. 아들이었다. 한밤중이 조금 겨웠을 때였다.

눈은 그치지 않았고, 방림소에서 철철 물 흐르는 소리가 들리고, 뒷산에서는 눈덩이를 이기지 못한 나뭇가지 꺾이는 소리가 간헐적으로 들렸다.

"아이고, 참말로 좋은 날 좋은 씨 받아서 나왔다."

잠시 까무러쳤던 며느리는 정신을 차리고 나서 아기를 보더니 돌아누워 소리 없이 눈물을 쏟았다. 할머니가 아기를 가려 눕히고 첫국밥을 지으려고 부엌으로 나갔을 때도 눈은 계속 내리고 있었다.

할머니는 욕심이 생겼다. 아들 손자 하나만으로는 불안했다. 젊어서 아들 하나를 키울 때 항시 조마조마하던 생각이 났다. 집 나간 그녀의 아들을 꾀어 데리고 와서 며느리의 안에 아들 하나만 더 담아 주라고 해야겠다고 그녀는 생각했다.

이듬해, 방림소 뒷산 기슭에 아카시아꽃이 허옇게 어우러진 날, 할머니는 그녀의 아들을 찾아 나섰다. 신령사 주지가 가보라고 한 절을 하나씩 더듬고 다녔다. 아들을 찾는 것은 어렵지 않았다. 그 아들을 데리고 오는 것도 또한 쉬웠다.

"어따, 이 사람아, 느그 각시 다 죽어 간다. 송기 막대기같이 말라서 숨만 간신히 붙어 올딱거린다. 마지막 소원이 너를 한 번만 보고 죽는 것이란다. 남들은 다 개돼지같이 아들딸 펑펑 잘만 낳는데, 어째서 그 사람은 그렇게 산후가 나빠서 시난고난하는지……."

할머니는 이렇게 거짓말을 했다. 아들은 흰자위 많은 눈으로 하늘을 쳐다볼 뿐이었다. 할머니는 아들의 손을 모아 잡으면서 애걸하듯이 말했다.

"사람이 가슴에 원한을 안고 죽으면 원귀가 되는 법이란다. 계집의 원한은 오뉴월에도 서리를 친다지 않더냐? 원귀가 주변을 나돌면 너 수행하는 데도 마가 될 것이다."

아들은 고개를 떨어뜨리고 잠시 생각해 보더니 고개를 저었다. 자기는 지금 행자 생활을 하고 있는데, 머지않아 계를 받고 그 절의 방장인 도안 스님의 상좌가 될 것이라며, 자기한테 아내가 있음을 숨기고 있다는 것을 말했다. 그게 밝혀지면, 자기는 어디에 있는 어떤 절에 가서도 도를 닦을 수 없다고 했다. 이미 마을에서 인연했던 것을 모두 끊기로 작정한 몸이니, 집안에 어떠한 일이 있더라도 가지 않겠다고 말했다.

"느그 아부지가 금방 돌아가시게 되었다고 하면 될 것 아니냐?"

어머니의 말에 아들은 또 고개를 저었다. 수도하는 자가 어떻게 거짓말을 할 수 있느냐고. 아들의 얼굴은 일그러져 있었다.

"이 사람아, 어차피 너는 각시가 없다고 거짓말을 하고 있는 처지 아니냐? 이번에 한 번만 더 거짓말을 해라. 죽어 가는 사람을 왕생극락하도록 천도하는 것도 착한 행업의 공덕을 쌓는 것이다."

아들은 더 뻗대지 않았다. 할머니는 도안 스님을 찾아가서, 울음 반으로 너스레를 떨었다. 숨을 거두기 전에 아들의 얼굴을 한 번만 보겠다고 하는 불쌍한 아비의 소원을 이루게 해달라고 했다. 도안 스님은 선뜻 허락을 해주었다.

집에 온 아들은 멀쩡한 아내를 보고 멍해졌다. 할머니는 이번에야말로 아들에게 눈물 바람을 하면서 말했다.

"이 에미 마지막 소원이다. 저것이 아들이기는 하다 마는 하나만 믿고는 못 산다. 혹시 무슨 흉한 일로 인해 자손이 끊어지면 큰일이다. 손 끊기게 하는 것도 조상한테 큰 죄다. 느그 각시가 아들 하나만 더 낳도록 해주라. 만일에 딸을 낳는다면 나도 팔자가 어쩔 수 없이 그리되어 있는 모양이라고 생각을 할란다. 물론 나는 네가 느그 외삼촌 같은 그런 중이 안 되기 위해서 그 절을 나갔다는 것을 잘 알고 있다. 그렇지만, 아직 계를 받은 것도 아닌께, 이 늙은 년 마지막 소원을 한 번만 들어줘라."

아들은 마른 입술에 침을 바르곤 했다. 몇 번이든지 물을 청해 마셨다. 아들이 마음을 정한 것이라고 생각됐다. 할머니는 아들과 며느리를 한방에 밀어 넣어 놓고, 큰딸만 데리고 신령사로 갔다. 부처님 앞에서 밤을 하얗게 밝혔다. 부디 며느리 몸에 사내아이가 잉태되도록 해달라고 빌었다.

아침 해가 사자산 머리 위로 솟아오를 무렵에 집에 오니, 며느리가 이불 속에 얼굴을 묻은 채 훌쩍거리고 있었다. 아들의 모습은 보이지 않았다. 아들이 지고 온 잿빛 바랑도 보이지 않았다. 포대기에 싸인 아기는 곤히 자고 있었다.

"싸웠냐? 언제 갔냐?"

할머니가 이렇게 저렇게 물어도 며느리는 고개를 들지 않았다. 할머니는 속으로 웃으며 며느리의 들먹거리는 어깨를 토닥여 주었다. 밤새 아들과 며느리 사이에 벌어졌을 정사를 짐작했다. 할머니는 방 안에 막 들어서면서 코와 살갗에 뚫려 있는 수백 수천 개의 털구멍으로, 방 안에 괴어 있는 합환화合歡花의 향내 같은 냄새를 포착했다. 가슴이 뿌듯했다. 나무아미타불 관세음보살, 하고 속으로 뇌까렸다. 아들이 부디 성불할 수 있도록 도와달라고 했다.

이날 저녁 무렵에 큰딸을 데리고 절에 갔더니 웬 군인 두 사람이 절 마당에 서 있었다. 그들은 커다란 흰 입마개를 하고 있었다. 코, 입, 턱, 볼은 모두 가려졌고, 까만 눈 둘만 겨우 내놓았다. 흰 장갑을 끼었고,

부동자세를 하고 있었다. 그 가운데 한 군인이 눈빛 보자기로 싼 상자를 안고 있었다. 상자를 들지 않은 군인이 주지와 마주 서서 무슨 말인가를 주고받았다.

상자에는 그 절을 나간 상좌승의 유골이 담겨 있었다. 지리산에서 여순 반란 사건의 잔비 소탕 작전을 하다가 죽었다는 것이었다. 그 앳되고 순하기만 한 얼굴이 어떻게 총을 메고 싸움터에 나갔을까.

할머니는 깊은 가슴속 어딘가를 바늘 끝으로 긋는 듯한 아픔을 느끼면서 큰딸을 돌아보았다. 큰딸은 몸을 돌려 발을 옮기고 있었다. 할머니는 그 딸을 뒤따라갔다. 큰딸은 법당 뒤란으로 갔다. 소의 엉덩이와 꼬리만 나오게 그려진 십우도를 한 손으로 짚고 윗몸을 기대더니 허물어지듯 주저앉았다.

온몸에 찬 이슬을 묻혀 가지고 들어온 큰딸을 방에 가두어 놓고 혼처를 구했다. 듬직한 남자를 만나 살기만 하면 죽은 상좌승을 잊을 수 있을 것이라 해서였다. 그해 가을 들어 사당리에서 노모를 모시고 사는 머슴한테 시집을 보냈는데, 그 머슴이 하필 왼쪽 걸음을 걷다가 총에 맞아 죽었다. 큰딸은 그 사당리 유 서방의 사십구재를 지낸 이튿날 동생이 살고 있는 절에나 한번 다녀오겠다고 길을 떴는데, 끝내 돌아올 줄 몰랐다.

"그 할미는 그렇게 해서 자기 새끼들 셋을 모두 부처님한테 바쳤단다."

할머니는 옛날 옛적의 한 팔자 기구한 노파의 이야기를 하듯이 자기 이야기를 어린 순녀한테 들려주었다.

심심산천에 붙는 불

촛불이 타고 있었다. 뿌직 뿌지직 소리를 내면서 법당 안의 어둠을 밝히고 있었다. 촛불이 밝히고 있었지만, 어둠은 금빛 부처님의 등 뒤쪽에도 있었고, 탱화들이 걸려 있는 바람벽 옆의 구석에도 있었다. 절을 하고 있는 청화의 이마와 장삼 자락 밑에도 있었다. 우물정 자 모양으로 포개져 올라간 천장의 대들보 위쪽과 비천녀들의 옷자락 틈에도 그 어둠은 서려 있었다.

청화는 그것들보다 더 짙은 어둠이 어디에 어떻게 드리워져 있는가를 잘 알고 있었다. 그녀의 몸속이었다. 몸 전체가 음음한 어둠의 입자로 구성되어 있었다.

촛불의 빛살이 미처 뻗치어 가지 못한 곳에 앙금같이 드리워진 그 어둠은 어쩌면 모두 그녀의 몸속에서 새 나간 것인 듯싶었다.

그녀는 이를 물었다. 절을 거듭함에 따라서 그녀의 이는 더욱 단단히 물리어졌다. 동시에 그녀의 몸속에 들어찬 어둠과 법당 안의 어둠도 더욱 짙어졌다. 그것은 야행성 동물의 눈이 뿜어 대는 독기처럼 푸른 어둠이었다. 그 독기는 은사인 은선 스님에게 뻗쳤다. 아니, 도량 안의 모든 스님들에게 뻗쳤다. 그녀는 자기에게 내려진 벌을 납득할 수 없었다. 열흘 동안 부처님 앞에 절을 삼천 번씩 하라는 것, 석 달 동안 묵언을 하고 외출을 절대로 하지 말아야 한다는 것, 그게 무어란 말인가. 그것이 부당한 벌이라는 것을 은선 스님은 잘 알고 있을 터였다. 수레가 가지 않으면, 그걸 끄는 소를 쳐야지, 수레를 치면 되는가. 이것은 은선 스님께서 늘 되뇌곤 하던 말이었다.

그녀는 2백몇십 번까지 세다가, 세던 것을 잊어버렸다. 오래전부터 그녀는 비틀거리고 있었다. 기계적으로 몸을 움직거렸다. 삼천 배를 참회의 마음으로 한 배 한 배 해야 하는 것이었다. 그렇지만 그녀는 그렇게 하지 않았다. 은선 스님에 대한 항의였다. 아니, 그것은 고집이었고, 자신의 어둠을 죽여 없애기였고, 자기 학대였다.

절을 거듭할수록 팔꿈치와 무릎이 아리고 쓰렸고, 온몸의 관절들이 시큰거리면서 뻐드러지고 말을 듣지 않았다. 귀뚜라미나 풀벌레가 울어대는 것 같은 귀울음과 심연 속의 푸른 물굽이 같은 현기증이 눈 앞을 가렸다.

이 고통스러운 벌을 통해서 나는 무엇을 깨달아야 한단 말인가. 무엇을 얻으라는 것인가. 가슴속에서 뜨거운 덩어리 하나가 주먹같이 단단하게 뭉쳐졌고, 그것이 곤두서면서 목구멍을 막았다. 그것이 다른 사람을 원망하는 마음에서 생겨난 것이라는 걸 잘 알고 있었다. 원망하는 마음을 가지는 것이 수행하는 납자로서 올바른 게 아니라는 것도 잘 알았다. 그러면서도 그녀는 그것을 제어하지 못했다. 그녀는 은선 스님을 원망하고 있었다. 그 스님한테는 위선이 있다고 생각했다. 그녀한테 죄 될 만한 것이 없다는 것을 잘 알면서도, 은선 스님은 대중 공사 자리에서 그녀를 위해 아무런 말도 하지 않은 것이었다. 은선 스님이 올깎이가 아니고 늦깎이라는 사실은 세상이 다 아는 일이었다. 청화가 하필 은선 스님을 찾아 입산한 것도 그 까닭이었다. 그녀가 맨 처음 은선 스님을 찾아왔을 때, 그녀는 매우 당돌했었다. 산문을 들어서기 전부터 그녀는 〈천수경〉, 〈반야심경〉, 〈금강경〉에 관한 해설서들을 읽고, 〈수타니파타〉, 〈선가귀감〉, 〈싯다르타〉, 선에 관계되는 책들을 더듬었으며, 은선 스님이 펴낸 수필집을 읽었었다. 간호전문대학을 다닌다고 다녔지만, 그녀는 간호학보다는 불경 속에서만 살아왔다.

물론 그 당돌함은 그러한 책들을 읽어서만이 아니었다. 산문山門을 들어서면서 그녀는 자기의 모든 것을 버리고 있었고, 그러므로 그때 그녀한테는 부끄러움이나 두려움이나 무서움 같은 것이 사라지고 없었다. 오직 텅 빈 겨울 들판 같은 공허와, 그 들판에 버려진 허수아비 같은 참담함만 가슴 가득하게 들어 있었다. 자연 그녀의 살갗에는 자학이 악어의 각질처럼 무장되어 있었다.

"스님, 깨달음이란 무엇입니까? 깨달으면 누구든지 부처가 된다는데, 저도 부처가 될 수 있을까요?"

그녀가 은선 스님을 첫 대면 하던 날, 그녀는 스님한테 인사를 드린 뒤에 무릎을 꿇고 앉으면서 이렇게 물었다. 은선 스님은 그녀의 말을 듣지 못하기라도 한 것처럼 눈길을 방바닥에 떨어뜨린 채 염주 알만 헤아리다가 물었다.

"어디서 왔냐?"

그녀는 순간적으로 모멸감을 느꼈다. 그녀는 은선 스님의 내리뜬 눈을 노려보면서 무뚝뚝한 어투로 반문했다.

"그걸 알면 제가 여기를 뭣 하러 왔겠어요?"

은선 스님은 한결같이 염주 알만 엄지손가락 끝으로 밀어 내리고 있다가 이윽고 옆방을 향해 불렀다.

"자영아."

얼굴이 창백하고 갸름한 젊은 스님이 들어오자, 은선 스님은 말했다.

"이 아이, 원주 스님한테 데려다 줘라."

그로부터 그녀의 유발有髮 행자 생활은 시작되었다. 다른 행자들은 서너 달쯤만 있으면 머리를 깎아 주고, 승복을 입히곤 했다. 그녀보다 늦게 들어온 행자들도 모두 머리를 깎고 승복을 입었다.

이리 보아도 박박 깎은 머리들뿐이고, 저리 보아도 먹물을 들인 승복들뿐이었다. 속인의 행색을 하고 있는 것은 그녀뿐이었다. 스스로의 몸짓이 자꾸 별쭝스럽게 느껴지고, 마치 인간으로 진화되지 못한 하등 동물같이 생각되었다. 번들거리는 머리에 승복을 입은 스님들을 바로 건너다볼 수 없도록 쭈뼛거려지고 어줍어지곤 했다. 그들 앞에서는 걸음 걸이마저 흐트러지곤 했다.

그녀는 자꾸 고개를 숙이고 어깨를 늘어뜨린 채 걷곤 했고, 정랑에 갈 때도 앞마당을 피하여 뒤란을 걸어서 다니곤 했다.

머리 길고 속인의 옷을 입은 채로, 눈같이 날리는 산벚 꽃잎들을 보았고, 백양나무 잎사귀들이 마파람에 하얗게 뒤집히어 반짝거리는 것을 보았다. 그 잎사귀들이 모두 떨어지고, 앙상한 가지들이 흰 솜옷을 껴입는 것을 보았고, 그녀가 막 산문에 들어섰을 때처럼 산벚꽃이 망울을 터뜨리는 것을 보았다.

흰 새들의 사체처럼 흉측하게 떨어져 누운 목련 꽃잎들을 쓸다가 그녀는 빗자루를 내던지며 은선 스님의 방으로 뛰어 들어갔다. 방 한가운데 빨랫줄에는 물 묻힌 소창들이 널려 있었다. 은선 스님은 책상 위에 원고지를 놓고 무슨 글인가를 쓰고 있었다. 그녀가 들어서자 은선 스님은 만년필을 놓았다. 그녀는 무릎을 꿇고 앉으면서 은선 스님의 얼굴을 정면으로 건너다보았다.

"저 어떻게 하실 참이십니까, 스님?"

그녀는 대들듯이 물었다. 그녀의 숨은 가빠져 있었고, 목이 메어 있었다. 은선 스님은 그녀의 얼굴을 그윽히 건너다보다가, 눈길을 방바닥으로 떨어뜨리면서 빙긋 웃더니 말했다.

"너를 어떻게 할 사람은 너밖에 없다."

그녀는 대꾸할 말을 찾아내지 못한 채 멍히 은선 스님의 얼굴을 건너다보고만 있었다. 더 눌러있고 싶으면 있고, 나가고 싶으면 나가라는 말인 거로구나. 그녀는 가슴속에서 울음이 뭉쳐졌다. 이를 물고 가슴을 크게 열면서 숨을 들이쉬었다. 여기서 물러서면 안 된다. 이겨 내야 한다. 그녀는 스스로를 타일렀다. 언제까지 이렇게 두고 있는지 한번 기다려 보자. 그녀는 욱하는 마음으로 뛰어 들어와서 대들듯이 말하고 있는 자신의 경솔함을 후회하면서, 두 손을 방바닥에 짚고 머리를 조아렸다. 잘못했다고 말하려 했다. 그러나 입을 열기만 하면 울음부터 터져 나올 것같아 말을 하지 않고 일어섰다.

은선 스님은 그 봄이 가고 뒷산에서 뻐꾹새가 극성스럽게 울어 대는 초여름의 한낮에 공양간으로 그녀를 데리러 왔다. 손에 묻은 물을 뿌리면서 마당으로 나왔을 때, 그녀는 마당에 쏟아지는 흰 빛살 때문에 눈이 부셨다. 은선 스님은 아무 말도 하지 않고 앞장서서 가기만 했다. 뻐꾹새의 울음은 그쳤고, 산은 정적에 싸였다. 바람도 불지 않았다. 모든 것이 정지해 있었다. 구름 한 장 떠 있지 않았다.

그녀는 눈을 감은 채 뒤따라 걸었다. 혹시 큰고모나 작은고모가 나를 찾아오지 않았을까. 은선 스님이 나를 내보내려고 이러는 것일까. 내보내면 가야지. 그녀의 가슴에는 감은 눈의 망막에 덮인 어둠 같은 검은 적막이 심연처럼 괴어 있었다. 그녀는 가슴이 차분해졌다. 일종의 해방감 같은 것을 느꼈다. 몸이 새의 깃털같이 가벼워진 것 같았다.

은선 스님은 그녀를 자기의 방으로 데리고 들어가서 말했다.

"너, 이제부터 그 부처 죽이는 공부를 시작해야겠다."

그녀는 눈을 동그랗게 뜨고 은선 스님을 건너다보았다. 은선 스님이 말을 이었다.

"너, 여기 막 왔을 때, 깨달음이란 무엇이냐고, 깨달으면 누구든지 부처가 된다는데 저도 부처가 될 수 있을까요, 하고 물었었지?"

그녀는 얼굴이 뜨거워졌다. 고개를 숙이고 눈길을 장판 바닥으로 떨어뜨렸다. 은선 스님의 말이 바늘같이 아프게 그녀의 귀청과 살갗 여기저기를 쏘아 댔다.

"너는 여기 들어서기 전에 이미 깨달을 것 다 깨닫고 있었고, 될 부처 다되어 있었느니라. 그 섣부른 부처 때문에 네가 죽게 된다. 혼자만 고이 죽으면 좋지, 다른 사람까지 죽이니까 큰일이지."

은선 스님의 이 말을 듣는 순간 그녀의 가슴속에서 뜨거운 덩어리 하나가 뭉쳐졌다. 그것이 목구멍으로 넘어오는 것을 막을 수가 없었다. 언제 들어왔는지, 자영 스님이 울지 말라고 달래면서, 줄자로 그녀의 몸을 재기 시작했다.

그녀는 은선 스님이 아만我慢을 버리라는 뜻으로 그렇게 말한 것이리라고 생각했다. 한데, 은선 스님은 그녀가 계를 받은 뒤에, 자영을 강원으로 보내고, 그녀를 옆방으로 불러내어 시봉하게 하면서 말했다.

"부처님을 만나면 부처님을 죽이고 조사를 만나면 조사를 죽여야 한다. 결국은 나까지도 죽여야 한다."

무슨 뜻으로 한 말인지 가늠할 수가 없었다. 잠자리에 들면서도 그생각, 빨래를 하면서도 그 생각, 예불을 하면서도 그 생각만 했다. 부처님의 길을 가야 할 사람, 조사님들의 수행 방법을 본받아야 할 수행자가 어떻게 부처님을 죽이고 조사를 죽인단 말인가. 어떻게 자기의 은사 스님까지도 죽여야 한단 말인가.

은선 스님은 이후 아무런 말도 하지 않았다. 그녀에게 그런 말을 한 저의가 무엇인지도 말하지 않았다. 무슨 공부를 어떻게 하라는 말도 하지 않았고, 가까이 앉혀 놓고 따뜻한 정 어린 이야기 한 번도 해주지 않았다. 필요한 때 심부름을 시킬 뿐이었고, 그녀가 빨랫감을 내가는 것이며 방 청소를 하는 것이며 말없이 지켜볼 뿐이었다. 하루 내내 서로 말한마디 건네지 않을 때도 있었다. 그녀는 막막했다. 은선 스님이 조심스러워서 기침 한 번 마음 놓고 못 했다. 방문을 소리 없이 열고, 고양이처럼 걸어 다녔다. 자기 상좌를 이렇듯 쌀쌀하게 대할 수가 있을까. 전에 데리고 있던 자영이나 진성한테도 그랬을까.

은사 스님은 어머니가 자기 고명딸한테 하듯이 자기 제자를 사랑하고 아낀다던데……. 그녀는 점차 은선 스님의 차가움이 불만스러웠다. 첫날 절 삼천 번을 해내고, 다음날 또 그걸 해냈다. 사흘째 되는 날, 그녀는 몸의 모든 관절이 시고 아렸고, 뻐드러진 것을 오그리기가 어려웠고, 한번 오그린 것을 펴기가 힘들었다. 법당에서 죽어 늘어질 때까지 삼천 배를 해내야 한다고 독심을 먹고 계속했다.

밖에는 눈이 내리고 있었고, 촛불은 눈을 끔벅거리면서 그녀를 내려다보았다. 절을 제대로 하고 있는지 어쩌는지 살피러 온 듯한 그림자들이 가끔씩 법당 옆문 앞에 서 있다가 사라지곤 했다. 그녀는 옆문 쪽을 돌아보지 않고도 그녀의 반쯤 연 눈 어름에 어른거리는 빛살로 그걸 모두 짐작할 수 있었다. 짜증이 났다. 감시한다고 해서 절을 제대로 하고, 감시하지 않는다고 제대로 하지 않을 자기가 아니었다. 묵언과 삼천 배를 하는 것은 자기와 약속한 바였고, 내기를 걸어 둔 것이었다. 짜증을 내고 있는 스스로를 꾸짖었다. 와서 살피면 어떻고, 살피지 않으면 또 어떠냐. 바깥의 일에 아랑곳하지 말자고 스스로 타일렀다. '부처를 죽이고 조사를 죽이고, 결국은 나까지도 죽여야 한다'고 하던 은선 스님의 말을 생각했다. 마을 여기저기에서 주워들은 부처에 대한 것, 책 속에서 아무렇게나 읽은 것들을 모두 잊자고 생각했다. 오직 반개한 눈으로 고통스럽게 절을 계속하고 있는 그녀를 내려다보는 법당 안의 부처님만 생각하기로 했다. '결국은 나까지도' 하고 말한 부분도, 속세에 알려져 있는 은선 스님을 깡그리 없애고, 눈앞에 보이는 은선 스님만 생각하라는 말일 것이라고 풀이했다. 그렇다. 그것은 자기 오만으로부터 비롯된다. 그 오만이 나를 은선 스님의 허락도 받지 않은 채 병원으로 뛰어가게 한 것이다.

다 버리자. 다 죽이자. 그녀가 비틀거리면서 이렇게 외치고 있을 때, 은선 스님의 목소리가 흘러 들어왔다.

"절 그만 하고 나 따라오너라."

그녀는 한동안 마룻바닥에 쓰러져 있었다. 일어서려고 하여도 몸이 말을 듣지 않았다. 은선 스님의 말 한마디가 그녀의 모든 뼈마디와 근육들을 무너져 앉게 한 것 같았다. 울음이 목구멍을 막고 있었다. 그 울음 때문에 몸은 허물어져 있었다. 묵언을 하고 있는 동안 내내 계속하라고 할 줄 알았던 일일 삼천 배의 벌이 이렇듯 쉽게 끝나다니…… 텅 빈 겨울 들판 같은 허탈감이 가슴속을 쓰라리게 했다. 새삼스럽게 억울하고 분한 생각이 일어났다.

"얼른 결정해라. 이 남자를 따라서 마실로 내려가든지, 아니면 돌아서서 부처님 앞으로 가든지. 여기, 너 만류할 사람 아무도 없다."

은선 스님이 암자 마당에서 그녀를 박현우와 마주 세워 놓은 채 이렇게 말했을 때, 청화는 칼로 도려내는 듯한 배반감을 느꼈었다. 내가 왜 이 하얀 눈밭에서 저 남자와 마주 선 채, 마을과 부처님 사이에서 선택해야만 한단 말인가. 은선 스님이 냉혹하고 잔인스럽다고 생각했다. 복수하고 싶었다. 보란 듯이 박현우에게 다가가서 그의 팔짱을 끼고, 은선 스님과 대중 공사를 열어 그녀를 심판하던 모든 대중들을 비웃어 주고, 발목이 흠뻑 묻히는 눈을 밟으며 산을 내려가고 싶은 충동이 일었다. 청화는 그러나 박현우의 찌푸린 눈살을 보는 순간 몸을 돌렸다. 그의 비굴함이 미웠다. 애원하고 통사정하는 듯한 표정이 던적스러웠다. 얼핏 현종 선생의 얼굴을 그대로 닮은 것이 보기 싫었다. 눈을 밟아 가면서 그녀는 어디론가 도망쳐 버렸으면 좋겠다고 생각했다.

청화, 순녀! 하고 부르는 박현우의 목소리가 뒤통수를 때렸을 때, 그녀는 돌아서서 악을 쓰듯이 외쳐 주고 싶었다. 왜 남의 이름을 그렇게 함부로 부르느냐고, 보기 싫다고, 다시는 나타나지 말라고 울부짖어 대고 싶었다.

솜덩이 같은 눈을 소담스럽게 받쳐 인 소나무 숲 사잇길로 들어서다가 그녀는 박현우의 실성한 듯한 웃음소리를 들었다. 그 웃음소리는 날갯죽지가 꺾인 새처럼 퍼덕거리면서 눈밭을 이리저리 뛰어다녔다.

'스님, 제 소원을 들어주시지 않고 이대로 가시면 저는 다시 제 목숨을 끊을 수밖에 없습니다. 저는 반드시 원귀가 되어 세세생생 스님의 공부를 방해할 것입니다. 다행히 스님께서 공부를 성취하여 죽은 저의 원귀를 제도할 수 있으면 모르지만, 그러지 못하면 스님은 수도를 핑계하여 괜히 죄 없는 사람 하나만 죽이는 것이 됩니다. 저의 목숨은 스님의 처분에 달려 있습니다. 한 중생을 거두는 보살행을 하시겠습니까, 아니면 그대로 죽어 가게 하시겠습니까? 저는 기다릴 겁니다. 제 몸에 수분이 한 방울도 남지 않고 모두 받아질 때까지…….'

빨래를 해 가지고 돌아가는 그녀의 앞을 막아선 채 그가 하던 말이 생각났다.

'스님께서 제 옆에 계셔 주시지 않는 한 저의 이 삶은 아무런 의미가

없어집니다.'

　그가 하던 말을 생각하면서 그녀는 발을 멈추었다. 이대로 돌아가는 것은 그를 이 눈밭에 내팽개치는 것이나 한가지다. 아니, 그가 새로운 삶의 뜻을 찾도록 해주지 않는 한 그는 정말로 그의 모든 수분이 밭아지도록 절 밑의 여관방을 나가지 않을 것이다. 그에게는 용기와 자신감이 필요하다. 그녀는 몸을 돌렸다. 다시 그를 만나러 감으로 해서 자기에게 더 큰 벌이 내려지리라는 것을 그녀는 잘 알고 있었다. 그러면서도 그녀는 발을 멈추지 않았다. 그를 만나서 무슨 말을 어떻게 해주겠다는 생각을 해보지도 않은 채 그녀는 산 아래쪽으로 달려 내려갔다. 우체국 앞에서 고개와 어깨를 무겁게 떨어뜨리고 흐느적거리며 걸어가는 그를 따라잡았다. 그녀는 목부터 메었다. 그보다 앞장서서 그가 잡아 놓은 여관방을 찾아 들어갔다. 그가 바쁘게 그녀를 뒤쫓아 들어왔다.

　그의 흐느적거리던 몸이 힘을 되찾았고, 눈이 반짝거렸다. 그는 방 안에 들어서자마자 그녀를 얼싸안은 채 펄쩍펄쩍 뛰었다. 그녀는 그의 팔을 뿌리치고 그의 얼굴을 매섭게 쏘아보았다.

　"박현우 씨 말대로, 옆에 계속 붙어 있어 주려고 이렇게 온 것이 아니에요. 저는 수행하는 사람이에요. 별스럽게 잘 드는 낫을 대고, 도끼나 톱을 대도 넘어지지 않아요. 일찌감치 마음을 돌려요. 이제 박현우 씨가 구해야 할 사람은 속세에 있어요. 저는 박현우 씨 때문에 벌을 받고 있어요. 앞으로 두 번 다시 저를 찾아오지 말아요. 끝까지 찾아다니면서 저를 괴롭히면 우리 두 사람한테 모두 상상할 수도 없는 불행이 닥치게 될 거예요."

　그녀는 말을 하면서도 자꾸 현종 선생을 생각했다. 어떤 일로 해서 현종 선생은 죽어 갔고, 그의 혼백이 이렇게 이 사람의 몸을 빌려 헤매다가 그녀를 찾아왔는지도 모른다고 그녀는 생각했다.

"제 말은 이것뿐이에요. 아무튼 마을로 돌아가 부디 잘 사십시오."

그녀는 그를 피해서 출입문 앞으로 갔다. 그가 문을 막아서면서 문고리를 잠갔다.

"못 가시게 하지는 않겠습니다. 가십시오. 저도 스님의 말씀대로 곧 이 방을 나가겠습니다. 앞으로 꼭 오 분간만 제 이야기를 들어주십시오."

그녀는 머물러 주었다. 5분간만 이야기를 들어 달라는데, 그걸 마다할 수는 없었다. 어서 말해 보라고 했다. 그는 그녀보고 앉으라고 했다. 어떻게 마주 선 채 이야기를 할 수 있느냐고. 마주 앉아 주지 않으면 말하지 않을 것 같아, 그가 가리키는 자리에 앉아 주었다.

그는 그녀의 얼굴을 멀거니 건너다보기만 할 뿐 입을 열지 않았다. 그녀는 조급해졌다. 얼른 돌아가 법당에서 절을 계속해야 했다. 그사이에 절하는 것을 감시하려고 누군가가 법당문 앞을 다녀갔을지 모른다. 그에게 빨리 말을 하라고 재촉했다. 그가 마른 입술에 침을 바르더니 담배 한 개비를 꺼내 물었다. 5분이 지나고 10분이 지났다. 그녀가 다시 재촉했다. 그는 담배 연기만 빨아 뿜었다. 말하지 않을 테면 돌아가겠다고 몸을 일으켰다. 그가 그녀의 앞을 또 막아섰다.

"왜 이러는 거예요?"

그녀가 짜증을 냈다. 그가 이제 말하겠다고 했다. 그녀는 다시 마주 앉으면서 괜히 여기까지 왔다고 후회했다. 이미 늦은 후회였다. 그가 조심스럽게 입을 열었다. 그가 하나하나 꿰어 가는 낱말과 낱말 사이에는 적어도 1, 2분쯤의 시간이 다리를 놓고 있는 것 같았다. 그녀는 조급증이 일었다. 그래도 눌러 참을 수밖에 없었다. 그것은 그녀가 이미 저질러 놓은 업장의 결과였다.

"스님을 저는 스님이라고 부르지 않겠어요. 입원실에서 스님을 막 보앉을 때 저는 어디서 본 것 같다는 생각을 했어요. 학교 다닐 적에 같은 동네에 살면서 늘 보았든지, 어린 시절을 함께 보냈든지, 아니 전생에 아주 가까운 인연을 맺었든지……. 저는 청화 스님과의 만남을 결코 우연이라고 생각지 않습니다. 저는 제가 왜 여기까지 흘러 들어왔는가 하는 것을 잘 모릅니다. 그런데 이 며칠 사이에 그것을 알아차리게 되었어요. 인연 때문입니다. 저는 무조건 가까운 산을 찾아 나섰어요. 산속에다 모든 것을 돌려주고 싶었어요. 산이라도 절이 있는 산을 찾았어요. 저는 스님들을 좋아하고, 쇠북 소리, 목탁 소리, 염불 소리를 좋아합니다."

방 안에 담배 연기가 가득 찼다. 그는 자꾸 새 담배를 꺼내서 꽁초 끝에다 대고 빨아 불을 붙이곤 했다. 그녀는 조급했다. 그가 얼른 말을 끝내 주기를 바랐다. 그는 이야기를 쉽게 끝내려고 하지 않았다.

"한 가엾은 여자가 있었어요. 그 여자는 육이오 때 왼쪽 걸음을 걷다가 산속으로 도망쳐서 아기를 뱄습니다. 겨울 산을 내내 헤매다가 어느 날 밤 자기 뱃속에 씨를 심어 준 사람과 헤어지게 되었고, 그리하여 마을에 있는 그 사람의 집을 찾아갔습니다. 그 집에는 그 사람의 늙은 아버지와 어머니만 있었습니다. 만삭한 배를 안은 채 그 집의 골방 속에서 살다가 어느 늦은 봄, 밤에 몸을 풀었습니다. 아들이었습니다. 한 이레 뒤에 그 여자는 핏덩이 아들을 둔 채 온다 간다는 말 한마디 없이 어디론지 가버렸습니다. 아기는 그 사람의 어머니가 젖을 동냥질해 먹이기도 하고, 미음이나 암죽을 쑤어 먹이기도 하면서 키웠는데…… 장차 그 아기가 커서 이렇게 되었습니다."

현우가 말을 끊었다. 그가 빨고 있는 담배 개비는 벌써 꽁초가 다 되어 있었다. 그녀는 얼른 돌아가겠다는 생각을 버렸다. 받고 있는 벌 위에 더 큰 벌이 내려지더라도 어쩔 수 없다고 생각했다. 그가 자기를 낳은 지 이레 만에 어디론지 가버렸다는 어머니에 대한 이야기를 계속했다.

그녀의 머릿속에 한 여자의 얼굴이 그려졌다. 그 여자는 떨어진 군복을 입고, 전투 모자를 썼다. 배가 불러 있었다. 못 먹어 영양실조가 된 데다 겨울 산의 추위에 시달려 얼굴이 누르퉁퉁하게 부었다. 총소리가 산의 골짜기와 등성이를 뜀박질했다. 배부른 그 여자가 비치적거리면서 달려가다가 돌 틈에 몸을 숨겼다. 산머리에서 놀이 핏빛으로 타고 있었다. 골짜기 여기저기에 피투성이가 된 시체들이 널려 있었다. 그 시체들 위로 땅거미가 내리고 있었다. 배부른 여자가 시체의 얼굴을 하나하나 살피고 다녔다. 엎어진 시체를 뒤집어 놓고 보기도 하고, 물웅덩이에 처박힌 시체를 끌어올려서 보기도 했다. 여자가 죽어 늘어진 한 남자의 시체를 끌고 갔다. 앙상한 진달래와 철쭉과 싸리나무들이 키 차게 자란 숲에 놓고, 괭이를 들어 땅을 파기 시작했다. 땅은 꽁꽁 얼어 있었다. 괭이 날이 언 땅에 부딪혀 튕겼다. 여자는 손에다 침을 뱉어 발라 가면서 괭이질을 계속했다. 주먹 하나가 들어갈 만한 구덩이를 팠다. 여자는 그 구덩이를 키워 갔다. 어두워졌다. 산 전체가 어둠 속으로 깊이 가라앉고 있었다. 여자는 어둠 속에서 허우적거리며 괭이질을 했다. 구덩이가 엉덩짝을 들이밀 만큼 커지고, 다리를 뻗고 앉을 만큼 커지고, 드러누울 만큼 커졌다. 여자가 시체의 발목을 잡아 끌어다가 구덩이 속에 밀어 넣었다. 바르게 눕혔다. 비로소 구덩이에서 솟던 어둠이 멈추었다. 여자는 잠시 무릎을 꿇고 앉아, 구덩이에서 솟는 어둠을 등으로 눌러 막고 있는 시체를 내려다보았다. 여자의 몸에서는 김이 솟고 있었다. 여자는 자기의 윗옷을 벗어서 시체의 얼굴을 덮은 다음 괭이로 흙을 긁어다가 시체를 덮기 시작했다. 가슴, 다리, 발, 목, 얼굴을 덮었다. 파냈던 흙을 모두 긁어다가 덮고 나서, 그 흙 위로 올라섰다. 그걸 밟아 주었다. 여자는 괭이를 언덕 너머로 멀리 던지고 산을 내려갔다. 발을 헛디디고 엉덩방아를 찧으면서 주저앉기도 하고, 미끄러져 넘어지기도 하고, 굴러 떨어지기도 했다. 나뭇가지에 얼굴을 할퀴거나 소나무 잎사귀에 눈을 찔리지 않으려고, 두 손을 팔랑개비 돌리듯이 내저으며 발을 옮겼다.

"저를 키운 할머니와 할아버지는 제 어머니를 찾으려고 하지 않았어요. 그러면서두 당신네 아들의 씨를 뱃속에 담아 가지고 찾아와 낳아 주고 간 것을 항상 눈물겨워하곤 했어요."

현우는 잠시 말을 끊었다. 청화는 그의 손가락 사이에 낀 담배 끝에서 실오라기처럼 피어오르는 연기를 보며, 먹물로 범벅을 치듯이 그린 듯한 여자의 모습을 떠올렸다. 그 시꺼먼 여자는 그녀가 현우와 마주 앉아 있는 그 순간에도 깊은 산속 어디인가를 헤매어 다닐 것만 같았다.

"그런데, 어둠 속에 잠겨 있는 것만 같은, 아니 그 어둠 속을 헤매다가 스러져 간 두 사람의 망령이 어느 날 제 앞에 나타났어요."

현우가 담배 연기와 함께 말을 뱉어 냈다. 청화는 연기로 변해서 호리병 속에 들어 있다가 기어 나왔다는 괴물 같은 망령을 생각했다. 그의 손가락에 낀 담배 개비 끝에서 피어올랐다가 흩어져 그를 둘러싼 연기처럼 그 망령은 그를 에워싼 채 억압하고 있는지도 모른다고 그녀는 생각했다. 그가 말을 이었다.

"제가 장가들어서 아들딸 낳고 잘 사는 것을 보고 죽겠다고 악을 쓰면서 사시던 할아버지와 할머니는 제가 고등학교에 들어가던 해에 거푸 돌아가셨습니다. 저는 거지처럼 학교에 다녔어요. 삼학년 때, 담임 선생님 집에서 그 집 아이들하고 함께 먹고 자고 했어요. 물론, 그 집 아이들을 가르쳤습니다. 졸업할 무렵에 담임 선생님이 한 학교를 소개해 주었습니다. 사관학교였어요. 그 학교에 들어갔어요. 한데, 산에서 죽은 한 남자와 저를 낳아 준 여자의 망령이 제 신원 조회에 나타났습니다. 그 학교 가기를 작파하고 저는 떠돌았어요. 막노동도 하고, 리어카를 끌고

다니면서 고물장수도 하고, 엿장수도 하고…… 그러면서 저는 술을 퍼
마셨습니다."

그는 말을 더 계속하기가 치욕스러운 듯 얼굴을 으둥카리처럼 일그러
뜨렸다. 청화는 그의 얼굴을 건너다보면서, 그럴수록 이를 갈아붙이면
서 살아야지 죽기는 왜 죽는단 말인가, 하고 생각했다.

"저는 복수를 생각했어요."

그는 끝없이 담배를 피웠다.

"복수의 대상이 되지 않는 사람들이 한 사람도 없었어요. 예쁜 여자
들을 보면 그 아름답고 고운 얼굴을 칼날로 긁어 버리고 싶고, 고급 승
용차를 보면 바퀴의 바람을 빼버리고 돌로 유리창을 깨버리고 싶어졌어
요. 고대광실 높은 집을 보면 불을 처지르고 싶었고, 사람들이 우글거리
는 곳에다 폭탄을 내던지고 싶어졌어요."

그가 담배 연기를 빨아 마셨다. 청화는 몸서리를 쳤다. 그에게서 차
가운 바람이 건너오고 있었다. 그는 꽁초가 다 된 담배 개비를 재떨이에
비벼 버리고 두 손을 사타구니에 찌르면서 눈을 감고 머리를 깊이 조아
렸다.

"사람으로서는 차마 할 수 없는 일들을 너무 많이 하고 다녔어요. 그
이야기들을 어떻게 이 자리에서 당신 앞에 다 할 수가 있겠어요? 밤에
담을 넘어 들어가 돈도 훔치고, 여자도 훔치고, 돌을 던져서 유리창을
깨기도 하고…… 여자들 가운데서도 젊은 유부녀들만 훔쳤어요. 자기
남편과 같은 방에서 자는 여자도 훔치고, 딴 방을 쓰는 여자도 훔쳤어
요. 그 여자들 훔치기가 가장 쉬웠어요. 잠이 든 젊은 여자의 가장 깊은
속옷을 면도날로 찢어 없앤 다음 정사를 시작하는 겁니다. 대부분의 여
자들은 자기가 잠든 사이에 자기의 남편이 그 일을 벌이고 있는 것으로
여기고 쉽게 협조를 해주더군요. 한데, 꼬리가 너무 길었어요. 어느 늦

은 여름밤 저는 제가 범하려 했던 한 여자의 남편한테 붙잡혀서 곤죽이 되도록 얻어맞았습니다. 그리고 묶이어 들어가서 두 해 동안 큰집 밥을 먹었습니다."

그는 말을 멈추고 숨을 깊이 들이마셨다. 머리를 조아린 채 숨을 죽였다. 청화는 그의 덥수룩한 머리칼들과 거뭇거뭇하게 수염이 난 얼굴을 보면서 몸을 떨었다. 표범한테 잡힌 암사슴같이 살이 찢기던 일, 시꺼멓게 털이 돋은 맹수의 이빨 같은 어둠 속에서 씹히던 일이 떠올랐다.

그는 말을 이었다.

"저는 큰집 밥을 먹고 나온 뒤에도, 어슬렁어슬렁 골목길을 걸어다니면서 다시 여자들을 훔칠 생각만 하고, 그럴 기회만 노렸습니다. 이번에는 결코 실수하지 않았어요. 이것저것 잘 훔치고, 곤죽이 되도록 술을 마시면서 도둑고양이같이 살았습니다. 저는 점차 저하고 함께 학교를 다니던 친구들 가운데서, 저한테 늘 으스대거나 괄시하곤 했던 친구의 집을 찾아가서 앙갚음할 계획을 짰어요. 자기네 할아버지가 반동분자로 지목되어 숙청된 친구였어요. 그 친구는 폭군이었어요. 학교에 갔다가 오면서 그 친구는 저한테 쇠똥을 먹이고, 저를 엎어 놓고 말을 타듯 타곤 했어요. 저는 그 친구를 비웃으며 그 친구의 집에 검은 바람처럼 스며 들어가서 그 친구의 아내를 훔쳤습니다. 한데, 그 친구의 아내가 저한테 당한 지 며칠 뒤에 정신 이상이 돼버렸습니다. 다른 친구한테서, 그 친구의 아내에 대한 이야기를 들었습니다. 그 친구의 아내가 밤에 잠을 자다가 느닷없이 방구석에 웅크린 채 벌벌 떨고 있었다는 것이었어요. 그 친구가 불을 켜고 보니, 그의 아내는 손에 무엇인가를 움켜쥐고 있었다는데, 그것은 예리한 칼로 갈기갈기 찢어 놓은 팬티였다는 것이었어요. 결국 그 친구 아내는 정신 병원에 들어갔고, 거기서 다섯 달 만에 나왔답니다. 어느 날 시장에 갔다가 오면서 발작을 일으켜 차도로 뛰어들었는데, 달려오던 트럭이 그의 아내를 갈아 버렸답니다. 저는 다른 친구들한테 이끌려서 그 친구 아내의 장사 지내는 데 갔습니다. 그 친구는 두 손바닥으로 얼굴을 가린 채 울어 댔습니다. 그 친구의 등 뒤에 머리 희끗희끗한 여자가 세 살쯤 되었을 아기를 안고 있었습니다. 그 늙은 여자는, 웅성거리는 사람들을 둘러보며 눈을 말똥거리고 있는 그 아기의 볼에다가 이마와 볼을 가져다 대고 문지르면서 오열했습니다. 저는 혀를 물고 그 자리를 빠져나왔습니다. 어둠 속에 묻히고 싶었습니다. 형체도 없이 사라져 가고 싶었어요. 산을 생각하면서 차를 타지 않고 걸었습니다. 걸으면서 저는 제가 살아온 세월들을 모두 긁어모았습니다. 저는 그것들을 모두 저를 잉태하게 해준 산에다 돌려주자고 생각했습니다."

그가 말을 끊고, 담뱃갑을 집어 들었다. 담배가 없었다. 그는 빈 담뱃갑을 구겨 쥔 채 쓴 입맛을 다셨다. 그녀를 건너다보는 그의 눈은 충혈되어 있었다. 청화는 그의 몸뚱이가 모두 수천수만의 미세한 죄악의 분말로 뭉쳐 놓은 것처럼 지긋지긋하게 느껴졌다. 방 안에는 그가 뿜어 내놓은 병균 같은 악마의 독기가 가득 차 있었다. 그것이 그녀의 콧구멍을 통해서 가슴속으로 들어가고, 그녀의 혈관을 타고 모든 세포 속에 들어박혔을 것 같았다. 그녀도 그와 같은 악마가 되고 있는지도 모른다고 생각됐다. 그는 고통을 참지 못하는 사람처럼 고개를 외틀고 몸통을 꼬았다. 눈을 감고 머리를 저었다. 얼굴을 일그러뜨린 채 웃었다.

"지금 제가 왜 이러는지 모르겠습니다. 지금까지 제가 한 이야기들 가운데는 정말도 있고 거짓말도 있어요. 저는 지금 저를 철저하게 분쇄하고 파괴하고 싶습니다. 저는 지금의 순간을 사랑할 뿐 중첩되는 내일과 영원을 사랑하지 않습니다. 내일과 영원을 핑계대면서 사람들은 얼마나 잔인한 짓들을 합니까? 사실은 저, 사관학교에서 퇴교退校를 당했

습니다. 자유가 말썽이 되었고, 영원한 합리를 위해서 순간적인 불합리
와 순간적인 잔혹 행위가 정당화되고 있는 것에 대하여 분노한 제 일기
가 말썽이었습니다. 솔직한 것이 병이었어요. 고해 성사 같은 일기를 쓰
는 일이 저는 한없이 즐거웠습니다. 저는 그 일기 속에 자유인의 얼굴과
가슴을 늘 그려 놓곤 했어요. 진짜 사랑, 진짜 자비는 지금의 순간을 사
랑하는 데서부터 시작해서 그 순간을 사랑하고 아끼는 데서 끝납니다.
미래라든지 영원이라든지 하는 것들은 지금의 순간이 나아갈 방향 속에
들어 있는 많은 점들에 지나지 않는 것입니다. 순간순간이 존재할 뿐 미
래나 영원은 존재하지 않아요. 그런데 있지도 않은 미래나 영원을 위해
모든 순간들은 살육되고 있습니다. 그 순간을 살고 있는 저는 그 영원
을 위하여 수백 수천수만 번 살육당하고 있었습니다. 저는 땀을 뻘뻘 흘
리고 뜀박질을 하면서, 무거운 장비들을 짊어진 채 산언덕을 기어오르
면서, 뙤약볕 아래서 오와 열을 맞추어 걸으면서, 수없이 죽어 넘어지고
있는 저를 보곤 했습니다."

그는 그녀의 눈을 쏘아보았다. 청화는 진저리를 쳤다. 그의 시선이
바늘처럼 날아와 꽂히고 있었다. 그의 시선은 살기를 띠고 있었다.

"제 얼굴, 이 범죄자의 눈을 똑똑히 보십시오. 저는 우리 근대사의 한
순간 한순간들이 누적된 부정적인 결과이고, 그 모습입니다. 저는 그 부
정적인 역사의 부정적인 찌꺼기를 그것이 잉태된 그 자리에 장사 지내
려고 작정했습니다. 한데, 그걸 하필 당신이 건져 올렸어요. 이렇게 건
져 올려진 이 목숨은 이제 저의 것이 아닙니다. 이것은 당신의 것입니
다. 때문에 저는 이 몸뚱이 모두를 당신에게 돌려주어야만 합니다. 어떻
게 할까요? 저는 다시 이 땅에다가 부정적인 어둠을 더욱 어둡게 색칠
하면서 살아가야 합니까, 아니면 그 어둠을 불질러 밝히는 빛이 되어야
합니까? 그러려면 어떻게 해야 합니까? 저는 모릅니다. 힘도 없고, 자

224

신도 없고, 갈 길도 모릅니다. 제 앞에는 어지러운 어둠, 막연한 안개가 휘돌고 있을 뿐입니다."

방 안에 어둠이 들어차 있었다. 그 어둠은 호리병 속에 갇히어 있다가 빠져나온 괴물처럼 그녀를 억압했다. 그들 두 사람은 아무도 방 안에 불을 밝히려고 하지 않았다. 청화는 그를 떨치고 돌아가야 한다고 생각했다. 앞으로 그의 입에서 나올 말은 뻔했다. 어둠이 그와 그녀의 몸을 한데 묶고 있었다. 그녀는 인연의 끈을 생각했다. 그녀와 그는 이 순간에 이 방 안에서 이와 같이 어둠을 호흡하면서 앉아 있도록 오래전부터 마련되어 있던 것만 같았다. 마주 앉아 있는 사람이 현종 선생인 듯싶어지기도 했다. 그 현종 선생이 다시 태어나 이때껏 어둠 속을 헤집고 다닌 이야기를 들려주고 있는 것 같기도 했다. 아니, 그녀의 어머니를 늘 찾아다니곤 하던 그 남자, 그날 밤 맹수 같은 어둠이 되어 그녀의 맨살을 찢어 대던 그 남자가 다시 태어나서, 자기가 지은 죄로 말미암아 벌을 받으며 시궁창 같은 어둠 속을 헤매어 다닌 이야기를 들려주고 있는 것 같았다. 그녀는 어둠 저쪽의 그를 건너다보며 해주어야 할 말을 준비하고 있는데 그가 말을 이었다.

"저를 다시 태어나게 한 당신은 이제부터 제 어머니 노릇을 해주어야만 합니다. 물론 제 아내 노릇도 해주어야 하고, 제 친구 노릇도 해주어야 합니다. 저도 빛이 되어서 세상을 밝혀 보고 싶어요. 그러기 위해서는 당신이 필요합니다. 마을로 내려가서 머리 기르고 저하고 함께 삽시다."

그녀는 자기도 모르는 사이에 가슴을 넓게 펴고, 그를 정면으로 건너다보았다.

"사람이 스스로 죽겠다고 작정한다는 것은 보통 용감한 일이 아닙니다. 이때껏 해온 일들로 미루어 볼 때, 처사님은 보통으로 용기 있는 사람이 아니에요. 자신을 가지십시오. 바로 그 용기로 한번 살아가 보십시오. 날이 저물었습니다. 처사님께서 무슨 말을 어떻게 한다 해도, 무슨 행동을 어떻게 한다 해도 제 마음은 절대로 물러지지 않을 겁니다. 부탁입니다. 저를 찾아다니면서 괴롭히지 말고, 내일 아침에 날이 밝는 대로 돌아가 주십시오."

이렇게 말한 다음 그녀는 일어섰다. 그가 일어서서 앞을 막았다. 그녀는 그의 몸에 그녀의 살이 닿지 않도록 하기 위하여 모로 돌아서면서 문고리를 잡아 돌렸다. 그가 그녀의 손을 잡았다. 그녀는 그의 손을 뿌리치면서 몸을 피했다. 그러느라고 구석 쪽으로 두어 걸음 물러섰다. 그가 그녀를 노려보면서 말했다.

"그냥 보내지 않겠어요. 제 몸속에는 아직도 악마의 피가 살아서 펄펄 뛰고 있습니다. 하려고만 하면 저는 언제 어느 때든지 악마로 변할 수 있습니다. 아니, 저는 이미 악마로 변해 있어요. 당신이 지금 결정해야 할 문제는, 저하고 함께 속세로 돌아가겠는가, 아니면 이 자리에서 죽겠는가, 하는 것입니다."

그가 곧 어떤 위해를 가해 올 것 같았다. 그녀는 두 손을 가슴에 올려 붙이면서 그를 마주 보았다.

"비켜 주십시오. 그렇지 않으면 소리쳐서 사람을 부르겠어요."

그녀는 울음 섞인 목소리로 말했다. 그가 고개를 세차게 젓더니, 그녀 앞에 무릎 꿇고 앉으면서 두 손을 모아 빌었다. 그의 눈이 창문에서 날아오는 빛을 받아 반짝 빛났다.

"순녀 씨, 제발 저를 구해 주십시오."

"여기서 빌어야 할 것은 저예요. 생각을 바꾸시고, 제가 얼른 나갈 수 있게 해주십시오. 저를 더 이상 괴롭히지 말아 주십시오. 저는 수행하는 사람입니다."

그녀는 애원하듯이 목멘 소리로 말했다. 그것은 어쩌면 시꺼먼 어둠 속으로 침잠해 가는 그녀의 가슴속을 밝히는 한 줄기의 촛불 빛이었다. 무너지고 꺼질 것 같은 두려운 생각이 등줄기로 써늘하게 흘러내렸다. 다리에 힘이 빠지고 가슴이 울렁거렸다. 눈에 물이 괴고, 방 안의 어둠 이 물너울같이 맴돌았다. 어떻게 이 남자의 앞을 빠져나갈까. 소리를 지르면 주인 여자가 쫓아와 줄까. 대개의 여관집 주인들은 손님으로 든 여자가 소리치는 것을 모른 체한다지 않던가. 여관집 주인 여자는 아까 그녀가 들어오는 것을 분명히 보았었다. 그녀가 여관방에서 남자를 만 났다는 말은 머지않아 절 안으로 스며들 것이다. 이제는 이 절 안에서 중노릇하기 다 틀렸다. 그녀는 절망의 낭떠러지 밑으로 굴러 떨어지고 있었다. 여기서 쫓겨나면 어디로 갈까. 큰고모한테 갈까. 작은고모한테 갈까.

"제발, 제 어머니가 돼주시고, 제 아내, 제 친구가 되어 주십시오."

그가 간절하게 신음하듯이 말했다. 그녀가 다시, 조용히 나가게 해달 라고 애원했다. 순간 그가 그녀의 허리를 덥석 끌어안았다. 그녀의 몸은 허공으로 떠올랐고, 짚단 쓰러지듯이 방바닥으로 넘어졌다. 그녀의 얼 굴은 그의 가슴속에 들어갔다.

"지금부터 저는 순녀와 제 자신을 위해서, 순녀를 파계하도록 만들 겁니다. 용서해 주십시오."

청화는 그의 가슴을 걷어 밀었다. 그는 온 힘을 다해서 그녀를 끌어 안고 있었고, 그녀는 남자의 몸내를 맡았다. 숨이 막혔고, 깜깜한 당혹 이 머릿속을 휘돌았다. 그 다음 순간 그의 손 하나가 그녀의 허리춤을 더듬고 있음을 알았다. 그녀는 그의 젖가슴을 닥치는 대로 물어뜯었 다. 그가 몸을 뒤치면서 그녀를 놓고 자기의 가슴을 부여안은 채 뒹굴 었다. 그사이에 문을 열고 밖으로 나갔다. 눈 쌓인 숲속에 푸른 어둠이

괴어 있었다. 그녀는 마치 악마의 소굴을 도망쳐 나온 것처럼 허겁지
겁 달렸다.

큰절 쪽과 은선 스님의 암자 쪽으로 길이 갈리는 지점에서 발을 멈추
고 뒤를 돌아다보았다. 따라오는 사람이 없었다. 방바닥을 뒹굴던 현우
의 모습이 보이는 듯했다. 그녀는 어깨를 늘어뜨린 채 아무렇게나 발을
옮겼다. 이렇게 먹물들인 옷을 입고 수행한다는 것이 무슨 의미가 있는
가 하는 회의가 그녀의 몸을 둘러싼 어둠처럼 가슴속에 밀려들어 있었
다. 아주 귀중한 것을 획득할 수 있는 기회를 아깝게 놓친 것만 같은 생
각이 그녀를 슬프게 했다. 그녀는 고개를 저으면서 스스로를 꾸짖었다.
자기한테 이미 내려져 있는 벌보다 더 무섭고 혹독한 벌이 내려질 것이
라는 생각을 하고, 자기는 그걸 달게 받아야 한다고 이를 물었다.

예불을 마치고 돌아온 은선 스님은 반가부좌를 한 채 청화의 눈물 젖
은 얼굴을 측은하다는 듯이 건너다보았다. 천천히 고개를 젓더니 나지
막이 말했다.

"지금 나로서는 어떻게 할 수가 없다."

청화는 충혈된 눈을 들어 은선 스님을 보았다.

"스님, 정말로 아무 일도 없었습니다. 저는 다만 그 사람이 저를 완전
히 포기하고 돌아가 전혀 다른 새사람으로 살아가도록 용기를 주기 위
해서 갔을 뿐입니다."

그녀의 말에 은선 스님은 고개를 끄덕거렸다.

"물론, 그것은 좋은 일이다. 나는 네가 좋은 일을 하고 돌아왔다는 것
도 잘 알고 있어. 모름지기 수행하는 자는 착한 행업의 공덕을 쌓아야만
한다. 그런데 수행자에게는 그게 마가 되기도 하는 법이다. 그걸 선근마
善根魔라고 한다. 자기가 하는 좋은 일에 너무 집착을 하면, 그 좋은 일

도 자라지를 못하고, 수도에도 방해가 되는 법이다."

"스님, 다시는……."

그녀가 애타는 목소리로 말했다. 은선 스님은 그녀의 말을 들으려고 하지 않았다.

"대중들이 용납하려고 들지 않을 것이다. 가거라. 수도는 반드시 산에서만 하는 것이 아니다. 나도 지금 너를 보내기는 하지만 아주 보낸다고 생각지 않는다. 네가 모든 것을 다 죽이고, 너 혼자만 되었을 때, 우리는 다시 만나게 될 것이다. 어디서든지……. 어서 가거라. 날이 밝기 전에 가는 것이 좋을 것이다."

은선 스님은 잠시 뜸을 들였다가 말을 이었다.

"가기는 가되 너는 지금부터 내가 하는 말을 잘 명심하도록 하여라. 사실은, 네가 오기 전부터 네 혼령은 벌써 여기에 와 있었는데, 네 몸뚱이가 뒤따라 여길 온 것이었느니라. 이제 다시 네 혼령은 여기에 남고 네 몸뚱이는 여기를 떠나간다. 아니, 네 몸뚱이가 여기에 남고 네 혼령이 떠나가는지도 모르지. 이제부터 네가 알아야 할 것은, 여기 남아 있는 네 혼령이 진짜 너인지, 아니면 속세를 떠도는 몸뚱이가 진짜 너인지…… 그것을 알게 되면 네 속의 모든 번뇌 망상은 사라질 것이다. 그때 우리는 다시 만나게 될 것이다. 자, 어서 가거라."

옆방에는 원주 행자가 넋 나간 듯이 앉아 있었다. 방바닥에 원주 행자가 속세에서 입고 온 바지와 스웨터가 놓여 있었다. 진성은 태연스러웠다. 여인들의 새빨간 행사에 대한 청화의 생각을 떠올렸다. 청화가 쫓겨나는 것은 당연한 일이라고 그녀는 생각하고 있었다.

청화는 옆방으로 건너오자마자 구석에 엉덩이를 들이밀고 주저앉아 두 손으로 얼굴을 감싸고 흐느껴 울었다. 원주 행자는 말을 잃고 청화를 건너다보기만 했다. 진성은 얼굴을 일그러뜨린 채 청화를 외면하고 앉아 있었다.

대중들이 몽둥이 들고 쫓아오기 전에 얼른 나가라는 은선 스님의 근엄한 목소리가 건너왔다.

청화는 울면서 승복을 벗고 방바닥에 놓여 있는 옷을 입었다. 원주 행자는 그녀보다 덩치가 컸으므로, 원주 행자의 바지와 스웨터들은 그녀의 몸에 헐렁했다. 그녀는 자기가 입고 들어온 속세의 옷을, 계 받기 전날 밤에 쓰레기장에서 지난날의 자기를 불태워 죽이듯이 태우던 일을 생각했다.

진성이 잉크빛 나는 털모자 하나를 그녀의 손에 잡혀 주며 말했다.

"스님께서 주신 것입니다. 마을에 가서는 이것을 덮어쓰고 살라고요. 예전처럼 머리가 완전히 길어질 때까지……. 지금 머리 없는 순녀 씨가 혹시 머리 깎고 사는 다른 청정한 스님네들을 욕되게 하는 행실을 하게 될지도 모르니까."

진성이 '순녀 씨'라고 한 말이 바늘처럼 가슴 한복판을 찔렀다. 진성의 말에 빈정거림이 섞여 있었다.

그래, 이제 나는 청화가 아니다. 순녀로 되돌아간 것이다. 순녀를 순녀라고 부르는 진성 스님을 미워해서는 안 된다. 순녀는 진성이 준 털모자를 머리에 덮어썼다. 진성이 다가와서 그녀의 손을 잠시 잡아 주었다. 그 손이 차가웠다.

순녀는 문을 열고 밖으로 나와 도망치듯 산을 내려갔다. 동녘 하늘이 번해지고 있었고, 하늘에는 검은 구름장들이 설레며 남으로 달려가고 있었다. 읍내로 나가는 첫차가 시동을 걸어 놓고 있었다. 스님 두 사람이 운전사 뒤쪽 자리에 앉아 있고, 일반 사람 서넛이 흩어져 앉아 있었다. 순녀는 그들을 피해서 맨 뒷자리로 가서 앉았다. 차장이 차 안을 돌면서 차표를 끊기 시작했다. 그제야 그녀는 차비가 없다는 것을 알았다. 돈 한 푼 없이 광주까지 어떻게 갈까. 그녀는 스스로의 몸뚱이가 쓰레기처럼 버려지고 있다고 생각했다. 가슴에서 뜨거운 울음덩어리가 목구멍으로 밀고 올라왔다. 두 손바닥으로 얼굴을 감싸면서 입을 막았다. 울음은 아랑곳없이 손바닥 사이로 새어 나갔다. 그때 누군가가 옆으로 다가오는 듯싶더니 그녀의 어깨를 질벅거렸다. 고개를 들었다. 눈물 흥건하게 괸 그녀의 눈앞에 선 사람의 옷과 얼굴이 굴절되었다. 그녀의 눈앞에는 진성이 서 있었다. 그녀가 눈물바다가 된 두 눈을 손바닥으로 가려 누르는데, 진성이 그녀의 손에 무엇인가를 잡혀 주었다.

"순녀 씨, 이거 스님께서 주신 겁니다."

순녀는 그걸 받지 않고 뿌리쳤다. 그것이 발아래로 떨어졌다. 운전사가 경적을 울렸다.

"돈이 꽤 많습니다. 유용하게 쓰십시오."

진성이 떨어진 것을 집어서 순녀의 스웨터 호주머니에 찔러 주고 서둘러 나갔다.

버스가 산굽이를 돌아가고 있었다. 순녀는 가까스로 울음을 그쳤다. 황금빛 아침놀이 산굽이 저쪽에서 피어나고 있었다. 차장이 차표를 끊으러 왔고, 그녀는 진성이 호주머니에 찔러 주고 간 것을 끄집어냈다. 순간 그녀는 그것을 손아귀에 움켜쥔 채 불에 덴 벌레처럼 몸을 외틀었다. 그것은 하얀 봉투였고, 그 속에는 만 원권 스무 장이 들어 있었다. 그녀는 그 돈의 내력을 잘 알고 있었다. 은선 스님한테 다니곤 하는 보살 한 분이, 가습기를 사고 약을 지어다 드시라고 하면서 준 것이었다.

버스는 강둑을 타고 달리고 있었다. 여울이 지고 있는 강굽이에서는 아침 햇살을 받아 수면이 금비늘처럼 퍼덕거렸다. 강물은 편편한 들로 나서면서 광활해지고 도도해졌다. 순녀는 강물을 보자마자 자리에서 몸을 일으켰다. 혼자가 되고 싶었다. 그 강물을 따라 한없이 걸어가고 싶었다. 차장 앞으로 가서 내려 달라고 말했다. 박현우가 달려와서 순녀의 뒤에 섰다. 버스는 순녀와 박현우를 강둑에다가 뱉어 내고 달려갔다. 순녀는 마른 풀밭에 주저앉았다.

그들은 버스를 탔다. 광주로 들어왔을 때는 열두 시가 지나 있었다. 거리에 들어섰을 때 순녀는 문득 엉엉 소리쳐 울어 버리고 싶은 충동을 느꼈다. 배가 고프고, 이 끝이 시었다. 무엇인가를 마구 씹어 삼키고 싶었다. 박현우를 앞질러 가며 간판들을 읽었다. 목욕탕이 완비된 여관, 다방, 당구장, 산부인과 의원, 피부비뇨기과 의원, 제과점, 화장품 대리점, 카페, 레스토랑, 대중음식점, 중국음식점, 심야 극장…… 어디 가서 무엇을 먹을까.

고기를 먹고 싶었다. 번화가인 충장로의 뒷골목으로 갔다. 은선 스님이 준 돈으로 고기를 사 먹고 싶었다. 술도 마시고 싶었다. 새까맣게 그을린 문지방 위로 포렴 자락이 너울거리는 술집 앞에 섰다. 그녀가 늘 안을 엿보곤 했던, 현종 선생이 자주 드나들던 술집이었다. 엉엉 소리쳐 울어 버리고 싶었다. 유리문을 열고 들어갔다. 불고기와 빈대떡과 소주를 시켰다. 박현우가 마주 앉으면서 코를 실룩거리고 웃었다. 그는 모든 것이 자기 뜻대로 되어 간다고 생각하고 있는 것이었다.

그녀는 그걸 아랑곳하지 않았다. 바늘이라도 한 개 씹어 삼킨 것처럼 속이 쑤시고 아리는 것을 즐기고 있었다. 이제 부처를 죽이고, 은사를 죽이고, 자기를 죽일 차례였다. 죽여도 철저하게 죽일 참이었다. 내가 왜 쫓겨나야 한단 말인가. 용기를 잃은 한 남자에게 용기를 불어넣어 주려고 한 게 그렇게 큰 죄악이란 말인가.

고기가 익었다. 지글거리다가 거뭇거뭇하게 타곤 했다. 고기를 입에 넣고 씹었다. 박현우의 잔에 술을 따르고 자기의 잔에도 따랐다. 잔을 들어 비웠다. 쑤시고 아리는 속에 술이 들어가자 불이 붙은 듯 화끈거렸다. 그 속에 술을 거푸 들이켰다. 불타거라. 타서 없어져라. 재만 남아라. 연기가 되어 떠돌아라. 석가모니의 길도 가지 말고, 이 세상의 어떤 고승 대덕의 길도 가지 말고, 너 혼자의 길을 가거라.

순녀가 비틀거리면서 박현우의 부축을 받고 술집을 나왔을 때, 해는 우체국의 2층 난간 모서리에 걸려 있었다. 속이 메슥거렸다. 지나가는 사람들이 그녀의 주위에서 맴돌고, 상가의 번들거리는 유리창들이 기우뚱거렸다. 길바닥에 누워 버리고 싶었다. 사람들이 뒤꿈치로 질근질근 밟고 지나가도록 거리 한복판에 누워 있고 싶었다.

현우가 순녀를 고삐 맨 망아지 끌듯이 끌고 갔다. 그녀는 사람들의 틈을 비집으면서 끌려갔다. 검은 눈동자들이 그녀에게 날아왔다. 그녀는 머리에 쓴 털모자를 벗어 들었다. 그것을 사람들의 검은 눈동자를 향해 흔들어 주었다.

사람들이 이를 드러내고 웃었다. 하얀 이들만 눈앞을 가득 채웠다. 그 하얀 이들이 뱅글뱅글 돌았다. 그 하얀 것들이 하늘로 올라가고, 하늘이 땅으로 내려왔다. 우레 같은 웃음소리가 그녀의 귀를 먹어 가게 했다. 얼핏 보니 현우가 그녀의 밑에 깔려 있다가 일어나고 있었다. 현우를 따라 몸을 일으키면서 그녀도 둘러선 사람들을 따라 웃었다. 웃으면서 그녀는 칠흑 같은 어둠 속으로 가라앉아 갔다.

어둠을 헤치면서 방 안으로 들어갔는데 현우가 그녀의 옷을 벗겼다. 언젠가 검은 그림자에게서 악몽처럼 당했던 일이 떠올랐다. 발버둥 치고 몸부림을 치며 현우를 떠밀면서 저항했다. 그는 억센 자기의 다리로 순식간에 그녀의 두 다리를 휘감고 비비 꼬았다. 그녀는 두 다리를 결박

당한 듯 꼼짝 못 하게 되었다. 두 팔마저 그의 손에 눌렸다. 곧이어 벌어질 두 사람 사이의 무서운 행사를 예감한 그녀의 머릿속에 진성이 하던 말이 떠올랐다.

'스님께서 주신 것입니다. 마을에 가서는 이것을 덮어쓰고 살라고요. 예전처럼 머리가 완전히 길 때까지……. 지금 머리 없는 순녀 씨가 혹시 머리 깎고 사는 다른 청정한 스님네들을 욕되게 하는 행실을 하게 될지도 모르니까.'

그녀는 털모자를 찾아 두리번거렸다. 머리맡 경대 옆에 털모자가 있었다. 그녀가 소리쳤다.

"잠깐 기다려!"

그의 손을 뿌리치고 그것을 가져다가 쓰려고 했다. 그는 그녀가 자기를 거부하는 줄 알고 더 힘껏 그녀의 두 팔을 눌렀다.

"기다리란 말이야, 이 짐승아!"

그녀는 죽을힘을 다하여 그의 손 하나를 뿌리치고 털모자를 가져다가 파르라니 깎은 머리에 덮어썼다. 이제 되었다고 생각하면서 온몸의 힘을 풀고, 그녀가 짐승이라고 말한 상대와의 화해를 허락해 버렸다.

눈을 뜨자, 진홍의 전등 불빛이 홍수처럼 순녀의 뇌리로 파고들었다. 온몸의 살갗들이 모두 허공에 드러난 듯 허전하고 찬결이 느껴졌다. 그녀의 텅 빈 의식 속으로 도깨비의 춤 같은 어지러운 검은 그림자들이 진홍의 불빛에 젖어 들었다. 목이 말랐다. 여름철 땡볕 속에 균열지고 먼지만 풀풀 날리는 가뭄 같은 기갈이 속을 쓰라리게 했다. 몸을 일으키면서 그녀는 남자의 물렁한 가슴을 손으로 짚었다. 손바닥에 가슬가슬한 털이 만져졌다. 진홍의 불빛이 벌거벗은 남자의 모습을 비춰 주었다. 진홍의 불빛을 퍼뜨리고 있는 스탠드 밑에서 주전자를 들어 마시면서, 밤새 누군가가 질러 대던 색정적인 소리를 생각했다. 그것이 내 입에서 흘러나간 것이었는지도 모른다.

목욕을 해야겠다고 생각했다. 머리가 무겁고 지끈지끈했다. 뜨거운 물에 찬물을 알맞게 섞었다. 바가지로 물을 퍼서 머리에 끼얹었다. 아득하게 깊은 바닷물 속에서 이때껏 가라앉아 있었던 그녀의 몸뚱이가 위로 솟아오르고 있었다. 물을 박찬 숭어처럼 솟아오르고 있었다. 거울에는 안개 같은 김이 서리어 있었다. 그걸 닦아 냈다. 거기에 머리 파르라니 깎은 여자가 눈을 끔벅거리고 있었다. 터질 것같이 부풀어 난 유방과 연한 팥죽 빛깔의 젖꼭지가 그녀를 노려보았다. 위쪽 꺼풀이 조금 처진 배꼽이, 까만색에 갈색이 섞인 거웃, 커다랗게 빚은 백자 항아리 같은 엉덩이, 미끄럽게 뻗어 간 다리가 보얗게 피어나는 김 속에서 더욱 싱싱해지고 있었다.

순녀는 물을 퍼서 이쪽 어깨 저쪽 어깨에다 번갈아 끼얹어 댔다. 물 쏟아지는 소리가 귀청을 먹먹하게 했다. 머리꼭지에도 끼얹었고, 젖가슴에도 끼얹었다. 푸푸 소리를 내면서 끼얹었다. 살덩이 이게 무엇인가. 불법에서는 왜 살과 살을 비비지 못하게 하는 것일까. 온몸에 비누질을 하고 구름 같은 거품을 일으켰다. 그 위에 물을 끼얹었다. 살갗이 눈부시게 희었다. 그 살갗에 하얀 고기 비늘 같은 물방울들이 엉겨 붙어 있었다.

수건으로 물방울들을 훔치고 문을 열었다. 그사이에 일어난 현우가 천장의 불을 켜놓고 담배를 피우고 있었다. 순녀는 수건으로 가슴을 가렸다. 윗도리 내의를 찾아 들고 구석을 향해 돌아앉았다. 그걸 꿰어 입는데, 뒤쪽에서 현우가 덤벼들었다. 뽀드득 소리가 나도록 씻고 또 씻어 낸 그녀의 몸은 다시 더럽혀지기 시작했다. 더럽혀지면서 그녀는 겨울 산의 억새 숲과 산 갈대숲에 바람 달리는 소리를 듣고 소름을 쳤다. 그는 온몸이 푸릇푸릇하게 얼부푼 채 겨울 산을 헤매던 한 여자의 뱃속에서 잉태된 남자였다.

순녀는 허공이 되어 있었다. 그 허공에 벌 한 마리가 붕붕거리며 날아들고 있었다.

"이제 모든 것을 알았어. 세상은 별것 아니야. 우주를 통째로 다 얻었다고. 이제는 나도 두 발 굳게 디디고 살아갈 수 있을 거야. 운명의 문은 내가 손수 열지 않으면 안 된다는 것을 알았어. 고마워. 순녀 씨, 정말로 고마워."

여자의 몸은 한없이 물러지고, 넓고 긴 강물처럼 풀어져 있었다. 남자는 현기증 날만큼 드넓은 그 몸의 여기저기를 숨 가쁘게 탐험하면서 혀가 돌아가는 대로 씨알거렸다.

"걱정 마. 절대로 고생시키지 않을 거야. 자신 있어. 막노동판에도 뛰어들고, 리어카도 끌고, 포장마차도 하고 그러지, 뭐. 우리의 영원은 이 순간에서부터 시작되고 있어. 좌우간 해보는 거야. 이제는 하면 무엇인가가 될 것 같아. 고마워. 정말 고마워. 나한테 이런 용기를 준 것은 순녀야."

남자는 감격해 있었다. 뜨겁게 감격한 만큼 행동이 격렬했다. 여자는 울고 있었다. 까닭 없이 서러웠다. 낯선 스님을 따라서 찬바람 휘돌아 달리는 역광장을 건너가던 일이 서러웠다. 밤에 현종 선생의 하숙집을 찾아가던 일도 서럽고, 원주 행자의 헐렁헐렁한 옷을 입고 산을 내려오던 일도 서러웠다. 은선 스님이 준 돈으로 술을 마시고, 하늘이 도그르르 굴러가는 동전만 해지도록 취한 다음, 그 돈으로 여관방을 잡아 들고, 현우라는 남자하고 맨살을 섞고 있는 스스로의 모습도 서러웠다.

그녀는 혀를 물고 고개를 저었다. 나는 결코 애욕과 정염 속에 함몰되지 않는다. 이것은 가엾은 한 중생을 위한 보살행이다. 이 남자가 용기를 되찾았을 때, 나는 다시 부처님 밑으로 머리를 들이밀 것이다. 그녀의 몸은 돌처럼 차갑게 굳어지고 있었다.

열흘째 되던 날 아침, 밥을 시켜 먹고 나서 순녀가 말했다.

"이제 우리는 알 것 다 알았어요. 얻을 용기도 다 얻었고, 그런 만큼 자기의 가야 할 길을 찾아 나설 수 있게 되었어요. 스님께서 준 돈도 이제 다 떨어졌어요. 저는 어차피 머리를 깎았으니까 땡땡이 노릇이나 하면서 살아야 해요. 현우 씨, 일찌감치 다른 좋은 여자 찾아서 나서세요."

그것은 순녀가 박현우와 함께 여관방 속에 묻혀 지내면서 내내 생각해 온 것이었다. 이제 어디 가서 무엇을 하며 살아갈 것인가. 내가 이 남자의 아내 노릇을 할 수 있을까. 밥 지어 주고, 빨래하고, 아기 낳아 기르고, 돈 모아 집 사고, 자식 손 잡고 학교에 가고, 자식의 담임 선생을 만나고…… 그런 것들에 대하여 그녀는 자신이 없었다. 그렇게 살다가 그녀는 어느 날 갑자기 바람이 되고 구름이 되어 온다 간다는 말 한마디 남기지 않은 채 어디론가 붕 날아가 버릴 것만 같았다. 그럴 바엔 미리 그를 혼자서 보내야 하는 것이었다.

"무슨 소리야?"

박현우는 깜짝 놀랐다. 그는 살림을 차리자고 말했다. 친구한테서 돈을 얼마쯤 꾸어다가 셋방 하나를 얻어 그녀를 들어 앉히고, 자기는 부지런히 뛰어다닐 테니까 걱정 말라고 했다. 현우는 그녀에게 밖에 나가지 말고 가만히 들어앉아 있으라고 당부한 다음, 고등학교에서 선생을 한다는 친구에게 돈을 얻으러 나갔다. 물론, 그녀는 그에게 기다리고 있겠다고 약속했다. 그러나 그녀는 문을 닫고 나간 그의 발소리가 멀어져 가면서부터, 이 사람이 들어오기 전에 몸을 피해 버려야 하지 않을까, 하고 생각하기 시작했다. 어디로 피해 버릴까.

작은고모의 절로 가자. 추위를 느끼고 이불 속으로 기어들어 갔다. 작은고모의 차갑게 굳어진 얼굴이 보이는 듯싶었다. 거기서 며칠이나 버티어 낼 수 있을까. 서울의 큰고모 절로 가자. 큰고모의 쓸쓸한 웃음 띤 얼굴이 떠올랐다. 나를 보면 끌끌 혀를 찰 것이다. 시집이나 가라니까, 하고 말할 것이다. 상관하지 말고, 큰고모 독살이 절에서 눌러 있자.

순녀는 이불을 머리 위까지 끌어올렸다. 눈을 감고 고개를 저었다. 큰고모의 독살이 절에는 큰고모가 늘 자물쇠로 걸어 놓곤 하는 큰 방이 하나 있었다. 마당 쪽의 창문에 늘어뜨려 진 커튼 사이로 그 방안을 들여다본 적이 있었다. 서가가 있고, 자개 박힌 장롱이 있고, 책상이 있었다. 책상 위에는 필기구며, 금빛의 작은 불상이며, 염주며, 전기스탠드가 놓여 있었다. 그것들은 커튼이 빛을 차단함으로써 드리워진 암울한 어둠 속에서 묵도하듯 조용히 가라앉아 있었다.

한 달 가까이 큰고모의 절에 머무르는 동안, 그녀는 그 방이 몹시 궁금했었다.

큰고모가 혼자서, 그 방 안에 들어가 무슨 일인가를 하는 경우가 있었다. 그때 큰고모는 문을 안으로 걸어 잠그곤 했다. 조카인 순녀나 자기의 상좌를 절대로 그 방에 들여놓지 않았다. 상좌가 그녀에게 말했다.

"가끔 큰스님께서 와 주무시곤 하는 방이란다."

어느 절의 어떤 큰스님을 두고 하는 소리일까. 그 큰스님과 큰고모와는 어떤 사이일까.

"오시면 법문도 들려주시고 그러지. 참 좋은 스님이야. 몸집이 아주 크시고, 허리를 언제든지 꼿꼿이 펴고 계시곤 하지. 요즘은 많이 허약해지셔서 거동이 어려우니까 자주 오시지 않는데…… 지난해엔 석 달 동안이나 여기 계시면서 약을 잡숫고 가셨어."

상좌는 대수롭지 않은 어조로 그녀의 궁금증을 풀어 주었다.

그 이야기를 들은 다음부터 그녀는 큰고모한테서 한 큰스님의 냄새를 맡곤 했다. 큰고모는 그 큰스님의 깊은 그늘 속에 묻히어 살고 있는 것 같았다. 그 그늘에 묻히어 생각하고, 걸어 다니고, 잠자고, 꿈꾸고, 공양하고, 예불하는 것 같았다. 큰고모는 항상 그 큰스님을 기다리며 살고 있었다. 멀거니 담 너머로 시가지를 내려다보는가 하면, 알토란같이 생긴 산 너머로 넘어가는 달을 바라보기도 했다. 순녀는 큰고모가 청정하지 못한 승려라고 생각했다. 큰고모의 자비스러운 듯한 얼굴에 떠오르는 다사로운 웃음을 그녀는 멸시했다. 큰고모야말로 위선적인 승려라고 생각했다. 이 땅의 불교계에서 제일 먼저 쓸어 내야 할 부류의 승려라고 생각했다.

다른 절의 개가 될지언정 큰고모의 절로는 들어서지 않으리라. 그녀는 텅 빈 검은 들판을 혼자서 걸어가는 스스로의 모습을 떠올렸다. 어디로든지 가자. 다 떨쳐 버리고 혼자서 가는 것이다. 그러나 그녀는 다스한 이불 속의 온기를 즐기고 있었다. 혀를 깨물면서 자신만만하게 큰고모를 매도하고 있는 자신을 꾸짖었다. 너는 무엇이냐. 파계승. 파계승.

순녀는 몸을 모로 뒤치면서 웅크렸다. 그녀의 몸에 새로운 변이가 일어나고 있었다. 박현우와 함께 지새우는 밤이 거듭될수록, 그녀의 의식은 자꾸 꿈을 꾸는 것처럼 얼얼해졌다. 이제 그녀의 몸은 결코 텅 빈 허공만이 아니었다. 그녀의 허공에는 꽃이 있었고, 잎이 있었고, 열매가 있었다. 그 허공으로 솟아오른 장대는 그 꽃과 열매와 잎사귀들을 따기 위해서 부지런히 집적거렸다. 그 허공은 벌이 붕붕거릴 때마다 하나의 깨꽃처럼 통이 좁아지고 있었고, 그 벌을 위해 꿀을 뿜어내 주고 있었다. 부대 속에 담긴 밀가루거니 하고 생각했던 그녀의 속꽃살은 살아 꿈틀거리는 말미잘의 속살이 되고 있었다. 부대 속으로 들어온 손가락은 한 마리의 날렵한 물고기가 되어 있었다. 그 물고기의 꼬리 질로 말미암아 말미잘은 무지개를 타고 가는 듯한 달콤한 어지러움을 맛보곤 했다. 그것은 놀라운 발견이었다. 달콤한 것만도 아니고, 신 것만도 아니고, 간지러운 것만도 아니고, 야릇하게 비상하는 느낌과 함께 전율하게 할 뿐이던 그 불가사의한 일 속에서 그녀는 새롭게 살아가는 아기자기한 즐거움을 절실하게 체득한 것이었다.

세상은 그렇듯 괴롭고 짜증스럽고 슬픈 것만은 아니다. 제법 살아볼 만한 것이다. 현우 이 남자가 아니었으면, 진짜로 삶의 강심江心 한복판인지도 모르는 한 부분을 발 디뎌 보지 못했을지도 모른다. 아버지와 어머니한테서 당연히 상속받아야 할 양지쪽의 땅을 외면한 채 누구한테인가 속아 음습하고 추운 응달에서만 내내 웅크리고 살아온 사람처럼 그녀는 억울했다. 그녀의 가슴속에는, 그녀가 정당하게 상속받을 수 있는 양지쪽의 땅을 그녀에게 귀띔해 주고 그걸 찾아 그쪽으로 옮기어 살도록 들쑤시고 부추겨 준 현우가 어떤 빛의 덩어리인 것만 같은 의식이 싹트기 시작했다. 그러면서부터 그 이전에 살아온 그녀의 모든 삶은 어둠에 묻히기 시작했다. 낯선 운봉 스님을 따라 찬바람 어지럽게 휘도는 역광장을 건너갔던 일, 현종 선생을 찾아 거리를 헤매고 술집을 들락거리고 하숙집을 찾아갔던 일, 은선 스님을 찾아 산사로 들어갔던 일, 유발 행자 생활을 지겹게 했던 일, 하루 절 삼천 번씩 하고 석 달 동안 묵언하라는 벌을 받던 일, 원주 행자의 헐렁헐렁한 옷을 입고 산을 내려오던 일들이 모두 하잘것없는 악몽들만 같았다. 그것들은 그녀가 맛본 무지갯빛의 환희 속에서 한낱 잿더미로 변하고 있었다.

에라, 모르겠다, 한번 기다려 보자. 순녀는 머지않아 자기의 가슴에 소중한 어떤 것이 안기어질 것이라는 생각을 하면서 몸을 뒤치었다. 그녀는 그에게서 도망쳐 가리라는 생각, 어느 절로든지 들어가서 다시 중 노릇을 해보겠다는 생각을 버렸다.

깊고 오랜 잠을 자고 일어났을 때는 점심때가 훨씬 지나 있었다. 배가 고팠다. 밥을 먹으러 나갈까, 시켜 먹을까. 아니, 그가 돌아오면 함께 먹자. 순녀는 내내 현우를 기다렸다. 천장을 쳐다보면서 시간을 보냈다. 유백색의 창문 유리가 푸르러지기 시작할 때부터 방 안이 점차 깜깜해지는 과정을 속속들이 관찰했다.

어둠은 밖에서 기어 들어오지 않았다. 화장대와 옷장 사이에서 샘물처럼 괴기 시작했고, 재빨리 커튼 자락의 안굽이와 방구석으로 흘러갔다. 그것은 방바닥에서부터 차오르기 시작하여 천장까지 이르렀다. 그때쯤에는 창문 유리가 의안처럼 멀뚱해졌다. 그 멀뚱한 빛을 받아 천장의 형광등 유리와 출입문의 손잡이가 반짝 눈을 뜨고 있었다. 옷장, 화장대, 현우가 베던 베개, 그녀의 몸뚱이, 그녀가 덮은 이불들은 심연 같은 어둠 속에 깊이 가라앉아 가고 있었다.

괘종시계가 열한 점을 쳤을 때에야 현우는 돌아왔다. 그는 취해 있었다. 방문을 열고 들어서면서부터 그는 누군가에게 심한 욕을 퍼부어 댔다. 그는 바람벽을 더듬어 불을 켜고 호주머니에서 구겨진 지폐 두 장을 꺼내 들었다. 그것을 순녀의 눈앞에 내보이면서 말했다.

"이 자식, 자기 단골집으로 데리고 가서 외상술만 잔뜩 먹여 놓고는, 겨우 택시비 만 원을 손에 쥐여 주었어. 이래 봬도 나는 기막히게 영악하고 지혜로운 놈이야. 나는 한 일 킬로 달리다가 운전사에게 기본요금만 주고 내려서, 이쪽으로 오는 버스를 타고 왔지. 그래서 이 돈이 남았어. 나는 잘 알고 있어. 자존심이라는 것이 밥 먹여 주지 않는다는 것 말이야."

순녀는 그의 손에서 주름이 펴 늘여지고 있는 지폐를 보았다. 그녀의 구겨져 있던 몸뚱이와 의식이 그 지폐처럼 펴 늘여지고 있었다. 그가 그녀의 손목을 잡아 일으켰다.

"이 여관 골목길을 걸어오면서 좋은 빵집을 하나 보아 두었어."

그녀는 그를 따라 빵집으로 가서 빵 두 개, 만두 두 개, 달걀 프라이 한 개를 먹고 나왔다. 그는 그녀의 호주머니에 남아 있는 잔돈을 훑어서 소주 한 병을 사고, 담배와 오징어발을 샀다. 비틀거리는 그를 따라 걸으면서 보니, 여관집 아주머니가 멀찍이서 그들을 지키고 있었다. 여관비가 나흘치나 밀려 있었다. 그걸 떼어먹고 도망칠까 싶어 그렇게 지키는 것이었다.

여관방으로 돌아온 현우는 물컵에 소주를 따라 순녀에게 권했다. 도리질을 했지만, 그는 아랑곳하지 않았다. 술을 한두 잔만이라도 마셔야 상대방의 고약한 술 냄새를 못 느끼게 된다는 것이었다. 그녀는 권하는 대로 술을 들이켰다. 석 잔을 거듭 마셨다. 오징어발을 씹었다. 눈앞이 빙그르르 돌면서 몽롱해졌다. 그는 담배를 피웠다. 방 안에 담배 연기가 가득 찼다. 그녀는 이불 속으로 들어갔다. 그가 술이 반쯤 남은 병을 들어 나발을 불었다. 그녀는 이불을 머리 위로 끄집어다가 덮었다.

그가 이불 속으로 들어왔다. 그의 침 묻은 입술과 술 냄새와 혀와 꺼끌거리는 수염과 코끝이 그녀의 살갗 여기저기를 쓸고 다녔다. 처음 그녀는 살갗에 스멀거리는 벌레와 몸을 감으면서 혀를 널름거리는 뱀을 생각하고 몸을 웅크리고 외틀면서 그를 거부하다가 자기도 모르는 사이에 그의 몸을 끌어안았다. 참담한 자신의 처지를 잊었다. 뜨거운 수렁이 되어 있었고, 그 속으로 그와 함께 함몰되어 가고 있었다. 그들의 몸뚱이는 여관방에 깔린 담요 자락을 타고 하늘을 나는 구름이 되고 있었다. 무지개구름이 되어 산을 넘고 강과 들과 바다를 건너고 있었다.

이튿날 현우는 다시 돈을 구해 오겠다고 나갔다가 밤늦게 소주 썩은 냄새만 풍기면서 빈손으로 들어왔다. 그 이튿날도, 다시 그 이튿날도 그랬다. 아침밥도 시켜다가 먹을 수 없게 되었다. 그들은 나란히 누운 채 천장만 쳐다보고 있었다. 밖에서 누군가가 문을 똑똑 두드렸다.

현우가 일어나서 문을 열어 주었다. 어깨가 떡 벌어지고, 귀밑, 코밑, 턱, 목에 수염 깎은 자국이 퍼런 남자가 버티고 선 채, 밀린 여관비를 계산해 달라고 했다. 남자는 핏발 선 눈길로 순녀의 파르라니 깎은 머리와 현우를 한동안 번갈아 살피다가 돌아갔다.

현우는 남자가 꽝 닫고 나간 문 앞에서 두 손을 허리에 짚은 채 성 난 야수같이 씨근거리면서 서성거리다가 털썩 주저앉았다. 후우 하고 한숨을 내쉬고는 재떨이에서 담배꽁초를 집어 들었다. 순녀는 바싹 마른 입술에 침을 발랐다. 날이면 날마다 이렇게 죽치고만 있을 수 없다고 생각했다. 내가 돈을 구해 와야 한다. 어머니에게는 찾아가고 싶지 않았다. 험한 소리를 듣더라도 작은고모한테 가리라 했다. 옷을 털어 입고 나섰다. 다리가 휘청거리고 눈앞이 어질어질했다. 그사이에 못 먹은 데다가 강소주만 마시고 무지개구름만 타고 날아다닌 까닭이었다.

박현우는 그녀에게 몇 번이고 다짐을 받았다.

"가버리면 안 돼. 그때는 너 죽고 나 죽는 거야. 어디에 가서 숨어 있든지 나는 너를 찾아낼 수 있어. 너하고 나하고는 인제 한 몸뚱이야. 여기서 여관비 내고 차비 할 수 있는 돈만 마련해 와. 그다음부터는 내가 막노동판으로라도 뛰어들어서 너 먹여 살릴 텐께. 알았지, 잉? 정말이여잉?"

여관을 나서면서부터 그녀는 고개를 깊이 떨어뜨리고 걸었다. 금방이라도 낯익은 얼굴과 마주칠 것만 같았다. 되도록이면 사람들의 발길이 드문 골목길을 찾아 잽싸게 걸었다. 광주 천변으로 들어섰다. 다리 아래의 보에서 물이 하얀 포말을 일으키면서 쏟아졌다. 새삼스럽게 하늘에 비닐 같은 구름이 끼어 있음을 알아차렸다. 등 뒤쪽에서 바람이 달려왔다. 그 바람을 따라 훌훌 날아가 버리고 싶은 충동이 일었다. 가슴이 가벼워졌다. 악마의 소굴 속에서 내내 악마한테 붙잡혀 있다가 간신히 놓여난 듯한 해방감을 맛보았다. 그렇다. 작은고모의 절에서 내내 눌러살아 버리자. 한두 달만 살다가 서울의 큰고모 절로 가자. 사냥개 같은 현우이기는 하지만, 좁쌀알처럼 서울의 큰고모 독살이 절에 들어박힌 나를 찾아내지는 못할 것이었다. 도사린 먹구렁이 같은 음모를 가슴에 안은 채 그녀는 버스를 탔다.

작은고모의 독살이 절은 교외의 율산동 산 밑에 있었다. 산에는 소나무 숲이 무성했다. 그 숲이 끝나는 언덕 아래로는 과수원이었다. 절은 소나무 숲과 과수원 사이에 있었다. 원래 부처님을 모시기 위해 지은 집들이 아니었다. 돈 많은 어떤 사람이 별장으로 지은 것을 사들여 부처님을 모신 것이었다. 네 칸 겹집인 안채가 정남향으로 앉아 있고, 그걸 북동쪽에서 디귿 자로 에워싼 기다란 문간채가 있었다. 북동쪽은 그 문간채가 담을 대신하고 있었고, 남쪽과 서쪽만 기와 머리를 얹은 흙담이 둘러서 있었다. 서남쪽의 마당귀에는 4, 50년은 묵었을 듯한 감나무와 모과나무가 나란히 서 있었다.

버스에서 내려 과수원 길을 타고 걸으면서 순녀는 발을 멈추고 그 절에 찾아갈까 어쩔까 하고 망설였다. 주름살 하나 없이 해맑은 작은고모의 얼굴이 떠올랐다. 매서우리만큼 날카롭게 반짝거리는 눈망울이 보이는 듯했다. 마주 볼 때마다 그 눈빛은 순녀의 가슴속을 꿰뚫어 보는 것만 같았다. 그 고모는 꼬치꼬치 캐물을 것이다. 순녀는 속으로 투덜거렸다. 두려울 것 없다. 다 말해 버리자. 과수원 울타리에 기대선 마른풀들이 바람에 허리를 굽혔다. 복숭아나무의 마른 가지들이 끄느름한 하늘을 찌르고 있었다. 대문은 활짝 열려 있었지만, 법당이며 요사채의 방문들은 굳게 닫혀 있었다. 문간 안에 들어선 순녀는 한동안 말뚝처럼 서 있었다.

마당의 티나 먼지들이 바람에 쫓겨 화단의 진달래, 앵두, 개나리의 마른 가지들 사이로 기어들어 갔다. 순녀는 그 절 마당의 쌀쌀한 겨울 풍경에서 작은고모의 냉랭한 냄새를 맡았다. 이 절 안에 틀어박혀 얼마나 버틸 수 있을까. 그녀는 작은고모가 쓰는 방 앞으로 갔다.

"스님."

순녀의 목소리는 깊이 잠겨 있었다. 옆방 문이 벌컥 열리고, 낯익은 상좌 스님이 얼굴을 내밀었다. 그녀의 얼굴을 잠시 뜯어보다가 반색을 했다. 댓돌에 놓인 검정 털고무신을 신고 그녀에게 달려왔다. 상좌 스님은 그녀에게 합장하고, 주지의 방 안을 향해 말했다.

"스님, 순녀 왔구먼요."

"들어오라고 그래라."

안에서 근엄한 작은고모의 목소리가 들려왔다. 그 목소리를 듣는 순간 순녀는 이 절에 숨어 버리자고 한 스스로의 경솔함을 비웃었다. 작은고모 밑에서 눌러살 수는 없다. 그녀는 여관방에 들어 있는 박현우와 공범 관계가 이루어져 있었다. 이젠 죽어도 그와 함께 죽고 살아도 함께 살 수밖에 없었다.

순녀는 문을 열고 들어서면서, 큰절을 할까 말까 망설였다. 전에 여기에 들르곤 할 때에는 한 번도 작은고모에게 큰절을 한 적이 없었다.

작은고모는 반가부좌를 한 채 윗몸을 꼿꼿이 세우고, 들어서는 순녀의 얼굴을 흘긋 보았다. 고모의 눈이 창문 쪽에서 날아오는 빛살을 되쏘아 날렸다. 그녀는 자기도 모르는 사이에 머리에 쓴 털모자를 벗어 던지고 큰절을 했다. 절을 받고 난 고모가 눈을 크게 뜬 채 그녀의 까까머리와 헐렁헐렁한 옷들을 살폈다. 얼굴이 뜨거워졌지만, 고개를 숙이지 않고 작은고모의 얼굴을 마주 건너다보았다. 울음 같은 어색한 웃음이 눈자위와 입 가장자리에 걸쳐졌다. 작은고모는 금방 그녀의 처지를 알아차렸다.

"아니, 이 아이, 하고 다니는 것 보소? 너 시방 어디서 오는 길이냐?"

순녀의 얼굴 살갗에 송충이의 가는 침들이 박히기라도 한 듯 따끔거렸다. 그녀는 작은고모 앞에서 데면데면해지고 싶었다.

"중노릇하다가 쫓겨났어요."

고개를 쳐들고 빈정거리듯이 말했다. 어느 절에서? 하고 묻기를 기다렸지만, 작은고모는 눈썹 하나 까딱하지 않았다. 쫓겨난 까닭을 물으려고 하지도 않았다. 바람벽으로 눈길을 옮기고 꼿꼿이 세운 윗몸을 좌우로 조금씩 흔들기만 했다. 과수원 아래쪽에서 자동차 달려가는 소리가 아스라이 들려왔다.

순녀는 찾아온 용건을 말하자, 하고 스스로에게 말했다. 말할 용기가 나지 않았다.

"앞으로 어쩔 참이냐?"

작은고모가 바람벽에 눈길을 묻은 채 말했다. 순녀는 고모의 잿빛 누비옷 자락에 가지런히 파인 골들을 건너다보면서 남의 이야기를 하듯이 담담하게 말했다.

"저도 잘 모르겠어요."

"어머니한테 가봤냐?"

순녀는 대답하지 않았다. 작은고모도 더 묻지 않았다.

"집으로 들어가서 꼼짝하지 말고 엎드려 있다가 시집이나 가거라. 중노릇은 아무나 하는 줄 아냐? 느이 어머니나 너…… 피가 뜨거운 사람들은 그저……."

작은고모의 그 말에 순녀는 밸이 발끈 뒤집혔다.

"한 가지 청이 있어서 왔어요."

순녀는 퉁명스럽게 말했다. 작은고모는 그 말을 듣지 못한 듯 바람벽에서 눈길을 떼지 않았다.

"돈 이십만 원만 주셔요."

작은고모는 바람벽을 향해 입을 열었다.

"돈이라면, 은행에 가든지 돈놀이하는 네 어머니한테 가든지 해야
지……."

"어머니는 없어요. 돌아가셨어요."

역한 가래침을 뱉기라고 하듯이 순녀는 재빠르게 말했다. 돌아가시지
도 않은 어머니를 돌아가셨다고 하는 그녀의 말을 작은고모는 곱씹으려
고 하지 않았다.

"어디서 살림을 차렸냐?"

작은고모의 말은 한결같이 냉랭했다. 순녀는 대답하지 않았다. 마당
에서 바람 지나가는 소리가 들렸다. 낙엽이 굴러가고 있었고 구름 그림
자가 지나가는지 방 안이 어두워졌다. 순녀는 오른쪽 엄지손가락 끝으
로 노란 장판 바닥의 한 점을 이겨 누르고 있었다.

"며칠 전에 느이 오빠가 다녀갔다."

순녀는 뒤통수가 지끈 아팠다. 자기의 눈앞에 앉아 있는 여자가 친고
모라는 사실이 새삼스러워졌다. 동시에 병든 짐승처럼 어슬렁거리는 한
남자의 모습이 머릿속에 아프게 인각되었다.

오빠 순철은 두 해 전의 여름쯤에 제대했을 터였다. 다시 진학을 했
을까. 어디에 취직을 했을까. 여기에는 무얼 하러 들렀을까. 학교 성적
은 제법 우수한데, 입학시험을 치르기만 하면 미역국을 먹곤 하는 오빠
순철의 풀 죽은 모습이 보이는 듯했다. 순철은 언제나 주눅이 들어 있었
다. 매사에 자신이 없었고, 말을 더듬거렸다. 얼굴도 제법 수려하고 체
구도 건장한데, 자꾸 고개를 깊이 떨어뜨리고 걷곤 했다. 걸을 때에는
팔을 활기 있게 젓지 않았다. 싸움닭한테 벼슬이나 목털을 많이 뜯긴 재

래종의 순한 수탉처럼 주변 사람들의 눈치를 살피면서 죽지를 내리고 한길을 피해 샛길로 다니곤 했다.

"나는 너만 믿고 산다. 공부 잘해라."

어머니는 늘 자기의 유일한 아들인 순철한테 이 말을 두고두고 썼다. 순철은 수재였다. 국민학교 때 가끔 1등을 하곤 했다. 어머니는 교문이 닳도록 학교에 쫓아다니고, 만일 성적이 떨어지면 맥이 풀려 한숨을 쉬면서 말하곤 했다.

"너만 믿고 사는데, 이러면, 이 에미 무슨 재미로 살 것이냐?"

고등학교에 들어가면서부터 순철은 10등대로 떨어졌고, 책가방을 한쪽 어깨에 걸친 채 마당 한가운데 서서 멍히 허공을 쳐다보고 있는 경우가 더러 있었다. 학교에 가서 담임 선생을 만나고 온 어머니가 순철을 불러 앉히고 추궁했다.

"아니, 시험을 치를 때면 괜히 얼굴이 빨개지고, 연필 잡은 손을 떨곤 한다면서야? 그것이 뭔 일이라냐? 대관절 뭣이 그렇게도 겁나서 그런다냐? 남자는 담력이 있어야 되는 법이여. 한사코 마음을 느긋하게 먹고, 이런 것 아무것도 아니다, 하고 생각을 하란 말이다. 대범해지라고, 대범해져, 알겠어?"

순철이 2학년 되던 해 봄부터 어머니는 순철을 데리고 신경 정신과에 몇 차례 다니는 것 같더니, 여름 방학이 지나면서부터는 그것도 그만두어 버렸다. 순철은 병 아닌 병에 시달리고 있었다. 시험지만 받으면 심장이 펄럭거리고, 얼굴이 화끈거리면서 뒤통수가 지끈거리곤 한다고 했다. 그러면 눈앞이 어질어질하고 머릿속이 몽롱해진다는 것이었다.

"머리를 깎았더라."

순녀는 자기 귀를 의심했다. 바람벽을 향하고 꼿꼿이 앉아 있는 작은 고모의 얼굴을 멀거니 건너다보았다. 그 얼굴은 언제 그 말을 뱉었는가 싶게 새치름해 있었다. 작은고모가 말을 이었다.

"저 좋아서 한 일인데, 어쩔 것이냐? 나로서는 무어라고 할 말이 없더라. 그냥 잘했다고 그랬지……. 지금 덕암사에 있다."

순녀는 다시 한번 자기의 귀를 의심했다. 이럴 수가 있단 말인가. 덕암사란 부용산에 있는 절이었다. 그녀가 몸담고 있다가 나온 청정암의 큰절이었다. 같은 산 같은 숲속에 몸을 담고 있으면서 왜 서로 만나지 못했을까. 그녀는 그 큰절에 가서 계를 받았고, 가끔 청정암의 대중들과 함께 그 절 큰스님의 법문을 들으러 가곤 했던 것이다.

"한 달쯤 전에 내가 그리로 보냈다. 휴산休山 스님이 그 절 주지로 있는데, 그 스님이 운봉 스님 도반이시다. 하고 온 행색이 하도 안됐어서……."

운봉 스님은 순녀의 아버지였다. 자기 오빠를 오빠라고 부르지 않고 운봉 스님이라고 말하는 작은고모의 얼굴이 더욱 차갑게 느껴졌다. 그 차가움 때문에, '아하, 그 절 주지가 아버지의 도반이었구나, 그걸 진즉 알았더라면 거기에서 설움을 덜 받았을지도 모르는 것을……' 하는 애달픈 생각은 미처 싹터 날 틈을 얻지 못했다. 순녀는 몸을 움츠렸다. 머릿속을 한 거렁뱅이 같은 사미승의 모습이 점거했다. 비쩍 마른 몸매와 꺼칠한 얼굴에, 꾀죄죄한 법복을 입었고, 머리와 어깨를 힘없이 늘어뜨린 사미승은 오빠 순철의 얼굴을 하고 있었다. 그 거렁뱅이 사미승이 인적 드문 골목길을 걸어가고 있었다. 겨울의 텅 빈 들판 길을 가고 있었다. 눈보라가 몰아쳤고, 그 사미승은 비틀거리고 있었다. 순녀는 왈칵 서러운 생각이 들었다.

"너는 어디서 있다가 왔냐?"

작은고모는 바람벽에 눈길을 묻은 채 차갑게 물었다.

순녀도 차갑게 말했다.

"말씀드리지 않겠어요."

여관방에 혼자 누워 있을 박현우를 생각했다. 그 현우가 무척 소중스러운 존재로 여겨졌다. 얼른 그에게 돌아가고 싶었다. 작은고모는 아직도 바람벽만 건너다보고 있었다.

순녀는 돈 이야기를 다시 할까 말까 망설이다가 몸을 일으켰다. 순녀가 몸을 일으킨 것을 모를 리가 없건만, 작은고모는 미동도 하지 않았다. 순녀는 잠시 문 앞에 선 채 작은고모의 냉랭한 얼굴을 돌아다보았다. 내가 여기를 무엇 하러 왔을까. 순녀는 혀끝을 물었다. 울음이 밀고올라왔다. 악물었던 혀끝을 놓기만 하면 울음이 터져 나올 것 같았다.

헐렁한 운동화를 꿰신고 돌아서는데, 옆방에서 앳된 스님 둘이 나오며 그녀를 막아섰다. 눈매가 고운 상좌 스님이 나지막하게, 공양이나 하고 가라고 말했다. 공양간에서 콩나물을 손질하고 있던 공양주 보살이 내다보며, 그렇게 하라는 고갯짓을 했다. 순녀는 그들을 뿌리치고 문간을 빠져나왔다. 과수원 울타리를 끼고 내려가는데, 뒤에서 그녀를 부르는 소리가 들려왔다. 뒤를 돌아보지 않고 걸음을 빨리했다. 버스 정류장 가까이 왔을 때, 상좌 스님이 그녀를 따라잡았다. 손에 말아 쥐고 온 지폐를 그녀의 손에 쥐어 주었다.

"오해하지 말아요. 우리 스님께선, 겉으로 보기에는 면도날같이 냉랭한 것 같아도 속은 그렇지 않아요."

상좌 스님은 수줍은 듯한 웃음을 눈꺼풀과 입술에 담으면서 말했다. 버스 뒷좌석에서 흔들리고 가며 순녀는 자기는 결코 앞으로 중노릇을 하지 않겠다고 생각했다. 진흙 속에 뒹굴면서, 시장의 파리들한테 피와 눈물을 빨리면서, 무소의 뿔같이 꼿꼿하게 살아가리라고 생각했다. 결코, 고모들같이, 오빠같이, 아버지같이 다시 산으로 들어가지는 않으리라고 마음먹었다. 간호사 생활을 하든지, 공장살이를 하든지, 장사를 하든지, 술집에서 술을 따르든지…… 그러면서 현우와 함께 아들딸 낳고, 그것들을 가르치면서 얼키설키 살아가리라고 생각했다. 땀을 흘리면서, 서로의 땀내를 맡으면서, 울기도 하고 웃기도 하고 살아가리라고 생각했다. 울음을 머금고 눈에 물을 가득 담은 채 차창 밖으로 흘러가는 점포들, 지나가는 사람들, 스쳐 가는 차, 바람, 구름, 하늘을 바라보았다. 그런 그녀의 가슴에 갑작스러운 의분이 끓어올랐다. 깨달음은 청정한 채로 산속에 들어앉아 참선을 해야만 얻어지는 게 아니다. 땀 흘리고 땀내 맡으며 끌어안고 뒹구는 방구석에서도, 파리 떼 들끓는 아귀다툼 속에서도 얻어지는 것이다. 청정이란 무엇인가. 이 세상에서 가장 순수하게 승화된 청정의 표상은 연꽃이다. 연꽃은 시궁창 물 괸 진흙 속에 뿌리를 뻗고 산다. 그 뿌리는 죽은 쥐 새끼의 썩은 물을 빨아들이고, 똥오줌이나 가래침이나 흙탕물도 달게 들이마신다. 안개, 이슬, 바람, 밤의 어둠, 노랗거나 파랗거나 빨간 별빛, 핏빛 저녁놀……. 빨아들이지 않는 게 없다. 그 모든 것 속에서 연꽃 특유의 선연한 빛깔을 창조해 내는 것이다. 한데, 이 세상에는 청정과 깨달음을 내세우며 허위의 너울만을 쓰고 사는 사람들이 얼마나 많은가.

방생을 하러 간 적이 있었다. 우바이 우바새들이 시장 바닥에서 미꾸라지, 가물치, 자라, 장어, 붕어를 사왔다. 방생함으로써 복덕을 누리겠다는 소망들이었다. 그 행사를 마치고 돌아오면서 그녀는 생각했었다. 풀어 살려 주어야 할 것들이 왜 시장 바닥의 물고기들뿐일까. 눈에 보이지 않게 소멸되어 가는 인간성이나, 보이지 않는 곳에서 병들어 죽어 가는 사람들을 왜 찾아내지 못하고 있단 말인가. 또 깨달음을 얻었다는 큰스님들은 왜 시중으로 돌아오지 않고, 산속에서만 있단 말인가. 자기의 청정, 자기의 깨달음만 얻으면 그만이란 말인가. 왜 위쪽 상구보리上求菩提만 보고, 아래쪽 하화중생下化衆生은 보지 못할까.

순녀는 혀를 깨물었다. 나의 생각은 내 몸과 마음이 더럽혀진 것을 합리화하고 있다. 아니다. 나는 뱀처럼 허물을 벗고 무소뿔처럼 혼자 나아가려고 나선 것이다. 그녀의 넋은 이 세상의 너저분한 허위들과 더럽혀진 그녀 자신을 합리화시키려는 힘 사이에서 시계추처럼 방황하고 있었다.

하늘의 구름은 더욱 검고 두껍게 그리고 무거워지면서 드높은 네모 건물의 지붕들을 내리눌렀다. 길 저쪽에서 음산한 바람이 불어왔고, 사람들은 종종걸음을 쳤다.

깨달음의 진주

똑같은 물이지만, 젖소가 마신 물은 우유가 되고, 독사가 마신 물은 독이 된다. 자기 심중의 어둠 속을 헤매는 사람이 마신 빛은 그 사람의 가슴속에서 앙금 같은 어둠이 된다. 진성은 그것을 알고 있었다. 그러나 그것은 스스로의 안에 자리 잡은 논리가 세운 질서일 뿐이었다.

열차는 나란히 난 두 가닥의 철길을 끊임없이 훑어 가고 있었다. 차창 밖으로는 바야흐로 황달이 들기 시작한 들판이 지나가고, 신문지로 싼 열매들을 주저리주저리 매단 과실나무들이 지나가고, 밤빛 이삭을 피워 올린 억새 숲이 지나갔다. 진성은 열차 안에 실려 있는 한 점 어둠인 자기를 생각했다. 그녀는 자기를 모르고 자기 속에 들어 있는 어둠을 몰랐다. 대학 4년 동안 나는 무엇을 공부했을까. 대학에서 공부한 모든 것들이 설컹거리는 논리로만 가득 차 있었다. 거기에서 아무런 뜻도 찾지 못한 지금 그것들은 한낱 어둠의 살을 구성하는 섬유질에 지나지 않았다.

그녀는 타의에 의해서 질질 끌려왔다. 자기는 없었고, 전혀 다른 인격

체가 자기 속에 건설되어 있었다. 그것은 이방인의 몸 냄새를 풍겼고, 감당할 수 없는 빛이었고, 극복하거나 화해하지 않으면 두려운 존재였다.

칸트처럼 생각할 수 있게 된 것, 니체의 초인을 대면할 수 있게 된 것, 공자의 군자君子를 이해하게 된 것, 노자의 철인哲人과 무위자연無爲自然을 아는 체할 수 있게 된 것, 예수의 고민과 방황을 읽은 것, 인도의 위대한 왕자 싯다르타의 고뇌와 고행과 깨달음을 공부한 것, 현대 종교가 나아갈 길과 성직자들이 해야 할 일을 살펴본 것, 싱싱한 여자의 깊은 꽃살에서 한 달에 한 번씩 소리치곤 하는 자연의 순리, 그 새빨간 행사의 생명력을 종교적으로 외면하지 않으면 안 되는 고통과 금기에 대해 알게 된 것들이 몇 날 며칠 백야 속에서 꾼 백일몽처럼 그녀의 의식 속에서 자꾸 고개를 들고 허우적거렸다.

열차가 한 간이역에서 멈추었다. 젊은 부부가 예닐곱 살쯤의 딸과 대여섯 살쯤 된 아들의 손을 잡고 홈을 걸어갔다. 봇짐을 인 아낙네들이 뒤따르고 책가방을 어깨에 멘 학생들이 줄을 지어 나갔다. 초가을의 쨍한 햇살이 그들의 머리 위에서 번쩍거리고 있었다. 그들 머리 위의 햇살을 바라보면서 진성은 한 오라기의 솜털처럼 가벼이 떠 날고 있는 자기의 자유와 그 자유로 말미암은 불안스러움을 동시에 느꼈다. 그 햇살 속에서 우종남의 거기倨氣와 치기가 뒤범벅된 홍소哄笑를 생각했다.

"청정이 뭣이오? 자기 이외의 것들은 모두 더럽고 추잡한 것이라고 생각하는 것은 일종의 결벽潔癖이오. 청정해지기 위해서는 먼저 더러움과 추잡함을 알아야 합니다. 그 추잡하고 더러운 가운데서 그것을 극복해 낸 사람만이 청정해질 수 있는 겁니다."

우종남은 날이 갈수록 괴벽스러워졌다. 그는 가끔 대처승인 자기 아버지의 먹물 들인 바지저고리에 두루마기를 걸치고 다녔고, 그러다가 어느 날 삭발을 했다. 그렇다고 승려 생활을 하기로 작정한 것은 아니었다.

"나는 괜히 깨끗한 체해 쌓는 올깎이들을 좋아하지 않아요. 근기만 있다면야 올깎이면 어떻고 늦깎이면 어떻습니까? 참으로 시끄러운 것을 모르면 참으로 조용함을 이해하지 못하는 법입니다. 이해하지 못하는 사람이 어떻게 조용함과 고요를 살고, 세상의 위대한 고요, 깨달음의 최고의 경지인 적묵寂默을 창출해 낼 수 있습니까? 그런 뜻에서 나는 은선 스님 같은 분을 좋아합니다. 그분이 진성의 은사 스님이라고 해서가 아닙니다."

어디서 누구한테 들었는지 우종남은 은선 스님에 대하여 잘 알고 있었다.

"참 불행한 분이었어요."

은선 스님은 장흥의 몰락해 가는 한 지주의 막내딸이었다. 이름은 최희자. 그녀의 아버지 최성호는 그 고을에서 소문난 친일파였다. 그만큼 그의 소작인들은 그에게 피를 많이 빨렸다. 그는 늘 군수나 읍장하고 함께 말을 타고 다니곤 했다.

거기다가 최성호는 힘이 장사였다. 갓 스물이 되던 해까지만 해도 그는 늘 의분에 넘쳐 몸부림을 치곤 했었다. 자기의 땅을 빼앗으려고 하는 자와 재판을 하기 위해 재판소를 찾아가는 길에, 나무에 묶어 놓은 의병 한 사람을 몰래 풀어 주고 도망을 갔고, 자기를 잡으러 쫓아온 일본 순사를 논바닥에다 메어꽂았다.

소작료를 너무 과하게 거두는 동양척식주식회사의 서기들하고 맞대거리를 하기도 했다. 해창에 있는 동척東拓의 창고 앞에서 그는 동척의 서기들이 사용하는 엉터리 저울과, 나락의 줄거리를 정도 이상으로 많이 날려 버리는 풍구를 내던져 부순 것이었다. 그는 그 일로 말미암아 징역을 한 달쯤 살고 나온 뒤부터 사람이 달라졌다.

동척의 서기가 되었다. 곧 면장을 살았고, 얼마 있지 않아서 은행 돈을 빌려 논을 사들이기 시작했다. 군수와 친한 만큼 군서기, 면서기가 그의 손안에서 놀아났고, 주재소 순사들이 늘 그의 집에 드나들었다. 논이 2백 마지기를 넘어서면서부터 그는 뚝심 세고 성깔 있는 마름을 둘이나 놓고 부렸다. 그의 늙바탕에 얻은 작은 각시가 딸을 하나 낳았는데, 그 딸이 최희자였다.

그는 본처한테서 아들만 한 탯줄에 다섯을 뽑았을 뿐 딸이 없었다. 한데, 아들들은 하나도 눈 바로 박힌 게 없었다. 큰아들은 자꾸 바보처럼 헤실헤실 웃으며 시내를 어정거렸다. 일본 유학을 갔다 온 작은아들은 계집질에 일찍이 도가 텄다. 셋째는 한술 더 떠서 계집질에다 노름까지 했다. 넷째가 그중 똑똑하여 순사질을 나가더니 오토바이를 타고 거드름을 피우고 다니다가 재 아래로 굴러 떨어져 즉사했다. 다섯째는 아비의 힘센 부분만 탁해서 난장판의 송아지나 끌고 다니더니, 어디서 어떻게 줄을 잡았는지 계집 장사를 했다.

작은 각시의 치마폭에서 자란 딸 희자가 그 가운데서 가장 이목구비가 바로 박힌 미색인 데다가 하는 행실들이 야무지고 똑똑했다. 학교에 들어가서는 공부를 잘했고, 반장을 내리 했다. 신동이 나왔다고들 했다. 아버지인 최성호는 딸 희자가 다섯 아들 모두를 까잡을 수 있을 것이라며 귀여워했다. 그 딸 희자가 고등보통학교에 들어가면서부터 공산주의에 관한 책들을 읽기 시작하더니, 해방이 되자 아주 남로당 사람이 되어 버렸다.

어느 날 아버지 최성호의 머리맡에 편지 한 장을 놓아두었다. 그걸 읽은 최성호는 기가 막혔다. 편지는, 당신 소유의 모든 논밭을 무산대중들한테 깡그리 나누어 주고, 머리를 깎고 문밖출입을 삼가면서 참회하라고 다그치고 있었다. 최성호는 콧방귀를 뀌었다. 서울로 올라가 송진우 쪽 사람들도 만나고, 여운형 쪽 사람들과 김구 쪽 사람들도 만나고, 이승만 쪽 사람들도 만났다. 결국 한민당의 줄을 잡기에 성공했다.

가뜩이나 일본 제국주의 치하에서 일본 사람들에게 아부하거나 그들의 손발이 되거나 그들과 결탁해서 동포들에게 반역행위를 한 '반민족 행위자'들을 처단하기 위해 제정 공포된 법이 있으나마나 하게 되었다. 그 법에 의해서 활동하기 시작한 '반민특위 경찰부'가 해체된 뒤부터 그는 얼굴을 내놓고 정치 활동을 시작했다. 머리끝에서 발끝까지 철두철미한 반공주의자가 되었다.

그에 반해서 딸인 희자는 더욱 적극적으로 좌익계 학생 활동에 가담하곤 했다. 학련 간부 테러 사건에 가담한 민청 학생들하고 연루되어 있었고, 경찰서 습격 사건, 학교 방화 사건을 저지른 학생들하고 깊이 사귀고 있었다. 전단을 붙이는 데 직접 가담하기도 했다.

아버지 최성호는 그때마다 경찰서에 드나들면서 희자를 빼내곤 했다. 옛날에 고등계 형사를 지낸 한 경찰 간부가 있었는데, 아버지는 그 간부를 통해서 검거자들의 명단에서 희자의 이름을 미리 빼버리곤 했다.

최성호는 방 안에 희자를 가두고, 제발 민청에서 손을 끊으라고 호소했다. 끝내는 강제로 희자의 머리를 자르고 학교에 내보내지 않았다.

희자는 아버지와의 혈연을 끊겠다는 편지를 남기고 집을 뛰쳐나갔다. 한국 전쟁이 나기 한 해 전이었고, 희자의 나이 열여덟 살이었다. 희자는 사회주의가 무엇인지 몰랐고, 공산주의가 무엇인지도 몰랐다. 다만 아버지의 부끄러움을 모르는 데면데면함이 미웠을 뿐이었다. 미운 아버지가 가는 길이면, 그 길이 어떤 길이든지 무조건 정반대 쪽의 길을 택하여 나아가고 싶었다. 이후부터 희자는 미친 듯이 사회주의와 공산주의에 대한 공부를 했다. 경찰서를 습격한 혐의로 형무소에 가 있는 과격파 동료의 옥바라지를 하는 한편, 무산 계급과 노동자, 농민들을 위하여 친일파 타도와 인민 해방을 외치는 글을 쓰기도 했다.

인민군이 내려왔다. 희자는 앞장서서 그들을 대대적으로 환영하고, 곧 그 방면에 소질 있는 학생들을 모아 극단을 조직하여 김일성의 독립 운동을 극화했고, 순회공연을 했다. 그러면서 늘 속으로 생각했다. 자기는 아버지 대신 속죄를 하고 있다고. 자기 한 몸을 '인민 해방 전선'에 바쳐야 한다고……

낙동강 이남만 접수하면 민족 통일은 이루어질 것이라고, 그쪽으로 밀려간 친일파와 모리배들을 부산 앞바다에 쓸어 넣어 버리는 것은 시간문제라고 해쌓던 인민군들이 하룻밤 사이에 자취를 감추었다. 희자는 형무소에서 나와 친일분자와 반동분자들을 타도하고 숙청하는 데 앞장서던 과격파 동료인 이민우와 함께 내일을 기약하면서 산으로 피해 들어갔다. 그녀는 그가 옥중에 있을 때 장래를 약속했고, 출옥 후에 함께 활동하면서는 몸도 몇 차례 섞었었다. 이민우는 얼굴에 가득 곰보 자국이 있었고, 살갗이 구릿빛이었다. 거기다가 오른쪽 귀밑의 볼과 목에 손바닥만 한 화상 흉터가 있었다. 사팔뜨기였으며, 얼굴에 어두운 그림자가 어려 있고 자꾸만 사람들의 눈치를 살피는 버릇이 있는 백정의 아들이었다.

이민우 쪽에서 접근해 오기 전에 희자 쪽에서 먼저 접근했고, 몸을 섞는 일까지 그녀가 적극적으로 유도한 것이었다. 민족 해방 전선에 몸을 바치겠다는 한 사람의 영웅을 위해서 용기를 주고 내조하는 것 또한 아버지의 죄를 감하는 일이라고 희자는 생각했다.

북으로 올라가는 길은 차단되었고, 희자와 이민우는 겨울 산을 헤매면서 빨치산 투쟁을 했다. 지상과 공중의 토포 작전은 날이 갈수록 치열해 갔고, 살을 멍들게 하고 찢고 에는 듯한 겨울 산의 추위 속에서 먹는 것, 입는 것, 자는 것은 순조롭지 않았다. 신도 떨어지고, 양말도 해어

지고, 옷도 찢어지고, 그리고 자꾸 굶었다. 동료 빨치산들은 양식과 덮
자리와 약을 구하러 가서 돌아오지 않았고, 토포 작전으로 죽어 갔고,
이탈하여 도망갔고, 병들어 죽어 갔고…… 1백 명이 훨씬 넘던 수가 열
몇으로 줄어들었다.

이민우도 양식과 약을 구하러 갔다가 돌아오지 못했다. 열 몇의 수가
다시 다섯으로 줄어들었다. 어느 날 새벽에 그들은 마을로 밥을 훔쳐 먹
으러 갔다가 모두 사로잡혔고, 가까운 지서에 유치되었다.

그때 희자는 다리와 엉덩이와 젖가슴이 드러날 정도로 옷이 해어져
있었다. 얼굴은 추위와 굶주림으로 눌눌하게 떠 있었다. 머리칼은 미친
여자처럼 헝클어졌고, 흰자위만 남은 듯한 눈은 매섭게 반짝거렸다. 함
께 잡힌 사람들은 고개를 떨어뜨리고들 있었다. 모두 다가올 죽음을 예
견하고 있었다.

희자는 억울했다. 살고 싶었다. 살아서 좋은 세상을 만나고 싶었다.
그리하여 한 사람의 지어미로서 아들딸 낳고, 그것들을 이 나라, 이 땅
을 위해 키우고 싶었다. 그만큼 고통스러운 세월을 보냈으면 아버지의
죗값을 어느 정도 치르지 않았겠느냐고 그녀는 생각했다.

막상 붙잡히고 나자 사람들은 늘어지게 잠들을 잤다. 희자도 결박된
채 몸을 아무렇게나 늘어뜨리고 잠자는 동료들을 보고 있다가 깊은 잠
에 떨어졌다. 몸이 심하게 흔들리는 바람에 소스라쳐 일어났다. 총을 멘
한 남자가 결박된 희자의 손을 끌고 나갔다. 산과 들은 진한 수묵으로
그려 놓은 것처럼 윤곽들이 뚜렷했다. 먼동이 트고 있었다. 별들이 말갛
게 씻긴 눈을 끔벅거렸다. 찬바람이 해어진 옷자락 사이로 무참하게 드
러난 살갗들을 바늘 끝처럼 찔러 댔다. 죽음의 공포가 그녀의 뒤통수를
때렸다. 몸이 후들후들 떨렸다. 총살시킬 모양이었다. 아쉽고 억울해졌
다. 끌고 가는 사람을 죽이고 들을 건너고 산을 넘어 한없이 도망쳐 가

고 싶었다. 누군가가 귀신같이 나타나서 자기를 구해서 도망쳐 주었으면 좋겠다고 생각했다.

그러나 그걸 어찌 바라랴. 희자는 눈을 감았다. 새까만 어둠이 망막에 퍼졌다. 어머니와 그렇게도 저주스럽던 아버지의 모습이 떠올랐다. 만나고 싶었다. 지난날을 시죄하고 부둥켜안고 울부짖고 싶었다. 죽고 싶지 않았다. 눈을 크게 부릅뜨고 허기진 듯 흑청색 하늘에 깔린 샛노랗고 파란 별들을 보아 두고, 수묵으로 그려 놓은 듯한 산과 들을 보아 두었다. 어둠 속에 가라앉아 있는 근처의 초가집들과 돌담들을 보아 두었다.

이 젊은 나이에 총살을 당한다면 너무 억울하다. 다시 태어나야 한다. 무엇이 되어 태어날까. 헤어진 사람들을 어떻게 어디에서 다시 만나게 될까. 별이 되어 만나게 될까. 한 마리 새가 되어 만나게 될까. 한 송이 꽃이 되어 만나게 될까.

가슴에서 뜨거운 덩어리가 불끈 일어섰다. 하다못해 하루살이가 되어 태어나더라도 다시 태어나고 싶었다. 희자는 산신령을 부르고, 하느님을 부르고, 부처님을 불렀다. 기독교인들이 믿는 여호와 하나님도 부르고, 저승에 가 있을 수많은 조상신들도 불렀다.

그녀를 끌고 가는 사람이 두 갈래로 갈리는 길목에 섰다. 들 쪽으로 나가는 길을 버리고 마을 쪽으로 들어가는 길을 택했다. 순간적으로 희자는 그 사람들이 자기를 실컷 유린한 다음에 죽일 모양이라고 생각했다. 살려 주기만 한다면 백번 천번이라도 유린을 당하겠다고 생각했다. 그렇다. 죽이지만 않는다면 무슨 일이든지 하리라. 살려 달라고 매달려야 한다. 나를 유린하는 모든 남자들의 가슴을 죽을힘을 다하여 부둥켜안은 채 몸부림치면서 살려 달라고 애원해야 한다.

희자를 끌고 간 남자는 한 기와집의 대문을 밀고 들어갔다. 그 집 안에는 새벽의 묽은 어둠이 호수처럼 담겨 있었다. 모퉁이 방에만 불이 켜져 있었다. 남자는 그 방을 향해 갔다. 그들이 다가가자 방문이 소리 없이 열렸다. 방 안에서 머리를 짧게 깎은 남자 한 사람이 얼굴을 내밀었다. 끌고 온 남자가 희자를 방으로 밀어 넣었다. 머리를 짧게 깎은 남자는 희자를 안으로 맞아들여 따뜻한 아랫목에 앉혔다. 희자를 건너다보지 않고 담배만 거듭 태웠다. 방 안에 담배 연기가 가득 찼다. 방바닥에 눈길을 떨어뜨리고 있던 희자가 남자의 얼굴을 건너다보았다. 어디선가 본 듯하기도 하고, 그렇지 않은 것 같기도 했다. 눈썹이 유다르게 검고, 깎는다고 깎았지만, 구레나룻이 거뭇거뭇했다. 뚜렷한 쌍꺼풀에 입술이 두껍고, 살빛은 가무잡잡했다. 이 남자를 어디서 보았을까. 아슴푸레한 기억들을 더듬었다. 아버지 주변을 더듬고, 다섯 오빠들의 주변도 더듬었다. 학교 다니면서 만난 선생들의 얼굴, 학생들의 얼굴들도 더듬었다. 어지럽게 휘도는 기억 속의 얼굴들과 눈앞의 얼굴이 딱 맞아떨어지지 않았다.

머리 짧게 깎은 남자가 눈에 담배 연기가 들어갔는지, 잠시 물 괸 눈을 끔벅거리다가 눈살을 찌푸린 채 희자를 건너다보며 물었다.

"살고 싶냐?"

희자는 선뜻 '예' 하고 대답하고 싶었다. 방바닥에 엎드려 두 손을 비비고 싶었다. 살려 달라고 애걸하고 싶었다. 그 생각들이 가슴속에서 주먹 총을 놓듯 충동질했다. 그러나, 참았다. 남자의 손끝에서 가늘게 피어나는 연기 같은 한 오라기의 자존심 때문이었다. 아니, 그 남자가 이미 자기를 살려 주기로 작정하고 있다고 생각되었기 때문이다.

그 남자는 서너 차례 담배 연기를 빨고 나서 다시 한번 살고 싶냐고 물었다.

"예, 살려 주십시오."

그때에야 희자는 허기진 사람처럼 말했다. 그 말과 함께 울음이 터져 나왔다. 어디에 그런 울음이 들어 있었는지 알 수 없었다. 이게 무슨 짓이냐고, 어서 그치라고, 혀를 깨물기고 하고 입술을 물어뜯기도 하고 숨을 깊이 들이쉬어 보기도 했지만, 울음은 잦아들 줄을 몰랐다.

"함께 잡힌 놈들, 내일 다 죽일 거다."

그 남자가 담배 연기와 함께 이 말을 뱉어냈다. 이 말을 듣자, 희자의 울음은 더 격렬해졌다. 그 남자가 말을 이었다.

"살고 싶으면 내가 시키는 대로 해."

그는 담뱃갑을 집어서 호주머니에 넣고 밖으로 나갔다. 잠시 후에 밖에서 남녀의 속닥거리는 말소리가 들리더니, 문이 열리고 중년의 군살 많은 여자가 들어섰다. 그 여자는 옷을 한 아름 안고 있었다. 속옷과 치마저고리였다. 그 여자는 희자에게 옷을 갈아입히면서 혀를 끌끌 찼다. 희자의 몸 여기저기에 얼부푼 자국이 푸릇푸릇했다. 옷을 다 입고 나자 희자를 데리고 밖으로 나갔다. 들 건너의 동녘 산 위에는 금빛으로 번쩍거리는 구름들이 떠 있었다. 돌담과 골목길과 초가지붕들은 치잣빛 아침놀에 물들어 있었다. 군살 많은 여자는 기와집과 상점들이 있는 거리로 나서더니 희자를 목욕탕으로 데리고 갔다.

얼부푼 살에 따뜻한 물을 끼얹고, 비누질을 해서 문지르며 희자는 새삼스럽게 가슴이 두근거렸다. 살아 있다는 희열이 자꾸만 가슴속에서 울음을 밀어 올렸다. 그녀는 어흑어흑 하고 느껴 울면서 얼부푼 살을 문지르고 또 문질렀다. 총소리를 생각하며 울고, 죽어 넘어져서 마지막으로 단말마의 경련을 일으키던 주검들을 생각하며 울었다. 양식을 구하러 갔다가 돌아오지 않은 이민우의 곰보 자국 많은 얼굴을 떠올리며 울고, 그 남자와 살을 섞던 일을 생각하며 울었다. 철면피 같은 친일파라고 미워했던 아버지와 어머니를 생각하며 울었다. 조금 전에 걸어오면서 본 금빛 구름과 치잣빛 아침놀에 물든 골목길과 돌담과 지붕들을 생각하며 울었다. 젖가슴과 다리와 허벅다리가 다 나오도록 해어진 군복을 벗고 속곳을 입고 치마를 입던 일을 생각하며 울었다. 총을 어깨에 멘 남자에게 끌려 나오던 일을 생각하며 울고, 살고 싶냐고 묻던 머리 짧게 깎은 남자의 큰 독에서 울려 나오는 듯한 굵직한 목소리를 생각하며 울었다. 고향 집의 목욕탕에서 문을 안으로 걸어 잠그고 온몸에 하얀 거품을 일으키고, 사타구니 사이의 꽃살을 소중하게 닦고 또 닦곤 하던 일을 생각하며 울었다. 담 위에 쌓인 흰 눈을 집어 먹던 일과 진달래꽃, 아카시아꽃을 따 먹던 일을 생각하며 울었다. 얼마 만에 따뜻한 물로 감아 보는 머리일까. 그녀의 머리칼 위에서는 구름 같은 비누 거품이 일어나고 있었다. 비누가 금처럼 귀한 때였다. 그래도 친일파인 아버지는 어디선가 코를 쏘는 비누를 구해다가 주곤 했었다. 밖에 나와서 몸을 말리고 나자 군살 많은 여자는 그녀를 거울 앞에 앉히고, 머리를 촘촘히 따주었다. 거울 속에는 흰 저고리와 검정 치마에 머리를 촘촘히 땋아 늘인 시골 처녀가 앉아 있었다. 얼부풀어 눌눌하기는 했지만 낯익은 얼굴이었다. 갸름한 얼굴에 눈매가 곱고, 얄따란 입술에 알맞게 콧대가 오똑했다.

집으로 돌아가면서 군살 많은 여자가 희자의 귀에 대고 말했다.

"용호 대장, 그 사람 맘씨가 다시없어. 그 사람 눈에 띄기를 잘했어. 그 사람 각시가 저쪽 사람들한테 죽었다는구먼. 그런디 그 각시가 무척이나 이뻤던 모양이여. 처녀, 내가 이렇게 말하면 어떻게 생각할지 모르겠는디, 눈 딱 감고 용호 대장이 하자는 대로 하소. 함께 살자고 하면은 살아 버려. 저쪽으로 머리 쓰던 것 전부가 꿈속 일이었느니라 하고 깜박 잊어버리고 새사람 되란 말이여. 그렇게 하는 것이 자네 신상에 좋을 것인께."

그날 밤 용호 대장이라는 남자는 희자에게 사진 한 장을 내밀었다. 그 사진을 보고 희자는 가슴이 섬뜩했다. 흰 저고리에 검정 치마를 입고 긴 머리채를 오른쪽 앞가슴으로 늘어뜨린 여자의 사진이었다. 어디선가 본 얼굴인 듯싶었다. 어쩌면 그녀 어머니의 모습하고 비슷한 듯싶기도 하고, 아까 목욕탕의 기울 앞에 있었을 때 그 속에 비치던 한 시골 처녀의 모습 같기도 하다 싶었다.

"그 여자가 내 아내다. 죽었다. 너희들이 죽였어. 나도 집에 있었으면 함께 죽었겠지. 섬으로 도망가지 않았으면……. 그래서, 나는 입산했다가 붙잡힌 여자는 다 죽었다. 내 손에 걸렸다가 처음으로 살아남은 것이 너다. 알 수 없는 일이다. 내 아내를 빼다가 박았어. 코만 조금 다를 뿐……. 네 콧대가 그 사람 것보다 좀 더 오똑 높은 것 같다. 쌍꺼풀진 눈도, 알따란 입술도, 가늘고 긴 목도, 인중이랑 광대뼈랑 턱이랑 귓밥이랑 휘움한 속눈썹이랑 다 똑같아."

그 남자는 취해 있었다. 술 냄새를 풍기면서 그 남자는 푸념하듯이 말했다. 그 남자는 희자가 자도록 자리를 펴주고 나가서 돌아오지 않았다.

불을 끄고 자리에 들었다. 희자는 지긋지긋한 악몽을 몇 날 며칠 꾸고 난 것만 같았다. 노동자, 농민, 무산 계급을 위해 몸을 바치겠다고 날뛰던 한 여자의 발자취들을 더듬어 보았다. 희자는 자꾸만 소름을 쳤다. 가물가물 잠 속으로 빠져들면서 행여 그런 악몽 속으로 다시 떨어지지 않게 해달라고 부처님께 빌고 하느님께 빌었다.

콩 볶아 대는 듯한 총소리가 멎었다. 숲이 어둠에 덮이었다. 희자는 피투성이가 된 채 너덜겅의 바윗덩이들처럼 늘어져 있는 시체들 속을 헤치고 다녔다. 피를 손바닥으로 훔치고 시체의 얼굴을 들여다보았다. 장래를 약속한 곰보 자국 있는 얼굴을 찾는 것이었다. 물소리만 들려오는 산골짜기의 밤은 깊어 갔다. 개울 속에 얼굴을 처박고 있는 시체를 끌어올렸다. 그 얼굴을 들여다본 순간 희자는 악 하고 소리를 질렀다. 그것은 아버지의 얼굴이었다. 아버지, 하고 희자는 울부짖었다. 희자의 입은 굳어 있었다. 소리를 질러 보려고 용을 쓰다가 눈을 번뜩 떴다.

창문이 훤했다. 창문 옆에 주저앉아 있는 그 남자의 상반신이 거멓게 드러났다. 희자는 소스라쳐 몸을 일으켰다. 방 안에는 새벽의 묽은 어둠이 괴어 있었다.

"잘 잤냐?"

그 남자가 물었다. 사나운 꿈을 꾸기는 했지만, 모처럼 잠답게 잤다고 희자는 생각했다. 희자는 자기가 이틀 전에 산에서 잡혀 온 여자라는 생각을 하지 않으려 했다. 그것은 잘못 꾼 사나운 꿈일 뿐이라고 생각하면서 고개를 떨어뜨렸다.

"조금 전에 장흥으로 전화 연결을 해봤다. 너는 멍청이 바보야. 너 같은 것이 뭘 안다고 껍죽거리고 다녀? 정신 차려, 이년아. 벌써 다 죽어 버렸더라. 느이 아버지, 어머니, 오빠들 넷까지도 다 죽었어. 심지어는 오토바이 타고 가고 있었다는 그 오빠네 식구들도 다 죽여 버렸더라. 몰살시켜 버린 거야, 몰살. 누가 죽인 줄 아냐? 인민을 해방시키겠다고 한 너희들이 친일 반동자 새끼들이라고……."

희자는 그 남자의 얼굴을 멀거니 건너다보기만 했다. 그들이 그렇게 죽었을 것이라는 사실이 실감되지 않았다. 그들은 아직도 고향 땅에 눈 시퍼렇게 뜬 채 살아 숨쉬고 있을 것만 같았다.

그는 희자를 노려보았다. 놀랄 줄도 모르고 눈물을 흘릴 줄도 모르는 그녀가 가증스러운 것이었다.

"곧이 안 들리면 가서 보고 와."

그날 아침에 남자는 군살 많은 주인 여자한테 희자를 데리고 그녀의 고향 마을에 다녀오라고 시켰다. 희자를 그 여자한테 딸려 보내면서 그 남자가 말했다.

"도망가고 싶으면 얼마든지 도망가. 이제 산에는 아무도 없다. 너희들이 마지막으로 잡힌 사람들이었어. 우리도 이제는 철수해야 할 판이고, 나는 우리 부대가 철수하는 날 옷을 벗을 거다. 좌우간에 갔다가 오고 싶으면 오고, 가서 어디로 잠적하고 싶으면 잠적해. 도망갔다고 보고도 하지 않을 것이고, 나 싫어 가버린 사람 찾지도 않을 거야. 사람은 소하고 달라. 코를 꿰어 매놓을 수는 없으니까. 도망가 살더라도 나한테 부담을 느낄 필요도 없다. 나는 다만 나 먼저 간 여편네하고 너무나 비슷하다 싶은 여자를 내 손으로 죽일 수 없어서 놓아준 것뿐이니까. 은인 대접을 받고 어쩌고 하는 것은 다 부질없고 얼굴 뜨거운 노릇이야."

희자네 집은 굽이도는 탐진강을 한눈에 내려다보고 있었다. 순지마을을 왼쪽에 끼고 빽빽한 소나무 숲을 등에 업은 채 감나무, 밤나무, 모과나무, 배나무 들을 울타리 삼아 거느린 대궐 같은 기와집이었다. 안채는 강을 내려다보고 있었고, 사랑채는 동북편에서 안채를 건너다보고 있었으며, 문간채는 사랑채를 남서쪽에서 감아 안고 있었다.

희자가 마을로 들어섰을 때, 사람들은 희자를 흘긋거리면서 몸을 피했다. 희자도 떳떳하게 그들을 대할 계제가 아니었다. 희자는 고개를 깊이 떨어뜨리고 마을 앞길을 건너서 언덕길을 걸어 올라갔다. 대문은 활짝 열려 있었다. 가까이 가서 보니 안채, 사랑채, 문간채의 문짝들이 모두 떨어져 나갔다. 문틀이나 살들은 부러지고 부스러져 있었고 문종이들은 갈기갈기 찢겨 있었다. 기둥들은 도끼로 찍어 놓았고, 방바닥들은 괭이로 파헤쳐 놓았다. 마당에는 사기그릇 깨어진 것과 장독 깨어진 것들이 어지럽게 널려 있었다. 툇마루 위에는 부서지고 구겨진 병풍이며 족자며 문갑이며 사진틀이며 책이 널려 있었다.

강굽이 쪽의 감나무 가지들이 흔들렸다. 바람이 마당으로 뛰어들었다. 하늘에는 검은 구름이 끼어 있었다. 마루 밑, 방 안, 헛간, 보꾹, 부엌, 외양간, 변소에 암울한 어둠이 잘 다져진 두엄 가닥처럼 쌓여 있었다.

희자는 식구들이 모두 죽었다는 사실이 실감되지 않았다. 방 안이나 사랑채나 대문간에서 식구들이 하나씩 둘씩 모습을 나타낼 것 같았다. 아니, 식구들 모두가 친일파의 집이라고 욕을 해쌓는 이 지긋지긋한 집을 버리고 어디론가 멀리 이사를 갔을 것 같았다. 희자는 집 안 여기저기를 둘러보았다.

남자 두 사람이 대문 안으로 들어섰다. 희자는 흡사 백치가 된 듯 귀신처럼 허공을 허우적거리며 나타난 그들을 멀거니 바라보았다. 두 남자가 앞에 오더니 잠시 머뭇거렸다. 희자는 그 남자들을 잘 알고 있었다. 키가 작고 얼굴이 동글납작한 남자는 순남이네 오빠고, 호리호리한 키에 얼굴이 가무잡잡한 남자는 영순이네 오빠였다. 순남이네 오빠가 울상을 지었다. 영순이네 오빠가 슬픈 표정을 지으면서 쓴 입맛을 다시더니 뒤통수를 긁적거리고는 떠듬거렸다.

"어째야 쓸거나…… 뭐, 뭣이라고 할 말이 없다."

순남이네 오빠가 눈을 자꾸 깜박거리며 말했다.

"우리 송 이장이 나서서 부락 사람들 동원해 갖고 장례는 잘 치렀다."

함께 간 군살 많은 여자는 대문간을 들어설 때부터 계속 몸을 떨고 있었다. 몇 번이든지 혀를 차고 떨리는 목소리로, 세상에 이럴 수가 있을까, 하고 중얼거리기만 했다.

"온 동네가 쏘(沼) 됐다. 관련된 사람들은 다 죽었다."

영순이네 오빠가 다가서면서 귀엣말을 했다.

"산소에나 가보자."

순남이네 오빠가 입술에 침을 바르면서 말했다.

희자는 마당 여기저기에 뿌려 놓은 채마밭 흙을 보았다. 그 흙은 댓돌, 부엌 바닥, 사랑채 마당에도 군데군데 뿌려져 있었다. 핏자국을 덮기 위해 그렇게 해놓은 것이었다. 그녀는 소름 한 번 치지 않고, 여기저기에 널려 있는 식구들의 시체들을 머릿속에 그렸다.

대문간을 나섰다. 늙은 팽나무의 굽은 가지 사이로 내려다보이는 마을의 이 집 저 집에서 사람들이 몸을 숨긴 채 얼굴만 내밀고 희자의 집 쪽을 살피고 있었다. 희자는 고개를 떨어뜨린 채 맥 풀린 걸음으로 순남이네 오빠와 영순이네 오빠를 따라 비탈진 산언덕 길을 올랐다.

최씨 선산이 거기 있었다. 너른 벌에 있는 할아버지의 묵은 무덤 아래쪽에 새로 만들어 놓은 무덤들이 세 개의 층을 이룬 채 줄을 지어 엎드려 있었다. 모두 몇 봉일까. 그녀는 그것들을 헤아렸다. 세다가 자꾸 세어 가던 숫자를 잊어버리곤 했다. 마른풀 사이로 불그죽죽한 석비레 흙이 삐죽거리는 무덤들을, 맨 위쪽에 있는 것부터 더듬어 보면서 아버지, 큰어머니, 어머니의 무덤, 오빠들과 올케들의 무덤, 조카들의 무덤들을 짐작으로 헤아렸다.

이게 정말일까. 다 죽고 나 혼자만 남았을까. 나도 이들 속에 남아 있었다면 함께 죽어 갔을까. 식구들 모두가 죽었다는 사실과 자기 혼자서만 살아서 폐가가 된 집을 둘러보고, 떼죽음을 당한 식구들의 무덤 앞에 서 있다는 사실마저도 꿈만 같았다. 이들 모두에게 무슨 죄가 있었을까. 일본 사람들을 등에 업고 가난한 사람들의 피를 빤 아버지 최성호는 그렇게 죽어야 할 죄를 지었을지 모른다. 그의 아들들도 아버지의 힘을 믿고 날뛴 죄가 있었을지 모른다. 그러나 그들의 아내나, 그들의 철부지 아들딸들한테는 무슨 죄가 있었을까. 부정한 친일파의 피를 받은 것이 죄인가.

함께 온 군살 많은 여자는 희자의 손을 으스러뜨릴 듯이 잡고 있었다. 희자는 무덤을 등지고 강물을 내려다보았다. 아프게 멍이 든 듯한 푸른 물살 위에서 흰 구름 그림자가 일그러지고 있었다. 산을 내려오는 데 부스러진 꽃가루 같은 눈송이가 하나둘씩 내렸다.

그들이 차를 탔을 때는 눈발이 벚꽃 이파리처럼 굵어졌다. 차가 산모퉁이를 돌자, 눈발이 보얗게 찻길을 막았다. 희자는 자신이 아직도 어지러운 악몽 속에 빠져 허우적거리고 있는 것만 같았다.

그날 밤, 희자는 그 남자의 품속에 몸을 던지면서 말했다. 아기를 낳고 싶다고, 아기를 낳게 해달라고 부들부들 떨면서 말했다. 아들딸을 스물이든지 서른이든지 생기는 대로 개새끼들같이 많이 낳고 싶다고 말했다. 그 남자는 희자가 말을 더 잇지 못하도록 입술로 그녀의 입을 막았다.

희자는 그 남자가 요구하지 않았는데도 스스로 자기 옷들을 하나씩 벗어 던졌다. 맨살이 된 그녀의 몸과 그의 몸이 뜨겁게 섞이기 시작했을 때 희자는 진저리를 치면서 서둘렀다. 스스로 뜨거워지고, 스스로 짓물러 터져 늘어져 버렸다. 그러한 희자를 위해서 그는 점액질 같은 땀을 흘려 주었다. 희자는 그 힘든 행사를 안간힘 써서 치르고 또 치르며, 형무소 문을 들락거리며 이미 죽어 간 얼굴에 곰보 자국 있는 남자의 옥바라지하던 일을 머릿속에서 지웠다. 도둑고양이처럼 전단 붙이러 다니던 일, 겨울 산을 헤매면서 곰보 자국 있는 남자와 살 섞던 일을 지웠다. 양식을 구하러 갔다가 돌아오지 않은 그 남자를 기다리며 토벌군을 피해 얼음산을 줄달음쳐 다니던 일, 고향의 폐가에 들어섰던 일, 떼죽음을 당한 식구들의 무덤 앞에 섰던 일을 지웠다.

봄풀이 푸르러졌고, 희자의 몸 여기저기에 얼부풀어 푸릇푸릇하던 자국이 가시어 갔다. 그 무렵에 그는 이때껏 입고 살던 제복을 벗었고, 희자를 자신의 고향 강진으로 데리고 가서 혼례식을 올렸다.

그런데, 그 남자한테 나쁜 버릇이 하나 있었다. 술에 취하지 않으면 잠들지 못하는 버릇. 그는 얼근해져야만 꼼짝하지 않고 잘 자곤 했다. 또한 얼근해져야만 희자의 들썽거리며 서두는 몸짓들을 땀 뻘뻘 흘리며 잠재워 주곤 하였다.

희자는 점차 황음荒淫해지기 시작했다. 그 남자가 술에 취하지 않으면 잠들지 못하듯이 희자는 온몸이 몍을 감고 나온 것처럼 땀에 후줄근히 젖을 때까지 그 일을 미친 듯이 치르지 않으면 잠들지 못하였다. 중천장 위에서 우르르 내달리다가 나무를 갉아 대는 쥐처럼 그녀의 신경을 갉아 대는 망령들이 우글거렸다. 그 망령들은 그녀가 지쳐 늘어져서 의식이 가물가물해져야만 안개처럼 묽어져서 사라지곤 했다.

희자가 황음해지는 것과 정비례하여 그 남자는 말라 갔다. 볼이 우묵해졌고, 광대뼈가 튀어나왔다. 눈이 퀭해지고, 아래위의 눈뚜껑에 푸르뎅뎅한 안개가 고였다. 옷을 벗었을 때 보면 갈비뼈들이 앙상하게 드러나 있었다. 날이 갈수록 그 정도가 더해 갔다. 그래도 그 남자의 힘은 대단했다. 미친 듯이 들썽거리거나 서둘거나 아쉬워하는 희자를 지겨워하지 않았다. 시들해지지도 않았고, 힘겨워하지도 않았다. 한결같이 얼근하게 취하여 열심히 안간힘을 써가면서 비지땀을 흘려 주었다.

황음을 한 이튿날, 해가 중천에 뜰 때까지 자고 일어나면 희자는 머리가 무겁고 눈앞에 안개가 낀 듯 흐릿하고 어지럽고 몽롱했다. 그 생활 자체가 길고 오랜 악몽만 같았다. 희자는 악몽 같은 의식을 헤치고 다니면서 밥을 짓고 국을 끓였다.

그 남자는 잘 먹으려고 애를 썼다. 보신탕, 장어, 인삼, 부추, 뱀탕, 가물치, 녹용 든 보약…… 양기에 좋다는 것은 무엇이든지 다 구해다가 먹었다.

희자도 걸신들린 듯이 잘 먹었다. 먹어도 배가 불룩해지도록 먹어야만 직성이 풀렸다. 그래야만 살아 있음의 즐거움을 맛볼 수 있었다. 그 어질어질한 즐거움을 맛보면서 희자는 그 남자의 건강을 위해 강장 식품들을 식탁에 올리곤 했다.

희자가 입덧이 났을 때, 그 남자는 농업 협동조합장이 되었다. 그들의 황음한 생활은 한결같았다. 이듬해 이른 봄의 어느 날 희자는 몸을 풀었고, 희자의 몸속에서 얼굴에 피칠을 한 채 나온 아이는 고추를 달고 있었다. 아기의 쇳소리 섞인 울음소리는 집머리를 들썩거리게 했다. 아기와 산모인 희자의 뒷바라지는 가까운 곳에 있는 조산원이 와서 해주었다. 미역국은 그 남자의 먼 고모뻘 되는 중년 부인이 와서 끓여 주었다. 희자는 뜨끈뜨끈하게 불을 지핀 방 안에 누워 있기만 하면 되었다. 그 남자는 잉어를 사온다, 가물치를 사온다, 닭을 잡는다…… 부산을 떨었다.

희자는 그게 조금도 기쁘거나 즐겁지 않았다. 아기의 하늘을 뚫을 듯한 울음소리를 듣는 순간 희자의 머릿속에는 산언덕의 숲에 뒹굴던 시체들과 어머니, 아버지, 오빠, 올케, 조카의 시체들이 가득 들어차고 있었다. 아기는 미지근한 물로 목욕을 시켜 놓으니 곧 잠이 들었다. 그녀는 첫국밥을 먹고 한숨을 자보려고 해도 잠이 와주지 않았다. 억지로 감은 눈뚜껑에 망령의 검은 그림자들이 미친 도깨비들같이 들썽거렸다.

밤이면 늘 불을 켜놓고 잠을 자곤 했다. 얼핏 잠이 들기는 하지만 깊은 잠을 잘 수가 없었다. 자는 것인지 꿈을 꾸는 것인지 알 수 없는 의식이 시냇물처럼 말갛게 흐르고 있었다. 밤마다 백야를 경험했다. 백야 속에서 희자는 물구덩이인지 불구덩이인지 알 수 없는 수렁에 빠져 허우적거리는 사람들을 만났다. 칼을 맞거나 총을 맞고 피투성이가 된 채 단말마의 경련을 일으키며 숨을 거두는 사람들도 만났다. 하얗게 소복한 채 손짓을 하면서 걸어오는 어머니를 만나고, 몽둥이와 칼을 휘두르는 사람들을 피해 도망가는 아버지도 만났다.

잠을 잘 이루지 못하는 것은 아직 원기가 회복되지 않은 때문이라면서 그 남자는 잉어, 가물치, 쇠고기를 끊일 새 없이 사 오고 한약을 지어 오곤 했다. 그는 희자가 아기를 낳은 뒤부터 점차 술을 마시지 않고도 잠을 자곤 했다. 그러나 희자는 점점 더 견딜 수 없었다.

일곱이레, 49일이 지난 어느 날, 희자는 아기를 들쳐 업고 집을 나섰다. 고향 마을로 가는 버스를 탔다. 차창 밖으로 보얀 이내 끼고 아지랑이 어른거리는 산과 들이 흘러갔다. 그녀는 산 위의 바위며 골짜기의 숲이며 절벽이며 너덜겅이며 산마루며 잘록한 산허리며 모두를 눈여겨보았다. 들판의 물 마른 내며 눌눌한 자갈, 징검다리, 실뱀 같은 논둑들, 바가지를 엎어 놓은 듯한 초가지붕들, 그 지붕들 사이사이에 앙상한 가지로 하늘을 떠받들고 있는 감나무, 호두나무, 미루나무, 돌담들도 눈여겨보았다.

그녀는 꿈속에 찾아가곤 했던 길을 더듬어 가고 있는 듯싶었다. 이렇게 찾아가면 어머니가 버선발로 뛰어나올 것 같고, 아버지가 코밑의 수염을 쓰다듬으면서 껄껄거릴 것 같았다. 오빠와 올케들이 여기저기에서 모여들 것 같고, 조카들이 치맛자락을 잡고 늘어질 것 같았다. 아니, 가족의 시체들이 집 안 여기저기에 널브러져 있을 것 같았다. 그 넋들이 집 주변의 허공에서 떠돌고 있을 것 같았다. 그 넋들이 밤이면 울기도 하고 웃기도 하고 소리를 질러 대기도 할 것 같았다.

읍에서 내려 강둑을 타고 걸어가면서 희자는 새삼스럽게, 내가 지금 여기를 무얼 하러 가고 있느냐고 스스로에게 물었다. 희자는 스스로에게 신통하고 명쾌한 대답을 해주지 못했다. 다만 그렇게 가보고 싶을 뿐이었다.

마을 어귀에 이르자 가슴이 울렁거렸다. 사람들의 눈총 날아오는 게 두려웠다. 고개를 깊이 숙였다. 공 받기 놀이를 하기도 하고 줄넘기를 하기도 하던 널따란 사장과 그 사장을 지키는 늙은 팽나무를 건너다보지도 않았고, 사랑채의 석만이네 어머니를 따라 빨래하러 가곤 했던 냇둑의 아카시아 숲도 보지 않았다. 마을 앞길을 건너서 비탈진 언덕길을 올라갔다. 내가 여기를 무얼 하러 가고 있을까.

희자네 집 대문은 굳게 닫혀 있었다. 문고리에 쇠사슬을 걸어서 주먹만 한 자물쇠를 채워 놓았다. 한동안 쇠사슬과 자물쇠를 멀거니 보고 서 있었다. 하늘에는 구름 한 점 없었다. 투명한 햇살이 마른 나뭇가지 위에서 왕거미줄처럼 출렁거리고 있었다. 희자는 대문간의 그늘 속으로 들어섰다. 등에 업은 아기가 꼼지락거렸다. 오줌을 싼 것일까. 배가 고픈 것일까. 젖통이 묵지룩하고 젖꼭지가 근질거리는 것 같더니 그 끝이 뜨뜻미지근하게 젖기 시작했다. 젖이 저절로 흘러나오고 있었다.

그녀는 손바닥으로 젖꼭지를 가볍게 받쳐 누르면서 문질렀다. 아기한테 젖을 먹여야 한다고 생각했다. 문간 앞에서 젖을 먹이면 마을 사람들이 다 건너다볼 것이다. 희자는 한 손으로는 아기의 엉덩이를 받치고, 다른 한 손으로는 젖꼭지를 받치고 문지르면서 대문에 걸린 쇠사슬과 자물쇠를 향해 선 채 서성거렸다. 그때 마을 쪽에서 발소리가 들려왔다.

"희자 왔냐?"

희자는 목소리를 향해 돌아섰지만, 고개를 들지는 않았다. 가까이 온 남자의 다리와 발을 보았을 뿐이었다. 순남이네 오빠였다. 무논에서 일하다가 온 모양으로, 바짓가랑이가 걷어 올려져 있었다. 검정 고무신을 신은 발과 정강이는 흙투성이였다. 순남이네 오빠는 잠시 희자 앞에 서 있다가 물었다.

"집에 들어가 볼래?"

희자는 얼른 대답하지 않았다. 들어가 무얼 할까. 희자는 백치처럼 아무런 생각 없이 어깨를 들썩거리며 끊임없이 숨만 쉬고 있었다. 순남이네 오빠는 난처한 듯 떫은 입맛을 다시고 있다가 호주머니에서 열쇠를 꺼내 들었다. 대문의 자물쇠를 풀었다. 쇠사슬을 걷어 내고 대문을 안쪽으로 밀었다. 대문짝 하나가 삐꺼덕 비명을 지르며 안쪽으로 밀려 갔다. 먼지 앉은 거미줄이 대문 귀에서 흘러내렸다. 순남이네 오빠는 대문을 열어 놓고 희자를 돌아다보았다.

희자는 문간 안으로 들어갔다. 집 안은 지난해에 왔을 때와 다름이 없었다. 떨어진 문짝들, 깨어진 채 널려 있는 으등카리들, 구겨지고 찌그러진 채 툇마루 위에 쌓여 있는 족자, 문갑, 사진들……

마당에 수북하게 자란 실망초, 명아주, 비름 들이 말라 있고, 대청마루와 방 안과 헛간과 부엌에 거미줄이 어지럽게 쳐진 것, 그리고 마루 위에 먼지가 보얗게 앉아 있는 것이 그때와 다를 뿐이었다. 희자는 안채 마당 한복판에 박힌 듯 서서 집 안 여기저기를 둘러보았다. 강 쪽에서 바람이 불어왔고, 바야흐로 움트기 시작한 감나무, 배나무, 밤나무, 모과나무의 가지들이 흔들렸다. 꿈만 같이 느껴지던 일들이 자기의 몸 속에서 보다 확실한 사실로 한 획 한 획씩 뚜렷하게 각인되고 있는 것을 그녀는 냉랭하게 들여다보았다.

열쇠를 손에 든 순남이네 오빠가 사랑채 앞에 선 채 희자를 보고 있었다. 희자는 몸을 돌리며, 어디서 젖을 먹일까, 하고 생각했다. 손바닥으로 비벼 주었는데도 젖은 자꾸 흘렀다. 순남이네 오빠가 보고 있는데 어떻게 젖통을 꺼낼 수 있단 말인가.

그렇다, 거기에 가서 먹이자. 희자는 대문간을 나섰다. 순남이네 오빠가 대문을 닫아걸고 자물쇠를 채운 다음 희자를 뒤쫓아 왔다.

"동네에서 건너다보면 구멍이 뻥 뚫린 것같이, 보기에 별로 안 좋기에 내가 목수를 불러다가 대문만 고쳐 달아 놨다."

순남이네 오빠가 뒤따라 걸으면서 말했다. 희자의 등에서는 아기가
잠에서 깨어 꼼지락거렸고, 젖꼭지에서는 계속 젖이 흘렀다. 이 남자는
무슨 할 말이 더 있어 따라오고 있는 것일까. 희자는 식구들의 무덤들이
떼 지어 있는 산으로 가고 있었다. 산이 가팔랐고, 길은 이리저리 외틀
어졌다. 다리가 팍팍하고 숨이 가빴다. 순남이네 오빠가 어험어험 목을
다듬더니 말을 이었다.

"사람들이 그래 쌓더라. 날이 궂으려고 구름이 끼고, 장마 때 안개 끼
고 개구리가 울고 강물이 불어나고 으스스하게 바람이 불고 어쩌고 하
면은 느이 집에서 자꾸 무슨 소리가 들린다고……. 감히 어떻게 말을
빼지를 못해서 그렇지, 집을 허물어 버리든지, 집터 드센 이 집을 억누
르고 살 수 있을 만한 사람한테 넘겨주든지 해야 한다고 숙덕거리는 사
람들이 한둘이 아니다. 팔려고 내놓더라도 선뜻 사겠다는 사람이 없고,
아마 거저 주더라도 살겠다고 들어오는 사람이 없을 것이다. 바람 불고
비 오는 밤이면 여자와 아이들의 비명 소리가 들리기도 하고, 문짝을 쿵
쾅거리는 소리가 들리기도 하고, 두런거리는 소리라든지 슬피 흐느끼는
소리가 들리기도 한다는디, 그런 집으로 어떤 간 큰 사람들이 들어와 살
겠냐?"

소나무 숲길로 들어섰다. 순남이네 오빠가 말을 끊었다. 숲 사이로
보이는 하늘이 호수처럼 푸르렀다. 굴뚝새 한 마리가 희자의 머리 위로
날아갔다. 숲속에는 보랏빛 그늘이 앙금처럼 무겁게 내려앉아 있었다.
순남이네 오빠가 목을 다듬고 말을 이었다.

"사람들이 그래 쌓더라. 굿을 해줘야 쓴다고. 원도리 당골네가 씻김
굿을 잘한다더라. 굿하는 데 드는 비용을 동네서 모두 십시일반으로 모
아 가지고 해줘야 쓴다고 그런께, 가까운 시일 안에 날 받아 갖고 해버

리도록 하자. 떠도는 넋은 천도를 해줘야 한단다."

선산의 너른 벌로 들어섰다. 세 개의 층을 이룬 식구들의 무덤 앞에서 희자는 발을 멈추었다. 희자의 젖꼭지에서는 계속 젖이 흐르고 있었다. 순남이네 오빠는 희자와 나란히 섰다.

"내가 애기 보듬고 있을게 절할래?"

순남이네 오빠가 희자의 얼굴을 건너다보았다. 희자는 고개를 저었다.

'오빠, 저쪽으로 가서 조금 있다가 오셔요.'

이렇게 퉁명스럽게 말하고 싶었다. 그러나 그렇게 말하지 않고 아기를 내려 안았다. 그 무덤들을 향해 앉으면서 고개를 떨어뜨리고 내의를 걷어 올렸다. 젖꼭지를 꺼내서 아기의 입에 물렸다. 고개를 떨어뜨린 채 젖꼭지를 빠는 아기의 얼굴을 내려다보고 있었지만, 희자는 그의 눈길이 자기의 하얀 젖통과 팥죽 건더기 같은 젖꽃판 위를 찬바람처럼 스쳤다가 줄지어 엎드린 무덤들 위로 옮겨 가는 것을 느끼고 있었다. 순남이네 오빠는 젖을 먹이고 있는 희자를 피해 너른 벌 동북쪽으로 걸어가 버렸다.

멀어져 가는 마른풀 밟는 소리를 들으면서 희자는 야릇하게 후련한 쾌감을 전율처럼 느끼고 있었다. 순남이네 오빠가 보건 말건 상관없이 바보스럽게 젖을 툭 까서 아기에게 물린 것이, 마치 배창자가 켕기도록 악다구니를 써서 울부짖어 대기라도 한 것 같았다. 동시에 희자는 가슴 뿌듯한 감회를 맛보았다. 풍만하고 하얀 젖과 팥죽 건더기 같은 젖꽃판을 꺼내서 아기의 입에 물리는 일을 떼죽음당한 식구들의 무덤 앞에 보여 주고 있는 것이었다.

"느이 아부지 논이 백오십 마지기쯤 되는디, 그 논을 번 사람들한테 수도 받아야 하고…… 그 일 저 일 해서 편지를 낼까 어쩔까 하던 참에 마침 니가 왔다야."

희자가 잠든 아기의 입에서 젖꼭지를 뽑아 감추고 났을 때 주춤주춤 다가온 순남이네 오빠가 말했다. 희자는 아기를 들쳐 업고 돌아섰다.

강진 집으로 돌아온 희자는 가슴이 황폐해진 들녘이나 한겨울의 벌거 숭이산처럼 텅 비고 차가운 바람만 아프게 휘도는 것을 어찌할 수 없었 다. 전에는 어지러운 악몽 속에 휘말려 있는지도 모른다는 생각을 늘 할 수 있긴 했지만, 이젠 보다 절실하게 폐가와 떼죽음당한 무덤의 황막한 모습들이 깊이 각인되어 그녀를 고문하고 있었다. 피를 받고 나눈 사람 들이 하나씩 하나씩 죽어 가는 모습과 죽어 늘어진 시신들이 땅속에 묻 히는 모습들이 머릿속을 어지럽혔다. 희자는 자꾸 시체들 틈에 누워 있 었고, 그 시체들과 함께 땅속에 묻히고 있었다. 그 넋들이 울부짖는 소 리를 듣고 있었다.

희자는 다시 들썽거리고 서두르기 시작했다. 희자가 시체들과 그 넋 의 울부짖음 속에서 자기를 구제할 수 있는 길은 아기의 입에 젖꼭지를 넣어 빨리는 일이고, 껌껌한 어둠 속에서 실오라기 하나도 걸치지 않은 채 남편과 정사를 벌이고, 배가 불룩해지도록 게걸스럽게 먹어 대는 일 이었다. 그녀는 젖을 빨리고, 남편의 신근을 속 깊이 수용하고, 뱃속에 음식물을 가득 채움으로써, 간신히 무덤 속으로 가라앉는 자기를 지상 으로 끌어올릴 수 있었다. 그녀는 날이 갈수록 더욱 황음해져 갔고 남편 은 그 황음을 감당하지 못했다.

남편이 어디서 누구한테 어떤 말을 들었는지 굿을 하자고 했다. 고향 마을 사람들하고 손이 닿았고, 그리하여 날을 받아 사흘 밤낮으로 큰굿 을 했다. 굿을 하기 위하여 마을 사람들은 폐가로 비워 두었던 집에 거 미줄을 걷고, 먼지를 닦고 쓸고, 떨어진 문짝을 달고, 문종이를 바르고, 잡초를 뽑고, 집 안을 말끔하게 단장했다. 마당에 차일 둘을 치고, 여기 저기에 불을 켜 달고, 차일 밑에 멍석을 깔고 큰 굿상을 차렸다. 큰무당만 다섯이 오고, 잡이들은 일곱이 따랐다. 굿을 하는 동안 마을 사람들은 아무도 들에 나가지 않았고, 출타하지도 않았다. 돼지 여섯 마리와 막걸리 스무 말이 그사이에 마을 사람들의 입속에 녹아 없어졌다.

비명횡사하여 떠돌던 불행한 넋들을 불러 배불리 먹인 다음 청수와 향수로 씻겨서 저승으로 고이 가도록 천도해 주었다. 마을의 아낙네들은 무당의 무가와 넋두리와 덕담과 재담에 따라 함께 웃기도 하고 울기도 했다. 시나위 가락에 취하여 춤 잘 추는 무당을 따라 춤을 추는 사람들도 있었다. 희자는 더욱 견딜 수 없었다. 무당이 하나하나 풀어낸 넋두리들, 처참하게 비명횡사한 자들의 아픔과 원통함과 응어리진 한스러움들이 새삼스럽게 그녀의 가슴속에 납가루처럼 쏟아졌다. 그것들이 푸른 독을 뿜어내고 있었다.

남편은 그녀의 소유로 되어 있는 논의 경작자들을 찾아다니면서 수를 받아 오곤 했고, 그러면서부터 욕심이 생겼다. 화물 자동차 두 대를 사서 부리기 시작했다. 화물 자동차들이 돈을 물어 들였고, 그는 조합장을 그만두었다.

아기가 허옇게 이빨이 나서 밥을 먹기 시작하던 어느 초여름날 한낮이었다. 자리에 누워 있었지만 잠을 자고 있지는 않았다. 혼몽한 의식 속에서 황막한 들판을 허우적거리듯 걸어가는 한 여자의 모습을 떠올리고 있었다. 희자의 속은 그 황막한 들판처럼 비어 있었다. 이제 걸신들린 듯 먹어야 할 차례였다. 황음 속에서 밤을 지새우고 난 희자는 아침을 먹자마자 나른해지는 몸을 자리에 눕히고 늘어지게 낮잠을 잤던 것이고, 바야흐로 그 낮잠에서 깨어난 참이었다.

부엌에서 물 버리는 소리, 그릇 달그락거리는 소리가 들려왔다. 아기의 모습은 보이지 않았다. 부엌 아주머니가 아기를 등에 업고 밥을 짓는 모양이었다. 알싸한 허기가 뱃속에서 가슴으로 부챗살같이 퍼졌다. 굼뜨게 몸을 일으켰다. 몸이 천 근이나 되는 것 같았다. 그때, 희자는 목탁 소리와 거기에 어울린 고운 목청을 들었다.

순간 희자는 조금 전에 뱃속에서 가슴으로 부챗살같이 피어오르던 허기 모양으로 머릿속에서 환하게 피어나는 빛살을 보았다. 희자는 자기도 모르는 사이에 툇마루로 나갔다. 희자의 몸은 나비처럼 가벼워져 있었다. 몸속 여기저기에서 박하 먹은 속 같은 빛살의 포자들이 맹렬하게 세포 분열을 하고 있었다. 대문 앞에서 탁발을 나온 여승이 눈을 내리깐 채 목탁을 두드리며 경을 외고 있었다. 목탁 소리가 경을 외는 고운 청과 함께 집 안에 가득 찼다. 향 맑은 그 청이 처마 끝이나 헛간이나 부엌이나 방아에서 샘물같이 배어 나오고 있었다.

희자는 자기의 속에서 터지는 폭죽 같은 빛살들을 감당하지 못했다. 가슴이 울렁거렸다. 희자는 멍히 대문간을 보고 있었다. 얼핏 파르라니 머리를 깎은 여승의 창백한 얼굴이 흰떡으로 빚어 만들어서 피를 돌게 해놓은 한 송이의 커다란 백도라지꽃으로 보였다. 자기의 몸속에서 환호성처럼 터지고 있는 빛살들이 바로 그 꽃에서 날아오고 있음을 알아차렸다.

희자가 탁발승에게 시주를 해야겠다고 느낀 것은 목탁을 두드리던 탁발승이 욀 경을 다 외고 몸을 돌려 대문간을 나간 뒤였다. 희자는 부엌 아주머니를 불러 쌀 한 되를 가지고 쫓아가 탁발승의 바랑에 부어 주고 오라고 했다. 한데, 바가지에 쌀을 퍼 들고 나간 부엌 아주머니가 그걸 그냥 가지고 들어오면서 말했다.

"벌써 동구 밖으로 깜박깜박 가고 있습디다."

그날 밤, 무덤 속 같은 어둠 속에서 몸부림을 치던 희자는 문득 실성한 사람처럼 남편의 몸을 뿌리치고 일어났다. 우물로 가서 찬물을 거듭 뒤집어쓰고 옷을 걸쳤다. 하늘에는 오뉴월 산언덕에 어우러진 개망초의

꽃망울 같은 별들이 초롱초롱했고, 바야흐로 먼동이 트고 있었다. 방문
앞에 선 채 희자는 남편에게 말했다.

"저 갑니다. 찾지 마십시오."

남편이 뛰어나와 붙잡았지만, 희자는 눈 깜박거리는 별들을 머리에
인 채 몸을 돌렸고, 전날 한낮에 탁발승이 사라졌다는 동구 밖을 향해
걸어갔다.

"깨달음의 진주는 그걸 얻기 위해서 억지로 뼈를 깎는 듯한 고통을
감수하면서 정진한다고 해서 얻어지는 게 아닙니다. 그렇게 해서 얻어
진다고 해도 그것은 아무짝에도 쓸모가 없는 좁쌀 진주에 지나지 않아
요. 적어도 그것은 이 땅에 살아가는 모든 살아 있는 자들의 깨어 있는
넋 속에서 날마다 조금씩 자기 아픔의 삶과 함께 자라 가는 것입니다.
제가 은선 스님을 대단하게 여기는 것이 그 까닭입니다."

진성은 우종남의 말을 생각하며 의자 속에 모로 묻고 있던 몸을 뒤치
었다.

환각을 찾아서

그것이 전나무 숲인지 소나무 숲인지 떡갈나무 숲인지 알 수 없었다. 그 숲은 장막처럼 시꺼멓게 주위를 가리고 있었다. 그 속에 개다리소반만 한 바위가 하나 있었다. 진성은 그 위에서 가부좌를 틀고 있었다. 놀랍고 무서운 일이었다. 그녀는 실오라기 하나도 걸치지 않은 채였다. 하늘이 주황빛으로 변했고, 숲에 황금물이 들기 시작했다. 그녀의 백옥 같던 살갗이 점차 눌눌해졌다. 동시에 다리가 굳어지고, 가슴이 굳어지고, 목이 굳어졌다. 살갗이 딱딱해지더니 몸 전체가 금물 들인 쇠붙이로 변했다. 아하, 나는 부처가 되었다. 황금 노을빛 환희가 박하 맛처럼 가슴속에 퍼졌다. 부챗살같이 퍼졌다. 그 환희는 그녀를 가만 앉아 있지 못하게 했다. 뛰쳐 일어나고 싶고, 소리치고 싶었다. 그런데 손가락 하나 움직거릴 수 없었다. 숨을 쉴 수도 없었다. 몸을 외틀면서 숨을 쉬어 보려고 안간힘을 썼다.

그녀는 악, 소리를 지르면서 잠에서 깨어났다.

보랏빛인 듯도 싶고 자줏빛인 듯도 싶은 도라지꽃들이 지천으로 초롱처럼 피어 있었다. 그 꽃들 옆에 성숙한 여인의 기다랗고 허여멀쑥한 두 다리 같은 쌍 바위가 있었다. 그 바위틈에 세로로 길게 찢어진 것처럼 파인 웅숭깊은 옹달샘이 있었다. 그 샘의 시울 주변에는 부추 나물 풀처럼 길고 검푸른 이끼들이 우거져 있었다. 샘 속에는 은빛 물이 괴어 있었다. 진성은 그 샘의 시울 앞에 쪼그리고 앉아 한 손바닥을 바가지처럼 오그려서 은빛 샘물을 퍼냈다. 그 물은 퍼내기가 바쁘게 솟아 다시 샘의 시울까지 차오르곤 했다. 샘물이 가득 차오를 때마다 진성은 가슴이 울렁거렸다. 샘물은 살아 있는 것 같았다. 진성의 가슴속에 그 샘물처럼 넘치는 게 있었다. 그것은 파도처럼 출렁거리면서 내닫고 있었다.

도를 닦겠다는 사람이 이 무슨 음험한 생각을 하고 있는 것인가. 진성은 그 생각을 얼른 잠재워야 한다고 생각했다. 뜻한 바대로 그게 쉬 잠재워지지 않았다.

'나무아미타불 관세음보살'을 속으로 외고 또 외었다. '수리수리 마하수리 수수리 사바하'를 외고, '나무 사만다 못다남 옴 도로도로 지미 사바하'도 외고, '옴 살바 못자 모지 사다야 사바하'도 외고, '옴 마니 반메 훔'도 외었다. 그래도 그 음험한 생각은 잠재워지지 않았다. 터져 나오는 눈물처럼 자기의 몸 어떤 부분에서인지 봇 물처럼 터져 나오는 것을 발견했다. 뜨거운 샘물이었다. 속옷이 젖고, 바지가 젖고, 엉덩이가 젖었다. 그 물이 방바닥 여기저기로 번져 갔다. 방바닥에 흥건하게 괴기 시작한 물은 문턱 위로 차올랐다. 그 물은 홍수처럼 범람했고, 진성은 그 속에 잠겼다. 물 밖으로 빠져나가려고 허우적거렸다. 진성은 방문을 열고 밖으로 나왔다. 그 물은 마당에도 괴어 넘쳤다. 그게 소용돌이치면서 대문을 통해 빠져나가고 있었다. 진성은 그 범람하는 물을 따라서 대문 쪽으로 흘러갔다. 대문의 문고리를 잡고 버티다가 번뜩 눈을 떴다.

하얀 바람벽이 그녀를 마주 보고 있었다. 진성은 가부좌를 한 채 바람벽을 향해 앉아 있었다. 어디선가 바스락거리는 소리가 들리더니 무늬 요염한 꽃뱀 한 마리가 나타났다. 그것이 그녀를 향해 혀를 널름거리면서 기어왔다. 어느 사이엔가 그것은 등가죽이 까맣고 뱃바닥이 하얀 구렁이로 변했다. 그 구렁이는 동아줄처럼 굵고 길었다. 그것이 그녀 앞에서 머리를 치켜들었다. 그 머리가 사람의 얼굴로 바뀌었다. 살갗이 눌눌하게 떴고, 입술이 잉크빛이었다. 그녀의 고향 이웃집에서 하숙하던 학생이었다. 그가 말했다.

'아침놀이 피어나도 살고 싶고, 바람이 불어도 살고 싶고, 냇물이 소리쳐 흐르거나 파도가 밀려와 모래톱을 때리는 것을 보고도 살고 싶습니다. 골목길을 가다가 피아노 소리를 들어도 살고 싶고, 구름이 피어오르는 것을 보고도 살고 싶고, 제 그림자가 제 발에 밟히는 것을 보고도 살고 싶고, 여객선이 고동을 불면서 떠나는 것을 보고도 살고 싶습니다. 수남이, 부디 나를 무간지옥에서 구해 주시오. 다시 태어난다면 나는 건강한 소나 말이 될 것이오. 그래서 뼈가 으스러지도록 밭이나 논을 갈고, 이 세상 방방곡곡을 비지땀을 흘리면서 뛰어다닐 것이오.'

그 학생은 어느 사이엔지 다시 구렁이로 변해 진성의 몸을 감았다. 진성은 모든 도깨비와 귀신들을 항복시키고자 할 때 외는 '옴 데세데야 도미니도데 삿다야 훔 바탁'을 외고, 일체 천마와 귀신을 항복시키고자 할 때 외는 '옴 이베이베 이야마하시리예 사바하'를 외었다. 관세음보살을 소리쳐 불렀다. 몸을 떨었다. 그녀를 감아 안고 있는 것은 뱀이 아니었다. 남자의 몸이었다. 우종남이었다. 그녀는 황급히 숨이 막히도록 감아 안은 그의 팔과 가슴을 걷어 밀었다. 사지를 버둥거리면서 몸부림을 치다가 소스라쳐 몸을 일으켰다.

오래전부터 이 같은 꿈들을 자주 꾸었다. 꿈을 자주 꾼다는 것은 여느 때 마음이 산란해 있는 까닭일 거라고 진성은 생각했다. 마음을 산란하게 하는 것은 무엇일까. 피가 너무 붉어 있고 뜨거워져 있어서일지도 모른다. 무엇이 피를 붉어지고 뜨거워지도록 하는 것일까.

얼마 전부터 허기진 것처럼 식욕이 동하곤 했다. 그러면서부터 자꾸 가슴이 두근거리고, 까닭 없이 안타까워지곤 했다. 안타까움은 배고픔처럼 속을 쓰라리게 하고, 방 안이나 뜨락을 서성거리지 않을 수 없도록 그녀를 들쑤시곤 했다.

그녀는 그걸 치유하는 방법을 알고 있었다. 어디론가 한없이 떠나가는 것이었다. 방 안에서 반가부좌를 한 채 떠나가고, 예불을 하면서 떠나가고, 공양을 하면서 떠나가고, 잠자리에 든 채 떠나가고, 법문을 들으면서 떠나가는 것이었다. 자기로부터 자기를 멀리 떠나보낸 다음 자기를 텅 비우는 것이었다.

어린 시절에 몽유병이 있었다. 국민학교에 들어가던 해까지도 그게 있었다. 문득 깨어 보면 바닷가 모래밭에 나와 서 있곤 했다. 하얗게 눈이 쌓인 산모퉁잇길에 서 있기도 했다. 새벽 바다, 새벽 산길에 우두커니 선 채, 내가 왜 여기에 나와 있을까, 하는 것을 미처 생각해 보지도 못하고 울음부터 터뜨린 기억이 생생했다. 새벽 안개 속에서 아버지와 어머니가 달려오고, 아버지는 어린 진성을 얼싸안고 볼을 비볐다. 그들은 밤새 그녀를 찾아 헤매고 다닌 것이었다. 그녀는 자기가 거기까지 걸어 나온 일을 기억해 낼 수가 없었다. 그저 깜깜한 잠 같은 까마득한 어둠이 그녀의 모든 시간과 공간을 장막처럼 차단하고 있을 뿐이었다.

그 뒤로 고등학교에 들어갈 때까지 그녀는 백일몽을 꾸곤 했다. 영구차의 궤적 같은 발자국을 내면서 늘 눈밭을 걸어가곤 했다. 검은 옷을 입은 사공이 노 젓는 배를 타고 바다를 건너가기도 했다. 구름을 타고 하늘을 날아가기도 했다. 그때 그녀는 한 마리 나비가 되어 있기도 했고, 솜털 한 오라기나 새의 깃털 하나가 되어 있기도 했다.

진성은 광주에서 완도행 직행버스를 탔다. 버스는 산굽이를 돌아 달리고 있었다. 지나온 발자취들이 아득한 어둠 속에서 어지럽게 휘도는 불빛들처럼 가물거렸다. 어린 시절의 몽유병이 다시 도졌을까. 나는 지금 헤아릴 수 없는 아득한 잠 속에서 어디론가 한없이 가고 있는지도 모른다. 아니, 백일몽을 꾸고 있는지도 모른다.

물빛 이내를 품은 산마루 위에서 선회하는 청잣빛 하늘을 쳐다보았다. 내가 살아가고 있는 이 세월 자체가 몽유병자로서의 헤맴이고, 백일몽의 한 대목 아닐까.

진성은 헛목을 으흠 하고 가다듬으면서, 미망 속으로 빠져들고 있는 스스로를 꾸짖었다. 스쳐 달리는 푸나무들을 바라보았다. 모든 푸나무는 자기가 뿌리를 박고 선 자리에서 안개와 이슬과 비와 바람을 맞으며 사는 것이다. 내가 놓인 자리가 어찌 은선 스님의 놓인 자리하고 같을 수가 있는가. 마찬가지로 은선 스님의 깨달음의 방법과 내 깨달음의 방법은 다를 수밖에 없을 것이다.

문득 뒤를 돌아보고 싶은 것을 참았다. 버스의 맨 뒷좌석에 땡추 한 사람이 앉아 있었다. 그녀가 그를 땡추라고 생각해 버린 것은 단순히 그의 머리칼 모양새와 차림새와 하는 짓거리들 때문이었다. 땡추는 큰 키도 작달막한 키도 아니었다. 어중간한 키였고, 체구가 깡말라 있었다. 볼이 우묵 들어갔고, 눈은 퀭하게 컸고, 눈 가장자리는 푸른빛이 돌았다. 머리칼들은 칼을 댄 지 한 달쯤 된 듯했고, 수염 또한 그런 듯했다. 승복은 풀기 없이 주글주글했고 꾀죄죄했다. 눈은 핏발이 서 있는 데다 흐릿했으며, 어깨는 힘없이 늘어져 있었다. 그러한 주제에 담배를 피웠다. 광주 버스 정류장에서 버스를 타기 위해 줄을 선 그 땡추는 사람들이 보건 말건 아랑곳하지 않고, 바랑 속에서 담배를 꺼내더니, 가스라이터를 켜대고 담배 연기를 가슴 깊이 들이마셨다. 그 연기를 허공으로 뿜어냈다.

그 땡추는 술에 취해 있는 듯싶었다. 이 땅에서 불교가 업신여김을 당하곤 하는 게 모두 저러한 땡추들 때문일 것이라고 진성은 생각했다. 도 닦는 일은 뒷전이고, 걸림 없는 삶을 살아온 원효의 무애無碍 흉내부터 내는 엉터리들. 시줏돈 챙겨 나가 고기 사 먹고, 이성의 맨살을 취하고, 담배 피우고…… 저런 승려들은 강제로라도 옷을 벗겨 버릴 수 있는 어떤 제도가 만들어져야 할 것이다.

진성의 가슴속에는 뒷좌석에 앉은 땡추에 대한 모멸과 증오가 구정물같이 괴고 있었다. 그 땡추가 지금 이 버스 안에서는 또 무슨 눈총받을 짓을 하고 있는 것일까. 진성은 몸을 움츠리면서 모로 돌아앉아 땡추를 재빠르게 돌아보았다. 땡추는 자고 있었다. 유리 창문과 의자의 등받이가 만들고 있는 구석에 머리를 구기박지른 채 차가 흔드는 대로 몸을 내맡기고 있었다.

진성은 몸을 돌려 바로 앉으면서 잠들어 있는 땡추의 추한 모습을 증오하고 저주했다. 죽어 없어져 버려라. 죽어 구렁이가 되어라. 진저리를 쳤다. 내가 그런 험한 말을 입에 담다니……. 저런 중생들이 아무리 부처를 욕되게 할지라도 부처는 부처일 뿐인 것을…… 그 가엾은 중생이 깨어나도록 빌어 주지는 못할지언정 증오하고 저주하다니…….

들판을 건넌 차가 깊은 산협으로 들어섰다. 진성은 혀를 아프게 깨물었다. 나는 무엇인가. 겉모양보다는 속살이 깨끗해야 한다. 겉으로 취하여 있더라도 속으로 깨어 있으면 되는 것이다.

산등성이의 울창한 전나무 숲 위로 쪽물을 들여 놓은 듯한 하늘이 얹히어 있었다. 전나무 숲이 다하자 백양나무, 산벚꽃나무, 상수리나무, 박달나무, 아카시아가 뒤섞인 숲이 나타났다. 산벚꽃나무, 백양나무의 잎사귀들은 벌써 반나마 떨어졌다. 저것들은 어찌하여 다른 나무들이 미처 황달도 들기 전에 저리도 빨리 잎을 흩뿌리고 있는 것일까. 다른 나무보다 잎과 꽃이 일찍 나오고 핀 나무들은 보다 빨리 잎과 꽃을 땅에 뿌리는 것인지도 모른다.

골짜기 아래쪽에서 바람이 달려오고 있었고, 바람을 따라 억새 숲은 몸을 흔들었다. 바위 엉서리에서는 햇살이 유리 조각처럼 튕기고 있었고, 계곡의 물은 은빛으로 번쩍거리며 흘렀다.

골짜기를 지나자 분지가 나왔고, 분지의 논에는 말갛게 얼굴을 씻은 듯한 벼 이삭들이 졸고 있었다. 쪽빛 하늘에 흰 구름이 떴다. 바람, 억새풀, 바위 엉서리, 햇살, 물, 벼 이삭, 하늘, 구름 들이 모두 명상을 하고 있었다. 그것들 모두가 모양새와 얼굴을 달리한 부처님들이었다.

문득 우종남의 말이 생각났다.

'은선 스님이 쓴 글은 글이 아닙니다. 마디마디가 바늘이고, 할이고, 피고, 진주입니다. 그게 어디서 온 줄 알아요? 정진에서 온 것이지요. 그러나 그 정진이라는 것은, 흔히 알려진 것처럼, 열흘 동안 혹은 백 일 동안 곡기 한 방울 입에 대지 않고 참선했다는 둥 어쨌다는 둥, 그러다가 득도했다는 둥 어쨌다는 둥 하는 참 같은 거짓 정진이거나, 거짓 같은 참 정진이 아닙니다. 나는 그것을 이것이다, 하고 꼬집어 말할 수가 없습니다. 그 스님 혼자서만 아는 어떤 것일 테지요.'

은선 스님은 훌륭한 만큼 얼마쯤은 미화되고 있었고, 안개 같은 너울 속에 가려져 있었다. 진성은 그것이 싫었다. 진성이 알고 있는 바로는 은선 스님이 결코 다른 스님보다 특별하게 뛰어나지 않았다. 정진을 별나게 하는 것도 아니었고, 엄격하지도 않았고, 공부를 유별나게 하는 것도 아니었다. 보통 스님, 보통 사람이었다. 바리 한 벌, 가사 장삼 한 벌씩 가지고 수행하는 보통의 수행자들하고 다른 점이 있다면, 아버지에게서 물려받은 논과 밭과 집을, 그것들이 있는 지방의 못 사는 사람들에게 무상으로 나누어 주었다는 것이었다. 그리고 맨몸으로 출가하여 고행하다가 사람들이 흔히 쉽게 읽을 수 있는 명상서 한 권을 출간하였으며, 그것의 인세로 청정암 안에 많은 불사를 했다는 것뿐이었다. 아니, 사실은 그 명상서로 말미암아 많은 신도들이 몰려들었으며, 그 신도들이 불사를 하는 데 힘을 북돋은 것이었다. 청정암을 이 땅 안에서 빼어난 선원으로 만든 주체이면서도, 도반들한테는 물론 주변의 모든 스님들, 신도들한테도 자기를 내세우려 하지 않았다. 어떤 경우든지 위쪽에 앉거나 서려 하지 않고, 아래쪽을 택하는 것이었다. 그럼에도 불구하고, 부용산 덕암사 청정암이라고 하면 곧 은선 스님을 연상하도록 되어 버린 것은 어떤 연유일까. 은선 스님이 속세에 있었다면 그렇게 되었을까. 깊은 산속이라는 깨끗함과 고고함과 동떨어진 그윽한 세계에 대한 사람들의 동경이 그 스님을 그렇듯 돋보이게 한 것이다.

진성은 중생들의 아픈 삶의 현장, 그 아파하는 가슴속으로 들어가 보라고 한 은선 스님의 말을 이해할 수 없었다. 수행하는 자가 어떻게 그 현장 속으로, 그들의 아픈 가슴속으로 들어가야 한단 말인가. 허위다. 수도하는 사람이 아픈 삶의 현장 속에 뛰어들어 함께 살 수 있는가. 승복을 입은 채 어떻게 그들과 피땀을 섞을 수 있단 말인가.

진성은 대학 생활을 하면서, 일반 학생들로부터 물 위의 기름처럼 유리될 수밖에 없던 일들을 뼈아프게 경험하곤 했다. 맨 먼저 일반 학생들과 융합하지 못하게 막는 것은 먹물들인 승복과 파랗게 깎인 머리였고 엄한 계율이었다. 가는 곳마다 술이 있고, 술이 있으면 노래와 춤이 있고 남녀가 어우러지게 되어 있었다. 그녀는 그게 싫었다.

은선 스님이 자기의 길과 비슷한 길을 그녀한테 강요하고 있다고 진성은 생각했다. 나한테는 내 길이 있다. 나는 은선 스님의 길을 거부하고 내 길로 접어들어야 한다. 길은 어디에나 있다. 그 길을 찾아 진성은 섬을 찾아가고 있었다.

진성은 오래전부터 은선 스님을 배반하고 있었다. 그것은 우종남으로 말미암은 것이었다. 우종남의 안내로 서울 근교에 있는 한 노승의 토굴을 찾아간 적이 있었다.

노승은 사도邪道를 가고 있었다. 신비주의자였다. 신과 부처를 동시에 믿고 있었다. 믿는다기보다 섬기고 있었다. 그러면서 노자와 장자를 함께 수용하고 있었다.

노승은 지도 한 장을 펴놓고 한 곳을 짚으면서 말했다. 가리키고 있는 노승의 오른손 손가락 끝은 불에 타다 만 듯 뭉툭했다.

"이 섬에 한번 가봐."

그 섬은 파리똥만 한 무명의 섬이었다.

"조그마한 섬인데, 이름이 나한도야. 거기에는 수없이 많은 중들이 살고 있지. 수천의 부처님들, 나한들, 선지식들…… 그 중들 머리빡을 콱콱 밟아 버려. 그러고 나면 모든 것을 알게 될 거야. 아니, 여기 이 섬에서는 미처 몰라도 돼. 여기에서는 오래 머무르려 하지 말고, 이 섬으로 건너가 봐."

노승이 나중에 짚어 누른 섬은 제주도였다.

"여기 이쯤에 토굴이 하나 있는데, 거기에 들어가서 한번 살아 봐. 혼자서 말이야……. 우리는 결국 혼자야. 혼자 사는 법을 참으로 익혀야 해. 거기에서 가을이든지 겨울이든지 한 철만 지내다가 와. 그러면 아까 그 섬에서 중들 머리빡을 밟아 대면서도 미처 알아내지 못한 것을 알 수 있게 될 테니까."

버스가 완도읍에 도착한 것은 열두 시가 조금 지난 때였다. 버스에서 내려 간단히 공양할 만한 식당을 찾아 두리번거리는데, 누군가가 옆에 와서 섰다. 돌아보지 않고도 진성은 그게 땡추임을 알아챘다.

"제주도 가는 배는 네시 정각에 뜹니다. 우선 어디 가서 공양이나 함께하십시다."

독을 울려 나오는 듯 굵고 낭랑한 목소리로 땡추가 말했다. 목소리가 들려오는 쪽으로 몸을 돌리다가 진성은 흠칫 놀랐다. 날카로운 바늘 같은 것이 그녀의 눈을 향해 날아오고 있었다. 아, 저 빛은 지혜를 가진 사람의 형형한 빛인가, 아니면 사술이나 탐욕으로 길들여진 수컷의 암컷을 향한 짐승스러운 빛인가.

그녀는 땡추를 향해 당당하게 마주 섰다. 눈을 크게 벌려 뜨면서 땡추의 눈을 마주 바라보았다. 땡추의 잡스러운 기를 죽여 놓자는 것이었다. 그래야 그녀한테 허튼수작을 걸지 않을 터이었다.

그녀의 매서운 눈초리 때문인지, 땡추는 몸을 움츠렸다. 그의 눈은 거슴츠레해졌다. 조금 전에 그녀를 향해 날아온 날카로운 빛살은 그 어디에서도 찾아볼 수 없었다. 그녀가 그의 눈에서 느낀 날카로운 빛살은 바다 물결에 반사된 햇살이 땡추의 눈망울에 부딪혔다가 되 날아온 것에 지나지 않은 것인 듯싶었다.

그렇다. 이 땡추의 어디에 그런 형형한 빛살이 있으랴. 진성은 순간적으로 얼굴이 뜨거워졌다. 지나가는 사람들의 눈길이 땅벌의 독한 침처럼 날아와 그녀의 얼굴에 박히고 있었다. 이 땡추와 마주 서 있는 것만 해도 끔찍스러운데, 하물며 어떻게 식당으로 함께 들어가서 공양을 한단 말인가. 진성은 완도에 도착하는 대로 손님이 많지 않은 한 식당을 찾아들어 간단히 공양하려고 했던 생각을 바꾸었다.

거연하게 땡추를 향해 합장해 주고 몸을 돌렸다. 여객선들이 정박해 있는 부두를 향해 발을 옮겼다.

"스님, 그쪽에는 식당이 없어요."

땡추가 등 뒤에서 이렇게 말했지만, 진성은 못 들은 체했다. 땡추가 가던 길을 바꾸어 나한도로 가는 그녀를 끈덕지게 따라오면 어떻게 할까. 등 뒤쪽에서 그녀를 뒤쫓아 오는 발소리가 들리는 것만 같았다. 미친개를 만난 것처럼 가슴이 죄고 켕겼다. 만일, 대합실까지 따라와서 치근덕거리면 어찌할까. 알아듣도록 나무라고, 그래도 되지 않으면 오늘 나한도에 가는 것을 포기해야지. 햇살이 그녀의 콧등에서 부서졌다. 땡추는 따라오지 않았다.

그를 미친개처럼 생각한 스스로가 바보스럽게 생각되었다. 같은 승려인데, 상대방의 너저분한 행색만 보고 너무 야멸치게 굴었다. 상대의 실다운 참모습을 보려 하지 않고, 지나가는 사람들의 눈총만 두려워한 스스로의 간사스러움이 미웠다. 반들반들하게 닳고 닳은 세속적인 삶의 방법. 그것은 대학 공부하는 동안에 익힌 것이다. 나의 속모양은 조금 전에 만난 땡추의 겉모습보다 더 참담하게 속화되어 있고 더러워져 있다. 진성은 어깨를 무겁게 떨어뜨린 채 대합실 안으로 들어섰다.

한 노파 앞에 서면서, 나한도로 가는 뱃길을 물었다. 살갗이 구릿빛인 데다 깊은 주름살들이 어쩌면 그녀의 어지러운 팔자처럼 얼키설키 어우러진 노파는 흐린 눈을 끔벅거리면서 되물었다.

"나한도라니?"

노파는 진성의 얼굴을 빤히 바라보았다. 고개를 저으면서 자기는 그런 섬을 모른다고 말했다. 감색 양복에 붉은 줄무늬의 넥타이를 맨 젊은 남자도 고개를 저으면서, 처음 듣는 이름이라고 말했다.

안내 창구로 가서 물었다. 창구 안에서 담배를 태워 문 중년의 남자는 고개를 저었다. 진성은 별수 없이 수첩을 꺼내서 지도를 펼쳐 파리똥

같이 찍힌 섬을 짚어 보여 주었다. 창구 안의 남자가 한동안 그 지도를 들여다보더니 말했다.

"이 섬은 나한도가 아니고 돌섬이오. 여기서 평일도 가는 배를 타고 가다가 석포리에서 내리시오."

평일도로 가는 배는 두 시간 뒤에 떴다. 표를 사서 출구를 나가려는데 등 뒤에서 굵고 낭랑한 목소리가 들렸다.

"스님."

그것이 진성의 정수리로 강한 전류 같은 것을 흘러내리게 했다. 자기도 모르는 사이에 발을 멈추었다. 출구 밖으로 내다보이는 바다가 기우뚱했다. 아득해진 눈으로 뒤를 돌아보았다. 땡추가 허옇게 이를 드러내놓고 웃었다. 얼굴이 불콰했다. 거슴츠레한 눈에 핏발이 서 있었다. 점심 공양을 하면서 소주 몇 잔을 들이켠 모양이었다.

"잘 가십시오. 저는 저 배를 탑니다."

땡추는 이렇게 말하면서 거대한 호텔 건물같이 부두 한끝을 가리고 서 있는 카페리호를 손가락질해 보였다. 진성은 대꾸해 주지 않고 출구를 나갔다. 등 뒤에서 땡추의 목소리가 들렸다.

"부디 성불하십시오, 스님."

부두 위를 걸어가면서 진성은 착잡한 생각 속으로 빠져들었다. 뒤따라오는 미친개를 떨쳐 버린 것처럼 마음 가벼워진 듯싶기도 하고, 무엇인가 귀중한 것을 대합실 쪽에 떨쳐 두고 온 것같이 서운하고 짠하기도 했다. 그의 꾀죄죄하고 너저분한 차림과 흐릿한 눈과 술 냄새 풍기는 가슴속에 그만이 간직하고 있는 값진 고뇌가 들어 있는지도 모른다고 생각했다. 그의 눈에서 날아오던 빛살을 생각했다. 그는 여느 때 일부러 눈을 거슴츠레하게 뜨고, 눈빛을 흐리멍덩하게 하고 있는지도 모른다.

여객선이 떴다. 갑판 위에 선 채 대합실 쪽을 보았지만, 땡추의 모습은 보이지 않았다. 멀미를 할까 싶어 선실로 내려갔다.

여객선은 허름했다. 기관이 구루룽거릴 때마다 갑판과 난간이 털털거렸다. 배 안에는 이등 선실이 있을 뿐이었다. 선실 바닥에는 노란 비닐 장판이 깔려 있었다. 선실에는 퀴퀴한 곰팡내와 고린내가 났다. 사람들은 장판 바닥에 모로 눕기도 하고, 두 발을 뻗은 채 바람벽에 기대앉기도 했다. 일행끼리 둘러앉아 화투판을 벌이기도 하고, 사가지고 온 소주병을 마시면서 큰 소리로 지껄여 대기도 했다. 아기한테 젖꼭지를 물리고 있는 젊은 아낙네도 있고, 장사 보퉁이를 소중하게 옆구리에 낀 채 쪼그리고 앉아 있는 늙은 아낙네도 있고, 건기침을 자주 하는 늙은이도 있었다.

진성은 구석 자리에 앉아 있다가 갑판으로 나갔다. 갑판 위에는 바람이 어지럽게 휘돌았다. 항구가 아득하게 멀어져 갔다. 물개가 고개를 외틀면서 소리를 질러 대는 듯한 섬의 연안에 갈매기 한 쌍이 날고 있었다.

선장실 문 앞에 신혼부부가 나란히 서서 지나가는 섬을 보고 있었다. 신랑은 검정 양복을 입었고, 신부는 다홍치마에 풀색 회장저고리를 입었다.

진성은 선장실 벽에 등을 기대고 섰다. 고물 뒤쪽에서 하얗게 뒤집힌 거품들이 햇살을 쏘아 날렸다. 눈이 부셨다. 어깨를 들어 올리고 심호흡을 했다.

어쩌면, 조금 전에 만난 땡추를 그 꿈속에서 자주 만나곤 했던 것만 같았다. 그녀와 그는 오래전부터, 어쩌면 전생에 깊이 인연했던 듯싶었다. 앞으로 언젠가는 더욱 깊이 인연을 맺게 될 것만 같았다. 그 땡추는, 그녀가 한 노승의 말을 따라 나한도에 가고 있으며, 그 나한도에 건너갔다가 곧 완도항으로 돌아온 다음 제주도로 건너가리라는 것을 모두 알고 있을 것 같았다.

진성은 꿈틀거리는 파도를 향해 고개를 저었다. 이상스러운 예감이 등줄기를 훑었다. 그는 그녀가 완도항으로 돌아올 때까지 내내 그녀를 기다리고 있을 듯싶었다. 그녀가 제주도에 건너가는 대로 서귀포 위쪽의 산등성이에 있다는 한 토굴을 찾아가게 될 것이라는 것도 꿰뚫어 알고 있을 것 같았다. 그는 나의 이 만행을 도와주는 관세음보살인지 모른다. 그녀는 혀를 아프게 깨물어, 그런 어처구니없는 생각을 하는 스스로를 꾸짖었다.

진성이 나한도라고 알고 있는 돌섬은, 평일도행 여객선이 첫번째로 멈추어 서는 섬이었다. 땍땍거리는 종선에 실리어 가면서 진성은 한눈에 섬 전체를 바라볼 수 있었다. 섬의 한가운데 있는 산은 드높지 않았지만, 등성이 여기저기에 금방 캐놓은 알토란이나 감자 같은 하얀 바위들이 고개들을 쳐들고 있었다. 그 바위와 바위들 사이에 먹물 점을 아무렇게나 찍어 놓은 것 같은 소나무 숲이 있었다. 이 작은 섬 어디쯤에 절이 있을까. 그 절이 얼마나 큰데 중들이 수없이 많이 살고 있다는 것일까.

종선이 세 아름드리나 네 아름드리가 될 듯한 돌들로 드높이 쌓아 올린 부두 끝에 뱃머리를 댔다. 사람들이 내렸다. 보퉁이를 옆구리에 낀 아낙네를 뒤따라 내리면서 진성은 그 아낙네만 알아들을 수 있도록 낮은 목소리로 물었다.

"절이 어느 쪽에 있습니까?"

아낙네가 파도를 따라 위아래로 흔들어 대는 배이물에서 비틀거리며 뛰어내린 다음 진성을 향해 돌아섰다. 진성의 번들거리는 까까머리와 핼쑥한 얼굴을 뜯어보며 되물었다.

"절이라니?"

아낙네는 고개를 저었다. 진성은 도깨비에 홀린 것 같았다.

아낙네는 멍해지는 진성의 눈을 들여다보았다. 풀린 파마머리 아낙네는 동그란 고리눈을 깜작거리며 물었다.

"이 스님 잘못 내리셨구먼그려. 여기가 어딘 줄 알고 찾아왔을까?"

"여기가 돌섬 아닌가요?"

"돌섬은 돌섬인디 절은 없어."

지나가던 사람들이 진성과 아낙네가 주고받는 말을 듣고 참견을 했다.

"이 근방에서 절이 있는 섬은 금산뿐인디? 저 스님, 아마 여기가 금산인 줄 알고 왔는갑구먼."

"오늘은 그리로 가는 배가 없소?"

"조금 있으면 평일도에서 읍으로 가는 배가 올 것인께 그것 타고 읍으로 나가서 주무시고 내일 아침 배로 금산으로 가시오."

진성은 용기를 내어 그중에서 가장 식견이 넓겠다 싶은 양복쟁이를 향해 물었다.

"이 섬을 혹시 나한도라고도 하지 않습니까…… 부르는 사람에 따라서는?"

마을 이장이라도 된 듯한 그 남자는 한 번 고개를 갸웃하고 나서 주변 사람들을 둘러보았다. 사람들이 제각기 고개를 저었다.

"옛 어르신들은 돌섬이라고 해왔고…… 행정 구역으로는 석포리요."

진성은 그들에게 고맙다고 하면서 합장했다. 낭패였다. 완도항 안내 창구의 남자한테서 안내를 잘못 받은 것이 분명했다. 사람들이 일러 준 대로 평일도에서 오는 배를 타고 다시 완도읍으로 가서 보다 확실하게 나한도에 대하여 알아본 다음에 거길 찾아가야겠다고 생각했다. 해 질

녘쯤 되어서 완도로 나가는 배가 온다고 했다. 그때까지라면 줄잡아 세 시간쯤 기다려야만 했다. 어디서 무얼 하면서 시간을 보낼까. 빈속이 쪼르륵 소리를 냈고, 마늘이나 파를 생으로 씹어 넘긴 것처럼 쓰리고 아렸다. 땡추를 피하느라고 점심 공양을 하지 못한 벌은 아프고 매웠다. 부두 머리에 구매소 같은 게 있었지만, 빈속 채울 생각을 않고 동남쪽으로 콧잔등같이 튀어나온 언덕 모퉁이를 돌았다.

언덕에는 남쪽 해안 지방에서만 볼 수 있다는 생달나무, 붉가시나무, 황칠나무, 굴거리나무, 돈나무, 멀꿀나무 들이 줄지어 서 있었다. 마을은 그 언덕 뒤쪽에 있었다. 경운기 다닐 만한 길이 바다 쪽에서 언덕을 감아 안으면서 뻗어 있었다. 길을 따라 그 희귀한 나무들은 제멋대로 흩어졌다가 모였다가 하면서 봉싯봉싯 서 있었다. 그 나무들 사이로 황달든 들판이 펼쳐졌다. 별로 드넓지 않은 그 들판 저쪽의 산 밑에 마을이 안존하게 자리 잡고 있었다. 여자의 어깨선처럼 동그스름하게 몸을 사린 초가 여남은 채가 보일 뿐, 모두가 뾰족한 세모꼴의 슬레이트집들뿐이었다. 그것들은 빨간 칠, 파란 칠, 노란 칠이 되어 있었다.

마을 쪽으로 뻗은 길을 버리고 바다 쪽으로 몸을 돌리다가 진성은 아하, 하고 탄성을 질렀다. 여느 바닷가에서 볼 수 있는 흰 모래밭이나 갯벌은 보이지 않았다. 바닷물은 썰물이 지고 있었다. 거무스름한 물자국을 남긴 채 수위를 낮추고 있었다. 물자국이 생기고 있는 자갈밭에 놀라운 것이 있었다.

동북쪽으로 활등처럼 휘움하게 열린 연안에는 옅은 가짓빛과 잿빛의 둥근 돌들이 질펀하게 깔려 있었다. 작은 것은 어른의 주먹만 했고, 큰 것은 어린아이들의 머리통만 했다. 어른들의 머리통만 한 것들도 많았다. 위쪽으로 올라갈수록 돌은 잘아지면서 잿빛을 띠었고, 물이 가까운 쪽으로 갈수록 그것들은 굵어지면서 가짓빛을 띠었다. 그것들은 하나도 모난 것이 없었다. 각기 모양을 달리한 타원형들이었다.

그 연안 앞으로는 탁 트인 남쪽 바다였고, 옆으로는 세찬 밀물과 썰물이 번갈아 오르내리는 물목이었다.

얼마나 많은 물결이 밀려와서 비비고 때리고 할퀴고 깎아 냈으면 모든 돌들이 이같이 두루뭉술해졌을까. 그 돌 앞쪽에다 점 한둘씩만 찍어 놓는다면 숨이 터 날 것 같은 빡빡 깎은 머리들이었다. 수천수만의 대중들이 머리를 마주 대고 좌선 삼매에 들어 있는 것 같았다.

진성은 그 돌밭으로 들어서다가 발을 멈추었다. 불제자들의 성불을 위한 아픈 궤적이 그 해변에 알알이 맺혀 있는 것 같았다. 노승이 이 섬을 나한도라 명명하고, 그녀에게 반드시 한번 가보라고 한 까닭을 알 것 같았다. 성불하려다 끝내 이루지 못하고 돌아간 자들의 머리가 거기에 쌓여 있는 것 같은 생각이 들었다. 그녀는 소름이 끼쳤다. 발바닥으로 그 두루뭉술한 돌들을 밟는 것이 끔찍스러웠다.

진성은 두 발을 모은 채 먼 바다에서 꿈틀거리며 밀려와 두루뭉술한 돌밭에서 재주를 넘곤 하는 물결을 바라보았다. 합장을 하고 속으로 〈반야심경〉을 외었다. 용기하면서 밀려온 파도가 재주를 넘으면서 경을 함께 따라 외고 있었다. 가자, 가자, 반야의 배를 타고 가자. 고해苦海 건너 저 언덕으로 가자.

나도 그곳에 이르기 위하여 정진하리라. 이 땅에 내리는 눈이며, 비바람이며, 안개며, 이슬이며, 서리며, 뙤약볕이며, 천둥이며, 지진이며, 해일을 모두 맞으며 정진하리라. 나를 찾으리라. 하다가 하다가 못하면 나도 죽어 이 바닷가에 한 덩이의 돌이 되어 놓이리라. 억겁의 눈보라와 비바람과 안개와 이슬을 견디어 내리라.

가슴이 울렁거렸다. 바다가 기우뚱거렸다. 그녀는 어느 누구인가와 더불어 자기의 감동과 환희를 나누고 싶었다. 진성은 발바닥에 탄력성

강한 용수철이 붙어 있는 것처럼 발걸음이 가벼웠다. 마을 쪽으로 아늑하게 휘어 들어간 연안에 마을 사람들이 우글거렸다.

사람들은 발틀 앞에서 허리를 굽힌 채 발대를 들어 붙이고 나일론 줄을 가새질러 엮었다. 도끼로 말목의 밑을 날카롭게 깎기도 하고, 배를 뒤집어 엎어 놓고 벌어진 틈이나 뚫어진 구멍을 막기도 했다. 아낙들은 남편과 마주 앉아 그물을 깁고 있었고, 남편이 깎는 말목 밑동을 움직이지 않도록 붙잡아 주고 있었다. 한 젊은 아낙은 밥 바구니를 머리에 인 채, 아장아장 걷는 서너 살짜리 아기의 손을 잡고 마을 쪽으로 가고 있었다. 일하는 남편한테 점심을 내왔다가 그릇들을 거두어 가지고 들어가는 것이었다. 아낙의 배는 불룩했고, 허리는 휘어 있었다. 그을린 얼굴에 검버섯 같은 기미가 끼어 있었다.

중생들의 아픈 삶의 현장, 그 아파하는 가슴속으로 들어가 보라고 한 은선 스님의 말을 생각했다. 저 속에 뛰어들어 일을 해보라는 것일까. 저 남정네들 가운데 어느 한 사람과 살을 비비며 며칠 동안만이라도 살아 보라는 것일까. 반드시 그래야만 나의 참모습을 찾아낼 수 있다는 것일까.

이 섬에 잘 왔다고 진성은 생각했다. 수천수만의 불제자들의 머리 같은 두루뭉술한 돌을 봄으로써 자기는 모든 것을 한꺼번에 알아 버렸다고 생각했다. 우종남과 함께 만난 노승에게 고마웠다. 그녀는 몸을 돌려, 용수철이 달린 듯한 발바닥으로 땅을 차면서 부두로 갔다.

완도항으로 돌아왔을 때, 검은 산그늘이 바다를 덮고 있었다. 대합실에서 그녀는 혼자가 되었다. 아무도 그녀를 거들떠보지 않았고, 자기 갈 길들을 갔다. 창문 밖의 바다는 자줏빛 그늘에 젖어 있고, 그녀가 밟아 보고 온 나한도가 치잣빛 햇살을 덮어쓰고 있을 뿐이었다.

진성은 해안통을 걸어가다가 간판 없는 한 식당으로 들어가서 빈속을 채우고, 여관방 하나를 잡아 들었다. 풀기 없는 그녀의 바지와 저고리처럼 지쳐 늘어진 몸을 방바닥에 눕혔다. 방문을 걸어 잠갔으면서도, 목욕탕 문을 또 안으로 잠근 채 욕조에 따뜻한 물을 받고 그 속에 벌거벗은 몸을 담가 씻으면서 그녀는 울었다. 기차와 버스를 타고 완도항까지 오면서, 나한도라는 섬에 건너갔다 오면서, 그녀는 내내 자기 자신도 알 수 없는 관념의 장난을 즐기고만 있었다. 내내 자기를 기만하고 있었다.

　그녀는 여자였다. 유방이 있고, 부드러운 살갗이 있고, 자궁이 있었다. 두어 달, 아니면 서너 달 만에 한 차례씩 새빨간 행사를 귀찮아 하면서 치르지 않으면 안 되는 여자.

　아버지와 어머니의 얼굴을 떠올리면서 울고, 오디 같은 꼭지와 팥죽 색깔인 젖꽃판과 우윳빛 젖무덤과 팔다리와 새까만 거웃 근처에 비누를 칠하고 구름 같은 거품을 일으키면서 울었다.

　'그대의 꿈에 비치던 그 달은 아침 해 비치면 어디로 갈까⋯⋯.'

　아버지와 어머니와 동생들 앞에서 불렀던 그 노래를 생각하고 울었다. 뒷물을 하되 손가락 한 매듭 이상 들어가지 않도록 주의하라고 한 부처님의 말씀을 번번이 어기는 스스로를 생각하면서 울었다. 한밤중에 그녀의 방 안으로 뛰어든 한 남자가 승복을 갈기갈기 찢어발기고 그녀의 부드러운 살갗 여기저기를 칼날 같은 이빨과 손끝으로 할퀴어 대는 상상을 문득 하곤 했던 일을 떠올리면서 울고, 아기한테 젖꼭지를 물려서 키우는 한 젊은 여자와 그 아기를 업은 채 고향 마을로 들어서는 또 한 여자의 얼굴을 떠올리고 울었다. 그것은 그녀의 얼굴이었다.

　진성은 이때껏 무소뿔처럼 혼자서 잘 가고 있던 스스로를 배반하고 있는 자기를 용서할 수 없었다. 진성은 그러한 자기를 고문하는 방법을 알지 못했다. 설사 그 고문하는 방법을 안다고 하여도 그것을 쓸 수 없도록 나약해졌다. 이날 밤 그녀는 모로 웅크리고 손바닥으로 얼굴을 감싼 채 잤다.

이튿날 진성이 자리에서 일어났을 때는 얼굴이 보얗고 투명하게 부어 있었다. 커튼 사이로 기어든 오렌지 빛깔의 햇살을 보면서 그녀는 묵은 허물을 말끔하게 벗어 버린 싱싱한 처녀 뱀이나 아침 이슬 맞은 청초한 산란山蘭 같은 건강한 승려가 되었다.

종교에는 신비와 숭엄과 외포가 곁들여지지 않으면 안 된다. 승려는 외포의 대상을 향해 경배하는 자한테 그걸 외투처럼 입혀 주어야 하는 것이다.

아침나절 내내 섬 구석구석을 헤매고 다니다가 진성은 점심때가 훨씬 지나서 항구로 돌아왔다. 네 시에 뜨는 제주행 카페리호를 타기 위해서였다.

밥 한 그릇으로 빈속을 채우고 식당을 나서다가 발을 멈추었다. 해안통의 바다쪽 난간에 한 여자가 기대서서 아이스크림을 달게 먹고 있었다. 어디에서인가 많이 본 듯한 여자였다. 물빛 코트의 허리를 띠로 잘록하게 졸라맸고, 울긋불긋한 수건으로 머리를 싸맸다. 긴 머리칼들이 암말의 갈기같이 등과 어깨를 덮었다. 그 여자가 그녀 쪽으로 얼굴을 돌렸다. 그 여자가 먼저 그녀를 알아보고 펄쩍펄쩍 뛰면서 달려왔다. 반쯤 먹은 아이스크림을 휴지통에 버리고 진성에게 합장을 했다. 파계를 하고 절에서 쫓겨난 청화였다. 이젠 이순녀였다. 순녀의 얼굴이 붉게 상기되었다. 눈에 물이 괴었다.

"어머나, 진성 스님! 어쩐 일이세요?"

순녀가 울음 섞인 목소리로 물었다.

"이 보살님은 웬일이십니까?"

진성은 턱을 목 쪽으로 끌어당기면서 물었다. 그녀의 목소리는 굵고 냉담했다. 의젓했지만 오만이 어리어 있었다. 순녀는 하얀 이들을 가지런히 내놓은 채 웃었다. 그녀는 명랑함을 과장하고 있었다.

"스님께서는 만행 중이신가 보죠? 저는 지금 저기 깊은 섬으로 들어가요. 거기에 창문재단에서 세운 종합 병원이 있거든요."

"박현우 그분하고는 금실이 좋으시겠지요?"

진성은 순녀의 잘록한 허리와 화장 짙은 얼굴과 붉은 사과 빛이 나는 볼과 야생 암말의 갈기 같은 옅은 갈색의 머리칼들을 보면서 물었다. 순녀에게는 타고난 화냥기가 있다고 진성은 생각했다. 아니, 그것은 도화살일 터이었다.

"헤어졌어요."

순녀는 콧등에 주름을 잡으면서 쓸쓸하게 웃었다.

그러면 그렇지, 하고 속으로 소리치며 진성은 물었다.

"아니, 왜요?"

"그 사람 인제는 씩씩하게 잘 살아요. 그러면 됐지요, 뭐."

"그 사람 아주 몹쓸 사람인 모양이네요?"

진성은 순녀가 그리되리라는 것을 예상하고 있었다. 자연히 그녀의 말투에는 측은해하는 빛이 어리었다. 순녀는 그녀의 동정적인 어투에 반발하듯이 말했다.

"저는 그 사람을 원망하지 않아요. 그 사람이 저를 버리고 자기 갈 데로 간 것을 잘한 일이라고 생각해요. 사람들은 누구든지 철들어 독립할 수 있으면 부모 밑을 떠나잖아요? 저는 그 사람이 저를 배반했다고 생각지 않고, 그런 만큼 증오하거나 저주하지 않아요. 기대를 하지 않았기 때문이지요. 배반감이란 기대치에 정비례하는 것 아니겠어요? 저는 누구에게 무슨 일을 베풀든지 애초부터 그 사람한테서 아무것도 기대하지 않기로 했어요. 베풀면서 기대한다는 것은 마치 돈을 꾸어 주고 나서 이자를 꼬박꼬박 챙기려는 돈놀이하고 같은 것이니까요."

순녀는 까만 눈을 빛내면서 우김질하는 사람처럼 말했다. 진성은 순녀가 삶의 궁지에 몰리고 있다고 생각했다. 이 여자는 자기의 행위를 합리화시키려고 급급해한다.

"진성 스님, 배 타실 시간 아직 멀었으면 차 한잔 하러 가시지요."

순녀는 진성의 소매를 끌었다.

그들은 바다 쪽으로 유리창을 낸 이층 찻집으로 갔다. 짧은 치마를 입은 종업원이 커피를 가져다 주었다. 그 찻집에서 순녀는 묻지도 않은 말들을 호들갑스럽게 늘어놓았다.

"저기 광주에 있는 한 대학 병원에 있으면서 저는 인간의 참자유가 무엇인가를 알았어요. 거기서 두 팔 두 다리 다 끊어진 환자를 만났어요. 그 환자하고 한 반년쯤 살았어요. 고아원에서 자라 가지고 화물 자동차를 몰다가 그렇게 된 사람이었는데…… 우리는 재미있게 잘 살았어요. 단칸방 얻어 살림 차리고, 퇴근해 들어오면서는 군고구마를 사다 주고, 그 사람의 손발이 되어 주고…… 그런데 어느 날 그 사람이 간다는 말 한마디도 않고 그냥 멀리 떠나가 버렸어요."

진성은 그녀를 위로할 마땅한 말을 찾지 못했다. 순녀는 바다를 내다보면서 말을 이었다.

"아까운 사람이었어요. 감수성도 있고, 조형적인 안목도 있는 사람이어서 제가 글씨 공부를 시켰어요. 서예가로 만들 참이었지요. 그런데 유서를 써놓고 가버렸어요. 다른 건강한 사람 만나서 살도록 해주기 위해 자기가 떠난다는 것이었어요."

순녀의 모든 것을 알 수 있을 듯싶었다. 박현우한테 버림받은 뒤로 순녀가 몸을 아무렇게나 굴리고 있음이 틀림없었다.

"너무 가벼이 살아가고 있는 것 아닙니까? 좀 더 신중하고 차분하게 상대를 구하여 살되, 같은 값이면 행복하게 살아갈 수 있도록 애쓰십시오. 절대로 삶을 포기하거나 체념하지 마시고……."

진성이 타일렀다.

순녀는 세차게 고개를 저었고, 다방 안의 사람들이 모두 들을 수 있도록 큰 소리로 웃으며 말했다.

"저는 포기하거나 체념하지 않습니다. 박현우한테도 그랬지만, 그 사람한테도 최선을 다했어요. 앞으로도 어떤 사람을 만나든지 최선을 다할 거예요. 고통 속에서 허덕이는 사람들을 찾아서 늘 그렇게 해줄 거예요. 죄송합니다. 스님 앞에서 주제넘게……."

진성은 속으로 순녀를 비웃었다. 이 여자는 혼자서 이 세상의 보살행을 다 하고 있는 것으로 착각하고 있다.

순녀는 어색하고 쓸쓸하게 웃으면서 물었다.

"은선 스님은 잘 계십니까? 기관지 천식은 좋아지셨나요, 그대로인가요? 절에 들어가면 제가 안부 전하더라고 말씀해 주십시오."

그러다가 갑자기 얼굴을 일그러뜨리며 고개를 세차게 저었다.

"아니요. 저는 안부를 전할 자격도 없는 사람입니다. 아무 말씀 말아 주십시오."

순녀는 세 시 반에 뜨는 하얗고 날렵한 카페리호를 탔다. 진성은 부두에서 그녀를 보내며 말했다.

"순녀 씨, 용기를 잃지 마십시오."

"부디 성불하십시오, 스님."

순녀가 합장하고 화답을 했다.

진성은 네 시에 뜨는 거대한 물빛 카페리호에 몸을 실었다. 그녀가 몸담고 있는 절의 대웅전보다 더 큰 배였다. 그녀는 일등 선실의 창 옆에 자리를 잡았다. 다시 전날 만났던 땡추의 모습이 머릿속에서 망령처럼 살아났다. 그녀가 제주항에 내려서면 그 땡추가 그림자같이 나타나서 그녀의 소맷자락을 잡을 것 같았다.

진성의 가슴속에는 그 땡추를 분연히 뿌리쳐야 한다는 생각과 그의 안내를 받으면서 그와 더불어 도 닦는 방법에 대한 논의를 하는 것도 좋은 일이라는 생각이 맞서고 있었다.

제주항에 도착했을 때는 부두 서쪽으로 저녁노을이 피처럼 타오르고 있었다. 여객들이 선실 문을 빠져나가기를 기다리는 동안 노을은 꺼졌다. 잿빛 해무海霧 속에 숨을 죽이고 있는 바다 한가운데로 새까맣게 뻗어 나간 부두 위에 진홍의 대형 고무풍선처럼 지는 해가 얹히어 있었다. 그걸 보면서 진성은 아직까지 망령처럼 머릿속을 점거하고 있는 땡추의 모습을 지웠다.

그 땡추가 왜 나를 기다린단 말인가. 나는 또 왜 그가 기다려 주기를 은근히 바라고 있단 말인가. 그러한 스스로를 진성은 계속해서 배반하고 있었다. 그녀의 속마음은 간절하게 누구인가를 만나고 싶어하고 있었다.

대합실을 관통하여 출구 밖으로 나가면서 진성은 당연히 참담한 패배를 맛보았다. 전날 만났던 땡추가 도둑처럼 다가와서 그녀의 두루마기 소맷자락을 잡지 않았다. 그녀는 양쪽으로 줄을 서 있는 출영객들의 눈총을 맞으면서 대합실을 빠져나갔다.

그날 밤 진성은 날이 훤히 밝을 때까지 엎치락뒤치락하면서 꿈같은 생각 속에 잠겨 있곤 하는 스스로를 미워했다.

이른 아침 노란 색종이 같은 빛 한 덩이가 유리창에 앉았을 때, 여관방을 나섰다. 제과점에 들러서 식빵 한 자루를 사고, 양곡 가게에서 쌀

닷 되를 샀다. 서귀포로 갔다.

　농업 고등학교 앞에서 내려, 노승이 일러 준 기억을 더듬어 걸었다. 아스팔트길을 타고 비탈길을 올라가다가 낭떠러지 아래로 분지를 내려다보는 곳에서 이때껏 타고 온 길을 버리고 아래쪽의 샛길로 들어섰다. 깊은 곰보 자국이 있는 돌담과 측백나무들이 울을 치고 있는 밀감밭을 안고 돌고, 솔밭을 질러 건넜다. 그러다가 길을 잃었다. 가시덤불과 억새풀 숲이 허리를 감았다. 학교 뒤쪽의 산등성이에 토굴이 있다던 노승의 말을 되새기면서 숲을 헤쳤다.

　회양나무, 멀구슬나무, 개서어나무, 동백나무, 녹나무, 졸참나무의 숲을 뚫고 가다가 암석 덩어리가 엉성하게 드러나 있는 골짜기를 만났다. 물은 한 방울도 흐르지 않았다. 숲 사이로 날아온 가을의 투명한 햇살이 계곡 바닥에서 튕겨 솟아올랐다. 나무 밑동을 안은 채 미끄러져 내리기도 하고, 가시덤불을 잡고 굴러 내리기도 하면서 계곡 바닥으로 내려섰다. 암벽 엉서리를 벌레처럼 기었다. 등성이의 위쪽 아래쪽을 몇 번이나 오르내리다가 간신히 사람들의 발길 흔적이 있는 절벽 가장자리 숲길 하나를 찾아냈다. 그 숲길을 치오르자 경사 완만한 등성이가 나왔다. 키 작은 소나무, 맹감나무, 녹나무, 회양나무, 억새풀 들이 뒤엉키어 있었다.

　나무 그늘을 찾아들어 바랑에 넣어 온 식빵을 먹었다. 어디선가 푸르륵 날아온 지빠귀 한 마리가 계곡 쪽의 졸참나무 가지에 앉았다. 등 쪽은 노란 갈색이고, 깃의 끝 부분에는 반달 모양의 검은색 무늬가 있으며, 날개깃은 흑갈색이고, 그 깃의 바깥쪽 가장자리는 황갈색이며, 배의 가운데 부분은 흰색이었다. 그 새가 가늘고 조용한 소리로 비이 요오, 하고 울었다. 그 울음소리에 화답하는 새소리는 어디에서도 들려오지 않았다. 그 새가 진성을 흘긋 보더니 계곡 너머로 날아갔다. 그 새가 긋고 가는 가느다란 선에서 그녀는 자신감을 얻었다. 혼자서 꿋꿋하게 잘 나아가고 있다는 자기만족과 가슴 뭉클한 즐거움이 눈앞을 어지럽게 했다.

바랑을 지고 경사가 완만한 등성잇 길을 걸었다. 등성이는 아득하게 드넓었고, 키 큰 나무는 찾아볼 수 없었다. 기껏해야 그녀의 허리와 가슴께에 차오를까 말까 한 억새, 속새, 띠풀 들과 사스레피나무, 맹감나무, 화살나무 들이 어우러져 있을 뿐이었다.

발을 멈추고 두리번거렸다. 완만한 경사가 갑작스럽게 가팔라지는 어름에 토굴이 있다고 노승은 말했었다.

거미줄 같은 햇살이 숲에 쏟아지고 있었다. 그 햇살을 헤치면서 나아갔다. 남서쪽에서 올라온 오솔길을 만났다. 그 길로 들어서서 북서쪽에 버티고 선 봉우리를 향해 갔다. 경사가 가팔라지면서 소나무, 오리나무, 졸참나무 숲이 앞을 막아섰다. 길은 그 숲으로 오불고불 이어져 나갔다. 음습한 잿빛 그늘이 살갗에 묻어나는 것 같았다. 길은 끊어지는 듯했다가 이어지고, 한동안 나가다가 다시 끊어졌다.

졸참나무와 너도밤나무 숲이 무성해지더니, 그 숲속에서 문득 슬래브 단층 건물 하나가 나타났다. 건물 벽에는 군데군데 푸른 이끼가 끼어 있었다. 가까이 가보니, 건물 가장자리로는 철조망이 쳐져 있고, 출입문은 마소의 출입을 막으려고 해둔 듯이 갈큇발 같은 고리로 걸어 두었다. 철조망과 건물 사이에는 쑥, 명아주, 바랭이, 개여뀌 따위가 무릎 차게 자라 있었다. 건물의 조그마한 창문에는 하늘색 모기장이 쳐져 있었다.

문고리를 벗기고 건물의 모퉁이를 돌아 앞마당으로 갔다. 마당 한가운데에 조그마한 시멘트 건물이 앉아 있었다. 현관이 마당 쪽으로 부리처럼 튀어나와 있었다. 칠이 벗겨진 현관문은 굳게 닫혀 있었다. 현관문 앞으로 가서 유리창 안을 들여다보았다.

손바닥만 한 서창에서 빛이 들어오고 있었다. 바닥에는 비닐 장판이 깔려 있었다. 맞은편 벽에 석가모니불이 모셔져 있고, 그 뒤에는 우중충한 탱화가 걸려 있었다. 촛불은 꺼져 있었다. 부처님 앞에는 노란색 방석 한 개와 염주와 목탁이 놓여 있었다.

문득 등 뒤에서 인기척이 있는 듯하여 몸을 돌렸다. 별채 쪽 현관 앞으로 갔다. 그 안에 누군가가 있는 것 같았다. 그 땡추가 이 안에 들어 있다면 어떻게 할까.

"스님."

진성의 잠긴 목소리가 유리창에 부딪혀 돌아왔다. 문을 두들기면서 소리쳐 말해 보았다.

"스님 계십니까?"

아무 반응이 없었다. 문을 열었다. 현관 바닥에는 허름한 플라스틱 슬리퍼 한 켤레가 있었다. 복도처럼 길쭉한 응접실은 텅 비어 있었다. 방문 둘이 좌우에 있었고, 맞은편에는 입식 부엌이 있었다. 부엌에는 검게 녹슨 석유곤로가 하나 있고, 그 옆에 플라스틱 양동이와 세숫대야와 양은그릇 서너 개가 아무렇게나 널려 있었다. 사용한 지 오래된 듯 바싹 말라 있었다.

방문을 열어 보았다. 방바닥에는 병아리털 빛깔의 장판이 깔려 있었다. 서북쪽 창에서 날아온 빛살이 방바닥에서 반짝 빛났다. 바람벽에는 옷 거는 못이 몇 개 박혀 있을 뿐 아무것도 걸려 있지 않았다. 다락도 없었고, 방구석에 돌돌 뭉쳐져 있을 법한 꾀죄죄한 담요도 한 장 없었다. 다른 방문을 열었다. 그 방도 마찬가지로 텅 비어 있었다. 동북쪽으로 뚫린 창문에 쳐진 하늘색 모기장 밖으로 숲이 보였다. 그 숲 사이로 멀뚱한 하늘이 눈을 깜작거리고 있었다.

뒤란을 한 바퀴 돌아보고 나서, 당분간 자기가 이 토굴의 주인 노릇을 해도 된다는 생각을 했다. 은밀한 곳에 엎드려 있는 이 토굴은, 이것이 여기에 있다는 걸 아는 수행자나 가끔 한둘씩 와서 얼마 동안 정진하다가 돌아가곤 하는 모양이라고 진성은 생각했다.

서북쪽 방에다 바랑을 벗어 놓고 밖으로 나갔다. 여기서 묵는 사람들은 어디서 물을 구해다 먹을까. 법당 뒤뜰에서 숲속으로 길이 나 있었다. 양동이를 들고 그 길로 들어갔다. 졸참나무와 너도밤나무의 잎사귀 위에서는 찬란한 가을 양광이 왕거미줄처럼 출렁거리고 있었지만, 숲속은 어두컴컴했다. 이끼 낀 암석들이 앞을 가렸다. 길은 암석을 안고 돌아 비탈진 언덕을 올라갔다. 썩은 나무 밑동 몇을 지나자 동굴 하나가 시꺼먼 입을 벌리고 있었다. 머리끝이 곤두서고 가슴이 뛰었다.

동굴 가장자리에는 아기동백나무, 띠풀, 억새풀 들이 무성했다. 그 동굴 안으로 사람 드나든 흔적이 있었다. 안에서 무슨 소리인가가 들렸다. 쇳소리 같기도 하고, 영롱한 음악 소리 같기도 하고, 사람의 숨소리 같기도 했다. 그 안에서 으스스한 찬바람이 날아왔다.

누군가가 여기 들어앉아 정진하고 있을까. 그 땡추가 여기 들어 있을까. 안으로 들어섰다. 한가운데에 선 채 동굴 속의 어둠에 익어질 때까지 눈을 감고 있었다. 천장에서 물방울이 떨어졌다. 그 소리가 동굴 안을 방울 소리처럼 울렸다. 눈을 뜨자 동굴의 안쪽 구석에 희끗한 것이 앉아 있었다. 아하, 하고 진성은 속으로 탄성을 질렀다. 어둠 엉긴 벽을 향해 가부좌를 틀고 있는 수행자의 모습이 어슴푸레하게 드러났다. 그녀는 이틀 전에 만난 땡추의 눈에서 반짝 빛나던 빛살을 생각했다.

눈이 좀 더 어둠에 익어졌다. 가부좌를 틀고 앉아 있는 것은 사람이 아니고, 조각을 해서 모셔 둔 석상이었다. 다가갔다. 산신상이었다. 산신상의 좌대 위에 성냥통 하나가 있었다. 그 옆에 촛대 둘이 나란히 놓여 있었다. 성냥을 꺼내 그었다. 습기가 차 있어 켜지지 않았다.

고드름 같은 돌 끝에서 물방울이 떨어지고 있었다. 그 밑에 플라스틱 함지박 하나가 놓여 있었다. 함지박에는 물이 넘치고 있었다. 물 위에 쪽박 하나가 떠 있었다. 물을 떠서 들이켰다.

산신상을 바라보면서 그녀는 생각했다. 이 동굴 속에서 어둠과 대좌해 보자. 옴! 하고 그녀는 속으로 부르짖었다. 금방 어둠 가득 찬 동굴 안 어디에선가 샛노란 빛살이 보리 까라기처럼 쏟아져 나올 것 같았다. 다시 한번, 옴! 하고 중얼거렸다. 그녀의 가슴 안에 그 동굴 같은 깊은 구덩이가 뚫리고 있었다. 그 속에서 시뻘건 용암 같은 것이 움직거리기 시작했다. 그렇다. 이런 어둠 구덩이 속에서 모든 원초적 생명력은 싹트는 것이고, 그것들은 또 이런 곳으로 돌아가는 것이다. 옴, 옴, 옴…….

진성은 토굴 방으로 돌아와서 바랑에 담아 온 식빵을 짐승처럼 먹었다. 그리고 몸속에 든 오물들을 깡그리 짜내고 씻어 내기 위하여 안간힘을 써댔다.

숲 저편으로 해가 뉘엿뉘엿 기울고 있었다. 동굴 근처의 숲에는 그녀가 혼자 우뚝 서 있을 뿐이었다.

굴속의 플라스틱 물통에서 물을 퍼다가 몸을 씻었다. 오물들이 배어 나오고 괴는 곳들을 속속들이 씻고 닦았다. 그 컴컴한 동굴 속에서 그녀는 금빛 찬란한 원초의 빛살을 캐어 내겠다고 생각했다. 아니, 채우겠다고 생각했다. 그걸 채우지 못하면 한 발도 기어 나오지 않고 한 줌 흙이 되고 말리라고 이를 물었다.

진성은 잿빛 산신상을 오른쪽에 두고, 동굴 입구 쪽에서 아스라하게 날아오는 빛살을 등으로 받으면서 동굴벽을 향해 앉았다. 굴 입구에서 날아오던 빛살이 흐려지더니, 굴 안이 암흑의 심연 속으로 까무룩 가라앉아 버렸다. 그녀는 울긋불긋한 수초와 희고 파랗고 노랗고 빨간 불을 컨 고기 떼들처럼 어지럽게 너울거리고 헤엄쳐 다니는 기억 속을 표박漂泊했다. 심장벽에 각인을 하듯이, 무無! 하고 속으로 부르짖었다.

'달마 스님의 얼굴에는 왜 수염이 없느냐?'

그것을 뇌리에 담고, 단전 한가운데다 송곳처럼 꽂았다. 그녀는 그 혼돈 같은 기억 속에서 자기를 놓친 채 안간힘을 썼다. 말도 안 된다. 달마 스님이 텁석부리라는 것은 삼척동자도 다 아는 일인데 왜 수염이 없느냐고 묻는단 말인가. 언어도단. 화두는 거기에서 시작되는 거라고 했다. 진퇴양난의 백척간두에서 한 걸음 더 나아가는 것이다. 그것이 무엇일까.

진성은 말꼬리를 물고 헤매기만 했다. 그런지 이틀째 되던 날 밤, 굴 안으로 누군가가 저벅저벅 걸어 들어왔다. 들어온 사람이 찰칵 가스라이터 불을 켰다. 그 불빛이 동굴 안을 채웠고, 그녀는 눈이 부셨다. 이를 어쩌나. 당혹감이 그녀의 온몸을 흔들었다. 그러나 이런 때에는 수미산처럼 앉아 있어야 한다고 스스로를 다잡았다.

라이터 불을 켜 들고 진성의 얼굴을 비춰 본 사람이 불을 죽이고 미친 사람처럼 너털거렸다. 그 웃음소리는 동굴 천장을 금방 와르르르 무너뜨릴 것처럼 흔들어 댔다. 이 벽 저 벽에 부딪혔다가 곤두박질을 쳤다. 그 소리는 진성의 반쯤 벌려 뜬 눈과 귀로도 날아들고, 정수리와 뒤통수와 등줄기와 가슴 한복판과 아랫배 밑의 사타구니 속과 항문으로도 날아들었다. 그것은 날카롭게 벼린 쇠꼬챙이처럼 진성의 살갗 여기저기와 모든 감각 기관을 들쑤시었다.

곧게 세운 윗몸이 무너져 내리려고 했다. 이를 물고 참아 냈다. 참아 내고 있다는 생각과 누군가가 뛰어 들어왔다는 생각을 떨쳐 버리려고 애썼다. 그러나 두려움이 온몸을 뒤흔들었다. 미친 듯이 너털거리는 이 틈입자는 누구일까. 이 사람한테 나는 앞으로 무슨 일을 당하게 될까.

어떻게 무슨 수를 써서 내 몸을 지킬까. 이 사람의 폭력을 이겨 낼 힘이 내게 있을까. 이런 때 법력이 필요한데, 그것이 내게 있을까. 이겨 내지 못한다면 어떻게 되는가. 이 무뢰한의 눈에는 내가 하나의 여자로만 보일 것 아닌가. 짐승스러운 남자들의 눈에는 유방과 생식기를 가진 모든 여자가 익은 음식으로 보인다고 했다.

이 사람을 제도해야 한다. 난폭한 수컷이 되어 날뛰지 못하도록 미리 제어해야 한다. 관세음보살, 관세음보살……. 진성은 관세음보살에게 힘과 지혜를 청했다.

무뢰한은 다시 라이터를 켜더니, 동굴 벽에 세워진 초에 불을 붙였다. 산신상 앞의 초에도 불을 붙였다. 산신상 뒤에서 양초 상자를 들고 나왔다. 거기서 양초 한 자루씩 꺼내서 불을 붙여 동굴 바람벽에 세웠다. 진성이 마주 바라보는 벽에다 한 걸음 간격으로 촛불들을 켜 세웠다. 상자 속의 초들이 다 없어지자 다시 산신상 뒤에서 양초 상자를 가지고 왔다. 이번에는 진성의 등 뒤쪽 벽에다가 양초를 꽂아 세우고 불을 붙였다. 촛불의 수가 늘어날 때마다 동굴 안은 밝기가 조금씩 더해 갔다. 물이 한 방울씩 맺혔다가 떨어지곤 하는 천장은 은물을 칠해 놓은 것처럼 번들거렸다.

"요년, 여기가 어딘데 주인의 허락도 없이 그 방정을 떨고 있냐?"

무뢰한은 불을 다 밝히고 나서 빈정거리며 진성의 앞으로 걸어왔다. 진성은 가부좌한 그대로 눈 하나 깜짝하지 않고 있었다.

어찌할 수 없었다. 그 무뢰한을 쫓아낼 수도 없었고, 그를 피해 도망갈 수도 없었다. 쫓아낸다고 해서 쫓겨날 사람도 아닐 터이고, 도망간다고 해서 도망가는 대로 가만두고 있을 사람도 아닐 것이었다. 그럴 바에는 법력으로 그를 퇴치시킬 수밖에 없었다.

"부디 성불해라, 이년아."

무뢰한은 진성의 귀에다 입을 대고 소리를 질렀다. 침방울이 귓바퀴로 날아와 앉고, 쿠릿한 소주 냄새가 콧속으로 파고들었다.

"그렇게 눈을 거슴츠레하게 뜨고 있지만 말고, 크게 뜨고 이 얼굴을 똑똑히 봐라. 내가 바로 관세음이다. 니년의 불심이 얼마나 깊고 높고 넓은가 시험하려고 왔다. 이히히……."

무뢰한은 한동안 야비하게 웃어 대더니 자기 두루마기의 고름을 풀었다. 진성은 그 무뢰한의 목소리를 어디선가 들었다고 생각했다. 그의 목소리가 동굴의 천장과 바람벽에 부딪혀 울리기 때문에 얼핏 생소한 듯했으나 그것은 전날 만났던 땡추의 목소리가 분명하다 싶었다.

온몸에 소름이 돋았다. 진성은 오래전부터 그 땡추와 자기가 그 누구도 어찌할 수 없는 어떤 힘이 시키는 대로 이 동굴 안에서 만나 무슨 일인가를 벌이지 않으면 안 되도록 마련되어 있었던 것 같았다. 그것은 그녀가 수도 생활을 해나가는 데 있어서 하나의 중대한 고비와 계기일 거라는 것을 오래전부터 예감해 왔고, 반드시 한 번은 치러야만 할 통과의례처럼 기다려 왔던 듯싶었다. 그녀는 그것을 운명으로 여기고 있는 스스로가 얄밉고 무서워졌다.

그녀는 혀끝을 아프게 깨물고 심호흡을 했다. 오래전부터 자기가 자기를 배반해 오고 있었다는 사실을 번히 알고 있었다. 그러면서도 어떤 조치를 취하려 하지 않고, 운명이 무슨 일인가를 저질러 주기를 기다리는 자세로 앉아 있는 스스로가 더욱 끔찍스러웠다.

진성은 스스로를 향해 악을 쓰듯이 항변했다. 지금, 이 무뢰한이 이같이 미친 듯 설쳐 대는 속에서 이렇게 앉아 있다는 게 무슨 의미를 가진단 말인가. 나는 수도하는 여자라는 것, 그러므로 내 몸에 돋아 있는 털끝 하나도 손대지 말라는 것, 그랬다가는 지옥에 떨어지게 된다는 것을 그에게 말해야 한다. 그의 이성에 호소해야 한다. 아니다. 이 무뢰한에게는 끝까지 강함을 보여야만 한다. 무엇이 강함인가. 강함도 강함 나름이고, 그 강함이 통하는 것도 사람 나름이다. 이성과 지성을 가지지 않은 동물에게 한 여자의 강함이 어떤 방법으로 먹혀 들어갈 것인가. 어서 무슨 수를 써야 한다.

그러나 그녀는 꼼짝하지 않고 앉아 있기만 했다.

무뢰한은 두루마기를 집어던지고, 목을 내맡기고 있는 사형수의 둘레를 돌면서 환도를 휘두르는 망나니처럼 덩실덩실 춤을 추었다. 춤을 추면서 계속 소리쳐 댔다.

"어디 니년이 얼마나 잘 견디는가, 한번 보자. 내가 별스러운 짓을 다 해도 니년이 숨결 하나 까딱하지 않으면 내가 니년 뱃속에서 새끼로 변해 가지고 기어 나오마. 어얼싸 좋다, 좋아, 지화자자가 좋을씨고, 지화자자가 좋을씨고, 어얼싸 좋다, 좋아……."

무뢰한의 춤은 신명나 있었다. 그의 발끝에 밟혀 튄 돌멩이가 쇳소리를 내면서 뒹굴었다. 쇳소리는 강하게 튕긴 생고무 공처럼 사방 벽에 부딪혀 날아다녔다. 탈춤을 추는 듯한 그의 춤사위가 일으키는 바람결에 촛불들이 몸을 흔들었다. 그 불빛의 흔들거림에 여러 갈래로 갈라진 그림자들이 유령처럼 건들거렸다.

지금이라도 밖으로 뛰쳐나갈까. 진성은 돌이나 나무로 된 불상처럼 여여부동하려고 애쓰는 스스로를 다그쳤다. 아니다. 어차피 맞대거리를 하는 수밖에 없다. 저 미친 바람이 잠들기를 기다리는 수밖에 없다. 무뢰한의 광기를 법력으로 이겨 내고 다스리는 수밖에 없다. 설사 무슨 일이 일어난다 할지라도, 무뢰한이 손댈 수 있는 것은 기껏 이 몸뚱이의 살갗뿐일 터이다. 몸뚱이 손대는 것을 상관하지 말자. 모든 것으로부터 벗어나자. 수미산과 모든 대양을 뛰어넘자. 나는 천 길 낭떠러지 위의 날카로운 엉서리 가장자리에 앉아 있다. 미친 무뢰한의 춤은 한 가닥 바람결일 뿐이다. 그 바람 속에서 나는 한 줄기 풀잎일 수도 있고, 한 개의 조약돌일 수도 있다. 아니, 한 그루의 거목이어야 한다.

진성의 한쪽 볼에 거대한 거머리의 빨판 같은 것이 철썩 붙었다. 그 것은 밍근한 점액을 살갗에 남기면서 쪽 소리를 내고 떨어져 나갔다. 무 뢰한이 그녀의 볼에 입을 맞춘 것이었다. 진성은 온몸에 소름이 돋았다. 그녀는 곤두선 온몸의 털들을 재빨리 잠재웠다. 동요하지 않는 자기가 대견스러웠다. 자신이 생겼다. 나는 어떤 일이 벌어진다 해도 감당해 낼 수 있다.

"히야, 이것 제법이로구나아!"

무뢰한은 진성의 여여부동을 빈정거리면서 다시 춤을 추었다. 진성은 속으로 항마진언을 외우기 시작했다. 주위를 맴도는 미친 사람은 그녀 의 다른 쪽 볼에다 쪽 소리를 내면서 흥건히 점액을 발랐다. 잠시 뒤에 는 그녀의 입술을 한동안 머금었다가 뱉어 냈다. 미친 사람은 귀기 어린 소리를 질러 대면서 휘돌아 다니다가 진성의 젖가슴 속에다 한 손끝을 깊이 집어넣었다. 그녀는 몸을 떨었다. 그러면서도 몸을 흐트러뜨리지 않고 진언을 외기만 했다. 젖가슴 속에 들어간 그의 손이 무명베 자락으 로 단단하게 감싼 젖무덤 하나를 힘껏 주물렀다. 다른 하나도 주물렀다. ㅎㅎㅎㅎ, 하고 히들거렸다.

"이년아, 납작한 이런 것을 젖통이라고 달고 다니냐?"

그녀는 마찬가지로 아랑곳하지 않았다.

그가 두 손바닥으로 그녀의 두 볼을 감싸 받쳐 들며 빈정거렸다.

"요년, 겁도 없어? 너 여기가 어떤 덴지나 아냐?"

그가 숨을 헐떡이며 말했다. 그녀의 얼굴로 침방울이 튀었다. 그가 흥 콧방귀를 뀌었다. 손바닥으로 그녀의 얼굴을 힘껏 밀어붙이고 땅바 닥에 주저앉으면서 담배 한 개비를 꺼내 물고 불을 댕겨 빨았다. 담배 연기와 함께 말을 뿜어냈다.

"여기가 쉰일곱이나 되는 생목숨이 몰살을 당한 굴이다. 젖먹이에서부터 팔십 노파까지 두루 섞여 있었지. 모두 불을 맞아 죽었어. 서로 부둥켜안고 죽기도 하고, 굴의 안쪽 벽에다가 얼굴을 틀어박고 죽기도 하고, 서로 더 안쪽으로 파고 들어가려고 몸부림치다가 밑에 깔리고 눌린 채 죽기도 하고, 개처럼 거멓게 그을려 죽기도 하고…… 모두가 모깃불 속에 집어넣어 구운 고구마나 옥수수의 꼴이 되어 있었지. 나는 시방, 그 사람들이 왜 여기 있다가 그렇게 죽었는지, 그 사람들을 누가 죽였는지, 그것을 따지고 가리자는 것이 아니여. 그 죽은 사람들 속에는 이 굴 사窟寺 스님도 한 사람 섞여 있었던 모양이더라. 어쨌든, 그 일이 있은 뒤로 사람들이 이 굴을 메워 버렸는데, 내가 모두 파냈다. 이 앞 건물도 다 내가 세웠다. 우리 아부지가 유언을 했어. 여기에 이 굴이 있다고 말이여. 사실은 우리 아부지가 그 사람들을 다 불태워 죽인 것이란 말이다. 흐흐흐. 이 땅바닥이나 벽에다가 코를 대고 냄새를 맡아 봐라. 지금도 살 탄 냄새가 난다."

무뢰한은 담배 연기를 빨아 뿜느라고 말을 끊었다. 천장에서 물방울 떨어지는 소리, 촛불들이 흔들거리면서 뿌지직거리는 소리, 그의 담배 연기 빨아 마시는 소리가 굴 안을 어지럽게 뛰어다녔다.

"소문은 참 빠르더라. 너처럼 독선獨禪을 하고자 하는 얼치기들이 어떻게 누구한테 들었는지 꿍끔스럽게 여기를 가끔 찾아오곤 한단 말이다. 음습한 죽음 냄새를 맡으면서 뭣인가를 깨쳐 보겠다는 거겠지…… 물론 일리가 있기는 있어."

무뢰한은 콧방귀를 뀌었다. 진성은 속으로 진언을 외면서도 무뢰한의 말을 놓치지 않고 다 들었다.

"밀교의 비밀 행자들이 화장터에서 성적性的인 명상 의식을 행하는 것과 같은 이치로 그러는 모양이야. 시체 위에서 행하는 그 성적인 명상은 덧없음의 진리를 확신하는 데 안성맞춤이라는 것이여. 비밀 행자 자신들의 심장은 불이 되어 타고, 타면서 자존심이라든지 이기심이라든지 신분이라든지 명성이라든지 직능이라든지 모두 태워 버린다는 뜻일 테지. 그것은 그 비밀 행자들이 상대 여자, 말하자면 그루라는 여신의 달거리 날을 택해서 그 성적인 명상 의식을 행하는 것과 정반대의 뜻을 지니고 있으면서도 결국에는 같은 효과를 노리는 것이야. 붉은 빛깔은 생명력에 불을 붙이는 것이고, 죽음 냄새는 그걸 맡은 사람에게 더욱 왕성한 생명력을 불러일으키는 것이니까."

진성은 무뢰한이 보통 수행자가 아니라고 생각했다. 그를 만난 것은 행운이다.

꽁초가 다 된 담배 끝에다가 새 담배 한 개비를 붙여 빨아 대던 그가 담뱃불을 땅바닥에 비벼 끄고 고개를 숙였다. 이마가 굴바닥에 닿을 듯했다. 촛불들이 일렁거리면서 타고 있었다. 천장에서 떨어지는 물방울 소리들이 고전 악기의 소리처럼 굴 안을 길게 울리고 있었다.

진성은 이제 그의 미친 바람이 잦아든 것이라고 생각했다. 그것은 어쩌면 나의 법력에 의한 것인지도 모른다. 잠에 곯아떨어지기라도 한 듯 한동안 머리를 처박고 있던 그가 문득 윗몸을 곧게 세우면서, 새삼스럽게 흥 하고 콧방귀를 뀌었다.

"이런 건방진 년 같으니라고. 니가 이렇게 몇 날 며칠 동안 가부좌를 틀고 있으면 당장에 부처님이라도 될 것 같으냐? 세상의 모든 고통받는 중생들이 허물을 벗듯이 낫게 될 것 같으냐?"

그는 한동안 혀를 끌끌 차다가 말을 이었다.

"정신 빠진 년, 흑암 선사가 어째서 대중들을 모아 놓고 '달마 스님은 왜 수염이 없느냐'고 물으셨는지 아냐? 달마 스님이 왜 수염이 없어? 달마 대사는 텁석부리란 말이여. 그런디 흑암은 그렇게 엉터리없이 물었단 말이다. 그것이 대관절 무슨 뜻으로 묻는 말인지 알겄어?"

무뢰한은 한동안 진성의 얼굴을 노려보다가 말을 이었다.

"그런 멍청스러운 질문이 어디 있냐? 이 세상의 모든 남자들은 왜 자지가 없고, 세상의 모든 치마 입은 것들한테는 왜 보지가 없냐는 멍청한 질문과 다를 게 무엇이여?"

그가 소리쳐 말하는 동안, 침방울들과 구리칙칙한 술 냄새가 진성의 얼굴로 계속 쏟아지고 엉겨 붙었다. 그는 손바닥으로 진성의 한쪽 볼을 힘껏 밀어 버리면서 몸을 일으켰다. 담배 한 개비를 꺼내 불을 붙였다.

진성은 속으로 그를 비웃었다. 그런 화두에 관한 것쯤이야 오래전에 읽어서 다 알고 있었다.

있는 것을 왜 없다고 하는가. 없다고 하면 없어지는가. 나는 '없다'는 거짓말에 걸려들어 없다고 생각지 않는다. 있다고 우기지도 않을 것이다. 다만 나 나름대로 달마 대사의 수염의 실체를 알고 있으면 되는 것이다. 실체, 본연의 그것. 그렇지만 이것도 한낱 알음알이의 논리일 뿐이다. 그 논리 저쪽에 무엇인가가 있다.

그게 무엇일까. 은선 스님은 나에게 바로 그것을 깨달으라고 그 화두를 내린 것이다. 나는 미친 바람 같은 이 무뢰한의 무슨 말, 어떠한 무례한 짓에도 결코 흔들리지 않아야 한다. 나는 누가 무어라고 하든지 간에 나의 곧은 길을 가면 되는 것이다. 무소뿔처럼 절망하지 않고.

"흥, 빌어먹을 년. 여기저기 떠돌아 댕기는 책 읽고, 이론적으로 알았다고…… 그래서 건방져 가지고 그 이론대로 이렇게 저렇게 하면 깨우치게 될 것이라고……. 오냐, 잘 깨달아라. 니 멋대로 혼자서 부처님 잘되거라."

그는 발을 멈춘 채 동굴 천장을 향해 담배 연기와 함께 말을 뿜어냈다. 진성은 아직도 털끝 하나 꼼짝하지 않고 있었다. 그가 미친 바람처럼 설렐 때 자지러질 듯 까물거리곤 하던 촛불들은 그가 발을 멈춤에 따라 실오라기만큼의 미동도 하지 않은 채 곱게 타고 있었다.

그가 피우던 담배를 내던지면서 껄껄거리다가 그녀를 향해 돌아서며 소리쳤다.

"착각이여, 환상이여, 이년아. 착각이나 환상을 깨달음인 양 생각하고, 깨달았습네 하고 떠들어 대며 다니고…… 그래서 이놈의 세상은 니년 같은 얼치기들이 판친단 말이여. 서울 미아리 고개에 가봐라. 너 같은 년들 수백 수천이 부처님이 입던 옷을 입은 채로 점상을 차리고 앉아들 있다. 나무아미타불 관세음보살을 주절대고 또 주절대면서……."

그 목소리에는 울음이 섞여 있는 것 같기도 하고, 울분이 섞여 있는 것 같기도 했다.

"실참實參이 뭣인지 아냐? 어째서 참선은 반드시 실참이어야 한다고 했는지 아냐? 그것은 참선을 하되 반드시 선지식인 조실 스님 밑에서 해야 하고, 그런 다음 조실 스님한테서 깨달음에 이르렀음을 증명받아야만 한다는 말이여. 너 이년, 독선獨禪이 얼마나 위태로운 것인 줄 아냐? 참선을 하다가 보면, 허깨비 같은 꿈이나 환상을 만나기도 하고, 그와 비슷한 환영 같은 것을 보기도 하고, 느끼기도 하고…… 바로 이런 때에 조실 스님한테 확인받지 않으면, 그걸 가지고 실제로 크게 깨닫기 실오實悟 라도 한 양 껍죽거리고 다니게 된단 말이여."

무뢰한은 한숨을 길게 쉬었다. 진성의 하는 짓이 한심스럽다는 듯이 맥 풀린 소리로 말을 이었다.

"천치 바보 담판한儋板漢 앞에서는 꿈 이야기를 하지 말라고 한 말이 바로 그것이여. 꿈 이야기는 방편인데, 바보 멍청이들은 그 방편을 진리인 양 생각을 해버리니까. 바보 멍청이들은 보라는 달은 보지 못하고 그

318

것을 가리키는 손가락만 보니까……. 달마 스님은 왜 수염이 없느냐고 한 말, 그것이 바로 그것이란 말이여."

피를 뿜어내는 듯한 그 목소리가 진성의 오관을 치고 등줄기를 훑으면서 전신에 오한을 일게 했다. 그의 말이 구구절절 옳다고 그녀는 생각했다. 며칠 전, 버스에서 내려 얼핏 그 땡추를 보았을 때, 순간적으로 그의 눈에서 날아오던 형형한 빛살이 그녀의 머릿속에서 섬광처럼 살아나고 있었다.

나는 지금 얼마나 멍청한 짓을 하고 있는가. 진성은 자기가 하고 있는 일이 하잘것없음을 알아차렸다. 스스로의 모습이 참담해졌다. 그같이 참담해지도록 스스로를 이끌어 온 자기에게 모진 고문과 중벌을 가하고 싶었다. 더 참담한 낭패를 당하도록 버려두고 싶었다.

그가 갑자기 귀신 같은 소리로 웃어 댔다.

"이키키키키히히히…… 이년아, 사람들은 구멍의 뜻을 알아야만 한다. 우리는 지금 땅속에 파인 굴속에 들어 있다. 생각해 봐라. 이 세상의 모든 암컷들은 각기 동굴 한 개씩을 가지고 있지. 생명을 만들어 내는 동굴 말이야. 너한테도 그것은 있다. 우리들은 그런 동굴 속에서 열 달 동안 헤엄치고 있다가 밖으로 기어 나와서 내내 독립된 동굴 집 하나씩을 만들어 가지고 그 속에서 살다가 다시 그 깜깜한 동굴 속으로 되돌아간다. 우리를 포용하고 있는 우주가 하나의 거대한 동굴일 터이니까. 밀교에서 이렇게 말을 하지. 사람들 속에는 남성적인 에너지와 여성적인 에너지가 들어 있다고 말이야. 또한 수행자가 최상의 환희를 맛보는 순간은, 그 두 에너지가 가장 조화롭게 결합되는 때라고 말하지. 그리하여 밀교에서는 그 결합되는 순간의 환희를 통해서 깨달음을 가르친단 말이야. 그것은 우리에게서 모든 옷을 다 벗겨 버린다. 우리에게서 가장 진실된 것은 맨살이 되는 것이야. 맨살이 되지 않으면 지혜를 확장하고 번식시킬 수가 없어."

그는 담배 연기를 들이켜고 나서 말을 이었다.

"우리 몸은 성性으로 이루어져 있다. 그 성을 흔히들 독(三業)이라고 한다. 그러나 독만은 아니다. 뱀의 독이 몸에 번지면 죽지만, 그 독을 알맞게 먹으면 약(三寶)이 된다. 독을 통해서 깨달음에 이른다. 깨달음에 이른다는 것은 무엇이냐. 자기의 근본으로 돌아가는 것(返本還源) 아니냐. 그런 다음에는 어찌하는가. 속세로 돌아가 걸림 없이 종횡무진으로 살아가는 것이다. 십우도 마지막 장에 이렇게 그려져 있지 않더냐. 맨발에다가 가슴은 벌거숭이. 나는 세상 사람들과 함께 어울려 산다. 옷은 누더기, 때가 찌들 대로 찌들어도 나는 언제나 지복으로 넘쳐흐른다……. 거기에다 어떤 사람은 이렇게 주해를 달았지. 내 문중에 속하는 천 명의 현자들도 나를 몰라본다. 내 정원의 아름다움을 보지 않는다. 왜 스승들의 발자취를 찾아야 한단 말인가? 술병을 차고 시장 바닥으로 나가 지팡이를 짚고 집으로 돌아온다. 술집과 시장으로 가니, 내가 바라보는 모든 사람들이 깨닫게 된다……."

연극배우가 무대 한가운데서 독백하듯 줄기차게 말하던 무뢰한이 한동안 동굴 천장을 쳐다보면서 가쁜 숨을 쉬었다. 이윽고 그는 무슨 결심과 각오를 단단히 한 듯 이를 물고 진성을 향해 돌아섰다.

"야야, 웃기지 마라, 이년아. 그 독선이라는 것이 얼마나 어처구니없고 위태로운 것인가를 보여 주마."

진성의 뒤통수에 강한 전류 같은 것이 와 닿고 있었다. 드디어 벌어질 일이 벌어지게 되는구나, 하고 그녀는 생각했다. 그러나, 눈썹 하나도 까딱하지 않았다. 앞으로 벌어질 어떠한 일도 자기하고는 관계가 없는 일이라고 생각했다. 무슨 일이 어떻게 일어나더라도 자기는 전혀 상관하지 않겠다고 생각하면서 계속 관세음보살을 불렀다.

"어디 한번 봐보자. 니년의 몸뚱이는 나무로 깎아 만들고, 모래에다가 시멘트를 섞어 만들었냐?"

그가 진성의 윗몸을 모로 넘어뜨렸다. 진성이 나무토막처럼 쓰러졌다. 그가 진성에게 덤벼들었다. 진성의 맨살 위를 그의 손끝과 혀끝이 지렁이처럼 기어 다니기 시작했다. 그가 진성의 굳어 있는 다리를 펴 늘이고, 허리띠를 풀고, 바지를 끌어내렸다. 속옷을 우악스럽게 걷어 내고, 윗옷의 고름을 풀어헤치고, 반쯤 익은 새끼 포도알 같은 젖꼭지를 드러내 놓았다.

진성은 조급해졌다. 어서 반항해야 한다. 팔을 내저어 그를 뿌리치고, 발로 걷어차고 굴 밖으로 뛰쳐나가야 한다. 몸과 마음의 청정을 지켜야 한다. 머릿속에서는 회오리 같은 생각이 일고 있었지만, 그녀의 몸은 목석처럼 굳어 있었다. 그의 혀와 손은 그녀의 온몸을 점령군의 구둣발길처럼 유린하고 있었다. 가쁜 숨을 내쉬며 허둥대던 그가 벌떡 몸을 일으켰다. 그사이에 그녀는 모로 쓰러져 있는 몸을 일으키고 다시 가부좌를 했다.

오뚝이처럼 일어나 앉은 그녀를 쏘아보던 그가 부르르 몸을 떨더니 그녀 앞으로 걸어갔다. 허리띠를 풀고 바지와 속옷을 끌어내렸다. 자기의 거웃 속에 묻혀 있는 남근을 그녀의 눈앞에 들이댔다. 미친 듯이 악을 썼다.

"봐라, 이년아!"

진성은 반쯤 뜨고 있던 눈을 크게 벌려 뜨지 않을 수 없었다. 그때, 진성은 동굴벽에 줄지어 밝혀 놓은 불들이 번개의 빛살처럼 밝아지는 것을 보았다. 동시에 자기의 존재가 분명해지는 것을 발견했다. 주체할 수 없는 환희의 물결이 온몸을 불살라 댔다. 그녀는 자기도 모르는 사이에 하하하하, 미친 듯이 웃어 댔다.

그녀는 자기 가슴속에 얽혀 있거나 맺혀 있는 것들이 모두 잘리고 끊어져 나가는 것을 보았다. 애초에 그것들은 얽히어 있지도 않았고, 맺히어 있지도 않았었다. 사실에 있어서는 그녀의 몸에서 끊어져 나가는 것은 아무것도 없었다.

그녀가 미친 듯이 웃자 그가 발목에 흘러 내려가 있던 속옷과 바지를 끌어올리면서 마찬가지로 천장을 쳐다보고 어허허허, 웃어 댔다.

그의 남근은 흔적만 있을 뿐이었다. 그것은 칼 같은 것으로 끊어 버린 것이었다.

승려가 되기 위해서는 엄격한 신체검사를 거치지 않으면 안 되었다. 신체 불구자는 물론 중성中性도 승려가 될 수 없었다. 중성에는 배냇내시, 깐내시(태어난 뒤에 끊어 버린 것), 질투내시(남의 음행을 보고 발광하는 내시), 남녀추니(보름은 남자가 되고 보름은 여자가 되는 것)가 있었다.

눈앞의 무뢰한이 만일 처음부터 배냇내시거나 깐내시거나 질투내시거나 남녀추니거나 했다면 승려가 되지 못했을 터였다. 그렇다면 그는 수행 도중에 어떤 극단적인 잘못된 생각으로 깨달음에 방해 요인이 된다고 여겨지는 남근을 손수 끊었을 것임이 틀림없었다. 진성은 몸을 일으켰다. 벗겨진 바지를 끌어올리고, 흐트러진 저고리와 두루마기를 고쳐 입었다. 진성은 그가 안쓰럽고 가엾었다.

"끊으려면 마음속의 헛된 망상을 끊어야지 그 무슨 부질없는 짓을 했소?"

그녀는 거연하게 말했다.

"잘난 체 말어, 이년아. 세상 모든 일에는 다 까닭이 있는 법이여. 나도 니년처럼 외딴 곳에 앉아 독선을 하다가 이 모양 이 꼴이 되었다. 그때 생각으로는 자나 깨나 앉으나 서나 벌떡벌떡 일어서곤 하는 이것을 이 사타구니 아래에다가 달고는 부처님의 길을 갈 수 없을 것 같아서 애초에 이걸 잘라 바치기로 작정했었지. 이것만 없어지면 금방이라도 성불을 할 줄 알았지, 허허허허…….”

진성은 무뢰한의 일그러진 얼굴을 바라보았다. 너야말로 천치 바보 멍청이로구나.

무뢰한은 웃음을 그치고 얼굴을 으등카리처럼 일그러뜨린 채 측은한 눈빛으로 진성을 보았다.

“이년아, 괜히 헛고생하지 말고, 오늘 밤 이 산 내려가는 대로 제발 마땅한 남자 한 사람 만나 가지고 맨살 뜨겁게 섞어 가면서 아들딸 낳고 그러면서 살아라. 깨달음은 무슨 말라비틀어진 깨달음이냐? 사실 나는 니년이 여기에 어떻게 해서 오시게 되었는가를 잘 알고 있다. 그 산 밑 초막에 사는 늙은 땡추, 그 엉터리 신비주의자도 잘 안다. 대처승의 아들 우종남이도 잘 알고……. 종남이 그 자식이 그러더라. 머지않아 한 번은 니년이 여기를 올 것이라고.”

진성은 굴 밖으로 나왔다. 다리에 힘이 없었다. 발바닥은 허공을 디디는 것 같았다. 밖은 밤이었다. 검은 숲 사이에서 바람이 달려왔다.

“허황된 꿈을 꾸며 살아가는 것이나, 깨달음이라는 환상을 좇으며 살아가는 것이나, 결국 텅 비게 되기는 마찬가지여. 지옥도 극락도 결국은 니년의 그 텅 빈 우주 안에 있을 테니까.”

굴문 앞에 나와서 무뢰한이 말했다. 진성은 아랑곳하지 않고 숲길을 걸어 나갔다. 이상스럽게도 그녀는 돌부리에 발끝 한 번 걸리지 않고, 길 잃고 헤맴 한번 없이 산을 내려갔다. 어둠 속을 걸었지만, 그녀의 머릿속에는 환한 한낮 같은 밝음만 있었다. 한 사위의 망설임도 없이 발을 내디딜 때마다 길이 열리곤 했다. 그녀는 가슴이 부풀어 올랐다. 자꾸만 웃어 대고 싶었다. 헤아릴 수 없는 기쁨과 즐거움이 오뉴월의 꽃구름같이 피어오르고 있었다. 무엇이 그렇게도 기쁘고 즐거운지 스스로도 알 수 없었다. 그렇다. 나는 지금 꿈을 꾸고 있는지도 모른다. 그렇지만 꿈은 아니었다. 여관방에 들어가는 대로 뜨거운 물에 몸을 담갔다. 자신이 생겼다. 당당하게 은선 스님에게 돌아갈 수 있을 것 같았다.

진성이 청정암으로 돌아왔을 때, 은선 스님은 모로 돌아누운 채 그녀의 인사를 받으려 하지 않았다.

은선 스님의 얼굴에는 저승꽃이 피어 있었다. 전보다 더 숨을 가쁘게 쉬었다. 광대뼈가 더 높이 튀어나왔다. 눈은 퀭하게 패어 들어갔다. 그녀를 한 번 거들떠보았을 뿐이었다. 그때 그 눈은 형형한 빛살을 그녀의 눈으로 쏘아 날렸다. 그러고는 무거운 눈뚜껑으로 그 눈을 덮어 버렸다.

진성은 은선 스님의 머리맡에 꿇어앉은 채, 시봉하는 상좌가 속삭여 주던 말을 생각했다.

"스님께서 진성 스님을 얼마나 기다리셨는지 알아요? 구름 지나가는 그림자만 어른거려도 그렇고, 바람에 낙엽 구르는 소리만 들려도 그렇고…… 그때마다 밖을 내다보라고 하시는 거예요."

진성은 은선 스님이 결코 자기를 기다리고 있는 것이 아니라고 직감했다. 은선 스님이 기다리는 사람은 또 있었다. 진성의 가슴에 불덩이 같은 질투가 꿈틀거렸다. 은선 스님이 눈을 감은 채 불만스럽게 꾸짖듯이 말했다.

"왜 그 멀고 험한 야산만 헤매고 다녀? 봄은 우리 뜨락에도 와 있다. 마당 가에 오랑캐꽃도 피고 민들레, 진달래 꽃도 피고…… 만행을 왜 승복 입고 바랑 짊어지고 해? 여기 기웃 저기 기웃…… 기껏 해보아야 옛날 선승들의 흉내나 내고 다니다가 왔겠지. 사람이 받을 줄만 알고 줄 줄을 모르면 그게 어디 사람이냐?"

맨살이 된다는 것

순녀는 고문을 당하는 사람처럼 두 주먹을 부르쥔 채 이를 악물고 누워 있었다.

낙화암을 혼자서 다시 오른다
백제 여자의 넋이 되어 백마강 물굽이를
저승새처럼 헤맨다
머리 깎고 향불 피우며 산다는 너의 소식에
내 육신 삼천육백 마디는 모래알들처럼 흩어진다
고란사의 목탁 소리가 된다
끈 끊어진 염주알들이 되어
꽃 되어 떨어져 간
그 여자같이 곤두박질을 친다.

현종의 시를 주문 외듯이 머릿속에 굴리는데도 견딜 수가 없었다. 어디선가 아기 울음소리가 들려오고 있었다. 2층의 서쪽 복도 끝에 있는 산부인과 입원실에서 들려오는 소리인지, 의식의 밑바닥에서 메아리쳐 오는 소리인지 구별해 낼 수 없었다.

그녀는 기숙사의 맨 안쪽 침대에서 자고 있었다. 출입구 옆에 누워 자는 김 간호사가 몸을 모로 뒤치면서 이를 갈았다. 줄톱으로 쇠를 잘라 대는 듯한 그 맹렬한 소리가 그녀의 뼛속을 훑었다. 김 간호사가 입맛을 쩝쩝 다시면서 알아들을 수 없는 말을 씨알거렸다. 그 씨알거림에는 불평스러움이 섞여 있었다. 가냘프면서도 예쁘장한 김 간호사의 어디에 그렇게 무서운 소리들이 잠재해 있다가 이렇듯 밤이면 들솟곤 하는 것일까.

이 가는 소리와 입맛 다시는 소리가 지겨웠다. 옆에서 자는 다른 간호사들의 색색거리는 숨소리도 신경을 갉아 댔다. 순녀는 내려 닫은 눈뚜껑에 더 힘을 주었다. 감은 눈 속에 바닷물처럼 푸르른 것 같기도 하고, 눈이 하얗게 덮인 것 같기도 한 산하가 펼쳐졌다. 그 산하를 한 남자가 몸을 웅크린 채 달려가고 있다. 그 남자는 품에 아기를 안고 있었고, 그 품속의 아기는 금방 숨이 넘어갈 듯한 소리를 질러 댔다. 그 아기의 울음소리가 그녀의 귀청을 도려 파고 있었다.

순녀는 자기도 모르는 사이에 관세음보살님을 불렀다. 이어서 〈반야심경〉을 염송했다. 그걸 다 왼 다음에는 〈천수경〉을 외었다. 〈금강경〉을 외는데, 자동차의 엔진 소리가 들려왔다. 앰뷸런스가 가파른 길을 올라오고 있었다. 현관 앞마당에서 멈춘 앰뷸런스는 뒷걸음쳐 차고 속으로 들어가고 있었다. 그것은 응급실에서 죽어 나간 환자를 실어다 주고 돌아오는 것이었다.

농약을 먹고 죽어 가는 남자를 마을 사람들이 리어카에다 싣고 왔었다. 병원 사람들이 모두 나서서 그 환자를 붙들고 나댔다. 사람들은 익숙하게 응급조치를 해나갔다. 입을 억지로 벌리고, 어금니에 나무토막을 물린 다음 고무관을 위 속에 집어넣어 물을 주입하고, 배가 빙빙해진 환자의 윗몸을 숙여 토하게 했다. 그걸 몇 차례 한 다음 링거 주사를 꽂았고, 링거 호스에 제독제를 주사했다. 그러나 환자는 농약을 너무 많이 마신 모양이었다. 시간도 너무 오래 지체되어 있었다. 가쁘게 숨을 쉬곤 하던 그 환자는 끝내 질풍 같은 경련을 일으키고는 숨을 거두었다.

환자는 노름을 하여 집과 전답을 모두 넘기고는 그렇게 자살했다는 것이었다. 환자의 아내는 죽은 사람의 가슴을 철썩철썩 두들기면서 울부짖었다.

"에끼, 멍충한 천치 바보야아, 남들은 더 큰 사기 치고 도둑질을 해먹어 가면서도 잘만 살더라. 막노동하고 날품 들어 가면서도 잘만 살더라. 잘만 살더라아."

머리에 흰 서리 뒤집어쓴, 환자의 어머니는 억장이 무너진 듯, 한 손으로는 죽은 사람의 손을 으깨어 버릴 듯이 부여잡고, 다른 한 손으로는 주먹을 차돌같이 만들어 자기의 앞가슴을 쿵쿵 찧어 댔다. 그 어머니는 숨을 쉬지 못한 채 입을 벌리고, 실을 풀어내지 못하는 늙은 누에처럼 고개를 젓고만 있었다. 시체를 실은 앰뷸런스가 병원 마당을 돌아 비탈길을 내려갈 때, 병원 사람들은 넋을 빼고 서 있었다. 그 앰뷸런스가 포구의 부두를 오른쪽에 끼고 산모퉁이를 돌아갈 때까지 멍청히들 서 있었다.

그 앰뷸런스에 실려 간 것이 박현우인 듯만 싶었다.

잠옷 위에 스웨터를 걸치고 밖으로 나갔다. 찬바람이 얼굴과 잠옷 속의 아랫도리를 감싸고 더듬어 댔다. 희부연 병원 건물 서쪽의 검은 숲 위에서 달빛이 번쩍거렸다. 검은 숲과 달빛과 찬바람이 머릿속을 말끔히 씻어 갔다. 아기의 울음소리는 간 데 없었다. 진즉 나올 걸 그랬다고 후회했다.

바다 물결 소리가 아련히 들려왔다. 검은 숲 사이로 바다가 보였다. 달빛이 주차장 속에서 죽은 듯이 잠든 앰뷸런스의 유리창에 부서지고 있었다. 그 부서진 빛살과 함께 찬바람이 달려왔다. 별채에 있는 발전실 옆의 송 기사 방에 바야흐로 불이 꺼졌다. 현관 앞의 편백나무 앞으로 갔다. 현관 앞마당에는 산그늘이 내려와 있었다. 병원 건물은 깊은 물 속에 가라앉은 듯 잠잠했다. 입원실에는 초저녁에 딸을 순산한 우체국 직원의 아내가 혼자 입원해 있을 뿐이었다. 그 입원실과 당번 간호사 실과 2층 동쪽 가장자리의 원장 숙소에만 불이 환히 켜져 있었다.

원장 선생은 뭘 하느라고 아직 안 자고 있을까. 원장의 숙소 앞으로 가볼까 하다가 바다 쪽으로 얼굴을 돌렸다. 책을 읽고 있을 것이다. 원장이 읽는 것들은 한결같이 소설책이었다. 『삼국지』, 『대망』, 『대벌』 같은 것에서 한국의 젊은 유행 작가들의 소설, 한국 문학 전집에 실려 있는 소설들에서 세계 문학 전집에 실려 있는 것들에 이르기까지 소설이라고 생긴 것이면 무엇이든지 닥치는 대로 읽었다.

깡마른 체구, 이마나 볼에 잡힌 깊은 주름살, 어깨를 늘어뜨리고 걷는 맥없는 걸음걸이, 수줍은 듯이 웃는 웃음, 꽁생원처럼 바깥출입을 하지 않는 것, 업무 외의 일로는 다른 의사들이나 간호사들하고 무슨 말을 주고받지 않는 것……. 원장은 이 병원 생활에서 아무런 재미도 맛보지 못한 채 살아가고 있었다. 아니, 자기의 삶 자체에서 어떤 재미를 찾지 못한 듯싶었다. 내과 전문의인 그는 이 도회 저 도회에서 몇 차례 개업을 하였다가 실패했고, 그런 다음 이런 병원 저런 병원을 떠돌다가 창문 재단에서 지어 운영하는 이 낙도의 병원에까지 흘러들어 온 것이었다. 서울 한복판에 자기 건물을 크게 짓고, 종합 병원을 만들어 원장이 되는 따위로 성공하겠다는 꿈은 오래전부터 버린 사람이었다.

낮이면 가뭄에 콩 나듯이 오는 낙도의 환자들을 돌보고, 밤이면 이런
저런 소설책이나 읽으면서, 서울의 아내에게 돈 부쳐 주면서 나머지의
삶을 마무리짓겠다고 생각한 것이었다.

순녀는 원장을 보면 측은한 생각부터 앞서곤 했다. 거세된 채 뼈 빠
지게 일만 하며 늙어 가는 숫말을 보는 것같이.

원장은 의료 혜택을 제대로 받지 못하는 낙도 사람들을 병마에서 구
해 보겠다는 소명감을 가지고 있는 것도 아니었다. 병원의 운영이나 관
리를 더욱 잘해 보겠다는 의욕을 가지고 있는 것도 아니고, 예쁘고 싱싱
한 여자의 육체에 관심을 가지고 있는 것 같지도 않았다. 자기의 숙소
안에서 혼자 커피를 끓여 마시거나, 술을 홀짝거리거나 할 뿐이었다. 그
술이라는 것도 기껏 오징어를 사다가 소주를 두어 잔씩 마시는 정도였
다. 며칠 전에 인천 쪽에서 온 어선의 한 선원이 급성 맹장염 수술을 받
고 가면서 양주 한 병을 주고 갔는데, 그는 그것을 자기 숙소에 가져다
놓고 혼자서 홀짝거릴 터이었다.

순녀는 팔짱을 끼고 몸을 웅크렸다. 이 병원에 온 지 4년째였다. 보건
간호사 노릇을 하고 있었다. 여기까지 흘러들어 온 게 꿈만 같았다.

달그림자 속으로 들어섰다. 등 뒤쪽에서 바람이 달려와 치맛자락을
팔랑거리게 했다. 밤바다를 보고 싶었다. 윗몸은 털스웨터를 입어 괜찮
은데 아랫도리가 추웠다. 다시 들어가서 바지를 입고 나와 몸을 돌렸다
가 다시 부두 쪽으로 돌아섰다. 걸핏하면 달아오르곤 하는 몸을 밤 바닷
가의 찬바람 속에서 파랗게 얼리고 싶었다.

달그림자가 짙어졌다. 병원 주변의 숲과 부두 쪽의 마을은 오징어의
묽은 먹물 같은 어둠 속에 묻혔다. 달빛은 바다와 맞은 편에 떠 있는 섬
에 희뿌옇게 남아 있을 뿐이었다. 병원 마당을 벗어났을 무렵, 머리 위
에서 삐꺼덕, 하고 노를 젓는 듯한 소리가 들렸다. 기러기 울음소리였

다. 달빛을 날개에 실은 한 떼의 기러기들이 북으로 가고 있었다. 차가운 얼음 한 덩어리를 삼킨 것처럼 가슴속이 아리고 쓰라렸다. 자기도 어디론가 날아가고 싶었다. 그 어디엔가 그녀를 목마르게 기다리는 사람이 있을 것 같았다.

아기의 얼굴이 보였다. 이제 막 알 속에서 나온 새 새끼처럼 빨간 살갗에 솜털이 부연 아기였다. 그 아기가 얼굴을 일그러뜨린 채 울고 있었다. 박현우가 아기를 안고 가고 있었다. 아무리 그녀가 키우겠다고 해도, 그는 아랑곳하지 않았었다. 아기를 어디엔가 버리고 하루 만에 돌아온 현우가 몸져누워 있는 그녀에게 이렇게 말했었다.

"그것이 니 품 안에서 없어져 버려야 니가 홀가분하게 이리저리 날아다닐 수 있단 말이여."

그 아기를 어디다가 어떻게 했느냐고 물어도 그는 짧은 대답뿐이었다.

"알 필요 없어. 모르는 게 좋아."

그는 담배 연기를 빨아 마실 뿐이었다. 일주일째 되어서 그녀가 문밖 출입을 하기 시작하자 그는 집을 나갔고, 다시 돌아오지 않았다.

그에게는 이혼한 전처와의 사이에 낳은 딸 둘과 아들 하나가 있었는데, 그들을 모두 고아원에 들여보내고 혼자서 떠돌다가 순녀를 만난 것이었다. 그리고 순녀가 간호사 노릇을 하며 돈을 벌어들이자, 그 돈을 호주머니에 넣고 다니다가 다시 한 여자를 만난 것이었다. 돈이 많은 과부라고 했다. 중동에 기술자로 나갔다가 화재로 불에 타 죽은 남자의 아내인데, 남편의 퇴직금이며 보험금으로 백화점 안에 금방을 차린 여자라고 했다.

"그 여자 혼자 사는 것, 참말로 안됐더라. 시샘 부리지 마라. 아주 그여자한테 가버리지는 않을 테니까."

어구상, 식료품 가게, 문방구, 건어물상, 옷가게 들은 모두 문을 닫았지만, 술집이며 다방에는 아직도 불이 켜져 있었다. 술집에서 노랫소리와 젓가락 두들기는 소리가 들려왔다. 다방에서는 라디오 소리가 들려왔다. 순녀는 포구의 골목길을 걸어서 선창 쪽으로 나갔다. 좁은 골목길과 길가에 늘어선 집들의 처마 밑과 사립문 근처의 우묵한 곳에 검은 어둠이 웅크리고 있었다.

그 어둠 속에서 누군가가 불쑥 튀어나와 그녀를 끌어안고 어디론가 달려갔다. 산모퉁이를 돌고, 들을 건너고, 산을 넘어 달려갔다. 아니, 부두에 정박해 놓은 배 위로 그녀를 끌고 갔다. 그 배를 몰고 아득한 바다 저편으로 달려갔다. 배가 거꾸러졌다. 그녀를 얼싸안은 것은 물속에서 기어 나온 물귀신이거나 헌걸차게 힘이 센 도깨비이고, 그것들은 그녀를 안은 채 천 길 만 길의 심연 속으로 가라앉아 버렸다. 숨이 막히는 바다 밑바닥에까지 그녀를 끌어안고 가라앉은 그것들은 그녀의 옷을 갈기갈기 찢어 벗겨 내고 야수처럼 그녀를 유린했다. 순녀는 진저리를 치며 생각을 머릿속에서 떨어냈다. 그러나 그 상상이 달콤했다. 그 상상을 즐기면서 부두 쪽으로 갔다.

선창 안에는 배들이 정박해 있었다. 배들은 깊은 잠에 떨어진 채 먼 바다에서 달려온 큰 파도의 여파를 따라 무거운 몸을 뒤치곤 했다. 그러면서 옆에 정박 된 배의 뱃전에 몸을 비비댔다. 색정적인 앓는 소리를 내곤 했다.

선창 뒤에는 섬 서북쪽의 바다에서 달려온 파도가 철퍼덕철퍼덕 머리를 짓찧으며 재주를 넘었다. 검은 파도는 거기에서 하얀 피를 토했다. 순녀의 몸뚱이는 하얀 피를 토하는 파도들로 거듭 변신되고 있는 것을 보았다.

이 낙도의 한쪽에 뿌리를 대고 있는 자기의 생활은 청정암에서의 행자 생활과 다름이 없었다. 머리를 기르고, 간호사의 하얀 제복을 입고, 까다로운 도량의 계율 속에 얽히어 살지 않는 것이 다를 뿐이었다. 문득 슬퍼지고, 그래서 눈물이 나오곤 할 때가 한두 번이 아니었다. 바람이 건듯 불어서 옆에 앉은 간호사의 머리카락 한 오라기가 그녀의 하얀 볼을 간지럽혀도 눈물이 나왔고, 소나무 숲 사이로 보이는 바다가 빨갛게 물들어 있는 것을 보고도 갑자기 울음이 나왔다. 산부인과에 들어온 환자가 진통하는 걸 보거나 그 환자가 낳은 핏덩이가 응아 하고 첫울음을 지르는 걸 듣고도 눈물이 핑 돌았다. 섬 앞을 지나다니는 여객선들의 고동 소리를 듣고도 가슴이 뭉클해지고, 여름날 이른 아침에 풀잎 위의 해맑은 이슬을 보고도 코끝이 시큰해졌다. 후배 간호사들의 통통하게 알을 밴 듯한 종아리나 부풀어 난 두 봉우리의 젖가슴이나 여치의 더듬이처럼 긴 속눈썹이나 탐스러운 볼에 돋은 복숭아의 그것 같은 솜털을 보아도 가슴이 울렁거렸다.

혼자 목욕을 하면서, 김 서린 거울 속에 어룽진 작은 먹포도알 같은 자기의 젖꼭지를 보고 울었다. 뜨거운 물에 감은 머리털을 털어 말리면서, 그 머리카락들이 흰 살결 위에서 치렁거리는 것을 보면서도 울었다. 그때마다 그녀는, 내가 여기 와서 왜 이러고 있는 거야? 하고 스스로를 채근하곤 했다.

여느 때, 그녀는 자기보다 나이 어린 간호사들에게, 사람은 마땅히 보살행을 해야 하는 것이라고 타이르곤 했었다. 한데, 그녀는 밤마다 자기 내부의 채근에 어찌할 바를 모르곤 했다. 순녀는 선창 끝에 쪼그리고 앉았다.

정박한 배들은 간헐적으로 육중한 몸을 뒤치며 앓는 소리를 내곤 했다. 파도는 계속 달려와서 선창 뒤쪽의 제방을 두들겨 댔다.

그 바다 위에 한 갈래의 길이 열리고 있었다. 청정암으로 가는 산모퉁잇길. 그 길을 버스가 달려갔다. 그 버스에 그녀가 타고 있었다. 그녀는 은선 스님의 암자로 들어갔다. 그 스님 앞에 무릎을 꿇고 울었다. 은선 스님이 그녀를 향해 고개를 끄덕거리고 머리를 쓰다듬었다. 용서해 주고 그녀를 받아들였다. 그녀는 파르라니 깎은 머리에 승복을 입고 법당으로 갔다. 부처님께 절을 했다. 그녀는 파도가 되어 부처님을 향해 계속해서 달려가고 있었다.

포구 안 골목 쪽에서 술 취한 남자 한 사람이 혀 굽은 소리로 불평스럽게 투덜거렸다. 물결이 그 말을 알아듣지 못하게 철퍼덕거렸다. 취한은 부두 머리를 지나서 뒷개 마을 쪽으로 가고 있었다. 옆에서 한 사람이 부축을 해가면서 달래고 있었다. 그들이 언덕 모퉁이를 돌아가는 걸 보고 순녀는 몸을 일으켰다.

달려가 부딪치고 깨지고 싶은 충동이 일어났다. 어디로 어떻게 달려가서 부딪치고 깨질까. 바람이 그녀의 등을 밀어붙였다. 골목길은 텅 비어 있었다. 한 술집에서, 바야흐로 꺾는 목 잘 쓰는 여인네의 간드러진 '하룻밤 풋사랑' 노래와 젓가락 장단이 코끝 시큰해지게 어우러지고 있었다.

울퉁불퉁하게 돌자갈이 박혀 있는 골목길을 밟아 가는 자기의 발걸음을 믿을 수 없다고 순녀는 생각했다. 나는 무엇엔가 씌어 가지고 지금 어디론가 부딪혀 깨지러 가고 있다.

불이 환하게 켜진 원장의 방문을 두들기고, 원장이 잠옷 바람으로 나와 문을 열어 주면 고개를 떨어뜨린 채 안으로 들어갈 것이다. 지난번에 선원이 가져다준 양주를 한잔 달라고 해서 마시고, 불을 끄고, 침대 위로 올라가 옷을 벗어 줄 것이다……. 그렇게 하려는 자기를 도저히 막을 수 없을 것 같았다. 병원 안에 들어서기만 하면 그녀는 어떤 힘에 의해서 진공청소기 속으로 빨려 들어가는 먼지처럼 원장의 방으로 스며

들어가 버리게 될 것 같았다.

혀를 깨물었다. 환자 수송차를 모는 송 기사가 떠올랐다.

송 기사는 지난 초겨울부터 보일러실과 발전실까지 맡아보고 있었다. 인원 감축에 따른 조치였다. 두 해 전에 상처를 한 그는 여섯 살짜리 아들이 하나 있다고 했다. 뒷개에 집이 있는 그는 환자 수송차를 몰고 나가는 걸음에 집에 한 번씩 갔다가 올 뿐, 하룻밤도 빠짐없이 기사실을 지켰다.

키가 장대처럼 크고 몸집도 굵고, 얼굴의 구멍새들도 큼직큼직했다. 살갗이 거무튀튀하고, 입술이 두꺼웠다. 코는 통마늘 한 개를 붙여 놓은 듯하고, 눈꺼풀은 부은 듯하고, 급한 일이 생기면 말을 떠듬거리고…… 얼핏 둔하게 보이지만, 그는 퍽 감동을 잘하고 민첩한 데가 있었다.

그의 아내가 이 병원에서 숨을 거두었다. 그의 아내는 위를 들어내 버렸으므로 먹지 못했다. 끝내는 송기처럼 말라 갔다. 그는 원장한테 통사정을 하여, 아예 입원실 하나를 얻어 살림살이를 하다시피 했다. 그의 아내는 영양제와 항암제 주사로 연명했다. 그의 봉급은 주사 대롱을 타고 떨어지는 주사액처럼, 모두 병원 안으로 빨려 들어갔다.

송 기사는 자기 아내의 주검을 실은 환자 수송차를 손수 운전하고 자기네 집으로 갔다. 의사 두 사람과 간호사 세 사람과 서무과장이 함께 그 환자 수송차를 타고 갔다. 순녀는 운전대 뒤에 앉아 있었다. 백미러에 비친 송 기사의 얼굴을 계속해서 훔쳐보았다. 송 기사의 눈에는 물이 어려 있었다. 그는 눈물이 더 이상 나오지 않고, 눈물이 안에서 소멸되어 버리도록 하기 위해서 눈을 크게 벌려 뜨기도 하고, 눈을 거듭 깜박거리기도 했다. 어깻죽지를 들어 올리면서 심호흡을 하기도 하고, 음음 하고 헛기침을 하기도 했다. 그때 차는 부두 머리를 지나 산모퉁이를 돌아가고 있었다. 송 기사는 재빠르게 호주머니에서 담배 한 개비를 꺼내 물고 라이터를 꺼냈다. 한 손으로 운전을 하면서 다른 한 손으로 하는 일이라 더디었고, 옆에서 보기가 매우 위태위태했다. 의사 한 사람이 라이터를 켜 대주었다. 송 기사는 고개를 돌리지 않은 채 입에 문 담배 필터를 거듭 대여섯 차례나 빨았다. 어느 사이엔지 눈물 한 줄기가 볼을 타고 흘러내렸다. 그가 담배 연기 때문에 눈물을 흘리기라도 한 것처럼 얼굴을 찡그리면서 아따! 하고 떨리는 소리로 말했다.

"담배 연기 되게 맵네."

손수건을 꺼내 눈과 볼을 훔치면서 계속 투덜거렸다.

"허허! 속모르는 사람들은 나보고, 예편네 죽어서 운다고 하게 생겼구면잉. 나도 사실은 남들 모양으로 뒷간에 가서 혼자 실컷 웃다가 왔는디 말이여, 흐흐……."

송 기사가 그 말을 하는 동안 차는 한 번 주춤했다가 몸체를 양옆으로 조금씩 기우뚱거리면서 나아갔다. 여느 때 같으면, 송 기사가 우스꽝스러운 소리를 하기가 바쁘게 누군가가 뭐라고 대꾸를 했을 터인데, 이날은 아무도 입을 열려고 하지 않았다.

병원 마당으로 들어서는데, 보일러실 모퉁이에서 개가 껑 하고 한 번 짖더니, 어후우 하고 알은체했다. 온몸이 하얀 진돗개였다. 4년생 홀아비 개였다. 암수 한 쌍을 가져다 키웠는데, 키우기 시작한 지 한 달 뒤에 암컷이 죽었다.

당번 간호사가 졸고 있었다. 순녀는 발소리를 죽이며 복도를 걸었다. 기숙사의 문을 열고 들어갔다. 김 간호사, 안 간호사, 심 간호사, 지 간호사 모두 곤히들 자고 있었다. 맨 안쪽에 있는 자기 자리로 가서 누웠다. 입구 쪽에서 자는 김 간호사가 또 이를 갈고 입맛을 쩝쩝 다셨다. 순녀는 모로 누우면서 담요를 끌어다 덮었다. 들려오는 것은 자기의 맥박

소리와 옆에 자고 있는 간호사들의 숨소리뿐이었다.

순녀는 모로 몸을 뒤치었다. 몸을 웅크리면서 눈을 힘주어 감았다. 말려 놓은 하눌타리처럼 깊은 주름살들이 잡히도록 입을 크게 벌리고 울어 대는 아기의 빨간 얼굴이 보이고, 울음소리가 아득하게 먼 곳에서 흘러 들어왔다.

관세음보살, 관세음보살, 하고 순녀는 속으로 부르짖으면서 자기의 의식을 밖으로 내몰았다. 추방당한 그녀의 의식이 현관문 밖으로 나갔다. 마당에 한 남자가 서 있었다. 새까만 어둠으로 빚어 만든 장승 같은 사람. 그가 그녀에게 덤벼들었다. 그녀를 얼싸안고 달렸다. 어지럽게 휘도는 어둠 속으로.

순녀는 배를 깔고 넙죽 엎드리면서 침대의 모서리를 두 손으로 움켜쥐었다. 시트에 얼굴을 묻고 안간힘을 썼다. 손아귀에 끈끈한 땀이 배었다. 시트와 맞닿은 살결 여기저기에 달콤한 전율이 일었다. 그녀는 원장과 송 기사 가운데서 어느 한 남자를 선택해야 한다고 생각했다. 방을 따로 얻고 살림을 하면서 사람들한테 좋은 일을 하며 살자. 그런 생각을 하는 스스로가 가엾어졌다. 그녀는 몸을 뒤집으면서 고개를 저었다.

순녀는 현종의 시집을 갯마을의 보건 요원 김춘애의 집에서 보았다. 약을 배달하고 보건 요원의 일기를 조사하러 갔다가 마룻바닥에 놓여 있는 그 시집을 본 순간 뒤통수를 얻어맞은 것처럼 멍해졌다.

표제가 『낙화암 연가』였다. 표지 앞쪽 날개에 현종의 상반신 흑백 사진이 박혀 있었다. 첫 장을 넘기자 한 줄로 찍혀 있는 자잘한 글씨들이 그녀의 뒤통수를 쳤다.

'이 시집을 머리 깎고 산으로 들어간 순에게 바친다.'

가슴이 쿵쾅거리고 얼굴이 뜨겁게 달아올랐다. 목차를 넘기고 첫 번째 시를 읽었다.

초파일에 그리운 연꽃 등불 하나 너를 위해 달았다
금산사 가는 산굽이 위에서
밤은 별들을 초롱같이 켜 달았다
이 여름엔 나도 한 점 혼령이 될거나
눈 부릅뜨고 수묵화 같은 너의 숲을 헤매는
철 이른 반딧불이나 될거나.

김춘애는 순녀가 시에 정신을 팔고 있는 것을 보고 말했다.
"갈미말 정애심이가 읽으면서 몇 차례 울었다고 그래 쌓아서 갖다 봤구먼요……. 이 간호사 그 시집 아직 못 읽었소?"
순녀의 목구멍으로 뜨거운 울음덩이가 밀고 올라왔다. 시집 속의 글자들이 눈물 속에서 굴절되었다.
"어머, 울고 있잖아? 가지고 가서 읽으시오. 나는 시가 뭔지 몰라요. 그래서 그런지 그렇게 슬픈지는 모르겠데요."
그 시집을 가지고 온 이후로 그녀는 거기에 실린 시들을 다 외워 버렸다. 환자를 보기 위해 복도를 걸어가면서도 외고, 오토바이를 타고 들판길을 달려가면서도 외었다. 자면서도, 밥을 먹으면서도 외었다.

곰나루 나룻배에 오른다
녹두 장군이 묶인 채 서울 쪽으로 타고 건너갔다는
그 뱃길을 혼자 건넌다
아내가 못 쓰고 간 시詩 써주겠다고 나선 남자
죽은 아내를 물너울 속에 팽개치고

살아 있는 너의 파랗게 깎은 머리를 취한다
너의 넋과 함께 한 움큼의 백마강물이 된다
나는 나의 인과에 떨어지지 않으려고
두 손을 비비는 파리다
아아, 어떻게 하면
이 강물 밟지 않고 건너는 진흙소처럼
물에 젖지도 않고
물에 불어 허물어지지도 않을 것이냐.

그 시들을 읽고 외기 시작하면서부터 순녀는 가슴속에서 현종 선생에 대한 애틋한 정이 활화산처럼 끓어올랐다. 그때부터 그녀는 스스로의 모든 것을 아끼지 않았다. 후배 간호사들의 양말이나 수건을 빨아 주고, 전과 달리 환자의 손을 두 손으로 감싸 흔들어 주거나 눈을 그윽하게 들여다보면서 웃어 주고, 정해진 서른 개의 보건 마을을 전보다 더 성심성의껏 돌았다. 송 기사가 운전하는 환자 수송차를 타고 보건 마을들을 정기적으로 도는 것 말고도 혼자서 수시로 오토바이를 타고 돌았다.

병원에는 환자의 수가 많지 않았지만, 그들은 모두가 중환자들이었다. 간이 나빠질 대로 나빠져서 온 사람, 위가 헐 대로 헐어서 온 사람, 기관지가 부을 대로 부어서 온 사람, 신장이 나빠져서 피오줌을 싸고 퉁퉁 부어서 온 사람, 농약을 먹고 숨만 붙어서 온 사람, 바다에서 일하다가 발목이나 손목이 잘리어서 온 사람들이었다. 대부분 집에서 한약이니 양약이니 사다가 먹기도 하고 단방약을 쓰기도 하고 그러다가 병을 키울 대로 키워 가지고 오는 것이었다.

그들은 또 퇴원도 병이 완쾌되어 하는 게 아니었다. 병이 좀 차도가 있다 싶으면 병원비가 무서워 부랴부랴 퇴원을 해버렸다. 집에 가서 약방 약을 지어다가 먹으면서 치료를 계속할 셈들이었다. 그들은 세월이 약이라는 생각들을 했다. 돈을 지불하면서 치료를 받고 낫기보다는 어느 기간 동안 끙끙 앓아 버림으로써 때워 넘기려고 하고 있었다. 그러한 그들은 퇴원한 지 대여섯 달쯤 뒤에 반송장이 되어 다시 들어오는 경우가 대부분이었다.

보건 마을을 돌면서는 그 마을에 배치해 둔 보건 요원을 지도했다. 예방 의학의 한 가지였다. 마을의 한 식견 있는 여자를 요원으로 임명해 놓았다. 보건 마을들을 돌다 보면 산아 제한을 하지 않고 아이들을 주렁주렁 달고 있는 아낙네들, 월경 불순이나 대하증이나 염증으로 고생하고 있는 아낙네들, 고혈압이나 악성 독감이나 식중독이나 위장병을 앓고 있는 사람들, 원인을 알 수 없는 고열에 시달리고 배앓이를 하고 있는 사람들을 수없이 만나곤 했다. 그녀는 그 사람들을 그녀가 할 수 있는 데까지 응급 치료 하고 병원으로 안내하곤 했다.

병원비가 무서워서 병원에 가지 않은 사람들의 상처에 고름을 짜주고, 약을 바르고, 혈압을 재주고, 호소해 오는 아픔에 대하여 상담을 해주고……. 그러다 보면 해가 기울고 날이 저물었다. 파김치처럼 지쳐서 병원으로 돌아와서는 또 새벽 무렵의 입원실 근무를 교대해 주곤 했다.

비가 추적추적 내리는 어느 봄날 밤에 큰일 하나를 일으키고 말았다. 그녀의 가슴은 비에 젖어 있었다.

우리의 넋은 섞이고 물너울이 되어 천 년
저쪽의 백제로 회귀한다

이 시를 주문처럼 외면서 복도를 걸어가다가 자기도 모르는 사이에 원장 숙소의 방문 안으로 들어서 버렸다. 그녀는 어쩌면 적을 기습 공격하는 게릴라처럼 쳐들어갔고, 진공청소기의 아가리 속으로 빨려 들어가는 먼지알같이 홀린 채 허공으로 붕 떠올라서 떠돌다가 흘러 들어갔다.

그날은 이상스럽게도 환자들이 별로 많지 않았다. 대신에 저녁 무렵에 큰 소동 하나를 치렀다. 열흘 전에 맞은편 섬에서 똑딱선을 타고 건너와 입원해 있던 환자가 숨을 거둔 것이었다. 다른 사람의 논밭에 농약을 대신 뿌려 주러 다니곤 하다가 그리 되었다는 그 환자는 배가 아기를 밴 것처럼 둥둥하게 불러 있었다. 팔다리나 얼굴은 깡말랐으며 살갗은 흙빛이었다.

환자는 숨이 붙어 있는 동안, 자꾸만 들어서는 의사나 간호사에게 살려 달라고 애원했다. 살아나가서 해야 할 일이 산같이 쌓여 있고 바다같이 널려 있다고 했다. 머리칼이 숫제 까치집처럼 부스스한 자기의 젊은 아내에게 집이며 논 한 뙈기 있는 것이며 모두 팔아 병원비를 대달라고 말했다. 그 환자가 숨을 거두던 날 아침에 그의 아내는 병원비를 마련해 오겠다고 건너갔는데, 저녁 무렵이 되어도 돌아올 줄을 몰랐다. 환자는 자기를 위해 울어 줄 사람 하나 없는 입원실 안에서 갑자기 일어난 간경화증으로 숨을 거두고 말았다.

직원들은 서둘러 시체를 영안실로 옮겨 놓고, 면사무소의 행정 전화를 통해 그의 아내에게 연락을 취했다. 그의 아내가 장정 네 사람을 데리고 병원 마당으로 들어선 것은 비 추적거리는 대기 속에 땅거미의 그 을음이 거뭇거뭇 묻어날 것같이 짙어지기 시작할 즈음이었다.

영안실은 보일러실 옆에 있었다. 죽어 간 남자의 친구이거나 친척인 듯한 젊은 남자 네 사람은 영안실에서 관을 메자마자 도망치듯이 영안실을 빠져나왔다. 송 기사가 그들과 잘 아는 사이인 듯 관을 부축해 주었다. 마당 쪽으로 달려가는 발소리들이 영안실 천장을 쿵쿵 울렸다. 어

340

쩌면 영차영차 하는 소리가 들려오는 것 같았다. 순녀는 한동안 멍청히 서 있다가 청소하는 아주머니를 도와 영안실을 치웠다. 영안실에 정적이 찾아들자 순녀는 소름을 쳤다. 무덤 속에 깊이 묻혀 있는 것만 같았다. 영안실을 빠져나가지 못하고 숨이 막혀 쓰러져 눕게 되고, 썩어 한 줌 흙이 되어 갈 것 같았다.

청소부 아주머니를 앞질러 영안실을 나왔다. 마당에 나왔을 때, 관을 실은 똑딱선이 물살을 가르며 묽은 어둠 속에서 윤곽이 흐려지는 섬을 향해 달려가고 있었다. 똑딱선이 맞은편 섬의 부두에 닿기 전에 어둠이 먼저 똑딱선의 거무스레한 형체를 지워 없앴다. 아스라이 멀어져 간 똑딱선의 엔진 소리만 순녀의 귓속에서 잉잉거리고 있었다. 비는 아직도 추적추적 내렸고, 그녀의 머리칼과 콧등과 볼에서는 물방울들이 맺혀 흘렀다. 어깻죽지와 젖가슴도 축축했다.

몸을 돌리자, 어느 사이엔가 거멓게 변신해 있는 병원 건물이 파르무레한 불들을 부릅뜬 눈알처럼 밝히고 있었다. 순녀는 목욕을 하고 싶었다. 그녀의 살갗 여기저기에는 축축한 대기에 서려 있는 어둠이 숯검정처럼 묻어 있었다. 내부의 모든 기관이나 뚫려 있는 구멍들에도 그것이 끼고 엉기어 뱀처럼 느물거렸다.

현관문을 밀고 들어서면서 그녀는 스스로의 몸뚱이가 바람 빠져 버린 공처럼 맥이 빠져 버렸음을 느꼈다. 누군가가 등 뒤에서 손을 치면서 히죽거리고 있었다. 영안실에서부터 그녀를 따라온 검은 그림자였다. 그 검은 그림자는 이미 그녀의 내부 깊은 곳에 들어앉아 있었다. 갑자기 자기의 모든 살결에 우글쭈글한 주름살이 맺히고, 머리칼들이 파뿌리처럼 희어지고, 이들이 모두 빠져나가고, 볼이 우묵 들어가고, 눈이 흐려지고, 귀가 멀어지고, 허리가 굽어진 노파가 되어 가고 있었다. 그대로 기숙사로 들어가서 자게 되면 이튿날 아침에 썩은 나무 둥치 같은 시체로 변해 버릴 것 같았다.

그녀는 고개를 저었다. 자기는 아직 생소나무처럼 풋풋하다고 생각했다. 만일 가지 하나가 꺾이면 거기에서 이슬같이 영롱하고 향기롭고 끈적거리는 송진이 홍수처럼 흐를 싱싱한 나무. 자기가 그렇다는 것을 스스로에게 증명해 주고 싶었다.

풋풋함을 자기에게 증명해 주고 싶다는 생각과는 달리 순녀의 가슴은 움츠러들기만 했다. 의사들, 서무과 직원들, 간호사들이 모두 자기들이 들어갈 곳으로 들어가 버린 복도 안은 아득한 동굴처럼 뚫려 있었다. 그 복도 안은 거대한 무덤 속의 미로였다. 가슴이 울렁거리고, 눈앞이 어지러웠다.

기숙사로 가서 수건과 비누를 가지고 나왔다. 목욕탕으로 갔다. 따뜻한 물이 나올 시간이었다. 욕실 앞에 이르자, 안에서 물 쏟아지는 소리가 들려왔다. 누군가가 먼저 목욕을 하고 있었다.

욕실에서 나온 것은 원장이었다. 원장과 순녀는 욕실 문 앞에서 마주쳤다. 그들은 서로를 향해 어색하게 웃었다. 원장의 몸에서는 비누 냄새와 샴푸 냄새가 났다. 비릿한 물 냄새도 났다.

"오래 기다린 모양이구먼."

원장이 지나쳐 가면서 미안한 듯 말했다. 순녀는 아무런 말대꾸도 해 주지 않은 채 욕실 문을 밀고 들어섰다. 욕실 안에는 미처 빠져나가지 못한 보얀 김이 천장의 불빛을 흐리게 했다. 순녀의 코는 예민하게 원장의 몸 냄새를 추적하고 있었다. 김이 서려 있는 거울을 수건으로 닦아 내리면서 조금 전에 원장이 벌거벗은 채 했을 몸짓들과 손놀림들과 그의 몸에 붙어 있는 여러 가지 기관들을 하나하나 연상해 냈다. 그것들은 이상스럽게도 그녀의 머릿속에서 슬로비디오로 살아나고 있었다.

먼저 욕조의 수도꼭지를 틀어 놓고 옷들을 벗었다. 블라우스와 치마

와 속옷과 브래지어를 아무렇게나 둘둘 말아서 옷장 안에 넣고, 나무아
미타불 관세음보살, 하고 속으로 중얼거렸다. 욕조에 물 쏟아지는 소리
가 목욕탕 안을 어지럽게 뛰어다녔다.

원장이 벌거벗은 채 했을 몸짓과 손놀림들과 남기고 간 냄새들과 그
녀의 맨살이 만나고 있었다. 그녀는 욕조 속의 물에 몸을 담그면서 유치
하고 어처구니없기 짝이 없는 생각들을 하기 시작했다. 이 욕조의 바닥
에 원장이 남기고 간 정충이 있고, 그게 만일 내 자궁 속으로 들어간다
면 어찌 될까. 그의 아기가 잉태될 것이다.

그녀는 오직 자기의 부드럽고 탄력 있는 맨살을 닦고 문지르고 쓰다
듬어 보는 재미 속으로 몰입되어 들어갔다. 가슴은 풍만했고 탄탄했다.
엉덩이는 실팍했고, 여기저기에 사과의 예쁜 둔부 같은 부분들이 수없
이 흩어져 있었다. 그 둔부들에다 비눗물을 칠하고 구름 같은 거품을 일
으켰다.

그녀는 갇혀 있었다. 그녀의 안타깝도록 풋풋한 몸뚱이는 애꿎게 곰
팡이가 슬어 가고 있었다. 나는 지금 무엇을 위해서 여기에서 간호사 노
릇을 하고 있어야만 하는가. 그녀는 슬프고 억울하다는 단세포적인 생
각 속으로 빠져 들어갔다.

머리 깎고 먹물옷 입었다는 너의 소식에
고란사의 쇠북 소리가 된다
끈 떨어진 염주알이 되어…….

그녀는 무서워하고 있었다. 망령처럼 슬그머니 목욕탕 안으로 들어와
있는 어둠. 그것은 아까 영안실과 불 꺼진 복도에서 본 것들이었다. 그
녀를 썰물진 갯벌밭 한복판이나 황막한 겨울 들판에 넝마가 된 허수아

비처럼 버려져 있게 만드는 그림자였다. 그 그림자에게 보라는 듯이 새끼 포도알만 한 젖꼭지와 팥죽 색깔 젖꽃판에 비눗물을 바르고 문질렀다. 그것이 성나서 뻣뻣하게 고개를 쳐들었다. 달콤하면서 시디신 전율이 온몸을 휘돌도록 깊은 꽃살 주위에 미끈거리는 거품을 일으키기도 했다. 그러면서 허위로 가득 차 있는 스스로의 몸뚱이를 미워하기 시작했다. 그녀는 한 개의 모순덩어리였다. 사악한 자기의 몸뚱이를 고문하고 싶었다.

그녀는 머리를 감고, 수건으로 머리의 물기를 닦고, 흰 살갗에 고기 비늘같이 묻은 물방울들을 훔쳐냈다. 김 서린 거울을 닦아 내고 그 속에 들어 있는 한 여자를 바라보면서 머리털을 털어 말렸다. 거울 속에 들어 있는 여자의 볼이 이 끝을 가져다 대기만 하면 톡 터져 버릴 것같이 볼그족족하게 익어 있었다. 쌍꺼풀진 눈은 충혈되어 있었고, 입술은 번들거렸고, 목은 가늘고 길었다. 그녀는 거울 속의 여자와 한동안 눈싸움을 벌이다가 고개를 떨어뜨렸다. 칫솔에 치약을 묻혔다. 거울 속의 여자를 외면한 채 이를 닦았다. 거울 속의 여자가 그녀에게 '창녀'라고 말했다. 그래, 나는 창녀다. 어쩔래.

욕실을 나서서 기숙사를 향해 가다가 그녀는 멈칫했다. 원장 숙소의 출입문이 열려 있었다. 그 출입문에서 형광등 불빛이 흘러나왔다. 순간적으로 자기를 고문하는 방법을 생각해 냈다. 나를 불태우자. 빛이 되는 것이다. '느이 아버지는 실패했다. 산중에 들어박혀 부처님을 면대하고 자기 한 몸 잘 닦아 극락왕생하겠다고 한 것이 잘못이었다······.' 그녀는 불을 본 부나비처럼 원장 숙소의 형광등 불빛을 향해 날아가기 시작했다. 그녀가 문을 닫고 안으로 들어서자 원장은 먼지 턴 시트와 담요를 깔다가 소스라쳤다. 그녀의 옷차림과 그녀의 창백한 낯빛과 충혈된 눈을 본 그가 먼지 나가라고 열어 놓았던 창문을 재빠르게 닫았다.

"왜, 무슨 일이 있었어?"

원장의 잠긴 목소리는 낮고 부드러웠으나, 얼핏 떨리고 있었다. 늙은 원장의 눈은 그녀의 속을 환히 뚫어 보고 있었다.

'양주 한잔 마시고 싶어서 왔어요. 지난번에 그 뱃사람이 가져다 드린 양주 말예요.'

그 말을 꺼내려고 하는데 난데없이 울음이 북받쳐 올랐다. 혀를 깨물었다. 아랑곳없이 울음은 코와 입을 통해 흘러나왔다. 원장이 달려와서 그녀의 어깻죽지에 손을 얹고, 얼굴을 들여다보면서 난감해하였다. 나지막하지만 짜증스럽게 말했다.

"아니, 밤중이 다 되어 가는데 왜 울고 이래? 어서 그쳐. 그리고 하고 싶은 말 있으면 어서 해봐."

그녀는 몸의 중심을 잡지 못하고 비틀했다. 원장은 그녀의 윗몸을 두 손으로 부축하여 소파에 앉혔다. 그녀는 소파 위에 쓰러지듯 주저앉으면서 윗몸을 모로 틀었다. 얼굴을 등받이에다 묻었다. 부끄러움, 모멸감이 그녀를 더욱 서럽게 만들었다. 당황한 원장은 그녀의 맞은편에 앉은 채 사무적으로 말했다.

"일이 너무 고된 모양이구먼. 그럴 만하게 되어 있어. 처음부터 이 간호사가 일을 너무 많이 맡았어. 병실 일은 병실 일대로 다 하고, 서른 개나 되는 보건 마을을 혼자서 다 관리해 왔으니까. 내일부터는 내가 조정해 줄게. 그리고…… 많이 외로울 거야. 이 낙도 안에 영화관이 있나, 돌아다니면서 바람 쐴 데가 있나, 만나서 외로운 속 털어놓을 사람이 있나……. 외로운 것이 어찌 이 간호사뿐이겠나? 다들 이 악물고 참으면서 살아야지. 그날그날 하는 일들 속에서 보람을 찾고……."

원장은 여기서 말을 끊고 담배 한 개비를 입에 물었다. 순녀는 울음을 그쳤다. 들고 있던 수건으로 얼굴을 눌렀다. 원장은 그녀가 자기의 방에 들어온 내막을 보다 깊은 쪽으로 더듬어 살피기 시작하고 있었다. 대개의 간호사들은 알 것을 다 알고 있다. 이 낙도 병원을 스스로 원해서 온 이 간호사 같은 경우는 더욱 그렇다. 말 못 할 어떤 사연이 있을 터이다. 알 것을 다 알고 있는 간호사들은 정조가 약하다. 그러나, 이런 간호사들은 빨간 불이다. 자기가 데리고 있는 간호사들에게 손댔다가 낭패당한 의사들이 얼마나 많은가. 욕실에서 막 나온 이 여자가 이렇게 들어서자마자 우는 까닭이 무엇이겠는가. 여자의 외로움과 슬픔은 결국 남자를 자기 내부 깊이 받아들이고자 하는 희원이다.

원장의 속을 알아차린 순녀는 말했다.

"죄송해요, 원장님."

그녀는 수건을 말아 쥐면서 일어설 뜻을 비쳤다. 원장이 어색하게 웃으면서 말했다.

"이 간호사는 너무 일에만 매달린단 말이야. 탁구도 하고, 정구도 하고, 가끔 바닷가에 나가 바람도 좀 쐬고, 거기서 소리쳐 노래도 불러 보고 그래야 돼. 피가 너무 붉고 짙은 사람들은 그래야만 미치지 않고 살아갈 수 있는 거야."

그녀는 형편없이 왜소하게 뭉개 찌그러지고 있는 스스로의 모습을 보면서 분노했다. 그녀는 끝내, 양주 한잔 마시고 싶어 왔다는 말을 하지 못하고 자리에서 일어섰다. 빛이 될 수 있는 기회를 스스로 만들지 못했다. 그녀는 허위를 누더기처럼 걸치고 있는 원장과 자기를 동시에 증오하면서 출입문을 향해 발을 옮겼다.

"자고 내일 낮에 차분히 이야기하기로 해."

원장이 순녀를 배웅하면서 타이르듯이 말했다. 문을 닫고 나오면서 그녀는 칵 죽어 버리고 싶은 충동을 느꼈다.

당번인 날 새벽. 병원 안은 쥐 죽은 듯이 고요했다. 배가 고팠다. 무엇 좀 먹었으면 좋겠는데, 먹을 것이 없었다. 아스라하게 무슨 소리가 들려왔다. 소쩍새 소리였다. 진달래가 필 모양이다. 진달래 생각을 하자, 현종 선생의 얼굴이 떠올랐고, 빛에 대한 생각을 했다. 그가 시로써 세상을 불 밝힌다면, 나는 몸과 마음으로 세상을 밝히자.

입술을 깨물었다. 눈에 물이 괴어 흘렀다. 깨달음이란 것은, 자기의 한 몸뚱이가 빛이 되게 하는 것이다. 소쩍새가 좀 더 가까이 오면서 울고 있었다.

자동차의 엔진 소리가 그 새소리를 쫓아 버렸다. 송 기사가 어디를 갔다가 오고 있다. 차는 현관 앞에 서지 않고, 바로 차고로 들어갔다. 차 문 닫히는 소리가 들리고 한동안 아무 소리도 들려오지 않았다. 송 기사가 원장한테 허락을 받고 자기 집에 다녀오는 모양이다.

순녀의 머릿속에 어둠 잠긴 복도를 걸어오는 송 기사의 모습이 그려졌다. 그녀는 고개를 떨어뜨린 채 그 발소리가 가까이 다가오도록 기다렸다. 그걸 기다리고 있는 스스로가 얄미웠다. 가슴이 두근거렸다. 아주 오래전부터 그녀는 송 기사와 이렇게 밤 깊은 때 단둘이 만나 정을 나누게 되리라는 것을 예감하고 있었다.

문이 열리고 송 기사가 들어섰다. 그는 거무튀튀한 얼굴에 웃음을 함빡 담은 채 손에 들고 온 분홍색 보자기에 싼 묵직한 것을 그녀 앞에 놓아 주었다.

"시장하시지라우?"

송 기사는 그녀 옆으로 다가서면서 나지막한 소리로 말했다. 순녀는 고개를 끄덕거리며 빙긋 웃어 주었다. 송 기사가 들고 온 것을 풀었다. 옅은 갈색의 질그릇 단지 하나가 나왔고, 그 밑에 원통의 양은 도시락 그릇이 놓여 있었다. 뚜껑을 열자 시루떡, 흰떡, 배 반 조각, 사과 반 조각이 들어 있었다.

"오늘 밤이 우리 아부지 제사요. 이 간호사가 이런 것 좋아할지 더럽다고 안 좋아할지 모르지만, 우리 어무니보고 싸달라고 해서 가지고 왔소. 싫으면은 그냥 나둬 버리시오. 다른 간호사나 식당 아주머니들 먹으라고. 그리고 이것은 한봉꿀이오. 우리 어무니가 진도 외가에서, 겨울이면 고뿔에 좋다고 가져다가 놓은 것인디, 우거지만 조금 걷어 먹고 남았기에 가져왔소. 숨겨 놓고 누구 주지 말고 혼자서만 한 숟가락씩 들어보시오. 나, 보일러실에 불 넣을 시간이 되었은께 가요."

그녀는 가슴이 뜨거워졌다. 무어라고 고맙다는 말을 해야 할지 막연하여 그냥 말했다.

"잘 먹을게요."

송 기사는 코를 찡긋거리며 돌아갔다.

잠시 후에 보일러실 쪽에서 웅웅거리는 소리가 들려왔다. 순녀는 송 기사가 싸들고 와서 퍼뜨려 놓은 훈기에 가슴이 두근거렸다. 눈앞이 어질어질했다. 목이 메어 왔다. 그녀는 꿀단지를 꺼냈다. 어린아이들 입안에 들어가기 알맞은 작은 숟가락이 단지 안에 꽂혀 있었다. 그녀는 떡에 꿀을 발라 먹기 시작했다. 떡과 꿀이 허기진 뱃속을 채웠다.

이튿날부터 순녀의 몸속에 활력이 넘치고 있었다. 송 기사가 가져다준 꿀 때문이었다. 어쩌면 그게 모두 피가 되어 몸속을 뛰어다니고 있었다. 그녀는 자꾸 송 기사의 거무튀튀한 얼굴이 머릿속에 가득 들어차고 가슴이 두근거리곤 했다. 하루 내내 송 기사에 대한 생각만 하기도 했다. 보일러실 옆에 있는 송 기사의 방에서 살림을 차리고 살아 버리자고 할까. 거기에서 함께 살림을 살면서, 한쪽은 환자 수송차를 몰고 다른 한쪽은 간호사 노릇을 하며, 아들딸 낳고 살아가는 것이다. 그가 접근해 오지 않으면 내 쪽에서 그의 방으로 뛰어들자. 아니다. 나는 간호사 노

릇을 그만두고, 그의 집으로 들어가서 그의 늙은 어머니와 전처 소생의
아들을 키우면서 살아가기로 하자. 한 남자의 소박한 아내가 되어 산다
는 게 얼마나 좋은 일인가.

비바람이 몰아쳤다. 기숙사의 침대 위에 누워 있는 그녀의 몸속에서
도 그 미친 듯한 비바람은 일어나 있었다. 파도가 들썽거렸다. 먹장구름
들이 장대비를 뿌리면서 산 너머로 어차어차 하고 소리치며 달리고 있
었다. 산등성이와 계곡과 숲과 들판은 비와 바람에 두들겨 맞으며 할퀴
이고 있었다. 번개가 치고 천둥이 울었다.

장대 같은 빗줄기에 비안개가 일어난다
너와 나 사이에서 봉싯거리던 사랑과 소망
흰 백합꽃들이 피 흘리며
쓰러진다 운명처럼
저 미친 바람은 어디서 왔다가
어디로 가는 넋들이냐.

현종 선생의 시가 순녀의 의식 속에서 바윗덩이처럼 굴러다녔다. 그
녀는 가슴이 울렁거리는 것을 주체할 수 없었다. 그녀는 몸을 엎치락뒤
치락하고만 있었다.
이날 밤 따라 김 간호사의 잠꼬대는 요란스러웠다. 뼈다귀 한 개를
입속에 넣고 부스러뜨리고 갉아 대는 듯한 소리로 이를 갈면서 무어라
고 외치기도 하고 앓아 대기도 했다.
뜨거운 피를 식히지 못하고 죽어 간 내가 다시 이 세상에 태어나면 김
간호사처럼 이를 갈게 될까. 한을 간직하고만 살아서는 안 된다. 풀자.

나를 낡은 성벽 속에 가두어 놓지만 말고 훨훨 풀어 주자. 숨겨 두면 썩어 없어지게 될 살덩이 아닌가. 그것을 굶주린 그에게 주는 것이다.

순녀는 자기 파괴를 생각했다. 파괴는 재창조다. 빛은 반드시 성스러운 것이 아닐 수도 있다. 더러운 물 같은 어둠 속에서 빛은 솟는다. 생명수 같은 빛. 그녀는 울렁거리는 가슴을 어떻게 주체할 수가 없었다. 온몸이 허공에 떠오르는 것 같았다. 내 몸과 마음속에는 빛이 필요하다. 어떤 모양새의 것이든지 좋다. 나를 음녀나 창녀라고 해도 좋다. 이것은 생명수 같은 빛을 창조하자는 것이다. 이것은 나의 구원이고 그의 구원이다. 세상의 구원이다.

발소리를 죽이면서 계단을 내려갔다. 어둠에 잠긴 복도를 걸어서 현관문 앞에 섰다. 차고의 지붕 위에 걸려 있는 외등이 눈을 동그랗게 뜨고 검은 비바람 휘몰아치는 병원 마당을 비추고 있었다. 바람이 비에 젖어 번쩍거리는 어린 정원수들을 뽑아 젖힐 듯이 흔들어 댔다. 그 비바람 소리와 함께 우우 하는 파도 소리가 문틈으로 새어 들었다. 그것은 바야흐로 섬을 공략하는 침략군들의 외침이었다. 침략군들은 머지않아 섬에 상륙하여 산, 들, 마을의 집, 담, 사람, 가축, 나무, 풀 들을 깡그리 걸레가 되도록 짓밟아 버릴 것 같았다.

현관문은 여느 때와 달리 단단히 잠겨 있었다. 어떻게 이 문을 밀고 나갈까. 문을 열어 놓기만 하면 밖에 휘도는 검은 비바람이 병원 건물의 내부를 속속들이 헤집고 휘저어 놓을 것 같았다. 현관문 말고, 복도 동쪽 끝에 있는 문을 열고 나가자고 생각했다. 몸을 돌리다가 그녀는 발을 멈추었다. 무슨 소리인가 들려왔다. 쿵쿵거리는 발소리와 다급하게 무슨 말을 주고받는 소리들이 숲을 흔들어 대는 비바람 소리와 파도 소리를 뚫고 또렷하게 들려왔다. 현관 유리문 앞의 눈 동그랗게 뜬 외등이 막 병원 마당으로 들어선 사람들 한 떼를 비춰 주었다.

남자 한 사람이 죽어 늘어진 듯한 사람을 업고 있었다. 그의 등에 업힌 사람은 여자였는데, 몸을 모로 틀고 두 다리를 길게 늘어뜨리고 있었다. 여자의 늘어뜨린 아랫몸을 뒤에 바싹 붙어 선 또 한 남자가 부축한 채 따라오고 있었다.

순녀는 재빨리 문고리를 벗기고 현관문을 열어젖혔다.

"사람 좀 살려 주시오."

뒤쪽에서 다리를 부축하고 온 남자가 비명을 질러 대듯이 애원했다. 순녀는 현관의 불을 켰다. 업히어 온 사람은 만삭의 젊은 여자였다. 거의 한나절쯤 진통하다가 온 것이 분명했다. 여자는 기력이 쇠진해 있었고, 의식마저 없었다. 간헐적으로 신음할 뿐이었다. 뒤늦게 허위허위 달려온 늙은 여자가 순녀의 손을 잡으면서 빨리 의사 선생님을 불러 달라고 말했다.

원장이 나오고, 내과 의사, 치과 의사, 방사선 기사, 병리실 기사, 간호사, 송 기사 들이 뛰어나왔다.

원장, 의사들이 합세하여 초음파 검진을 했다.

환자를 수술실로 옮겼다. 송 기사가 보호자들을 복도로 몰아냈고, 지 간호사가 아기 받을 준비를 했다. 심 간호사와 순녀가 지 간호사를 도왔다.

검진하고 나서 수술실 출입문 앞으로 온 원장이 보호자를 찾았다. 환자의 두 다리를 부축하고 들어왔던 남자가 원장 앞으로 나섰다. 원장이 그를 향해 고개를 저었다.

"여기서 지체하지 말고 될 수 있는 대로 빨리 목포 큰 병원으로 가시지요."

그 말을 들은 늙은 여자가 자기의 앙가슴을 주먹으로 꽝 쳤다.

"아이고, 이 일을 어째야 쓸꼬."

원장이 그들을 향해 열 개의 손가락들을 갈퀴처럼 오그리더니 서로 단단히 얽히어지도록 깍지를 끼어 보였다.

　"쌍둥인데 말이오, 두 다리가 얽히고, 거기에 또 탯줄이 감겨 있어서 도저히 순산을 할 수는 없게 되어 있습니다. 어차피 제왕 절개를 해야 하는데, 여기서는 인력도 달리고, 수술 도중에 넣어야 할 피도 없고, 세 생명을 다 죽입니다."

　내과 의사가 보호자들을 재촉했다.

　"빨리 서두르십시오."

　송 기사가 끼어들었다.

　"성님, 마침 꽂게 사러 들어온 목포 배가 있은께 어떻게 잘 말을 해갖고 타고 나가 보시오."

　두 남자와 늙은 여자가 원장을 붙들고 통사정을 하였지만, 원장은 그들을 뿌리치고 자기 방으로 들어가 버렸다. 다른 의사들도 따라 들어갔다. 송 기사와 간호사들이 그들을 밀어내면서 설득했다. 일 분 일 초라도 빨리 배를 구해 달려가는 것이 환자와 아기들을 구하는 길이라고 말했다.

　송 기사가 환자를 차에 싣고 부두로 나갔다. 비바람은 그치지 않았다. 오히려 더 세차지고 있었다. 원장과 의사들과 방사선 기사와 병리실 기사는 자기네 숙소로 들어가 버렸다. 간호사들도 모두 숙소로 들어갔다. 순녀만 바람에 출렁거리는 현관문을 붙잡은 채 서 있었다.

　한 시간쯤 뒤에 송 기사가 환자 수송차를 몰고 돌아왔다. 그 차 안에는 아까 그 임산부가 실려 있었다. 보호자들이 그녀를 떠메고 나왔다. 송 기사가 차를 그대로 둔 채 원장의 숙소로 달려갔다. 얼마쯤 뒤에 송 기사는 미친 듯이 다른 의사들과 간호사들을 깨우러 뛰어다녔다.

　환자를 복도에 눕혀 둔 보호자들이 원장을 붙들고 사정했다.

"이 바람을 뚫고 어떻게 배가 가겠습니까? 가겠다고 나서는 배도 없고, 간다고 가보아야 배가 엎어져 다 죽을 것은 뻔한 일이고, 그런께 어차피 저 사람은 죽습니다. 죽을 때 죽더라도 원이나 없이 배라도 한번 따 꺼내 보고 죽도록 해주십시오. 저 사람 죽더라도 원망 한마디 않을랍니다요."

원장은 잠시 망설이다가 총무과장을 불러, 뒤탈이 생기더라도 원망하지 않겠다는 각서를 작성하도록 했다. 그리고 수술 준비를 하라고 명령했다. 환자에게 수혈을 하려고, 보호자 두 사람의 혈액형을 조사해 보니 모두 환자와 달랐다. 간호사들과 직원들과 의사들의 피를 뽑아 넣을 수밖에 없었다. 치과 의사와 순녀의 피가 환자와 같았고, 송 기사가 오 형이었으므로, 그들 셋의 피를 뽑아 넣어 줄 수 있을 뿐이었다. 그나마 치과 의사는 몸이 깡마른 데다가 건강 상태가 별로 좋지 않은 터여서, 정작 피를 줄 수 있는 사람은 송 기사와 순녀뿐이었다.

송 기사와 순녀가 수술실에 있는 두 개의 침대 위에 누웠고, 지 간호사가 피를 뽑았다. 깊숙하게 기어 들어온 주사침한테 피를 빨리는 혈관과 졸라맨 고무줄 부위가 따가우면서 묵지룩하게 아팠다.

"아이고, 아이고, 되게 아프게 찌르네."

송 기사는 엄살을 부렸다.

"이 간호사는 주삿바늘 찔린 데 안 아프요? 아이고, 지 간호사 나한테 평소에 유감이 있었던가 봐."

송 기사는 순녀를 흘긋 돌아보며 호들갑스럽게 투덜거렸다. 그는 흥분해 있었다. 순녀와 함께 피를 뽑고 있다는 사실이 즐거운 것이었다.

순녀는 송 기사를 아랑곳하지 않고 주먹을 쥐었다가 폈다 하는 운동을 계속하기만 했다. '느이 아버지는 실패했다……' 눈을 천장의 거뭇한 흠집 하나에 묻고 있는 그녀의 의식은 자기의 몸에서 흘러나가는 뜨거운 수분을 정확하게 감지하고 있었다. 이 피가 얼마나 빠져나가면 심장이 멎게 될까.

"됐어."

안 간호사의 목소리가 들리고, 지 간호사가 바늘을 뽑음과 동시에 순녀의 팔을 들어 어깨 쪽으로 접어 세웠다. 안 간호사가 순녀의 다른 팔뚝에 포도당 주사를 놓아 주었다. 그녀는 눈을 감았다. 피를 뽑은 다음에는 안정해야 했다. 그녀의 가슴이 쿵쾅거리고 있었다. 뒤통수와 관자놀이가 욱신거리는 듯싶었다. 안 간호사가 그녀의 가슴에 담요 자락을 덮어 주었다.

그녀가 눈을 떴을 때, 수술은 끝나 있었다. 그녀의 팔뚝으로 들어가고 있는 노르께한 영양제 섞인 포도당액은 반병쯤 남아 있었다. 그사이 그녀는 다시 잠깐 잠이 들었다가 시멘트 바닥을 디디는 발소리들과 침대의 삐꺼덕거리는 소리에 잠이 깼다. 그녀는 자기 팔뚝에 꽂혀 있는 주삿바늘을 뽑아 버리고 몸을 일으켰다.

의사들은 손을 씻었고, 직원들은 환자 실은 운송 침대를 밀고 복도로 나갔다. 복도에서는 환자의 보호자들이 무릎을 꿇고 직원들을 향해 절들을 했다.

"송 기사하고 이 간호사가 사람 셋 살려 냈구먼."

내과 의사가 들떠 있는 목소리로 말했다. 치과 의사가 송 기사의 어깨를 철썩 때리면서 고맙다고 했다.

지 간호사가 반창고 조각을 송 기사의 주삿바늘 뽑은 팔뚝에 붙여 주자, 송 기사가 순녀를 건너다보았다. 두 사람의 눈길이 마주쳤다. 순녀는 날개를 쳐 날아오르지 않고도 온몸이 허공으로 붕 떠올라 가는 것을 실감했다. 가슴속에서 빛살이 어떻게 피어나고, 그것이 또 어떻게 뜨겁게 달구어지는가 하는 것도 느낄 수 있었다. 그녀는 새털처럼 가벼워진 채 복도로 사뿐사뿐 걸어 나갔다. 송 기사가 그녀 옆으로 가까이 다가와서 두 손으로 손깍지를 단단히 끼어 보였다.

"아따, 이 간호사 피하고 내 피하고는 시방 그 산모 몸속에서 이렇게 꽉 엉켜 갖고 돌아댕기고 있겠소잉."

순녀는 송 기사의 말이 옳다고 생각했다. 그의 몸뚱이가 그녀의 안 깊은 자리에 들어와 있음을 느꼈다. 그녀도 그의 가슴 깊숙한 곳에 들어가 있을 듯싶었다. 혼과 피의 깊은 섞임. 그와 자기는 숙명적으로 섞이게 되어 있었던 것이다 싶었다.

신생아실에서는 조금 전에 태어난 아기 둘이 그악스럽게 울어 대고 있었다. 심 간호사와 안 간호사가 목욕을 시키고 있었다. 그 울음소리가 순녀의 가슴에 철사줄의 끝처럼 와 닿고 있었다. 빛은 슬픈 아픔이었다. 그녀는 소리 없이 울었다. 가슴속에 홍수가 지고 있었다. 유리창에 새벽의 푸른빛이 어리어 있었다. 미친 듯한 비바람은 아직도 정원수들과 병원 주변의 소나무 숲을 뽑아 날려 버릴 듯이 몰아치고 있었다. 순녀의 머릿속에, 그 새벽의 푸른 어둠 속으로 아기를 안고 달려가는 한 남자의 도깨비 같은 모습이 그려졌다. 비가 장대처럼 쏟아지는 들판에 버려진 아기, 황소 떼 같은 파도가 밀려와서 재주를 넘는 모래톱에 버려진 아기, 질척거리는 골목길에 버려진 아기의 모습이 차례로 떠올랐다.

환자들은 드물었다. 대여섯 사람이 오전 중에 다녀갔을 뿐이었다. 저녁 무렵부터는 비도 그쳤고, 바람도 고개를 숙였다. 바다는 아직도 허옇게 뒤집혀 있었다.

간밤 제왕 절개 수술로 쌍둥이 아들을 낳은 환자 집에서 통닭 열 마리와 맥주 두 상자와 음료수 한 상자를 가져왔다. 초저녁부터 잔치가 벌어졌다. 술에 얼근해진 방사선 기사가 여느 때 그의 지정곡인 '한 많은 대동강'을 부르더니, 목청 좋고 활달한 심 간호사한테 바통을 넘겼다. 심 간호사는 '비목'을 구성지면서도 슬프게 뽑았다. 이어 내과 의사가 불렀고, 안 간호사가 불렀고, 원장이 불렀고, 송 기사가 불렀다. 그게 순녀에게 넘어왔다.

순녀가 일어서자 직원들은 요란스럽게 박수를 쳐댔다. 그들은 송 기사와 노처녀인 순녀 사이에 인연 깊이 닿는 일이 벌어지는 것을 다행스럽게 여겼고, 얼근해지고 나자 노골적으로 그들 둘을 한데 단단히 묶어 주려고 나섰다.

순녀는 '황성 옛터'를 불렀다. 그것은 폐허를 생각나게 하는 노래였다. 그 폐허는 황막한 겨울 들판에 버려져 있는 듯한 허수아비 같은 자신의 남루를 떠오르게 하고, 가슴이 아파지게 하고, 이를 악물고 손에 잡히는 일들을 슬퍼하면서 부지런히 해나가도록 하였다. 그 노래를 그녀에게 처음 들려준 것은 현종 선생이었다.

노래를 총무과장에게 넘겨주려고 하는데, 방사선 기사가 그녀와 송 기사가 합창을 해야 한다고 소리쳤다. 직원들이 박수를 쳐댔다. 송 기사가 코를 벌씸거리고 뒤통수를 긁적거리며 순녀 옆으로 나섰다. 그들은 '연분홍 치마가 봄바람에 휘날리더라……'를 불렀다.

직원들은 재청을 했고, 송 기사는 순녀의 손을 잡은 채 '열여덟 딸기 같은 어린 내 순정 너마저 몰라주면 나는 나는 어쩌나……'를 부르기 시작했고 순녀가 따라 불렀다.

치과 의사는 그들을 향해 천생연분이라고 소리쳤다. 사람들은 박수를 쳐댔다.

노래가 총무과장에게 넘어간 다음, 자리에 앉은 순녀는 손수 맥주를 따라 마셨다. 피를 뽑은 날은 술을 마시면 안 되었다. 목욕을 해서도 안 되고, 지나친 운동을 해서도 안 되었다. 그것을 잘 알고 있었지만, 그녀는 마시고 또 마셨다. 현종 선생의 시를 외며 마셨다.

몸을 던져 함께 아우성치고 출렁이고 싶다
그러다가 풀밭 같은 너의 파도 속에 잠긴 채
죽어 한 줌 어둠이 되고 싶다
밤마다 낙화암 끝에서
계백의 아내로 움터 나는 너의 바다
허무의 눈 부릅뜨고 하늘 향하는 나의 충일
다시 죽기 위하여 혼의 피리 불며
아침 풀꽃처럼 길을 뜨는
네 치마꼬리를 따르는 개 한 마리.

이날 밤 순녀는 잔치판에서 과음만 한 것이 아니었다. 잔치가 끝난
뒤에 그녀는 목욕을 했고, 그런지 얼마쯤 뒤에는 그 목욕보다도 더 지나
친 운동, 죽음과 삶을 넘나드는 원초적인 몸부림과 발버둥을 쳐댔다. 직
원들이 모두 흩어져 자기 숙소로 돌아간 뒤에 그녀는 홀린 사람처럼 기
숙사를 나갔고, 동굴 같은 복도를 걸어서 현관문을 빠져나가, 도둑고양
이처럼 발소리를 죽이며 송 기사의 방으로 바람같이 스며 들어갔던 것
이다. 그리고, 스스로의 연꽃 속에 그의 위대한 보석을 받아들임으로써
빛이 곧 환희임을 실감했다.

어디서 무엇이 되어 다시 만나랴

순녀와 송 기사, 그들 부부에게는 봄의 짧은 밤이 눈 깜짝하는 순간처럼 허망했고, 졸음 오게 하거나 혼몽 상태에 빠져들게 하는 뜨뜻미지근한 기나긴 낮의 시간들은 따분하고 짜증스러웠다. 그들은 오직 밤에 서로 사랑하기 위해서 태어난 사람들처럼 살았다.

밤만으로는 사랑할 시간이 부족했다. 점심시간에 번개처럼 밥을 먹어 치우고 자기네 방으로 들어가 문을 단단히 걸어 잠그고 그 부족한 사랑 시간을 보충하곤 했다.

일과가 막 끝나면 목욕탕부터 점령했다. 탁구나 정구를 치려 하지 않았고, 저녁밥을 먹기 바쁘게 자기네 보금자리로 들어가 버렸다. 그들이 방 밖으로 나와 있는 경우는 병원 일을 하고 목욕을 하고 빨래를 하고 세끼 밥을 먹을 때뿐이었다. 순녀는 보건 마을을 순회하는 것도 송 기사의 환자 수송차를 이용했다. 그녀가 걸핏하면 타고 달리곤 하던 오토바이는 차고 안쪽 구석에서 낮잠을 자고 있었다.

"저런 사람들이 이때까지는 어떻게 참고 살았을꼬."

여느 때 말수가 적던 총무과장이 그들이 함께 차 타고 나가는 것을 보고 투덜거리듯이 말했다. 그들의 그 미친 듯한 부부 생활은 병원 안에서 한 가지의 눈꼴사나운 일이 되어 버렸다. 사람들은 대놓고 말하지 않았지만, 그들이 없는 데서는 섬뻑섬뻑하게 잘 드는 면도날같이 아픈 빈정거림을 가래침처럼 내뱉곤 했다.

송 기사와 순녀 부부는 그것을 느끼지 못했다. 순녀는 잘 웃었다. 방 안에서 둘이만 들어 있을 때도 깔깔거리거나 히히덕거렸고, 입원실에 들어가서도 걸핏하면 웃었고, 복도를 걸어가면서도 마찬가지였다. 한창 잘 웃는 소녀처럼 종이 한 장이 팔랑거리며 나는 것만 보고도 웃었다.

송 기사와 순녀는 차고 옆에 있는 방에다가 신방을 차렸다. 순녀가 원장과 총무과장의 승낙을 얻어 그렇게 하자고 우겼다. 그녀는 송 기사에게 자기의 뱃속에 아기가 들더라도 병원 일을 그대로 해나가겠다고 했다. 물론 아기를 낳은 다음에도 간호사 일을 그만두지 않겠다고 했다. 둘이서 함께 벌어야 늙기 전에 살림을 늘려 놓을 수 있지 않겠느냐는 것이었다. 송 기사는 순녀가 좋다는 것이면 무엇이든지 그대로 따라 했다. 혼례식도 순녀가 하자는 대로 병원 안에서 올렸다. 탁구실에서 탁구대를 한쪽으로 밀어붙여 놓고, 병원 사람들이 모인 가운데 원장의 주례로 올렸다.

신방이래야 기껏 포구의 이불 집에서 이불 한 채와 담요 두 장과 베개 한 쌍을 사 온 것이 전부였다. 또한, 그들은 밥을 끓여 먹지 않고 병원 안의 식당을 그전처럼 이용하며 살아가기로 합의했으므로 새살림이 무척 간편했다. 신랑의 옷 꾸미는 문제, 시가 쪽의 부모 형제자매들한테 섭섭하지 않도록 선물을 사주는 문제도 쉽게 해결했다. 통장에 담아 두었던 돈을 꺼내 신랑의 손에 잡혀 주며 알아서 꾸미고 사주도록 했다. 신랑 쪽에서 신부를 꾸며 주겠다고 한 것은 순녀가 마다했다. 포구의 슈

퍼마켓에서 그녀가 손수 새 잠옷과 속옷들을 한꺼번에 뭉텅 들여왔을
뿐이었다.

그들은 지칠 줄 몰랐다. 섬의 서북쪽에 있는 보건 마을을 돌고 오다
가 그들은 산모퉁이에 차를 대놓고 개울을 따라 올라갔다. 해거름이었
다. 산그늘이 바야흐로 내리기 시작했다. 바닷바람이 계곡을 따라 치올
라 왔다. 한여름이었다. 그들은 열 개의 보건 마을을 돌면서 가벼운 환
자를 보았다. 고혈압으로 쓰러진 환자 한 사람을 병원으로 실어다 주었
다. 약들을 나누어 주었다. 이날은 여느 날과 달리 찌고 삶는 듯이 더웠
다. 그들의 몸은 아침부터 흘린 땀 때문에 끈적거리고 화끈거렸다. 병원
안에 있는 목욕탕으로 가기 전에 계곡의 시원한 물로 얼굴과 발을 씻고
싶었다. 송 기사는 목물을 좀 해야겠다고 했다. 숲은 밖에서 보던 것보
다 한결 웅숭깊고 아늑하고 호젓했다. 비가 온 지 오래되지 않았으므로
웅덩이의 물은 맑고 풍성했다. 뻐꾹새와 휘파람새가 번갈아 울어 댔다.
처음에 목물만 하겠다던 송 기사가 팬티 바람이 되더니 그걸 입은 채
물속으로 풍덩 뛰어들어 버렸다. 어흐어흐 하면서 등과 머리에 물을 끼
얹어 대더니 몸을 벌떡 일으켰다. 두 다리를 물에 담근 채 윗몸을 굽히
고 얼굴에 물을 끼얹는 그녀 옆으로 다가왔다. 그녀는 치맛자락을 말아
서 가랑이 사이에 찌르고 있었다. 그가 어떻게 그녀를 밀어붙였는지 그
녀는 순식간에 웅덩이 속으로 휘청 넘겨졌다. 그녀의 몸은 그의 팔 안
에 들어 있었다. 그들은 물속에서 뒹굴며 허우적거렸다. 그녀가 어흑 소
리를 내면서 눈을 흘기고 화를 냈다. 이렇게 옷을 모두 망쳤으니 어떻게
병원에 들어갈 것이냐고 앙탈을 했다. 그러나 그녀는 오래잖아 그가 하
는 대로 몸을 맡겼다. 그는 그녀를 번쩍 치켜든 채 근처의 숲 그늘 속의
풀밭으로 가고 있었다.

360

그들은 야생 짐승이 되었다. 광란하듯 살과 피를 태웠다. 그녀는 그가 자기의 내부에 와서 불타 없어지기를 바랐고, 함몰하기를 바랐다. 아니, 그녀가 그의 내부로 들어가 한 줌 재가 되려고 몸부림쳤다.

　그들은 대개 진양장단을 치는 것처럼 밀고 달고 맺고 풀기를 거듭하다가 중모리 중중모리 자진모리를 거쳐서 휘모리로 치닫곤 했다. 가끔씩 사이사이에 엇모리나 엇중모리로 배도는 경우도 있었다. 미는 소리에서는 북통의 앞쪽을 슬쩍 치고, 다는 소리에서는 북통의 꼭대기 오른쪽 모서리를 굴리듯이 치고, 맺는 소리에서는 북통의 꼭대기 한가운데를 세차게 치고, 푸는 소리에서는 왼손 끝으로 가죽을 핥듯이 치고, 그리고 다음 첫 박을 물속에 풍덩 빠지듯이 왼손과 북채로 함께 세차게 치는 모양으로, 그들은 자기의 맨살을 상대의 숨결에 맞게 잘 밀고 달고 맺고 풀곤 했다.

　그들은 구름 위로 날아 올라가는 아찔아찔한 쾌락 속에서 순간적으로 죽었다가 깨어나곤 했다.

　잠이 부족할 수밖에 없는 그들 부부의 얼굴은 창백해졌고, 점차 햇빛을 맛보지 못하고 영양 상태가 좋지 않은 콩나물처럼 눌눌해져 갔다. 순녀는 입원실 환자한테 주사를 놓아 주러 가면서, 환자의 맥박이나 혈압을 재면서, 보건 마을을 돌면서 얼핏 비몽사몽 같은 환상을 보곤 했다. 송 기사는 근무 시간에 잠시 눈을 붙이러 들어갔다가 총무과장한테 꾸지람을 듣고, 운전을 잘못하여 차를 논바닥에 처박아 버리기도 하고 전주를 받아 버리기도 했다.

　빛이 환희이고, 그 환희가 빛이라는 생각이 틀렸는지도 모른다고 순녀는 생각하기 시작했다. 환희라고 여기고 있던 그게 바로 어둠이었다. 그녀는 침통해지기 시작했다. 자기의 내부에서 악마처럼 준동하는 어둠이 끔찍스러워졌다. 그 어둠에서 벗어나고 싶었다. 한데, 벗어나고 싶음이 스스로를 불태우고 싶음으로 잘못 나타나고 있었다. 그 불태우고 싶음이 스스로를 빛으로 승화시킨다는 착각을 불러오고 있었다.

그를 끌어안고 있을 때, 그의 품속에 가슴을 묻고 얼굴을 그의 턱밑에 밀어 넣고 숨을 죽였을 때, 그녀는 자기 등 뒤에 쪼그리고 앉아 있는 그림자를 느꼈다. 그것은 그녀의 내부에 들어 있었다. 그것은 그의 남근을 통해서 그녀의 내부로 들어왔다. 그가 한동안의 환희 속에서 광란하다가 맥이 풀려 물러난 다음에 보면 그녀의 속에 새까만 그 그림자가 남아 있었다. 그녀의 내부는 폐광처럼 입을 벌리고 있었다. 무엇이 나를 폐광으로 만들었는가.

폐광 같은 그녀의 내부에는 차돌같이 단단하게 뭉쳐진 덩어리들이 서로 비비대면서 서걱거렸다. 그것들은 갑자기 이물질같이 속을 거북살스럽게 하고 토악질이 나오게 했다.

그러나 그녀는 사람들은 모두 이렇게들 살아가는 것이라고, 이 속에서 즐거움을 찾아야만 하는 것이라고, 스스로를 타이르곤 했다. 그러나 타이른다고 되지 않았다. 송 기사와 숨바꼭질을 하듯이 차린 새살림살이가 따분하고 짜증스러워지기 시작했다. 모든 것이 불편했다. 광란하듯이 피와 살을 태울 때 말고는 남편이 거치적거렸다. 가끔 들르는 전처의 아들이 성가셨고, 시어머니가 부담스러웠다. 기이한 것을 보는 것처럼 자기를 살피곤 하는 병원 안 사람들의 눈초리가 껄끄러웠다. 입원실을 드나드는 것, 보건 마을을 순회하는 것, 야간 근무를 하는 것들이 불편스럽고 짜증났다.

그래야 할 이유가 없었다. 전처의 아들을 돌보아 키우는 것도 아니었고, 시어머니를 모시는 것도 아니었다. 받은 봉급을 남편한테 모두 들이미는 것도 아니었고, 남편의 속옷 빨래를 하는 것도 아니었다. 술을 마시고 들어온 남편에게 이튿날 아침 물 한 그릇 떠다가 내밀지도 않았다. 결혼을 한다고 했지만, 그녀는 다만 간호사들의 기숙사에서 송 기사의 방으로 잠자리를 옮겼을 뿐이었다. 수컷인 송 기사와 잠자리를 같이하며 살아갈 뿐이었다.

그래서는 안 된다고 자꾸만 자기를 타일러도 끓어오르는 짜증은 수그러들 줄 몰랐다. 그의 발에서 고린내만 조금 나도 눈살을 찌푸린 채 소리를 지르고, 문을 조금만 세차게 닫아도 왜 그렇게 조심성이 없느냐고 타박했다. 그가 다른 사람한테 무뚝뚝하게 말을 하기만 해도 왜 그렇게 배운 데가 없느냐고 신경질을 부리고, 하루 한 번씩 목욕탕에 다녀오지 않아도 신경질을 부리면서 등을 떠밀었다. 술을 진하게 마시고 들어와도 앙탈을 했고, 뜨겁게 달아오른 그녀의 몸을 제대로 녹이고 식혀 주지 못하면 엉덩이와 허벅다리를 사납게 꼬집어 주고 그에게 등을 두른 채 누워 버렸다. 바보 멍청이라고 욕을 했다.

그녀가 짜증을 내면 송 기사는 멍해져 버리곤 했다. 그때 그의 순한 눈은 커졌고, 흰자위가 확대되었다. 그녀의 짜증 내는 횟수가 잦아지자 송 기사는 그녀의 눈치를 살피는 버릇이 생겼다. 주눅이 든 듯이 맥이 빠졌으며, 행동이 어리숙하고 굼떠졌다. 언제부터인가 송 기사는 잠자리에서 가끔 실패를 하곤 했다. 실패하고는 미안스러워하고 죄스러워했다.

화를 낸 뒤 남편을 외면하고 모로 돌아누운 채 그녀는 혀를 깨물었다. 잘못이 그에게 있지 않고 자기에게 있다는 것을 가슴 쓰라릴 만큼 절실하게 알고 있었다. 그녀의 내부에 들어 있는 어둠이 모든 것을 방해하고 있었다. 그것은 깜부기의 포자처럼 그녀의 몸속에 퍼져 가고 있었다. 그 때문에 그녀는 자꾸 물 젖은 나무처럼 잘 타오르지 못하였고, 송 기사를 지쳐 버리게 하는 것이었다.

죽고 싶었다. 자기를 파괴하고 싶은 생각이 짜증으로 터지곤 했다. 그것은 몸 전체를 태워 빛을 일으키고 싶다는 발버둥이었다. 남편을 외면한 채 모로 누워 있다가 그녀는 잠옷 바람으로 나가곤 했다. 무슨 소리인가 들려오는 것 같았다. 자기를 부르는 소리인 듯싶었다.

그것은 포구 쪽에서 들려오는 해조음이었다. 순녀는 병원의 현관문 앞에 서서 그 소리를 허기진 듯이 듣고 있곤 했다. 그러다가 부두 머리로 나갔다. 배들은 갯밭에 얹혀 있었다. 썰물이 진 바닷물은 부두 끝에 걸려 일렁거리고 있었다. 텅 빈 듯한 부두 안은 배들이 모두 죽어 있는 것처럼 으스스했다. 배를 타고 어디로든지 도망쳐 가고 싶었다. 들판을 달리고 산모퉁잇길을 걸어서 한없이 가고 싶었다.

먼바다는 짙은 밤안개 속에 잠겨 있었다. 밤안개 속에서 부풀어 난 파도들만 밀려와서 부두 끝에 갯밭을 받아 댔다. 포구 안 골목에서 취객한 사람이 소리를 질렀다. 다른 남자들의 목소리가 연달아 들리고 여자의 앙칼진 소리도 들렸다. 가까운 다방에서는 라디오 소리가 들려왔다.

부두 끝에 섰다. 새까만 물이 소용돌이치고 있었다. 그 위에 별빛이 깨지고 있었다. 그녀의 내부에서도 세차게 일어나는 소용돌이가 있고, 그것으로 말미암아 깨지고 있는 불빛 하나가 있었다. 지금 나는 여기에서 무얼 하고 있는 것인가.

바야흐로 바다에서 밀물이 지고 있었다. 바닷물 속으로 몸을 던져 버리고 싶었다. 바닷물 속에 녹아 없어지고 싶었다. 썰물과 밀물이 되어 흐르다가 구름이 되어 떠돌고, 비가 되고 눈이 되어 떨어지고 싶었다. 수목의 열매 속으로 기어들어 가고, 잡풀의 꽃으로 피어나고, 수없이 많은 사람들의 가슴속에서 시뻘건 피가 되어 흐르고 싶었다.

그녀는 쪼그려 앉아 몸을 웅크렸다. 하잘것없이 조그마한 돌멩이처럼 왜소해지고 있었다.

나 당신의 하늘 한복판에서 태풍을 예고하는 한 줄기 흰 깃털구름
으로 찢어지고 싶다
열두 줄기 광풍이 되어 당신의 도량 네 귀에 달린 풍경을 흔들고
자명등을 두들기는 빗발이 되고
먹장구름 사이로 비치는 햇살 한 가닥이 되어 당신의 젖은 젖가슴
과 영혼에 볕가름을 하고
바람이 되어 당신의 뜨락 나뭇잎에 앉았다가 당신의 코밑 인중을
감돌고 무시로 당신의 폐부 속을 드나들고 싶다.

현종 선생의 시가 검은 파도처럼 그녀의 의식을 두들겼다. 등 뒤에서
발소리가 다가왔다. 송 기사였다.

그녀는 송 기사의 가슴에 얼굴을 묻고 흐느껴 울었다. 그는 그녀를
안은 채 등을 가만가만 두들겼다. 그에게서 소주 냄새가 났다. 어느 사
이에 어디 가서 벌써 이렇게 술을 마시고 왔을까. 그는 그녀의 손목을
잡아끌었다. 그녀는 그에게 끌려 돌아와서 자리에 눕자 그를 원했고, 몸
뚱이 전체가 짓물러 터지도록 그를 받아들이고 또 받아들였다. 악몽 속
을 헤매고 있는 것만 같은 의식 속에서 그 행위를 하며, 그녀는 날이 밝
기만 하면 모든 것을 다 걷어치우고 떠나리라, 청정암으로 가리라, 하고
생각했다. 몸뚱이가 걸레처럼 해어진 한 여자가 산모퉁잇길을 비틀거리
며 걸어가는 모습이 그려졌다. 은선 스님 무릎 앞의 방바닥에 얼굴을 묻
고 흐느끼는 그 여자의 모습이 떠올랐다. 새벽의 푸른빛이 창문에 어리
었지만, 황음에 찌들려 있는 그녀의 눈에는 그게 얼핏 치잣빛으로 눌눌
해 보였다.

"송 기사아."

현관 쪽에서 누군가가 큰 소리로 외쳐 댔다.

송 기사가 옷을 걸치기 무섭게 밖으로 나갔다. 두 사람이 무슨 말을 주고받고 있었지만, 순녀는 깊은 잠 속으로 빠져 들어갔다. 잠결에 병원 마당을 빠져나가는 환자 수송차의 엔진 소리를 어렴풋이 들었다.

환자 수송차가 다시 들어오는 소리를 듣고 순녀는 눈을 떴다. 차가 현관 앞에 섰고, 누군가가 다급하게 소리쳤고, 내달리는 발자국들이 쿵쿵 소리를 냈다. 자기도 얼른 나가 보아야 한다고 생각했다. 몸이 뒤치기가 어렵도록 가라앉아 있었다. 어깻죽지며 다리며 옆구리며 허리며 등줄기가 천 근이나 된 듯 무겁고 뻐근했다. 악몽 같은 밤이 생각났다. 그녀의 모든 살갖은 밤새 흘린 점액질의 땀이 말라붙어 있었다. 목욕을 해야겠다고 생각했다. 그 생각을 한 다음에도 그녀는 천장에 괸 아침의 그늘을 쳐다보면서 그대로 누워만 있었다. 현관 쪽에서 발소리가 들려왔다.

"뭣 하고 있어? 병원 안이 발칵 뒤집혔구먼."

송 기사의 퉁명스러운 소리가 들렸다. 별스러운 난리가 몰려왔더라도 자기는 목욕부터 해야겠다면서 파김치처럼 짓주물러진 몸을 일으켰다. 갈아입을 속옷과 비누와 수건을 챙겨 들고 나갔다.

"허어, 이 사람, 얼른 응급실부터 좀 들여다보고 나서 목욕을 하든지 어쩌든지 해. 박 과장이 당신 찾고 야단이구먼."

송 기사가 이렇게 말했지만 순녀는 그 말에 아랑곳하지 않고 목욕탕으로 갔다.

"다른 간호사들은 밤새도록 잠을 한숨도 못 잤다는구먼. 원장도 그랬고, 내과 박 과장도 그랬고……. 어제 그 설사 환자 여차했으면 큰일 날 뻔했다여. 그 환자 보통 병이 아닌 모양이여. 오늘 아침에 실어 온 환자도 같은 병이라는구먼. 그려."

그 소리를 듣고도 목욕탕 안으로 스며 들어갔다. 욕조에 물을 틀어 놓고 옷을 벗어부치고 물을 끼얹기 시작했다. 금방이라도 누군가가 달려와서 목욕탕 문을 두들겨 댈 것 같았다. 이 판국에 목욕을 하고 있느냐고 호통을 칠 것 같았다. 살갗 여기저기에 비누를 칠하고 거품을 일으켰다. 머리를 감을까 말까 망설였다. 머리가 쉽게 마르지 않을 터였다. 머리칼 속에 송송 솟았던 땀들이 말라 땀구멍을 모두 막고 있는 듯 갑갑하고 켕겼다. 살갗에 구름처럼 일어난 거품을 그대로 두고 머리를 감기 시작했다. 머리칼 속에서 일어난 거품을 뭉쳐 내면서 그녀는 여기저기에 쓰러져 누운 시체들을 생각했다. 이 마을 저 마을, 집집의 마당들, 골목골목마다 시체들이 널려 있고, 병원 마당에도 시체들이 가득 찼다. 의사들도 쓰러져 눕고, 간호사들도 몸부림을 치면서 나동그라졌다. 송 기사도 환자 수송차 앞에서 사지를 뻗고 누워 있었다. 그 가운데서 그녀만 살아 있었다.

바가지로 물을 퍼서 머리에 부어 댔다. 김이 보얗게 서린 거울을 손바닥으로 쓸어 닦았다. 거울 속에 벌거벗은 여자가 서 있었다. 젖꼭지와 풍만한 둔부들이 살아 꿈틀거리는 듯했다. 거기에 쓰러져 누운 시체들이 겹쳐 떠올랐다.

수건으로 물기를 훔치고 옷을 입었다. 병원 안의 일과 그녀가 순회 지도를 해온 보건 마을의 일들이 그녀가 예감한 대로 되어 갈 것 같은 생각이 들었다. 오래전부터 그렇게 되어 가도록 마련이 되어 있었던 것 같았다.

순녀는 머리칼이 아직 축축하게 젖어 있는 채로 직원들의 긴급한 모임에 참석해야만 했다. 원장실에는 냉기 같은 긴장이 감돌았다. 원장은 여느 때와 달리 송 기사, 식당 아주머니, 청소부 아주머니까지 모두 자기 방으로 불러들여 엄하게 지시하고 있었다. 어느새 왔는지, 지서장과 면장과 보건 진료소 여직원 한 사람이 소파에 앉아 있었다.

"대학 병원 쪽에 보낸 환자의 배설물 검사 결과가 와보아야 확실한 것을 알 수 있긴 하겠습니다만, 내 생각으로는 콜레라가 틀림없는 것 같습니다. 병원 안 소독을 철저히 하고, 특히 식당 아주머니들은 취사도구들을 모두 백 도 이상 끓인 물로 씻도록 하고, 날것은 일체 식탁에 올리지 않도록 하시오. 지서장님께서는 환자가 발생한 마을과 주변 마을의 교통을 차단하고, 거기에서 발생하는 환자들을 되도록이면 빨리 병원으로 수송하도록 협조해 주셔야 하겠습니다. 면장님께서는 진료소와 우리 병원 안에 있는 소독약을 가지고 나가서 병원균이 발생할 수 있는 곳을 모두 소독하고 마을 주민들을 계몽하도록 해주십시오. 환자는 격리시키도록 하고, 간호사들은 환자의 배설물이 묻은 것들을 모두 소각하고, 입원실 출입시에는 특별히 조심해야 합니다. 그리고 일이 있건 없건 간에 전 직원이 이십사 시간 비상 대기입니다."

원장의 말은 맥이 없는 데다 느렸지만, 단호했다.

지시가 끝나자 비대한 데다 얼굴에 윤기가 도는 면장이 말했다.

"곧 예방 주사약이 도착하게 될 텐데, 우리 보건 진료소 요원들만으로는 손이 부족합니다. 증원 요청을 하긴 했습니다만, 혹 어쩔지 모르니까 간호사 두어 사람을 차출해 주었으면 좋겠습니다."

원장은 잠시 고개를 떨어뜨리고 있었다. 원장이 그러고 있는 동안 옆에 선 사람들은 모두 숨을 죽였다. 원장은 고개를 떨어뜨린 채 볼펜 한 자루를 들고 만지작거리고 있었다. 어쩌면 면장의 말이 못마땅한지도 몰랐다. 의사들과 직원들과 간호사들의 눈길이 모두 원장의 얼굴로 몰려들었다. 면장의 얼굴이 굳어졌다. 지서장이 무슨 말인가 하고 싶은 모양이었다. 부리부리한 눈을 자꾸 깜박거리더니 침을 한 번 삼켰다. 그때 원장이 고개를 들었다.

"사실 말해서 예방 주사라는 것은 병이 발생했을 때 놓는 것이 아닙니다. 그걸 놓은 다음에 면역이 생기려면 적어도 보름쯤 지나야 하는 겁니다. 한데, 당국에서는 이런 사태가 발생했다 하면 그냥 예방 주사만 찌르고 다니라고 그러는데, 그것은 당국이 그렇게 방역에 힘을 쓰고 있다는 시위나 민심 수습의 의미 외에는 아무것도 없는 겁니다."

원장의 고지식하고 요령부득인 면이 바로 여기에서 나타나고 있었다. 면장의 얼굴이 굳어졌다. 내과 의사가 끼어들어 그걸 바로잡았다.

"원장님 말씀이 백번 옳습니다. 그렇지만, 환자들이 몰려드는 것을 보아 가면서, 손이 달리지 않으면 면장님 말씀대로 해보지요."

회의를 마치고 났을 때, 전날 환자가 발생한 마을의 보건 요원한테서 전화가 걸려 왔다. 간밤에 자기 마을의 한 노파가 구토와 설사를 심하게 했는데, 바로 얼마 전에 숨을 거두었다는 것이었다. 그와 비슷한 환자가 둘이나 더 있는데 어떻게 했으면 좋겠느냐고 했다. 원장이 전화기를 빼앗아 들고, 환자 수송차를 곧 보내겠다고 말했다.

"다른 사람들이 그 집에 접근하지 못하도록 하고, 방송을 해서 비슷한 환자가 있는지 점검을 해두시오."

원장은 환자 수송차에 순녀를 딸려 보냈다. 면장과 지서장은 환자 수송차를 앞질러 황망히 오토바이들을 타고 떠났다. 보건 진료소의 여직원은 면장의 오토바이 뒤에 붙어 갔다.

송 기사는 말없이 차만 몰았다. 반쯤 열린 창으로 바람이 열두 폭의 치맛자락처럼 펄럭거리면서 들어왔다. 포장이 안 된 좁장한 길은 들판 한가운데로 뻗어 있었다. 들에는 웃자란 나락들이 파도처럼 출렁거렸다. 대기는 투명했다. 햇살은 길바닥에 널려 있는 유리 조각과 사금파리와 개울 물줄기와 길 가장자리의 백양나무 잎사귀들에서 튕겨 날았다.

순녀는 몸이 무겁게 처져 내렸다. 눈을 감기만 하면 잠이 들어 버릴 것 같았다.

이 사람은 얼마나 피곤할까. 그녀는 흘긋 차를 모는 송 기사의 옆얼굴을 보았다. 아래 눈꺼풀과 볼 사이에 푸르스름한 그늘이 앉아 있었다. 볼도 우묵 들어갔다. 악몽처럼 흘러간 간밤의 일들을 떠올렸다. 벌거벗은 살과 살이 서로 엉킨 채로 들썽거리고 있었다. 그녀는 눈을 감았다. 망막 속에 푸른 어둠이 가득 들어찼다. 스스로의 몸뚱이가 어둠의 한 입자에 지나지 않는다고 생각했다. 옆자리에 앉아 운전대를 잡고 있는 남자의 존재가 거푸집처럼 엉성하게 보였다. 미망과 미혹 속으로 뒷걸음치면서 스스로 빛이 되어 간다는 착각을 하고, 그게 환희라는 생각을 하고 있는 자신이 가엾었다.

환자가 발생한 마을에는 순경들이 나와서 이웃 마을과 교통을 차단하고, 환자가 생긴 집 문 앞에 새끼 줄을 쳐놓았다. 그 집 식구들에게 바깥 나들이를 하지 못하게 하고 물도 길어다 주고, 무슨 물건이 필요하다고 하면 마을의 이장이나 반장이 구매소에서 사다가 넣어 주기로 했다는 것이었다.

골목길에서는 고추 타는 매운 냄새가 났다. 파리가 들끓고 병균이 발생할 만한 곳은 모두 분무기로 소독했지만, 마을 사람들은 예로부터 해 온 대로 악귀를 쫓는 고춧불을 피운다는 것이었다.

마을 앞 큰길에 차를 대놓고 환자를 실었다. 마을 사람들은 자기네 담 위로 환자 수송차를 내다보고 있었다. 환자를 들것에 담아 수송차로 옮기는 일은 환자의 집 식구들과 송 기사가 할 뿐이었다. 면직원은 물론 이장이나 반장까지도 입마개로 코와 입을 가린 채 환자 옆에 가지 않으려고 했다.

환자 둘과 그들의 보호자 한 사람을 차에 태우고 달렸다. 40대 중반쯤이나 되었을 듯한 남자 환자는 사지를 맥없이 늘어뜨리고 있었다. 살갗에 푸르스름한 빛이 돌았으며, 그의 몸 어디에선가 비리고 구린 냄새가 났다. 구토물이나 배설물이 옷에 배어 있는 듯했다. 머리가 헝클어진 그의 아내는 혼겁을 한 채 그의 팔에 꽂은 링거 병을 들고 있었다.

20대 후반쯤 되었을 듯한 아낙 환자는 아직 의식이 총총했다. 아낙은 몸을 외튼 채 의자를 부여안고 구역질과 배 아픔을 참고 있었다.

환자들을 응급실로 옮겨 놓고 나자, 섬의 서남쪽에 있는 마을에서 환자가 발생했다는 연락이 왔다. 송 기사와 순녀는 차분히 앉아 물 한 모금 마실 사이도 없이 차를 타고 나갔다.

순녀는 사납고 무서운 꿈을 꾸고 있는 것 같았다. 회색 빛깔의 너덜겅이 지나가고, 칡덩굴을 갑옷처럼 뒤집어쓴 나무들이 물러가고, 네 활개를 벌리고 선 소나무들이 맴을 돌며 달려갔다. 비탈진 산언덕을 넘어서자 마을이 나왔다. 그 마을을 제쳐 두고 서북쪽으로 펼쳐진 들판 건너의 산줄기 밑자락으로 달렸다. 여러 가지의 색조개를 엎어 놓은 듯한 동네, 서포리가 나타났다.

그 마을 서쪽에 작은 포구가 있었다. 물과 양식을 구하기 위해, 인천, 장항, 군산, 목포 선적의 배들이 그 포구를 드나들곤 한다고 했다. 지금이 섬 안에서 발생한 괴질이 콜레라가 분명하다면, 그것은 바로 그 외래 배들이 가져다가 풀어놓은 것일 터였다.

서포리에는 환자가 넷이나 있었다. 일흔 살의 노인과 그의 아들과 며느리와 제대해 온 지 며칠 되지 않은 노인의 막내아들이 함께 앓아 누웠다. 외래 배들에서 산 고기로 회를 해먹고 그리 되었다는 것이었다. 네 식구를 모두 차에 실었다. 그 집의 사립문 앞에도 마찬가지로 새끼줄은 쳐져 있었고, 마을 사람들은 그 집 옆에 가까이 가려고 하지 않았다. 사장나무 꼭대기에 걸린 확성기에서는 주의 사항을 알리는 면직원의 소리가 왕왕 울려 나오고 있었다.

환자를 싣고 가서 점심을 먹고 나니, 동부 마을에 환자가 발생했다고 했다. 서북부 마을에서도 발생했다고 했다.

병이 발생한 지 이틀 만에 입원실 열두 개가 모두 차버렸다. 사흘째 되는 날부터 들어오는 환자는 복도에다 늘어놓아야만 했다. 환자들에게 는 일차적으로 탈수 현상을 막기 위하여 링거 주사를 계속해서 놓았다.

한낮쯤에 보사부의 사람들과 인근 보건소와 병원의 의사, 간호사 여 섯 사람이 달리는 구급약을 싣고 왔다. 보사부 사람들은 병원 안에 머무 르고, 의사와 간호사들은 각 마을로 예방 주사를 놓으러 나갔다. 이날부 터는 송 기사가 혼자서 환자들을 실어 날랐다. 병원 안의 손이 달렸으므 로 순녀가 함께 나갈 수 없었다.

송 기사는 얼굴이 싯누렇게 뜨고 눈이 퀭하게 커졌다. 포장 안 된 길 을 뛰어다니느라고 터진 바퀴를 갈아 끼워 오고, 캑캑거리는 엔진을 손 보아 오고, 환자들의 오물로 더러워진 차 안을 씻어 내고, 환자를 차에 싣고 와서 옮기고, 보사부 사람들을 면사무소로 실어다 주는가 하면, 예 방 주사 놓으러 다니는 간호사와 의사들을 이 마을 저 마을로 실어다 주 었다가 싣고 돌아오고, 보일러실 일을 보고……. 방에 드러누워 눈 한 번 붙일 새 없이 이리 뛰고 저리 뛰기만 했다.

순녀는 순녀대로 의자에 엉덩이 한 번 붙일 사이도 없이 응급실과 입 원실 사이를 뛰어다녔다. 입원실과 복도에는 의식을 잃은 환자가 배설 한 오물과 토악질한 것들이 질척거리고 찔꺽거렸다. 환자들은 몸부림 치고 발버둥치고 뒹굴었다. 간호사들은 입원실 드나들고 복도 걸어 다 니기를 무서워했다. 끔찍스러워 소름을 치는가 하면, 퀴퀴하고 구릿한 냄새 때문에 구역질을 하였다. 먹은 밥을 모두 토해 버리기도 했다. 순 녀만 그걸 잘 견디었다. 다른 간호사들이 들어가기 끔찍스러워하는 방

372

에 쫓아다니면서 주사를 놓고 혈압이나 체온을 체크했다. 보호자가 없는 환자들의 구토물을 훔쳐 내고 닦아 냈다. 그런 일 들을 하면서 순녀는 빛을 생각했다. 어둠의 한 입자에 지나지 않는 이 몸뚱이가 빛이 될 수 있는 길은 바로 이것이다. 이 생각을 하면 두려워지는 것도 없었고, 더럽게 느껴지지도 않았으며, 싫증나거나 짜증이 나지도 않았다. 의식을 잃었던 환자가 의식을 찾고, 고통스러워하던 환자가 평온하게 잠드는 것을 보면서 그녀는 가슴이 뜨거워지곤 했다.

그녀는 여느 때 보다 밥맛이 좋았다. 자리에 들기만 하면 죽은 듯이 깊은 잠에 떨어지곤 했다.

병원 안에 환자가 가득 차면서부터 그녀의 속은 텅 빈 듯 허전해지곤 했다. 무엇으로든지 속을 채우고 싶었다. 식탁에 앉기만 하면 배가 불룩해지도록 음식물을 퍼 넣곤 했다. 아무리 퍼 넣어도 뱃속은 채워지지 않았다.

잠도 마찬가지였다. 그녀가 방에 들어가서 차분히 쉴 수 있는 시간은 하루에 기껏 다섯 시간 정도였다. 그녀는 반드시 목욕을 하고 나서 자리에 들었다. 그때 그녀의 몸뚱이는 빈 자루처럼 헐렁헐렁해져 있곤 했다. 아니, 텅 빈 겨울 들판같이 황막해져 있었다. 그 황막한 속에다 남편의 알몸뚱이를 퍼 담고 또 퍼 담았다.

송 기사는 환자들을 실어 나르느라고 얼굴이 흙빛이 되고 눈은 더욱 퀭해졌다. 그는 늘 허우적거리곤 했다. 지친 걸음걸이로 아득한 동굴 같은 어둠 속으로 눈을 질끈 감은 채 한없이 질주해 들어가곤 했다. 그는 겁이 많은 남자였다. 환자들을 끔찍스러워했다. 보이지 않는 콜레라균을 무서워했다. 그녀의 가슴속에 얼굴을 묻은 채 몸을 떨곤 했다. 깊은 잠을 자지 못했다. 그는 말라 가고 있었다. 잠을 자다가 깜짝 놀라 일어나곤 했다. 그때 그의 몸에는 땀이 촉촉하게 배어 있었다. 밥을 먹으면서 식은땀을 흘렸다.

"난 오래 못 살 거여."

어느 날 밤 그가 말했다. 그의 목소리는 절망 속에 잠겨 있었다.

"차가 썩었어. 바퀴 하나만 빠져나가면은, 나는 그대로 낭떠러지 밑으로 떨어져 죽을 것 아니여? 언젠가는 꼭 그렇게 될 것 같어. 아니, 깊이 잠이 들었다가는 영영 깨어나지 않게 될 것 같기도 해. 복에 겨운 사람은 그렇게 비명횡사를 한다고 그러데……. 나 죽으면 당신 어떻게 할 참이여?"

그녀는 이렇게 속삭이는 그의 옆구리를 꼬집어 뜯었다. 그는 전처럼 아프다고 엄살을 부리지 않았다.

한 달이 지나서야 환자는 더 발생하지 않았다. 병원에 입원해 있던 환자들은 한 사람 두 사람씩 회복하여 퇴원했다. 찬바람이 났다. 병원의 왼쪽 산언덕에 군집해 있는 백양나무의 잎사귀들이 하나둘씩 떨어졌다. 그로부터 열흘이나 더 있다가 통제되었던 교통이 풀렸다.

그날, 병원 직원들은 식당에서 회식을 했다. 살아 나간 환자들 가운데 이장 한 사람이 있었는데, 그가 주축이 되어 잔치를 차린 것이었다. 면장이며 지서장이며 병원의 후원회 이사들이 모두 참석했다.

이장은 송 기사의 등을 두들기며 연거푸 술을 권했다. 면장과 지서장이 입이 마르도록 송 기사를 칭찬했다. 환자를 수송하는 데 몸을 아끼지 않더라는 것이었다. 그 칭찬에 병원장이나 의사들도 맞장구를 쳤다. 송 기사는 따라 주는 대로 잔을 비웠다.

그들은 또 순녀에게도 술을 권했다. 몸 아끼지 않고 환자들을 돌본 순녀를 칭찬했다. 순녀는 가슴이 두근거렸다. 얼굴을 붉히면서 술을 부어 주는 대로 마셨다. 사람들은 취한 순녀와 송 기사를 나란히 세워 놓고 노래를 시켰다. 전에 회식 자리에서 불렀던 '황성 옛터'를 또 불렀다.

사람들이 박수를 쳤다. 기어이 한 곡조를 더 부르라고 했다.

'백마강 달밤에 물새가 울어…… 고란사 종소리…… 구곡간장 찢어진…….'

이 노래를 부르면서 순녀는 울었다. 현종 선생과 부소산에 오르던 생각, 고란사 밑의 여관에서 자던 생각이 났다.

밖에서는 초가을 날씨답지 않게 음산한 바람이 불고 있었다. 산 위로는 비 실은 먹구름이 어차어차 내달리고 있었다. 그날 밤 그녀는 여느 때와 마찬가지로 목욕을 하고 자기네 방으로 갔다. 자리에 들기가 무섭게 그를 원했다. 한데, 서로의 달구어진 살과 피를 서로의 내부 속에 투척해 넣다가 엄청난 일이 일어났다. 그녀의 귀밑에 코와 입을 묻고 뜨거운 김을 뿜으며 몸부림치던 그가 윽 소리를 내더니 사지를 힘없이 늘어뜨렸다. 그녀의 배 위에 엎드려 있던 그의 몸뚱이가 바닥으로 굴러떨어지더니 질풍 같은 경련을 일으켰다. 놀라 일어나 불을 켜고 그의 가슴을 흔들었다. 경련을 계속하던 그는 딸꾹질하는 듯한 소리를 내며 숨을 멈추었다. 문을 박차고 뛰어나갔다. 미친 듯이 원장 숙소, 내과 의사 숙소의 문을 두들겼다. 그들이 달려와서 송 기사를 응급실로 옮기고 숨을 터나게 하려고 했지만 헛일이었다.

이튿날 저녁 무렵에 송 기사의 시체는, 그가 병원 생긴 이래로 내내 몰고 다닌 환자 수송차에 실려 나갔다.

바다는 허옇게 뒤집혀 있었고, 빗줄기는 장대같이 쏟아졌다. 그 속을 뚫고 환자 수송차는 달려갔다. 그 차의 운전대에는 원장이 앉아 있었다. 그의 관 옆에 앉은 순녀는 고기비늘 같기도 하고 수정알 같기도 한 물방울들이 어지럽게 얽히어 있는 차창을 멍청히 보고 있었다. 순녀의 몸에는 검은 그림자 하나가 엉기어 있었다. 그것은 송 기사의 맨몸뚱이였고, 그 눈은 부릅뜬 채 굳어 있었다.

산굽이에 이르렀을 때에야 비는 개었다. 마을 사람들이 나와서 운구를 했다. 병원의 직원들이 모두 관을 뒤따라갔다. 송 기사의 어머니가 미치광이 여자처럼 헛웃음을 치며 손뼉을 치기도 하고 팔을 휘젓기도 하면서 달려왔다.

"동네방네 사람들아아, 나 서른한 살에 내 서방 잡어묵었는디, 이년…… 이참에는 새끼를 잡어묵었네에. 동네방네 사람들아, 이년 조끔 죽여 주소. 네 가랑이를 짝짝 찢어서 죽여 주소오."

송 기사의 어머니는 피를 토하는 듯한 소리로 울부짖었다. 마을 청년 한 사람이 송 기사 어머니의 팔을 잡았다. 송 기사의 어머니는 땅바닥에 주저앉더니 불에 덴 벌레처럼 뒹굴었다.

산언덕의 바위 아래에다 구덩이를 파놓았다. 사람들은 관을 구덩이에다 넣고 흙을 던졌다. 순녀는 관이 내려앉고 관 위에 흙이 덮이는 과정을 마치 남의 일처럼 멀거니 지켜보고 있었다. 그러다가 마을의 이장과 병원장과 면장이 서로 얼굴을 마주 대고 무슨 말인가를 낮게 주고받았다.

순녀는 그 말 내용을 모두 짐작할 수 있었다.

"저 사람 아부지도 밤에 자다가 급사를 했소."

"복상사도 유전인가요?"

장례가 끝난 다음, 사람들이 모두 시어머니 옆에서 자라고 했지만, 순녀는 병원으로 갔다. 그날 밤에도 그녀는 목욕을 했다. 그녀의 살갗에 묻어 있는 검은 그림자를 씻어 내고 싶었다. 욕조의 물속에 몸을 담그고, 비누를 묻혀 거품을 일으키고, 닦아 내고 또 닦아 냈다. 문신처럼 박힌 그의 검은 그림자는 씻겨 나가지 않았다. 목욕을 마치고 송 기사와 함께 쓰던 방을 버리고 간호사 기숙사로 가서 잤다.

눈이 펑펑 쏟아지던 어느 날, 보일러실을 보면서 환자 수송차를 몰 수 있는 기사 한 사람이 채용되었다.

순녀는 이제 은선 스님에게 돌아가야 한다고 생각하며 차고 안에 구 기박질러 놓은 오토바이를 꺼냈다. 그걸 타고 달렸다. 눈발이 흩날렸다. 그게 얼굴을 때리고 목덜미 속으로 파고 들어왔다. 장갑을 끼지 않은 데 다 옷도 얇았다. 그녀는 손이 시리고 아린 줄을 몰랐고, 추운 줄도 몰랐 다. 포구 마을을 질러서 섬의 서북쪽 산굽이를 돌아 달렸다.

나 죽어 구름 한 장 되어
떠돌다 지치면
너의 숲에
머리칼 위에 비와 눈과 안개로 내리고
오리나무 속잎으로 돋아나고
개망초꽃으로 피어나고
시냇물로 흐르고 우물물로 솟아
네 피가 되어
너의 육신 삼천 마디 속을 뛰어다닐 것이다.

그녀는 시를 외며 가속을 했다. 달문 마을에 이르렀다. 항상 하던 대 로 그녀는 마을 한가운데에 있는 보건 요원의 집으로 달려갔다. 하늘색 의 양철 사립문 앞에 오토바이를 세웠다. 오토바이 소리를 듣고 보건 요 원이 나왔다. 남편이 원양 어선을 탄다는 그 보건 요원은 이제 서른한 살이었다. 갸름한 얼굴에 겨자씨 같은 주근깨가 깔려 있는 그녀는 다섯

살 난 아들과 젖이 갓 떨어진 딸 하나가 있었다.

그 보건 요원은 밤낮을 가리지 않고 뜨개질을 해서 생활비를 벌었다. 남편이 벌어 보내 주는 돈은 축내지 않고 모두 저축을 하거나 땅에다가 묻는다고 했다. 그 얼굴 살갗의 주근깨들이 순녀를 늘 슬프게 하곤 했었다.

보건 요원은 반색을 하면서, 추운데 왜 차를 몰고 오지 않았느냐고, 안으로 들어가서 몸을 좀 녹이고 가라고 말했다. 순녀는 댓돌 앞까지 걸어갔다가 몸을 돌리면서 말했다.

"괜히 아주머니가 보고 싶어져서……."

싱긋 웃어 주는데 눈물이 핑 돌았다. 그녀는 도망치듯이 사립문 밖으로 나왔다. 보건 요원 아주머니가 그렇지 않아도 꼭 할 이야기가 있었는데 마침 잘 왔다고 하며 팔을 붙들었지만, 그녀는 오토바이 위에 올라 시동을 걸었다. 눈물이 길바닥을 어른어른 굴절시키고 있었다. 찬바람과 눈발이 그녀의 눈물 어린 눈알로 뛰어들었다.

그녀는 오토바이를 세워 놓고 통곡하고 싶은 충동을 억눌렀다. 내가 왜 이렇게 약해졌을까. 이를 물고 심호흡을 했다. 그 길을 따라 보건 마을이 다섯이나 더 있었다. 그 마을들을 차례로 들렀다. 보건 요원 아주머니들의 집 문 앞에 잠깐 오토바이를 세우고 그 아주머니를 마당에서만 잠시 건너다보고는 도망치듯이 마을을 뒤로하곤 했다. 마지막으로 만난 보건 요원 아주머니가, 자기 어른이 배에 나다니면서 쓰던 것이라고 하며, 헌 가죽 장갑 한 켤레를 주고 두툼한 털목도리를 목에 감아 주었다.

그 마을을 빠져나오다가 그녀는 바다 쪽으로 찢겨 나간 길로 오토바이를 몰았다. 번번한 등성이 하나를 넘자, 자갈밭을 안은 연안이 나왔다. 길은 그 자갈밭을 낀 채 뻗어 있었다. 산굽이 저쪽에 선착장이 있었다. 정박해 있는 배들이 밀려오는 파도를 따라 이물을 끄덕거렸다.

자갈밭으로 들어섰다. 들개 떼처럼 달려온 파도가 자갈밭에서 재주를 넘었다. 허연 이빨을 드러내고 으르렁거리면서 자갈밭을 물어뜯었다. 파도는 점점이 깔려 있는 섬들 저쪽의 먼바다에서 밀려오고 있었다. 그 파도처럼 아스라한 곳에서 달려오는 것들이 그녀의 가슴속에서 곤두박질치고 있었다. 그것들이 그녀의 의식을 할퀴고 물어뜯었다. 그녀는 조약돌처럼 닳아지고 있었다. 뾰족거리는 날과 모서리가 두루뭉술해지고 있었다. 자갈밭을 밟으며 잠시 어정거리다가 오토바이에 올라 시동을 걸었다.

눈발이 더 굵어졌다. 산과 들은 벌써 허옇게 솜옷을 입었다. 시어머니를 만나고, 그 사람의 무덤을 한번 가보자고 생각했다. 언덕길을 올라간 그녀는 들 건너에 있는 송 기사의 마을을 향해 갔다. 송 기사가 묻혀 있는 산기슭이 허옇게 다가서고 있었다.

염전을 지나 마을 어귀에 이르렀다. 그녀는 늙은 은행나무 한 그루가 서 있을 뿐인 사장 앞에서 오토바이를 돌렸다. 만나면 무얼 할 것인가. 마을을 등지고 달렸다. 물론 그 사람의 무덤에도 가지 않기로 했다.

땅거미가 내리고, 눈송이들은 살아 있는 음험한 어둠을 안은 채 쏟아져 내렸다. 눈발이 아니고 죽음의 음모였다. 그녀는 새삼스럽게 그녀의 가슴 위에 얹히어 있던 그의 벌거벗은 몸뚱이가 생각났다. 그녀는 안간힘을 쓰면서 가속을 했다.

이튿날 사표를 쓰고, 20일치의 봉급을 받아 가지고 병원 문을 나섰다. 퇴직금은 모두 송 기사의 어머니에게 주라고 부탁했다.

광주로 간 그녀는 작은고모의 절로 가기 위해 택시를 탔다. 아득히 먼 곳으로 떠나갈 것이라는 말을 하리라고 생각했다. 이 생각을 하자 정말로 한 줄기의 연기나 한 덩어리의 구름이 되어 흩어져 버리고 싶어졌다. 그렇게 생각하고 있는 자신을 꾸짖었다. 과수원 길을 타고 걸었다. 절집이 빤히 보였다. 눈이 녹은 새까만 지붕과 아직 녹지 않은 새하얀 지붕이 세모꼴로 각이 져 있었다. 대문은 뚫려 있었고, 마당 안에 거무스레한 그늘이 담겨 있었다. 과수원 길을 중간쯤 올라가던 그녀는 발을 멈추었다.

과수원을 에워싼 탱자나무 울타리 저쪽에서 찬바람이 불어왔다. 그녀는 소름을 쳤다. 과수원과 그 위에 앉아 있는 절집과 그 위로 촘촘히 박혀 선 소나무 숲과 그 사이사이에 서려 있는 그늘들이 으스스할 만큼 싸늘하게 느껴졌다. 주름살 하나 없이 해맑은 작은고모의 얼굴이 떠올랐다. 매섭게 반짝거리는 눈망울이 보이는 듯했다. 그 고모를 만나 무엇할 것인가. 발을 돌렸다.

어머니를 만나 보고 싶었다. 택시를 탔다. 목적지를 일러 주고 눈을 감았다. 눈에 익은 거리들을 보고 싶지 않았다. 어디선가 현종 선생의 얼굴이 불쑥 나타날 것만 같았다.

골목길은 예전과 다름없었다. 구멍가게도 그대로 있었다. 순대와 족발을 파는 술집의 꾀죄죄한 포럼 자락도 그대로였다. 그녀의 집 대문 옆에 선 감나무도 여느 해의 겨울처럼 가지를 드높이 치켜들고 있었다. 기와지붕의 용마루도 전과 다름이 없었다. 한데, 그 집에 어머니가 살지 않았다. 어머니가 거처하던 방에서 나온 중년의 아주머니는 순녀의 얼굴을 유심히 살피다가 말했다.

"우리가 사 들어온 지 이 년째예요."

순녀는 그 아주머니에게 전에 살던 사람이 어디로 이사를 갔는지 아느냐고 물었다. 중년의 아주머니는 고개를 저었다. 순녀가 몸을 돌리는데 중년의 아주머니가 물었다.

"전에 여기 살던 그 아주머니하고는 어떻게 되세요?"

순녀는 그 말을 듣지 못한 체했다. 중년의 아주머니가 혼잣말처럼 말했다.

"안됐어요. 이웃 사람들한테 들은께 사기를 당했다고 합디다. 함께 사는 남자한테 놀리던 돈을 다 대주고, 집을 저당 잡히기까지 했는디, 돈 떼이고, 집 넘어가고…… 아주 불쌍하게 돼서 나갔다고 합디다. 그랬는디 그 뒤로 정신 이상까지 돼가지고……."

순녀는 대문 앞에서 발을 멈추었다. 푸른 어둠이 눈앞에서 맴을 돌았다. 등 뒤의 중년 아주머니가 말을 이었다.

"날이면 날마다 우리 집에 와서 성가시게 했어요, 집 내놓으라고……. 어쩔 수 없어서 신고해 갖고 정신 병원으로 실어 가게 했는디, 또 어떻게 뛰쳐나왔는지 여기저기 헤매고 다니다가 저 지난해 추위에 순대집 앞에서 얼어 죽었어요. 들어본께 참말로 불쌍한 사람입디다. 서방은 중질하다가 죽고, 자식들 남매 있는 것들마저 다 머리를 깎았다고 그럽디다."

순녀의 눈앞에서 맴을 도는 푸른 어둠은 맑아질 줄을 몰랐다. 그녀는 허공을 디디듯 허청거리며 걸었다. 거리는 하나의 껌껌한 동굴이 되어 있었다. 그녀는 지하 천 길 낭떠러지 아래로 떨어지고 있었고, 허공 속으로 티끌처럼 날아오르고 있었다.

대기는 투명했다. 산, 들, 집, 사람, 상점, 여러 모양의 차량 들이 푸르고 누르고 붉고 희고 검은 제 색깔들을 뚜렷하게 가지고 움직거리며 빛났지만, 순녀는 눈을 감기라도 한 것처럼 의식 속에 맴도는 어둠 속을, 뒤통수를 강타당하고 얼이 빠진 사람처럼 헤매고 있었다.

오후 두 시에 순녀는 공주에 도착했다. 택시 한 대를 타고 우금치 마루에 가서 동학군 위령탑을 보고, 전봉준이 묶인 채 나룻배를 타고 건넜으리라던 곰나루의 모래밭에 가보았다. 무령왕릉 안에 들어갔다가 나오고, 박물관 안을 휘돌아 다니다가 나왔다. 택시를 놓아주고 현종 선생이 가끔씩 와서 내놓았을 물살 같은 희미한 흔적을 코와 피부로 느끼며 헤매었다.

부여로 갔다.

백마강의 굽이 저쪽으로 해가 기울고 있었다. 부소산 기슭을 넘어서 낙화암으로 갔다. 숲속의 음침한 그늘에는 희끗희끗한 눈들이 한 움큼씩 남아 있었다. 신혼여행을 온 남녀 한 쌍이 계단을 올라오고 있었다. 키 큰 외국인 한 사람이 부지런히 사진기의 셔터를 눌러 댔다. 사진기 속에다가 숲 사이로 보이는 강을 담았고, 낙화암 위의 정자 모서리로 보이는 절벽을 담았다. 순녀는 절벽 가장자리의 철책에 기대서서 강을 내려다보았다. 강물은 줄어들어 있었고, 불그죽죽한 모래벌판이 아스라하게 펼쳐져 있었다.

'삼천 궁녀라니, 그것은 당시 이 부여 안에 살던 아낙네나 처녀들이었겠지. 나당 연합군한테 짓밟히지 않으려는 여자들이었겠지.'

현종 선생의 목소리가 들려오는 것 같았다.

'부소산을 혼자서 다시 오른다…….' 그의 시를 외었다. 나도 이 절벽 아래로 꽃잎처럼 떨어져 버릴까. 그녀는 등 뒤에 바싹 붙어 따르다가 재빠르게 소나무 숲의 그늘로 몸을 숨기는 어둠 자락 하나를 보았다. 핏빛 저녁놀이 피어나고 있었다. 숲, 그늘, 강물, 모래벌판 들이 놀빛에 물들었다. 고란사로 들어갔다. 법당 쪽으로 가려다가 그녀는 흠칫 놀라 발을 멈추었다. 허드렛물을 버리고 공양간으로 들어가는 앳된 스님과 마주친 것이었다. 그녀는 합장을 하고 고개를 숙여 주었다. 어디선가 본 듯한 얼굴이라고 생각했다. 앳된 스님도 얼결에 양동이를 손에 든 채 공손히 합장하고는 공양간으로 달려갔다. 저 얼굴을 어디서 보았을까.

'이 물을 뜻 깊게 마시면 백제 사람이 된다.'

고란 약수를 마실 때까지도 그녀는 조금 전에 본 앳된 스님의 얼굴과 비슷한 얼굴을 기억 속의 어둠 안에서 찾아내지를 못했다.

멱을 감았던 납작 바위로 갔다. 물이 줄어 바위는 번번하게 드러나 있었고, 그 바위 아래서는 물살이 어지럽게 소용돌이치고 있었다. 그 물 속에서 무슨 소리가 들려왔다. 그 소리가 강하게 튕긴 유리구슬들처럼 가슴속에서 아프게 굴러다녔다. 그녀와 현종 선생이 함께 잤던 여관방이 담 너머로 마주 바라다보였다. 문이 굳게 닫혀 있었다. 내가 여기에 무얼 하러 왔을까. 여관집 부엌에서 그릇 부시는 소리와 달그락거리는 소리가 들려왔다. 고란사에서 목탁 두드리는 소리가 좁장한 계곡을 울렸다. 저녁 예불이 시작되고 있었다. 그 예불 소리에 쫓기라도 하듯이 그녀는 계단을 올라갔다. 조바심이 일어났다. 얼굴이 달아오르고, 가슴이 뛰었다. 길바닥에는 시꺼먼 땅거미가 덮여 있었다.

하늘에는 동북쪽에서 밀려든 검은 구름장들이 첩첩이 쌓이고 있었다. 눈이 올 모양이었다. 이 눈이 오기 전에 은선 스님을 찾아야 한다.

고개를 저으며 스스로를 꾸짖었다.

'여기 남아 있는 네 혼령이 너의 진짜인지, 떠도는 네 몸뚱이가 너의 진짜인지, 그것을 알게 되면 네 속의 모든 번뇌 망상은 사라질 것이다. 그때 우리는 다시 만나게 될지 모른다.'

은선 스님의 말이 생각났다. 나는 그 어느 것이 나의 진짜인지 아직 알지 못했다. 그 스님은 그러한 나를 다가앉지도 못하게 할 것이다. 서울의 큰고모한테나 가서 있기로 하자. 그 고모 밑에서 머리를 깎고, 예불도 드리고, 공부도 하고 그러자. 그러나 그녀는 고개를 저었다.

버스 정류장으로 나갔다. 은선 스님을 찾아가야 한다. 용서를 빌고,

그 밑으로 들어가자. 그 스님 밑에서 열심히 몸과 마음을 닦자. 허물을 벗자. 나의 분리된 혼령과 몸뚱이 가운데서 그 어느 것이 진짜인지를 확인하자. 그런 다음, 그 섬의 병원 옆에다 절을 하나 짓고, 한편으로는 간호사 노릇을 하고, 또 한편으로는 사람들을 미망 속에서 건져 내고, 제 길을 잡아 가지 못하고 중음신으로 떠도는 가엾은 넋을 천도해 주자. 빛은 외부에서 비쳐 드는 것이 아니다. 내가 빛으로 타올라야만 한다. 이제는 참빛이 무엇인가를 아프게 공부해야 할 때다.

그녀를 실은 버스는 줄기차게 달려가고 있었다.

어둠의 시간에서 빛의 시간으로

    은선 스님은 잠이 든 것처럼 누워 있었다. 스님의 잉크빛 어린 잿빛 눈뚜껑은 이날 밤따라 더 무거워 보였다. 숨을 더 가쁘게 쉬었다. 가래 끓는 소리도 더 심하게 그르렁거렸다.

    스님의 머리맡에 진성이 무릎을 꿇고 앉아 있었다. 문갑 위에서 허리를 구부린 전기스탠드가 맑은 치자색의 빛살을 장판 방바닥에 퍼뜨리고 있었다. 진성은 방바닥의 주근깨 같은 점 한 개를 응시했다. 그 점이 점차 부풀어 났다. 참새의 눈알만큼 커지고, 찻잔만큼 커지고, 굴뚝만큼 커지고, 그늘 앉은 골짜기만큼 커지고, 창공의 어둠 구멍만큼 커졌다.

    진성은 눈송이 내리는 소리를 듣고 있었다. 그것은 어둠의 앙금이 쌓이는 소리였다. 어둠도 보통의 어둠이 아니고, 이승과 저승을 넘나들던 넋들이 이 하늘 저 하늘 헤매다가 어우러져 뭉쳐진 어둠들이었다. 은선 스님도 어쩌면 그 소리를 듣고 있는 것 같았다. 가래 끓는 소리가 크게 나지 않게 하려고 애를 쓰는 것으로 미루어 알 수 있었다. 아니, 스님은 무엇인가를 기다리고 있었다. 그녀가 저녁 예불을 마치고 오자, 은선 스님은 이렇게 말을 했었다.

"오늘 밤에는 틀림없이 올 것이다."

은선 스님의 이 같은 기다림은 이 며칠 사이에 비롯된 것이 아니었다. 진성이 만행에서 돌아오기 전부터라고 했다. 그것이 이해 초봄부터 더 심해졌다. 바람에 낙엽이 뒹굴거나 지푸라기가 쓸리거나 문이 삐꺼덕거리거나 조심스럽게 내디디는 발소리가 나거나 하면, 귀를 쫑그려 듣고 있다가 문을 열고 내다보라고 시키곤 했었다. 그게 몸이 허약해짐에 따라 더욱 심해지고 있었다.

그 기다림은 어느 특정한 사람을 기다리는 것만이 아닌 것 같았다. 스님은 잠자리에 들 때마다 속옷을 새로 갈아입고, 그 위에 겉옷을 단정하게 차려입곤 했다. 잠자리에 들어 있을 때 누군가가 바람처럼 찾아 들어올 것 같은 생각을 하고, 그 누군가를 맞이하고 그를 따라 먼 길을 나설 마음인 듯했다.

그녀의 온몸에 소름이 돋았다. 스님의 방 안에 얼마 전부터 거무스레한 그늘이 드리워져 있었다. 사신의 그림자. 그것은 그늘의 모양새를 한 채 퍼져 있었다. 행자들은 날이 어두워진 다음에는 밖에 나다니기를 꺼렸다. 정랑이나 수각이나 주위의 숲에도 그 그늘은 퍼져 있었다. 이 절에 몸담고 있는 모든 스님들의 옷자락과 살갗의 땀구멍 속에도 그게 퍼져 있고 하늘에서 내리는 눈송이에도 그게 서려 있었다.

허약한 생각을 하고 있는 스스로를 꾸짖으며 진성은 고개를 쳐들었다. 안쪽 구석의 빨랫줄에 물 적신 흰 소창 다섯 장이 걸려 있었다. 갓난아기의 기저귀 같은 그 소창들은 방 안의 습도를 조절하기 위한 것이었다. 그게 어느 정도 고슬고슬하게 마를 때쯤이면 다시 물을 묻혀다가 걸곤 했다. 그게 원시적이어서 보기에도 안되었을 뿐 아니라 그때그때 물을 묻혀서 걸기도 귀찮았으므로 가습기 하나를 사다가 쓰자고 해도 은선 스님은 고개를 저었다. 그것이 가습기보다 더 적당하게 습도 조절을 한다는 것이었다.

스님은 멀리 떠나갈 준비를 곰곰이 하고 있었다. 그러면서도 초조해하는 기색을 보이지 않았다. 그렇지만 늘 긴장을 풀지 않고 있었다. 밖에서 무슨 기척이 있으면 번쩍 눈을 뜨고 내다보라고 명하곤 했다.

진성은 누군가가 스님을 부르러 오는 때를 위해서 드러내 놓고 준비를 해오고 있었다. 그녀는 은선 스님이 하는 말들과 달라져 가는 병세를 일일이 효정 스님과 재무를 맡아보는 정선 스님에게 귀띔해 주곤 했다. 효정 스님과 정선 스님은 은선 스님이 머지않아 입적하리라는 것을 알고 있었다. 정선 스님은 출타를 하여 며칠쯤 머물다가 오는 날을 빼고는 하루 한 차례씩 은선 스님의 방에 들렀다. 효정 스님은 불편한 허리를 활등같이 구부린 채 내려와서 벽에 기대앉아 이런저런 이야기들을 주고받다가 가곤 했다.

그들은 돌아가면서 반드시 옆에 있는 진성의 방에 들렀다. 붓글씨 잘 쓰는 스님 둘이 뽑혀 와서 만장을 쓰고 있었다. 부고의 초안도 마련해다가 인쇄를 해두었다. 꽃상여에 달 오색 구슬들을 구해 왔고, 오색 헝겊들을 접어서 주렴들을 만들어 두었다. 분홍, 노랑, 빨강, 흰색의 연꽃들도 고루 만들어 두었다. 수의를 준비해 두고, 오방기를 만들어 놓고, 명정베를 들여다 놓았다.

재무 스님과 효정 스님은 또 그들대로 다비식에 쓸 나무며 새끼며 가마니며 마른 짚을 모두 준비해 놓고 있었다.

은선 스님은 광주에 있는 한 신도의 병원에서 한 달 동안이나 입원해 있다가 왔다. 대학 병원에서 절제 수술을 하려다가 열어 보기만 하고 그냥 닫아 내보낸 것을 그 신도가 자기 병원으로 모셔다가 치료해 준 것이었다. 물론 완치는 불가능한 것이었다. 살아 있는 동안만이라도 통증을 덜 느끼도록 진통제와 수면제 따위만 쓰다가 퇴원시킨 것이었다. 폐암이었다. 그것이 진행됨에 따라 폐렴과 패혈증이 겹친 것이었다. 열이 설설 끓고 숨을 헐떡거리고, 가끔씩 객혈을 했다. 몸은 뼈다귀에 얇은 가죽을 입혀 놓은 것처럼 말랐다. 혼자 힘으로는 일어나 앉지도 못했다. 그러면서도 정신은 맑았다. 아직 한 번도 혼절하지 않았다.

"눈이 얼마나 쌓였는가 보고 오너라."

은선 스님의 목소리가 그르렁거리는 가래의 덤불을 헤치고 새어 나왔다. 진성이 은선 스님의 얼굴을 내려다보았다. 조금 전에 말을 뱉어 낸 것이 송장처럼 누워 있는 은선 스님일까 의심스러울 만큼 평온하게 눈을 감고 있었다. 진성은 먼지 한 알이라도 일으킬세라 조심스럽게 몸을 일으켰다. 문 열려 있는 시각을 줄이려고 재빠르게 문을 닫고 나갔다.

마당에 눈이 새 이불솜을 깔아 놓은 것처럼 소담스럽게 쌓였다. 그눈이 파르스름했다. 일주문 쪽에서 외등의 빛살이 날아오고 있었다. 일주문 앞의 늙은 소나무가 눈덩이들을 무겁게 짊어진 채 가지를 늘어뜨리고 있었다. 아직도 조용히 내려 쌓이는 눈송이들은 외등의 빛살 속에서 은빛의 나비 떼처럼 수런거렸다. 큰절 쪽의 계곡과 맞은편 쪽의 등성이 모두가 허옇게 변했다. 그 숲속에, 용소 속의 천년 묵은 이무기가 뿜어내곤 한다는 물안개 같은 어둠이 가로누워 있었다. 쌓인 눈들이 제 몸에서 파르스름한 빛을 뿜어서 그 어둠을 밝혔다. 그 어둠 속으로 날아들고 있는 눈송이들은 귀기 어린 어지러운 춤을 추었다.

진성은 자기도 모르는 사이에 아아, 하고 속으로 탄성을 질렀다. 눈송이들은 억겁을 떠돌다가 비로소 이 땅으로 되돌아오고 있는 것이다. 그녀의 머릿속에 그 눈송이들처럼 꿈틀거리는 것이 있었다. 그것은 검은 물체였다. 정강이가 묻힐 만큼 쌓인 눈 위를 걸어가고 있었다. 바랑을 지고 털모자를 쓰고 목도리를 한 비구니. 그것은 진성 자신이었다.

"이제 믿을 사람은 너밖에 없다."

낮에 온 효정 스님이 이렇게 말했었다. 그 스님의 말인즉 그랬다. 청정암을 일으킨 것은 인해 스님이었다고 했다. 그 스님은 겨우 은선 스님이 암자로 쓰고 있는 토굴 하나를 짓고, 은선과 정선과 효정, 세 상좌를 키웠다는 것이었다. 한데, 인해 스님이 열반한 뒤로 청정암을 증축하고 대중을 1백 명 이상 한꺼번에 수용할 수 있는 비구니만의 선원을 만든 것이 다른 사람 아닌 은선 스님이라는 것이었다. 정선과 자기는 기껏 안에서 살림을 했을 뿐, 밖에 나가서 큰 시주를 해오지 못했다는 것이었다. 이제 은선 스님이 열반하게 되면 청정암의 기둥과 대들보가 한꺼번에 없어지는 셈이 된다는 것이었다.

"이제는 니가 나서야 한다. 나는 허리가 부러져서 운신도 제대로 못한다. 정선 스님도 이제는 늙었다. 불사도 늙은것들은 못 한다. 젊고 팔팔하고 그럴 때 해야 한다. 우리 세 제자가 결의한 것이 뭣이었는지 아냐? 선원 밑에다가 큰 법당을 하나 세우자는 것이었다. 열반하신 인해 스님이 계속 염원하시던 것이었으니까 말이다. 그걸 누가 해야 쓰겠냐? 너하고 자영이 밖에는 없다."

진성은 몸을 돌리다가, 쌓인 눈덩이를 이기지 못한 나뭇가지가 꺾어지는 소리와 눈덩이 떨어지는 철퍼덕 소리를 들었다. 동시에 두 손바닥으로 입과 코를 막고 소리를 죽여 흐느끼는 듯한 젊은 여자의 울음소리를 들었다. 진성은 그 소리가 들려오는 쪽으로 귀를 기울이면서, 흰 눈속의 거뭇거뭇한 어둠들을 더듬어 살폈다. 그 소리는 계곡 쪽에서 들려오고 있었다. 여자의 울음소리가 아니었다. 계곡의 얼음장 밑으로 물이 빠져 흐르는 소리였다. 계곡을 감돌다가 눈 쌓인 숲을 넘어 암자의 마당으로 아련히 흘러들면서 그것은 일정한 음악적인 가락을 띠었다.

옆방에서는 가끔씩 먹 가는 소리와 옷자락 스치는 소리와 목 가다듬는 소리가 들리곤 했다. 만장을 쓰는 두 스님들의 소리였다.

"거의 정강이가 묻힐 만큼 쌓였습니다."

진성은 은선 스님의 머리맡에 꿇어앉으며 말했다. 은선 스님은 이를 앙다문 채 눈을 힘주어 감고 있었다. 눈자위와 볼이 깊이 꺼져 들어갔고, 거기에는 거무스레한 그늘이 들어앉아 있었다. 은선 스님의 숨결은 더욱 가빠지고 있었다.

"아직도 계속 내리고 있어요."

밤이 깊어 가고 있었다. 진성은 어둠의 껍질을 생각했다. 눈이 쌓이기 시작한 땅의 표면에서 그 눈들이 수런거리며 내리기 시작한 허공까지의 거리만큼 두꺼울 것이라고 생각했다. 아니, 그것은 어둠의 속껍질에 지나지 않을 것이다. 그것의 겉껍질은 지층의 깊은 내부에서부터 눈이 수런거리며 내리기 시작한 허공 저쪽의 한없는 검은 천심天心까지일 것이다. 죽는다는 것은 무엇일까. 땅 표면을 디딘 채 하늘을 머리에 이고 숨쉬던 것들의 혼령들이 마침내 그 어둠의 겉껍질이나 속껍질 속으로 사라져 가는 게 아닐까.

진성은 은선 스님의 거뭇거뭇해진 살갗과 눈자위와 볼에 앉은 검은 그늘을 내려다보면서 고개를 저었다. 어둠이 어디 있고, 그것의 속껍질과 겉껍질이 어디 있으랴. 다만 시간이 있을 뿐이다. 없어지는 것과 앞으로 없어질 것 사이에 놓여 있는 시간의 다리.

진성은 다시 고개를 저었다. 그녀의 머릿속에는 죽어 간 것들이 새로이 태어나고 있었다. 살고 싶다고 몸부림을 치다가 죽어 간 옆집의 하숙생도 태어나고, 어린 그녀를 데리고 절에 다니곤 하던 할머니도 다시 태어나고 있었다. 뒤집힌 차 속에서 피 흘리며 죽어 간 사람들도 다시 태어나고 있었고, 오래전에 죽어 간 개, 소, 쥐, 고양이, 개미, 모기, 파리, 부나비, 방아깨비, 지렁이, 개구리, 뱀, 하늘소 들도 다시 태어나고 있었다. 별이 되고, 꽃이 되고, 구름이 되었다. 사람, 말, 소, 다람쥐가 되고 있었다. 바람, 눈, 비, 안개, 이슬이 되고 있었다. 깨달아 부처가 된 성현들이 영원한 빛덩이가 되어, 꿈틀거리며 아우성치는 그것들을 비추어 감싸고 있었다.

진성은 음모를 꾸미고 있었다.

은선 스님이 던져 준 화두의 뜻을 어렴풋이 짐작하고 있었다.

'달마 스님의 얼굴에는 왜 수염이 없느냐?' 얽매임으로부터 놓여나서 삶의 실상 속으로 들어가라는 것이다. 선과 악이 있고, 떠남과 머무름이 있고, 삶과 죽음이 있다는 생각으로부터 놓여나라는 것이다. 선이 선 아니고 악이 악 아니면, 선이 악이고 악이 선인 것이며, 마침내는 선도 없고 악도 없고 우리의 실존 그 자체만 있는 것이다.

"이제는 니가 나서야 한다."

"이제 믿을 사람은 너밖에 없다."

효정 스님이 이렇게 말했을 때 진성은 속으로 고개를 저었었다. 그녀는 은선 스님이 입적하기만 하면 뒤처리를 하고 바람이 되고 구름이 될 참이었다.

은선 스님은 그녀에게 법통을 물려주려고 하지 않고 있었다. 나는 내 은사 스님을 뛰어넘어야 한다, 하고 그녀는 이를 물었다. 은선 스님은 나를 인정하지 않는다. 만행에서 돌아온 나에게 은선 스님은, 여기 기웃 저기 기웃…… 기껏해 보아야 옛날 선승들의 흉내나 내고 다니다가 왔겠지, 하고 빈정거렸었다.

진성은 이를 물었다. 은선 스님이 기다리고 있는 게 죽음의 사신이 아닌지도 모른다. 순녀인지 모른다. 어찌하여 자기의 미망을 주체 못 한 채 떠도는 음녀를 그렇듯 못 잊어 하고 있는 것일까. 크게 깨달음을 얻었다는 은선 스님이 빠져 있는 수렁은 어떤 모양의 것일까.

은선 스님이 눈을 떴다. 동시에 진성은 밖에서 무엇인가가 움직이는 듯한 소리를 들었다. 걸어오던 사람이 눈 위에 쓰러지는 것 같기도 하고, 노루나 산토끼 같은 것이 스쳐 지나가는 것 같기도 하고, 나뭇가지 위에 쌓여 있던 눈덩이가 여러 곳에서 한꺼번에 떨어지는 듯싶기도 했다.

진성은 문밖의 소리에 귀를 기울이며 은선 스님의 눈을 들여다보았다. 우묵하게 꺼져 들어간 눈 속에는 어둠이 가득 들어 있었다. 짙은 숲이 하늘을 모두 가려 버린 웅덩이의 샘물처럼 음음한 그늘만 어리어 있었다. 그늘 어린 눈길이 천장으로 뻗치었다. 진성은 머리끝이 곤두서고 등줄기에 전율이 흘렀다. 은선 스님의 눈에 어린 것은 그늘이 아니었다. 야행성 동물의 눈에서 볼 수 있는 새파란 빛살이었다.

은선 스님이 혀끝을 내둘러 마른 입술을 축였다. 진성은 은선 스님을 향해 고개를 서너 번 끄덕거려 주고 밖으로 나갔다. 순간 그녀의 몸은 석고처럼 굳어지고 있었다. 눈 덮인 마당과 숲이 넘어질 듯이 기우뚱했다. 툇마루 한가운데서 한동안 우뚝 선 채 가까스로 평정을 되찾고는 마당을 내려다보았다. 거무스레한 물체 하나가 마당 한가운데에 쓰러져 있었다. 그것은 그녀가 얼마 전에 문을 열고 나왔을 때까지만 해도 볼 수 없었던 것이었다.

그녀는 가슴이 뛰었고, 다리에서 힘이 풀렸다. 몸을 떨면서 거무스레한 물체를 살폈다. 눈밭을 헤매고 다니던 늙은 노루나 병든 산돼지가 모로 넘어져 있는 것 같기도 하고, 마을의 오갈 데 없는 사람 하나가 찾아와서 무릎을 꿇은 채 머리를 눈 속에 처박고는 밥과 잠자리를 청하고 있는 것 같기도 했다. 진성은 그게 바로 이때껏 은선 스님이 기다려 온 그 사람이라고 직감했다. 그것은 죽은 듯이 꼼짝도 하지 않았다. 그녀의 가슴에 주먹 같은 덩어리가 뭉쳐졌다. 엎드려 있는 그 사람이 그녀의 가슴에 적의를 심어 주고 있었다.

그녀는 몇 차례 심호흡을 하고 나서 방으로 들어왔다. 은선 스님의 머리맡으로 다가가서 꿇어앉았다. 그녀의 앉음새는 여느 때와 달리 허둥댔고, 밖에서 안고 온 찬바람을 풀썩 풀어놓았다.

은선 스님은 그녀의 앉음새만으로 바깥에 일어나 있는 일을 환히 짐작한 듯했다. 스님은 천장으로 눈길을 쏘아 올린 채 입을 열었다.

"왔으면 얼른 데리고 들어오너라."

진성은 문을 열고 나갔다. 댓돌로 내려서는 다리가 후들거렸다. 눈밭의 거무스레한 물체 앞으로 다가갔다. 그사이에 거무스레한 물체 위에는 조팝나무의 흰 꽃 같은 눈송이들이 허옇게 덮이어 있었다. 어깨를 잡아 일으키자, 그 사람이 스스로 고개를 들어 올렸다. 눈 덮인 나뭇가지 사이로 외등 불빛이 그 사람의 윗몸을 비췄다. 눈 녹은 물에 젖은 머리칼들이 목덜미를 덮고 있었다. 얼굴이 갸름하고 앳되어 보이는 여자였다. 진성이 일으키는 대로 그 여자는 일어섰다. 이끄는 대로 절름거리며 따라 걸었다.

그 여자가 방으로 들어왔을 때 은선 스님이 자기를 일으켜 달라는 손짓을 했다. 절 안과 밖의 어느 누가 문병을 와도 자기를 일으켜 앉혀 달라고 하지 않았는데.

진성은 은선 스님의 청대로 해주었다. 스님은 안간힘을 쓰면서 반가부좌를 했다. 스님을 부축하고 있는 진성의 가슴속에 주먹 같은 불덩이가 뒹굴었다. 그녀가 만행에서 돌아왔을 때 스님은 어찌했었는가.

그 여자는 스님 앞에 엎드려 큰절을 하면서 흐느껴 울었다. 그 여자는 그녀가 예감했던 대로, 박현우라는 남자를 따라 마을로 내려간 청화, 한 섬으로 들어간다던 순녀였다. 속세의 냄새 나는 습기와 먼지에 꾀죄죄하게 찌들어 있었다. 순녀는 절을 하고 나서도 얼굴을 들지 못했다. 방바닥에 이마와 콧등을 묻고만 있었다. 진성은 문을 등진 채 서서 순녀와 은선 스님을 번갈아 보고 있었다.

은선 스님은 꺼진 눈을 감고 있었다. 가르릉가르릉, 숨을 더 가쁘게 쉬었다. 순녀는 방바닥에 얼굴을 처박은 채 어깨와 머리를 들썩거렸다. 그녀는 검정 바지에 스웨터를 입고 그 위에 흰 빗살 무늬가 있는 뚝뚝한 반코트를 걸친 채 잿빛 털목도리를 감고 있었다. 머리칼이며 털목도리며 반코트며 바짓가랑이가 눈에 버무려져 있었다. 이 눈 속을 뚫고 어떻게 왔을까. 진성은 병든 짐승처럼 비틀거리며 눈 쌓인 들판과 산모퉁잇길을 걸어왔을 순녀의 모습을 머릿속에 그렸다. 이 여자가 이렇게 올 것이라는 것을 스님은 어떻게 알고 있었을까. 스님과 부정하고 방탕스러운 이 여자 사이에는 어떤 은밀한 음모의 끈이 이어져 있었을까. 그 음모의 끈 밖으로 개밥의 도토리처럼 소외되고 있는 스스로가 형편없이 초라해지고 있었다.

진성은 은선 스님을 자리에 눕히고 나서 둔하고 바보스러워져 있는 스스로를 순녀 옆으로 끌고 갔다. 순녀의 헝클어진 채 방바닥에 널브러진 머리칼들이 눈 녹은 물방울들을 머금고 있었다. 그것이 스탠드의 불빛을 받아 반짝거렸다. 진성은 그 머리카락들 옆으로 가서 순녀의 어깨를 들어 올렸다.

"이 눈 속을 뚫고 이 밤중에…… 어떻게 된 일에요, 이 보살?"

이렇게 말해 놓고 진성은 미욱하고 멍청스러운 물음이라는 생각이 들었다. 병든 짐승처럼 추위를 피해 찾아 들어온 여자한테 당장 무슨 대답을 듣겠다고 그런 우문을 던졌단 말인가. 은선 스님이 가래가 끓는 데다 깊이 잠겨 있는 목쉰 소리로 말했다.

"소설책을 써도 몇십 권을 써낼 수 있는 이야기를 지금 거기 앉아 다 듣고 있을 참이냐? 얼른 젖은 옷부터 갈아입히고 이불 속에다가 묻어 둬라."

날이 밝자 하늘은 곧 맑게 개었다.

대중들은 새벽 예불을 마치고부터 마당과 길바닥의 눈을 쓸었다. 진성이 암자 앞마당과 선원 쪽으로 가는 길의 눈을 쓸고 들어서자, 순녀는 은선 스님의 머리맡에 꿇어앉은 채 고개를 떨어뜨리고 있었다. 진성은 방 안의 분위기가 달라져 있는 것을 금방 알아챘다. 이때껏 경직되어 있던 은선 스님의 얼굴은 부드럽게 풀려 있었다. 숨결도 차분하게 가라앉아 있었다. 은선 스님은 잠이 들기라도 한 듯 평온하게 눈을 감고 있었다. 순녀는 방바닥의 한 점을 내려다보고 있었다. 그들 사이에는 은밀한 교감이 이루어져 있었다. 그 교감으로 말 없는 말들이 무수히 오고 간 것이었다.

진성은 출입문을 등지고 선 채, 순녀의 등줄기와 어깨와 젖가슴께를 덮고 있는 검은 머리칼들을 내려다보면서 속세의 더러움을 생각했다. 은선 스님은 이 여자를 왜 이렇듯 쉽게 받아들였을까. 왜 이렇듯 극진히 대접할까. 왜 절집 안의 법도를 생각지 않을까. 대중들의 거센 반발을 어떻게 가라앉히려고 이럴까. 진성은 가슴에 일고 있는 질투와 시기를 이 끝에 놓고 씹으면서 순녀의 옆으로 가서 무릎을 꿇고 앉았다.

"오늘, 나 가야겠다."

진성은 자기의 귀를 의심했다. 은선 스님은 마치 어디로 여행을 떠나겠다는 듯이 말하고 있었다. 그러면서도 마찬가지로 한결같이 평온하게 눈을 감고 있었다. 은선 스님의 말은 마치 흙탕물 속에서 맑은 생수가 솟아오르는 것처럼 가래 끓는 소리를 헤치고 흘러나왔다.

"진성이는 가서 효정 스님하고 정선 스님 좀 모시고 오너라."

진성은 그 말을 듣고도 한참 동안이나 그 자리에 앉아 스님의 얼굴을 내려다보고만 있었다. 그녀는 스님의 평온한 얼굴에서 어떤 의도와 가식을 읽으려고 애썼다. 그 가식과 의도를 붙잡음으로써 자기 은사 스님의 법력을 깔보고 헐뜯자는 것이 아니었다. 만일에 그게 읽혀질 경우, 그걸 덮고 감출 방도를 강구해야 한다는 생각에서였다.

그러나 그르렁거리는 숨결만 한결같을 뿐, 은선 스님의 얼굴은 솜털 하나만큼도 미동하지 않았다.

진성은 밖으로 나갔다. 그 두 스님을 불러다가 순녀를 어떻게 해달라고 말하려는 것일까. 다시 머리를 깎아 주자고 말하려는 것은 아니겠지. 설사 은선 스님이 그렇게 하자고 하더라도 그 두 스님은 호락호락 따르려 하지 않을 것이다. 입적을 하면서 내놓은 유언이라 할지라도 그들이 그렇게 하지는 않을 것이다. 아니, 은선 스님이 그 두 스님에게 그런 무례를 범하지도 않을 것이다.

진성이 은선 스님의 말을 전하자 효정 스님과 정선 스님은 방문을 박차고 달려왔다. 그들이 방 안으로 들어섰을 때, 순녀가 그들에게 큰절을 했다. 그들은 그 절을 얼떨결에 받았다. 절을 한 사람이 오래전에 한 무뢰한을 따라 내려간 청화라는 것을 이내 알아보고는 금방 그녀를 외면했다. 효정이 은선의 왼쪽 머리맡에 앉고, 정선이 오른쪽 머리맡에 앉았다. 효정은 은선의 갈큇발 같은 손 하나를 잡아다가 두 손으로 쓰다듬었다. 정선은 은선의 감긴 눈자위의 우묵한 그늘을 내려다보았다.

"두 스님한테 숨겨 온 것이 있어요. 사실은 이때까지 이 아이를 기다리고 있었소. 물론 크게 꾸중을 들을 일입니다. 그렇지만 저는 이 아이를 마을로 내려 보내면서, 언젠가는 다시 돌아올 것이라는 것을 알고 있었어요. 그런데 마침 제가 먼 길 떠나기 전에 돌아왔구먼요. 크게 염려는 마십시오. 다시 예전처럼 머리를 깎아 주고, 먹물 옷을 입혀 여느 대중들하고 함께 지내도록 해달라는 것은 아닙니다. 그냥 선원 공양간에서 허드렛일이나 하면서 살아가도록 허락을 해달라는 것이오. 그러면서 오 년을 두고 보든지 십 년을 두고 보든지 해가지고, 될 것이다 싶으면 다시 머리를 깎아 주고 그렇지 않으면 그냥 내쫓으시오."

은선 스님은 여기까지 말하다가, 으흠 하고 넘어오는 기침을 억눌렀다. 그 기침은 기어이 입 밖으로 터져 나왔다. 입가로 핏물이 흘러내렸다. 진성이 은선 스님의 윗몸을 들어 올리고 휴지를 뭉쳐서 턱 밑에 댔다. 효정 스님과 정선 스님이 각기 어깨 하나씩을 부축했다. 순녀는 뭉쳐 놓은 휴지를 들었다가 놓았다. 은선 스님이 기침을 멈추었다. 진성이 스님의 입 가장자리를 다 훔친 다음에 다시 눕혔다.

효정 스님이, 모두 알아들었으니까 제발 말 그만하라고 했지만, 은선 스님은 입을 열었다.

"법도를 따지고, 그 법도대로 하는 것이 다는 아니오. 법이라는 것도 한낱 방편일 뿐이오. 그걸 버리고 오욕의 진창에 떨어져 뒹굴다가, 법도 속에 있으면서도 깨달을 수 없는 것을 깨닫게 되는 수가 있습니다. 그 경우에는 구태여 법도를 버린 허물을 따질 필요가 없습니다. 저는 이 아이가 막 들어섰을 때, 이 아이 몸에서 날아오는 진실의 냄새를 맡았어요. 이 아이는 자영이나 진성한테 결코, 뒤지지 않는 내 귀한 상좌요."

효정과 정선이 잠시 눈길을 마주쳤다. 순녀는 은선 스님의 발끝에 엎드렸다. 은선이 효정과 정선에게 그녀에 대한 이야기를 하기 시작했을 때부터 그녀는 소리를 죽여 흐느끼고 있었다. 그녀는 방바닥에 얼굴을 묻었다.

정선은 말없이 고개를 끄덕거렸다. 효정은 은선의 한쪽 손을 감싸 잡고 흔들어 주면서 말했다.

"염려 놓으십시오. 그 일은 정선 스님하고 의논해서, 은선 스님의 뜻이 이러이러하다는 것을 노스님들이나 대중들한테 전하고, 아무쪼록 좋은 쪽으로 일이 이루어지도록 애써 보겠습니다. 부디 열반이나 잘하십시오."

그 말에는 목울음이 섞여 있었다. 고개를 거듭 끄덕거리고 있는 정선의 눈에도 물기가 어려 있었다.

가쁜 숨만 쉬고 있던 은선의 입술이 다시 움직거렸다.

"두 스님들, 부디 성불하시고, 아직 어린 이것들 잘 좀 이끌어 주시오……. 어려운 일만 맡겨서 죄송스럽습니다."

그날 저녁 무렵에 은선은 진성과 순녀를 나란히 앉히고 말했다.

"부디 내 말대로 해라. 나 간 다음에 뒤처리 조용하게 해라. 다른 손 못 대게 하고 너희 둘이서만 염을 해라. 나 간 다음의 육신은 내가 아니니까 구태여 미화시키려 하지 마라. 엎드려서 가면 어떻고, 반듯이 누워서 가면 어떻고, 좌탈입멸을 하면 어떻다냐? 다 부질없는 짓들이다. 또, 날려 보낸 다음에 사리 찾는다고 뒤적거리지 말고 모두 쓸어다가 버려라. 마찬가지로 부질없는 줄 안다마는…… 그걸 우리 고향 마을 앞 강굽이에 버렸으면 좋겠다. 혹시, 탑 같은 것 만들지 말고…… 효정 스님이나 정선 스님이 그렇게 하자고 해도 너희들이 말려라……. 내가 갔다는 말을 꼭 알려 줘야 할 데가 한 군데 있다. 문갑 서랍에 편지 봉투 하나가 있을 테니까, 거기 적힌 사람한테 진성이 네가 간단히 적어 보내 줘라."

은선 스님은 말을 멈추고 가쁜 숨만 쉬었다. 가래 끓는 소리가 드높아졌다. 진성은 눈물을 흘리면서도, 끄윽 하는 흐느낌 한 토막 입 밖으로 흘려보내지 않았다.

순녀는 이 순간, 이상스럽게도 눈물이 한 방울도 나오지 않았다. 다만 가슴속에 주먹 같은 뜨거운 덩어리가 뭉쳐져서 목구멍을 막고 있을 뿐이었다. 큰절에서 쇠북 소리가 울려 왔다. 선원 쪽의 목탁 소리가 거무스레한 땅거미와 함께 방 안으로 기어 들어와서 조용히 너울을 일으키고 있었다. 은선 스님이 마른 입술에 침을 바르면서 말을 이었다.

"나하고 효정 스님하고 정선 스님하고 셋이서 뜻 맞춰 살아오던 것 보았지야? 너희들 셋이도 마찬가지로 잘해야 한다."

은선 스님은 진성을 예불에 참예하라고 보냈다.

진성이 몸을 일으키면서 물었다.

"불 켜드릴까요?"

그러나 은선 스님은 고개를 저었다.

방 안에 검은 안개 같은 어둠이 만조처럼 차올랐다. 문을 열고 나간 진성의 발소리가 멀어져 갔다. 은선의 가래 끓는 소리가 방 안의 어둠을 휘저었다. 쇠북 소리가 멎었다. 목탁 소리만 아련하게 흘러들었다.

순녀와 은선 스님은 수런거리는 심연 같은 어둠 속에 가라앉아 있었다. 순녀는 눈 속을 헤치고 이 청정암까지 온 일들이 꿈같았다. 머릿속을 눈 덮인 들판같이 하얗게 비운 채 여느 때보다 일찍 차가 끊긴 눈보랏길 20리를 걸어서 왔다. 발을 헛디뎌 넘어지기도 하고, 뒹굴기도 하고, 거꾸러져서 웅덩이 속에 머리를 처박기도 하고, 엉덩방아를 찧기도 했다. 그렇게 걸어온 일은 물론, 은선 스님이 따뜻하게 맞이해 준 일과 자기가 그 스님의 머리맡에 앉아 있는 일마저도 현실로 여겨지지 않았다. 은선 스님이 머지않아 입적하게 될지도 모른다는 일, 아침나절에 효정 스님과 정선 스님이 다녀간 일, 진성 스님이 예불하러 간 일들도 꿈속의 일 같았다.

그때 섬뜩 차가운 것이 순녀의 손등을 감쌌다. 양서류 동물의 차가운 살갗이 스친 듯싶었다. 은선 스님이 촉수 같은 손을 뻗치어 그녀의 손등을 덮어 누르고 있었다. 스님의 손은 조금씩 떨고 있었다. 순녀는 자기의 다른 손을 가져다가 손등 위에 얹혀 있는 스님의 차가운 손을 덮었다. 쇠로 만든 갈퀴같이 앙상해져 있었다.

"너한테 이 말을…… 꼭 해주고 싶었다."

스님이 가랑잎 바스락거리는 듯한 소리로 말했다. 순녀의 가슴은 면도날 끝을 가져다 대는 것처럼 섬뜩 아팠다. 오래전에 생긴 상처의 덜 아문 딱지를 스님이 들치고 있었다.

"그날 밤에도 꼭 어젯밤같이 눈이 펑펑 쏟아지고 있었는데, 갑자기 밖에서 웬 아기 울음소리가 나더라. 새벽 두시가 조금 지났을 때였지. 뛰어나가 보니 웬 아기가 마당 한가운데에 놓여 있었어. 두꺼운 털담요로 둘둘 말아 쌌더라. 발목이 묻히도록 눈이 내려 있었는데, 누군가가 왔다 간 발자국이 일주문 쪽으로 나 있었어. 아기를 안아 들면서 보니까 일주문 기둥 저쪽에서 거무스레한 것이 얼씬하더니, 산 아래로 사라지더라. 데리고 들어와 보니 달덩이 같았어. 그 달덩이를 들여다보니께, 행원 사는 윤 보살님 생각이 나더라. 너 여기 있을 때부터 자식을 못 가져 안달하던 키 작달막한 여자……. 그 무렵에는 그 보살이 아기 가지기를 포기하고 있을 때였다. 그 보살님을 불러다가 그 달덩이를 안겨 주었더니, 달덩이 얼굴, 가슴, 사타구니에다 얼굴을 비비면서 닭똥 같은 눈물을 뚝뚝……. 윤 보살 말이 그 달덩이는 바로 자기 아기라는 것이여. 내가 부르기 전날 밤 그 보살은 아기 낳는 꿈을 꾸었더란다. 한데, 꿈에 낳아서 젖꼭지를 물리고 들여다보았던 그 아기의 얼굴하고 자기가 보듬은 달덩이 얼굴이 똑같다는 것이여."

은선 스님은 나오려는 기침을 참아 가며 이야기를 하다가 마침내 으흑 소리를 내더니 모로 돌아누우면서 기침하기 시작했다. 기침이 심해지자 숨이 막혔다. 내쉴 숨은 기침과 함께 내쉬곤 했지만, 들이쉴 숨을 쉬지 못했다. 숨이 딸꾹 멈추어 버렸다. 그랬다가 헛구역질을 하기도 하고, 입을 크게 벌린 채 몸부림을 치기도 했다.

순녀는 아무런 조치도 해줄 수 없었다. 스님의 손을 부여잡고 있기만 했다. 스님이 숨을 쉬지 못하고 몸부림치는 동안은 그녀도 숨을 쉬지 않았다.

은선 스님이 간신히 들이쉴 숨을 회복하고 나서 말을 이었다.

"그 보살님은 달덩이를 안고 간 지 여섯 달 뒤에 광주로 나가 버렸다. 한 달에 한 번씩 여길 찾아오는데, 전보다 더 극진하다. 그 달덩이가 이제 이학년에 올라가게 되는데 벌써부터 동화책을 줄줄이 꿴다고 자랑이 이만저만 아니다. 이때껏 내가 그 아이를 위해 늘 빌어 주곤 해왔는데, 이젠 니가 내 대신 빌어 줘라."

말을 마친 은선 스님은 숨을 더 가쁘게 쉬었다. 순녀는 스님의 갈큇발 같은 손을 두 손으로 감싸 누르면서 고개를 깊이 떨어뜨리고 눈물을 흘리고만 있었다.

숲에 쌓여 있는 눈이 창문을 바닷물빛으로 물들여 놓았다. 방은 심연 같은 어둠을 가득 싣고 있었다. 수면 위로 떠오를 수 있는 기능을 잃어버린 잠수함처럼 가라앉고 있었다. 순녀와 은선 스님의 숨결이 섞이고 있었다. 가슴이 섞이고, 피가 섞이고, 영혼이 섞이고 있었다.

그녀는 부지런히 숨을 쉬었다. 은선 스님의 모든 것을 하나도 놓치지 않고 모두 빨아들이고 싶었다.

은선 스님이 으음 하고 안간힘을 쓰더니, 찬물 한 그릇을 마시고 싶다고 말했다. 순녀는 그 말을 못 들은 체했다. 가래 끓는 사람한테 찬물은 해로운 법이었다.

스님이 다시 한 번 찬물을 원했다.

순녀는 은선 스님한테서 찬바람이 날아온다고 생각했다. 죽음을 앞에 둔 사람은 해로운 음식을 원한다. 그녀는 검은 어둠이 안존하게 자리 잡고 있는 스님의 우묵하게 꺼진 눈뚜껑을 보았다.

은선 스님이 다시 시원한 옹달샘물 한 그릇을 마시고 싶다고 했다.

이끼들이 양털처럼 소담스럽게 돋아 있고 이빨 시리게 차가운 물. 그걸 마시고 나면 답답한 가슴이 환히 트일 것 같다는 것이었다. 순녀는 주전 자를 들고 밖으로 나갔다. 밖에는 현기증 같은 어둠이 이 숲에서 저 숲 으로, 저 숲에서 이 숲으로 몰려다니고 있었다.

그녀는 마당을 벗어나서 선원으로 가는 길을 여남은 걸음 가다가 큰 절 쪽으로 뚫린 샛길로 접어들었다. 그 길에는 눈을 쓸지 않았다. 오고 간 발자국들이 눈앞에서 어른거렸다. 그 길은 개울로 가는 길이었다. 개 울 못미처에 늙은 느티나무가 한 그루 있었고, 그 밑뿌리 동남쪽에 깊은 웅덩이 하나가 있었다. 웅덩이 가장자리를 시멘트로 발랐는데 그 안에 는 사철 향 맑은 물이 괴어 있곤 했다. 은선 스님은 그 물로 차를 끓이게 하곤 했다.

느티나무 언덕 모퉁이 저쪽으로 빨래장과 천막 둘러친 목욕장이 있었 다. 개울물은 허옇게 얼어붙었지만, 그 얼음장 속으로 숨어 흐르는 물소 리가 들려왔다. 그녀는 개울 주변의 숲 그늘을 둘러보았다. 누군가가 숨 어서 그녀를 보고 있는 듯싶었다. 어디선가 사람의 앓아 대는 소리가 들 려오는 것 같았다. 박현우의 얼굴이 눈앞을 스쳤다. 샘물 앞에 쪼그려 앉았다. 샘 천장에서 물방울이 떨어졌고, 실로폰처럼 퐁 소리를 냈다. 그 싱싱한 울림이 가슴을 저릿하게 했다. 행자 생활을 하던 때, 표주박 을 이 샘 안에 넣는 순간 주체할 수 없도록 솟구쳐 오르던 울음이 생각 났다. 그렇게 운 까닭을 그녀는 아직도 알 수 없었다. 주전자에 물을 퍼 담아 들고 눈길을 밟아 오면서 그녀는 퐁하는 물방울 소리를 생각했다. 자기의 가슴속에도 그러한 향 맑은 샘물이 하나 있었다. 그 샘물을 한 컵 한 컵 떠서 누구에게 먹일까. 가슴이 뭉클 뜨거워졌다. 어찌하여 내 소중한 것들은 이렇게도 허망하게 소멸되어 가버리는 것일까. 뛰고 있 는 심장의 피를 짜 먹여서라도 은선 스님을 구해야 한다. 그녀는 걸음을 재촉했다.

암자에 이르렀을 때, 선원 쪽에서 들려오던 목탁 소리가 그쳤다.

순녀는 조급한 생각이 들었다. 은선 스님이 그 물을 마시기만 하면 거짓말같이 금방 가래가 없어지고 숨도 가빠지지 않게 될지도 모른다고 생각했다. 문을 열고 들어섰다. 방 안에는 그녀가 물을 뜨러 가던 때에 보았던 것보다 더 짙은 어둠이 괴물처럼 몸을 사리고 있었다. 그 어둠이 드러누워 있는 스님의 앙가슴을 타고 올라앉아 있는 것 같았다. 어둠에 짓눌린 스님은 벌써 오래전에 질식해 버렸을 것 같았다. 아니, 스님이 그 어둠을 불러들이기 위하여 자기를 밖으로 내보냈는지도 모른다고 그녀는 생각했다. 물 주전자를 놓고 은선 스님의 코와 입 가까이에 귀를 가져다 댔다. 가래 끓는 소리가 멎어 있었다.

"스님!"

그녀는 황급히 은선 스님의 가슴을 흔들었다.

"스님!"

그녀는 소리쳐 불렀다. 문갑 위에 놓은 스탠드의 스위치를 올렸다. 불빛이 문갑 주변을 비췄다. 거기에서 반사된 빛너울이 은선 스님의 얼굴을 어둠 속에서 떠오르게 했다. 살갗이며 뚫려 있는 구멍들은 이미 한없이 멀고 아득한 곳에서 온 어둠으로 말미암아 잠식돼 버렸다.

눈앞이 아득해졌다. 숨을 멈추었다. 귀가 꽉 먹어 버렸다. 죽음 같은 정적이 가슴을 압박했다. 아니, 가슴을 압박하는 것은 박동 소리였다. 언제였을까. 여름 한낮의 무더위에 지쳐 산골짜기 시냇물 속에 들어가 몸을 씻은 다음 송 기사와 정신없이 맨살을 섞다가 절정감에 빠져들면서 들었던 벌레 울음소리가 되살아나고 있었다. 송 기사가 방바닥으로 굴러떨어진 순간에 그 소리가 들렸었고, 은선 스님의 죽음을 앞에 놓고 있는 지금 또 그 소리가 들리고 있었다.

스탠드의 스위치를 돌렸다. 불이 꺼지고, 아까보다 더 검고 거대한 어둠이 방안을 억눌렀다. 영원한 어둠과 고요 속으로 스스로 침잠해 가기를 소망한 사람에게 세속의 빛을 비추어 무엇 할 것인가.

순녀는 책상다리를 하고 앉으면서, 무릎에다 두 팔을 포개 얹고, 그 위에 이마를 얹었다. 새처럼 날개를 저으면서 흰 구름 떠가는 푸른 하늘 속으로 날아가는 은선 스님의 모습과 하얗게 소복을 하고 산모퉁이를 걸어가는 한 여인의 얼굴을 그려 보려고 했다. 샛노란 부처가 되어 있는 그 스님의 자비스러운 모습을 그려 보려고 했다. 그녀의 눈앞에는 새까만 철판 같은 어둠이 나타나고 있었다. 그 어둠이 오뉴월의 개망초 꽃들처럼 수런거리는 별들을 만들어 내고 있었다. 장미, 카네이션, 백일홍, 코스모스, 모란, 달리아, 복숭아꽃, 진달래꽃, 벚꽃 들을 만들어 내고 있었다.

은선 스님은 증기가 되어 날아갈 것이다. 구름이 되어 떠돌다가 비가 되어 떨어질 것이다. 은선 스님은 잡풀밭에도 떨어지고 나락밭, 배추밭, 밀밭에도 떨어질 것이다. 꽃으로 피어나고, 열매로 맺히고, 샘물로 솟아오르고, 새가 되어 노래하고, 나비가 되어 춤추고, 바야흐로 잉태하는 한 여자의 자궁 속으로 들어가서 참한 아기로 태어날 것이다. 이 우주 안을 밝은 빛으로만 가득 채울 것이다. 그 밝은 빛 속에서 영원히 살아남을 것이다.

발소리가 들려왔다. 진성이 예불을 마치고 오는 모양이었다. 발소리는 조급하게 투덕거렸다. 순녀는 발소리가 마당을 돌아서 방문을 열 때까지 이마를 무릎 위에 얹은 채 꼼짝하지 않고 있었다. 들어온 진성이 말없이 스탠드의 불을 밝혔다. 그 불빛에, 어둠 속으로 깊이 가라앉아 있던 은선 스님의 얼굴이 둥실 떠올랐다. 진성이 은선 스님의 얼굴 가까이 윗몸을 숙이면서 불렀다.

"스님."

그녀는 다시 부르지 않았고, 가슴을 흔들어 보지도 않았다. 이미 예감하고 있었던 것이다. 은선 스님의 가슴에 얼굴을 묻고 잠시 숨을 죽이고 있다가 소리쳐 말했다.

"이럴 줄 알았어."

그리고 순녀를 돌아보면서 추궁하듯이 퉁명스럽게 말했다.

"어째서 그렇게 넋 나간 사람같이 앉아만 있어요?"

그 말을 듣고도 순녀는 책상다리를 한 채 불빛 속에 떠오른 은선 스님의 얼굴을 내려다보고만 있었다.

진성이 몸을 일으키더니 가사 장삼을 벗으며 짜증스럽게 말했다.

"밖으로 나가 있으세요."

순녀는 굼뜨게 몸을 일으켰다.

진성은 은선 스님의 뒤통수를 받치고 있는 베개를 들어내고 그 속으로 한쪽 손을 집어넣었다. 순녀는 문을 등지고 선 채 진성이 하는 짓을 보고 있었다.

진성이 그녀를 향해 다시 말했다.

"나가라니까 뭘 하고 있어요? 밖에 나가서 이 방에 아무도 들어오지 못하게 하십시오."

순녀는 진성의 파랗게 굳은 얼굴을 처음 보았다. 쫓기듯이 문을 열고 나왔다. 툇마루 끝에 우두커니 서 있었다. 일주문 옆의 외등이 푸른 빛살로 어둠을 희석시키고 있었다. 검은 숲 밑에는 어둠이 덜 녹은 흰 눈을 쓸어안은 채 수런거리고 있었다. 계곡 쪽에서, 얼음장 밑으로 시냇물 빠져나가는 소리가 가끔씩 슬프게 흐느끼는 젊은 여자의 소리처럼 들려왔다.

방 안에서는 진성의 움직거리는 소리가 새어 나왔다. 거친 숨소리도 들리고, 옷자락과 발바닥이 장판 바닥을 스치거나 디디는 소리도 들렸다. 순녀는 진성의 하는 짓이 궁금했다. 혼자서 염을 하는 것일까. 새 옷을 갈아입히는 것일까. 진성은 은선 스님이 유언한 대로 하고 있는지도 모른다.

순녀는 계곡 쪽의 어둠만 바라보고 서 있었다.

방 안이 잠잠해졌다. 진성은 지금 무얼 하고 있을까. 문틈으로 들여다보고 싶은 충동이 일었지만 참았다.

순녀는 불길한 예감이 들었다. 진성도 혹시 은선 스님을 따라 죽으려는 것이 아닐까. 설마 그럴 리야 있겠느냐 하면서도 그녀는 조심스럽게 문설주 옆으로 가서 문틈에다 눈을 댔다. 순간 그녀는 엉덩방아를 찧으며 주저앉을 뻔했다.

죽은 은선 스님이 문갑 위의 푸른 갓 쓴 전등불을 향해 가부좌를 하고 있었다. 허리와 목을 꼿꼿이 세운 채, 아랫배 앞에 모은 두 손을 위로 향해 포갠 채 엄지로 동그라미를 만들고 있었다. 진성은 그렇게 가부좌를 하고 있는 은선 스님 앞에 무릎을 꿇고 앉아 스님의 얼굴에다 화장을 해 주고 있었다.

살빛 파운데이션을 옅게 바른 뒤에 화색이 도는 것처럼 보이도록 연지를 가볍게 찍었다. 입술도 붉게 칠했다. 진성의 얼굴은 창백했다. 손길이 미세하게 떨리고 있었다. 그렇지만, 그녀의 얼굴에는 마치 새로 모셔 온 부처님의 얼굴에 점안을 하는 큰스님의 얼굴에 어려 있던 근엄함과 외경심이 서려 있었다.

저렇게 해도 될까. 열반하신 스님을 모독하는 것이 아닐까. 저렇게 아름답고 예쁘게 꾸미는 것이 어떤 의미를 지닐까.

순녀는 진저리를 쳤다. 시체를 희롱하고 있는 게 무서운 것이 아니라, 진성이 꾸밈없는 스님의 주검 위에 씌우고 있는 허위의 너울이 가슴을 떨리게 했다.

이윽고 진성이 말했다.

"가서 효정 스님하고 정선 스님 모시고 오십시오."

그 목소리는 차갑게 가라앉아 있었다. 어쩌면 가위눌린 사람의 그것 같았다. 그녀가 효정 스님과 정선 스님을 모시고 왔을 때, 진성이 그들에게 말했다.

"아까 예불을 하는 동안 제 머릿속에는 내내 열반하고 계시는 스님의 모습만 떠올랐어요. 제가 생각해도 그것은 끔찍스러우리만큼 무서운 예감이었어요. 어쩌면 스님의 드높은 법력이 작용하여 그 같은 예감이 일어났는지도 모르겠어요……. 천도天桃가 주렁주렁 달려 있는 숲 밑으로 토란 잎사귀에 담아 놓은 물 같은 향 맑은 시냇물이 철철 흐르고, 그 시냇가의 평평한 바위 위에 가부좌를 틀고 계시는 부처님의 모습이 보였어요. 그 얼굴이 어디선가 본 듯하다 싶어 자세히 살펴보니, 그게 바로 스님이셨어요. 그 모습이 너무나 생생하게 떠오른 채 사라지지 않아서, 예불이 끝나자마자 허겁지겁 달려왔더니, 껌껌한 어둠 속에서 이렇게……."

진성의 말을 듣고 난 효정 스님이 순녀를 향해 물었다.

"니년은 어디서 뭘 하느라고 임종을 못 했지?"

문을 등지고 선 순녀는 고개를 떨어뜨렸다. 화살촉이 날아와 박히기라도 한 듯 그녀는 정수리가 아팠다. 몸을 지탱하지 못할 정도로 두 다리에서 힘이 빠졌다.

방 안에 향불을 진하게 피웠다. 좌탈입멸한 것을 한 번도 보지 못한 대중들은 앞다투어 달려와서 참선하고 있는 듯한 은선 스님을 배알했다. 살아 있는 부처님을 대하듯이 그들은 큰절을 거듭하고 돌아들 갔다. 돌아가면서 고개를 갸웃거리기도 하고 혀를 내두르기도 하면서 찬탄을 늘어놓았다. 얼마나 법력이 뛰어났기에 은선 스님은 저토록 죽음까지도 마음대로 하는 것일까. 어떻게 죽어 가는 순간에 가부좌를 튼 몸을 흐트러뜨리지 않을 수 있단 말인가.

큰절에 전갈이 갔고, 큰스님들이 다녀갔다. 비구들이 줄을 지어 다녀갔다.

순녀는 마당 가장자리에 선 채 비구들 속에서 오빠 순철의 얼굴을 찾았다. 보이지 않았다. 오빠는 다른 도량으로 옮겨 갔을까.

누군가가 큰절의 범종을 계속해서 치고 있었다. 종소리가 어둠에 잠긴 산을 울리고 울리고 또 울려 댔다. 그 울림을 따라 순녀의 가슴에 아픈 전율이 소름처럼 스쳐 가곤 했다. 하늘의 별들도 종소리에 몸을 웅크리곤 했다. 숲속의 어둠과 덜 녹은 눈덩이들도 그 울림을 따라 숨 가쁘게 늘여 옴츠리기를 하고 있었다. 순녀는 속이 메스꺼워지면서 어지러웠다. 하늘과 땅이 기우뚱거리고 있었다.

미리 만들어 놓은 관은 쓸모없게 되었다. 새로 목수를 불러다가 좌탈입멸한 그대로 입관할 관을 짰다. 준비해 둔 부고 속에 날짜만 써 넣어서 발송을 했다. 좌탈입멸의 성스러운 모습을 손상시키지 않도록 조심스럽고 엄숙하게 염을 했다.

무엇이 은선 스님의 죽음을 이다지도 복잡하고 까다로운 절차를 밟아 처리하도록 하는 것일까. 그것은 스님이 가장 싫어한 것들이 아닌가.

순녀는 개밥의 도토리처럼 따돌려졌다. 그녀를 거들떠보는 사람은 아무도 없었다. 그녀에게 무슨 일을 시키려고 하지도 않았다. 그녀는 안쪽 구석에 비켜서거나 툇마루로 밀려 나가거나 마당 가장자리로 나가서, 거뭇거뭇하게 길어 있는 머리 깎고, 목욕시키고, 옷 입히고, 잡귀들에게 음식 보시하는 의식들을 구경하기만 했다.

어디에서 와서 어디로 가는 것일까.
삶이란 한 조각 구름이 일어나는 것이요
죽음이란 그 한 조각 구름이 사라지는 것이다…….
이제 삭발을 하여 모든 고통의 근원과 번뇌의 근본을 끊었으니
항상 마음을 어지럽게 하던 번뇌가 어떤 연유로 다시 일어나랴.
이제 목욕을 하여
환각과 미망과 더러운 생각들을 모두 씻었으니
결코 무너뜨려지지 않는 지혜의 몸을 얻었구나.
청정한 법신은 안팎이 없어, 삶과 죽음으로 왔다가 가지만
진여 하나는 변함이 없다.
올 때는 어떠한 것으로서 왔으며 갈 때는 어떠한 것으로서 가는가.
올 때나 갈 때나 본래는 한 가지 것도 없었느니라.
밝고 밝은 진여의 있는 곳을 알고자 하지만
푸른 하늘 흰 구름이 만 리에 통해 있을 뿐이다.
이제 옷을 입었으니 더러운 모습을 가리었다.

의식이 진행되는 동안 순녀는 자꾸 슬픈 생각이 들었다. 엄숙하고 성
스럽게 진행되는 그 의식들이 은선 스님의 청정한 넋과 주검을 모독하
거나 오손시키고 있는 것만 같았다. 그녀는 도도하게 흘러가는 강물에
섞이지 못하고, 강변의 모래밭 한구석에 버려진 조약돌처럼 따돌려지고
있는 스스로의 왜소한 모습을 자꾸 뜯어보곤 했다. 어디론가 가버리고
싶어졌다. 그러나 지금 가서는 안 된다. 제각기 심각한 얼굴들을 한 채
수런거리는 대중들 속에서 은선 스님이 흔적도 없이 사라지는 것을 확

인하고 나서 가도록 하자.

순녀는 마당 밖으로 나갔다.

변천하고 유동하는 모든 것들이 덧없음을 알면 영원히 사라져 없어지는 것이 즐거움이 된다. 모든 성현의 이름을 외면 청정한 넋으로 서방 정토에 이르게 된다……. 청정법신 비로나자불, 원만보신 노사나불, 천백억 화신 석가모니불, 구품도사 아미타불, 당래하생 미륵존불, 시방삼세 일체제불, 시방삼세 일체존법, 대성 문수사리보살, 대행 보현보살, 대비 관세음보살, 대원본존 지상보살, 제존 보살 마하살, 마하반야바라밀……. 검푸른 소나무 숲 위로 얼굴을 말갛게 씻은 하늘이 놀란 사람의 허옇게 뜬 눈처럼 열려 있었다. 은선 스님의 다비식에는 행원 살던 그 보살이 반드시 참례參禮할 것이다. 안고 간 달덩이도 데리고 올 것이다.

신도들은 법력 뛰어난 스님의 다비장을 돌면서 정성스럽게 성현의 이름을 외면 소원을 이루고 복을 받는다고 생각하고들 있었다.

행원 보살이 키우고 있는 그 달덩이는 내 아들일 것이다. 박현우가 버린 아기. 순녀의 가슴벽에 아픈 금이 그어지고 있었다. 고개를 젓고 심호흡을 했다. 그게 내 아들이면 어떻고 아니면 어떠랴.

아제아제 바라아제

나 죽으면 흰 눈 같은 서릿발 세상에
바람 달리는 이 겨울 저문 날에
저렇게 날아다닐 것이다
— 헤매는 새

　행원 살던 윤 보살의 모습이 눈에 띄지 않았다. 순녀가 그녀를 찾아 두리번거리는 동안 하늘과 절집 안과 주위의 숲은 내내 답답하고 춥고 어두워 보였다. 윤 보살이 빛과 온기를 가지고 있을 터였다. 그녀가 나타나야만 세상은 환해지고 다사로워질 터였다.

　은선 스님이 입적했다는 기사를 신문에서 보았을 터이고, 부고를 받았을 터였다. 그 보살이 오지 않을 리가 없었다. 순녀는 조급해졌다. 윤 보살이 오지 않았으면 어떻게 할까. 신도들이 몰려들기 시작할 때부터, 순녀는 사람들의 얼굴 하나하나를 더듬어 살폈다.

　영결식이 끝나고 관이 대중들 속에 묻히어 다비장으로 움직여 갈 때부터 눈이 내렸다. 두께를 가늠할 수 없는 검은 구름이 부용산 머리에 닿을 듯이 내려와 있었다. 함박꽃송이 같은 눈이 구름 속에서 흘러내렸다. 눈보라는 허공에 주저리주저리 늘어뜨려 놓은, 하얗게 부풀려 놓은

주렴 같았다. 진홍의 명정이며 울긋불긋한 만장들은 그 하얀 눈보라 주
렴을 헤치면서 나아가고 있었다.

은선 스님의 다비식은 축제의 한 가지였다. 방방곡곡에서 대중들과
신도들이 구름같이 몰려들었다. 다비식 주위를 맴돌면서 지은 죄를 벗
고 극락왕생을 하고자 하는 중생들.

주차장 근처의 여관들은 미어터질 듯했다. 여관에 들지 못한 신도들
은 민박을 했다. 그것도 하지 못한 남신도들은 큰절의 큰방으로 기어들
었고, 여신도들은 청정암의 선방으로 몰려들었다. 별채의 노스님 방으
로 밀려들기도 했다. 신문과 방송이 그렇게 신도가 몰려들도록 부채질
했다. 기자들은 진성과 정선과 효정 스님한테서 취재를 해갔다. 비구니
로서는 처음으로 좌탈입멸했음과 그 법력의 놀라움을 대대적으로 보도
했다. 거기에 잡지사나 주간지의 기자까지 몰려들었다. 심지어는 사진
작가나 소설가나 시인들도 몰려들었다. 은선 스님의 법력을 확인하고
싶어했다.

몰려든 대중들과 신도들의 공양을 위해 큰절과 청정암의 공양간에서
는 계속해 밥을 삶아 댔다. 기껏 콩나물이 두어 개씩 들어 있을 뿐인 맹
물 같은 국을 끓여 댔다. 주차장 근처의 음식점들과 큰절이나 청정암의
공양간은 3년 기근에 부황난 이재민 수용소처럼 들끓었다. 놀라운 것은
여대생이나 여고생들이 많이 몰려든 것이었다.

순녀는 어지럽고 사나운 꿈같이 어수선한 하룻밤을 지냈다. 몰려든
신도들이 부처님께 헤아릴 수 없이 많은 절을 하는 모습을 보며 마당에
서 있기도 하고, 선원의 공양간 앞을 지나서 뒤란을 돌아 나오기도 했
다. 큰절 쪽으로 가보기도 하고, 주차장 근처의 식당이나 다방이나 여관
근처를 돌아다니기도 하면서 밤을 새웠다.

사람들 속에서 윤 보살을 찾는 일은 모래밭에 떨어진 쌀알 하나를 찾

아내기나 한가지였다. 그녀는 영결식을 하는 동안에도 웅실거리는 사람들 속에서 윤 보살의 얼굴을 찾아 두리번거리기만 했다.

신도들은 물결을 이루었다. 그들은 관을 메고 가는 대중들을 뒤따라가면서 나무아미타불을 불렀다. 순녀는 신도들 속에 끼여 흘러가면서 윤 보살의 얼굴을 찾으려고 애를 썼다. 순녀는 염을 하던 때부터 소외되고 있었다. 은선 스님의 상좌로서 끼이지를 못했다. 부르기만 하면 대답하고 다가가서 일을 거들 수 있는 자리에서 계속 기다리곤 했지만, 아무도 그를 찾거나 불러 주는 사람이 없었다. 염을 하는 사람들은 오히려 그녀가 거추장스럽게 가까이 있지 않은 것을 다행스럽게 여겼다. 몇 차례 효정과 정선 스님, 진성과 눈길이 마주쳤지만, 그들은 순녀를 아는 체하려고 하지도 않았다. 정선 스님이 따돌림당한 그녀의 어깨를 꼭 한 번 가볍게 두들겨 주었을 뿐이었다. 영결식을 하는 날 아침부터 순녀는 아예 그들 앞으로 나서려는 마음부터 버렸다. 신도들 틈에 끼여 굿이나 보면서 윤 보살이나 만나 보자고 생각했다.

자영이 은선 스님의 영정을 들고 앞장서 갔고 그 뒤를 진성이 진홍빛 명정을 들고 따랐다. 대중들이 멘 관 뒤에는 하얀 베 두 줄을 2백여 미터쯤 늘어뜨렸는데, 신도들은 다투어 그 베를 어깨에 멘 채 나무아미타불을 불러 댔다. 그들은 그 베 자락이 가진 어떤 힘에 따라 자기도 극락 왕생을 하게 되었다고 안도하고들 있었다. 순녀는 그 흰 베 자락 한끝도 어깨에 메지 못한 채 뒤처져 갔다.

다비장으로 가는 길에는 더욱 짙은 눈보라 주렴이 어지럽게 흘러내렸다. 빨간 명정과 울긋불긋한 만장들은 숨 가쁘게 그것을 헤치면서 천천히 나아갔다. 산은 곧 두꺼운 솜옷을 입었고, 그 산속으로 나무아미타불 소리가 날아갔다.

순녀처럼 흰 베 자락을 어깨에 걸치지 못한 채 따라가는 한 신도가 함께 온 듯한 사람들하고 사리에 대한 이야기를 하고 있었다.

"법력이 드높은 스님한테서는 사리가 많이 나온대요."

"은선 스님한테서는 특히 많이 나올 것이로구면요."

"반드시 그렇지만도 않대요."

"말만 득도했습네 했지, 사실은 속으로 음험한 짓만 한 스님한테서는 사리가 안 나온답디다."

뒤쪽에서 누군가가 낮은 소리로 말했다.

"사리, 그것이 뭔데 득도하고 관계가 있어?"

그 옆의 신도가 대꾸했다.

"아니야, 그것은 그렇지 않다는구면."

"아니, 자네도 사리의 양과 득도의 정도가 정비례한다고 생각해?"

"그것은 신비야."

"천만에…… 나하고 잘 아는 의사가 그러는데, 도가 무엇인지 철학이 무엇인지도 모르는 어떤 농부의 몸에서 수술 도중에 사리가 나왔다는 거야. 그것이 진짜 사리인지 아닌지는 알 수 없지만, 그것이 나오는 경우에는 수술비가 무료라는 거야. 그것은 어쩌면, 진주조개 속에 들어 있는 진주 같은 거 아니겠어?"

순녀는 그 소리를 흘려들으며 신도들의 얼굴을 살폈다. 윤 보살은 자기 달덩이를 데리고 왔을 것이다. 지금 그 달덩이의 손을 잡은 채 저 흰 베 자락을 잡고 걸어가고 있을 것이다.

눈송이가 콧등과 광대뼈와 입술을 스치면서 흘러내렸다. 키 작은 어린아이의 손을 잡고 있는 여자의 모습은 그 어디에서도 찾아볼 수 없었다. 지금 내가 이렇듯 윤 보살과 그 아이를 찾아야 할 이유가 무언가. 순녀는 이어지고 또 이어지는 인연과 어찌할 수 없는 운명 줄을 생각했다. 지금부터 스무 해쯤 뒤에는 어렵지 않게 그 아이와 내가 만나게 될 것이다. 그 아이는 의과 대학에 다닐 것이고, 졸업하고는 그 낙도의 병원에서 1년 동안 근무하지 않을 수 없게 될 것이다. 그 무렵에, 나는 그 병원에서 간호사를 하거나 식당일을 하고 있을 것이다. 그러면서 그 병원 뒷산 기슭에 자그마한 암자를 하나 짓고 도를 닦으며 살아갈 것이다. 그 아이는 병원 일을 하는 틈틈이 그 암자에 찾아올 것이고, 바야흐로 얼굴에 주름살이 굵어지고 깊어지기 시작하는 나와 만나서 이런저런 이야기를 하게 될 것이다. 그렇게 되도록 무슨 힘인가가 분명히 작용할 것이다.

나는 이제 은선 스님의 유골가루 한 줌을 움켜쥐고 돌아가 그 낙도의 병원 뒷산에 암자를 하나 짓고, 그 섬 안의 가난한 병자들과 중음신으로 떠도는 수많은 넋들을 부지런히 제도하며 살아가기만 하면 된다.

이 생각을 속에 다지면서도 순녀는 계속해서, 한 어린아이의 손을 잡은 윤 보살의 모습을 찾으려고, 눈보라에 묻혀 있는 신도들의 얼굴들을 살폈다.

다비대는 너덜겅 가장자리의 편편한 바위 위에 마련되어 있었다. 인부들은 통나무 장작을 가로세로 눕혀서 허벅다리쯤까지 차오르게 쌓아 올려놓고 관이 도착하기를 기다리고 있었다.

대중들이 관을 다비대 위에 올렸다. 인부들은 관 주변에 짚단을 놓았다. 그것을 장작 틈에 쑤셔 넣었다. 짚단 위에 다시 통나무 장작을 쌓았다. 그것이 키 큰 사람의 머리꼭지를 웃돌 만큼 높아졌다. 두껍게 엮은 거적과 멍석 자락을 장작더미 위에 얹고 밧줄을 걸쳤다. 그것을 잡아당기어 묶었다.

장작더미가 거대한 누에고치 모양으로 변했다. 원시 공룡의 알이 이처럼 컸을지도 모른다고 순녀는 생각했다. 인부들은 거대한 다비더미 양옆에 공기구멍을 뚫었다. 꽃잎 같은 눈송이들은 쉴 새 없이 흘러내렸다.

큰스님이 기름 묻힌 솜방망이 끝에 불을 붙여 높이 치켜들었다. 큰스님의 눈이 불을 향했다. 불꽃이 너울거리면서 흘러내리는 눈송이들을 사르고 쫓았다. 이 한 개의 횃불은 삼독(번뇌)의 불이 아니라 여래의 한 빛인 삼매의 불이다…… 하고 예를 보는 스님이 염송했다. 큰스님이 치켜들었던 횃불을 가져다가 다비더미에 붙였다.

"스님, 열반 잘하십시오."

누군가가 소리쳤다.

짚단을 많이 넣은 가마니 속으로 불길이 번져 들어갔다. 위에 덮은 가마니는 물에 젖어 있는지 타지 않고, 그것 속으로 기어들어 간 불만 이글거리며 탔다.

대중들은 나무아미타불 관세음보살을 부르면서 불붙은 다비더미 주변을 돌았다. 그 뒤를 신도들이 따라 돌았다. 순녀는 신도들 속에 휩쓸려 돌았다. 은선 스님의 다비가 현실의 일 같지 않았다. 불타고 있는 다비더미 속에 은선 스님의 육신이 들어 있다는 것, 그것이 한낱 기름덩이로 변해서 불에 허옇게 타버릴 것이 믿어지지 않았다.

젊은 비구니들이 슬픔에 겨워 있는 자영과 진성의 어깨를 부축하고 걸었다. 그 두 스님의 얼굴은 창백했다. 허공 속을 걷는 것처럼 걸음걸이가 불안정했다. 진성은 넋이 나가 버린 듯 멀거니 허공을 건너다보고만 있었다. 자영은 눈을 감고 있었다. 진성의 눈가와 볼에서 번들거리는 물기가 타오르는 불빛을 받아 빛났다.

"스님, 열반 잘하십시오."

신도들 속에서 누군가가 또 소리쳤다.

순녀는 은선 스님을 위해 무슨 덕담을 해야 할 것인지 막연했다. 조금 전에 누군가가 말한 '열반 잘하십시오'라는 것이 이 세상 사람들의 말

같지 않았다. 그녀는 그 말을 혀끝으로 발음할 수가 없었다. 그 말뿐만이 아니라, 심지어는 자기의 이름인 '순녀'라는 말 한마디도 발음할 수 없을 것 같았다. 그러한 말들은 자기와 아무런 관계도 없어져 버렸다. 그녀는 '나무아미타불 관세음보살'이라는 말 한마디도 입 밖에 내보지 못한 채 신도들을 따라 걸었다. 그녀의 머릿속은 눈 쌓인 벌판처럼 하얗게 비어 있었다. 진공 상태가 되어 버렸다.

나는 지금 여기에 무얼 하러 와 있을까. 신도들 속에 묻혀 흐르고 있는 자기는 자기가 아니고 자기의 껍데기에 지나지 않을 것 같았다. 파도 소리가 들려오고 있었다. 불바람이 부우부우 회오리쳐 대고, 성난 황소 떼 같은 파도가 모래톱을 들이받아 대는 바다가 보였다. 그 바다를 내려다보면서 목탁을 두드리고 있는 한 여승이 보였다. 그녀였다. 그것이 나의 알맹이다.

불기운이 살갗을 삶고 지져 댈 듯이 뜨거워졌다. 대중들과 신도들이 불기운을 피해서 옆걸음질을 쳤다. 뜨거운 불기운 때문에 신도들이 그리는 원이 더 넓어졌다. 순녀는 그들을 따라 옆걸음질을 쳐서 원을 넓히며, 이제 은선 스님이 불이 되고 있다는 생각을 했다.

대중 스님들의 번들거리는 머리와 신도들의 얼굴이 벌겋게 익고 있었다. 불 속에서 피직피직 툭툭 튀는 소리가 나고, 우우 하는 아우성이 터졌다. 살 타는 냄새가 났다. 그녀가 타고 있었다. 그녀는 자기의 살갗과 창자들이 타는 냄새를 맡고 있었다.

눈앞에 번갯불 한 줄기가 스쳤다. 그게 뒤통수를 쳤다. 은선 스님이 내려 준 화두.

순녀는 아우성치는 불꽃 속에서 부처님처럼 떠올라 있는 은선 스님을 향해 중얼거렸다.

"스님 곁에 남아 있던 제 혼령도 속세를 떠돌던 제 몸뚱이도 저의 진짜는 아닙니다. 스님, 그 분리되고 괴리된 혼령과 몸뚱이를 한 옷자락 속에 넣고 사는 지혜를 터득하게 하여 주십시오."

불길은 더욱 맹렬해졌다. 눈보라 주렴 주저리주저리 흘러내리는 하늘을 태우고 있었다.

순녀는 합장한 채 불을 응시하며, 그 낙도의 병원 뒷산에 암자를 세우고 앞마당에 탑과 석등을 세워야겠다고 생각했다. 그 속에 은선 스님의 저 불빛을 담아야지. 그리고 의과 대학을 마치고 군의관으로 근무를 하러 온 윤 보살의 달덩이에게 그 탑의 내력을 이야기해 주어야지.

진성은 맹렬한 불소리 속에서 들려오는 은선 스님의 목소리를 듣고 있었다.

'달마 스님의 얼굴에는 왜 수염이 없느냐?'

그 말에 진성은 속으로 항의하듯 대꾸했다.

'스님께서는 어찌하여 달마의 얼굴에 있는 수염을 하필 '수염'이라고 이름하여 부릅니까? 그것이 비늘이라 하면 어떻고, 손톱이나 발톱이나 코딱지라고 하면 또 어떻습니까? 저는 어찌하여 스님께서 하필이면 좌탈입멸했다고 우기려 했을까요? 모든 것은 허위이고 스님께서 한 줌 재로 변한다는 것만 진실입니다. 스님은 어찌하여 저의 만행을 우습게 여기시고, 순녀의 미망을 그렇듯 값지게 받아들이셨습니까? 스님이야말로 달마 스님의 수염에만 매달려 사시다가 그 수염과 함께 한 줄기 연기로 돌아가시는 것이 아닙니까?'

은선 스님의 노여워하는 목소리가 진성의 정수리를 때렸다.

'대학에서 니년은 넝마주이같이 알음알이만 한 구럭 지고 왔구나. 이년아, 새벽달을 보아라. 그 아래에서 여우가 된 니년의 넋이 울고 헤맨다.'

418

그것은 만행을 하고 돌아온 뒤의 무슨 말끝엔가 은선 스님이 소리쳐 꾸짖은 말이었다. 진성은 다시 항의하듯 대꾸했다.

'몇 억겁 동안 축생, 지옥을 헤매더라도 저는 스님을 죽이고 또 죽일 겁니다.'

누군가가 순녀의 손을 잡았다. 놀라 돌아보니 어디선가 많이 본 듯한 여자였다. 순녀의 가슴에서 뜨거운 덩어리 하나가 고개를 쳐들었다. 그 여자는 윤 보살이었다. 윤 보살의 눈에 물이 가득 담기어 있었다. 눈 가 장자리와 볼은 물기가 묻어 번들거렸다. 홀쭉하게 살이 빠진 까닭으로 광대뼈가 튀어나오고 볼이 우묵 들어가고 눈이 퀭하게 커지고, 입술이 얇아져 있었다. 순녀는 윤 보살의 주변을 살폈다. 그 여자가 데리고 왔을 법한 어린아이의 모습은 보이지 않았다. 순녀의 손을 잡은 그 여자의 손은 떨리고 있었다. 손을 잡은 순간부터 그 여자는 절규하는 듯한 소리로 나무아미타불 관세음보살을 부르고 있었다.

눈보라가 그쳤다. 산은 흰빛으로 변했다. 다비대 주변의 바위나 숲에만 불기운으로 눈이 녹아 거뭇거뭇했다. 맹렬하게 타오르던 불은 이글거리는 잉걸불이 되어 갔다. 그와 함께 대중들과 신도들의 절규하는 듯하던 나무아미타불 관세음보살 소리도 한풀 꺾이었다.

땅거미가 기어들고 있었다. 눈 쌓인 산속의 땅거미는 바닷물처럼 푸르렀다. 신도들이 하나씩 둘씩 흩어졌다. 그들은 주차장 쪽으로 가고 있었다. 그사이에 고픈 배를 채우려는 것이었고, 차를 타고 되돌아가려는 것이기도 했다.

5월의 찬란한 햇살 아래서 활짝 핀 적모란꽃 떨기처럼 이글거리던 잉걸불이 희끗희끗한 뱀 허물 같은 재 속으로 몸을 숨겼을 때는 밤이 깊어 있었다.

산중의 밤은 마군들이 술수를 부려 숨을 죽여 놓은 세상처럼 고요해
졌다. 대중들은 공양하러 가서 돌아오지 않았다. 큰절의 젊은 비구 몇
사람이 다비장을 지키기 위해 돌아왔고, 독실한 신도 몇 사람이 자리를
뜨지 않고 다비대 주변을 돌면서 나무아미타불 관세음보살을 중얼거릴
뿐이었다. 그 몇 사람 속에 순녀와 윤 보살도 섞여 있었다.

윤 보살은 자꾸만 한숨을 쉬었다. 순녀는 뱃속이 출출했다. 공양간으
로 가서 속을 채우고 싶었다. 참았다. 잉걸불들이 모두 재로 변하는 것
을 지켜보고 싶었다. 은선 스님의 유골이 하얗게 드러나는 것을 보고 싶
었다.

"보살님들, 공양하고 오십시오."

젊은 비구 한 사람이 신도들에게 말했다. 그 말과 함께 윤 보살이 순
녀의 손을 끌었다. 순녀는 윤 보살에게 이끌려 갔다. 불 앞을 벗어나자
눈앞에서 차가운 어둠이 휘돌았다. 윤 보살은 공양을 하러 큰절로 가는
것이 아니었다. 청정암의 공양간으로도 가지 않았으며, 식당들이 많이
있는 주차장 쪽으로도 가지 않았다. 다비대 위쪽의 계곡으로 깊이 들어
가고 있었다.

발목이 묻힐 듯한 눈을 잘못 디뎌 미끄러져 비틀거리기도 하고 주저
앉기도 하며 걸어갔다. 순녀도 그 여자처럼 비틀거리면서 갔다. 가슴속
이 후들거렸다. 아까 윤 보살이 그녀의 손을 막 잡았을 때 일어난 예감
이 구체성을 띠고 있었다. 윤 보살한테 불행한 일이 일어나 있을 것이
다. 그것은 나하고도 깊은 관계가 있는 것일 터이다.

윤 보살은 소나무 가지 하나를 꺾어서 바위 엉서리 위를 쓸어 내더니
순녀를 앉히고 자기도 옆에 앉았다. 눈이 쌓인 소나무 숲속에는 어둠이
환형동물처럼 늘여 옴츠리기를 하고 있었다. 윤 보살이 순녀의 손 하나

를 더듬어 잡았다. 그것을 두 손으로 이기듯이 눌러 주무르면서 입을 열었다.

"나같이 박복한 년은 이 세상천지에 다시 없을 것이오."

그 여자는 한숨을 섞어 푸념하듯이 말했다. 바위 위의 덜 쓸린 눈이 엉덩이를 차갑게 적셨다. 그 차가움보다 더 아프고 쓰라린 전율이 순녀의 가슴을 얼음덩이처럼 얼리고 있었다.

"은선 스님이 품에 넣어 준 달덩이를 못 지키고 날려 보내고 말았어라우."

그 여자는 목울음 섞인 소리로 나무아미타불 관세음보살을 버릇처럼 외어 댔다.

"날려 보내도 그냥 날려 보낸 것이 아니고, 너무나도 억울하고 분하게 날려 보냈어라우."

은선이 품에 넣어 준 그 달덩이는 유치원에 다니면서부터 다른 아이들에 비하여 추위를 많이 타면서 입술이 파랗고, 얼굴에 핏기가 없었다. 조금만 몸을 심하게 움직이면 숨을 가쁘게 쉬곤 했었다. 병원에 데리고 가니 심장의 판막에 이상이 있다고 했다. 윤 보살의 남편이 몸담고 있는 회사 사람들한테 그 소문이 퍼졌다. 어느 가을날, 회사 안에서 은밀하게 그 아이를 돕자는 운동이 일어났다. 그 무렵에 이 병원 저 병원에서 앞다투어 심장 판막 수술에 성공했다는 보도가 나오곤 했었다.

한데, 그 달덩이의 경우에는 실패를 한 것이었다. 아침 아홉시에 수술실로 실려 들어간 달덩이는 밤 아홉시가 되어서야 나왔다. 그것은 그들의 달덩이가 아니었다.

담당 주치의가 말했다.

"무슨 말을 어떻게 해야 할지 모르겠습니다. 심장이 기형이었어요. 이런 기형은 우리 학계에서 처음 보는 것입니다. 저를 비롯한 전체 의료

진들이 최선을 다한다고 했습니다만, 어찌할 수가 없었습니다."

윤 보살은 순녀의 허벅다리 위에 얼굴을 묻고 흐느끼면서 말했다.
"울고불고 뒹굴고 항의를 하고 해보았지만, 어떻게 일을 되돌릴 수가 없었어요. 다음날 우리 부부는 그 시체를 화장터로 싣고 가서 태우고 빈손으로 왔어요."
윤 보살은 공허한 웃음과 함께 말했다.
"이런 허망한 꿈이 어디 있겠소!"
순녀는 흰 눈 쌓인 숲속에서 수런거리는 어둠을 보고만 있었다. 어둠은 아기를 안고 달려가는 박현우의 모습을 하고 있기도 하고, 수술대 위에서 시체가 되어 있는 달덩이의 모습을 하고 있기도 하고, 화장장의 화구火口 속으로 들어가는 장난감 같은 아기의 관 모습을 하고 있기도 했다.
고개를 세차게 저었다. 내 아이는 살아 있을 것이다. 윤 보살이 키우다가 날려 보냈다는 달덩이는 박현우가 안고 간 그 아기가 아닐 것이다. 그 아기는 어디선가 풋풋하게 뛰놀고 있을 것이다. 지금부터 한 20년쯤 뒤에는 낙도의 그 병원으로 근무를 하러 올 것이다. 그 청년은 한 늙은 간호사와 만날 것이다. 아니, 그 낙도 병원 뒷산 기슭에 있는 자그마한 암자의 한 늙은 여승과 만날 것이다. 그 여승과 그 암자의 앞뜰에 서 있는 은선 스님의 탑에 대한 이야기를 할 것이다.
순녀는 혀끝을 씹었다. 가슴속에 홍수 진 봇물같이 탁한 눈물과 울음이 소리 없이 소쿠라지고 펑퍼져 흐르고 있었다.
푸르스름한 새벽빛이 도둑처럼 스며들었다. 그것은 큰절의 쇠북 소리와 도량석 하는 목탁 소리와 함께 잠든 산을 흔들어 깨우고 있었다. 순녀는 다비장으로 내려갔다.

다비장을 지키고 있던 큰절의 젊은 스님들이 그제야 큰절 쪽으로 가고 있었다. 공양을 하러 가는 것이었다. 그들이 숲길로 들어설 때까지 순녀는 소나무 밑동 뒤에 몸을 숨기고 있었다. 근처의 눈이 거뭇하게 녹아 버린 다비대 위에 유골과 구렁이 허물의 부스러기 같은 나무 탄 재들이 희부옇게 드러나 있었다. 그녀는 사방을 살폈다. 사람의 그림자가 보이지 않았다. 그녀는 다비대 옆으로 달려갔다. 무릎을 꿇고 앉아서 재 속으로 손을 밀어 넣었다. 재에는 아직도 뜨끈뜨끈한 화기가 남아 있었다. 밀가루처럼 부드러운 재 속에서 딱딱한 유골 한 개를 찾아냈다.

그녀는 그것을 집어다가 두 개의 젖무덤 사이의 오목가슴에 넣어 감추었다. 한 개 더 감출까 하는데 눈 밟히는 소리가 들려왔다. 몸을 일으켰다. 그녀의 가슴이 뛰기 시작했다. 다가온 사람이 그녀의 도둑질을 환히 알고 내놓으라고 욱대길 것 같았다. 발소리 나는 쪽을 외면해 버렸다. 발소리의 임자가 피하는 순녀의 앞으로 걸어왔다. 진성이었다.

그들은 다비대 옆에서 한동안 서로 마주 보고 서 있었다.

"그 허망한 것을 무엇 하려고 숨겨 가려 합니까?"

진성이 퉁명스럽게 빈정대듯 물었다. 순녀는 눈길을 다비대의 구렁이 허물 같은 흰 재 쪽으로 떨어뜨리며 당당하게 말했다.

"저는 이 유골을 가지고 가서 천 개의 조각으로 쪼갤 겁니다. 제가 이르는 곳이면 어디든지 암자를 짓고, 은선암이라고 할 겁니다. 그리고, 유골 조각 한 개씩을 넣고 석등을 세울 겁니다. 이 세상을 환하게 밝힐 석등요."

"자기가 옳다고 여기는 그 한 생각에 얽매여 평생을 헤매는 것은 고달픈 일이에요. 고달픈 자에게는 갈 길이 멀기만 하고, 잠 오지 않는 자에게는 밤이 길고 긴 법입니다. 이 보살님, 어서 미망의 껍질을 벗으십시오."

진성은 측은해하는 목소리로 빈정거리듯이 말을 하고 다비대 위로 올라섰다. 무릎을 꿇고 앉았다. 품속에서 전짓불을 꺼내 하얀 재를 비치며 조심스럽게 헤치기 시작했다. 진성은 반짝거리는 그 어떤 견고한 것, 한 여승의 도 닦음의 총화를 찾으려 하고 있었다.

"진성 스님께서 찾으려 하는 것이야말로 허망한 것이 아닌가요?"

"이것은 상좌인 나의 의무, 내 은사 스님의 허상과 실상을 확인하는 슬픈 작업입니다."

진성은 재 속에서 반짝 빛나는 것 같기도 하고 그렇지 않은 것 같기도 한 왕모래알만 한 것들을 집어냈다. 진성의 손이 떨리고 있다고 순녀는 생각했다.

진성은 다비대의 왼쪽 끝에서 오른쪽 끝까지 모두 헤치고 더듬더니 다시 오른쪽 끝에서 왼쪽 끝으로 헤치고 더듬어 가기 시작했다. 왕모래알만 한 것 여남은 과쯤 주워 간직했다.

진성이 전짓불을 껐다. 두 손을 모아 가슴에 대고 머리를 조아렸다. 몸을 일으키더니 순녀에게 눈길 한 번 보내지 않은 채 청정암 쪽으로 총총히 사라졌다. 새벽의 푸른 빛살이 진성의 몸을 휘감으면서 너울거렸다. 진성의 윗몸은 불안정하게 기우뚱거렸다.

진성이 집어낸 것들은 사리일까. 사리라는 것은 대관절 무엇일까. 도력이나 법력이 어떻게 죽은 다음에 사리라는 결정체로 남는단 말인가. 환상이다. 있음도 없고, 없음도 없으며, 있음과 없음이 모두 없다는 생각마저도 없는데, 하물며 그런 것이 그렇게 결정체가 되어 남을 수 있으랴. 순녀는 앙가슴에 감춘 유골의 화기가 깊은 가슴 밑바닥에 주먹같이 뭉클한 덩어리 하나를 만들고 있음을 느끼면서 몸을 돌렸다.

이튿날, 낙도로 가는 쾌속선 속에서 그녀는 한 지방 신문을 사서 펼쳐 보았다. 문화면의 종교란에 은선 스님의 다비식에 관한 기사가 나 있었다. 그 다비에서는 여느 스님의 다비 때보다 많은 사리가 나왔다고 했다.

낙도로 가는 쾌속선은 제비처럼 날개를 펼친 채 하얀 비누 거품 같은 물보라를 일으키고 있었다. 그녀의 머릿속에 문득 〈반야심경〉의 주문이 떠올랐다. '아제아제 바라아제' 가자, 가자, 더 높은 깨달음의 세계로 가자. 고해 건너 저 진여의 언덕으로 가자. 부디 이 뜻대로 이루어지리다. 물보라 저쪽으로 연잎 같은 섬 한 개와 흰 구름 한 장이 지나가고 있었다.

더 높은 그곳은 어디에 있을까. 순녀는 혀끝을 아릿하게 아파 오도록 물었다. 그 아픔으로 말미암아 눈에 물이 괴었다. 섬과 구름과 파도와 물보라가 눈물 속에 굴절되었다. 그녀는 쾌속선의 엔진 소리를 들으면서 속으로 계속 중얼거렸다.

'아제아제 바라아제 바라승아제 모지 사바하.'

아제아제 바라아제

초 판　1쇄 발행일 • 1985년 6월 25일
개정판　1쇄 발행일 • 2003년 5월 30일
개정2판　1쇄 발행일 • 2024년 10월 25일

지은이 • 한승원
펴낸이 • 임성규
펴낸곳 • 문이당

등록 • 1988. 11. 5. 제 1-832호
주소 • 서울특별시 강북구 미아동 126-1
전화 • 928-8741~3(영)　927-4990~2(편)
팩스 • 925-5406

ⓒ 한승원, 2024

전자우편 munidang88@naver.com

ISBN 978-89-7456-587-9 03810